ESPURNA

bromera

ESPURNA

ÚLTIMS TÍTOLS PUBLICATS

89. *Wendy Ataca.* Andreu Martín
90. *Pell d'escata.* Enrich Lluch
91. *Qui és el de la foto?.* Maria Carme Rosa
92. *La violinista de París.* Joan Pla
93. *Poderosa 2.* Sérgio Klein
94. *Wendy i l'enemic invisible.* Andreu Martín
95. *El verí de la cobra.* Josep Millo
96. *Barça ou barzakh!.* Gemma Pasqual i Escrivà
97. *PQPI Connection.* Lluís Miret
98. *El centre del laberint.* Agustín Fernández Paz
99. *Resurrecció.* Silvestre Vilaplana
100. *Fantasmes de llum.* Agustín Fernández Paz / Miguelanxo Prado
101. *En les mars perdudes.* Raquel Ricart.
102. *Somnis trencats.* Jordi Sierra i Fabra
103. *L'any que vam córrer perillosament.* Manel Joan i Arinyó
104. *Sota les pedres.* Dolors Garcia i Cornellà
105. *Les ombres del bosc.* Vicent Enric Belda
106. *La muntanya invisible.* Francesc Gisbert
107. *El dia que Wendy va conèixer el monstre.* Andreu Martín
108. *Les verges del Sol.* Miquel Rayó
109. *L'aurora de la fi del món.* Pep Castellano
110. *Història de Sam. Deus ex machina.* Vicent Enric Belda
111. *Una lectura perillosa.* Lourdes Boïgues

Hi ha unes propostes didàctiques referides a aquest llibre que es poden descarregar de manera gratuïta des del web de Bromera www.bromera.com.

© Edicions Bromera
Polígon Industrial 1 - 46600 Alzira
www.bromera.com
Disseny de la col·lecció: Pere Fuster
Coberta: Alba Soler
Impressió: Romanyà-Valls

1a edició: juny, 2011
3a edició: novembre, 2014
ISBN: 978-84-9824-967-5
DL: B-41506-2011

PAPER ECOLÒGIC
TCF LLIURE DE CLOR

FOTOCOPIAR LLIBRES
NO ÉS LEGAL

LLIBRE AMIC DELS BOSCOS
PAPER PROCEDENT DE FONTS RESPONSABLES

PQPI CONNECTION

Lluís Miret

ESPURNA

bromera

Consell de
Mallorca
Departament de Cultura i Patrimoni
Direcció Insular de Política Lingüística

Premis Mallorca 2010 de Creació Literària

Aquesta obra va guanyar el Premi Mallorca 2010 de Narrativa Juvenil, instituït pel Consell de Mallorca, el jurat del qual estava format per Ramon Bassa, Teresa Duran, Pau Faner, Enric Larreula i Gemma Pasqual.

El nostre món ha arribat a una etapa crítica. Els xiquets no fan cas dels seus pares. La fi del món no pot estar molt lluny.

Un sacerdot egipci,
aproximadament 2.000 anys aC

CAPÍTOL 1

PQPI, PGS, PROA, UAC, PAC, TAE, DCI, DACE, DCG... la diversitat és una sopa de lletres de difícil digestió.

PQPI vol dir Programa de Qualificació Professional Inicial.

Al PQPI pots trobar moltes nacionalitats, races i llengües; diferents actituds, interessos i capacitats; totes les formes, els estils i els colors imaginables de vestits, cabells i pírcings; però el que mai no trobaràs són ganes d'estudiar.

Els xavals del PQPI no han sigut mai els millors amics dels llibres ni les pissarres; potser són els alumnes amb més ganes de perdre de vista el professorat però, no obstant això, sense cap obligació, s'apunten a un programa en el qual es comprometen a romandre un any addicional a l'institut.

El PQPI d'electricitat d'aquell curs el conformaven dotze alumnes, encara que poques vegades coincidiren tots a l'aula. La majoria de les hores, les passaven al taller, intentant fer petites installacions elèctriques, fent ponts i desafiant les regles bàsiques de l'electricitat. Com que les classes són eminentment pràctiques, els alumnes solen acudir interessats i contents, una mica sorpresos i desconfiats pel fet de no avorrir-se a l'institut.

En tot cas, malauradament per a ells, no tot són pràctiques, tornavisos i peretes. Algú no ha perdut l'esperança que finalment aprenguen matemàtiques, llengua o socials i, aquest mateix, està entestat que es traguen el títol de l'ESO. Amb aquest objectiu, els emboteixen un bon grapat d'hores de formació comuna, que es prenen amb una barreja de resignació, desgana i ràbia. Per acabar d'adobar tan divers i heterogeni programa educatiu, els PQPI disposen d'unes poques hores de FOL, una llanda sobre contractes, nòmines i currículums, que els alumnes aprofiten per pensar en la mona de Pasqua o per fer la vida impossible al professor.

El curs avançava amb ritme implacable però esgotador. Julio, el tutor, va aprofitar una de les tutories per donar la notícia:

–Escolteu un instant. D'ací a dos dimecres marxarem d'excursió.

La classe va aprofitar per fer l'ona mexicana. Qualsevol excusa valia, encara més si s'ataüllava la possibilitat de fugir un dia del centre.

A força de crits i amenaces, Julio pogué aconseguir uns pocs segons de tranquil·litat i silenci relatius, que va aprofitar per oferir més detalls.

–D'ací a dos dimecres jugarem un campionat de pilota valenciana. Anirem a Dénia i competirem contra els altres PQPI de la nostra zona.

Els alumnes escoltaven emocionats. Dénia, competir i jugar eren conceptes atractius i suggeridors, tot i que només un parell tingueren certa idea del que era la «pilota valenciana». A la majoria li sonava a saberuda repel·lent de quart d'ESO. Una vegada aclarits els conceptes i establides les *condicions mínimes de comportament exigibles per al viatge*, Julio va anar esplaiant-se en els detalls. Disposaven de dues setmanes per ensenyar-se les regles, aprendre a jugar mínimament i esdevindre el millor equip de tots. Semblava una mica just de temps, però calia pensar que la resta de PQPI devien estar per l'estil. Els alumnes, per la seua banda, estaven satisfets i amb cara de Pasqua, qualsevol excusa que trencara la monotonia era una bona notícia.

CAPÍTOL 2

Pere Vilanova estava més cremat que la pipa d'un apatxe.

Per arribar on estava, li havien calgut cinc anys interminables de carrera, un Master in Business Administration, tres proves de selecció dures i penoses; s'havia enfrontat amb un ramat salvatge d'advocats i economistes armats amb idiomes, cursos i endolls d'alta tensió. Tot ho havia superat, a tots havia guanyat i quin era el premi? Un contracte de formació en pràctiques per sis mesos en la caixa d'estalvis, una feina que consistia a comptar diners aliens a dins d'una peixera de vidre.

Pere Vilanova se sentia una mica decebut i enganyat. Havia signat un contracte temporal i mal pagat, però amb un càrrec ressonant i prometedor: tècnic comercial júnior. El cap de personal va fer-li creure que seria pràcticament «l'ànima del banc, la saba nova que anàvem buscant, una manera distinta d'entendre la banca». Devanit i una mica cregut, Pere va acudir per primera vegada a la sucursal, disposat a menjar-se el món, el banc i el mercat creditici de la Costa Blanca.

Vicent Pascual, el director de l'oficina número tres de Dénia, va tindre'l esperant mitja hora a la porta del despatx; després va fer-lo entrar i, sense més preàmbuls ni explicacions, l'envià a la caixa. Aquell primer dia, Pere va queixar-se d'un contracte precari, d'un salari ridícul i d'una feina rutinària i avorrida; però almenys pensava gaudir de les vesprades lliures. En acabar la jornada ja no trobava motius per al consol: quatre vesprades de la setmana calia vindre a treballar. No eren hores extra, eren un simple un regal als accionistes.

–I si m'hi negue?

Un silenci tens, com de quiròfan, va cobrir l'oficina. Un apoderat va tapar-se la boca per dissimular un somriure amarg i cruel.

–Al banc ningú no obliga a res. Tu ets lliure de vindre i jo sóc lliure de renovar-te el contracte.

Pere va estar temptat de contestar una de les nombroses brofegades que li creuaren el cap, però va callar. No havia lluitat tant per a perdre-ho tot en un instant de ràbia. Va optar pel silenci, per l'acceptació humiliant d'unes normes laborals no escrites en cap llei, ni admeses per cap tribunal, ni explicades en cap màster o Universitat.

El director, amb un to sorneguer, va dir-li que era una oportunitat per provar la seua implicació personal amb l'empresa. Cada vesprada gaudiria de quatre hores per demostrar les seues qualitats innates com a tècnic comercial júnior, o siga pidolaire. La tasca consistia a agafar el telèfon i pegar la pallissa a familiars, amics i antics clients. Tot amb el noble objectiu de captar nous plans de pensions i dipòsits a llarg termini.

La fi del trimestre s'acostava i els objectius semblaven molt llunyans. Fins que no s'assoliren, Vicent Pascual llançaria foc pels queixals i els empleats treballarien debades quatre vesprades a la setmana.

Una vegada assumida la rutina i assassinada la il·lusió, cada matí, Pere Vilanova s'enfonsava en la peixera amb idèntica cremor i resignació que la resta de companys d'oficina.

Era un dimecres qualsevol del mes de maig. Pere comptava bitllets de vint euros mentre batejava la mare del director amb una nova bateria d'adjectius descriptius. Un senyor amb barba va saltar-se la cua de pensionistes que esperaven el seu torn.

–El director?

Pere alçà la vista dels bitllets i, amb una gens dissimulada desgana, va assenyalar una porta lateral. Una placa platejada de cinquanta per trenta centímetres ho indicava.

–Està al seu despatx, però em pense que està ocupat.

Pere va tornar la vista cap als bitllets, sense sospitar que pocs segons després ja no hi hauria ni rastre de rutina ni de bitllets.

–Tots a terra. Açò és un atracament!

Els iaios de la cua van obeir amb una agilitat i rapidesa insospitades.

–Tu, el caixer, alça't amb els braços en alt!

Pere va obeir mentre contemplava aterrit com se li acostaven l'atracador i el senyor Vicente. El primer apuntava amb una pipa de mig quilo el clatell del director.

–Dó-dó-na-li els diners.

El senyor Vicente s'havia tornat botijós. El llavi inferior li tremolava com una trepadora, amenaçant de desencaixar-li la mandíbula. Pere va traure els diners de la caixa i els passà per sota el vidre.

–Posa'ls dins d'aquest sobre.

L'atracador tragué un sobre gran i groc, com els que s'utilitzen per enviar objectes per correu. Pere, superat l'ensurt i la impressió inicial, va continuar obeint. Una idea li rondava el cap. I si es negava a seguir les seues instruccions? Ell estava tancat hermèticament i protegit pel vidre antibales, no podia passar-li res. L'únic que patiria les conseqüències de l'heroïcitat seria el cabró del senyor Vicente.

Per uns segons, el rostre tens de Pere Vilanova va permetre's un somriure discret i maligne. No ho faria. Li mancaven ous i mala sang. Va consolar-se amb aquestes imaginacions mentre acabava la feina i passava el sobre per la finestreta.

L'atracador semblava que anava a allargar la mà cap al sobre, però a mig camí s'ho repensà. Amb la culata de la pistola va colpejar el rostre del director.

–Dóna'm tots els diners o faig una carnisseria. Començant pel cagarri del teu director!

Pere va empal·lidir. Definitivament, no donava la talla com a dolent.

–Vol les monedes?

–Vull els bitllets, imbècil! Et penses que he vingut a demanar almoina? Trau tots els bitllets que tingues amagats.

–Pe-Pe-re, per l'amor de Déu, dó-dó-na-li-ho tot.

El director tenia la cara unflada i esguitada de sang i llàgrimes, però ni fent botiges perdia el to *chusquero* a l'hora de manar.

–Li ho jure per ma mare que li he posat tots els diners.

–Prou xarrameca, et crec.

L'atracador agafà el sobre i l'introduí en una motxilla de color groc. Després, amb la mà lliure, agafà el coll de la camisa del director i es dirigí cap a la porta doble del banc.

–No vull cap imbecil·litat amb la porta. Si em quede enganxat o sospite qualsevol ximpleria, li pegue un tret al *boss*.

L'atracador i el director van caminar cap enrere, esquivant els iaios que hi havia estesos a terra.

El mateix Pere va obrir la primera porta des d'un timbre dissimulat a la caixa. La segona no s'obriria fins que la primera es tancara i tornara a prémer l'interruptor. Disposava d'una segona oportunitat de venjança, va pensar-s'ho un segon. Plenament conscient d'estar atrapat, els ulls de l'atracador van llançar una mirada gelada i crua cap a la caixa, mentre el rostre del senyor Vicente suplicava pietat. Finalment, Pere obrí la segona porta i va permetre que tots dos pogueren eixir al carrer. L'atracador s'acomiadà del director propinant-li un segon colp de pistola, just abans de fugir corrent.

CAPÍTOL 3

Un professor de Secundària tem les excursions com un llaurador les tronades d'estiu, però si parlem de Programes de Qualificació Professional Inicial la cosa canvia. Un professor de PQPI tem les excursions com un llaurador de la Ribera una pantanada.

Aquell matí de maig, els alumnes de PQPI van arribar per primera vegada puntuals a l'institut. Més excitats que normalment, van intentar pujar de dos en dos per l'estreta porta de l'autobús contractat, obrint-se pas a colzades i llançant blasfèmies i exabruptes per tal d'agafar els darrers seients del vehicle.

El conductor, tot i ser un veterà de mil excursions escolars i de l'Imserso, contemplava impressionat la qualitat de la càrrega que havia de transportar. Julio Anton, Josep Pons i FOL, els professors acompanyants, pujaren els últims conscients que trobarien lliures els seients de les primeres files. Una mica enrojolat per l'espectacle, Julio va donar unes breus i concises explicacions al xofer.

Més que res perquè no es posara nerviós i anara assimilant el que l'esperava.

El conductor va escoltar pàl·lid, resignat i en silenci; besà un sant Cristòfol; tancà la porta, i inicià la marxa cap a Dénia.

Els cinc PQPI de l'IES Tirant lo Blanc marxaren cap al campionat de pilota valenciana. Una gloriosa ocurrència conjunta de les conselleries d'Esport i Educació, que havien decidit salvar l'esport autòcton a partir dels alumnes més qualificats i disciplinats de tot l'àmbit educatiu.

–Pobra pilota valenciana, només li faltava açò!

El comentari era de FOL, un professor que no havia xafat abans un PQPI. A aqueixes altures de curs ja els coneixia de sobra i pel camí havia perdut la veu, la paciència i fins i tot el nom. Els alumnes devien pensar que Joan era un nom impronunciable i li l'havien canviat per FOL (acrònim de l'assignatura de Formació i Orientació Laboral).

Quaranta interminables minuts més tard, i després d'un centenar de crits i amenaces, van arribar a Dénia. La baixada dels xavals va ser digna del dia gran de Sant Fermí. Desafiant totes les lleis de la física de fluids, quaranta adolescents van ser capaços de travessar en set segons una porta d'autobús de no més de setanta centímetres d'amplària.

Els professors i el xofer romangueren uns segons enfonsats als seients. Silenciosos i esgotats. Aferrant-se al silenci com un supervivent del desert s'abraça a una cantimplora. Els descans no arribà al minut de durada, però va semblar-los un segle de joia i pau.

Josep, Julio i FOL baixaren de l'autobús i buscaren els responsables de les jornades. El campionat se celebrava en un parc a la vora del castell de Dénia, on hi havia un petit trinquet. Els organitzadors van donar-los el programa. La primera partida començaria en mitja hora.

A l'hora acordada no hi havia cap alumne present, i els professors estaven a punt de donar la partida per perduda, però just en aquell instant aparegué el PQPI rodejat d'una quinzena d'aspirants a perruqueres. Eren el PQPI de perruqueria de Dénia que havia caigut encisat pels encants del PQPI d'electricitat de Gandia.

Els alumnes del Tirant lo Blanc tot just s'havien entrenat un parell de vesprades, però, davant d'una afició tan disposada i sorollosa, ho van donar tot de si. El nivell dels dos equips estava molt igualat pel que fa a les habilitats i experiència en pilota valenciana, però els crits de les perruqueres eren una motivació poderosa. Christian Bou va fer el punt definitiu, fet que provocà una invasió de camp digna de la final de la Champions League. Els jugadors del Tirant foren alçats, mantejats i victorejats, davant l'orgull paternal dels seus professors.

Els organitzadors manaren pels altaveus buidar la pista per a la partida següent i així finalitzaren els cinc minuts de glòria. Els alumnes es mostraven importants, eufòrics i emocionats. Desapareguen en companyia de les *hooligans* de perruqueria, no sense abans preguntar l'hora de la següent partida.

La jornada transcorria plàcidament per als professors. L'alumnat s'assolellava lliurement pel parc. De tant en tant sorgia alguna baralla, algun jugador lesionat o qualsevol altre detall sense més importància. A mig matí se sentí un rebombori de sirenes i tot el professorat encreuà els dits, hi hagué sort i les ambulàncies, els policies o els qui foren passaren de llarg. Salvat aquest ensurt, el matí continuà en un ambient de relativa pau i harmonia.

A migdia, el PQPI d'electricitat havia de jugar la segona partida. L'equip continuava sent, de llarg, el més motivat i animat de la competició, però davant tenien uns pegolins de jardineria que compensaven la manca d'eufòria amb una tècnica més depurada i treballada. L'àrbitre anava dient la puntuació:

–Trenta a vint.

–Val i trenta.

–Profe, traduïsca que no entenc res.

Els professors dissimulaven la seua ignorància pel que fa a l'esport autòcton manant que no feren preguntes i que jugaren.

La partida anava més o menys igualada, amb un lleuger avantatge per als jardiners. Christian i Sergi havien de restar, aquest últim ho va fer tan bé que va unflar-li un ull a un rival. Hi hagué una rialla general, unes paraules pujadetes de to i una baralla monumental. Al públic li va faltar temps per a envair el camp. Els professors miraven de posar pau com podien, però la cosa se n'havia eixit de mare. De sobte, algú va cridar «La policia!» i tot va aturar-se en sec.

Mitja dotzena de policies nacionals contemplaven estupefactes l'espectacle, però feren cara de no entendre res i continuaren passejant. Els professors aprofitaren la inesperada calma per posar fi a la baralla, i l'àrbitre donà per finalitzada la partida.

Acabada la batalla entre alumnes, començà una de més discreta però igual de passional discussió entre professors i àrbitre. Els pegolins anaven per davant al marcador, però els professors de Gandia demanaven l'expulsió. Pegar una pilotada a un ull és un accident del joc, però respondre amb una agressió exigia la desqualificació inmediatament. «Quins valors estem transmetent?» La discussió va durar vora vint minuts, però els pegolins només tenien un professor i els de Gandia tres, per això van acabar imposant el seu criteri. El PQPI d'electricitat passava a la final.

La gran partida havia de jugar-se abans de dinar, però entre baralles i discussions tot s'havia retardat i, finalment, hagueren d'ajornar-la per evitar que la paella es gelara.

Enmig d'una variada selecció d'insults, víctors i càntics, els equips van anar distribuint-se en dues taules llargues de fusta, cobertes amb un gran tapet de paper blanc i esquitxades de plats i gots de plàstic. Es va servir un vermut a base de cacaus, tramussos i papes i, per arredonir-ho, una gran paella. El dinar va poder transcórrer amb un rebombori mitjanament suportable.

Encara amb la panxa plena, arribà l'hora de l'última partida. S'enfrontaven un PQPI de llumeners de Gandia contra un PQPI de llanterners d'Ondara. Aquests últims o sabien jugar més o havien menjat menys paella, però el cert és que van apallissar els saforencs.

Per uns instants va semblar que els alumnes de Gandia s'enfonsaven en la desolació i la tristesa, però, en pocs minuts, les perruqueres van saber consolar els aprenents d'electricista. Després vingué una emotiva cerimònia de lliurament de medalles, el discurs frustrat d'alguna autoritat, unes fotos amb els mòbils i l'intercanvi entre llàgrimes de números de telèfon i d'adreces de correu electrònic. Arribava el moment de l'adéu. Els rostres dels alumnes reflectien la pena per la fi de tan agradable jornada i els dels professors la por pel viatge de tornada.

CAPÍTOL 4

Quan estaven a punt d'iniciar el camí de retorn, un parell de policies uniformats van acostar-se al grup d'escolars. Els professors van empal·lidir, les cames van començar a tremolar i el futur va fer-se negre com l'interior d'un túnel. Els policies van pensar que si eren uns lladres ho feien molt malament. O molt bé. La cara de pànic els feia sospitosos d'acabar d'atemptar contra el papa.

De fet, van ser els policies qui van tranquillitzar els professors. Van contar-los que s'havia produït un atracament a uns pocs carrers de distància.

–Li jure que els meus alumnes no s'han mogut d'ací –va dir una professora tenyida de carabassa.

–No patisca. Només volem que ens diguen si han vist algun moviment sospitós, alguna persona que no pogueren identificar i que passara corrent o molt nerviosa.

Els professors van mirar-se una mica més tranquils.

–Prou faena tenim vigilant els nostres.

–Els importa donar-nos els DNI. És una simple rutina.

Els professors van deixar la documentació a la policia. Per a rebombori d'un l'alumnat que gaudia comprovant com els seus cuidadors eren per un instant els «sospitosos».

–Fa una estona, jo sí que he vist un sospitós. Era un home que no venia amb nosaltres, però que dissimulava mirant les partides.

Qui ho deia era un alumne amb una cresta, dues orelles i set pírcings. Els policies van mirar-lo amb interés.

–Jo també l'he vist.

–I jo...

De seguida que tres persones confirmaren la presència d'aquell estrany, tots els alumnes alhora van declarar haver-lo vist. La policia poques vegades comptaria amb un ventall de testimonis tan nombrós, eficient i disposat a declarar. Vint minuts més tard, els policies van traure en clar que un vell havia estat mirant les partides i que havia desaparegut de camí al Castell.

–Com de vell? –va voler aclarir un policia.

–Com tu més o menys.

–Jo tinc trenta-cinc anys.

–Potser ell en tenia trenta-quatre o trenta-tres.

El policia va mirar amb cara de pocs amics aquella alumna. Davant la mirada desafiadora, la xiqueta va fer-li l'ullet amb coqueteria i desvergonyiment.

–Vostés no han vist res? –La pregunta anava dirigida als professors, però aquests no havien vist cap vell mirant les partides.

Els policies van donar-se per vençuts, reberen un avís per ràdio i van desaparéixer. Els professors aprofitaren per ordenar una retirada ràpida, no fóra cas que es complicara més la cosa.

Els PQPI del Tirant tornaven a casa amb les memòries dels mòbils farcides de números de telèfon, vídeos i fotografies; una medalla pintada d'argent penjada del coll i mil històries per contar i exagerar durant el cap de setmana.

Una vegada assumit per part del xofer i dels professors que els alumnes no podien romandre quiets als seients, el viatge de tornada a casa fou més tranquil. Els alumnes passejaven i xarraven animats, mentre els professors feien un esforç per mirar per les finestretes de l'autobús i obviar el que passava uns metres més enrere.

Tot anava com la seda, fins a arribar a l'habitual embós d'Oliva. L'autobús feia deu minuts que tractava de travessar aquell poble, quan una sèrie de crits de sorpresa i admiració van trencar la fràgil pau que es respirava.

–On estan les meues coses?

–Ací hi ha una pasta!

–Són bitllets morats!

Els crits provenien de la darrera fila de l'autobús. La resta de seients van buidar-se en un tres i no res, cosa que propicià que quaranta-cinc alumnes s'amuntegaren en un espai no més gran de tres metres.

–Es pot saber què passa? La veu de Julio va aconseguir imposar-se per damunt del guirigall.

–El Christian porta un milió d'euros a la motxilla!

–Com? –Julio no entenia res. Va obrir-se pas entre els alumnes, escèptic i encuriosit. En els darrers anys, com a professor de PQPI, creia haver-ho vist tot, però els alumnes sempre aconseguien sorprendre'l.

–Què collons és açò?

Els alumnes van sentir malparlar el seu professor per primera vegada en tot el curs. Julio observava, blanc com la calç, una bossa farcida de bitllets grossos.

Recuperat de l'ensurt, Julio va interrogar Christian; però el xiquet semblava estar tan sorprés com el professor. Julio va creure'l. Els anys d'experiència li havien desenvolupat un instint per a detectar les mentides i les veritats de l'alumnat.

–Jo he agafat la motxilla per traure un paquet de tabac i m'he trobat açò.

–I ara què fem? –Josep Pons també s'havia acostat a la melé i se sumava al debat.

–Ens ho repartim?

–Me'ls quede jo que han aparegut a la meua motxilla!

–Muntem una festa!

Diverses possibilitats van ser suggerides pels alumnes, però Josep, FOL i Julio romanien en silenci. Procurant ignorar les diverses tabalades però sense saber molt bé com reaccionar. Josep fou l'únic a exposar una possibilitat mínimament ètica i raonable.

–Podem avisar la policia.

A l'instant, una gran remor de desaprovació va sorgir entre el grup d'alumnes.

–Això mai!

–Els diners són meus.

–Els diners són nostres!

–No ho contem a ningú i ens els repartim a mitges.

Julio va aconseguir, amb moltes dificultats, que la pau tornara a instaurar-se.

–No digueu ximpleries. Ara trucaré al 112.

Julio va marxar al principi de l'autobús i va telefonar al 112, que el passà amb la policia. Mentrestant, Josep i FOL tractaven infructuosament d'evitar un motí. Els alumnes estaven indignats i excitats a parts iguals i es negaven a lliurar la motxilla als professors.

Entre discussions i crits, finalment arribaren a l'institut, on ja guaitava un cotxe de policia.

CAPÍTOL 5

L'inspector Robredo era un veterà de la Policia Nacional. Durant vora trenta anys, havia servit en diversos i complicats destins: des dels extraradis de Madrid o Barcelona, passant pel País Basc o la frontera de Melilla.

Es considerava un policia disciplinat i dur, que havia malgastat bona part de la innocència i la vida lluitant contra traficants, terroristes, atracadors i altres pardals similars. A canvi, havia obtingut un sou digne, diversos ascensos i, finalment, el que semblava un bon destí.

Dénia era un lloc ideal per aterrar suaument en la jubilació: un poble ni petit ni gran, enclavat entre una bella muntanya i un mar blau i infinit. Robredo coneixia el poble, l'havien destinat de jove a fer un reforç d'estiu. Recordava els arrossos a banda, la platja i uns policies mandrosos queixant-se de la feina que tenien.

A Robredo, que venia de la comissaria de Carabanchel, la feina en ple agost no li resultava excessiva, així que imaginava els hiverns a Dénia com un oasi de pau, sol i tranquil·litat. Molts anys després, Robredo va haver de triar un destí com a comissari. Va mirar amb desgrat un ramell de ciutats plujoses o complicades, fins a ensopegar amb la capital de la Marina Alta. El comissari va triar permetent-se un desacostumat somriure.

Dénia era, en teoria, una plaça perfecta per a preparar la jubilació, però, en la pràctica, era un mal lloc on exercir de comissari íntegre i disciplinat. Robredo ho va descobrir prompte. Estava tan content amb el nou destí que, contra els seus costums més arrelats, va decidir buscar-se un pis propi per a viure. En assabentar-se que el nou comissari buscava un habitatge, alguns interpretaren malament les intencions i li oferiren tot un ventall de xalets i apartaments molt per sota del preu de mercat. Robredo començà a sospitar que els veritables malfactors no anaven amb jupes de cuir ni vivien en barraques de llanda com a Carabanchel; tampoc no s'amagaven o desafiaven la policia com al País Basc. A la Costa Blanca tot era diferent: els delinqüents importants eren ciutadans respectables i rics que donaven faena a centenars de persones, conduïen cotxes de luxe i vestien roba cara i elegant. Ací mai no eren sospitosos, al contrari, eren persones encantadores que perdien el cul per pagar unes gambes o fer qualsevol favor a policies, polítics i jutges.

Aquells dies encara eren bons temps per al formigó i el maletí. Les grues i les fortunes florien per tota la Costa Blanca com en una exuberant primavera alpina. Però els diners sempre atrauen les males companyies: els lladres, els corruptes, els traficants... Especialistes de mig món van assabentar-se d'un lloc de bon oratge i millor economia; farcit d'estrangers i d'urbanitzacions desprotegides i discretes, on era fàcil actuar o amagar-se. L'oasi de tranquil·litat i pau de l'inspector Robredo s'havia transformat en una selva perillosa.

Aquell matí de maig, l'inspector va començar a treballar una mica més tard. El dia anterior s'havia gitat vora les cinc de la matinada: un desembarcament d'haixix a l'Almadrava. Robredo no va tindre temps ni d'arribar al despatx: «comissari, un atracament de banc». Robredo va abandonar comissaria a corre-cuita i va dirigir-se al lloc dels fets. Tot i maleir sorollosament, en el fons estava content de trobar un cas més o menys habitual. L'atracament a un banc era un clàssic. Una faena rutinària per a un policia normal.

El banc era a la part alta del poble, ja prop del castell, en un carreró tallat al trànsit.

–Com ha fugit?

La pregunta era tan òbvia que Robredo va formular-la tan bon punt va arribar.

–A peu. El director del banc diu que l'ha colpejat i ha fugit corrent cap al parc –qui parlava era un policia municipal.

–Estem reconeixent la zona per buscar-lo, però fins ara no hi ha novetats.

–Què hi ha darrere del parc?

–El castell. Només es pot eixir del parc accedint al castell.

–En tenim una descripció?

–Sí. Un home de mitjana estatura i corpulent. Cabells castanys i barba.

–Tu veus molta gent amb barba? És probable que siga un postís, igual que els cabells.

L'inspector Robredo en persona va posar-se al comandament en cerca del lladre. Al parc hi havia una mena d'excursió, una espècie de trobada amb un centenar d'adolescents que jugaven a un joc local, primitiu i estrany. Una mena de tenis sense raquetes. La gentada podia facilitar la fugida, però va tranquil·litzar-se en comprovar que no hi devia haver més d'una dotzena d'adults. Feien pinta de mestres.

–Deu haver fugit pel castell.

–Demana el DNI als mestres. Vull tindre'ls identificats.

Un policia ros i carregadet de quilos baixava bufant la costera que portava fins al castell.

–Hem demanat identificar tots els turistes. Se'ls han escorcollat les bosses però no hi ha ni rastre dels diners.

–Tenim els DNI?

–Estem fent les comprovacions.

–Has preguntat per algun comportament sospitós? Algun turista que viatjara sol i que tinguera pressa per finalitzar la visita?

–Cap anomalia. Alguns dels *guiris* viatjaven sols, però tots han fet la visita amb el guia. De fet, quan hem arribat encara estaven a les muralles. S'han estranyat de veure la policia, alguns han preguntat si era part d'un espectacle però tots hi han col·laborat.

–Segur que no hi ha una altra manera d'abandonar el parc?

–Només tornant cap enrere, però no tindria cap sentit que haguera fugit en aquesta direcció. A més hauria tornat a passar per davant del banc.

–Açò és molt estrany. L'única possibilitat que se m'ocorre és que haja deixat amagats els diners. Interrogueu els professors i escorcolleu bé el parc, sobretot les papereres. Després deixarem algú de particular, vigilant per si hi haguera moviments sospitosos.

CAPÍTOL 6

Patriotes ressentits, polítics il·luminats i salvadors de consciències esgarriades s'havien repartit els dos-cents metres de mur blanc que conduïen fins a l'institut Tirant lo Blanc. Les frases i consignes escrites a la paret eren un recital inacabable de ràbia i odi. Missatges curts, senzills i radicals, dissenyats per a plantar la llavor de la rancúnia i la veritat revelada en les ments alhora inquietes, moixes i enfebrades dels adolescents. L'inspector Robredo va anar repassant una lletania esgarrifosa, amb exemples de tots els mals que s'havien encarregat de fotre el segle XX. En el camí que cada matí els portava cap a la formació, la generació del XXI hauria de suportar les dèries dels seus majors.

L'IES Tirant lo Blanc era una successió de vells i desgavellats edificis de rajola marró units per un rafal d'uralita. Després de preguntar a dos conserges, tres professors i quatre alumnes amb pinta d'estar fent fugina, l'inspector va parar en un corredor decorat amb les orles de les darreres vint-i-cinc promocions d'FP. En una de les portes penjava un cartell on podia llegir-se «Regidoria».

Així que hi va traure el nas, l'inspector va trobar-se un paisatge familiar.

–Per última vegada. On està el mòbil de Carles?

–Li jure per ma mare que jo no he sigut.

–Aarón, t'ho diré ben claret, o apareix el mòbil en cinc minuts o no tornes a xafar l'institut en un mes.

La mirada experimentada i professional de l'inspector Robredo va captar l'escena. El professor era un bon policia. De constitució corpulenta, mantenia el rostre greu i la veu alta. Sabia aconseguir un to amenaçador i seriós, però amb un toc paternalista. Hauria acollonit més d'un lladregot novençà, però no amb l'amenaça d'un mes de vacances.

–Ja sé que per a tu és un premi, però és el màxim que podem fer a l'institut. Furtar un mòbil és un delicte. No ens deixes altra opció que donar part a la policia.

Robredo va comprendre el colp d'efecte que suposaria entrar en aquell instant. Va obrir la porta de bat a bat, deixant que l'efecte de l'uniforme s'expandira per tot el despatx.

–Bon dia. Sóc l'inspector de policia Robredo.

Un silenci incrèdul i tens va instaurar-se al despatx de regidoria.

–Mira, Ferran, el mòbil està a la motxilla del Rubén, però et jure per ma mare que jo no l'he furtat. –El tal Aarón havia recuperat la memòria.

Ferran passava la mirada des de l'alumne fins al policia sense dissimular la sorpresa i diversió que tota aquesta escena li havia provocat.

–Bon dia, inspector. No sap com d'oportuna ha sigut la seua arribada. Buscava algú?

–El director.

–És la porta del costat.

Tots dos van donar-se les gràcies amb una ganyota de complicitat professional.

A l'inspector, el despatx del director va recordar-li els magatzems dels jutjats d'instrucció. Al mig hi havia una gran taula redona coberta amb quantitats suficients de cel·lulosa per a repoblar mig Amazònia. Amagat al darrere, s'entreveia la màxima autoritat docent.

El director es deia Miquel. Era un home prim, nerviós i xarraire. En pocs minuts va posar-lo al corrent de tot el que havia succeït. Els PQPI havien marxat d'excursió a Dénia i semblava que a un tal Bou li havien canviat la motxilla. Al viatge d'anada portava roba, un entrepà i dos paquets de cigarrets, a la tornada vora mig milió d'euros en bitllets de tots els colors. Cap informació nova.

–Supose que devien lliurar els diners a la policia?

–És clar. Ja tenim prou problemes al centre. Per cert, espere que estigueren tots... –per un instant el rostre del director va romandre seriós i preocupat.

–Supose que sí. En cas contrari ja s'haurien posat en contacte amb vostés. Degué ser una temptació molt forta tindre tants bitllets a la mà.

–Ja ho crec, però els professors van estar ràpids. Els alumnes ja estaven repartint-se'ls.

–Podré parlar amb ells?

–És clar que sí. Tindrà gust.

El mateix director va comprovar l'horari del PQPI d'electricitat i va acompanyar-lo fins a l'aula, situada a la segona planta de l'edifici principal.

–No s'espante, potser els trobem una mica alterats. Són bons xiquets però no els agraden les aules ni la disciplina. Als tallers es porten una mica millor.

Una planta i molts metres abans ja se sentien els crits del professor. Robredo esperava una classe de trenta o quaranta salvatges, però no arribaven a la dotzena. La sorpresa d'un uniforme va provocar un segon i mig de silenci. Després rialles.

–El Bou, ha sigut el Bou!

–Torneu-me la motxilla!

–Volem els nostres diners!

El director i el professor van unir-se al concert de crits per demanar silenci i calma. L'inspector de policia contemplava l'escena bocabadat, temptat de llançar un tret a l'aire i fer callar aquell despropòsit. Finalment va aconseguir contindre's.

–Només vull parlar amb el tal Bou –va haver de repetir-ho tres vegades al director–. I pense que millor al seu despatx.

–D'acord.

Entre els xiulets i els crits dels companys, el tal Bou va eixir de la classe. Unflat i orgullós com un medallista olímpic de camí al pòdium. La deformació professional va fer que l'inspector avaluara detingudament la peça.

Els cabells de Christian Bou semblaven un curs de perruqueria a distància. Pel front queia un serrell llis i poblat que feia dubtar de la seua visió, al mig hi havia una mena de camp d'espigues de blat i, al darrere, una cabellera salvatge que imitava la del bateria de Ramones. Quant a la vestimenta, portava xandall, però més a la manera d'un atracador de bancs que a la d'un esportista. Sabatilles estrambòtiques i cridaneres, pantalons d'amplària suficient per a amagar un kalàixnikov i jaqueta dissenyada per a sostindre una caputxa de la mida aproximada d'una vela de circ. Una preciositat de criatura.

Com ja sospitava, l'inspector Robredo no va traure res en clar de l'entrevista. Allò era com garbellar aigua. Christian Bou insistia per tal que li tornaren la motxilla i, si no podia ser, almenys la meitat dels diners trobats. L'inspector va abandonar l'institut amb una barreja de cabreig i preocupació pel futur de la humanitat. Investigar amb adolescents pel mig sempre era difícil, investigar amb aquests adolescents era impossible. Déu Nostre Senyor s'apiadara de professors i familiars.

CAPÍTOL 7

Dissabte al matí, Dimitri Andreiev conduïa l'escúter de camí a Dénia, i de paquet portava el seu gran amic Christian Bou.

Hi havia vora una hora de viatge. Una hora amb Bou immobilitzat, sense poder xarrar, ni fumar, ni botar ni fer cap barrabassada. Bou estava a punt de la desesperació més absoluta i, sense voler, va posar-se a pensar. Hi havia un tema que darrerament l'obsessionava.

«Jo portava la motxilla groga i la vaig deixar en un banc... juntament amb la resta de motxilles..., tots les deixàrem al mateix banc... La carretera d'Oliva a Dénia és plena de putes... Va, concentra't... Per què vam deixar la motxilla al banc?... Recorde que algú va preguntar on les deixàvem..., crec que va ser Mohamed... i algú va dir que els profes l'havien deixada al banc... Sí, ara recorde... Ah redénia!»

Bou va començar a colpejar amb el puny el casc de Dimitri. De l'ensurt quasi cauen dins d'una séquia.

–Es pot saber què collons et passa. Ens ha faltat no res per a espinyar-nos. –Dimitri va aturar-se a la vorera de la carretera general, entre una parada de cireres a dos euros i una ionqui de vint.

–Estic a punt de descobrir qui va furtar-me la motxilla. Fliparàs!

En un mateix moviment, Bou va aconseguir baixar de la moto i llevar-se el casc.

–Recorda que baixàrem de l'autobús amb les motxilles. Mohamed va queixar-se'n i va preguntar on podíem deixar-les. Algú va dir que els profes les havien deixades en un banquet proper, així que tots les deixàrem allà mateix. Cobrint les dels profes.

–I?

–Pensa Dimitri. Al viatge de tornada resulta que m'han canviat la motxilla per una altra igual.

–Algú va fer-te el canvi.

–Per què? Quin sentit té canviar un entrepà i dos paquets de tabac per mig milió d'euros? Això són molts entrepans i cigarrets.

–La veritat és que no té sentit, si no és que el lladre es veié en perill i abandonà la motxilla amb els diners.

–I per què furtà la meua?

–Ni idea.

–Continua sense tindre gaire sentit, si no és que es confongué de motxilla. El lladre furta els diners del banc, corre fins al parc del Castell, on sap que hi ha un munt d'escolars amb motxilles, deixa la motxilla amb els diners a un còmplice i ell marxa amb una motxilla igual, però buida.

–I què aconsegueix?

–Fugir tranquil·lament. Els policies escorcollen tots els adults del parc, possiblement també ho fan amb l'atracador, però no troben res sospitós. El còmplice del lladre forma part de l'excursió de xiquets, per tant no és cap sospitós i, per tant, no l'escorcollen. La motxilla amb els diners desapareix tranquil·lament de l'escena del crim.

–Sembla un pla fantàstic, però, què va eixir malament?

–Una confusió. El lladre esperava veure una motxilla groga damunt d'un banquet. En comptes d'això es troba vint motxilles. Supose que hi devia haver uns segons de dubte, però al cap d'un moment s'adona que una de les motxilles és del mateix model i color que la seua. Fa el canvi tranquil·lament.

–Sense adonar-se que l'està cagant.

–Exacte, una gran cagada furtar la meua motxilla. Ara només ens resta un detall.

–Un detall important. Qui portava la mateixa motxilla que tu?

–Pensem-ho de camí a Dénia, a veure si encara arribem tard.

Efectivament, la Maru i la Jenny començaven a mostrar-se neguitoses davant el retard dels seus nous col·legues. En veure aparéixer una escúter fent llums i tocant el clàxon van respirar alleugerides. Intercanviaren un parell de besades i marxaren cap a un parc proper.

–Christian, quina passada de cabells!

–Venia patint per si el casc me'ls desfeia. Veritat que xala el meu pentinat?

Les dos xiques passaven la mà pel camp d'espigues que decorava el terrat de Christian Bou. Elles simulaven que es punxaven i ells reien divertits.

–Un dia heu de deixar que us tallem els cabells nosaltres –va dir la Jenny.

–I que us els tenyim! –va rematar la Maru.

–Maru, jo a tu et deixe que em faces el que vulgues. –Bou va fer cara d'ovelleta degollada.

–A mi també, a mi també –Dimitri no anava a ser menys.

El dissabte a Dénia va ser molt divertit per a tots quatre. Van passar el matí passejant per la rodalia del port, i més tard van dinar en un centre comercial d'Ondara. Ara era la Maru qui portava Christian de paquet, mentre la Jenny es deixava dur per Dimitri. Després de menjar una hamburguesa minúscula, mig quilo de creïlles i una bassa de reg farcida de cola, tots quatre van romandre calmats a la taula del McDonald's. Entre rialles i eructes, Christian va traure l'assumpte de la motxilla.

–Sabeu què va passar-nos l'altre dia?

–Quan?

–El dia de l'excursió. A la tornada, òbric la motxilla i em trobe un muntó de pasta. Suficient per a comprar totes aquestes botigues.

–Què estàs contant-me? –Jenny feia cara de no empassar-s'ho.

–Que sí, tia, que jo també vaig veure-ho. –Dimitri va acudir al rescat.

Entre tots dos van anar contant a les amigues tota la història de la motxilla groga, dels diners, de la policia esperant a la porta de l'IES i de la visita de l'inspector de policia. Les xiquetes escoltaven amb els ulls com mussols, sense tindre molt clar si havien de creure-s'ho.

–Venint cap ací hem arribat a la conclusió que hi havia un còmplice dins del nostre grup.

–Algú que portara la mateixa motxilla que Christian. El problema és que no recordem ningú.

–Mireu les fotos –la Maru va dir-ho innocentment, com es diuen les obvietats.

Els dos xics van quedar mirant-se amb cara de sorpresa, fins que tots dos reaccionaren alhora.

–Que rucs! Les fotos!

Christian i Dimitri van traure els mòbils respectius i examinaren una a una totes les fotografies. En cap no s'apreciaven gaire bé les motxilles. Van patir uns segons de desconcert, però abans que la resignació triomfara, Maru va acudir de nou al rescat.

–No us féreu la típica foto de grup?

–Tens raó. Just abans de muntar al bus vam fer-nos una foto. Tu recordes qui la va fer?

–Pense que va ser Josep Pons, però crec que la va haver de repetir diverses vegades perquè alguns alumnes li deixaren les càmeres.

–Els únics que portaven càmera eren Jonathan i Toni. Sabeu si ens poden enviar les fotos al mòbil?

–Si les tenen a la càmera, no; però si les tenen a l'ordinador, sí.

–Envia'ls un missatge i digues que és urgent. Potser aquesta vesprada podrem esbrinar qui va furtar-me la motxilla.

–Eh, vosaltres, deixeu de jugar als policies i feu-nos cas. –La Jenny ja s'havia afartat de tanta motxilla.– Acompanyeu-nos a comprar un biquini.

El Dimitri quasi cau de la cadira en sentir tan abellidora proposta, però Christian encara va tindre temps d'enviar el missatge mentre bavejava a la porta d'un emprovador.

A mitjan vesprada, tots quatre van tornar a Dénia. Ja estaven acomiadant-se molt afectuosament, quan el mòbil de Christian va imitar el cant d'un gall. No és que isquera el sol, només era un missatge.

–Ja tenim la foto.

–A veure.

Christian i Dimitri van compartir una mirada plena d'estupefacció, alegria i excitació, tanta que no van trobar les paraules adients per al moment. Cap dels alumnes portava una motxilla groga. Era encara millor. L'únic que havia muntat a l'autobús amb una motxilla groga, idèntica a la de Christian, era FOL, un professor.

–Ara ja teniu el vostre lladre, esteu contents? –a la Maru no li havia fet gens de gràcia aquella interrupció.

–Hem arribat més lluny que la policia –un Christian eufòric va besar els llavis de la Maru–. Li cagarem la cara a l'inspector que va interrogar-me. Era un carca amb pinta de babau. No va fer-me ni cas, només em mirava el pentinat amb cara de fàstic, sense dissimular les ganes de perdre'm de vista.

–Com li deien, al poli? –per un instant, la Maru va separar els llavis dels de Christian.

–Inspector Robredo.

La Maru no va poder evitar que la cara se li tenyira d'un vermell com de principi d'estiu. A dos metres de distància, la Jenny va començar a riure sorollosament. Ni Dimitri ni Christian sabien de què anava tot açò. Finalment, la Maru va aclarir els dubtes.

–El carca amb cara de babau és mon pare.

Christian va quedar-se blanc mirant la Maru. Després, tots dos van riure i continuaren la faena per on l'havien interrompuda.

CAPÍTOL 8

Una nit d'un dissabte de fa tres anys, quan a FOL li deien Joan Pineda i era casat, va escoltar que Carles Ripoll estava tancat a la presó de Picassent. La notícia no l'havia sorprés ni indignat en excés. El coneixia, havien coincidit molts anys a l'escola. La presó era una parada lògica en la vida d'un consumidor passat a traficant. Una demostració que el sistema funciona, lent però segur. Si passes la vida fent piruetes mortals és qüestió de temps que t'estampes contra el terra i que acabes a la presó, a l'hospital o a dins d'un taüt. Ningú no se n'escapa.

Joan va escoltar el xafardeig despreocupat, amb certa morbositat pels detalls i amb aqueix punt d'altivesa i menyspreu amb què parlem dels pobres infeliços caiguts en desgràcia. FOL va utilitzar la metàfora del trapezista, sense sospitar que ell mateix era un funàmbul. Sense adonar-se que caminava per les altures sobre un fil d'aram, tan prim com insegur. Condemnat a caure a terra amb el proper corrent d'aire, a compartir ventura amb l'antic company de pupitre. De moment, però, aquella meravellosa i tranquil·la nit d'estiu de fa tres anys, FOL encara podia permetre's el luxe de filosofar al voltant de la vida dels altres.

Costa d'entendre per què les setmanes comencen el dilluns. En realitat, la vida comença el dissabte. Un dissabte qualsevol et prens el primer got d'alcohol, el primer cigarret, el primer porro, la primera ratlla, la primera partida de cartes... La vida és plena de primeres vegades, però el problema de la primera és que sol haver-n'hi una segona i una tercera i així fins a l'última... I entremig podem cobrir-nos de merda fins al coll.

La caiguda de FOL va ser menys espectacular però potser més dura. Un dissabte de fa tres anys, esperonada per tres gintònics i fastiguejada per la calor, la dona no va tindre una altra ocurrència que posar-se a dir veritats. El normal en aquests casos: jo ja no puc més, aquest matrimoni és una farsa, ja no t'estime, he llançat els millors anys de la vida al fem, etc., etc. A FOL, esperonat per cinc gintònics, va semblar-li que la dona tenia tota la raó. Per primera vegada en molt de temps, coincidia plenament amb ella i podia fer seues totes les paraules escoltades, però en comptes d'abraçar-se per última vegada, en comptes de felicitar-se per l'encert, acomiadar-se i desitjar-se bona sort, van començar a traure tota la rancor acumulada en anys de convivència, tota la ràbia callada, tots els retrets continguts. Allò va ser com una pantanada de bilis i retrets. La presa va rebentar i la mala llet va inundar les seues vides, esguitant qualsevol que s'acostara, emportant-se per davant cotxes, pisos, amics... Per tractar d'arreglar-ho, intervingueren advocats, jutges, familiars, un munt de gent coneguda o desconeguda, benintencionada o interessada. Tant hi feia! Va haver-hi un moment que semblava que l'únic important era el soroll.

Ruido de abogados,
ruido compartido,
ruido envenenado,
demasiado ruido.

Els CD de Sabina era del ben poc que s'havia salvat de la pantanada. Tres anys després, Joan escoltava aquesta cançó en un estudi de cinquanta metres quadrats situat a la platja de Gandia. Normalment, procurava mirar cap endavant, però, de tant en tant, una cançó, un rostre... i la ment tornava enrere. No sentia nostàlgia, però sí una mica de vergonya i molta ràbia, moltíssima ràbia. No era just que passara una pensió a l'exdona, no era just que ella visquera al pis que ell encara pagava i no era just que ella haguera refet la seua vida.

Joan ho havia perdut tot, o pràcticament tot. Li restava la faena, que no era poc tenint en compte els temps actuals. FOL era professor d'institut, en concret, feia una assignatura que li havia furtat el nom. Formació i Orientació Laboral. FOL havia començat sent un professor enrotllat i estimat pels alumnes, però la vida li havia agrit el caràcter i la vocació s'havia extraviat en la memòria. S'havia enfrontat amb mig institut i l'altre mig l'ignorava. Quant als alumnes, l'havien de suportar.

Enguany estava sent un any especialment problemàtic. El cap de departament li havia assignat un PQPI. Des de Nadal que notava un tic a l'ull dret. Un obrir i tancar espasmòdic, irregular. Aquells alumnes havien aconseguit en unes poques classes el que ni tan sols un divorci traumàtic havia pogut assolir. La salut de FOL se'n ressentia. Nits sense dormir, mala vida, mals alumnes i mala consciència eren un còctel perillós, però l'alumnat no en tenia tota la culpa.

Tot va canviar un dia com qualsevol altre, amb una ensopegada casual en un supermercat. Un home el mirava fixament, amb un somriure estúpid dibuixat al rostre. Era un antic company de classe, era Carles Ripoll. Carles feia poc que havia eixit de la garjola i Joan feia poc que havia eixit de l'institut. Van parlar una bona estona, van fer-se unes cerveses a la salut dels vells temps i quedaren per veure's un altre dia. Eren dos solitaris sense vocació. Carles no tenia on anar, Joan no tenia amb qui parlar. Les cerveses esdevingueren rutina, la rutina confiança i la confiança una cosa semblant a l'amistat. Joan només tenia una cosa clara a la vida: estava fastiguejat de l'existència que portava. Carles va mostrar-li'n una de nova, nocturna i de perdulari; tan falsa i perillosa com prohibida i fascinant. I Joan s'hi va submergir, amb inconsciència i passió.

pagando las cuentas
de gente sin alma
que pierde la calma
con la cocaína

FOL escoltava Sabina mentre esperava l'arribada de Carles Ripoll. Estava preocupat. No havia eixit res com estava previst. Quina novetat! Res en tota la seua vida havia eixit com estava previst. Havia jugat amb foc i s'havia cremat. Una vegada més.

Carles i ell devien quinze mil euros a un parell de jugadors professionals. Gent perillosa. Només hi havia una eixida. Cap avall. En aquest món, les eixides sempre són cap avall. Desesperat per abandonar un lloc, no tens cap altra opció que anar a un de pitjor. De les drogues al joc i del joc a un atracament. No estava malament el currículum per a un sol any de carrera.

Carles va obrir la porta. Tenia claus de sa casa. Una estupidesa més, l'enèsima. Venia amb un somriure a la boca. Almenys era un bon senyal.

–Hi ha manera de recuperar la bossa?

–Cap ni una. Està a les mans de la policia –en sentir-ho, Carles va fer una ganyota de dolor.

–Tu creus que sospiten?

–La poli? Ni de conya. Tu i els teus xavals esteu nets.

–Jo no posaria la mà al foc per aquests impresentables.

–En tot cas no sospitaran mai d'un professor sense antecedents. L'única possibilitat que ens enxamparen seria si els teus alumnes hagueren vist algun moviment sospitós.

–Per això pots estar tranquil. Els del PQPI no en papen ni una.

Tots dos van riure.

–Bé. En tot cas hem d'aconseguir quinze mil euros abans de tres dies. –A FOL se li va esborrar el somriure–. No patisques. Ja està tot pensat.

FOL va fer un esforç per no preocupar-se, preferia deixar-se portar i no haver de pensar. Marxaren de l'apartament sense temps ni d'apagar l'equip de música. Sabina continuava cantant.

y tu mirada azul
me dijo a cara o cruz
y mi alma de tahúr
lo puso a doble o nada
[...]
locos por naufragar
salieron a bailar
al ritmo de la lluvia sobre las capotas
el rocanrol de los idiotas.

CAPÍTOL 9

–Que fort, el FOL un robabancs!

–I a nosaltres, cridant-nos l'atenció per armar una mica de gresca!

–Què fem ara?

El PQPI d'electricitat va celebrar una concorreguda i excitant assemblea tot just abans de pujar a classe. Si de costum l'arribada al centre es produïa d'una manera escalonada i mandrosa, aquell dilluns tots van arribar un quart abans que sonara la sirena.

Als adolescents més festers els agraden les discoteques; als més esportistes, el futbol; als més aplicats, els llibres, i als del PQPI, els problemes. Un altre grup més tranquil hauria acudit a la policia o als seus professors, però no un PQPI. Ells desconfien de l'autoritat. Han passat mitja vida mirant-se sospitosament, causant-se problemes mútuament. Els del PQPI estan acostumats a clavar-se en embolics, però també a eixir-ne sense cap ajuda.

–No direm res a ningú fins que no sapiem què ha passat realment, fins que no tinguem proves concloents.

–I com ho farem?

–Posarem vigilància. Endevinarem on viu i el seguirem dia i nit.

La discussió va ser interrompuda per l'arribada d'un professor. Era un de Comuns, encarregat de fer-los entrar en l'enrevessat món de les matemàtiques. Va quedar-se aturat a la porta, blanc com si haguera vist un fantasma. Per un moment, tots van témer que els haguera escoltat.

–Lloada siga la Mare de Déu! Esteu tots a l'hora! Un dilluns a primera hora!

El PQPI va riure la gràcia sorollosament. Després, van escoltar les explicacions matemàtiques com qui sent ploure, ocupats a ultimar els detalls del seguiment, els torns de guàrdia, les tàctiques per no ser vistos... El professor mirava de reüll els alumnes. Alguna cosa passava. No era normal tanta atenció, tanta cura a xiuxiuejar i no armar gresca. De totes maneres, no va donar-hi excessiva importància. No tenia tanta imaginació per a sospitar el que els alumnes estaven tramant.

En acabar la jornada, van esperar que FOL abandonara el centre. Després, Dimitri va seguir-lo amb l'escúter, fins a localitzar on vivia. Va informar els companys de l'adreça. Al cap de cinc minuts ja hi era tot el PQPI a pocs metres del portal d'un apartament de la platja. Aquella primera guàrdia van fer-la tots junts, però a la mitja hora ja estaven avorrits i van encolomar-la a Dimitri, tal com havien acordat. Una hora més tard va arribar Moha. No va haver-hi novetats. A les dues hores va arribar Sergi i, tot just quan Moha havia de tornar a casa, van adonar-se que FOL marxava de l'apartament.

Tots dos van seguir el cotxe. Per a les persecucions van posar-se un casc integral, de manera que no els reconegueren. FOL anava en companyia d'un altre home, si fa no fa de la mateixa edat, tot i que una mica més castigat i amb pinta de macarró. Van aparcar a la porta d'un bar. Eren les nou de la nit, hora de sopar. De totes maneres, el bar no feia pinta de destacar per la seua selecta i cuidada gastronomia. Era un antre llardós i sòrdid. Cafeteria-Bar El Alcornoque.

Moha i Sergi van esperar fora, però al cap d'un quart continuava sense haver-hi novetats. Moha anava passejant-se lentament per la vorera, llançant mirades poc dissimulades cap a l'interior. La porta estava custodiada per tres màquines escurabutxaques que eren l'única nota de color d'aquell establiment obscur, fondo i estret. Va endevinar una barra quasi tan llarga com bruta i, al darrere, una dona prima i lletja. Les taules, la fregidora i els cabells de la dona competien a veure qui acumulava més greix. Dos clients es recolzaven a la barra amb cara de ximples i avorrits, dissimulaven el tedi amb glops curts i regulars de conyac barat. Ni rastre de FOL i el seu company.

Alarmats, l'equip de vigilància va telefonar a Christian. Aquest va telefonar a la resta de PQPI i al cap de deu minuts ja tenien una explicació.

–Bar El Alcornoque. Sembla que al nostre profe li va la marxa i no en té prou amb nosaltres. L'antre on ha entrat és un dels pitjors de tot Gandia. –A través del mòbil, Christian explicava a Moha el que havia descobert.

–No veges quina marxa, com Benidorm al mes d'agost. Mira, Christian, ací dins els únics que semblen gaudir de la nit són els ratolins que es passegen per sota les taules, la resta fan cara d'estar en una classe de mates.

–Ignorant de la vida. Estàs davant d'una tapadora. A El Alcornoque s'organitzen unes timbes de por. Diuen que té una saleta privada amb més vici que a les festes majors de Sodoma i Gomorra.

–La mare que els ha... Per això han entrat i no han eixit. Escolta, i com ho heu esbrinat?

–Perquè l'ama del bar és una tia del Jonathan.

–No hi ha res com estar ben relacionat. Per cert, a veure si s'afanya a substituir-nos que a ma casa deuen d'estar maleint-me en arameu.

–En berber com a màxim. Moha, et caldrà una mica de paciència perquè el pare del Ricard no se'n va a treballar fins a les deu en punt. Arribarà a les deu i deu.

Efectivament, a les deu i quart arribava el següent torn de vigilància. Ricard i Jonathan eren els dos únics capacitats per fer la guàrdia nocturna. Les ocupacions dels pares ho permetien. Fins a les onze i mitja tot va estar molt tranquil però, just en aquell instant, van ser testimonis d'un miracle digne de sant Vicent Ferrer. D'un bar amb tres persones van marxar dotzena i mitja. Els xicons deixaren de comptar en veure FOL i el seu col·lega. Feien cara de contents i, de fet, alguna cosa devien estar celebrant perquè van anar directes a un club de carretera.

–Christian, vés desempolsant l'agenda de familiars il·lustres. Els nostres amics estan al Club Las Cariñosas. Carretera de Gandia...

–No cal que seguisques, ja sé on està. És d'una tia del Suso. Perfecte, jo crec que ja tenim prou dades, demà preguntarem. Segur que Suso trau un munt d'informació.

–Ens quedem a vigilar?

–No cal. Aneu-vos-en a dormir. Bon treball.

CAPÍTOL 10

No és fàcil ser la dona d'un policia. Matilde Enguera havia acompanyat el marit per diferents destins i, cada vegada, li havia calgut obrir una casa, refer les amistats i buscar un col·legi nou. Durant molts anys, la vida havia sigut una contínua peregrinació per millors o pitjors indrets. Les ciutats i regions se succeïen a la memòria, confonent-se i sobreposant-se, formant una barreja d'imatges, noms i sensacions desordenada i caòtica.

La vida d'un policia pot ser dura i emocionant; la vida de la seua parella és dura i avorrida. Les hores de por i solitud se succeeixen. Cap amic, poble o casa és per sempre. Tot està de pas.

En aquesta existència fràgil i temporal, la seua filla Maria havia sigut una benedicció. Era una xiqueta afectuosa i bonica, que havia dotat de sentit el dia a dia. De totes maneres, feia un parell d'anys que l'adolescència havia arribat com un cicló asiàtic i havia descarregat una pluja torrencial de males notes, rebots violents i respostes insolents. La situació era especialment tensa entre pare i filla. Els seus principis eren tan oposats, com semblants eren els seus caràcters. Tots dos eren igual de cabuts i inquiets, tots dos amb idèntica mala llet i poca paciència.

Josep Robredo no entenia el tarannà rebel de la filla, però tampoc l'actitud protectora de la dona. Matilde sí que comprenia la filla. S'havia mudat massa vegades de poble, d'amics, de col·legi. És impossible arrelar quan un està sempre canviant. De la proximitat naix l'estima, i del costum, l'estabilitat.

L'adolescència, el caràcter i els canvis reiterats havien consolidat una personalitat difícil i contestatària. Tot el que en la mare era resignació i silenci, en la filla era insubordinació i soroll.

Darrerament, una llum d'esperança havia sorgit en l'horitzó de Matilde Enguera. Dénia era una taula de salvació. El marit assegurava que era un bon destí: assolellat, tranquil i, per damunt de tot, definitiu.

Matilde havia escoltat escèptica els raonaments del marit. Al principi s'assemblaven massa a les cantarelles del passat, però un dia va anunciar que havia comprat un pis. Allò era una novetat, i Matilde va somiar una llar definitiva i pròpia. Tot i l'alegria, la propietat no solucionava el problema de la filla. Maru no volia estudiar. S'havia rebotat tan bon punt va entrar al nou institut. Ja havia repetit un curs i ara els advertien que mai no es trauria el títol de l'ESO. Els pares estaven enfadats i desconcertats, fins que algú els parlà dels PQPI. Aquestes estranyes sigles amagaven un curs de perruqueria. A Maru li entusiasmaven els pentinats i els tints. Potser era una opció.

Maru hi va accedir simulant indiferència, però en realitat li agradava la idea. Qualsevol cosa seria millor que romandre nugada a una cadira, en especial si tenia a veure amb la perruqueria. Després de molts anys i molts bacs, Matilde Enguera anava trobant una estabilitat, encara fràgil i feble, però molt preferible a la incertesa anterior.

Com a experta en el tema, Matilde sabia que les rutines són les que sustenten l'existència, que els costums són els que mantenen unida una família. Així, Matilde va instaurar l'hàbit de dinar fora els caps de setmana. Des que eren a Dénia, tots els diumenges baixaven al port, buscaven un restaurant i es demanaven un arrosset de peix. Tant Josep com Maru mostraven tota la resistència que podien. Sempre tenien coses importants a fer: feina, paperassa, amigues... però, entre ganyotes i renecs, acceptaven. El diumenge, d'una a quatre del migdia, el marit i la filla li pertanyien i no acceptava cap excusa.

A la una i vint van aparéixer pare i filla. Arribaven per camins diferents, però igual de malcarats, inquiets i impacients. La mare feia vint minuts que esperava. L'habitual. El dinar va transcórrer de manera pacífica. Estaven massa ocupats amb l'arròs a banda per a posar-se a discutir. Sorprenent a tots, a les postres, Maru va preguntar a son pare per la feina. Josep Robredo va mirar-la estranyat. Aquest sobtat interés grinyolava com un sis-cents en una carrera de Fórmula 1. Robredo va decidir no fer-se tantes preguntes i aprofitar per contar batalletes antigues i estranyes. Maru no va trigar a interrompre'l. No li interessava el passat. Volia conéixer detalls del recent atracament al banc.

–I per quins set sous estàs interessada en aquest atracament?

–Coses meues –Maru va vacil·lar durant uns pocs segons–. Les companyes de classe m'ho comentaren l'altre dia.

Josep Robredo va sospesar si enfadar-se o no. Finalment, va optar per fer mala cara i canviar de tema. Matilde li ho va agrair amb un somriure i Maru no va insistir.

En acabar de dinar van eixir a passejar pel moll de pesca. A mesura que s'acostaven les quatre de la vesprada, pare i filla semblaven més impacients. A les 15.59 marxaren amb unes presses i uns somriures poc dissimulats. Matilde Enguera va romandre dempeus, al costat d'un pilot de caixes buides de peix, mirant fixament el ferri que partia cap a Eivissa, plantejant-se seriosament si pujar-hi i desaparéixer.

De camí a comissaria, l'inspector Robredo va rebre la telefonada d'un dels seus subordinats. Aquest va informar-lo que un dels seguiments havia detectat un fet estrany. El sospitós havia aparegut per Dénia i semblava estar esperant algú.

Robredo va apuntar les dades en una llibreteta, li venia de camí, així que va dirigir-se al lloc indicat. Christian Bou no era pròpiament un sospitós. Era impossible que haguera comés l'atracament, però desconfiava d'ell. Era un insolent malparlat i un presidiari en potència. El seguiment havia detectat un comportament estrany. Estava convençut que tramava alguna cosa.

Robredo va muntar al cotxe camuflat que feia el seguiment. Un policia en pràctiques va informar-lo que Christian feia quaranta minuts que esperava. Encara no havia acabat de dir-ho, quan Christian va dibuixar un somriure d'orella a orella.

Una adolescent s'acostava a ell a bon ritme. Tots dos van besar-se apassionadament.

El policia jove va somriure i el policia vell va enfonsar-se en el seient, pressionat pel pes de la ràbia i la impotència. Si li hagueren arrancat un queixal no li haguera fet tant de mal. Només li faltava això...

CAPÍTOL 11

L'inspector Robredo va marxar del cotxe sense donar cap explicació. Durant tota la vesprada del diumenge va estar enfadat, neguitós i dubtant. Què havia de fer? Diverses opcions van creuar la seua ment febril. Finalment, prop de les nou de la nit, va tornar a casa. La filla encara no havia tornat. Va estar mirant la tele sense prestar-hi atenció, fins que una portada potent com un masclet de traca va anunciar l'arribada de Maru.

Robredo va botar del sofà. En arribar a la cuina, va trobar Maru xarrant tranquil·lament amb sa mare.

–Vull parlar amb tu, a soles –les dues dones se'l van quedar mirant. Estranyades, preocupades i sense saber molt bé a quina de les dues es referia. La mirada directa i eixuta cap a la filla va esborrar qualsevol dubte.

–No pense consentir que hi haja secrets en aquesta casa –Matilde, en contra dels seus costums, va enfrontar-se al marit–. El que hages de dir, ho dius davant de mi.

–Està bé –Robredo va pensar que havia començat molt malament aquella conversa–. Maru, es pot saber què feies besant aquell pispa?

Maru va romandre dos segons amb els ulls com unes monedes d'euro, després ja va exhibir un somriure desafiador i burleta. Sabia que era la millor arma en una batalla cara a cara amb el pare.

–Aquell pispa és el meu xicot. Es pot saber què feies espiant-me?

–Mira, Maru, a mi no em contestes, que no sé la reserva de paciència que tinc a aquestes hores de la nit –el to de veu de Robredo havia pujat molts decibels.

–És el meu xicot i puc fer amb ell el que vulga!

–El teu xicot! I saps que el teu xicot està sent investigat per un cas d'atracament?

–Què?

–No sigues tan innocent. És el mateix atracament pel qual em demanaves detalls a migdia. Saps el que vol dir? Jo t'ho diré. Estan utilitzant-te.

–Però com esteu tan tronats? Però com sou tan ximples?

Robredo va plantejar-se si anava a consentir que la filla li parlara així. Era intolerable i ho sabia, però va decidir contindre's. Estava jugant-se molt més que l'orgull. No podia llançar-ho tot a córrer per les maneres. Tot i que foren intolerables.

–Mira, Maru. Ignoraré les insolències i faré com si no les haguera escoltades. Pots prendre-t'ho com una ordre o com un favor que et demane. Allunya't d'ell.

–No vull. Aneu molt despistats si penseu que té a veure amb l'atracament. De fet, jo mateixa vaig estar tot aquell matí amb ell. Jo i dos-cents alumnes més.

–Tota l'estona? No us separàreu per res?

–Tu i els teus espies ja sabeu com ens agrada estar juntets.

El riure burleta a punt va estar de traure de mare Josep Robredo. Va haver de respirar profundament i comptar fins a sis.

–Potser durant una bona estona el perdries de vista.

–Clar. Potser va dir-me que anava a pixar i, en comptes d'arruixar una palmera, va atracar un banc a mà armada.

–Mira, Maru, no pense discutir amb tu del cas.

–Ja ho estàs fent.

–Sí, i fins i tot em saltaré el reglament per a contar-te el que passa. La família i els amics del teu Christian Bou són responsables de la meitat del col·lapse judicial i penitenciari valencià. Si tu em dius que ell no va robar el banc, jo et creuré. Ara bé, deixa'm exposar-te una hipòtesi. El pare, l'oncle o algun col·lega del teu amic va atracar el banc, després va fugir fins al parc del Castell i va passar-li el botí. Així, sense alçar sospites i gràcies al teu estimat, els diners van desaparéixer i el lladre va fugir tranquil·lament.

–Oooh! Quina història tan original i interessant! –Maru procurava encertar amb el to de veu més sarcàstic possible–. Ara m'has de permetre continuar. Una vegada a l'autobús, Christian no té una altra ocurrència que obrir la motxilla davant de tots els amics i començar a cridar. No et sembla una mica estrany?

–Potser li descobriren els diners per casualitat, o potser ni tan sols sabia que els portava. Per a mi que estaven utilitzant-lo. Tinc entés que la gent del PQPI no és massa llesta.

Maru va canviar la cara burleta per un rostre farcit d'odi i ràbia.

–Et recorde que la teua filla estudia un PQPI –Robredo es va enrojolar, en trenta anys d'interrogatoris era la primera vegada que li passava– i t'assegure que la gent del PQPI ha pogut esbrinar molt més d'aquest cas que tu i els teus policies d'acadèmia.

–Mira que sabuts, conta-m'ho.

–Més o menys aneu ben encaminats. Algú va atracar el banc, després va portar els diners al parc i va bescanviar la motxilla.

–Justet amb el teu amic. Una casualitat?

–No. Una errada. Algú més devia portar una motxilla igual que la de Christian i el lladre va confondre's. Heu comprovat si algú portava una motxilla semblant?

Robredo va callar. No podia suportar que aquests terrossos li donaren lliçons, però com a bon policia sospitava que no anaven mal encaminats.

–Nosaltres sí que ho hem fet –Maru va dir-ho alhora que llançava una mirada orgullosa i desfiadora cap a son pare. Sabia que era el moment de callar, que més tard es penediria d'haver parlat massa, però era una oportunitat irrepetible de cagar-li la cara, de demostrar-li les capacitats i destreses dels seus amics, d'esborrar els dubtes sobre la innocència de Christian.

–Sé que em penediré de preguntar-ho, però, què heu fet?

–Hem descobert que a l'autobús hi havia una altra persona amb una motxilla idèntica.

–Qui?

–No teniu ni idea? –Maru sabia que el pare estava al límit de la seua capacitat d'aguant i es delectava fent-lo patir.

–Qualsevol del PQPI em val com a sospitós.

–Per això no n'encerteu una, perquè no sabeu anar més enllà de les obvietats i els clixés; perquè us moveu a força de prejudicis i tòpics. No era cap adolescent, ni tan sols cap alumne de PQPI, era el profe de FOL qui portava una motxilla idèntica.

–Com? –Robredo va començar a riure. Era una rialla forçada i artificial, però era suficientment cínica i ofensiva.

–Pots riure tot el que vulgues, però és cert.

–Clar, clar. I com ho saps? Espera, no em contestes. Deixa'm que ho endevine. T'ho ha contat el teu amic Christian. Maru, desperta que estàs enfigada! Tenien un pla perfecte, però per alguna raó no els va eixir com esperaven. Ràpidament van haver d'improvisar una solució. Lligar-se la filla del comissari i encolomar el mort a un nou sospitós. Damunt un professor que segur que els té mania. Mira que sabuts!

Maru va trigar un instant a assimilar les paraules del pare. Plena de ràbia i rancor va ser incapaç de contindre les llàgrimes. Va fugir de la cuina per refugiar-se a l'habitació.

CAPÍTOL 12

El que normalment era motiu de festeig desbarrat, aquell matí movia a la festa cavil·losa. FOL havia faltat a classe.

Els alumnes del PQPI van reunir-se per analitzar la situació. El cap de setmana havia servit per reunir informació molt valuosa. Preguntant a amics i familiars, havien pogut esbrinar circumstàncies curioses i fets significatius. Una tia de Jonathan regentava El Alcornoque. Efectivament, el bar era la tapadora per a un casino il·legal. Era un negoci especialitzat. No hi havia ruletes, només baralles de cartes. Cada nit es jugava una única partida, normalment de pòquer, excepcionalment de truc. De quatre o sis jugadors, amb apostes mínimes que oscil·laven entre els cinquanta i els cent euros. Carles Ripoll era un clàssic vingut a menys, mentre que FOL era un novençà amb ganes de beure's la nit d'un sol glop.

Carles Ripoll havia estat absent una bona temporada. A El Alcornoque no es feien preguntes, però molts sospitaven que s'havia mudat al penal de Picassent. Ara havia tornat amb un amic amb cara de babau, poca gràcia per a les cartes i prou diners. Com és lògic, va ser rebut amb hospitalitat i alegria per la resta de jugadors, però ara ja devien vora quinze mil euros i, clar, les gràcies i rialles havien acabat.

Després d'un resum de les investigacions, Christian va exposar les últimes dades disponibles. L'última vigilància corresponia a la nit anterior. Cap a les 21.30, Carles i FOL van marxar de l'apartament d'aquest últim; cap a les 21.50 ja estaven arruïnant-se a El Alcornoque. La vigilància va continuar una bona estona, però davant la manca de resultats i la mala llet dels progenitors del vigilant, el seguiment va donar-se per finalitzat a les 22.20.

–Potser tot és una falsa alarma i FOL torna demà a classe. Tal vegada només està refredat.

–És molt estrany. Anit no semblava malalt.

–On pot haver-se ficat?

–Pot haver fugit, poden haver-lo detingut, pot estar mort o segrestat pels seus creditors. Hi ha moltes possibilitats, però ara només podem esperar. Estic segur que prompte tindrem notícies.

Tot i l'excitació i els desitjos, el matí continuà avançant amb els nivells de sopor i tedi habituals d'un dia de classe. A les 14.15 una timbrada va alliberar els alumnes. Tots isqueren com una bandada de bisons salvatges recorrent les praderies nord-americanes, però Christian Bou, dotat amb unes condicions innates i amb un llarg entrenament, va ser dels primers a assolir l'eixida de l'institut. A la porta l'esperava una sorpresa.

–Hola, Christian. Et recordes de mi? –Tot i no vestir d'uniforme, Christian va reconéixer la figura de l'inspector Robredo, per més senyes, el pare de la Maru.– Vine al bar d'enfront i et convidaré a un vermudet.

El bar d'enfront de l'institut estava regentat per un matrimoni búlgar. Els professors anaven entrant d'un en un, amb la cara d'esgotament i satisfacció de qui sobreviu a una nova jornada. Tots miraven de reüll Christian Bou, un dels alumnes favorits del claustre. Robredo va triar una taula una mica allunyada de la resta, just davall del televisor.

–Bé, Christian, parlarem d'un parell de temes. El primer és que tinc entés que et dediques a fer-me la competència; el segon és que et dediques a fer-me la punyeta.

Christian va ser conscient que l'havia espifiada, però no era cap novetat, hi estava acostumat. La Maru, feta un sortidor de llàgrimes, li havia telefonat la nit anterior i l'havia posat al corrent de tot. En qualsevol cas, no esperava la visita del pare, almenys no tan prompte. Va plantejar-se què fer. En contra dels seus costums, va mostrar-se educat i col·laborador. No era per por o respecte, ho feia per la Maru.

–Per on vol començar?

–Per la meua faena i la teua afició. Vull que em contes, fil per randa, el que saps de l'atracament al banc de Dénia.

–No puc afegir molt al que ja sap. Em consta que Maru ja li ha dit tot el que sabem. –El rostre de Robredo no va immutar-se, però al blanc de l'ull s'intuïen petites espurnes de ràbia i odi.– En tot cas, s'ha produït una novetat important aquest matí.

–Penses contar-me que Joan no ha aparegut per classe?

–Sí, l'heu detingut?

–Jo faig les preguntes. Quan va ser la darrera vegada que el vau veure? –Sense voler, Robredo havia respost a l'interrogant. Era evident que la policia no tenia ni idea d'on era FOL.

–Ahir a la nit. A les 21.50 va entrar al bar El Alcornoque, però no tenim constància de l'hora que va marxar.

–Bé, si això és tot el que m'has de dir, canviarem de tema. No tornes a acostar-te a la meua filla.

Els dos es miraren fixament, generant tensió suficient per a il·luminar l'estadi de Mestalla.

–Per alguna raó?

–Perquè ho dic jo i prou. Vulgues o no, tu estàs relacionat amb aquest assumpte i jo sóc el responsable d'investigar el cas. No pot haver-hi cap relació entre tu i jo. Ho entens?

–No, però supose que és igual.

–Exacte.

Sense més paraules, Robredo va alçar-se alhora que llançava una darrera mirada dura i hostil a Christian. L'adolescent va estar pensant-se si contestar-li amb una borderia grollera i humiliant, però va contindre's. Mentrestant, el policia va pagar les consumicions. Just en aquell moment va sonar-li el mòbil. Li telefonaven de la comissaria de Xàtiva. Mentre Robredo contestava amb cara de concentració, va comprovar de reüll que Christian ja no hi era. Havia desaparegut.

CAPÍTOL 13

Entre Gandia i Dénia hi ha trenta quilòmetres d'un territori cosit per infinitud de vies de comunicació. No obstant això, si vols recórrer aquesta distància amb transport públic, has d'adaptar-te a un horari de frenopàtic i invocar el sant Job perquè et preste part de la seua proverbial paciència. L'autobús triga el mateix a recórrer els trenta quilòmetres de Gandia a Dénia que el que costa a l'AVE anar de València a Madrid, tot i que la distància és, en aquest cas, de 350 quilòmetres. Singularitats del país.

No obstant això, Maru va fer fugina i va muntar a l'autobús de Gandia. A mitjan camí va telefonar a Christian, qui immediatament va abandonar la classe sota els improperis i les amenaces d'un professor.

En trobar-se a l'estació, van dedicar vora deu minuts a demostrar-se l'alegria per la trobada. Després, la Maru va explicar-li per què havia vingut. La nit anterior, ella i son pare havien discutit molt violentament. L'inspector Robredo li havia explicat l'entrevista amb ell. Maru s'havia enfadat molt, l'havia cridat i l'havia insultat. El pare havia respost posant-se com una fera i només la intervenció de la mare havia evitat que la cosa anara a més.

–No he dormit en tota la nit. Em pensava que ja mai no voldries tornar a veure'm. –Maru va penjar-se del coll de Christian.

–No patisques. No hi ha cap pare ni policia que em separe de tu.

Maru i Christian van estar tot el dia voltant ociosos per Gandia. El darrer autobús eixia a les 17 hores, però, com que estaven tan ocupats, van arribar vint minuts tard. En adonar-se que l'havien perdut, tots dos van mirar-se i començaren a riure, despreocupats i satisfets.

Per evitar que la família o l'institut els molestaren, tots dos portaven el mòbil apagat. En encendre'l, Christian va descobrir onze telefonades perdudes. En va obviar una desena i es limità a contestar la telefonada de Dimitri.

–Tio, necessite que em deixes la moto.

–Com?

–La Maru ha perdut l'últim autobús a Dénia i no sap com tornar.

–Pobreta meua. Què faria sense el seu cavaller motoritzat? Per cert, no t'has assabentat de res?

–De què?

–Hi ha hagut un atracament en un banc de Xàtiva.

–I?

–A la tele diuen que pot estar relacionat amb l'atracament de Dénia. Un dels atracadors ni tan sols s'ha molestat a canviar-se la barba.

–Un dels atracadors?

–Sí. Sembla que, mentre un amenaçava els empleats i agafava els diners, l'altre esperava fora amb un cotxe.

–Deixa'm endevinar-ho. Veritat que hui FOL tampoc ha anat a classe?

–Bingo. He quedat amb tota la classe d'ací a mitja hora a ma casa. T'hi apuntes?

–Clar que m'hi apunte!

–Una altra cosa. Pregunta-li a la Maru per què la Jenny no em telefona.

–Tu li has telefonat a ella?

–No.

–I què vols? Bé, ja ho parles amb la Maru d'ací a una estona. Ens veiem.

Christian va penjar quasi al mateix temps que començava a explicar totes les novetats a la Maru.

–Bé, és una bona notícia. Això vol dir que mon pare estarà a Xàtiva i no s'haurà assabentat que me n'he anat de Dénia. La mare em protegirà.

Al cap d'un quart ja eren a casa Dimitri. De mica en mica va anar apareixent tot el PQPI. Semblaven sardines en llanda.

–Esteu segurs que ha sigut FOL? –va preguntar Suso.

–Pràcticament al 100%. Passava les nits jugant a les cartes i sabem que devia molta pasta –Jonathan era qui més havia xafardejat la vida de FOL–. Ma tia parla d'un mínim de quinze mil euros. Potser van fer un primer intent d'atracament. Tot va eixir-los bé, excepte que van acabar perdent el botí. Ara deuen d'haver fet un segon intent.

–La llàstima és que els hem perdut la pista.

–Vés a saber on poden estar.

–Sembla que aquesta vegada les coses els han eixit millor.

–Un moment. Tinc una idea. –Immune a un cor de pessimistes i conformistes, Christian mai no es donava per vençut.

–El Senyor ens agafe confessats. –Dimitri el coneixia bé.

–Si a tu t'ix bé una cosa, què fas? Què fem després de clavar un gol? Què fem després de guanyar la lliga el nostre equip?

–Celebrar-ho –van dir tres o quatre veus alhora.

–Exacte!

–Però poden celebrar-ho de moltes maneres diferents –Suso estava en el paper d'esgarriacries.

–Sí, però nosaltres sabem, pels seguiments, que FOL i el seu col·lega tenien costum de celebrar les nits triomfals al mateix lloc.

–Al club Las Cariñosas!

–Exacte.

–Anem cap allà.

CAPÍTOL 14

La faena, la calor, la inquietud... Robredo tornava a casa suat, cansat i preocupat. De bon matí s'havia desplaçat fins a Xàtiva. El comissari d'aquella població volia parlar amb ell. Hi havia indicis prou raonables per a relacionar tots dos atracaments. La manera d'actuar, les maneres dures i, sobretot, la barba. La descripció era idèntica. Només un detall variava: a la porta del banc esperava un cotxe amb el motor en marxa i un còmplice al volant. Aquesta vegada havien seguit el manual de tot bon atracador o, almenys, de tot aficionat al cinema. Res d'intercanvis de motxilles ni coses rares. Els experiments al Quimicefa i no amb els botins d'un assalt a mà armada.

El cas era clar. Només un parell de detalls inquietaven l'inspector. El primer és que els atracadors continuaven lliures; el segon és que la filla tenia raó.

Aquests macarrons sense educació ni respecte; aquests bandarres plens de grans incapaços de traure's el títol de l'ESO, havien resolt el cas.

Robredo estava frustrat i recremat. Ara ho veia tot clar, en realitat, ja ho havia vist quan la filla li ho va explicar. Per uns minuts va trobar el cinisme suficient per a negar la realitat. Durant anys havia vist fer-ho a molta gent, a pràcticament tot el món. Si la realitat no m'agrada la canvie, la negue, la transforme... però l'ofici li havia ensenyat un parell de coses: la veritat i els cadàvers sempre acaben apareixent.

Havia de demanar perdó a la Maru? Ell sabia que sí, però no volia. Podria haver callat, haver detingut els culpables i no haver contat res a la filla. El temps hauria cobert aquell cas, com ho acaba cobrint tot. Sense necessitat d'humiliar-se. Però ara era impossible. El comissari de Xàtiva havia amollat a la primera carxofa que li havien posat al davant. La història de la humanitat està farcida de gent a qui exciten les dones, els homes, els diners, el poder o la glòria. El segle vint va aportar un nou i original afegit a la llarga llista d'obsessions humanes: els micròfons i les càmeres. Ara tot València sabia que l'atracador de Dénia i Xàtiva era el mateix. Podia imaginar el rostre burleta de la filla o, pitjor encara, el somriure sorneguer de Christian Bou.

L'inspector Robredo va obrir la porta de casa encara rumiant què fer. Així que va travessar el llindar, va escoltar els plors de la dona. En aquell precís instant va saber que alguna cosa anava malament, que aquell dia esgotador no havia finalitzat. Només acabava de començar.

–La xiqueta no està en casa, ha desaparegut.

Robredo va fer un esforç per no enfonsar-se. Calia fer alguna cosa ràpidament i ell sabia cap a on dirigir la investigació. Sense marxar de casa, va fer les gestions perquè li aconseguiren els telèfons de Christian Bou. Des de comissaria li van passar dos números. A casa de Christian asseguraven no saber res del fill, al mòbil no contestaven.

Sense tindre molt clar el següent pas, Robredo va focalitzar els esforços a tranquil·litzar la dona.

–Tot açò és un rebot. No té res a veure amb els atracaments.

De seguida, Robredo va saber que la dona feia esforços inútils per creure'l.

–Josep, si creus que pots ser més útil buscant-la fora de casa, vés-te'n. Jo em quedaré a casa per si torna.

L'inspector va escoltar alleugerit i admirat les paraules de Matilde. A l'interior lluitaven les ganes de marxar i la necessitat de no abandonar la dona. Amb el permís en regla i la consciència tranquil·la va marxar del pis.

Ja des del cotxe va telefonar a la comissaria de Gandia. Si els xicons eren pels carrers els trobarien. En arribar, Robredo va romandre uns segons aturat en una rotonda de la carretera general, sense saber cap on tirar. Just en aquells instants va sonar el mòbil. Era Matilde. Va desitjar amb tot el cor que foren bones notícies. Havia viscut moltes vegades aquesta situació, però sempre era un altre qui més patia.

–Josep, ha trucat un tal Christian Bou. Diu que no té saldo i que vol que li telefones.

Robredo va maleir per enèsima vegada aquell malson de persona, alhora que marcava el número que li acabaven de dictar.

–Inspector?

–Bou, et jure que quan t'agafe...

–Relaxe's comissari...

Les paraules de Bou feren de tot menys relaxar l'inspector Robredo, però almenys ara sabia què fer i cap a on dirigir-se.

CAPÍTOL 15

Unes hores abans, un eixam d'escúters enfilava la carretera general de camí a Las Cariñosas. La classe del PQPI d'electricitat al complet, més la Maru, es dirigia a una missió incerta i perillosa. A uns cent metres de la destinació, Dimitri va tindre el trellat d'aparcar al costat d'una nau industrial ja tancada. La resta de motos l'imitaren.

–Per què ens aturem ací?

–Perquè l'arribada d'una dotzena de motos trucades al pàrquing d'un club de carretera no és la manera més discreta de començar aquesta investigació.

Una vegada aparcats els vehicles van dirigir-se caminant fins a Las Cariñosas.

Amb els PQPI passa molt allò d'«arrancada de cavall, parada de ruc». Al cap de vint minuts ja estaven farts d'esperar.

–Falta molt?

–Jo he quedat a les nou!

–Fins a quina hora hem de vigilar?

–Jo no puc arribar a casa més tard de les nou i mitja!

Servint-se de frases d'aquest estil, molts dels vigilants abandonaren a poc a poc la missió. A l'hora i quart només romanien tres xicons i la Maru. Per acabar-ho d'adobar, un d'ells va fer una pregunta innocent.

–I si no estigueren?

La qüestió semblava simple, però va omplir de dubtes les ments dels vigilants. L'eufòria inicial s'havia desbravat com una botella de Fanta mal tancada.

–Un minut! Tinc una idea. Per què no telefonem a ma tia i li ho preguntem?

Tots havien oblidat que la propietària del club era la tia de Suso. La idea era tan evident que la resta del PQPI va plantejar-se si felicitar-lo o pegar-li una bescollada per no haver-ho pensat abans.

A dins del Club Las Cariñosas no hi havia cap detall que fera sospitar que es tractava d'una nit especial. Mitja dotzena de clients habituals i dos o tres transportistes de pas conformaven l'exigua clientela d'un dijous a la nit. Només els més veterans i perspicaços s'adonaven que les millors i més cotitzades *senyoretes* no estaven disponibles aquella nit.

No molt lluny, en un reservat luxós i discret de la primera planta, dos homes feliços i patètics destapaven botelles de cava en calçotets. Un manoll de damisel·les nocturnes festejaven amb rialles falses i estridents cada una de les ocurrències del duet. Contemplant l'escena amb un somriure d'orella a orella, Pili, la propietària del negoci, procurava que res no faltara a aquells generosos clients.

El mòbil de Pili va sonar en mig d'aquell panorama. La dona va sospesar si contestar o no. A la pantalla hi apareixia escrit el nom del seu nebot, va pensar que potser era un assumpte important i va despenjar. Prompte se'n va penedir. La conversa va ser d'allò més surrealista. El nebot tenia la barra de demanar-li entrar al club. No podia creure's que tinguera tanta cara. Ni sota tortura ho consentiria. La seua germana la mataria.

Abans de penjar, Suso li va preguntar si hi havia al club un client amb cara de FOL.

–De què?

–De profe.

–Però de què estàs parlant-me?

Pili va penjar cabrejada. Carles Ripoll va mirar divertit la cara d'enuig de la *madame*.

–Què passa Pili, no et deixen en pau els homes?

–Exacte. La gent s'entesta a no deixar-me gaudir dels meus clients favorits.

–Segur que era un home calent! –les cinc senyoretes van celebrar l'ocurrència de Carles amb noves rialles i palmes.

–No cregues. Era el meu nebot que assegura estar ací fora amb uns amics.

–Pobrets, digues que entren, nosaltres els convidem!

–No, deixa-ho estar. No vull menors d'edat ací dins. El molt degenerat només té setze anys.

–Mira, com els sargantanes dels meus alumnes!

–Ah, sí? A veure si preguntaven per tu... No sé que m'ha dit d'un profe de FOLK.

Com si acabaren d'escoltar les trompetes de l'Apocalipsi, Carles i Joan mudaren el rostre. El somriure va esborrar-se i tots dos compartiren una mirada llarga, trista i seriosa, il·luminada amb llampecs de ràbia i por. La festa havia finalitzat.

CAPÍTOL 16

–Què t'ha dit? –va preguntar Christian.

–Me n'ha dit més que a un porc solt. Per fer-te un resum, diu que sóc un degenerat i que res de res. Al Club, prohibit entrar.

–I de FOL?

–Ni s'ha dignat a contestar-me. Directament m'ha penjat.

–Total, que hem quedat com Camot.

–I si ens acostem a les finestres? Tal vegada podrem veure'ls.

–Aquesta mena de negocis no solen tindre massa finestres.

–Podem investigar-ho.

–Si hi anem tots, potser eixiran per la porta i no els veurem –va dir Dimitri–. Seria millor si anàrem Christian i jo. Vosaltres podeu vigilar la porta principal des del pàrquing.

Maru va marxar a l'aparcament en companyia de Suso, no li feia gens de gràcia separar-se de Christian, però pensava que només seria un instant.

–Ens amaguem darrere del tot terreny? –va dir.

–Mira quina casualitat, un Suzuki Santana, com el de FOL!

Tots dos van quedar mirant-se amb cara de Pasqua.

–Però mira que som borinots! –va exclamar Suso.

–I ara què fem? Els truquem?

–Millor no. A veure si en sonar el mòbil alertem algú –Suso va començar a palpar el pany del darrere amb posat d'expert–. Bingo! Ja està obert.

–Què penses fer?

–Només pegar una miradeta a l'interior. Tu vigila la porta del Club.

Mentrestant, aliens a les noves aventures dels seus companys, Christian i Dimitri li pegaren una volta sencera a l'edifici. L'obscuritat de la nit s'interrompia cada dos segons, amb violentes i acolorides fogonades de neó. Aquell club de carretera estava dissenyat perquè ningú de fora furonejara el que ocorria a l'interior. Els clients venien buscant companyia i discreció, i això implicava moltes dones i poques finestres. Només al pis de dalt s'endevinava alguna habitació amb balcons petits i inexpugnables.

–No hi ha manera de ficar-hi el nas.

–Tornem amb el grup.

Just quan es disposaven a tornar, una porta secundària va obrir-se. Es tractava d'una porta de metall, mig amagada entre contenidors de fem, just a la part oposada a la façana principal de l'edifici. Els dos xicots van disposar del temps just per amagar-se en un hort de tarongers. Tombats en un mantell d'agret, van veure aparéixer dos figures anònimes i obscures, fins que un llum de neó verd els il·luminà els rostres, i els cors de Bou i Dimitri començaren a bategar amb força. Eren Carles Ripoll i FOL.

Els dos homes caminaven de pressa però amb molt de sigil. Van trigar un instant a comprendre que es dirigien cap al pàrquing.

–Merda! –van dir tots dos alhora.

Christian va telefonar ràpidament al mòbil de la Maru i aquesta va respondre-li eufòrica.

–Que t'hi jugues que no endevines què hem trobat?

–Amagueu-vos. Van cap a vosaltres –va poder dir en un xiuxiueig.

–Però si la porta està tancada. Deixa'ns un minut que estem escorcollant el cotxe de FOL.

–Què dius? Feu-me cas, marxeu de seguida! –I en aquell instant la comunicació es tallà de colp.

Fins en aquell instant, els dos xicons s'havien mantingut amagats però, en comprendre el perill que patien els seus companys, tots dos van córrer cap al pàrquing. Només van arribar a veure com les portes davanteres del cotxe es tancaven.

CAPÍTOL 17

–Mira, aquells dos palplantats del cantó deuen ser els teus alumnes –va dir Carles mentre engegava el cotxe i mirava pel retrovisor.

–M'entren ganes de quedar-me una estona i donar-los una lliçó de veritat i no les favades que he estat ensenyant-los durant tot el curs.

–Si no han pogut entrar al Club ni localitzar-nos és possible que hagen telefonat a la policia. Hem de marxar de seguida.

–I ara, què farem?

–Conduirem d'una tirada fins a Barajas, després comprarem el primer bitllet disponible cap a Amèrica del Sud i a volar.

–Ja no tornarem mai?

–En uns pocs anys s'hauran oblidat de nosaltres, però, en tot cas, trobaràs moltes coses a faltar?

–Els alumnes segur que no.

–I els teus deutors tampoc.

–Un bon colp, un llarg viatge i tot solucionat.

Tots dos homes van riure sorollosament, FOL va introduir un CD en l'equip de música i va posar-se a cantar una nova cançó de Sabina.

nos hicimos unas fotos
de cabina en tres minutos.
Parecemos la cuadrilla de la muerte.

–En un parell de dies, mentre els meus companys d'institut em maleeixen per haver de suportar aquests delinqüents amb acne, jo estaré ajagut en una platja d'arenes blanques.

–I en comptes d'amargar-te l'existència una colla de bandarres adolescents, contemplaràs dues mulates servint-te *caipirinhes*.

–Que bo!

FOL taral·lejava cançons de Sabina mentre bavejava com un caragol sota una fina pluja primaveral, i deixava, delectós, que la ment viatjara per illes paradisíaques del Carib, però, de sobte, Carles va manar que callara i apagà la ràdio.

–Mira què tenim al darrere...

En mirar pel retrovisor, només va localitzar una llum solitària, però de seguida va identificar un so estrident i metàl·lic, com un concert desafinat de casseroles i llandes. FOL va reconéixer l'inconfusible soroll de les motos d'adolescents acostant-se a l'institut.

–Merda, són ells...

–No patisques. Mira que són tabolls, els teus alumnes. Què pretenen? Perseguir-nos en una escúter? Amb una accelerada els perdrem de vista.

Carles xafà a fons l'accelerador i FOL va riure alleugerit, però va ser llavors quan va notar un inusual i gelat corrent d'aire colpejant-li el bescoll.

CAPÍTOL 18

Just quan Christian alertava de l'arribada imminent dels lladres, Suso es trobava a l'interior del maleter xafardejant el contingut d'unes bosses sospitoses. La Maru només va disposar del temps just per entreveure la presència dels dos homes, penjar el mòbil, botar a l'interior del vehicle i tancar la porta del darrere. Suso va quedar-se petrificat, sense entendre massa bé el que estava passant. Cap dels dos va tindre temps per a sospesar les conseqüències dels seus actes. En sentir com s'obrien les portes davanteres i entraven Carles i FOL, van adonar-se que s'acabaven d'autosegrestar.

Carles i FOL van ocupar els seients del davant, llançaren una bossa d'esports al darrere i engegaren el cotxe amb urgència evident. Tots dos xavals van romandre gitats i immòbils en el maleter, acostumant-se a l'obscuritat i sentint espantats com marxaven corrents del club. L'única eina amb què comptaven era el mòbil, així que Maru va telefonar a Christian. Naturalment no podia obrir la boca, però confiava que el seu xicot entenguera què estava ocorrent. Mentre esperaven, Suso i Maru només podien compartir mirades de complicitat i por, sense poder obrir la boca ni fer sorolls. El més lògic en aquestes circumstàncies hauria sigut mantindre's paralitzats i en silenci, però això era impossible per a dos alumnes de PQPI.

Al cap de pocs minuts, la Maru va tindre una segona idea brillant. Amb sigil i destresa, va agarrar la bossa d'esports que els dos lladres acabaven de llançar. A pesar de les ganyotes de pànic de Suso, Maru en va obrir la cremallera i tot just va poder contindre un crit de sorpresa. Després d'aquell esforç suprem, va expressar els seus sentiments amb un somriure d'orella a orella mentre mostrava el contingut al seu sorprés company de maleter.

Suso va contemplar, delitós, un muntó de bitllets. Una fortuna. Tots dos van compartir un somriure sincer i rebordonit. Però just en aquells moments van sentir les paraules que havien estat tement tota aquella estona angoixant.

–Mira què tenim al darrere!

–Merda, són ells!

La Maru i Suso van entendre que acabaven de ser descoberts, però per a la seua sorpresa estaven equivocats. Els lladres es referien a una moto que portaven al darrere. El sentiment dels joves va ser en un principi d'eufòria, es mantenien amagats i damunt ara sabien que Dimitri i el Bou venien al rescat. En tot cas, l'alegria va durar poc, tot just el que trigaren a comprovar que els lladres podien deixar els seus amics molt arrere només amb una accelerada. Si no feien alguna cosa ràpidament, els perdrien.

La Maru va fer-li un parell de gestos que pretenien transmetre confiança al seu company. Tenia un nou pla. Després d'assenyalar la porta del darrere, ajuntant les dues palmes de la mà va fer el gest d'obrir-les. Suso va alçar el polze en senyal d'aprovació.

En un no res van obrir la porta del quatre per quatre i començaren a llançar per l'aire grapats de bitllets, mentre amollaven les primeres tabalades que els passaren pel cap.

–A volar bitlletets, a volar!

CAPÍTOL 19

–On estan? –aquesta va ser l'angoixant pregunta que Bou i Dimitri van fer-se en tornar al pàrquing i no trobar ni rastre dels companys. Una mena de calfred va recórrer el cos de tots dos xavals, i si no els havia donat temps a fugir?, i si els havien enxampat?

En aquell moment dramàtic va sonar el mòbil de Christian. Era Maru.

–On esteu? –va interrogar Christian.

No hi va haver resposta.

–Es pot saber a què jugueu? –va insistir Bou cada vegada més nerviós. De l'altra banda de la línia no arribava cap resposta, només una remor estranya que era incapaç d'identificar. En aquell moment va veure com el Suzuki Santana eixia del pàrquing cap a la carretera general, llavors va vindre-li una llampada clara i sobtada. Va demanar a Dimitri que callara i va concentrar-se en aquelles veus que de sobte li eren familiars.

–A la moto! –va cridar.

D'un bot, tots dos xavals muntaren a l'escúter i iniciaren una persecució desigual. En circumstàncies normals, una sola accelerada d'aquell cotxe hauria deixat enrere el ciclomotor, però aquella moto estava més trucada que la cara d'una folklòrica.

Mentre perseguia els lladres, Christian va pensar que havia arribat el moment de demanar reforços. Engolint-se l'orgull, va telefonar a casa de la Maru, o el que era el mateix, a casa del comissari Robredo. L'inspector no era a casa, però tot just disposà de temps per assumir l'entrebanc, perquè en un minut ja li entrava una telefonada, i en menys d'un segon ja sentia la veu ronca i autoritària de Robredo bramant-li a l'orella.

–Bou, et jure que quan t'agafe...

–Relaxe's inspector. Ja tinc localitzats els lladres.

–Me la bufen els lladres. On està la meua filla?

Christian Bou va buscar una resposta tranquillitzadora, però no la va trobar.

–En aquests moments sospite que va amagada en el maleter del cotxe del meu professor de FOL.

–Com?

–Li jure inspector que s'ha clavat ella soleta. Jo vaig al darrere perseguint-la amb una escúter.

–Mare de Déu santa. On esteu?

–A la carretera general. A l'eixida de Xeraco, en direcció a València.

–D'acord. El control de Tavernes eixirà al vostre encontre i jo estaré a la vostra altura en cinc o deu minuts. Pots donar-me el model i la matrícula del cotxe?

–És un Suzuki Santana blau obscur, però la matrícula no la puc veure.

–Bé, és suficient. Una cosa més, tracteu de no fer més idioteses. Sereu capaços?

–Sí, senyor, no patisca.

En aquell mateix moment, el cotxe de davant accelerava, la porta de darrere s'obria i un parell d'adolescents llançaven divertits un bon grapat de bitllets de cinquanta, cent i cinc-cents euros cap a la immensitat de la nit. Christian Bou va preferir penjar el telèfon abans d'haver d'explicar el que estava passant.

CAPÍTOL 20

–La mare que els va...

Carles i FOL quasi pateixen un atac al cor per l'esglai de sentir unes inesperades veus cridant a l'interior del vehicle, perill que encara va incrementar-se en comprovar com dos adolescents, evidentment guillats, llançaven per l'aire centenars d'euros provinents del seu botí. Recuperats de l'ensurt inicial, Carles va aparcar al voral de la carretera amb una frenada quasi tan violenta com els desitjos assassins que el consumien. Tots dos homes van botar dels seients com si els impulsaren un parell de molles gegants.

–Hola, profe –Suso va saludar FOL amb una educació inusitada.

FOL anava a respondre-li amb una brofegada i alguna cosa més, quan s'adonà que una moto fora de control s'acostava perillosament. D'un bot va poder esquivar-la però l'escúter acabà redolant per terra.

–Christian! –va cridar la Maru aterrida, però al cap de pocs segons tots van contemplar Dimitri i Christian maleint com dos carreters i amb signes evidents de coixesa.

–Aquests malparits no desapareixen ni amb aiguarràs –va dir Carles mentre treia de la butxaca una pistola–. Ens heu fotut el pla, però ara pagareu molt car tot el que heu fet.

–Un moment, un moment. No ens posem histèrics –Christian va calcular que tot just necessitava un parell llarg de minuts, així és que va haver de pensar ràpidament–. Si us hem seguit és per una raó important...

–Una raó de la qual te'n penediràs ben prompte.

–Ningú no se'n penedirà. En realitat volem compartir el botí del primer atracament. –Els companys de Christian feren la mateixa cara de sorpresa que els atracadors.

–Però què dius? –FOL ni tan sols escoltava, però Carles semblava haver picat, tot i la poca qualitat de l'esquer.– El botí el té la policia.

–No és cert. El tenim nosaltres i podem arribar a un acord.

–Carles, no els faces cas –era evident que FOL els coneixia bastant millor–. Ells són així. Estan tractant d'enredar-te.

Els quatre del PQPI van reaccionar indignats. Feia anys que assajaven cada dia, així que van negar les acusacions amb escarafalls i crits.

–Calleu! –Tots dos homes reaccionaren alhora, però FOL aconseguí més efecte dramàtic en traure una pistola de la butxaca.– Es pot saber a què jugueu?

En aquell mateix instant, tots van veure una mena de creixent resplendor acostant-se per l'horitzó, i en només uns pocs segons va començar a sentir-se l'ensordidor enrenou d'unes sirenes. Un munt de cotxes de policia aparegueren per totes dues direccions.

–S'ha acabat la festa –va dir l'inspector Robredo mentre baixava d'un dels vehicles.

Carles no va trigar molt a assumir la situació. En un moviment lent i pesat, va dipositar l'arma en terra. FOL, en canvi, semblava fora de si. En comptes d'abaixar la pistola, va continuar apuntant cap al grup d'adolescents.

–Açò no s'ha acabat. Si s'acosta un metre li vole el cap, a la xiqueta.

–Au, vinga, FOL, no et faces el valent –va reaccionar Christian–. Posats a pegar un tret a algú, segur que gaudiries el doble rebentant-me el cap a mi.

–Mira que bé, per una vegada el Bou diu una cosa amb trellat –FOL tenia els ulls vermells i les mans tremoloses. Era evident que havia perdut el seny i semblava més perillós que mai.

–Fem el favor de calmar-nos tots –va dir Robredo–. Carles, tu ets un veterà del nostre sistema penitenciari. Explica al teu amic que aquesta estúpida arrancada d'orgull pot costar-li vint anys addicionals de presó.

–Joan, l'inspector té raó. No val la pena. Ara ja hem perdut. Si fas alguna estupidesa te'n penediràs tota la vida. Sense antecedents i per un parell d'atracaments sense víctimes no passaràs massa temps entre reixes.

–Ja ho has sentit –l'inspector anava aprofitant per acostar-se uns metres–. Abaixa l'arma i obviarem aquest desagradós detall d'última hora.

–És una qüestió personal. Aquest malparit m'ha amargat l'existència durant tot el curs i, no content, ara pretén amargar-me el futur. –Dues llàgrimes com dos cigrons estaven a punt de desprendre's des d'uns ulls injectats en sang.

–Et comprenc perfectament. De bona gana, jo també li clavaria una bona punyada, a aquest macarró de barri.

–Vosté no té motius.

–No cregues. Si et dic la veritat, en tinc tants que no m'importaria gens que algú li unflara la cara ara mateix.

–Papà? –era la Maru qui escoltava bocabadada son pare.

En sentir-se comprés, FOL va riure satisfet i confiat.

–Vinga, Joan. Segur que et quedes ben a gust –Robredo insistia.

Per un moment, segrestador i policia van compartir una inusual mirada de complicitat. FOL va mirar fixament Christian, soltà la pistola i li ventà un ganxo de dretes directe al nas. En aquell precís instant van caure-li al damunt tres policies com tres armaris.

Christian Bou estava coix i amb el nas xorrant sang, però, a canvi, estava lliure i estalvi. En aquell moment, els seus dos amics van partir corrent en direcció desconeguda, mentre una policia intentava passar una flassada pels muscles de la Maru, cosa que aquesta no va consentir. Va marxar disparada cap on estava Christian i, en trobar-se, es van besar apassionadament. Tots dos tenien la cara amarada de sang i llàgrimes.

–Feu el favor de netejar-vos la cara. Sembleu dos zombis. –Era l'inspector Robredo, intentant aturar tanta efusivitat.

–Papà, com li has dit que li pegara?

–No t'enfades, Maru. La idea de ton pare ha sigut genial.

–Però si t'han trencat el nas.

–S'ho ha ben guanyat –Christian va obviar el comentari de Robredo.

–Si he salvat el cap, quina importància pot tindre el nas?

Robredo mirava la parella amb una barreja de sensacions contradictòries. Estava content, cabrejat, aterrit, agraït, molest... Aliena a aquestes i altres qüestions, la parelleta va continuar besant-se.

–Bou, fes el favor de comportar-te –el que era evident és que el policia no podia suportar la visió d'aquelles besades–. No poses la mà damunt de la meua xiqueta.

–Papà!

–Si vol vindre diumenge a dinar, haurà d'aprendre bones maneres.

–De veritat que hi pot vindre?

–El que vosté mane, sogre.

–Si em tornes a dir sogre, remate la faena amb la meua pipa.

En aquell mateix moment, van contemplar com conduïen FOL fins a un dels cotxes de policia. Tenia la mirada extraviada en altres mons, els mateixos per on navegava la seua ment, mentre continuava taral·lejant cançons de Sabina «*Mucha, mucha, policía...*». Abans d'introduir-lo a dins del vehicle policial, les mirades de FOL i Christian es creuaren per última vegada.

Mentre tot açò ocorria, uns policies van aparéixer amb Suso i Dimitri agafats pels braços.

–Inspector, hem trobat aquests dos amb les butxaques plenes de bitllets grossos.

–Li jure que ja els portàvem de casa.

L'inspector Robredo va bufar mentre tractava de comptar fins a sis. Un truc vell i estúpid per omplir-se de paciència en els moments més difícils.

Herbert Meyer

Bayreuther Abgründe

Kommissar Kanters erster Fall

Ein Bayreuth-Krimi

Dieses Buch ist ein Roman. Alle Personen und Handlungen sind frei erfunden. Ähnlichkeiten mit lebenden oder toten Personen sowie tatsächlichen Geschehnissen wären rein zufällig.

Erschienen im Selbstverlag

Originalausgabe 2018

1

Kriminalhauptkommissar Friedrich-Konrad Kanter freute sich an diesem sonnigen Frühlingsmontagmorgen auf einen entspannten freien Tag. Da in der Bayreuther Mordkommission, deren Chef Kanter war, zurzeit kein aktueller Fall anlag, der Kanters Arbeitskraft beanspruchen würde, konnte man dort schon mal einen Tag auf seine Anwesenheit verzichten, und er baute seinen Überstundenberg wenigstens ein bisschen ab. Kanter hatte sich vorgenommen, den Tag für liegen gebliebenen Papierkram zu nützen, aber auch etwas für sein Wohlbefinden zu tun, um das es in letzter Zeit des Öfteren nicht allzu gut bestellt war. Herzbeschwerden und Panikattacken beunruhigten ihn immer wieder.

Das Wochenende hatte er seit langem einmal wieder recht entspannt verbracht. Am Samstag war er erst auf dem Wochenmarkt gewesen und hatte für sich und seine Schwester frisches Obst, Gemüse und Bio-Schweinebraten eingekauft. Seine Schwester Erika würde daraus ein exzellentes Sonntagsessen zaubern. Erika und Fritz, wie sie ihren Bruder nannte, bewohnten gemeinsam das elterliche Zweifamilienhaus in der Glockenstraße, er den ersten Stock, sie das Erdgeschoss. Beide waren verwitwet, und so unterstützten sie sich gegenseitig nach Kräften. Erikas Mann, der Leitende Regierungsdirektor Kurt Sänger, war vor drei Jahren an einem Gehirntumor gestorben. Von der Witwenpension konnte Erika sorgenfrei leben.

Kanters Frau, die als Richterin in Schweinfurt gearbeitet hatte, kam vor zehn Jahren bei einem Verkehrsunfall ums Leben. Kurz danach ließ er sich von dort wieder in seine Heimatstadt Bayreuth versetzen. Beide Ehen waren kinderlos geblieben. Seit dem Tod von Erikas Mann hatte sich ihr Verhältnis zunehmend vertieft, und sie verstanden einander blind.

Auf dem Heimweg vom Wochenmarkt hatte er sich ein Brotworschtbrötla mit ordentlich Senf drauf gegönnt. Wie lange war es her,

dass er sich diesen kleinen Luxus geleistet hatte? Die Bayreuther Bratwürste waren halt doch die besten, selbst wenn manche Menschen in Coburg, Thüringen oder Nürnberg da unverständlicherweise anderer Ansicht sein mochten.

Nachmittags hatte er sich seiner Steuererklärung gewidmet, dabei auf Bayern1 „Heute im Stadion“ gehört, wodurch er in der Fußballbundesliga auf dem aktuellen Stand war.

Höhepunkt des Wochenendes war, wie an den allermeisten Samstagen, der Abend beim Stammtisch im ›Schinnerbräu‹. Dieser Stammtisch war etwas ganz Besonderes, ja Einmaliges. Die „Eiskalten Eskimos“, so hieß der Stammtisch, bestand ununterbrochen seit fast 120 Jahren. Jeden Samstagabend, außer es war Heiligabend oder Silvester, trafen sich die „Eskimos“ pünktlich um acht Uhr in ihrem „Iglu“, wie sie ihren Versammlungsort im Nebenzimmer des Gasthauses bezeichneten. Geschriebene Regeln gab es nicht, man verstand sich auch so. Bei den Treffen herrschte Burgfriede, und was gesprochen wurde, drang nicht nach draußen. Nicht jeder Beliebige konnte einfach so ein Eskimo werden, da bedurfte es einiger Voraussetzungen. Alle Eskimos hatten eine akademische Bildung und waren ehemalige Waffenstudenten, d. h. Mitglied in einer schlagenden Studentenverbindung. Und sie nannten alle einen mehr oder weniger schrulligen, ja skurrilen Humor ihr eigen. Neu-Eskimo konnte man nur auf Vorschlag eines Mitglieds werden, und die Aufnahme musste einstimmig erfolgen. So war es nicht verwunderlich, dass sich etliche Bayreuther Honoratioren unter den Eskimos fanden. Und wie Männer mit eigenartigem Humor so waren, bekam jeder seinen eigenen Eskimonamen. Kanter hieß „knackender Schneefuchs“, weil er die oftmals störende Unart besaß, in bestimmten Situationen mit den Fingergelenken zu knacken.

Dass Friedrich-Konrad Kanter als Kriminalhauptkommissar in diesem illustren Kreis verkehrte, lag daran, dass er nach dem Abitur und der Bundeswehrzeit ein Jurastudium in Würzburg begonnen hatte. Dort wurde er Mitglied des Corps Franco-Borussia und focht auch etliche

scharfe Partien. Nach sechs Semestern stellte er aber fest, dass das Studentenleben in Würzburg zwar äußerst angenehm, ihm das Studium selbst aber zu trocken war. So beschloss er, der Universität den Rücken zu kehren und in den Polizeidienst einzutreten. Erfreuliche Begleiterscheinung des Studiums war immerhin, dass er in Würzburg seine spätere Frau kennenlernte, die ebenfalls Jura studierte.

Am Sonntagmorgen hatte Kanter endlich einmal wieder ausgeschlafen und sich ein ausgiebiges Frühstück gegönnt. Die fehlende Stunde durch die Umstellung auf die Sommerzeit hatte er durch länger schlafen ausgeglichen. Zum Mittagessen hatte Erika den besten Schweinebraten der Welt zubereitet und für den gemeinsamen Nachmittagskaffee einen köstlichen Marmorkuchen gebacken. Dazwischen war er ausgiebig mit Rolf Gassi gegangen. Rolf war ein liebenswerter Schäferhundmischling und seit mehr als drei Jahren im Hundehimmel. Kanter führte in Wirklichkeit also seinen unsichtbaren inneren Schweinehund Gassi, das tat er aber sehr konsequent. Bevor er losging, legte er sich die alte Hundeleine um den Hals, so dass der Verschluss vor seiner Brust baumelte. Früh und abends ging er, wenn es sein Dienst zuließ, bei jedem Wetter immer dieselbe Strecke. Die Glockenstraße hinauf bis zur Lerchenbühlschule, um die Schule herum und wieder nach Hause. Das dauerte normalerweise ungefähr zwanzig Minuten. Bei diesen einsamen Spaziergängen konnte er seinen Gedanken nachhängen, über einen Fall noch einmal nachdenken oder einfach die Seele durchlüften. Sie taten ihm jedenfalls gut.

Auch den Sonntagabend verbrachten Erika und Fritz gemeinsam beim Tatortschauen. Münster-Tatort mit Prof. Börne und Thiele! Er liebte sie und kannte sie alle, wenngleich ihm als aktivem Kriminalhauptkommissar natürlich völlig klar war, dass die Praktiken der beiden Figuren mit dem wirklichen Kriminalerleben so viel zu tun hatten wie die Fußballer des BSC Saas mit der Championsleague. Danach war er in seine Wohnung in den ersten Stock gegangen, hatte sich ein

letztes Leupser Dunkel eingeschenkt und noch ein bisschen Sport geschaut, bevor er zufrieden und erholt ins Bett ging.

So saß Friedrich-Konrad Kanter an diesem Montagmorgen also ausgeschlafen und bester Laune in seiner Küche vor einer duftenden Tasse frisch gebrühten Kaffees. Dazu gab es wieder Erikas Marmorkuchen.

»Soll ich Dir aus der Stadt etwas mitbringen?«, rief seine Schwester von unten zu ihm herauf. Sie machte seit einigen Jahren Stadtführungen und hatte heute Morgen um zehn eine Führung auf den Spuren Jean Pauls, des Lieblingsdichters der Damen des frühen neunzehnten Jahrhunderts, der von 1804 bis zu seinem Tod 1825 in Bayreuth lebte und arbeitete. Bekanntlich bewog ihn das schon damals gute Bayreuther Bier, sich hier niederzulassen. Zu seiner Zeit wurde er mehr gelesen als sein Zeitgenosse Goethe.

»Danke, Erika, ich brauche nichts. Ich fahre heute Nachmittag selber mit dem Rad in die Stadt.«

Da die Haltestelle des Stadtbusses nur zwanzig Meter von ihrem Haus entfernt war, nahm Erika meistens den Bus, wenn sie in die Stadt wollte.

Kanter hörte Radio Bayreuth, den Lokalsender, der seine Hörer von örtlichem Klatsch über Pläne des Stadtrats bis zu aktuellen Radarfallen der Polizei informierte. So richtig hörte er aber gar nicht hin. Vor ihm ausgebreitet lag das Bayreuther Echo, Bayreuths einzige Lokalzeitung. Kanter ärgerte sich oft über die journalistische und sprachliche Qualität des Blattes, aber zu einer Abbestellung des Abos konnte er sich doch nicht durchringen. Dazu waren ihm die Todesanzeigen zu wichtig.

Gegen zehn Uhr scharrte Rolf mit den Pfoten an der Tür und signalisierte, dass es Zeit für ihre kleine Runde war. Das sonnige Frühlingswetter machte den Spaziergang zusätzlich zu einer angenehmen Unterbrechung. An einem normalen Wochentag wie diesem begegnete Friedrich niemandem. Alle waren auf der Arbeit, in der Schule, die Rentner beim Einkaufen oder Kaffeetrinken in der Stadt. Er kam sich

fast schon selbst wie ein Pensionär vor, doch verschwendete er mit seinen fünfundfünfzig Jahren noch keinen ernsthaften Gedanken an den Ruhestand.

Auf dem Rückweg kaufte er sich beim ›sauguten Meistermetzger‹ um die Ecke ein Schaschlik mit Brötchen für ein einfaches Mittagessen und ein wenig Wurst für den Abend. Rolf musste vor dem Laden warten und sah sehnsüchtig zu ihm herein.

Bei seiner Rückkehr war Erika erwartungsgemäß noch nicht wieder da. Er ging in den ersten Stock, hängte die Hundeleine an ihren Platz an der Garderobe, deckte den Tisch für sein frugales Mahl und genoss das heiße Schaschlik und ein Leupser Dunkel. Nebenbei blätterte er lustlos im Sportteil des Bayreuther Echos. Seine Saaser Fußballer, für die er als Jugendlicher selbst aktiv war, hatten leider unglücklich beim Tabellenvorletzten der Bezirksliga Oberfranken Ost verloren. Er nahm sich vor, zum nächsten Heimspiel des BSC zu gehen und die Mannschaft moralisch zu unterstützen. Obwohl der Stadtteil Glocke, in dem er jetzt wohnte, für eingefleischte Saaser nicht mehr zur Saas zählte, fühlte Friedrich sich sehr wohl als zugehörig. Seine Eltern hatten, bevor sie das größere Haus in der Glockenstraße bauten, ein kleines Siedlungshäuschen in der Saas bewohnt. Kanter wuchs dort also zusammen mit den anderen Saaser Kindern auf. Er wurde trotz des Umzugs durchaus als Eingeborener akzeptiert. Erika saß zudem im Kirchenvorstand der Saaser Auferstehungskirche.

Kanter hatte gerade den letzten Bissen des recht scharf gewürzten Schaschliks hinuntergeschluckt und freute sich auf ein kleines Verdauungsnickerchen, als sein Handy klingelte.

2

An diesem Montagmorgen saß Oberstudiendirektor Dr. Leonidas Stahlmann, mit sich und der Welt völlig im Reinen, in seinem Schulleiterbüro im Carolus-Erasmus-Gymnasium. Er lehnte sich entspannt in seinem Chefsessel zurück und lauschte auf die gedämpften Geräusche des Unterrichts, die in sein Büro drangen. Am Wochenende hatte er die letzten dienstlichen Beurteilungen für seine Lehrer fertig gestellt. Sie mussten jetzt nur noch von seiner Sekretärin in die entsprechenden Vordrucke eingegeben werden, dann konnte er sie den Lehrern nächste Woche eröffnen. Er freute sich schon auf das eine oder andere erstaunte, verdutzte, ungläubige, wutverzerrte Gesicht, wenn die Erwartungen so mancher Kolleginnen und Kollegen nicht erfüllt wurden. Ein Kollege lag ihm in dieser Hinsicht besonders am Herzen, dem er seine Karrierevorstellungen sehr gründlich zerstören würde.

Dr. Leonidas Stahlmann war seit zehn Jahren Schulleiter des altehrwürdigen humanistischen Gymnasiums. In diesem Amt war er seinem Vater Hermann Stahlmann nachgefolgt. Man konnte also fast schon davon sprechen, dass das Carolus-Erasmus-Gymnasium zu einer Art Erbhof der Stahlmanns verkommen war. Natürlich unterrichtete er die für den Leiter eines humanistischen Gymnasiums typischen Fächer Deutsch, Latein und Griechisch. Als Chef musste er aber keinen Unterricht mehr erteilen, worüber sich nicht wenige Schüler sehr freuten. Dr. Stahlmanns Ruf als Lehrer war, gelinde gesagt, gruselig. Er selbst schätzte seine pädagogischen Fähigkeiten als von keinem seiner Kollegen auch nur annähernd erreichbar ein.

Das CEG nahm unter den Bayreuther Gymnasien eine ganz besondere Position ein. Es war das älteste Gymnasium, benannt nach einem Philosophen der Aufklärung, klein und sehr fein. Es verstand sich schon immer als durchaus elitär im althergebrachten Sinn. Sehr viele von denen, die in Bayreuth etwas zu sagen hatten, waren Absolventen

dieser Schule. Insofern fand man sich als ehemaliger CEGler in einem durchaus funktionierenden Netzwerk wieder.

Dr. Leonidas Stahlmann führte die Schule mit der gleichen harten Hand, wie es vorher fünfundzwanzig Jahre lang sein Vater getan hatte. Und er spaltete, wie sein Vater, Schüler und Eltern in die, die seinen Führungsstil bedingungslos gut fanden, und die, die ihn schlichtweg hassten.

Auch er hatte an dieser Schule sein Abitur gemacht, als Referendar ein Jahr lang unterrichtet, immer unter dem Patronat und der tätigen Einflussnahme seines Vaters.

Gleich hatte er noch einen Termin mit einem offenbar aufgebrachten Schülervater. Dr. Stahlmann liebte solche Termine. Hier konnte er sich immer wieder beweisen, welche Macht er doch hatte.

Bevor er tiefer in diesen Gedankengang einzutauchen vermochte, klopfte es an seiner Tür. Auf sein »Herein!« hin öffnete Frau Bauer, eine der beiden Sekretärinnen, die Tür und teilte Dr. Stahlmann mit, dass Herr Maler wegen seines Termins mit dem Schulleiter da sei.

»Grüß Gott, Herr Maler, bitten nehmen Sie doch Platz», flötete Leonidas Stahlmann und deutete auf den Besucherstuhl vor seinem geräumigen Schreibtisch. Einen Händedruck bot er nicht an.

»Guten Tag, Herr Direktor«, erwiderte Maler und setzte sich mit ernster Miene auf den angewiesenen Besucherstuhl. Stahlmann hatte dafür gesorgt, dass der Besucherstuhl etwas niedriger war als sein Chefsessel, so dass die meisten Besucher, wenn sie nicht gerade Sitzriesen waren, leicht zu ihm aufschauen mussten.

»Ich komme wegen meinem Sohn Sebastian aus der 6b«, begann Maler.

›Wegen meines Sohnes!‹, dachte sich Dr. Stahlmann. ›Wieder so einer, der den Genitiv nicht kennt. Es ist ein Graus, mit welchen Menschen man es hier dauernd zu tun hat.‹

Maler war ein Mann um die vierzig mit sehr kurzen blonden Haaren. Sein bartloses Gesicht machte einen durchaus gepflegten Ein-

druck. Seine Hände waren die eines Schreibtischarbeiters. Sein leicht beschleunigter Atem ließ auf eine gewisse Aufregung schließen.

»Es geht um die Teilnahme am Wettbewerb ›Jugend forscht‹. Sebastians Biologielehrerin hatte ihn wegen seiner besonderen Leistungen im Fach ›Natur und Technik‹ auf diesen Wettbewerb angesprochen und wollte ihn dafür anmelden. Sebastian kam völlig begeistert nach Hause und freute sich ganz toll darauf. Am letzten Donnerstag kam er dann verzweifelt und verheult nach Hause und berichtete, Frau Niedermeier, seine Biolehrerin, hat ihm mitgeteilt, er kann doch nicht teilnehmen, weil jede Schule nur eine begrenzte Zahl an Teilnehmern melden könnte. Frau Niedermeier hat gesagt, Sie, Herr Dr. Stahlmann, hätten sie angewiesen, meinen Sohn von der Teilnehmerliste zu streichen. Statt seiner hätten Sie den Sohn einer bekannten Bayreuther Persönlichkeit, die wir alle kennen, angemeldet. Dieser Promispross bringt aber nachweislich bei weitem nicht die Leistungen meines Sohnes. Ich möchte von Ihnen gerne wissen, ob sich die Sache so verhält, wie mein Sohn sagt.« Malers Gesicht war leicht gerötet vor Erregung.

Dr. Stahlmann musste zu seinem großen Bedauern erneut feststellen, dass es mit den sprachlichen Fähigkeiten seines Gegenübers nicht zum Besten bestellt war. Neben Defiziten beim Gebrauch des Genitivs konstatierte er nun auch noch mangelnde Kenntnisse in der Verwendung der indirekten Rede bei Herrn Maler. Wie konnte ein solcher Mensch seinem Kind in einem so anspruchsvollen Wettbewerb wie ›Jugend forscht‹ von Nutzen sein! Seine Entscheidung gegen den Sohn dieses Mannes war völlig korrekt. Allerdings hatte er das unbestimmte Gefühl, den Mann von irgendwo her zu kennen, konnte sich aber im Augenblick nicht erinnern. Es würde ihm schon noch einfallen.

»Mein lieber Herr Maler«, begann er, wieder betont freundlich, »was Ihnen Ihr Sohn erzählt hat, stimmt schon. Ich muss Ihnen aber leider sagen, dass ich die Chancen des von mir bevorzugten Jungen auf einen Preis deutlich höher einschätze. Wie Sie vielleicht wissen, sind seine Eltern beide als Wissenschaftler an der Uni Bayreuth tätig und

können ihrem Sohn jede erdenkliche Unterstützung angedeihen lassen. Meines Wissens arbeiten Sie als einfacher Sachbearbeiter bei der Regierung von Oberfranken. Seien Sie mir nicht böse, aber da werden Sie Ihrem Sohn keine große Hilfe sein können.« Dabei kniff Dr. Stahlmann seine Augen hinter der randlosen Brille fast unmerklich zusammen.

Maler glaubte seinen Ohren nicht zu trauen. Was erlaubte sich dieser aufgeblasene Sack. Es hatte sich seit seiner Schulzeit offenbar nichts geändert. Schüler, die nicht aus einer angesehenen Familie kamen, deren Glanz auf das CEG abfärben konnte, wurden nicht gefördert. Dass er selbst einmal Schüler des CEG gewesen war und sogar ein Jahr lang selbst unter Dr. Stahlmann als Lehrer gelitten hatte, verschwieg er geflissentlich, noch dazu, wo Stahlmann sich offenbar nicht an ihn erinnerte.

»Ist es Zweck des Wettbewerbs, die Fähigkeiten der Eltern herauszustellen oder die der Kinder?«, versuchte Maler einzuwenden.

»Natürlich der Kinder! Aber ich muss schon auch darauf achten, dass unsere Schule nur mit den aussichtsreichsten Kandidaten antritt. Schließlich haben wir einen Ruf zu verlieren! Das müssen Sie doch verstehen, mein lieber Herr Maler.«

Maler wusste, dass es sinnlos war, Einwände zu machen, sagte aber trotzdem: »Ist das Ihr letztes Wort, Herr Dr. Stahlmann?«

Stahlmann zuckte entschuldigend die Schultern und erhob sich aus seinem Sessel. Seine makellos glatt rasierten, faltenlosen Gesichtszüge verrieten keinerlei Gefühlsregung. «Es tut mir leid, aber so ist es nun mal. Sebastian ist ja noch jung. Er wird seine Chance schon noch bekommen. Und jetzt entschuldigen Sie mich bitte, ich habe noch andere Termine.«

Maler verstand dieses eindeutige Signal, dass für Dr. Stahlmann das Gespräch beendet war.

»Wenn das so ist, dann auf Wiedersehen. Aber man sieht sich immer zweimal.« Bevor Dr. Stahlmann auf diese unverhohlene Drohung

reagieren konnte, fiel die Tür des Schulleiterbüros laut hinter Maler ins Schloss.

Dr. Stahlmann kam gar nicht dazu, sich richtig zu ärgern, denn es klopfte erneut kurz und heftig an seiner Tür, und ehe er »ja bitte« sagen konnte, steckte eine sehr aufgeregte Frau Bauer den Kopf herein und rief: »Herr Direktor, Hausmeister Lauerer hat gerade angerufen. Sie sollen schnellstens zur Baustelle am Hartplatz kommen. Es ist etwas Schreckliches passiert!«

3

Der Anruf von Kriminalhauptkommissar Georg Schwingshackl bei Kanter hatte sehr dringend geklungen. Sein Freund und Kollege hatte ihn aufgefordert, trotz seines freien Tages auf schnellstem Weg ins CEG an der Albrecht-Dürer-Straße zu kommen. Es gebe Arbeit für sie.

Als Kanter wenige Minuten später die Schule durch den hinteren Eingang bei der Turnhalle betrat, nahm er sofort wieder diesen Geruch seiner Kindheit und Jugend wahr. Niemand vergisst jemals, wie seine Schule gerochen hat. Aus einfachen Verhältnissen stammend, hatte er nicht den typischen CEG-Familienhintergrund. Warum seine Mutter ihn trotzdem hier angemeldet hatte, wusste er nicht. Ein bisschen wehmütig erinnerte er sich an die schöne Zeit in den 70er Jahren. Neunzehnhundertachtzig hatte er hier sein Abitur abgelegt. Aus diesen Gedanken holte ihn ein uniformierter Polizist jäh in die harte Realität zurück. Er führte ihn durch die kleine Pausenhalle hinaus zum Hartplatz der Schule. Zu Kanters Zeit hatte dieser etwas anders ausgesehen, aber er erinnerte sich an so manches harte Handballmatch auf dem Platz.

Georg Schwingshackl nahm ihn in Empfang.

»Servus, Fritz! Sorry, dass ich dir deinen freien Tag versauen muss, aber schau dir das mal an. Das ist übrigens Herr Dr. Stahlmann, der Schulleiter hier«, begrüßte Schwingshackl seinen Chef und deutete auf den korrekt gekleideten Mann neben ihm.

Der Hartplatz war eine einzige Baustelle. Er war in die Jahre gekommen und sollte von Grund auf neu gebaut werden. Ein Bagger fläzte sich auf dem Platz, einige Arbeiter standen rauchend und sichtbar geschockt etwas abseits. Die Arbeit ruhte.

»Ist schon ok, Schorsch. So ist das halt in unserem Job. Was haben wir denn?« Dem Schulleiter nickte Kanter kurz zu und versuchte dann, sich einen Überblick zu verschaffen.

Georg Schwingshackl deutete auf einen blauen Müllsack, den der Bagger bei den Abrissarbeiten aus dem Boden befördert hatte und der jetzt in der Baggerschaufel lag. Kriminalkommissar Hannes Frauenknecht, der Dritte im Bunde von Kanters Mordkommission, stand mit dem Baggerführer daneben und sah auf den zerrissenen Müllsack. Kanter und Schwingshackl traten dazu und fuhren zusammen. In ihrem langen Berufsleben hatten sie schon so einiges Verstörende gesehen, aber das hier war in der Hitliste ganz weit oben. In dem Sack befanden sich offenbar die sterblichen Überreste eines Menschen. Auf den ersten Blick ein Schädel und ein paar Knochen.

»Sind Sie der Baggerführer?«, wandte sich Kanter an den bleichen Arbeiter neben der Baumaschine. Der Mann im Arbeitsanzug nickte. »Wie heißen Sie denn? Erzählen Sie mal, was passiert ist.«

»Also, iech bin der Winters Erwin, und iech bin mit die Nerven ziemlich fertich, des kenna Sa ma glaam! Des is scho die dritta Leich, die iech in die letztn zwa Johr ausgrobn hob. Do konn iech ja gleich auf'n Friedhof ärban!«

Der Baggerführer war tatsächlich sichtlich mitgenommen. Dabei war er ein gestandenes Mannsbild, das so schnell nichts umwerfen konnte. Aber das war selbst für das rustikale Gemüt eines Bauarbeiters entschieden zu viel.

»Sollen wir einen Arzt kommen lassen, Herr Winter?«, fragte Kanter besorgt.

Der Angesprochene schüttelte resigniert den Kopf und fuhr fort: »Also, mir ham den Auftroch, den Hartplatz komplett abzureißen. Also iech nei mit meim Bagger, und plötzlich is do wos Blaues in dera Schaufel. Iech steich nunter, schau noch und … naja, den Rest kenna Sa sich ja denken. Zufällig wor der Lauerers Hans in der Näh, der hot dann gleich die Bolizei ogrufn.«

»Vielen Dank, Herr Winter. Am besten benachrichtigen Sie gleich Ihren Chef und sagen ihm, dass Sie hier heute nicht weitermachen können. Und dann gönnen Sie sich ein Seidla, das beruhigt.« Kanter

hatte ehrlich Mitleid mit dem Mann. Aber es half ja nichts, sie mussten auch ihre Arbeit machen.

»Hannes, hol sofort den Moretti her. Der muss sich das unbedingt anschauen. Und die Erdmännchen!«, rief Kanter seinem jungen Kollegen zu, der sofort sein Smartphone aktivierte.« Und nimm die Personalien der Arbeiter auf, sei so gut!«

»Herr Dr. Stahlmann, könnten Sie bitte mal herkommen?«

Dr. Stahlmann trat zu den Polizisten, im Gefolge seinen Hausmeister Hans Lauerer. Die beiden waren etwas abseits gestanden und hatten sich leise und anscheinend erregt unterhalten. Neben dem ein Meter fünfundachtzig- und fünfundneunzig-Kilo-Mann Kanter wirkte der Schulleiter fast schmächtig.

»Meine Herren, Sie sorgen dafür, dass hier kein einziger Schüler auftaucht. Die Klassenzimmer da oben –«, er deutete zum Fachtrakt der Schule, von wo man einen hervorragenden Blick auf den Hartplatz hatte. An den Fenstern einiger Klassenzimmer drängten sich schon Schüler und Lehrer. »– lassen Sie sofort räumen!«

»Sie sehen mich aufs Tiefste erschüttert, Herr Kommissar. Ich werde unverzüglich alles Nötige veranlassen«, beeilte sich Dr. Stahlmann anzufügen. Sein Stellvertreter, Studiendirektor Michael Merkel, war inzwischen auch am Ort des Geschehens eingetroffen. »Herr Kollege Merkel, Sie koordinieren bitte die sofortige Räumung des Fachtrakts. Schicken Sie die Schüler nach Hause, gegebenenfalls soll Frau Bauer die Eltern anrufen. Und keine Panik, keine unnötige Aufregung! Keine Informationen! Ich verlasse mich auf Sie! Und kontrollieren Sie die Smartphones! Nicht dass da jemand schon was gefilmt und ins Netz gestellt hat. Die noch anwesenden Kollegen sollen im Lehrerzimmer auf mich warten!« Merkel nickte kurz und eilte Richtung Schulgebäude davon.

Inzwischen war der Nachmittagsunterricht in vollem Gange, und es waren nicht mehr so viele Schüler in der Schule, was Merkels Aufgabe erleichterte. Und wirklich sahen die Polizisten schon kurze Zeit später,

wie sich die Zimmer leerten und sie keine ungebetenen Zuschauer mehr hatten.

Kurz darauf traf Privatdozent Dr. Fred Moretti im CEG ein. Er war der Leiter der Pathologie am Klinikum Bayreuth. Eigentlich befand sich die Rechtsmedizin ja in Erlangen, aber dort wurde gerade umgebaut. Und da das Klinikum Bayreuth als Lehrkrankenhaus mit der Uniklinik Erlangen kooperierte und bestens ausgestattet war, übernahm Privatdozent Dr. Fred Moretti bei Bedarf die rechtsmedizinische Betreuung Oberfrankens. Die nötigen fachlichen Qualifikationen besaß er allemal.

Der leidenschaftliche Jäger war ein eher kleiner, untersetzter, durchaus gemütlicher Zeitgenosse mitte fünfzig, den so schnell nichts aus der Ruhe brachte. Zur Pathologie war er erst spät gekommen. Ursprünglich hatte er Tiermedizin studiert, seine Erfüllung aber dann doch im Leichenuntersuchen gefunden. Und da war er anerkanntermaßen einer der Besten!

»Na, Fred«, begrüßte Kanter den Pathologen, »leider müssen wir dich aus deinen beschaulichen Katakomben am Klinikumhügel in die gruselige Wirklichkeit holen. Schau dir die Sauerei mal an!« Moretti überhörte das Frotzeln seines Freundes Kanter und nahm den Müllsack samt Inhalt genauer in Augenschein.

»Tja, offensichtlich menschliche Überreste. Lass sie zu mir in die Klinik bringen, dann sehen wir weiter. Ich muss leider gleich wieder los, bei uns stapeln sich die Leichen aus dem Klinikum. Krankenhauskeim! Üble Sache! Sobald ich was weiß, melde ich mich! Servus, Schneefuchs!« Auch Moretti gehörte zu den Eiskalten Eskimos und verabschiedete sich von seinem Freund Kanter gern mit dem Stammtischnamen.

»Ade, wildernder Leichenfledderer«, grüßte Kanter zurück. »Und mach hinne!«

Inzwischen war auch Heiner Erdmann mit einigen seiner Leute eingetroffen. Erdmann war der Leiter der Spurensicherung im Bayreuther

Polizeipräsidium. Seine Spezialisten wurden von den Kollegen nach ihrem Chef neckisch ›Erdmännchen‹ genannt. Nach einer kurzen Lagebesprechung begannen sie mit ihrer Arbeit.

»Die Baustelle ist natürlich bis auf weiteres gesperrt. Bitte unterrichten Sie die Verantwortlichen entsprechend«, wandte sich Kanter wieder an Dr. Stahlmann, der sich beeilte, dies zuzusagen. »Und halten Sie sich zu unserer Verfügung. Ich komme gleich noch in ihr Büro für ein paar Fragen.«

»Hannes, du bleibst bitte noch da und schaust, ob die Heinermänner was finden. Schorsch, du fährst zurück ins Kommissariat und kriegst raus, wann dieser Hartplatz gebaut wurde. Irgendwer auf dem Bauamt oder Schulamt im Rathaus muss das ja wissen. Und informiere Oberstaatsanwalt Schmidtchen Ich nehme mir noch mal den Dr. Stahlmann vor und komme dann nach.«

»Aye, aye, Chef«, erwiderte Hannes Frauenknecht und grüßte militärisch.

»Bis dann, Fritz«, verabschiedete sich auch Georg Schwingshackl und fuhr in die Ludwig-Thoma-Straße, wo sich ihr Büro befand.

Kanter nahm sich für den Weg zum Direktorat Zeit und streifte ein bisschen versonnen durch sein altes Schulhaus, das sich im Lauf der Jahre doch verändert hatte. Da gab es Anbauten und Umbauten, die es, als er Schüler war, nicht gegeben hatte. Auch die martialischen Wandinschriften, die damals in seinem Latein- und Griechischunterricht durchaus thematisiert wurden, waren irgendwann als unzeitgemäß entfernt worden. Nun ja, selbst auf Griechisch oder Lateinisch klang es heutzutage unzeitgemäß, wenn da stünde: ›Süß und ehrenhaft ist es, für das Vaterland zu sterben‹. Den Schaukasten der Schülerverbindung ›Arcadia‹ betrachtete er besonders nachdenklich. Ein Plakat mit den Terminen der nächsten Veranstaltungen studierte er aufmerksam. Seit seiner Schulzeit war er auch Arcadier, hatte aber schon länger keine Veranstaltung mehr besucht. Er nahm sich fest vor, das zu ändern.

Da keine Schüler mehr in den Gebäuden waren, herrschte eine ungewohnte Stille. In das eine oder andere Klassenzimmer warf er einen neugierigen Blick und stellte fest, dass sich auch hier viel verändert hatte. Wo früher die gute alte Tafel an der Wand hing, fand sich jetzt ein neumodisches Whiteboard. Ob die Kinder damit besser lernten? Er hatte da so seine Zweifel. Eine asiatische Reinemachefrau schob ihren Putzwagen vor ein Klassenzimmer. Entlang des Gangs des Verwaltungstrakts betrachtete er die Galerie der bisherigen Schulleiter bis zurück ins neunzehnte Jahrhundert. Das letzte Foto zeigte das energische Konterfei von Oberstudiendirektor a. D. Hermann Stahlmann. An ihn erinnerte sich Kanter noch gut. Als Schüler hatte er zum Glück nichts mit ihm zu tun gehabt, er wusste aber von sehr unangenehmen Zusammenstößen des alten Stahlmann mit Mitschülern und Eltern. Bestimmt würde er es im Zuge der Ermittlungen mit ihm zu tun bekommen.

Das Büro des Direktors befand sich in der Mitte des Ganges. Man konnte zwar vom Gang aus direkt dorthin gelangen, doch war die Tür immer verschlossen, so dass man sich von einer Sekretärin, in der Regel Frau Bauer, bei Dr. Stahlmann anmelden lassen musste. Auch Kanter wählte diesen Weg und wurde sofort zum Schulleiter vorgelassen.

Dr. Stahlmann kam hinter seinem Schreibtisch hervor und reichte Kanter zur Begrüßung die Hand. Als dieser den Händedruck erwidern wollte, griff er in einen feuchten, kalten Waschlappen. Dr. Stahlmanns Hand lag völlig schlaff in seiner. Dr. Stahlmann hatte offenbar Angst. Das wollte nicht so recht zu dem sonst so selbstbewusst auftretenden Schulleiter passen.

»Bitte nehmen Sie Platz. Kann ich Ihnen einen Kaffee anbieten? Frau Bauer macht exzellenten Kaffee.«

Kanter lehnte dankend ab und setzte sich auf den angewiesenen Besucherstuhl. Er saß darin auf Augenhöhe mit Dr. Stahlmann.

»Herr Dr. Stahlmann, haben Sie eine Idee, wie die Leiche unter Ihren Hartplatz kommt?«

»Nicht die leiseste! Aber glauben Sie mir, ich bin erschüttert, wenn ich daran denke, dass meine Schüler jahrelang auf einem Toten Fußball gespielt haben. Schrecklicher Gedanke.«

Tatsächlich schien Dr. Stahlmann ziemlich angegriffen zu sein. Die Information für die Lehrer des Nachmittagsunterrichts hatte er seinem Stellvertreter überlassen. Inzwischen war außer diesem und Dr. Stahlmann selbst niemand vom Kollegium mehr im Haus.

»Wie lange sind Sie schon an dieser Schule?«, fragte Kanter. Er beobachtete sein Gegenüber aufmerksam. Erkannte Stahlmann ihn? Schließlich hatten sie die Schule, zwar mit drei Jahren Abstand, aber immerhin einige Zeit gemeinsam besucht. Um Leonidas Stahlmann noch ein bisschen mehr aus der Reserve zu locken, ließ Kanter wie nebenbei seine Fingergelenke der Reihe nach knacken. Er wusste natürlich, dass dieses Geräusch bei den meisten Menschen Unbehagen auslöste, und er setzte dieses besondere Talent in Gesprächen auch bewusst ein.

»Seit 1990. Ich hatte ein recht gutes Staatsexamen gemacht, und mit ein bisschen Netzwerken von Seiten meines Vaters konnte ich gleich nach dem Referendariat hier anfangen. Zehn Jahre später ging ich für sieben Jahre als stellvertretender Schulleiter ans Gymnasium Pegnitz. Mein Vater hatte schon immer den Wunsch und den Plan, mich als seinen Nachfolger als Chef des CEG aufzubauen. Das ist ihm auch prima gelungen. Als er 2006 nach fünfundzwanzig Jahren in den Ruhestand ging, übertrug man mir die Leitung dieser wunderbaren Schule.«

Sichtlich stolz erzählte Dr. Stahlmann vom bruchlosen Verlauf seiner Karriere. Der Mann war zwar nicht übermäßig groß, doch strahlten seine energischen Gesichtszüge eine starke Durchsetzungskraft und ein von keinerlei Selbstzweifeln getrübtes Selbstbewusstsein aus. Sein Körper wirkte asketisch, so als ob er weder Bier noch Schweinebraten zu seinen gewöhnlichen Nahrungsmitteln zählte.

»Können Sie sich einen Reim auf den heutigen Fund machen? Erinnern Sie sich, wann dieser Hartplatz gebaut wurde? Das würde uns sehr helfen«, fuhr Kanter mit seiner Befragung fort.

Dr. Stahlmann blickte etwas enerviert auf Kanters Hände und fragte sich insgeheim, wie oft man mit Gelenken knacken kann.

»Als ich neunzehnhundertneunzig hier anfing, war er schon da, schien aber noch sehr zu neu sein. Ich schätze also mal Ende der achtziger Jahre. Genaueres müsste die Stadt wissen oder natürlich mein Vater. Aber ich erinnere mich. Kurz bevor ich hier anfing, war da mal was mit einem verschwundenen Jungen. Bestimmt finden Sie da was in Ihren Akten. Mehr kann ich Ihnen leider nicht sagen.« Leonidas Stahlmann lehnte sich bedauernd in seinem Sessel zurück, und Kanter knackte noch einmal seine Gelenke durch. Doch der Schulleiter schien die Befragung als beendet zu betrachten.

Kriminalhauptkommissar Kanter teilte diesen Eindruck zwar nicht, aber für heute hatte auch er genug. Immerhin war es eigentlich sein freier Tag, und der war ihm jetzt gründlich verdorben. Dr. Stahlmann würde ihm nicht weglaufen.

»Dann soll es das für heute gewesen sein, Herr Dr. Stahlmann, aber wir werden uns bestimmt noch öfter treffen müssen. Wir werden die Fundstelle bis morgen gegen Blicke von außen abgeschottet haben, so dass Sie den Fachtrakt ganz normal nutzen können. Es wäre aber schön, wenn Sie die Schüler vom Betreten des Außengeländes um die Baustelle herum abhalten könnten. Schönen Tag noch.« Mit diesen Worten und einen erneuten Händedruck vermeidend, verließ Kanter den Schulleiter und beeilte sich, ins Büro zu kommen. Der Nachmittag war schon fortgeschritten, als der Kommissar zu seinen Kollegen stieß, die in ihrem gemeinsamen Büro auf ihren Chef gewartet hatten. Bevor einer von ihnen noch etwas sagen konnte, sagte Kanter:

»Schorsch, Hannes, der Nachmittag war scheiße. Um noch einen schäbigen Rest von meinem freien Tag zu retten, lade ich Euch nach Weiglathal auf eine ordentliche Brotzeit und ein schönes Seidla Bier

ein. Ist das ein Wort?« Kanter erwartete keinen Widerspruch und erntete erwartungsgemäß begeisterte Zustimmung. »Sagt mir vorher noch schnell, ob ihr den Oberstaatsanwalt erreicht habt.« Schwingshackl berichtete, dass er dort angerufen habe, Dr. Albert Schmidtchen aber in einer Verhandlung gewesen sei. Seine Sekretärin habe gesagt, sie werde ihn von unserem Anruf unterrichten und er werde sich zu gegebener Zeit bei uns melden.

»Na gut, dann probieren wir es gleich morgen früh nochmal«, beendete Kanter den Informationsaustausch.

»Hannes, du bist der Kleinste, du fährst!«, wandte Kanter sich an seinen jüngeren Kollegen und ließ scherzhaft den Vorgesetzten raushängen.

»Ich hätte zwar vielleicht auch gern mehr als ein Bier getrunken, aber weil du es bist, will ich mal nicht so sein. Also, Männer, auf geht's!«

Mit diesen Worten verließen sie ihr Büro und machten sich in Hannes Frauenknechts Golf auf den Weg nach Weiglathal. Diese Ausflugswirtschaft war im weiten Umkreis wegen ihrer schmackhaften Bratwürste, Sulzen und anderen Brotzeiten bekannt. Und auch das Bier war gut und die Preise konkurrenzlos niedrig. Sobald die Sonne schien, waren die Bierbänke vor der Wirtschaft schon nachmittags von Rentnern und Handwerkern fast vollständig besetzt. Aber Kanter hatte noch immer ein Plätzchen gefunden.

Zum draußen Sitzen war es heute trotz des Sonnenscheins doch noch zu frisch. Schließlich war es erst Ende März. Die Männer setzten sich an einen ruhigen Tisch im Nebenzimmer der Wirtschaft und bestellten ihr Bier. Kanter hatte sich schon lange auf die vorzüglichen groben Bratwürste mit Kraut und dem wunderbaren Brot gefreut, Hannes Frauenknecht entschied sich für die Gulaschsuppe und Schorsch Schwingshackl nahm eine Sülze. Nach dem ersten Schluck des kühlen braunen Bieres wollte Frauenknecht wissen, wie es bei dem Schulleiter gewesen war.

»FKK, erzähl mal, wie es bei dem Dr. Leonhardt Stahlmann war. Macht auf mich einen etwas gewöhnungsbedürftigen Eindruck.« FKK waren die Initialen von Friedrich-Konrad Kanter und wurden im vertrauten Kreis auch schon mal als Anrede gebraucht.

»Mein lieber Hannes, der Mann heißt nicht Leonhardt, sondern Leonidas. Le-o-ni-das!« skandierte Kanter.

»Wer nennt seinen Sohn denn bitte Leonidas!«, wunderte sich Frauenknecht.

»Da merkt man wieder deine Viertelbildung als Oberrealschüler. Wie ihr an dieser Baumschule ein Abitur geschafft habt, wird mir ein ewiges Rätsel bleiben«, machte sich Kanter über seinen Kollegen lustig und spielte damit an auf die schon ewig bestehende, intensive Rivalität und herzliche Abneigung zwischen den Schülern der Bayreuther Oberrealschule, kurz OR genannt, und der Elite des humanistischen Gymnasiums, eben dem CEG. Die ORler waren dafür manchmal in Mathematik und Physik besser, aber das würde ein echter CEGler nie zugeben. Da auch Georg Schwingshackl nicht den Eindruck erweckte, etwas mit dem Namen Leonidas anfangen zu können, ließ sich Kanter, nicht ohne ein gerüttelt Maß Stolz über seine Allgemeinbildung, herab und erklärte:

»Hannes, ein gütiges Schicksal und dein eigenes Unvermögen haben bisher verhindert, dass du Vater bist. Aber stell dir mal vor, du hättest einen Sohn und müsstest dem einen Namen geben. Was wäre das für einer? Wahrscheinlich Max, weil er ja der Größte werden soll, oder Ronaldo, damit er ein toller Fußballer wird. Und auch deine Eltern werden mit deinem Vornamen gewisse Erwartungen verbunden haben. ›Hannes‹ ist eine Kurzform von ›Johannes‹, wie du weißt, und der ist hebräischen Ursprungs und bedeutet so viel ›Gott ist gnädig‹. Er ist in allen seinen Formen einer der beliebtesten Vornamen in Deutschland. Also ein Träger dieses Namens, du zum Beispiel, hebt sich nicht schon durch seinen Namen von anderen ab. Deine Eltern wollten das offenbar nicht«, dozierte Kanter und winkte ab, als Frauenknecht Luft holte

und heftig gegen die Vermutung, seine bisherige Kinderlosigkeit könnte an einem irgendwie gearteten Unvermögen seinerseits liegen, protestieren wollte.

»Leonidas hingegen kommt aus dem Griechischen und bedeutet ›der Löwengleiche, Löwenstarke‹. Leonidas‘ Vater war Altphilologe und hatte mit seinem Sohn offenbar schon von Geburt an Großes vor. Leonidas I. war König von Sparta. Berühmt wurde er durch sein Verhalten als Feldherr des Hellenenbundes in der Schlacht bei den Thermopylen so um 480 v. Chr. In dieser Schlacht blockierte eine griechische Streitmacht mit etwa 5.000 Mann und eben dieser Leonidas mit 300 seiner Spartiaten den Thermopylenpass, um das persische Heer mit einer Gesamtstärke von 100.000 Mann unter Xerxes I. aufzuhalten. Zunächst konnten sie den Persern in der engen Passage widerstehen – während die Perser herbe Verluste hinnehmen mussten, gab es auf griechischer Seite kaum Ausfälle. Bevor sie von den Persern eingekesselt wurden, zog aber ein Großteil der griechischen Streitmacht ab, und Leonidas blieb, wohl um den Rückzug der restlichen Truppen zu decken, mit seinen 300 Spartiaten und 700 Thespiern zurück und fiel gemeinsam mit den gesamten spartanischen und thespischen Truppen. Und jetzt könnt ihr eure Mäuler wieder zumachen, ich habe fertig.«

Kanter genoss das staunende Schweigen seiner Kollegen und nahm zufrieden einen tiefen Zug aus seinem Bierglas.

»Ich wusste schon immer, dass du ein humanistischer Klugscheißer bist«, bemerkte Frauenknecht scheinbar unbeeindruckt, »aber ich kann mir jetzt vorstellen, was der alte Stahlmann mit seinem Sohn vorhatte. Scheint ja auch durchaus geklappt zu haben. Ich verspreche euch aber, sollte ich jemals einen Sohn haben, werde ich die Wahl des Namens der Mutter überlassen.« Auch Frauenknecht griff nach seinem Glas und nahm einen großen Schluck.

»Friedrich-Konrad Kanter, was hat sich denn dein Vater mit deinen Vornamen gedacht?«, versuchte Frauenknecht zu kontern.

»Der hat sich gar nichts gedacht. Meine Eltern haben einfach die Vornamen meiner beiden Großväter genommen. Damals hat man sich keine großen Gedanken um Namen gemacht.«

Hannes Frauenknecht war mit Anfang dreißig der jüngste Kommissar im Kanter-Team. Seinem Alter entsprechend war er im Umgang mit modernen Medien sehr gewandt und stellte so eine prächtige Ergänzung zu den Digitalanalphabeten Kanter und Schwingshackl dar. Seine äußere Erscheinung machte ihn zum Schwiegermuttertraum. Groß, schlank, muskulös, charmant, lie-benswürdig. Seine modische Kurzhaarfrisur harmonierte mit dem gepflegten schwarzen Dreitagebart. Allerdings hatte er bisher noch keinen erkennbaren Drang gezeigt, sich dauerhaft zu binden, geschweige denn zu heiraten.

Viele seiner wechselnden weiblichen Bekanntschaften liebten ihn auch wegen seines gewaltigen Motorrads, wobei das Image des Herstellers BMW auf den Fahrer ausstrahlen sollte. Er wohnte in einer Zweizimmerwohnung im zwölften Stock des Y-Hauses, was ihm die gewünschte Anonymität bot. Das Y-Haus am südwestlichen Stadtrand Bayreuths war mit 65 Metern das höchste Gebäude der Stadt. Anfang der 70er Jahre gebaut, erhielt es seinen Namen von der aus der Luft sichtbaren markanten Y-Form seines Grundrisses. In den bis zu achtzehn Stockwerken wohnten in über 370 Wohnungen bis zu 800 Menschen. Frauenknechts wechselnde Damenbegleitung fiel hier niemandem auf. Und er selbst kannte auch nur die Namen seiner unmittelbaren Nachbarn auf dem Hausflur.

Frauenknecht hatte sich zum Rauchen kurz vor die Wirtschaft begeben. Als er zurückkam, tranken die Männer aus, zahlten und machten sich auf den Weg zurück nach Bayreuth. Im Radio sang Cat Stevens seinen Hit ›Oh I can’t keep it in, I can’t keep it in, I’ve gotta let it out‹.

»Äh, Hannes, das Lied erinnert mich an etwas. Könntest du beim nächsten Gebüsch bitte anhalten! Die Biere sind schon durchgelaufen

und wollen raus, du hörst ja, I've gotta let it out«, bat FKK um eine dringende Pinkelpause.

Kurz darauf stieg Kanter erleichtert wieder in den Wagen, und sie konnten ihren Heimweg fortsetzen. Immer wieder genoss er den prächtigen Blick über Bayreuth, bevor man den Saaser Berg hinunterfuhr. Frauenknecht ließ Kanter am Edeka-Laden gegenüber der Sparkassenfiliale an der Abzweigung zur Glockenstraße aussteigen. Die letzten Schritte bis zu seinem Haus wollte Kanter zu Fuß gehen.

»Kommt gut heim, ihr Zwei. Morgen früh in alter Frische!«, verabschiedete sich der bestens gelaunte Kanter, überquerte die Straße und spazierte pfeifend die paar Meter zu seinem Haus.

4

Um halb sechs am nächsten Morgen erwachte Friedrich-Konrad Kanter aus einer schlimmen Nacht. In den frühen Morgenstunden war er aufgewacht, weil sein Herz begonnen hatte zu stolpern. Diese Herzrhythmusstörungen hatte er in den letzten Jahren öfter, aber sein Kardiologe hatte ihn beruhigt, diese seien im Prinzip harmlos. Er verschrieb ihm Tambocor als ›Pill in the pocket‹, also eine Tablette, die er im Falle des Falles nehmen sollte. Das tat er zwar, war sich aber nicht sicher, ob das Zeug auch half. Erfahrungsgemäß schlug sein Herz aber nach sechs bis acht Stunden wieder regelmäßig, manchmal ging es auch schneller, manchmal dauerte es ein paar Stunden länger. Körperlich eingeschränkt war er dadurch nicht, aber psychisch nahmen ihn diese Anfälle immer ziemlich mit. Er neigte schon von Kindheit an zur Hypochondrie und vermutete hinter jedem verklemmten Furz, hinter jedem Sodbrennen gleich die Vorboten eines Herzinfarkts oder Darmkrebses. Früher hatte er gegen diese Angstattacken schon mal ein paar Tavor genommen, versuchte das Beruhigungsmittel jetzt aber wenn möglich zu vermeiden.

Nach den morgendlichen Erledigungen im Bad holte er die Zeitung aus dem Briefkasten, brühte sich eine Tasse Aldi-Pulverkaffee auf und strich sich ein Marmeladenbrot. Im Hintergrund lief Radio Bayreuth. Das hörte er immer zum Frühstück, weil man so am schnellsten erfuhr, wenn in der Weltstadt auf Zeit etwas passiert war. Außer mehr oder weniger schlimmen Unfällen auf der A9 waren Hiobsbotschaften zum Glück eher selten. Aber heute war alles anders.

Woher auch immer die Radiofuzzies die Informationen hatten, die Hörer erfuhren brühwarm von dem gestrigen Leichenfund in Bayreuths Elitegymnasium. Mangels genauerer Erkenntnissen erging sich der Moderator in wilden Spekulationen über die Identität des Toten, wie und warum die Knochen unter den Hartplatz kamen. Für den Vormittag versprach er ein Interview mit dem Schulleiter.

»Das könnt ihr euch hundertpro in den Allerwertesten schieben», brummelte Kanter vor sich hin. »Wenn der Stahlmann auch nur ein Wort sagt, mach ich ihn so fertig, dass er nicht mehr weiß, ob er Schulleiter oder Lokführer ist.« Kanter war jetzt richtig geladen.

Kanters Blutdruck explodierte, als er die Titelseite des Bayreuther Echos aufschlug. Wenn das Radio etwas für Bayreuther Verhältnisse derartig Spektakuläres sendete, war es nicht anders zu erwarten, als dass auch die Zeitung entsprechend mithalten würde. ›SKELETT UNTER SPORTPLATZ DES CEG – Schüler spielen jahrzehntelang Fußball auf Totem‹ las er in dicken Lettern. Im Lokalteil dann ein hoch spekulativer Bericht über die Geschehnisse des gestrigen Nachmittags. Welcher hirnamputierte Vollhorst hatte mit den Medien gesprochen? Wenn er den erwischte, konnte er was erleben! Von seinen Leuten war es mit Sicherheit niemand.

Mangels entsprechender Medienkompetenz dachte FKK zum Glück nicht daran, was sich eventuell in den sogenannten sozialen Medien abspielte. Bald würde er es wissen!

Der Appetit war ihm vergangen, in seinem Brustkorb stolperte sein Herz orientierungslos herum und Rolf wedelte unternehmungslustig mit dem Schwanz. Eigentlich wollte Kanter sofort ins Kommissariat fahren, entschied sich aber dann doch, Rolfs Drängen nachzugeben. Vielleicht tat ihm der kleine Spaziergang in der frischen Morgenluft ja ganz gut und er kam wieder etwas herunter. Er nahm noch einen Schluck des heißen Kaffees, schlüpfte in seine Lederjacke, schwang die Hundeleine auf die Schultern und marschierte los.

Die Morgenluft und die noch menschenleere Straße beruhigten ihn. Sein Herz stolperte zwar immer noch, aber er empfand es als nicht mehr sehr störend. So konnte er seine Gedanken sammeln und sich auf die anstehenden Arbeiten des Tages vorbereiten. Sie würden zu allererst Oberstaatsanwalt Schmidtchen informieren müssen und mit ihm das weitere Vorgehen abstimmen. In der Schule galt es noch einige Leute zu befragen, vor allen anderen den Hausmeister. Eventuell konn-

te Moretti ja auch schon erste Ergebnisse liefern. Langeweile würde heute jedenfalls nicht aufkommen, und die nächste Gelegenheit, mangels Arbeit einen freien Tag zu nehmen, war in weite Ferne gerückt.

Kurz vor sieben verließ der seine Wohnung in der Glockenstraße und lief die Treppe hinunter. Durch die Glasscheibe der Wohnungstür seiner Schwester im Erdgeschoss drang noch kein Lichtschein. Um diese Zeit pflegte sie noch zu schlafen. Es gab Momente, da beneidete Kanter seine Schwester um ihr unaufgeregtes Leben.

Er holte sein altes Fahrrad aus der Garage, schwang sich in den Sattel und ließ sich ohne große Anstrengung bergab in die Ludwig-Thoma-Straße rollen. Drei Minuten später hatte er sein Rad im Hof des Polizeipräsidiums abgestellt und stieg zum Kommissariat hinauf. Üblicherweise traf er immer als Erster im Büro ein, aber heute waren Schwingshackl und Frauenknecht schon an ihren Schreibtischen.

»Guten Morgen, Männer«, rief Kanter seinen Kollegen zu. Ihren Gesichtern konnte er ansehen, dass schon einiges passiert war.

»Moin, Fritz«, grüßte Schorsch Schwingshackl zurück. »Entschuldige, aber du schaust gruselig aus. War eins der Biere in Weiglathal gestern schlecht, oder hast du schon Radio gehört und Zeitung gelesen?«

»Ja. Schöne Scheiße. Nix schlechtes Bier. Schlechte Nacht, warum auch immer. Und wenn ich den erwische, der mit denen geplaudert hat, nagele ich ihn persönlich an diese Tür!«, polterte Kanter.

»Sei froh, dass du nicht mitkriegst, was sich auf Facebook tut«, warf Frauenknecht ein. »Die Kinderlein an den Fenstern gestern Nachmittag haben fleißig gefilmt und gepostet.«

»Ich dachte, auf dem Schulgelände bayerischer Schulen müssen die Handys ausgeschaltet sein«, ereiferte sich Kanter. »Warum schreiten die Damen und Herren Pädagogen da nicht ein? Den Herrn Leonidas werde ich gehörig zusammenfalten.« Er war hörbar sauer. Zum Glück hatte sich sein Herzrhythmus wieder so weit eingekriegt, dass er seine uneingeschränkte Aufmerksamkeit dem Fall widmen konnte.

»Das Bayreuther Echo hat ja zügig in seinem Archiv geforscht und vermutet, bei dem Toten handelt es sich um den seit 1988 vermissten Benjamin Schröder. Hannes, besorg bitte sofort die Akten von damals.«

Hannes Frauenknecht machte sich gleich an die Arbeit.

Als Kanters Telefon klingelte, sah er schon auf dem Display, dass der Anrufer Oberstaatsanwalt Dr. Albert Schmidtchen war.

»Guten Morgen, Albert. Auch schon so bald am Schreibtisch?«, begrüßte Kanter seinen früheren Klassenkameraden, Corpsbruder bei der Franco-Borussia und Freund vom Stammtisch der Eisigen Eskimos. Dass sie nicht auch gemeinsam bei der Arcadia waren, lag daran, dass damals Schmidtchens Vater sein Veto einlegte, weil er dem Vorurteil anhing, bei der Arcadia werde nur gesoffen.

»Servus, Fritz. Ja, die Arbeit macht sich leider nicht von selber«, erwiderte der Oberstaatsanwalt.» Meine Sekretärin hat mir schon gesagt, dass ihr gestern Nachmittag angerufen habt. Schöner Mist, was da an unserem alten Pennal abgeht. Gibt's bei euch schon was Neues? Die Zeitung hat ja schon Vermutungen geäußert. Ich schicke euch sofort die Akte Benjamin Schröder rüber. Der Fall ist ja tatsächlich immer noch ungeklärt, und – ehrlich gesagt – eine gewisse Hoffnung habe ich schon, dass wir in dem alten Fall weiterkommen. Wie immer gilt: Ihr habt in allem meine volle Unterstützung«.

»Danke, mein Lieber. Der Frauenknecht ist schon unterwegs und holt die alten Unterlagen. Wir warten jetzt auf erste Ergebnisse vom Leichenfledderer, der gestern zum Glück gleich ins CEG gekommen ist. Ansonsten machen wir uns mit Volldampf an die Arbeit. Du hörst von uns!« Die Freunde mussten nicht viele Worte machen, sie wussten, dass jeder sich blind auf den anderen verlassen konnte.

Erneut klingelte das Telefon. Das Bayreuther Echo wollte Informationen haben. Kanter bat Georg Schwingshackl, sich mit den Presseheinis rumzuärgern, er selbst hätte ihnen wohl wenig freundlich seine Meinung gegeigt. Schwingshackl war diplomatischer als er. Er solle

sie einfach an die Pressestelle verweisen, sollen die sich mit den Journalisten rumärgern.

In diesem Augenblick steckte Gerdi Hasenfuß den Kopf ins Büro. Gerdi war die gute Seele des Kommissariats und kümmerte sich um Schreib- und Organisationskram, manchmal aber auch um das Seelenheil der Kommissare.

»Guten Morgen, ihr Lieben. Bei mir vorn steht ein Herr Richard Schröder und möchte die Ermittler sprechen. Er sagt, er ist der Vater des seit 1988 vermissten Benjamin Schröder. Und er macht einen ziemlich mitgenommenen Eindruck«, berichtete Gerdi.

Georg Schwingshackl und Kanter sahen sich fragend an. Der Mann kam wie gerufen. Er konnte ihnen bestimmt einiges erzählen, was ihnen langwieriges Aktenstudium wenn nicht ersparte, dann doch beschleunigte.

»Schick ihn rein, Gerdi«, sagte Kanter, »und frag ihn, ob er einen Kaffee möchte, wenn er schon so mitgenommen aussieht.«

Gerdi verschwand, und einen Augenblick später stand Richard Schröder vor den Kommissaren. Der Mann musste Anfang sechzig sein, der spärliche graue Haarkranz, der den sonst kahlen Schädel umschloss, ließ ihn aber älter erscheinen. Seine Kleidung war unauffällig. Kariertes Hemd, graue Lederjacke, graue Hose. Graues Gesicht.

Kanter ging ihm entgegen und empfing ihn freundlich.

»Guten Morgen, Herr Schröder. Mein Name ist Kanter, und das ist mein Kollege Georg Schwingshackl. Bitte, setzen Sie sich doch. Der Kaffee kommt gleich.«

»Guten Morgen, Herr Kommissar. Den Kaffee nehme ich dankend an.«

»Was können wir für Sie tun?«, fragte Kanter und setzte sich Schröder gegenüber an seinen Schreibtisch.

»Ich habe der Zeitung entnommen, dass gestern auf dem Gelände des CEG die sterblichen Überreste eines Menschen gefunden wurden. In dem Bericht wird spekuliert, dass es sich dabei um meinen seit 1988

vermissten Sohn Benjamin handeln könnte. Können Sie mir dazu schon etwas sagen?« Schröder sprach sehr leise. Kanter spürte, dass der Mann eine schwere Last mit sich herumtrug.

Gerdi Hasenfuß kam mit einem dampfenden Pott Kaffee für Richard Schröder herein. Auf der Tasse stand beruhigend ›Die Polizei – Dein Freund und Helfer‹. Milch und Zucker stellte sie daneben. Schröder nickte ihr dankbar zu.

»Sie sagen ganz richtig, dass die Zeitung spekuliert«, erwiderte Kanter, »aber Sie können uns vielleicht weiterhelfen. Erzählen Sie doch einfach, was damals passiert ist. Wir hören Ihnen gespannt zu.«

Kanter hoffte, es würde den Mann erleichtern, wenn er seine Geschichte erzählen konnte. Und wirklich, aus Richard Schröder sprudelte es sofort heraus.

»Am Dienstag, den 22. März 1988, verschwand unser Sohn Benjamin spurlos. Es war damals die letzte Schulwoche vor den Osterferien. Benjamins Klasse hatte bis halb sechs nachmittags Spielstunde bei Studienreferendar Dr. Leonidas Stahlmann. In dieser Stunde spielten die Buben meist Fußball, was mein Sohn über alles liebte. Nach Ende des Unterrichts bot Dr. Stahlmann meinem Sohn an, mit ihm noch ein paar Minuten ein besonderes Training zu absolvieren. Benjamin war Torwart der Schulmannschaft. Normalerweise ging Benjamin zusammen mit seinem damaligen besten Freund Peter Scherm nach Hause. Sie hatten denselben Heimweg. Diesmal aber ging Peter allein. Als unser Sohn um halb sieben noch nicht daheim war, riefen wir Peter Scherm an, der uns erzählte, dass Benjamin noch mit Dr. Stahlmann in der Schule geblieben war und nicht mit ihm nach Hause gegangen war. Wir wohnen in der Hammerstatt, nur ein paar Minuten vom CEG weg. Ich ging Benjamins Schulweg am Main entlang zum CEG, fand ihn aber nicht. Als ich um kurz vor sieben an der Schule ankam, traf ich niemanden mehr an. Die Zugänge zur Schule waren verschlossen, das Gebäude dunkel. Sie können sich vorstellen, dass ich immer mehr Angst bekam«, bekräftigte Richard Schröder seine Worte.

Kanter und Schwingshackl hörten schweigend und aufmerksam zu und vermieden es, Schröders Rekapitulation des fraglichen Abends zu unterbrechen.

»Ich klingelte an der Privatwohnung des Hausmeisters. Der Eingang dazu liegt auf der Mainseite. Allerdings öffnete niemand. Jetzt wusste ich mir nicht mehr anders zu helfen, als schnellstens nach Hause zu laufen und die Polizei anzurufen. Dort war man sehr freundlich, sagte mir aber, dass noch nicht genug Zeit verstrichen sei, um von einem Vermisstenfall auszugehen. Ich solle erstmal abwarten und Freunde und Klassenkameraden meines Sohnes anrufen, ob er vielleicht dort ist. Erfahrungsgemäß tauchen Jungs in diesem Alter schnell wieder auf.«

Schröder holte Atem, die Kommissare spürten, dass der Bericht ihm selbst nach all den Jahren noch gehörig an die Nieren ging. Schröder nippte an seinem Kaffee und fragte, ob er eine Zigarette rauchen dürfte. Kanter nickte, obwohl im Büro eigentlich Rauchverbot herrschte, und stellte ihm eine Untertasse als provisorischen Aschenbecher hin. Schröder holte eine Schachtel Ernte 23 aus seiner Jackentasche, nahm eine Zigarette heraus und zündete sie sich mit einem Einwegfeuerzeug an. Nach einem ersten tiefen Zug fuhr er fort:

»Benjamin war unser einziges Kind und bestimmt nicht weggelaufen, dessen war ich mir sicher. Er war ein guter Schüler, kam mit allen Mitschülern gut aus. Auch zu Hause gab es keinerlei Konflikte.« Wieder zog er den Rauch tief in seine Lungen.

»Als ich wieder bei meiner Frau zu Hause war – von Benjamin fehlte immer noch jedes Lebenszeichen – riefen wir nochmal bei Peter Scherm an, der aber ebenfalls nichts Neues wusste. Auch Wolfgang Gottwald, mit dem Benjamin damals öfter zusammen war, wusste nichts. Unsere Verzweiflung stieg, und wir beschlossen, persönlich zur Polizei zu gehen. Inzwischen war Benjamin seit knapp drei Stunden überfällig. Der Weg, den mein Sohn auf dem Nachhauseweg entlangging, verläuft direkt neben dem Roten Main. Der Fluss führte damals

wegen der Schneeschmelze im Fichtelgebirge enormes Hochwasser und war ziemlich reißend. Ein hineinstürzendes Kind hätte wohl keine Überlebenschance gehabt. Als ich die Polizei auf diese Möglichkeit aufmerksam machte, leiteten sie wirklich gleich entsprechende Suchmaßnahmen ein. Uns forderten sie auf, zu Hause auf Nachricht zu warten.«

Schröder zündete sich – wieder toleriert von den Kommissaren – eine neue Zigarette an, ehe er fortfuhr.

»Inzwischen war es dunkel, und es war natürlich aussichtslos, im oder am Main etwas zu finden. Am nächsten Morgen wurden die Suchmaßnahmen intensiviert, Mitschüler und Lehrer, insbesondere Dr. Stahlmann befragt. Da keinerlei Lösegeldforderung einging, schien eine Entführung unwahrscheinlich. Bei uns wäre auch nichts zu holen gewesen. Ich bin Busfahrer, meine Frau arbeitete damals in Teilzeit bei Hertie. Blieb die Möglichkeit eines Verbrechens. Obwohl die Polizei alle Register zog – sogar bei ›Aktenzeichen XY‹ wurde der Fall behandelt – blieb Benjamin bis heute verschwunden. Nach einigen Monaten legte die Polizei den Vermisstenfall Benjamin Schröder zu den ungelösten Akten.« Richard Schröder sank erschöpft in sich zusammen und drückte seine Zigarette auf der Untertasse aus.

Nach einer kleinen Pause sagte Kanter: »Herr Schröder, Ihre Erzählung hat Sie sehr mitgenommen, das sehe ich Ihnen an, aber Sie haben uns wirklich sehr geholfen. Es wird nicht lange dauern, bis der Gerichtsmediziner festgestellt hat, ob der Tote Ihr Sohn ist oder nicht. Sollte er dazu DNA-Material von Ihnen und Ihrer Frau benötigen, werden wir uns mit Ihnen in Verbindung setzen. Sobald wir nähere Informationen haben, werden wir uns sofort bei Ihnen melden. Ach ja, es wäre vielleicht nützlich, wenn Sie uns sagen könnten, bei welchem Zahnarzt Benjamin damals in Behandlung war. Vielleicht bekommen wir über die Zähne etwas zur Identität heraus.«, fügte Kanter an.

»Wir waren und sind bei Dr. Salewski in der Friedrich-Ebert-Straße«, antwortete Richard Schröder.

»Danke für die Information. Wir werden uns gleich darum kümmern. Können wir noch etwas für Sie tun?«

»Nein, danke, Herr Kommissar. Sie sind sehr freundlich, und es tut gut, jetzt vielleicht endlich Gewissheit zu bekommen.«

Mit diesen Worten erhob sich Richard Schröder, reichte den Kommissaren die Hand und verließ das Büro.

»Puh!«, schnaufte Georg Schwingshackl durch und musste erstmal schlucken ob der Geschichte, die sie gerade gehört hatten. Auch Kanter war durchaus beeindruckt, dachte aber gleich wieder an die Arbeit. Schließlich hatte Richard Schröders Bericht ihnen etliche Anhaltspunkte geliefert. Zu allererst mussten sie aber Gewissheit über die Identität des Toten haben.

Georg Schwingshackl öffnete kurz das Fenster, damit Schröders Zigarettenrauch durch Frischluft ersetzt wurde.

»Hast du gesehen, welche Marke der Schröder raucht? Ernte 23! Dass es die heute noch gibt! Die hab ich in meiner Jugend schon geraucht«, staunte Kanter. Er hatte aber vor zehn Jahren mit der Raucherei aufgehört.

Kanter musste dringend mit Moretti reden. Er erreichte ihn am Telefon in seinem Institut.

»Servus, Fredi, Fritz hier«, begann Kanter.

»Ja hallo, Fritz, schön von dir zu hören. Willst du mich zur Arbeit antreiben? Geht's dir wieder mal nicht schnell genug?«, antwortete Moretti.

»Aber nein, ich weiß doch, dass du nicht trödelst. Pass auf, gerade war ein Richard Schröder bei uns und hat uns die ergreifende Geschichte vom Verschwinden seines Sohnes Benjamin 1988 erzählt. Vielleicht hast du ja die Spekulationen in unserem Käseblatt heute früh gelesen«, fuhr Kanter fort.

»Kannst du schnellstmöglich rauskriegen, ob die gefundenen Knochen von Benjamin Schröder sind. Ich hab dem Vater gesagt, dass wir

uns mit ihm in Verbindung setzen, wenn wir die Identität des Toten kennen. Wie lange brauchst du?«

»Das kommt darauf an. Wir haben ja den Schädel und damit auch das Gebiss. Bringt raus, zu welchem Zahnarzt die Schröders damals gegangen sind. Dann können wir hoffentlich anhand des Zahnstatus feststellen, ob oder ob nicht«, bemerkte Moretti.

»Lieber Leichenfledderer, ich arbeite schon so lange mit dir zusammen, dass ich deine Bedürfnisse diesbezüglich kenne. Ich hab den Richard Schröder natürlich danach gefragt. Die Familie war und ist bei einem Dr. Salewski in der Friedrich-Ebert-Straße. Kennst du den?«, legte Kanter nach.

»Nicht direkt. Aber gut gemacht! Bist halt der Beste, gell, Schneefuchs. Ich kümmere mich um die Zähne. Ihr hört von mir. Bis dahin frohes Schaffen!«, verabschiedete sich Moretti von seinem Freund.

* * *

Am Ende der ersten Schulstunde hatte Dr. Leonidas Stahlmann in einer Durchsage alle Schüler über den Fund unter dem Hartplatz informiert. Er untersagte jegliches Ablegen von Blumen oder Grabkerzen mit dem Hinweis darauf, dass die Polizei noch ermittelt und dass es sich um eine Baustelle handelt, deren Betreten sowieso verboten sei. Zuwiderhandlungen würden entsprechend bestraft werden.

In der großen Pause begab sich der Schulleiter ins Lehrerzimmer, was er normalerweise nur aus besonderen Anlässen tat. Aber heute war ein solcher Anlass. Bei seinem Eintreten verstummten die Gespräche sogleich, so dass Leonidas Stahlmann nicht mehr um Ruhe bitten musste.

»Kolleginnen und Kollegen, Sie haben gewiss mitbekommen, was sich gestern auf unserem Schulgelände ereignet hat. Eine äußerst unangenehme Geschichte für unsere Schule. Die älteren Kollegen erinnern sich bestimmt noch an das mysteriöse Verschwinden eines Schü-

lers vor rund dreißig Jahren. Die Polizei untersucht gerade eventuelle Zusammenhänge. Rechnen Sie damit, dass die Kommissare auch Sie befragen werden. Ich muss Sie daher eindringlich bitten, keine unbedarften Vermutungen oder Spekulationen anzustellen, die dem guten Ruf unserer Schule nachhaltig schaden würden. Noch ist nichts Genaueres über die Hintergründe bekannt. Sollten Ihre Schüler irgendwelche Gesten des Gedenkens oder Ähnliches machen wollen, verweisen Sie auf die laufenden Ermittlungen. Es ist hoffentlich unnötig zu erwähnen, dass der Kontakt zu den Medien ausschließlich, ich betone: ausschließlich über die Schulleitung, also mich stattfindet. Sollte die Presse bei Ihnen anfragen, sagen Sie nichts und verweisen sie an mich. Habe ich mich klar genug ausgedrückt?« Dr. Leonidas Stahlmann sah nickende Köpfe und betretene Mienen seiner Lehrerinnen und Lehrer.

»Gibt es noch Fragen?« Diese Frage war eher rhetorisch gemeint, und dementsprechend wagte keiner der Anwesenden sich zu rühren. Dabei gab es bei vielen der Jüngeren durchaus Informationsbedarf. Die vier oder fünf Kollegen, die damals schon am Carolus-Erasmus-Gymnasium unterrichtet hatten, würden einige Fragen beantworten müssen, wenn Leonidas Stahlmann das Lehrerzimmer verlassen hatte.

Sobald er wieder in seinem Büro war, rief er Hausmeister Lauerer an und trug ihm mit großem Nachdruck auf, die Fundstelle von irgendwelchen Zeichen der Anteilnahme unbedingt frei zu halten. Am besten solle er den Zugang zum Freigelände für Schüler und Lehrer ganz absperren.

Obwohl die Schule als Institution schon dreihundert Jahre alt war, verfügte sie doch über modernste Kommunikationsmöglichkeiten. Dr. Leonidas Stahlmann hielt es für seine vornehmste Pflicht, sein Carolus-Erasmus-Gymnasium in allen Bereichen an die Spitze zu führen. Deshalb erfolgte die Kommunikation mit den Eltern über ein spezielles Computerprogramm, mit dem die Eltern über alle relevanten Ereignisse und Veranstaltungen an der Schule informiert werden konnten. Auf diesem Weg teilte der Schulleiter den Eltern im Wesentlichen das

Gleiche mit, was Schüler und Lehrer heute schon erfahren hatten. So war sich der Schulleiter sicher, alle Mitglieder der Schulfamilie hinreichend ins Bild gesetzt und klare Handlungsanweisungen erteilt zu haben.

* * *

Inzwischen war Hannes Frauenknecht mit dem Aktenstoß des Vermisstenfalles Benjamin Schröder eingetroffen und wollte sich gleich an die Arbeit machen. Beim Betreten des Büros roch er sofort, dass geraucht worden war. Ihm war das leider verboten.

»Darf man hier jetzt doch wieder rauchen?«, fragte er hoffnungsvoll. Er musste zum Rauchen immer in den Hof gehen.

»Nein. Erklär ich dir später«, sagte Kanter kurz angebunden. »Nimm dir gleich die Akten vor. Konzentrier dich dabei schon mal auf das schulische Umfeld von Benjamin, also Lehrer, Mitschüler usw. Vor allem interessiert mich die Rolle unseres feinen Herrn Dr. Stahlmann.« Nach diesen Worten wusste Hannes Frauenknecht, was er zu tun hatte, und legte voller Elan los.

Kanter sah auf seine Uhr. Es ging auf Mittag zu, aber Zeit zu einem ausführlichen Essen in der Kantine wollte er sich nicht nehmen.

»Gerdi! Kommst du mal bitte!«, rief er durch die offene Tür ins Nachbarzimmer.

Als Gerdi Hasenfuß an Kanters Schreibtisch stand, wusste sie schon aus Erfahrung, was auf sie zukam.

»Lass mich raten, Chef, ihr habt Hunger, aber keine Zeit für die Kantine, richtig?«, stellte ihre erfahrene Sekretärin fest.

Die Kommissare nickten wie die Wackeldackel auf der Hutablage von Opelfahrern.

»Wie immer?«, fragte sie in die Runde.

»Wie immer, Gerdi. Was täten wir ohne dich!«, riefen die Männer im Chor.

›Wie immer‹ bedeutete, dass Gerdi Hasenfuß sich zum Metzger Brauner in der Rathenaustraße begab, dort fünf Leberkäsbrötchen – eins für Kanter, je zwei für die anderen Kommissare – holte und so einer arbeitsbedingten Unterzuckerung bei den Männern vorbeugte. Kanter hätte auch Gerdi zu einer dieser köstlichen Spezialitäten eingeladen, doch sie zog es vor, mittags ohne Mahlzeit auszukommen. Sie glaubte, das sei sie ihrer Figur schuldig.

Zwanzig Minuten später mampften die Kommissare ihre Brötchen und widmeten sich gleichzeitig ihrer Arbeit. Jeder hatte sich ein paar Akten aus dem Benjamin Schröder-Aktenstoß genommen.

* * *

Im CEG neigte sich um diese Zeit der Vormittagsunterricht dem Ende zu. Bei den Schülern war im Großen und Ganzen wieder Ruhe eingekehrt, wohingegen im Lehrerkollegium an allen Ecken und Enden getuschelt wurde. Die älteren Kollegen, die 1988 schon an der Schule waren und sich gut an die Geschehnisse jener Wochen erinnerten, mussten die damaligen Ereignisse wieder und wieder erzählen, nicht ohne die Lehrerzimmertür im Auge zu behalten, um sicher zu sein, dass Leonidas Stahlmann nicht wieder ins Lehrerzimmer kam. Die jüngeren Kollegen lauschten gebannt den Erzählungen, in denen der jetzige Schulleiter eine nicht unbedeutende Rolle spielte.

Dr. Leonidas Stahlmann hatte Hans Lauerer zu sich bestellt. Die Männer saßen sich im Schulleiterbüro gegenüber.

»Ich muss wohl davon ausgehen, dass die Knochen tatsächlich zu Benjamin Schröder gehören, oder? Lauerer, haben Sie den Kleinen damals tatsächlich dort vergraben?«, begann Leonidas Stahlmann.

Lauerer nickte stumm.

»Die Baustelle erschien mir ein todsicheres Versteck, wenn ich mal so sagen darf. Es war eine Scheißgraberei mitten der Nacht, damit in

der Früh keiner was merkte. Ich dachte, im Lauf der Zeit wird die Leiche wieder zu Erde. Es heißt ja immer: Erde zu Erde.«

Bevor Hans Lauerer zu philosophisch werden konnte, unterbrach Dr. Stahlmann ihn unwirsch.

»So beschränkt kann man doch nicht sein! Die Leiche auf dem Schulgelände entsorgen! Wenn man nicht alles selber macht!«, entlud sich Stahlmanns Ärger.

»Nun mal langsam, Herr Dr. Stahlmann. Sie und Ihr Vater waren damals sehr froh, dass ich Ihnen aus der Scheiße geholfen und die Drecksarbeit gemacht habe. Sie wollten gar nicht wissen, was mit dem Jungen passierte. Also musste ich eine Entscheidung treffen, und die habe ich auch getroffen. Die Baustelle schien wie gemacht dafür, eine Leiche für immer verschwinden zu lassen. In jedem Mafiafilm verschwinden Leichen in Bauwerken. Sie sollten mir dankbar sein!«, versuchte Lauerer, sich zu rechtfertigen.

»Ist jetzt sowieso schon wurscht, Lauerer. Wir müssen überlegen, was jetzt zu tun ist. Die Polizei wird uns wieder vernehmen, und wir sollten tunlichst dasselbe aussagen wie damals, also dass wir uns an dem Abend kurz getroffen haben, als Sie ihren Rundgang gemacht haben und ein paar belanglose Worte gewechselt haben, ehe ich mit meinem Vater zusammen das Schulhaus verließ. Wenn wir zusammenhalten, können die uns gar nichts«, beschwor er den Hausmeister.

»Von mir aus gerne. Was ist Ihnen denn mein weiteres Schweigen wert? Mein Anteil an der Tat ist wohl verjährt, mir kann nichts mehr passieren. Bei Ihnen sieht das womöglich ein bisschen anders aus, glaube ich«, presste Lauerer hervor und sah Dr. Stahlmann mit leicht zugekniffenen Augen entschlossen an.

Stahlmann glaubte, sich verhört zu haben. Wagte es dieser grobschlächtige und versoffene Spanner tatsächlich, ihn zu erpressen? Nach allem, was er in den vergangenen fast dreißig Jahren für ihn getan hatte!

»Versuchen Sie mich etwa zu erpressen, Lauerer? Übernehmen Sie sich nicht! Ein Wort von mir, und Sie sind Ihren Posten hier los. Glauben Sie nicht, ich hätte keine Ahnung von Ihren Vorlieben und wie Sie sie befriedigen!«, blaffte Stahlmann zurück. Es war ihm natürlich nicht entgangen, dass Hans Lauerer ein Spanner war, der in den Mädchen- und Lehrerinnenumkleideräumen seiner Neigung nachging. Auch Lauerers notorisches Alkoholproblem hatte er all die Jahre gedeckt.

»Das mag schon sein, Herr Doktor, aber im Vergleich zu mir haben Sie ungleich mehr zu verlieren. Schulleitung, Macht, Einfluss, guter Ruf der Schule – alles wäre futsch. Von der Pension ganz zu schweigen. Dabei könnten Sie mit – sagen wir – fünfundzwanzigtausend Euro in bar aller Sorgen ledig sein. Ich würde Ihnen sogar versprechen, sofort vorzeitig in Rente zu gehen.« Lauerer sah, wie sein Gegenüber nachdachte und abwägte. Dr. Stahlmann konnte seine Wut, aber auch seine Unsicherheit nur schwer beherrschen. Seine Hände faltete er so heftig, dass die Knöchel weiß hervortraten.

»Verschwinden Sie!«, raunzte Stahlmann den Hausmeister an. Der erhob sich mit provokanter Langsamkeit und ging zur Tür. Ehe er das Büro verließ, drehte er sich noch einmal um.

»Sie sollten nicht allzu lange überlegen. Spätestens morgen werden die Bullen hier sein und neugierige Fragen stellen. Sie wissen ja, wo Sie sich mich finden können, wenn Sie mir etwas zu sagen haben«, raunte Hans Lauerer dem Schulleiter zu und schloss die Tür hinter sich.

Dr. Leonidas Stahlmann beschloss, sich unverzüglich über Verjährungsfristen zu informieren.

5

Am Mittwochfrüh hatte Friedrich-Konrad Kanter einen Termin, bei dem ihm ein wenig mulmig war. Er hatte die Runde mit Rolf heute schon etwas früher erledigt. Vielleicht wirkte sich die Bewegung in der frischen Luft ja noch positiv auf das aus, was ihm gleich bevorstand.

Ohne Frühstück machte er sich um viertel acht auf in die Praxis von Dr. Karla Paulus, der Ärztin seines Vertrauens. Sie hatte vor zehn Jahren die Praxis ihres Vaters übernommen, bei dem Kanter auch schon in Behandlung war. Er kannte Karla praktisch seit ihrer Geburt. In ihre medizinischen Fähigkeiten als Internistin hatte er uneingeschränktes Vertrauen. Heute stand aber nur die Blutentnahme an. Das erledigte routiniert und schmerzfrei eine reizende Helferin. Karla war um diese Zeit noch nicht in der Praxis, sondern absolvierte frühe Hausbesuche. In einer Woche aber würde die Stunde der Wahrheit schlagen. Dann würde er erfahren, wie es wirklich um ihn stand.

Auf dem Weg ins Kommissariat besorgte sich Kanter bei einem Bäcker ein Hörnchen, das er mit Gerdis bestem Kaffee zum Frühstück am Schreibtisch zu verzehren gedachte.

Als Kanter um kurz vor acht das Büro betrat, war dieses entgegen seinen Erwartungen leer. Kein Georg Schwingshackl, kein Hannes Frauenknecht. Zum Glück war aber Gerdi Hasenfuß da und hatte auch schon Kaffee gekocht.

»Guten Morgen, Gerdi, alles ok?«, begrüßte Kanter die allseits beliebte Sekretärin. »Kann ich einen Kaffee haben?«

»Guten Morgen, Chef. Kaffee kommt sofort. Wo sind denn die anderen?«, fragte sie Kanter, der sich an seinem Arbeitsplatz niedergelassen hatte und sein Hörnchen auspackte.

»Ich wundere mich auch, warum keiner da ist«, staunte Kanter. Üblicherweise waren sie alle um spätestens halb acht vollzählig. Seine

Verwunderung steigerte sich um ein Vielfaches, als in diesem Augenblick die Türe aufging und Hannes Frauenknecht das Büro betrat.

»Holla die Waldfee«, entfuhr es Kanter unwillkürlich, als er seinen jungen Kollegen sah. »Du schaust aus wie schon mal gegessen! Bist du krank?«, fragte er in seiner bekannt einfühlsamen Art. Kanter war für seine spezielle Sensibilität bei seinen Kollegen und Freunden gefürchtet.

»Hör bloß auf, FKK. Das war die schärfste Nacht meines Lebens. Die Jacqueline zeigt mir die Grenzen auf. Ich habe kein Auge zugetan vor lauter …, naja, du weißt schon«, stöhnte Frauenknecht. »Die Frau hat den Teufel im Leib!«

»Jetzt wirst du wohl doch alt, Hannes. So was hat dich doch früher nicht so mitgenommen«, stänkerte Kanter weiter. »Nomen est omen, was, Frauenknecht!«, wobei er das ›Frauenknecht‹ besonders betonte.

»Gerdi! Das große Notbesteck! Sofort!«, rief Kanter der Sekretärin zu. Für solche – zugegebenermaßen seltenen – Fälle von unmittelbarer Lebensgefahr hatte sie ein Spezialrezept, bestehend aus einem extrem starken Kaffee, der mit einem ordentlichen Schuss eines geheimnisvollen, von ihrer Oma in der Fränkischen Schweiz selbst gebrannten alkoholischen Kräutergetränks aufgemotzt wurde.

Hannes Frauenknecht ließ sich in seinen Bürosessel fallen, ignorierte die Sticheleien seines Chefs und wünschte sich ganz weit weg. Diese Nacht hätte nie zu Ende gehen dürfen. Er hatte dieses Superweib Jacqueline Grewe vor gut zwei Wochen kennengelernt. Sie hatte ein Tattoostudio in der Altstadt. Er war auf der Suche nach jemandem, der ihm ein unendlich geiles Traumtattoo stechen würde. Das Motiv hatte er seit langem im Kopf: Seine geliebte BMW 1200 RT, mitten auf seiner breiten Brust, dazu sein Sturzhelm. Zwischen ihnen hatte es vom ersten Augenblick an gebrannt, und schon zwei Tage später machten sie die erste Nacht bei Hannes durch.

»Was ist denn so besonders an der Frau?«, fragte Kanter scheinbar interessiert. Er hoffte, seinem jungen Kollegen würde es gut tun, wenn er sich mal aussprechen könnte.

»So was hast du noch nicht gesehen, FKK. Der ganze Körper tätowiert. Du kommst gar nicht nach mit Bildchen schauen. Unten um ihr Allerheiligstes herum ist ein Himmelstor tätowiert mit einem kleinen Pfeil Richtung Eingang. Drüber steht in einem Bogen ›Heavens gate‹ und drunter ›Sis way in‹. Und überall Piercings, auch da, wo man sich das eigentlich gar nicht vorstellen kann. Her body is a wonderland«, schwärmte Frauenknecht. Das Himmelstor und die Inschrift hatte er für Kanter aufgemalt, damit der sich das Ganze besser vorstellen konnte.

»Offenbar kann sie besser Sex als Englisch. Das muss ›Heaven's gate‹ heißen, mit Apostroph, weil Genitiv. Vielleicht lässt du das gelegentlich mal einfließen. Und bei der Aussprache von ›sis way in‹ solltest du dir etwas mehr Mühe mit dem englischen Ti-eitsch geben. Nicht einmal das hat man euch ORlern gescheit beigebracht!«, gab Kanter sich gespielt entrüstet. Es machte ihm immer wieder Freude, seine überlegene Bildung unauffällig einfließen zu lassen.

Frauenknecht waren Kanters sprachliche Mängelrügen so was von egal. Er schlürfte Gerdis Lebenselixir, das sie inzwischen hereingebracht hatte. Solange sie im Raum war, hatte Frauenknecht seine Schilderung von Jacquelines Vorzügen diskret unterbrochen. Dennoch schien sie etwas mitbekommen zu haben, denn sie schüttelte angewidert den Kopf. Gerdi war zwar selbst gar nicht prüde, aber so was ging dann doch zu weit. Und Männer wie den Frauenknecht begeisterte das auch noch! Typisch!

Auch Georg Schwingshackl war jetzt an seinem Schreibtisch eingetroffen und hatte den letzten Teil der Unterhaltung seiner Kollegen schweigend und ebenfalls kopfschüttelnd verfolgt. Er war froh, schon so alt zu sein und das ganze Getue mit dem Sex weitgehend hinter sich zu haben. Mit seiner Karin kam es höchstens noch zwei oder dreimal im Jahr zum Äußersten, im Urlaub in Österreich. Das war dann aber

auch genug. Natürlich war er überzeugt, eine glückliche und harmonische Ehe zu führen. Karin hatte sich bis heute nie über mangelnde Aufmerksamkeit beklagt. Und Ausgleich fand er beim Angeln genug.

Bei Friedrich-Konrad Kanter fand seit dem Tod seiner Frau kein Liebesleben mehr statt, was er bis jetzt nicht weiter als Mangel empfunden hatte. Auch bei ihm überwog das Mitleid mit seinem jungen Kollegen ein eventuelles Neidgefühl.

Nachdem bei Hannes Frauenknecht zusehends die Lebensgeister zurückkehrten, konnten sie mit ihrer Arbeit fortfahren. Schließlich galt es, ein mögliches Verbrechen aufzuklären.

Kanter fand auf seinem Schreibtisch einen kurzen Zwischenbericht von Heiner Erdmanns Spurensicherung vor. Demnach wurde der blaue Müllsack zur genaueren Untersuchung ans LKA geschickt. Im Erdreich um den Fundort der Leiche hatten sie zudem einen einfachen schwarzen Knopf gefunden. Ob der mit dem Fall etwas zu tun hatte, ließ sich nach so langer Zeit wahrscheinlich nicht mehr klären, weil das zugehörige Kleidungsstück wohl nicht mehr existierte.

Kanter heftete das Papier sorgfältig in die Akte. Dann griff er zum Telefon und wählte Morettis Dienstnummer. Nach dem dritten Klingeln meldete sich Moretti.

»Guten Morgen, Herr Kriminalhauptkommissar, ich wünsche wohl geruht zu haben. Was kann ich für dich tun? Lass mich raten: Du möchtest Ergebnisse bezüglich des Knochenfundes haben, stimmt's?« Moretti war zu jeder Tageszeit von so mitreißend guter Laune, man musste ihn einfach gern haben.

»Servus, du Brovinzbaddologe. Danke der Nachfrage, es geht uns gut. Und ja, Ergebnisse wären nicht schlecht, damit wir hier weitermachen können«, frotzelte Kanter zurück.

»Also, Spaß beiseite. Folgendes kann ich bis jetzt sagen: Der Kopf weist eine Fraktur der Schädelbasis auf. Ich habe die Knochen – es sind übrigens alle da – zu einem vollständigen Skelett zusammengefügt. Dabei zeigte sich, dass auch das Genick gebrochen ist. Ursache

kann ein Sturz, aber auch äußere Gewaltanwendung sein«, erläuterte Dr. Fred Moretti.

»Hast du schon was zur Identität?«, hakte Kanter nach.

»Mit dem Kollegen Salewski habe ich gestern noch telefoniert. Er ist bereit, uns unbürokratisch zu helfen, bittet aber darum, eine richterliche Anordnung nachzureichen, von wegen Arztgeheimnis und so. Heute ist Mittwoch, da hat er nachmittags keine Praxis und kommt mit seinen Unterlagen bei mir im Institut vorbei. Sobald ich was weiß, hört ihr von mir«, schloss Moretti seine Erläuterungen ab.

»Super, mein Lieber. Dann harren wir deiner. Frohes Schaffen!«, verabschiedete Kanter seinen Freund.

Auf Kanters Frage nach ersten Erkenntnissen aus den Akten von damals berichtete Hannes Frauenknecht, dass der Hausmeister Folgendes ausgesagt hatte: Gegen achtzehn Uhr habe er sich auf seinen allabendlichen Rundgang durch das Schulgebäude gemacht und alles abgeschlossen. Zum Schluss, so gegen 18:15 Uhr, sei er schließlich in der Turnhalle angelangt. Dort habe er Dr. Stahlmann mit einem Schüler angetroffen. Der Schüler war gerade dabei, das Gebäude zu verlassen. Dr. Stahlmann holte noch seine Sachen aus der Umkleidekabine und verließ kurz darauf ebenfalls die Schule, zusammen mit seinem Vater, Hermann Stahlmann. Er, Lauerer, habe noch kontrolliert, ob auch im Turnhallenbereich alles abgeschlossen sei, und sich dann in seine Privatwohnung begeben, wo er den restlichen Abend mit Fernsehen verbrachte.

Georg Schwingshackl hatte sich die damalige Aussage von Dr. Stahlmann vorgenommen.

Dieser habe zu Protokoll gegeben, dass die Spielstunde mit der sechsten Klasse planmäßig um 17:30 Uhr geendet habe. Mit dem Schüler Benjamin Schröder habe er noch ein etwa zehnminütiges Einzeltraining absolviert, da dieser der Torwart der Schulmannschaft gewesen sei. Nach Ende des Trainings habe Benjamin Schröder sich im Knabenumkleideraum umgezogen und dann die Schule verlassen. Wei-

tere Schüler waren nicht mehr anwesend. Hausmeister Lauerer sei auf seinem allabendlichen Kontrollgang vorbeigekommen. Er, Stahlmann, habe dann noch seine Sachen aus dem Lehrerumkleideraum geholt und mit seinem Vater, der noch in der Schule zu tun gehabt hatte, die Schule ebenfalls über die Tür zum Parkplatz, wo sein Auto gestanden habe, verlassen. Die Türe habe er abgeschlossen. Auch auf dem Parkplatz haben sie niemanden bemerkt. Dann seien sie nach Hause gefahren, wo sie zwischen halb und dreiviertel sieben angekommen seien. Er habe während seiner Referendarzeit bei seinen Eltern in der Rotkreuzstraße gewohnt.

»Danke für die Informationen. Ich werde mich nochmal mit dem Hausmeister und Schulleiter unterhalten, die müssen viel mehr wissen, als sie bis jetzt rausgelassen haben«, sagte Kanter. »Macht ihr mal hier weiter.«

Schwingshackl und Frauenknecht vertieften sich wieder in die alten Akten. Kanter griff sich seine Jacke vom Haken und verabschiedete sich ins CEG.

Er bog mit dem Dienstgolf auf den Schulparkplatz ein und fand erst ganz hinten eine Parklücke. Ehe Kanter sich zum Direktorat aufmachte, schaute er nochmal auf die Baustelle. Die Spurensicherung hatte sie gestern wieder freigegeben. Die Arbeiter waren mit dem Abriss gut vorangekommen, und es erinnerte nichts mehr an den grausamen Fund. Es war Kanter ein Bedürfnis, den Baggerführer Erwin Winter nach seinem Wohlbefinden zu fragen. Er fand ihn neben seinem Bagger stehend.

»Na, Herr Winter, haben Sie sich von dem Schrecken aweng erholt?«, begann Kanter das Gespräch.

»Jawoll, Herr Kommissar, des hob iech. Es geht mir scho widda ganz gut«, beruhigte der Mann den besorgten Kanter.

»Das freut mich zu hören. Ich wünsche Ihnen noch einen schönen Tag. Und wenn Sie noch was finden, melden Sie sich gleich«, sagte

Kanter und ging auf das Schulgebäude zu. Als er in den Gang zum Direktorat einbog, sah er gerade Hans Lauerer aus dem Sekretariat kommen.

»Hallo, Herr Lauerer«, rief Kanter dem Hausmeister zu. »Schön, dass ich Sie gleich treffe. Ich werde jetzt mit dem Schulleiter sprechen, danach hätte ich ein paar Fragen an Sie. Wo kann ich Sie finden?«, fragte Kanter.

»Ich bin in meinem Büro im zweiten Stock des Fachtrakts«, erwiderte Lauerer. Kanter winkte ihm bestätigend zu und betrat das Sekretariat.

»Guten Morgen, Frau Bauer. Ich müsste mit Dr. Stahlmann sprechen. Bitte sagen Sie ihm, dass ich ihn sprechen muss«, sagte Kanter, »und bitte besorgen Sie mir einen Jahresbericht von 1987/88 und vom letzten Schuljahr.«

Die Sekretärin nickte freundlich und wollte schon zum Telefon greifen, da öffnete sich die Türe des Schulleiterbüros und Leonidas Stahlmann empfing den Kommissar. Stahlmanns Händedruck war der gleiche schlaffe wie beim letzten Mal, allerdings war die Hand diesmal nicht nasskalt, sondern angenehm warm. Stahlmann schien heute entspannter zu sein. Nachdem sie Platz genommen hatten, begann der Kommissar seine Befragung.

»Herr Dr. Stahlmann, wir wissen zwar noch nicht endgültig, ob es sich bei dem Toten um den kleinen Benjamin Schröder handelt, doch spricht vieles dafür. Der Schädel weist Verletzungen auf, die von einem Sturz, aber auch von Gewalteinwirkung herrühren können. Aus unseren Akten geht hervor, dass Sie wohl der Letzte waren, der ihn lebend gesehen hat, was Sie übrigens bei unserem letzten Gespräch nicht erwähnten. Kein weiterer Zeuge hat Benjamin Schröder auf seinem Nachhauseweg noch gesehen. Warum haben Sie Ihre Beteiligung mir gegenüber verschwiegen? Und dann schildern Sie mir nochmal den damaligen Nachmittag, soweit Sie sich erinnern können«, forderte Kanter den Schulleiter auf und sah ihm dabei aufmerksam ins Gesicht.

In Erwartung der Darstellung Stahlmanns beugte sich der Kommissar leicht nach vorn und signalisierte so seine gespannte Neugier. Aus psychologischen Gründen ließ er zunächst nur drei seiner Fingergelenke laut knacken. Dr. Stahlmann zuckte unmerklich zusammen, doch hatte Kanter registriert, dass dieses Geräusch seinem Gegenüber äußerst unangenehm war. Er würde es weiterhin gezielt einsetzen.

Dr. Stahlmann nahm seine randlose Brille ab, hielt sie gegen das Fenster, um zu sehen, ob sie sauber ist, und setzte sie umständlich wieder auf, ehe er antwortete.

»Herr Kommissar, dass ich bei unserem ersten Gespräch meine Beteiligung nicht ausdrücklich erwähnte, war bestimmt nicht richtig, aber ich hielt es für nicht wichtig, schließlich steht ja alles in Ihren Akten«, versuchte Stahlmann, sich herauszureden. »Obwohl das fragliche Ereignis nun schon fast dreißig Jahre zurückliegt, kann ich mich doch noch ganz gut erinnern, glaube ich. Damals wurde ich wiederholt vernommen, und meine Aussagen befinden sich sicherlich bei den Akten, so dass sie sie jederzeit wieder nachlesen können«, begann er umständlich und offenbar bemüht, Kanter von seiner Glaubwürdigkeit zu überzeugen. Das Mienenspiel des Kommissars lieferte dem Schulleiter keinen Hinweis auf einen diesbezüglichen Erfolg.

»Also, an jenem Tag im März 1988 leitete ich die Spielstunde der Jungen der sechsten Klasse. Es war die letzte Schulwoche vor den Osterferien. So eine Spielstunde wurde insbesondere für die Unterstufe angeboten, um den Kindern Gelegenheit zu geben, ihren Bewegungsdrang spielerisch auszuleben. Diese Stunden wurden üblicherweise nicht von den Sportlehrern erteilt, sondern von anderen Kollegen, die das gerne tun wollten. Da die Stunde auf das Stundenmaß des Lehrers angerechnet wurde, übernahmen etliche Kollegen diese Stunden sehr gerne. Keine Vorbereitung, keine Prüfungen, keine Noten – Sie verstehen«, erklärte er Kanter den Hintergrund. Seine Finger spielten nachlässig mit einem Kugelschreiber.

»Ich war damals ja aber noch Referendar und habe diese Stunde ohne Bezahlung zusätzlich gemacht«, lobte er sich selber.

»Die Stunde endete stundenplangemäß um 17:30 Uhr. Die Kinder gingen in den Umkleideraum, zogen sich um und verließen die Schule. Dem Schüler Benjamin Schröder hatte ich angeboten, noch ein kleines Extratraining mit ihm zu machen. Benjamin war der Torwart der Schulmannschaft, und ich wollte ihm ein paar Schüsse aufs Tor geben. Benjamin nahm das gerne an, und so waren wir wohl noch weitere fünfzehn bis zwanzig Minuten in der Halle. Es mag kurz vor 18 Uhr gewesen sein, dass wir aufhörten. Benjamin ging in die Umkleidekabine der Jungs, ich in den Umkleideraum der Lehrer. Dieser befindet sich praktisch im Raum der Jungs, damit der Lehrer auch hier seiner Aufsichtspflicht nachkommen kann. Ich packte meine Sachen zusammen – duschen wollte ich in Ruhe zu Hause – und verließ mein Zimmer durch die Umkleide der Jungs.« Dr. Stahlmann nahm einen kleinen Schluck aus seiner Kaffeetasse, ehe er fortfuhr.

»Dort war auch Benjamin Schröder inzwischen fertig und verließ mit mir den Turnhallentrakt. Uns begegnete der Hausmeister Hans Lauerer, der seine abendliche Kontrollrunde durch das Schulgebäude machte. Benjamin Schröder ging über den Ausgang zum Parkplatz nach Hause. Mein Vater, der noch im Direktorat gearbeitet hatte, kam dazu. Wir gingen nach einer kurzen belanglosen Unterhaltung mit dem Hausmeister zu meinem Auto auf dem Parkplatz und fuhren nach Hause. So gegen 18:30 Uhr dürften wir dort angekommen sein.« Der Schulleiter lehnte sich zurück und war sich sicher, alles so erzählt zu haben, wie es damals auch passiert war.

»Haben Sie sich denn damals keinerlei Gedanken gemacht, wie einer Ihrer Schüler nach Ihrem Unterricht scheinbar völlig spurlos verschwindet? Ist Ihnen gar nichts aufgefallen? Haben Benjamins Mitschüler nichts gewusst?«, bohrte Kanter weiter, begleitet von einem auffordernden Gelenkknacken.

Wieder verzog Dr. Stahlmann leicht angewidert die Mundwinkel, bevor er antwortete. »Natürlich haben wir uns sehr gewundert und waren äußerst betroffen und traurig, dass Benjamin einfach so verschwand, aber was sollte ich machen, nach dem Verlassen der Schule hatte ich ihn nicht mehr gesehen«, verteidigte sich Dr. Stahlmann. »Wie gesagt, ich war damals ein kleiner Referendar. Die Polizei hat die Befragungen von Mitschülern mit meinem Vater organisiert, der damals Schulleiter war«, schloss Dr. Stahlmann.

Kanter konnte nur feststellen, dass Stahlmann jun. so ziemlich das Gleiche aussagte wie damals. Im Augenblick war der Aufenthalt hier nicht gewinnbringend, und so verabschiedete sich der Kommissar, nicht ohne sein Wiederkommen anzukündigen. Im Sekretariat hatte Frau Bauer die gewünschten Jahresberichte der Schule bereits herausgesucht, und Kanter bedankte sich herzlich bei ihr.

Wollen doch mal sehen, was dem Hausmeister noch einfällt von damals, dachte er und stieg in den zweiten Stock zum Dienstzimmer oder Büro oder wie immer man das nennen sollte, was Kanter vorfand. Schüler oder Lehrer betraten diesen Raum am Ende des Ganges nie, er gehörte Hans Lauerer ganz allein. Er hatte sogar ein eigenes Türschloss eingebaut, das mit dem üblichen Generalschlüssel, wie ihn zum Beispiel der Schulleiter besaß, nicht geöffnet werden konnte. Insofern war es durchaus eine Auszeichnung, dass Hans Lauerer den Kommissar hierher bestellt hatte.

Auf Kanters kurzes Klopfen hin öffnete Lauerer die Tür und bat ihn herein. Der fensterlose Raum war klein und ursprünglich wohl als Aufenthaltsraum für die Putzkräfte oder als Abstellraum gedacht. An der Decke spendete eine Neonleuchte kaltes Licht. Auf einem kleinen Schreibtisch lagen allerlei Papiere, und eine alte Schreibtischlampe stand neben einem zusammengeklappten Laptop, dahinter ein altertümlicher hölzerner Drehstuhl, auf dem Lauerer saß. Auf den einfachen Regalen an der Wand standen Dosen, Kanister und allerlei sonstige Utensilien, die ein Hausmeister benötigte. Zwei mit Vorhängeschlös-

sern gesicherte Metallspinde standen in der Ecke. Übergroße Gemütlichkeit strahlte dieser Raum jedenfalls nicht aus. Kanter glaubte, einen leichten Geruch von kaltem Rauch und abgestandenem Bier wahrzunehmen, sah aber weder einen Aschenbecher noch Bierflaschen. Der einfache Holzstuhl vor dem Schreibtisch deutete darauf hin, dass gelegentlich wohl doch noch andere Personen hier Zugang hatten.

Kanter wollte sich gerade setzen, als sein Diensthandy klingelte. Auf dem Display erkannte er Georg Schwingshackl als Anrufer. Er entschuldigte sich kurz bei Hans Lauerer, ging auf den Gang vor dem Zimmer und drückte auf die Taste mit dem kleinen grünen Telefon.

»Servus, Schorsch«, begrüßte Kanter seinen Freund und Kollegen.

»Servus, Fritz. Störe ich?«, erkundigte sich Georg Schwingshackl.

»Nein, nein. Sprich! Was gibt's?«

»Ich würde dich nicht belästigen, wenn es nicht wichtig wäre. Moretti hat gerade angerufen und bestätigt, dass der Vergleich der zahnärztlichen Unterlagen von Salewski mit dem Schädel eindeutig ergeben hat, dass der Tote Benjamin Schröder ist«, berichtete Schwingshackl.

»Danke, Hackl, diese Nachricht kommt mir gerade recht. Ich bin beim Hausmeister und will ihn zu den Ereignissen damals befragen. Ich bin sehr gespannt auf das, was er zu sagen hat. Wir sehen uns dann im Büro. Servus, Schorsch«, beendete Kanter das Gespräch.

Er kehrte zurück in das hausmeisterliche Kabuff und setzte sich Hans Lauerer gegenüber. Aus dem Mienenspiel des Mannes war nicht zu erkennen, in welchem Erregungszustand er sich befand. Äußerlich war er jedenfalls recht ruhig. Auch wenn man nicht gewusst hätte, dass es sich bei Hans Lauerer um einen Schulhausmeister handelte, man hätte es mit hoher Wahrscheinlichkeit erraten. Er trug einen grauen, wohl schon länger nicht mehr gewaschenen Arbeitsmantel, den er aufgeknöpft hatte. In der Brusttasche steckten mehrere Kugelschreiber. Ein groß kariertes Baumwollhemd spannte sich über einen beachtlichen Bierbauch. Die etwas abgewetzten Jeans wurden mit Hosenträgern an ihrem Platz gehalten. Sein leicht gerötetes, etwas aufgedunse-

nes Gesicht deutete auf einen erhöhten Blutdruck hin. Unter den wässrigen Augen traten dicke Tränensäcke hervor. Dass reichlich Alkoholgenuss diesen Körper geformt hatte, war gewiss keine Fehlannahme. Im Augenblick jedoch schien Lauerer völlig nüchtern zu sein. Sein schütteres graues Haar könnte ebenso einmal wieder einen Friseurbesuch vertragen wie die grauen Bartstoppeln eine Rasur. Insgeheim wunderte Kanter sich, dass der sehr gepflegte Herr Dr. Stahlmann, Schulleiter eines sehr renommierten Gymnasiums, ein solches Faktotum an seiner Schule duldete.

»Entschuldigung, Herr Lauerer, das war dienstlich. Danke, dass Sie sich die Zeit für ein paar Fragen nehmen« begann Kanter. Ein erstes Gelenkknacken sollte prüfen, wie der Hausmeister darauf reagierte. Es schien ihm gleichgültig zu sein.

»Wie lange machen Sie denn diesen verantwortungsvollen Job am CEG schon, Herr Lauerer?«, begann Kanter das Gespräch unverfänglich. Er wusste es zwar ganz genau, weil Lauerer gerade in dem Jahr als Hausmeister anfing, als Kanter Abitur machte, doch schien ihm das ein passender Einstieg zu sein. Hans Lauerer würde sich unmöglich an ihn erinnern.

»Seit 1980 mache ich das hier. Alle Anbauten, Umbauten, Renovierungen habe ich mitgemacht. Tausende Schüler haben bei mir in der Pause ihre Süßigkeiten gekauft. Nächstes, spätestens übernächstes Jahr gehe ich aber in Rente«, erzählte er nicht ohne Stolz. Er war sich, wie alle Schulhausmeister, der überragenden Bedeutung seiner Position durchaus bewusst. Erfahrungsgemäß funktioniert eine Schule tatsächlich lange Zeit ohne Schulleiter wunderbar; ohne Hausmeister aber regiert schnell das Chaos. Das Gleiche galt, wie sich Kanter gerade klarmachte, auch für ihre eigene Dienststelle, und er nahm sich vor, ihrem Hausmeister künftig wieder mit mehr Achtung zu begegnen.

»Da wird sich Ihre Frau aber freuen, dass Sie dann mehr Zeit füreinander haben werden«, fuhr Kanter fort und täuschte vertrauensbildendes Interesse an den Lebensumständen des Hausmeisters vor.

»Ich lebe schon lange allein. Meine Frau hat mich vor ich weiß gar nicht mehr wie vielen Jahren verlassen. Sie hat den Stress in der Schule nicht ausgehalten«, schien Lauerer zu bedauern, machte dabei aber keinen wirklich betroffenen Eindruck.

»Aber ich habe mich daran gewöhnt. Es ist nicht ohne, sein eigener Herr zu sein und sich um niemanden scheren zu müssen.«

Das konnte Kanter aus eigener Erfahrung bestätigen, wenngleich er nicht verlassen worden war, jedenfalls nicht so wie der Hausmeister.

»Wie ist denn Ihr Verhältnis zum Schulleiter, Herrn Dr. Stahlmann«, schwenkte der Kommissar jetzt Richtung ernsthafterer Befragung. »Der ist doch auch schon ewig hier, nicht wahr?«

»Ich habe ja schon zig Jahre unter Dr. Stahlmanns Vater, des alten Oberstudiendirektors Hermann Stahlmann, gedient. Und ich kenne Stahlmann jun. schon, seit er als Lehrer an die Schule kam.« Er machte eine kurze Pause und schien die passenden Worte zu suchen. »Tja, wie ist mein Verhältnis. Er schafft an, ich führe aus. Aber er mischt sich nie in meine Arbeit ein. Er weiß, dass er sich auf mich verlassen kann. Solange alles funktioniert, hat ein Hausmeister mit dem Schulleiter nicht viel zu tun, außer natürlich das Bestreben, dass in der Schule alles in bester Ordnung ist und sich niemand beschwert.«

»Wie ging es Ihnen denn am Montag beim Auffinden der sterblichen Überreste von Benjamin Schröder?«, ging Kanter jetzt frontal zum Angriff über.

»Wieso Benjamin Schröder? Ist das schon erwiesen?«, gab Lauerer sich verwundert.

»Ja, es ist Benjamin Schröder, das Telefonat von eben hat die Gewissheit gebracht. Also, wie ging es Ihnen am Montag, Herr Lauerer«, insistierte Kanter. Dazu knackten seine Gelenke.

»Wie soll es mir schon gegangen sein. Ich war natürlich überrascht und erschüttert. Wer rechnet denn mit so was!«, versuchte er abzuwiegeln.

»Herr Lauerer, Sie waren im Jahr 1988 auch schon Hausmeister hier und wurden nach dem Verschwinden des kleinen Benjamin Schröder von der Polizei mehrfach vernommen. Schildern Sie mir doch bitte nochmal, was Sie am Nachmittag und frühen Abend des 22. März 1988 gemacht haben.« Kanter war jetzt sehr gespannt auf Lauerers Aussage und rückte unter heftigem Knacken auf dem Stuhl ein wenig nach vorne.

»Ich habe ja damals schon alles erzählt, aber bitte. Ich mache jeden Abend nach Unterrichtsschluss und wenn die Putzfrauen weg sind meinen letzten Kontrollgang durch die Schule. Ich überprüfe, ob die Fenster zu, die Lichter aus sind und versperre die Eingangstüren. Wenn abends in der Turnhalle kein Vereinstraining ist, beende ich meinen Rundgang so gegen 18:00 Uhr oder 18:15 Uhr. An diesem Tag war kein Training. Als ich am Ende meines Rundgangs an der Turnhalle ankam, waren dort der damalige Studienreferendar und jetzige Schulleiter Dr. Leonidas Stahlmann und ein Schüler, wohl ein Fünft- oder Sechstklässler. Stahlmann hatte seine Spielstunde beendet, und der Schüler verließ das Schulgebäude über die Türe zum Parkplatz. Oberstudiendirektor Hermann Stahlmann, Dr. Stahlmanns Vater, hatte noch im Direktorat gearbeitet und traf uns. Wir wechselten dann noch ein paar belanglose Worte, dann gingen auch die beiden Stahlmanns Richtung Parkplatz davon. Ich schloss den Turnhallenbereich ab und begab mich in meine Wohnung. Den Rest des Abends habe ich ferngesehen. Zeugen gab es leider keine, da meine Frau und meine Tochter mich damals schon verlassen hatten.« Lauerer schluckte und griff sich eine Wasserflasche.

»Möchten Sie auch einen Schluck«, fragte er den Kommissar, der mit einem Kopfschütteln ablehnte.

»Ist Ihnen in dieser Nacht denn nichts aufgefallen? Haben Sie keine Geräusche gehört? In dieser Nacht muss der kleine Benjamin Schröder in der Baustelle vergraben worden sein!«, hakte Kanter nach.

»Ich trinke vor dem Schlafengehen immer noch ein oder zwei Gläschen, ich kann dann besser schlafen. Da höre ich nichts mehr«, erklärte Lauerer.

»Der Vater des kleinen Benjamin Schröder hat uns erzählt, er habe damals auf der Suche nach seinem Sohn auch an Ihrer Wohnung geklingelt.«

»Wie ich schon gesagt habe, ich habe an diesem Abend nichts mehr gehört. Und geklingelt hat auch niemand«, beharrte Lauerer.

Die damals ermittelnden Kollegen hatten das Schulgelände sehr sorgfältig nach Spuren abgesucht, aber nicht den leisesten Hinweis auf den Verbleib Benjamin Schröders gefunden.

Wenn man die Beteiligung eines Phantoms am Vergraben des kleinen Benjamin vernünftigerweise ausschloss, konnte nur jemand aus dem Umfeld der Schule beteiligt gewesen sein. Kanter hatte schnell erkannt, dass der Hausmeister zwar mit einem eher schlichten Gemüt gesegnet, aber nicht völlig blöd war. Eine gewisse Schläue war ihm durchaus zu eigen. Lauerer musste also bewusst sein, dass der Fund des Skeletts auf dem Schulgelände ihm einen Platz im Kreis der Verdächtigen sicherte.

Der Kommissar beschloss, diesen Verdacht Lauerer gegenüber noch nicht explizit zu äußern, sondern erst noch weitere Untersuchungen und Gespräche zu führen. Im Auge würde er ihn aber sehr wohl behalten.

»Für heute war's das, Herr Lauerer. Wir werden uns aber bestimmt noch einmal unterhalten müssen. Sie halten sich also bitte zu unserer Verfügung.«

Mit diesen Worten verließ Kanter diesen merkwürdigen Ort. Hatte es diesen Raum schon zu seiner Zeit als Schüler gegeben? Er konnte sich wirklich nicht erinnern. Woran er sich aber erinnerte, war der Vorgänger Lauerers. Hausmeister Manfred Sonntag war eine Seele von Mensch, und die Schüler liebten diesen herzensguten und verständnisvollen Mann innig. Zerstörungen in Toiletten oder das Beschmieren

von Wänden kamen so gut wie nicht vor. Das tat man dem Sonntag einfach nicht an.

Es war Friedrich-Konrad Kanter ein wirkliches Bedürfnis, dem Ehepaar Schröder persönlich mitzuteilen, dass ihr so lange vermisster kleiner Benjamin endlich gefunden worden war. Vom CEG bis in die Grünewaldstraße war es nur ein Katzensprung, und er hoffte, die Eltern zu Hause anzutreffen.

Auf sein Klingeln hin öffnete Kerstin Schröder die untere Haustür, und Kanter stieg die paar Stufen in den ersten Stock. Dort erwartete ihn Benjamins Mutter bereits an der Wohnungstür. Sie trug ein einfarbiges T-Shirt und Jeans. Die umgebundene Schürze deutete darauf hin, dass sie mit Hausarbeiten beschäftigt war.

»Grüß Gott, Herr Kommissar. Kommen Sie doch herein. Gibt es was Neues?«, wollte Kerstin Schröder wissen. Ihre innere Unruhe war fast mit Händen greifbar.

»Grüß Gott, Frau Schröder«, erwiderte Kanter den Gruß und folgte Kerstin Schröder in das kleine Wohnzimmer. Eine schlichte Schrankwand, eine Couch, zwei Sessel, ein Tisch, alles schon älter, möblierten das Wohnzimmer. Es roch nach kaltem Zigarettenrauch. Die Wohnungen in diesem Stadtteil waren wenig geräumige Sozialwohnungen, gebaut in den fünziger und sechziger Jahren. »Bitte, setzen Sie sich doch«, forderte Kanter die zierliche Frau auf. »Ich möchte Ihnen etwas sagen.«

Wortlos, aber mit großer Anspannung gehorchte sie und setzte sich in einen der Sessel. Kanter setzte sich ihr gegenüber und sah sie freundlich, aber voller Anteilnahme an.

»Ist Ihr Mann auch zu Hause?«, fragte der Kommissar.

»Nein«, erwiderte sie, »aber er müsste in einer Viertelstunde da sein. Seine Schicht ist zu Ende. Aber so sagen Sie mir doch, weshalb Sie gekommen sind. Gibt es Neuigkeiten wegen Benjamin?«, flehte sie Kanter an.

Er wusste, dass er nicht auf die Ankunft von Richard Schröder warten konnte, das würde diese Frau nicht aushalten.

»Ja, Frau Schröder, es gibt Neuigkeiten. Der Abgleich des gefundenen Schädels mit den Unterlagen Ihres Zahnarztes hat zweifelsfrei ergeben, dass das im CEG gefundene Skelett Ihr Sohn Benjamin ist.« Kanter beobachtete die Frau genau, um auf eine etwaige körperliche Reaktion wie einen Zusammenbruch reagieren zu können. Aber sie blieb ruhig sitzen, ein tiefer Seufzer kam aus ihrer Brust, und ihre Augen füllten sich langsam mit Tränen. Sie rang sichtbar um Fassung.

»Ich danke Ihnen für diese Nachricht, Herr Kanter. Sie glauben nicht, wie sehr sie mein, wie sie unser Leben verändert haben. Fast dreißig Jahre der Ungewissheit sind zu Ende. Ein Ende, das wir realistischerweise immer so befürchtet haben, obwohl immer noch irgendwo ein Fünkchen Hoffnung in uns geschwelt ist, dass Benjamin doch noch lebt.« Kanter konnte die große Last, die von der Seele dieser zarten Person abfiel, fast körperlich spüren. Was musste dieses Paar in den letzten drei Jahrzehnten durchgemacht haben! Er fühlte ehrliches Mitleid für diese Menschen und freute sich fast ein wenig, wenn man in einem solchen Zusammenhang von Freude sprechen konnte, dass er dazu beigetragen hatte, diese Leidenszeit zu beenden. Kerstin Schröder hatte das Bedürfnis, Kanters Hand zu ergreifen und in ihrer zu halten. Sie schien das Mitgefühl des Kommissars sehr wohl zu spüren und war sehr dankbar dafür.

»Soll ich bleiben, bis Ihr Mann nach Hause kommt?«, fragte Kanter besorgt.

»Nein, ich werde es ihm selbst sagen, und es wird auch ihm gut tun, endlich Gewissheit zu haben. Sie sagen uns Bescheid, wenn wir unseren Sohn beerdigen können?«

»Natürlich. Wir werden bestimmt noch ein paar Mal mit Ihnen sprechen müssen. Für uns fängt die Arbeit ja jetzt erst richtig an. Schließlich müssen wir herausfinden, was Benjamin zugestoßen ist.

Bitte grüßen Sie Ihren Mann von mir«, verabschiedete Kanter sich von Kerstin Schröder. Sie machte jetzt einen wirklich gefassten Eindruck.

Nach der Fahrt durch den Bayreuther Feierabendverkehr stellte Kanter den Dienstgolf auf dem Parkplatz in der Ludwig-Thoma-Straße ab und ging in das Büro des K1 im zweiten Stock. Wie nicht anders zu erwarten, waren seine Kollegen bereits in den verdienten Feierabend verschwunden, worüber er gar nicht unglücklich war. So verließ er wieder einmal als Letzter das Büro und radelte nach Hause, wo Rolf ihm schon erwartungsfroh und unternehmungslustig entgegensprang.

6

Hannes Frauenknecht hatte es nur unter Aufbringen größter Willenskraft vermieden, die Nacht wieder mit sexuellen Ausschweifungen zu verbringen. Seine Freundin Jacqueline Grewe wunderte sich, dass er bereits gegen zwei Uhr morgens zu schwächeln schien. Hatte sie ihn doch überschätzt? Natürlich hatte eine Tattookünstlerin nicht die geringste Ahnung davon, wie anstrengend und fordernd der Beruf eines im Securitybereich Tätigen war. Der sollte einigermaßen ausgeschlafen sein! Dass er Kriminalkommissar bei der Mordkommission war, hatte er ihr erstmal verschwiegen. Nicht, dass sich das bei Jacky als Lustkiller auswirkte!

Als Hannes Frauenknecht, zwar nicht wirklich erholt, aber doch nicht so alt aussehend wie am Tag zuvor, das Büro betrat, saßen Friedrich-Konrad Kanter und Georg Schwingshackl schon an ihren Schreibtischen.

»Moin, Hannes«, begrüßte Schwingshackl seinen jungen Kollegen. »Wieder eine heiße Nacht gehabt?«, zog er Frauenknecht auf.

»Servus, ihr Zwei. Es war auszuhalten, aber bestimmt nicht so langweilig wie bei euch. Der Körper meiner Jacqueline ist ein Erlebnispark, das glaubt ihr nicht! So was hab ich noch nie erlebt. Jedes Mal entdecke ich was Neues! Aber keine Sorge, unter der Woche werde ich meine Arbeitskraft nicht mehr durch nächtliche Höchstleistungen schwächen. Also, was liegt an?«, leitete er zum dienstlichen Gespräch über.

»Ihr habt die Zeitung gelesen?«, fragte Kanter eher rhetorisch. Das Lieblingsblatt der Bayreuther berichtete von der Identität des Toten, aber viel mehr eben nicht – von wem sollten sie auch mehr wissen. Die Ermittler wussten ja selbst noch kaum etwas. Zudem hatte das Blatt einen aktuell viel größeren Aufreger, nämlich den Krankenhauskeim im Klinikum und die vielen Opfer, die er forderte.

Kanter unterrichtete seine Kollegen von den gestrigen Gesprächen mit Dr. Stahlmann und Hans Lauerer im CEG und äußerte den Verdacht, dass die beiden sich abgesprochen haben könnten. Der Hausmeister habe den nicht alltäglichen Begriff ›belangloses Gespräch‹ ebenso verwendet wie Stahlmann. Dabei gehörte das Wort ›belanglos‹ sicher nicht zum aktiven Wortschatz Lauerers. Den Hausmeister müssten sie dringend intensiver bearbeiten.

Kanter reichte ihnen die Jahresberichte, die er gestern aus der Schule mitgebracht hatte. Frauenknecht und Schwingshackl sollten sie durchsehen und versuchen herauszufinden, ob sich noch Klassenkameraden oder Schulfreunde in Bayreuth oder Umgebung aufhielten. Die müssten sie dann befragen. Außerdem sollten sie eruieren, welche Lehrer von Benjamin damals auch heute noch am CEG unterrichteten. Er selbst wollte zu seinem Freund Oberstaatsanwalt Dr. Albert Schmidtchen und mit ihm das weitere Vorgehen abstimmen.

Kanter hatte sich telefonisch bei Schmidtchen angemeldet. Die paar Meter ins Gerichtsgebäude an der Wilhelminenstraße legte Kanter mit seinem Fahrrad zurück. Als er Schmidtchens Büro im Gerichtsgebäude an der Wilhelminenstraße betrat, schlug ihm der Duft von frisch gebrühtem Kaffee entgegen. Dr. Albert Schmidtchen saß offenbar beim zweiten Frühstück. Wie Kanter wusste, bereitete ihm seine Frau Josefine, ehe er frühmorgens das Haus verließ, bereits ein ausführliches erstes Frühstück.

»Guten Morgen, mein Lieber«, begrüßte Kanter seinen Freund. »Wie ich sehe, lässt du es dir nicht schlecht gehen.« Die Freunde reichten sich herzlich die Hände, und Kanter setzte sich zu Schmidtchen an den kleinen Besuchertisch.

»Guten Morgen, Fritz! Möchtest du einen Kaffee? Auch eins dieser vorzüglichen Bamberger Hörnla vom Bäcker Lang würde ich dir abtreten«, lud der Oberstaatsanwalt den Kommissar ein. Die äußere Gestalt von Oberstaatsanwalt Schmidtchen spiegelte seine Essensgewohnheiten wider. Besonders groß war Schmidtchen nie gewesen, im Lauf der

Zeit war er aber dafür sehr rund geworden, was ihm ein gemütliches, ja knuffiges Aussehen verlieh. Seine roten Backen strahlten eine zufriedene Vitalität aus, und die kleinen Äuglein musterten das jeweilige Gegenüber immer mit größter Aufmerksamkeit. Viele seiner ›Kunden‹ unterschätzten Schmidtchen ob seiner gemütlichen Erscheinung, mit in der Regel verheerenden Folgen für ihre Prozesse. In der Sache konnte Dr. Schmidtchen nämlich knallhart sein.

Kanter ließ sich nicht lange bitten. Sein spärliches Witwerfrühstück bestand aus einem Marmeladenbrot und einer Tasse schnell aufgebrühten Aldi-Pulverkaffees. Genüsslich kauend berichtete der Kommissar von seinen gestrigen Gesprächen im CEG und den auffälligen Übereinstimmungen. Schmidtchen war mit seinem Freund durchaus einer Meinung darin, dass Verdachtsmomente gegen den Hausmeister offensichtlich waren. Auch von Morettis Ergebnissen bezüglich der Identität der Leiche und seinem Besuch bei Kerstin Schröder unterrichte Kanter den Staatsanwalt.

Bevor die Freunde sich verabschiedeten, lud Schmidtchen Kanter für Sonntagmittag zu sich nach Hause zum Essen ein. Fini, wie Josefine Schmidtchen von ihren Freunden genannt wurde, war eine begnadete Köchin – und deshalb in gewisser Weise auch mitverantwortlich für die körperlichen Proportionen ihres Mannes. Kanter sagte hoch erfreut sofort zu.

* * *

Georg Schwingshackl schlug vor, bei den Eltern Schröder nachzufragen, ob sie etwas von Benjamins damaligen Freunden wussten. Als der Kommissar bei Schröders anrief, meldete sich Kerstin Schröder, Benjamins Mutter. Ihr Mann hatte Dienst und fuhr Stadtbus. Auf Schwingshackls Nachfragen hin erwähnte sie einen gewissen Peter Scherm. Dieser habe zu jener Zeit in der Nachbarschaft gewohnt, und die beiden Klassenkameraden hätten viel Zeit miteinander verbracht.

Wo dieser Peter Scherm jetzt wohnte und was er machte, wisse sie nicht.

»Gab es noch andere Klassenkameraden, die näher mit ihrem Sohn befreundet waren?«, fragte Georg Schwingshackl nach. Eine Zeit lang blieb es in der Leitung still, so, als ob Kerstin Schröder nachdachte.

»Ich glaube, da war noch ein anderer Junge, der mit Benjamin und Peter öfter zusammen Fußball spielte oder Hausaufgaben machte. Wenn ich mich recht entsinne, hieß er Wolfgang. An den Nachnamen erinnere ich mich nicht mehr, ich kann aber meinen Mann fragen, wenn er nach Hause kommt, ob er sich erinnert«, meldete sie sich wieder.

»Das wäre schön. Unsere Nummer haben Sie ja. Vielen Dank einstweilen, Frau Schröder«, beendete Georg Schwingshackl das Gespräch und vertiefte sich wieder in die Jahresberichte.

Sie mussten diesen Peter Scherm und diesen Wolfgang finden, so viel stand fest. Georg Schwingshackl machte sich an die Arbeit. Im Jahresbericht von 1988 gab es in der Klasse von Benjamin Schröder zum Glück nur einen Wolfgang. Wolfgang Gottwald. Die Beliebtheit des Vornamens hatte Ende der achtziger Jahre schon stark nachgelassen. Zu der Zeit hießen die Jungen Andreas, Alexander oder Markus.

Das war eine Aufgabe für den jungen Kollegen Frauenknecht. Der sollte mal im Computer suchen, ob es zu diesem Wolfgang Gottwald etwas gab. Routiniert machte Hannes sich gleich im world wide web auf die Suche.

* * *

Bevor Kanter ins Kommissariat zurückkehrte, wollte er noch einen Abstecher zu Hermann Stahlmann in die Rotkreuzstraße machen, um auch ihm ein paar Fragen zu den damaligen Geschehnissen zu stellen. Er radelte den kurzen Weg durch den Röhrenseepark in die Birken. Der steile Berg vom Röhrensee in die Rotkreuzstraße stellte seine Fit-

ness auf eine harte Belastungsprobe. Heftig schnaufend stellte der sein Fahrrad vor dem Haus in der ruhigen Wohngegend oberhalb des Röhrensees ab. Bevor er zur Haustür ging und klingelte, wartete er einen Moment, bis sich sein Atem beruhigt hatte. Ein unspektakulärer Gong ertönte, und er hörte, wie langsame Schritte sich näherten. Die Tür wurde geöffnet von einer wohl über siebzigjährigen Frau.

»Kriminalhauptkommissar Friedrich Kanter, grüß Gott. Sind Sie Frau Stahlmann?«, stellt sich Kanter vor und zeigte ihr seinen Dienstausweis. »Jawohl. Was kann ich für Sie tun?«, erwiderte die Frau mit dünner Stimme.

Sie war nicht sehr groß, auffallend schlank, schon fast dünn. Ihr Oberkörper war kaum merklich vorgebeugt. Ihre grauen Haare waren sorgfältig gekämmt, ihr ungeschminktes Gesicht wirkte fast maskenhaft. Der graue Rock, die weiße Bluse und eine einfache Strickweste wiesen auf Hauskleidung hin. Eine um die Hüften gebundene Schürze zeugte davon, dass sie mit der Vorbereitung des Mittagessens beschäftigt war. Ein glücklicher Mensch sah anders aus.

»Entschuldigen Sie die Störung, aber ich würde gern Ihren Mann, Hermann Stahlmann, sprechen. Ist er da?«, nannte der Kommissar den Grund seines Kommens.

»Bitte kommen Sie herein, Herr Kommissar. Ich werde meinen Mann holen. Er ist oben in seinem Arbeitszimmer«, sagte sie nicht unfreundlich, aber fast tonlos und führte Kanter ins Wohnzimmer. Solange die Frau ihren Gatten holte, konnte Kanter sich ein wenig umsehen und sich einen ersten Eindruck verschaffen.

Das Wohnzimmer war gediegen eingerichtet, dunkle massive Holzmöbel, Stil späte siebziger Jahre. Ein schweres Polstersofa und zwei Sessel umrahmten einen Wohnzimmertisch, auf dem man Kaffeetassen, vielleicht Weingläser oder abends ein Schälchen mit Knabbereien abstellen konnte. Die Schrankwand beherbergte einen älterer Röhrenfernseher, etliche Bücher und gerahmte Familienfotos, auf einer Kommode lag ein Spitzendeckchen. An den Wänden Stiche mit An-

sichten von Bayreuth. Auf der Fensterbank des großen, fast bodentiefen Wohnzimmerfensters standen Grünpflanzen. Der Blick ging in einen nicht allzu großen Garten.

Kanter hörte jemanden die Treppe herunterkommen und drehte sich zur Tür. Herein kam Hermann Stahlmann. Kanter hatte den Mann das letzte Mal in seiner Schulzeit gesehen, das war vor fast vierzig Jahren. Er hatte Hermann Stahlmann als Lehrer nie ertragen müssen. Dem Pädagogen eilte der Ruf voraus, dass er streng, aber ungerecht war. Tatsächlich hätschelte er seine guten Schüler auf Kosten der schlechteren, die unter seiner Häme und Benachteiligung oft erheblich zu leiden hatten. Es gab Eltern, die ihre Kinder wegen Stahlmann sen. vom CEG abmeldeten und an andere Schulen schickten. Seiner steilen Karriere an der Schule tat all dies keinen Abbruch, denn Hermann Stahlmann war in den entscheidenden Kreisen der Stadtverwaltung und des Ministeriums bestens vernetzt. Und mit seinen guten Schülern konnte er natürlich auch regelmäßig überdurchschnittliche Ergebnisse erzielen, was den Ruf der Schule nachhaltig förderte.

»Guten Morgen, Herr Kommissar. Wie ich höre, wollen Sie mich sprechen?«, begrüßte Stahlmann sen. den Überraschungsgast.

Auch Hermann Stahlmann war häuslich, aber sehr gepflegt gekleidet. Graue Hose, weißes Hemd, Strickjacke. Seine dünnen grauen Haare waren streng nach hinten gekämmt. Das glatt rasierte Gesicht hatte trotz seines Alters – er musste inzwischen hoch in den Siebzigern sein – nur wenige Falten. Lachfältchen neben den Augen fehlten völlig. Sein Gesicht strahlte immer noch dieselbe unnahbare Strenge aus wie früher. Auf den ersten Blick sympathisch war dieser Mann noch niemandem gewesen. Er war nicht sehr groß, vielleicht einssiebzig, sein Körper machte trotz seines Alters einen asketischen Eindruck. Der Mann hatte kein Gramm zu viel auf den Rippen. Sein Sohn sah ihm auffallend ähnlich.

Stahlmann reichte ihm zur Begrüßung die Hand. Kanter kannte diesen schlaffen Nichthändedruck schon. Wie der Vater, so der Sohn. Mit

einer Handbewegung wies er Kanter einen Sessel an, er selbst setzte sich gegenüber auf die Couch. Das Angebot von Frau Stahlmann auf einen Kaffee lehnte der Kommissar dankend ab. Mit einer fast unmerklichen Kopfbewegung schickte Stahlmann seine Frau wortlos aus dem Zimmer.

»Ja, Herr Stahlmann, ich hätte ein paar Fragen zu dem Leichenfund auf dem Schulgelände des CEG. Sie haben davon sicherlich gehört oder gelesen«, begann Kanter das Gespräch.

»Natürlich, schreckliche Sache. Mein Sohn hat mich gleich benachrichtigt«, bestätigte er.

»Wir haben inzwischen herausgefunden, dass es sich um die sterblichen Überreste von Benjamin Schröder handelt, der im März 1988 spurlos verschwunden und trotz aller menschenmöglichen Maßnahmen bis heute nicht gefunden wurde. Sie waren damals der Schulleiter und hatten bestimmt viel Ärger deswegen.« Kanter kam gleich zur Sache und rückte mit der wesentlichen Information, der Identität des Toten, heraus und versuchte, im Gesicht seines Gesprächspartners irgendeine Regung zu erkennen. Stahlmann sen. blieb äußerlich völlig ruhig. Kanter ahnte, dass er von seinem Sohn bereits mit allen nötigen Einzelheiten versorgt worden war, so dass ihn weder der Besuch der Polizei noch dessen Grund überraschte.

»Das kann man wohl sagen. So was wünscht man keinem Kollegen. Das ist das Schlimmste, was dir in deiner Laufbahn passieren kann, dass einem deiner Schüler ein solches Schicksal widerfährt«, begann er. »Wir hatten damals oft die Polizei in der Schule. Lehrer und Mitschüler des kleinen Schröder wurden befragt, alles ohne Erfolg«, berichtete er, wohl in der Hoffnung, damit bei Kanter Eindruck schinden zu können. Die herausragende Rolle seines Sohnes bei dem Geschehen erwähnte er merkwürdigerweise nicht. Deshalb hakte Kanter nach.

»Ihr Sohn war ja in besonderer Weise involviert, und auch Sie waren am fraglichen Abend in der Schule. Erinnern Sie sich noch an den

Ablauf dieses Nachmittags?« Kanter war jetzt sehr gespannt, was der alte Stahlmann erzählen würde, und ließ ein paar Gelenke knacken.

»Zum Glück bin ich mit einem hervorragenden Gedächtnis gesegnet. Für einen guten Lehrer und Vorgesetzten eine unabdingbare Voraussetzung, wie Sie sich denken können«, konnte er sich nicht verkneifen anzumerken. Das Knacken hinterließ keinen erkennbaren Eindruck bei dem alten Schulleiter.

»Ich war an diesem Tag wie jeden Nachmittag in meinem Büro. Anders als die Öffentlichkeit glaubt, ist nämlich weder Lehrer noch Schulleiter eine Halbtagstätigkeit. Am Nachmittag konnte ich immer am besten arbeiten, weil es da fast nie Störungen durch Eltern oder Lehrer gab«, fuhr er fort. »Mein Sohn Leonidas war zu jener Zeit im Rahmen seines Zweigschuleinsatzes als Referendar meiner Schule zugeteilt – was dank meiner Kontakte problemlos zu bewerkstelligen war.« Auch diesen Hinweis musste der alte Mann wohl loswerden.

»Leonidas leitete eine Spielstunde mit Sechstklässlern, die bis 17:30 Uhr dauerte. Er tat das freiwillig und ohne Vergütung. Wenn man es zu etwas bringen will, muss man schon früh Engagement zeigen«, beeilte er sich anzufügen. »Wir hatten uns verabredet, gegen 18:15 Uhr gemeinsam nach Hause zu fahren. Mein Sohn wohnte während des Referendariats bei uns im Haus. Da er bis dahin noch etwas Zeit hatte, bot er dem Schüler Benjamin Schröder an, ihm noch ein kleines Zusatztraining angedeihen zu lassen. Benjamin war damals der Torwart der Schulmannschaft, und mein Sohn wollte ihm ein paar Extraschüsse aufs Tor geben. Gegen 18:15 Uhr oder 18:20 Uhr verließ ich mein Büro und begab mich zum Turnhallentrakt. Vor dem Umkleideraum traf ich auf meinen Sohn und unseren Hausmeister Lauerer. Als ich dazukam, führten die beiden ein belangloses Gespräch, das sie bei meinem Eintreffen auch gleich beendeten. Mein Sohn und ich gingen dann auf den Parkplatz zu unserem Wagen und fuhren nach Hause. Den Schüler habe ich nicht mehr gesehen, der war schon vor uns gegangen.« Hermann Stahlmann referierte emotionslos den Ablauf des

damaligen Nachmittags. Kanter fror fast bei so viel Gefühlskälte. Er hatte es während Stahlmanns Rede drei oder viermal knacken lassen, wodurch Hermann Stahlmann sich aber nicht im Geringsten beeinflussen ließ.

»Was haben Sie damals über Benjamins Schicksal gedacht? Ein Ausreißer? Unfall? Verbrechen?«, versuchte Kanter dem alten Stahlmann auf die Sprünge zu helfen.

»Nach Lage der Dinge kam eigentlich nur ein Unfall in Frage. Der Main führte Hochwasser, und Benjamin Schröder muss wohl hineingestürzt sein. Dass seine Leiche nie gefunden wurde, war aber schon merkwürdig. Sie hätte ja irgendwann irgendwo angespült werden müssen«, legte der frühere Schulleiter seine Sicht der Dinge dar.

»Und nun, wo Sie wissen, dass die Leiche nicht irgendwo hin gespült, sondern auf Ihrem Schulgelände vergraben wurde, was denken Sie jetzt?« Kanter war sehr gespannt auf Stahlmanns Antwort. Der alte Mann faltete die Hände so stark, dass die Knöchel weiß hervortraten, und sah Kanter mit einem kalten Blick an.

»Ich weiß, worauf Sie hinaus wollen, Herr Kommissar. Es muss einen Zusammenhang zur Schule geben. Ich habe aber nicht die leiseste Ahnung, wie dieser aussehen könnte. Wer hätte ein Motiv gehabt, dem kleinen Benjamin etwas anzutun? Schon damals haben diesbezügliche Ermittlungen keine Ergebnisse gebracht«, gab Hermann Stahlmann sich ratlos und lehnte sich auf der Couch zurück.

Kanter war klar, dass weitere Fragen im Augenblick wenig Aussicht auf Erfolg hatten. Dazu wusste er noch zu wenig über die beteiligten Personen. Er war sich aber sicher, dass das nicht das letzte Gespräch mit Hermann Stahlmann gewesen war.

»Herr Stahlmann, ich will Sie für heute nicht weiter stören. Aber wir werden uns, sobald wir neue Erkenntnisse haben, bestimmt nochmal unterhalten müssen«, kündigte Kanter weitere Kontakte an. »Bemühen Sie sich nicht, ich finde hinaus. Auf Wiedersehen.«

Kanter fühlte sich beim Verlassen dieses Hauses, dieser Menschen irgendwie erleichtert. Der alte Stahlmann war offenbar noch immer derselbe gefühllose Unsympath, der er damals schon war. Seine Frau schien sich unter Stahlmanns Herrschaft zu ducken.

Eigentlich wäre es jetzt Zeit zum Mittagessen, aber ihm war der Appetit vergangen. Ein Wort ging ihm nicht aus dem Kopf, das der alte Stahlmann benutzte, als er das Geschehen im März 1988 schilderte. Warum verwendete er das Wort ›belanglos‹? Es konnte kein Zufall sein, dass die drei Männer, die als Letzte mit dem kleinen Benjamin zu tun hatten, diesen Begriff verwendeten. Das roch nicht nur, das stank nach einer Absprache. Dass sie alle dasselbe auffallende Wort verwendeten, war ein klares Indiz. Dem intellektuellen Wurmfortsatz Lauerer konnte man keinen Vorwurf machen, aber warum hingen die beiden Stahlmanns so an dem Wort? Er würde sie bei Gelegenheit damit konfrontieren.

Als Kanter wieder im Büro eintraf, wartete Frauenknecht schon auf ihn. Wie besprochen, hatte er im Internet nach den damaligen Freunden von Benjamin Schröder recherchiert. Zu Peter Scherm war nicht das Geringste zu finden. Der schien in der digitalen Welt nicht zu existieren. Erfolgreicher hingegen war die Suche nach Wolfgang Gottwald verlaufen. Bei ihm gab es mehrere Treffer bei Google. Wolfgang Gottwald wohnte in Würgau und arbeitete als Entwicklungsingenieur bei Brose in Bamberg.

»Gute Arbeit, Hannes. Am besten nimmst du mit dem Mann mal Kontakt auf und vereinbarst einen Termin. Der Schorsch kann dich ja begleiten«, verteilte Kanter die Aufgaben. »Und dieser Peter Scherm kann doch nicht spurlos verschwunden sein. Bleibt da bitte auch dran, gell«, setzte er noch hinzu.

»Ach ja, der Heiner hat angerufen, du sollst mal bei ihm vorbeischauen«, erinnerte sich Hannes noch rechtzeitig.

»In Ordnung, Hannes, und danach mach ich den Lindner und geh heim. Für heute reicht's mir. Ade, ihr zwei!« verabschiedete er sich mit einer Anspielung auf den FDP-Vorsitzenden.

Kanter ging über den Hof zu den Kriminaltechnikern.

»Grüß dich, Heiner. Du hast was für uns?«, begrüßte er den Chef der Kriminaltechnik.

»Naja, wie man's nimmt. Das LKA hat uns erste Ergebnisse geschickt. Sie haben in dem blauen Plastiksack außer ein paar Knochensplittern, die vom Opfer stammen, auch vier Haare gefunden. Ob die zum Opfer gehören, muss die Gerichtsmedizin noch eruieren. Soviel ich weiß, haben sie mit Moretti schon Kontakt aufgenommen. Interessant wird es natürlich, wenn die Haare, die in einer Falte des Sackes die Zeit überdauert haben, nicht zu Benjamin Schröder gehören. Von der Kleidung und den Schulsachen des Jungen keine Spur«, schloss Heiner Erdmann seinen kurzen Bericht.

Kanter bedankte sich bei seinem Kollegen und bat ihn, auf dem Laufenden gehalten zu werden. Dann schwang er sich auf sein Fahrrad und machte sich auf den Weg nach Hause. Da er noch nichts zu Mittag gegessen hatte, versorgte er sich beim Metzger mit zwei Paar Wienern und zwei Brötchen.

Als er die Haustür aufsperrte, öffnete seine Schwester ihre Wohnungstür und bat ihn auf ein frühes Feierabendbier zu sich herein, sie habe ihm etwas zu sagen.

Kanter nahm die Einladung gerne an. Erika machte ihm seine Würstchen heiß, stellte Butter und Senf hin und schenkte ihm ein Bier in seinen Lieblingsbierkrug. Sie setzten sich an den Küchentisch, und Kanter erzählte von den Geschehnissen in seiner alten Schule. Er wusste, dass seine Schwester niemandem etwas von dem erzählte, was sie von ihm über seine Arbeit erfuhr.

Als er begann, genüsslich sein frugales Würstchenmahl zu sich zu nehmen, setzte sich Erika ihm gegenüber und sah ihm beim Essen zu. Für sie selbst war es noch zu bald zum Abendessen.

»Friedrich, was ich dir sagen wollte: Ich werde am Wochenende nicht da sein. Morgen Nachmittag holt mich die Hermine ab, und wir gönnen uns ein Wellnesswochenende im neuen Kurzentrum in Weißenstadt. Am Sonntagabend kommen wir wieder. Kann ich dich solange allein lassen?«, fragte sie besorgt. Hermine Obermüller war Erikas beste Freundin. Sie kannten sich schon seit der Schule und teilten das gleiche Schicksal der frühen, aber finanziell gut versorgten Witwenschaft. Hermines Mann war Sparkassendirektor und deutlich älter als sie gewesen. Kurz nach dem Eintritt in den Ruhestand war er plötzlich einem Herzinfarkt erlegen.

»Erika, du kennst mich. Ich bin seit meiner Studienzeit alleine überlebensfähig und werde weder verhungern noch verwahrlosen. Am Samstagabend kann ich mir im Iglu was zu essen kaufen, und am Sonntagmittag bin ich bei Schmidtchens zum Essen eingeladen. Du weißt, wie sehr ich Finis Küche schätze«, beruhigte er seine Schwester. Diese hatte auch nicht im Ernst an den Überlebenskünsten ihres Bruders gezweifelt. Er war ja nicht zum ersten Mal allein.

»Ich bin mal gespannt, was du berichten wirst. Ich habe schon einiges über das neue Kurzentrum gelesen. Wenn es dir gefallen hat, gehe ich da vielleicht auch mal zum Ausspannen hin.«

Kanter freute sich, dass seine Schwester wieder einmal etwas unternahm. In letzter Zeit war sie – abgesehen von den wenigen Stadtführungen im Winter und ein paar sonntäglichen Gottesdienstbesuchen – nicht viel unter Menschen gewesen.

Als Würstchen und Bier den Weg alles Irdischen gegangen waren, küsste Friedrich seine Schwester zum Abschied auf die Wange und ging nach oben in seine Wohnung. Er wusste, dass Rolf ihn schon sehnsüchtig erwartete. Also legte er sich die Hundeleine um und ging noch einmal nach draußen. Die frische Luft tat ihm gut. Bei diesen Spaziergängen konnte er berufliche wie private Probleme ungestört durchdenken, so dass er Rolf für sein penetrantes Betteln fast dankbar war.

Für Freitagmorgen hatte Kanter sich vorgenommen, am CEG weitere Nachforschungen anzustellen. Als er ins Büro kam, ließ er sich von Georg Schwingshackl die Namen der Lehrer geben, die damals schon an der Schule waren und in Benjamins Klasse unterrichteten. Denen wollte er sich heute stärker widmen.

»Ich schreib sie dir auf: es sind nicht mehr viele. Da ist die Frau Trude Bär, Latein und Französisch, der Gerhard Lauterbach, Deutsch und Geschichte, und schließlich der Karl Dorfner, Mathe und Physik«, informierte Schwingshackl seinen Chef.

»Das wird spannend. Zwei von denen hatte ich am Ende meiner Schulzeit noch als Lehrer«, freute sich Friedrich-Konrad Kanter auf den Vormittag.

Als er auf dem Schulparkplatz wieder ganz hinten eine kleine Parklücke gefunden hatte, ließ er sich bei Dr. Stahlmann anmelden. Das war nur eine Formsache, damit der Schulleiter Kenntnis von seinen Ermittlungen in der Schule hatte. Von Stahlmann jun. wollte Kanter heute nichts.

»Guten Morgen, Herr Dr. Stahlmann. Ich hoffe, es geht Ihnen gut«, begann Kanter das Gespräch. Nach dem unvermeidlichen Waschlappenhändedruckerlebnis informierte der Kommissar Leonidas Stahlmann von seinem Vorhaben.

»Ich muss mich mit diesen Lehrerinnen und Lehrern unterhalten. Die haben damals schon zum Kollegium gehört und in Benjamin Schröders Klasse unterrichtet. Bitte schauen Sie nach, ob heute eine Befragung möglich ist«, sagte Kanter kühl und überreichte Stahlmann einen Zettel mit den Namen. Stahlmann las die Namen und lächelte fast unmerklich. Auf einer großen Übersichtstafel hinter seinem Schreibtisch waren die Stundenpläne aller Lehrerinnen und Lehrer sowie aller Klassen mit farbigen Symbolen gesteckt. Dann schickte er die Sekretärin ins Lehrerzimmer, um nachzusehen, wer von den gewünschten Personen noch da war.

* * *

Als Richard Schröders Handy klingelte, zeigte das Display ›unbekannt‹ an. Schröder zögerte, ob er rangehen sollte, tippte dann aber doch auf das kleine grüne Telefon.

»Ja bitte?«, meldete er sich.

»Hallo, Herr Schröder, hier spricht Peter Scherm. Sie erinnern sich bestimmt, ich war damals der beste Freund vom Benjamin«, sagte eine tiefe Männerstimme.

»Ja hallo, Peter! Natürlich erinnere ich mich! Schön, mal wieder von dir zu hören. Wie geht's dir denn?«, freute sich Richard Schröder ehrlich.

»Danke, Herr Schröder, es geht mir ganz gut. Das mit Benjamin tut mir unendlich leid, das wollte ich Ihnen nur sagen. Ich kann mir vorstellen, dass Sie und Ihre Frau nach all den Jahren bestimmt auch erleichtert sind, dass Sie jetzt Gewissheit haben«, fuhr Peter Scherm fort.

»Dein Mitgefühl tut gut, Peter. Ja, du hast recht, es ist eine gewisse Erleichterung zu wissen, dass Benjamin nie mehr heimkommen wird. So richtig abschließen können wir aber erst, wenn wir wissen, was Benjamin damals zugestoßen ist«, sagte Schröder. »Meine Frau und ich würden uns sehr freuen, wenn du uns mal besuchen würdest. Es gibt bestimmt viel zu erzählen. Wo bist du denn jetzt überhaupt? Hast du Sonntagabend schon was vor?«, lud Richard Schröder den Freund seines Sohnes ein.

»Nein, hab ich nicht. Ich wohne immer noch in Bayreuth und komme sehr gern. Sie wohnen noch in der Grünewaldstraße?«, wollte Scherm wissen.

»Jaja, immer noch. Komm so um halb sieben. Wir essen eine Kleinigkeit zusammen und müssen uns viel erzählen«, sagte er.

»Ich freu mich. Dann bis Sonntag, Herr Schröder«, verabschiedete sich Scherm.

* * *

Leonidas Stahlmann hatte Kanter ein Elternsprechzimmer für die Gespräche mit den Lehrern zur Verfügung gestellt. An diesem späten Freitagvormittag war von den fraglichen Lehrern nur noch Trude Bär in der Schule. Karl Dorfner und Gerhard Lauterbach hatten ihren Unterricht bereits beendet und die Schule verlassen. So bat Kanter Trude Bär zu sich. Er hatte sie als junge Lehrerin in der elften Klasse in Französisch gehabt. Er hatte beschlossen, diese Tatsache erst einmal nicht zu erwähnen, wenn Trude Bär sich nicht von selbst an ihn erinnerte. Die Tür zur Elternsprechkabine hatte er offen gelassen, und so konnte Trude Bär ohne anzuklopfen eintreten. Die Jahrzehnte waren natürlich auch an ihr nicht spurlos vorübergegangen, aber sie war immer noch eine durchaus attraktive, kultivierte Frau Anfang sechzig. Ihr dezentes Make-up, die kurzen, leicht ergrauten Haare, das akkurat auf ihre schlanke Figur geschnittene Kostüm machten Trude Bär zu einer mehr als angenehmen Erscheinung. Die Sekretärin hatte sie nach ihrer letzten Unterrichtsstunde gerade noch vor dem Verlassen der Schule erwischt und von dem Gesprächswunsch des Kommissars benachrichtigt.

Kanter reichte Trude Bär die Hand, stellte sich kurz vor und bat sie, Platz zu nehmen.

»Ich würde mich sehr freuen, wenn Sie ein paar Minuten Zeit für mich hätten. Sie wundern sich vielleicht, dass die Polizei mit Ihnen sprechen möchte«, begann Kanter die Unterhaltung und fahndete nach Anzeichen dafür, ob Trude Bär ihren früheren Schüler wiedererkannte. Auf Anhieb war nichts dergleichen zu erkennen.

»Wie Sie wissen, wurden am Montag auf dem Schulgelände die sterblichen Überreste eines Kindes gefunden. Inzwischen wissen wir, dass es sich um den im März 1988 unter mysteriösen Umständen verschwundenen Benjamin Schröder handelt. Sie waren damals auch

schon am CEG tätig, und gemäß des Jahresberichts von 1988 hatten Sie Benjamins Klasse in Latein«, begann Kanter das Gespräch.

»Natürlich haben wir von dem Fund erfahren, die Schulleitung hat uns kurz unterrichtet und uns gleich angewiesen, wie wir uns Eltern, Schülern und gegebenenfalls den Medien gegenüber zu verhalten hätten«, sagte Trude Bär. »Den kleinen Benjamin hatte ich in Latein, und ich erinnere mich gut, dass die folgenden Tage und Wochen an der Schule sehr unruhig waren. Benjamins Klasse hat lange unter seinem Verschwinden gelitten, insbesondere seine beiden Freunde«, sie unterbrach sich kurz und dachte offenbar angestrengt nach. »Ja, Peter und Wolfgang hießen die. Nachnamen müsste ich nachsehen. Ich sehe ihn und Peter noch in der letzten Bank der Fensterreihe sitzen. Ein unauffälliger, netter Sechstklässler. Durchschnittlicher, fleißiger Schüler aus einfachen Verhältnissen, guter Fußballer, glaube ich.« Kanter war durchaus beeindruckt vom Erinnerungsvermögen der Frau Bär.

»Erinnern Sie sich, ob damals irgendwelche Verdächtigungen – gegenüber wem auch immer – geäußert wurden«, fuhr Kanter fort. Bis jetzt hatte er sich noch keinen Eindruck vom damaligen Arbeitsklima an der Schule machen können.

»Ach wissen Sie, so was gibt es immer. Manche munkelten, der Hausmeister habe etwas damit zu tun, andere hielten Leonidas Stahlmann für verdächtig, wieder andere glaubten, Mitschüler seien verwickelt. Die Polizei ist damals allen diesen, naja, „Gerüchten“ nachgegangen. Mit welchem Erfolg, wissen Sie so gut wie ich«, erzählte Trude Bär. »Aber sagen Sie, Sie kommen mir irgendwie bekannt vor. Kennen wir uns von irgendwoher?« fragte die Lehrerin.

Kanter sah jetzt keinen vernünftigen Grund mehr darin zu verheimlichen, dass er einmal ihr Schüler war.

»Sie haben ein gutes Personengedächtnis, Frau Bär. Tatsächlich hatte ich die große Freude, in der elften Klasse von Ihnen in Französisch unterrichtet worden zu sein. Es muss Ihr erstes oder zweites Jahr an dieser Schule gewesen sein«, bestätigte Kanter.

»Das freut mich aber, Herr Kanter. Da waren wir beide noch jung, nicht wahr«, kokettierte sie. »Bei der Kriminalpolizei sind Sie also gelandet. Bestimmt sehr interessant«, fügte sie noch hinzu.

Kanter wollte die kurze gemeinsame Vergangenheit nicht weiter aufwärmen und kam zu seinem eigentlichen Anliegen zurück.

»Unterrichten Sie gerne am CEG? Wie ist denn das Klima so?« begann Kanter ohne weitere Umschweife.

Trude Bär erzählte, dass ihr Verhältnis zum alten Stahlmann wie auch zum jetzigen Schulleiter konfliktfrei sei. Dabei sei ihr natürlich bewusst, dass beide durchaus kontroverse Gefühle bei Kollegen, Eltern und Schülern auslösten. Es gab die, die hinter der harten Linie der Stahlmanns standen und dadurch eine deutliche Förderung ihrer Karrieren erfuhren. Und es gab natürlich auch welche, die glaubten, sich mit ihnen anlegen zu können, oder sich erdreisteten, eine eigene Meinung zu äußern. Auf diese Weise sind schon hoffnungsfrohe Karrieren im Keim erstickt worden. Kanter müsste zum Beispiel nur den Kollegen Wittman fragen, dem es aktuell so ergeht. Sie selbst habe in Ruhe ihren Unterricht halten wollen und sich um andere Dinge nicht gekümmert. Sie könne verstehen, wenn manche Kollegen das für Opportunismus halten, aber das sei ihr egal. Seit vielen Jahren sei sie Studiendirektorin und Fachbetreuerin für Französisch. In zwei Jahren wolle sie in Pension gehen und sich ihren Enkeln widmen.

Auf Kanters Nachfrage, was über Hermann und Leonidas Stahlmann alles geredet wurde, blieb Trude Bär eher im Vagen. Der alte Stahlmann sei ein harter Hund gewesen. Bei den Schülern hieß er der ›Stahlhelm‹, und auch sein Sohn erfreue sich dieses Spitznamens. Hermann Stahlmann sei nachgesagt worden, dass er die guten Schüler sehr förderte, die schlechten seien ihm egal gewesen. Mag alles sein, aber seine Ergebnisse im Abitur waren immer bei den besten landesweit, so dass die Schule in den besseren Kreisen dieser Stadt bis heute einen ausgezeichneten Ruf genießt. Über Dr. Leonidas Stahlmann sei anfangs immer mal wieder gemunkelt worden, er stehe auf Jungs, doch

ließen sich derlei Gerüchte nie belegen. Er führte die Schule im Sinne seines Vaters weiter.

Kanter staunte über die Offenheit der Lehrerin. So ungeschönt darzulegen, warum sie es unter den Stahlmanns zu etwas gebracht hatte, verdiente fast Anerkennung. Er war gespannt, was er nächste Woche von den anderen Lehrern zum Klima an der Schule erfahren würde.

»Frau Bär, für heute habe ich Ihre Zeit genug in Anspruch genommen. Es kann aber sein, dass ich Sie nochmals behelligen muss. Ich habe mich gefreut, Sie nach so vielen Jahren gesund und munter wiederzusehen«, verabschiedete sich Kanter von seiner alten Lehrerin. Menschlich war er jedoch etwas enttäuscht von ihr. Aber vielleicht musste man unter den Stahlmanns gewisse Überlebensstrategien entwickeln. Jedenfalls stand es ihm nicht zu, Trude Bär moralisch zu verurteilen.

Als Trude Bär das Elternsprechzimmer verlassen hatte, setzte Kanter sich noch einen Augenblick und ließ das soeben Gehörte auf sich wirken. Dann erhob er sich und machte sich auf den Rückweg. Auf dem Weg zum Parkplatz rief er beim Vorbeigehen ein kurzes ›Auf Wiedersehen‹ in das Sekretariat.

In der Pausenhalle im Erdgeschoss duftete es verführerisch aus der Schulkantine. Er konnte nicht widerstehen und kaufte sich noch einen der sehr gesunden Snacks als kleines Mittagessen und fuhr zurück ins Büro.

Dort waren Hannes Frauenknecht und Georg Schwingshackl mit den Vorbereitungen zum Aufbruch ins Wochenende beschäftigt. Benutzte Kaffeetassen wurden gespült, die Schreibtische so gut als möglich aufgeräumt und die Computer heruntergefahren. Kanter setzte sich an seinen Schreibtisch und begann, die kleine Mahlzeit aus dem CEG zu essen. War irgendwas Vegetarisches, worauf er sonst nicht sehr scharf war, aber trotzdem genießbar.

»Na, Männer, schon beim Aufbruch? Ich komme gerade aus dem CEG. Habe eine ehemalige Lehrerin befragt. Mein lieber Mann, an der

Schule geht’s anscheinend ganz schön zu. Erzähl ich euch am Montag genauer«, deutete Kanter sein Gespräch mit Trude Bär an.

»Wie gedenkt ihr das erste Aprilwochenende zu verbringen? Das Wetter soll ja durchaus frühlingshaft werden. Das kommt deiner momentanen Gefühlsverfassung doch weit entgegen, Hannes, ne? So von wegen ›Frühlingsgefühle‹ und so« lachte Kanter. Die Aussicht auf ein geruhsames Wochenende allein zu Haus machte ihm eine gute Laune.

»Meine BMW darf ab ersten April endlich wieder auf die Straße«, strahlte Hannes. »Ich werde die Saison mit genüsslichen Ausflügen in die Fränkische gebührend beginnen. Das wird obergeil«, freute sich der junge Kommissar.

»Und wenn ich heimkomm, wartet die Jacky auf mich und wird mich verwöhnen«, beendete er den hoffnungsvollen Ausblick auf das Wochenende.

»Treib’s nicht zu bunt, Hannes, wir brauchen deine volle Arbeitskraft«, wandte Georg Schwingshackl ein und fuhr fort, er werde am Samstag endlich mal wieder zum Angeln gehen und die Seele baumeln lassen.

»Und am Sonntag ist Familientag angesagt. Das Fräulein Tochter hat uns schon vorbereitet; sie muss uns was sagen«, sagte Georg Schwingshackl und verdrehte die Augen, so als wolle er sagen: ›Das wird schon wieder so was ganz Wichtiges sein‹.

»Am End hat sie endlich einen Freund«, beendete er seine Spekulation. »Und du, FKK, was treibst du?«, wollte er noch wissen.

»Meine Schwester fährt mit ihrer Freundin nach Weißenstadt. Wellness! Soll sie ruhig mal machen. Ich vertreibe mir die Zeit schon. Sonntag bin ich bei Schmidtchens zum Essen. Macht euch um mich keine Sorgen, ich komm schon zurecht«, beruhigte er seine Kollegen, die eine besorgte Miene aufgesetzt hatten. »So, und jetzt raus mit euch. Für diese Woche reicht’s!« scheuchte Kanter sie aus dem Büro und machte sich auch selbst auf den Weg zu seinem Fahrrad.

Als er um die Kurve in die Glockenstraße bog, sah er in seiner Garageneinfahrt das schwarze Mercedes-Coupé von Hermine Obermüller stehen. Das schicke Wägelchen passte hervorragend zu ihr. Offenbar wollte sie Erika abholen. Kanter sperrte die Haustür auf und sah die beiden eleganten Damen in Erikas Flur stehen. Kanter begrüßte Hermine herzlich mit zwei Küsschen auf die Wangen. Der dezente Duft ihres Parfums fiel sogar ihm auf.

»Die Damen brechen auf?«, wandte er sich an die zwei Frauen. »Ich wünsche euch eine erholsame Zeit. Lasst es euch gut gehen! Aber passt auf, dass euch keine Männer belästigen. Bei zwei so tollen Frauen ist die Gefahr groß«, scherzte er.

»Da mach dir mal keine Hoffnungen. Mich wirst du so schnell nicht los«, konterte Erika. »Sonntag am späten Nachmittag hast du mich wieder. Tschüss!«

Er half ihnen noch, ihre Taschen in dem nicht sehr geräumigen Auto zu verstauen, und winkte ihnen nach, bis sie um die Kurve verschwunden waren.

Dem treuherzigen Augenaufschlag von Rolf konnte er nicht widerstehen, schulterte die Hundeleine und machte sich auf den Weg.

7

Den Samstagabend hatte Kanter im Kreise seiner Freunde von den Eiskalten Eskimos im Iglu verbracht und war gut gelaunt mit dem Fahrrad nach Hause gefahren. Beschwingt von den Bieren und den eiskalten Schnäpsen im Iglu fiel er müde und zufrieden ins Bett.

Gegen drei Uhr in der Früh wachte Kanter schweißgebadet auf und verspürte einen stechenden Schmerz unter dem linken Schulterblatt. Er wusste aus zahllosen Gesundheitssendungen im Fernsehen, von denen er kaum eine ausließ, dass ein solcher Schmerz ein Symptom für einen Herzinfarkt sein konnte, und horchte in sich hinein, ob noch andere Anzeichen zu spüren waren. Er hatte diesen Schmerz schon öfter gehabt und wusste, dass es bisher immer nur eine Verspannung der Rückenmuskulatur war. Aber wer sagte ihm denn, dass es nicht gerade heute ein Herzinfarkt war? Gerade jetzt war er allein im Haus! Sollte er den Notarzt rufen? Er beschloss, damit doch noch ein wenig zu warten. Das Gedankenkarussell in seinem Kopf nahm Fahrt auf. Er sah sich bereits stundenlang hilflos in seiner Wohnung liegen, unfähig, Hilfe zu holen. Er wusste, dass es bei einem Herzinfarkt auf jede Minute ankam. Er setzte sich vorsichtig auf die Bettkante und streckte den linken Arm nach oben und hinter den Kopf. Der Schmerz ließ nach. Ein paar weitere gymnastische Übungen mit den Armen, und der Schmerz war weg. Langsam gelang es ihm, seine Gedanken wieder in den Griff zu bekommen. Er realisierte, dass es auch diesmal kein Infarkt war, sondern er sich nur verlegen hatte. Sein Pulsschlag beruhigte sich nach und nach, und Kanter kroch zurück unter seine Bettdecke. Bald darauf schlief er wieder ein.

Nach einem ausgiebigen Frühstück und der Lektüre der Wochenendausgabe des Bayreuther Echos wollte er sich gerade mit Rolf auf den Weg machen, als sein Handy klingelte. Auf dem Display erkannte er Hannes‘ Nummer. Er drückte das kleine grüne Telefon.

»Hallo, Hannes! Brauchst du Hilfe? Hat dich deine Jacky wieder ordentlich rangenommen?« Kanter versprühte an diesem Sonntagmorgen eine wirklich gute Laune. Die Panikattacke aus der Nacht war schon fast vergessen.

»Servus, Fritz«, sagte eine geschwächte Stimme am anderen Ende der Leitung. ›Aha‹, dachte Kanter, ›der ist schon wieder fertig. Muss ja ein wahres Teufelsweib sein.‹

»Ich ruf aus Scheßlitz an. Um genau zu sein, aus dem Krankenhaus in Scheßlitz«, sagte Frauenknecht. Kanter erschrak, mit so etwas hatte er am allerwenigsten gerechnet.

»Wieso Krankenhaus? Was ist denn passiert? Soll das ein verspäteter Aprilscherz sein?«, wollte er wissen.

»Ich war gestern mit meiner BMW unterwegs, weißt du ja. Am Würgauer Berg hat's mich leider auf einer Ölspur geschmissen. Zum Glück ist nicht allzu viel passiert. Ich hab mir den linken Unterarm gebrochen. Unkomplizierter Bruch. Arm ist in Gips. BMW leider beschädigter als ich. Die Ärzte hier wollen mich krankschreiben, aber das werde ich ihnen noch ausreden«, gab Frauenknecht einen knappen Bericht des Geschehenen.

»Gott sei Dank ist dir nichts Schlimmeres passiert und deine Zeugungsfähigkeit erhalten geblieben«, versuchte Kanter seinen jungen Kollegen aufzumuntern.

»Wie lange wollen die dich im Krankenhaus behalten?«, fragte er.

»Ich kann eigentlich heim. Das Problem ist bloß, die Jacky ist heute selber mit Kumpels unterwegs und nicht erreichbar. Könntest du mich vielleicht im Lauf des Nachmittags abholen? Wäre dir sehr dankbar«, bat Hannes seinen väterlichen Freund.

»Ich hole dich nach dem Mittagessen bei Schmidtchens ab. Bin so gegen drei oder halb vier bei dir. Ist dir das recht?« Hannes Frauenknecht war das natürlich recht. Er freute sich darauf, in wenigen Stunden aus dem Krankenhaus raus zu sein.

»Danke, Fritz. Das werde ich dir nicht vergessen. Und guten Appetit beim Oberstaatsanwalt«, verabschiedete sich Frauenknecht.

Das hätte gerade noch gefehlt, dass er jetzt, wo er jeden Mann für den Schröder-Fall brauchte, auf Frauenknecht verzichten musste. Der war ja Rechtshänder, so dass der Gips am linken Arm nicht sonderlich störend sein konnte, dachte Kanter, während er die Haustüre abschloss, seinen dunkelgrauen VW-Tiguan aus der Garage holte und sich zu Schmidtchens aufmachte. Um zwölf sollte er dort sein, das war noch zu schaffen. Der Oberstaatsanwalt bewohnte eine ansehnliche Jugendstilvilla in Bayreuths Topwohnlage am grünen Hügel, im Dunstkreis des Festspielhauses.

Fini hatte sich wieder selbst übertroffen mit ihrem Sonntagsmenü. Auf das feine Tomatencremesüppchen folgte ein exquisiter Entenbraten mit handgemachten Klößen. Als Dessert servierte Fini ein göttliches Pfirsich-Himbeer-Parfait. Dazu feinen Würzburger Stein. Gekrönt wurde das Ganze von einem Gläschen Cognac Courvoisier XO Imperial, einem wirklich edlen Gesöff. Kanter bedauerte, dass er von allem nur ein Glas nehmen konnte, aber schließlich musste er ja noch nach Scheßlitz fahren. Albert, Fini und Friedrich-Konrad Kanter kannten sich schon seit Schul- beziehungsweise Studienzeiten und hatten sich immer prächtig verstanden. Solche genussvolle Stunden wurden auch niemals mit Gesprächen über Berufliches entwertet, nein, man sprach über Gott und die Welt, aber nie über das Verbrechen in Bayreuth.

Kanter hatte Albert und Fini von Hannes‘ Unfall erzählt und dass er ihn am Nachmittag abholen wollte. Sie bedauerten es natürlich, dass ihre gemeinsame Zeit dadurch verkürzt wurde, verstanden aber, dass Kanter seinem jungen Kollegen beistehen musste. Gegen halb drei Uhr verabschiedete sich Kanter von den Schmidtchens, bedankte sich überschwänglich für das köstliche Essen und machte sich auf den Weg nach Scheßlitz. Diesen Ort kurz vor Bamberg kann man entweder gemütlich durch die Fränkische Schweiz fahrend erreichen, oder ganz pragmatisch auf der A 70. Heute wählte Kanter diese zeitsparende Va-

riante und war gegen viertel drei im Krankenhaus von Scheßlitz. In der Eingangshalle erwartete ihn der eingegipste Hannes Frauenknecht in einer etwas ramponierten Lederkombi und einem verschrammten Sturzhelm in der rechten Hand. Als Heimweg wählte Kanter dann doch die beschaulichere Tour auf der Landstraße. Am Würgauer Berg zeigte Hannes ihm die Stelle, wo es ihm gestern Nachmittag die Maschine unterm Hintern weggezogen hatte. Man sah noch das Ölbindemittel auf der Straße. Dabei war er besonders vorsichtig gefahren, aber so schnell konnte er gar nicht reagieren, wie er stürzte und mit seiner BMW an die Leitplanke krachte. Zum Glück waren die Leitplanken am Würgauer Berg, einem Eldorado für Biker aus dem weiten Umkreis, mit einem Unterfahrschutz versehen. Nachfolgende Motorradfahrer halfen ihm auf und verständigten Polizei und Krankenwagen. Seine Maschine stand jetzt irgendwo in Würgau, da musste er die Kollegen von der Verkehrspolizei nochmal genauer fragen.

Kanter wurde wieder einmal bewusst, dass Motorradfahren wirklich ziemlich risikobehaftet war, und er war froh, dass Hannes einigermaßen glimpflich davongekommen war.

Der wollte einfach nur nach Hause und dort auf seine Freundin warten. Morgen früh würde er hoffentlich pünktlich im Büro wieder auf der Matte stehen. Kanter ließ seinen Kollegen wunschgemäß beim Ypsilonhaus aussteigen und wünschte ihm einen schönen Abend und gute Besserung.

Als Kanter zu sich nach Hause kam, war Erika offenbar noch nicht da. So ging er nach oben, machte sich eine Tasse Kaffee und widmete sich der Lektüre der Frankfurter Allgemeinen Sonntagszeitung, die er unterwegs an einer Tankstelle gekauft hatte.

* * *

Pünktlich um halb sieben läutete Peter Scherm an der Wohnungstür der Schröders. Richard Schröder öffnete, und Scherm spürte, dass Benjamins Vater mit seiner Aufregung kämpfte.

»Peter, ich freue mich so, dass du da bist«, begrüßte Richard Schröder den Gast und reichte ihm die Hand. »Gut siehst du aus. Aber komm doch erstmal rein.« Mit einer einladenden Handbewegung forderte er Peter Scherm zum Eintreten auf.

»Ich freue mich auch, die Eltern meines Freundes wiederzusehen«, erwiderte Scherm und folgte Schröders Aufforderung. »Und danke für die Einladung«, fügte er noch hinzu.

Richard Schröder führte seinen Gast ins kleine Wohnzimmer, wo Kerstin Schröder eine schmackhafte Brotzeit vorbereitet hatte. Es gab Leberkäse, Wurstaufschnitt, verschiedenen Käse, Senf, Zwiebeln und was das Brotzeitherz sonst noch begehrte. Dazu hatte Richard Schröder einen Kasten mit einer Auswahl bester oberfränkischer Biere besorgt.

»Jetzt greif ordentlich zu und lass es dir schmecken!«, forderte Kerstin Schröder ihren Gast auf. Peter ließ sich das nicht zweimal sagen und wusste gar nicht, womit er beginnen sollte. Er erkannte, dass seine Gastgeber Essen und Getränke mit viel Liebe und Sorgfalt ausgesucht hatten.

Scherm spürte, dass Richard und Kerstin Schröder ihn aufmerksam beobachteten. Da Peter Scherm jetzt so alt war, wie ihr Benjamin wäre, wenn er nicht vor fast dreißig Jahren ums Leben gekommen wäre, betrachteten sie ihn mit ganz anderen Augen. Sie konnten sich jetzt ungefähr vorstellen, wie ihr Benjamin heute vielleicht aussähe.

Richard und Kerstin Schröder lebten immer noch in derselben Wohnung wie damals. Es schien sich nicht viel verändert zu haben. Soweit Peter sich erinnern konnte, hatte sich auch bei der Möblierung nicht viel getan. Lediglich der Fernseher war ein relativ modernes Gerät.

Nach der Brotzeit gossen sich die Männer noch ein frisches Bier ein und rauchten ihre Verdauungszigarette. Kerstin Schröder räumte den

Tisch ab und kam mit einem Glas Wein für sich zurück. Sie setzte sich zu ihrem Mann auf die Couch, Peter saß in einem der abgewetzten Sessel. Während des Essens hatten Richard und Kerstin Schröder dem Freund ihres Sohnes das Du angeboten. Sie empfanden das förmliche Sie als zu distanziert.

»Auf den ersten Blick hat sich nicht viel verändert bei euch«, sagte Peter. »Habt ihr etwa auch noch Benjamins Zimmer gelassen, wie es war?«, fragte er.

»Fast«, antwortete Kerstin, »ich nütze es manchmal zum Bügeln oder zum Nähen, aber Benjamins Möbel und Spielsachen und Kleider sind noch da.«

»Wie habt ihr das bloß all die Jahre ausgehalten, diese Ungewissheit über Benjamins Schicksal. Da muss man doch verrückt werden«, bemerkte Peter. Er bewunderte die Haltung dieser beiden von einem schlimmen Schicksal geschlagenen Menschen.

»Die ersten Jahre waren wirklich die Hölle, und dass wir das alles überstanden haben, verdanken wir nur unserer unerschütterlichen Liebe zueinander. Ohne Kerstin hätte ich nicht gewusst, wie ich weiterleben sollte«, gestand Richard Schröder.

»Bei mir war es ganz genauso, ohne Richard wäre ich bestimmt nicht mehr am Leben. Wir haben nächtelang zusammen geweint im Bett, haben uns immer wieder versucht, gegenseitig Hoffnung zu geben, dass unser Benjamin schon wieder auftauchen würde. Im Laufe der Jahre haben wir uns etwas gefangen, und nur um das Datum seines Verschwindens herum ging es uns schlechter. Wir haben auch versucht, nicht am CEG vorbeizufahren, wenn es sich vermeiden ließ«, erzählte Kerstin Schröder. Peter spürte, dass sie das Ganze immer noch mitnahm.

»Und wie geht es euch jetzt mit der Gewissheit, dass Benjamin tot ist?«, fragte Peter.

»Einerseits sind wir erleichtert, dass wir jetzt wissen, dass Benjamin nicht mehr lebt. Wir können ihn begraben und sein Grab besuchen

und um ihn trauern. Andererseits quält uns natürlich der Gedanke, was ihm tatsächlich Schlimmes passiert ist und wer ihm das angetan hat«, sagte Kerstin. »Endgültig Ruhe werden wir erst finden, wenn wir auch das wissen.«

Benjamins Mutter sprach mehr als ihr Mann, der eher in sich gekehrt auf der Couch saß, rauchte und seiner Frau immer wieder bestätigend zunickte. Peter Scherm spürte, dass diese beiden so liebenswerten Menschen unglaubliche Qualen durchgemacht hatten, aber ihre Liebe zueinander sie überleben ließ. Er war schon zu Schulzeiten sehr gerne bei den Schröders gewesen, aber jetzt fühlte er sich noch mehr zu ihnen hingezogen. Er mochte sie wirklich sehr gerne.

»Ich habe auch lange gebraucht, bis ich Benjamins Schicksal verarbeitet habe. Ich habe an der Schule in den folgenden Jahren sehr unter dem alten Stahlhelm gelitten. Kein einziger Lehrer hat sich für mich wirklich interessiert, meine Leistungen wurden immer schlechter. Nach der zehnten Klasse habe ich entnervt die Schule verlassen, mit einem ziemlich lausigen Abschlusszeugnis«, berichtete Peter mit manchmal zitternder Stimme. Die Schröders spürten, dass auch ihr Gast unter Benjamins Schicksal wohl längere Zeit gelitten hatte.

»Ich bin dann erstmal weg aus Bayreuth, nach Oldenburg, da hatte ich einen Onkel, der mir eine Lehrstelle bei der Stadtverwaltung besorgt hatte. Oldenburg ist eine richtig schöne Stadt, und ich wurde dort fast heimisch. Und wie es halt so geht im Leben, ich habe mich in ein süßes Mädchen verliebt, irgendwann haben wir geheiratet und einen Sohn bekommen, Sebastian. Vor zehn Jahren ist mein Vater gestorben, und meiner Mutter ging es nicht gut. Allein konnte und wollte ich sie nicht lassen, also habe, wir uns entschlossen, nach Bayreuth zurückzukehren. Wir hatten Glück, und meine Frau und ich fanden schnell gute Jobs, ich als Sachbearbeiter bei der Regierung, meine Gesine als Halbtagssekretärin in einer Grundschule«, fuhr Peter mit der Darstellung seines bisherigen Lebens fort.

»Aha, deshalb haben wir nichts mehr von dir gehört«, warf Richard Schröder ein. »Wie geht's denn deiner Mutter jetzt?«, wollte er wissen.

»Sie war am Schluss leider im Seniorenheim, fortschreitende Demenz. Schlimm, wenn man einen geliebten Menschen mehr und mehr verliert. Hat mich und meine Frau am Ende nicht mehr erkannt. Auch ihren Enkel nicht. Sie war anscheinend in einer ganz anderen Welt. Vor fünf Jahren ist sie auch gestorben«, erzählte Peter.

»Das tut uns sehr leid«, sagte Kerstin Schröder betroffen und ging zum Fenster, um den inzwischen recht dichten Zigarettenqualm rauszulüften.

Als sie das Wohnzimmer verlassen hatte, um den Männern aus der Küche noch etwas zu trinken zu holen, beugte sich Peter Scherm zu Richard Schröder und fragte ihn mit gedämpfter Stimme: »Du, Richard, was glaubst du denn, was dem Benjamin damals wirklich passiert ist. Wer immer ihn auf dem Schulgelände verscharrt hat, kann doch nur aus dem Umfeld der Schule gekommen sein, oder was denkst du?« fragte er Richard. »Gerüchte hat es damals ja genug gegeben, von wegen Kindesmissbrauch und so. Aber die Polizei konnte bisher niemandem etwas nachweisen«, flüsterte er. »Leider geht mein Sebastian ja auch aufs CEG, ich konnte es leider nicht verhindern, ohne zu viel über damals preiszugeben. Meine Frau und mein Sohn wissen von Benjamins Schicksal nicht Genaueres. Und alle seine Freunde aus der Grundschule sind halt aufs CEG gegangen, da wollte er natürlich mit«, erzählte Peter Scherm.

Richard Schröder hörte aufmerksam zu. Inzwischen war Kerstin Schröder mit zwei neuen Bieren zurückgekommen und schloss auch das Fenster wieder. Peter Scherm war sich unschlüssig, ob er das begonnene Gespräch mit Richard Schröder in Anwesenheit von Kerstin fortsetzen konnte, doch Richard machte sofort deutlich, dass er vor seiner Frau keine Geheimnisse hatte.

»Peter und ich unterhalten uns gerade über damals und wer eventuell verdächtig war. Sein Sohn geht übrigens unglücklicherweise auch

aufs CEG«, wandte sich Richard an seine Frau. Peter war es ganz recht, dass beide Schröders zusammenhielten. Das würde die Sache wahrscheinlich vereinfachen und Richard Schröder zum Mitwirken veranlassen.

»Der jetzige Schulleiter, Leonidas Stahlmann, ist genauso ein Schinder wie sein Vater. Mein Sebastian wird von ihm massiv benachteiligt, weil wir, die Eltern, in eher einfachen Verhältnissen leben. Dabei ist Sebastian naturwissenschaftlich sehr begabt. Ich habe mich auch schon beim Stahlmann beschwert, aber der hat mich abgefertigt wie einen kleinen Schulbuben. Ich werde mir das keinesfalls gefallen lassen, das sage ich euch«, entlud sich Scherms angestaute Wut.

»Hat er dich nicht als ehemaligen Schüler, vielleicht sogar als damaligen Freund von Benjamin wiedererkannt«, fragte Richard Schröder zu Recht.

»Ich muss euch noch etwas gestehen. Ich heiße nicht mehr Klaus Peter, genannt Peter Scherm. Aber nur unter diesem Namen kennt mich Stahlmann, und mit dem Älterwerden ändert man ja unwillkürlich sein Aussehen. Er hat mich nicht erkannt und hat auch keinen Anlass zu vermuten, dass er mich kennen müsste. Ich habe bei der Heirat den Namen meiner Frau angenommen und heiße jetzt Klaus Maler. Ich bitte euch aber, davon niemandem gegenüber Gebrauch zu machen, auch bei der Polizei nicht. Die werden irgendwann nach Peter Scherm suchen, ihn aber hoffentlich nicht finden. Für das, was ich vorhabe, ist es besser, sie suchen weiter ein Phantom«, versuchte Klaus Maler ihnen seine Situation zu erklären.

»Wie du willst, Peter. Wir dürfen dich doch weiter so nennen, oder?«, versicherte Richard Schröder sich.

»Freilich, für uns ändert sich nichts. Ihr kennt einen Klaus Maler ja gar nicht«, beruhigte Scherm sein Gegenüber.

Der Abend war wie im Flug vergangen. Die drei von einem ähnlichen Schicksal gezeichneten Menschen hatten sich gegenseitig ihr Herz ausgeschüttet, was ihren angegriffenen Seelen sehr gut tat. Leicht

schwankend wegen der vier oder fünf Biere erhob sich Peter Scherm schließlich und verabschiedete sich herzlich von Richard und Kerstin Schröder.

»Wir müssen sehr bald mal miteinander reden, Richard, wenn ich genauer weiß, was ich machen werde. Ich habe da so einen ungeheueren Verdacht, möchte aber erstmal abwarten, was die Polizei an neuen Ermittlungsergebnissen beibringt. Für heute gute Nacht, es war wirklich schön bei euch. Danke!« Mit diesen Worten umarmte er die Eltern seines alten Schulfreundes und machte sich auf den Heimweg. Sein Reihenhaus im Hussengut ließ sich auf einem gut halbstündigen Fußmarsch erreichen, der ihn auch wieder ein wenig nüchterner machen sollte.

* * *

Das erste, was Kanter am Montagfrüh im Büro tat, war, Oberstaatsanwalt Schmidtchen anzurufen, von dem er ja wusste, dass er auch schon früh an seinem Arbeitsplatz saß. Sie wollten das weitere Vorgehen im Fall Schröder absprechen. Dringend genauer untersucht werden musste eine eventuelle Tatbeteiligung von Hausmeister Lauerer. Der war eigentlich der einzige, der damals die Gelegenheit hatte, Benjamins Leiche zu vergraben. Man würde noch auf die ersten Ergebnisse des LKA bezüglich der in der Plastiktüte gefundenen Spuren warten müssen. Andererseits wäre eine Durchsuchung der Räumlichkeiten des Hausmeisters vielleicht durchaus angebracht. Kanter wollte unbedingt auch dem Herrn Schulleiter nochmal energischer auf die Füße treten. Der war schließlich der Letzte, mit dem Benjamin Schröder zu tun hatte. In all den Jahren hatte es immer wieder Gerüchte gegeben, Leonidas Stahlmann habe eine Schwäche für kleine Jungs, aber konkret herausgekommen war nie etwas. Andererseits, argumentierte Kanter, wenn man lange genug fragte, ließe sich vielleicht etwas finden.

Oberstaatsanwalt Dr. Schmidtchen versicherte, beim zuständigen Richter die nötigen Beschlüsse zu beantragen, wenn mehr belastbare Ermittlungsergebnisse vorliegen, und versicherte seinen Freund nochmals seiner vollen Unterstützung, was für die Kommissare eine große Erleichterung darstellte. Nicht auszudenken, wenn sie es jetzt auch noch mit einem engstirnigen Paragrafenreiter von Staatsanwalt zu tun hätten.

Kanter war entschlossen, sich Leonidas Stahlmann und Hans Lauerer noch in dieser Woche vorzunehmen, wenn eventuell erste Ergebnisse vom LKA eingetroffen wären.

Inzwischen waren auch die Kollegen Frauenknecht und Schwingshackl an ihrem Arbeitsplatz erschienen. Natürlich musste Hannes ausführlich die Sache mit seinem Unfall erzählen, damit Georg Schwingshackl und Gerdi den Grund für den Gipsarm kannten. Besonders die fürsorgliche Gerdi war sehr erschrocken, als sie den lädierten jungen Kommissar sah. Mütterliche Instinkte erwachten und sie bot ihm ihre umfangreiche Hilfe an. Hannes sicherte ihr zu, bei Bedarf gerne darauf zurückzukommen.

Auch Georg Schwingshackl schien heute etwas zu belasten. Kanter war zwar nicht gerade berühmt für übermäßige Sensibilität, aber er spürte doch, dass mit seinem Freund Schorsch etwas nicht stimmte. Als Frauenknecht seine Erzählung beendet hatte und auch Gerdi an ihren Platz zurückgekehrt war, versuchte Kanter den Grund für Schwingshackls bedrückte Stimmung zu ergründen.

»Schorsch, was ist los? Du hast doch was«, begann Kanter. »Ist was in der Familie?«

Georg Schwingshackl schwieg einen Augenblick und schien zu überlegen, ob er seine familiären Probleme hier und jetzt ausbreiten sollte, aber Kanter war schon lange sein Freund, und auf ihn konnte er sich hundertprozentig verlassen.

»Seid froh, dass ihr keine Kinder habt«, begann er. »Wir sitzen gestern alle drei gemütlich und einträchtig wie immer beim Sonntagsbra-

ten, als unser Fräulein Tochter aus heiterem Himmel ankündigt, sie müsse uns etwas Wichtiges sagen.«

»Lass mich raten«, unterbrach Hannes seinen Kollegen, »sie ist verliebt und will heiraten. Alt genug ist sie ja.«

»Wenn es nur das wäre, darüber hätten sich meine Karin und ich ja noch gefreut. Nein, die Kathi hat sich in den Kopf gesetzt, mindestens ein Jahr an eine Schule in Tansania zu gehen, um den dortigen Negerkindlein Lesen und Schreiben beizubringen. TANSANIA!«, rief er, »wisst ihr, was das heißt? Des Madla spinnt doch«, ereiferte er sich. »Die Karin ist am Boden zerstört.«

»Wie kommt sie denn ausgerechnet auf Tansania«, fragte FKK nach. Er war von dieser Nachricht ebenfalls sehr überrascht.

»Sie hat ja seit vorletztem Jahr eine volle Beamtenstelle als Lehrerin an der Grundschule in Hummeltal. Das ist wie ein Sechser im Lotto. Wir haben schon befürchtet, sie muss ewig in Oberbayern bleiben. Und dann ist sie überraschender- und wunderbarerweise hierher versetzt worden. Und jetzt hat sie in einem Kirchenblättchen gelesen, dass irgendeine Entwicklungshilfeorganisation – frag mich nicht, welche – Freiwillige für ein Schulprojekt in Tansania sucht.«

Georg Schwingshackl war seine Fassungslosigkeit deutlich anzusehen. Seine einzige Tochter Kathi war siebenundzwanzig, und die Eltern Schwingshackl überglücklich, dass sie nach drei Jahren in Oberbayern im Bayreuther Umland eine Stelle bekommen hatte. Die beiden malten sich schon aus, wie ihre Kathi bald heiraten und ihnen Enkelkinder schenken würde. Sie war aktuell zwar Single, aber das musste ja kein Dauerzustand bleiben.

»Gut, Kathi neigte schon immer zu gewissen Gefühlsausbrüchen und Anwandlungen, die Welt retten zu müssen. Schon als Teenager hat sie sich für allerlei mehr oder weniger sinnvolle soziale und humanitäre Projekte von der Rettung der Schweinswale über die Betreuung ausgesetzter Hunde im Tierheim bis zum Spielzeugsammeln für Flüchtlingskinder engagiert. Das war alles gut und schön, aber Tansania ist

der Hammer! Meine Karin ist fix und alle, das kann ich euch sagen«, brach es aus Georg Schwingshackl heraus.

Friedrich-Konrad Kanter hatte zwar keine eigenen Kinder, was er in Augenblicken wie diesen auch nicht bereute, konnte die Aufregung bei den Schwingshackls aber gut verstehen. Kanter war nicht ganz unschuldig daran, dass Kathi in die Heimat versetzt wurde. Eines Tages hatte Schwingshackl ihm sein Leid, besser das Leid seiner Karin geklagt, dass das Kind halt gar so weit weg war. Nach dem zweiten Examen werden oberfränkische Lehrerinnen fast ausnahmslos erstmal irgendwo nach Oberbayern versetzt, wo sie dann kaum mehr wegkommen. Kanter hatte mit seinem Corpsbruder Schmidtchen darüber gesprochen. Wie das Leben so spielt, hat Schmidtchen einen alten Studienfreund im Kultusministerium, mit dem er in Würzburg sogar einmal gefochten hatte. Und dann wurde Kathis Versetzungsgesuch doch bewilligt. Die Schwingshackls konnten ihr Glück gar nicht fassen. Kanter und Schmidtchen hatten ihre Beteiligung an dieser Entwicklung nicht an die große Glocke gehängt, so dass Kathi und ihre Eltern von einem Wunder ausgingen.

»Wann soll's denn losgehen nach Tansania?«, fragte er.

»Zum neuen Schuljahr. Sie würde im August fliegen«, sagte Schwingshackl.

»Und sie ist wirklich wild entschlossen?«, wollte Kanter wissen.

»Du kennst doch unsere Kathi, Fritz, wenn die sich was in den Kopf gesetzt hat, kannst du nix mehr machen!« Resigniert lehnte sich Georg Schwingshackl in seinem Bürostuhl zurück und verschränkte die Arme hinter dem Kopf. »Oder hast du eine Idee, wie wir sie davon noch abbringen können.«

»Naja, hilfreich wär bestimmt, wenn sie einen Freund hätte, den sie nicht alleine lassen will. So nach dem Motto ›Ich möcht, dass einer mit mir geht, der's Leben kennt, der mich versteht‹, wie es so schön im Kirchenlied heißt. Aber woher nehmen und nicht stehlen. Der Hannes wäre bestimmt gut geeignet, hat im Moment aber bekanntlich keine

Kapazitäten frei, gell, Hannes«, frotzelte Kanter zu seinem jungen Kollegen hinüber.

»Ich hab die Kathi erst ein- oder zweimal gesehen. Nicht übel, würde ich sagen, aber ihr wisst ja, dass ich zur Zeit …«

»Ja, ja, dass du zur Zeit anderweitig beschäftigt bist«, unterbrach ihn Kanter. »Für den Familienfrieden vom Schorsch willst du also kein Opfer bringen, wenn ich das richtig verstehe«, tadelte FKK.

»Leute, hört auf mit dem Mist. Mir ist nicht zum Scherzen zumute«, meldete sich Georg Schwingshackl wieder zu Wort. »Wenn euch nichts Besseres mehr einfällt, können wir vielleicht mit unserem Tagwerk beginnen.« Damit war für ihn das Familiäre für heute genug besprochen. Seine Karin und er würden schon irgendwie damit klarkommen. Kanters Idee aber hatte in seinem Kopf Anker geworfen, ohne dass er sich dessen bewusst wurde.

* * *

Für fünf Uhr nachmittags hatte Frauenknecht einen Termin mit Wolfgang Gottwald beim Hartmann in Würgau vereinbart. So konnten sie zwei Fliegen mit einer Klappe schlagen: ein informatives Gespräch führen und ordentlich Brotzeit machen. Wegen Hannes‘ Behinderung musste zwangsläufig Georg Schwingshackl den Dienstgolf fahren.

Als sie kurz vor fünf in der Gastwirtschaft eintrafen, suchten sie sich einen etwas abgelegenen Tisch, damit sie sich einigermaßen ungestört unterhalten konnten. Um diese Zeit war noch nicht viel los in der Wirtschaft, so dass sie Wolfgang Gottwald bestimmt erkennen würden.

Sie hatten sich gerade jeder ein Radler bestellt, als die Tür zum Gastraum aufging und ein Mann hereintrat, der Wolfgang Gottwald sein musste. Schwingshackl stand auf, ging auf ihn zu und stellte sich vor. Der Mann war tatsächlich Wolfgang Gottwald, und Schwingshackl nahm ihn mit an ihren Tisch. Gottwald bestellte sich ein alkohol-

freies Weizenbier. Er war, wie erwartet, Anfang vierzig, wohl fast einsneunzig groß, schlank und sehr sportlich. Typ Marathonläufer.

»Grüß Gott, Herr Gottwald«, begann Georg Schwingshackl die Unterhaltung. »Vielen Dank, dass Sie sich die Zeit für uns genommen haben. Sie wissen ja aus unserem Telefonat, worüber wir mit Ihnen sprechen wollen.«

»Das ist doch selbstverständlich. Die Sache mit meinem damaligen Schulfreund Benjamin Schröder hatte ich mehr oder weniger verdrängt, vergessen habe ich ihn nie. Wir Buben haben oft miteinander gespielt oder gelernt. Ich wohnte damals auch in der Hammerstatt, wir hatten es nicht weit zueinander. Er war ein unglaublich lieber Kerl«, fing Gottwald an zu erzählen. Die Kommissare kamen erst gar nicht dazu, irgendwelche einleitenden Fragen zu stellen, so sprudelte es aus Wolfgang Gottwald heraus.

»Ich war damals auch mit in der Spielstunde, bin nach dem Ende aber gleich nach Hause. Leonidas Stahlmann wollte mit Benjamin noch ein kleines Extratraining durchführen. Benjamin war der Torwart der Unterstufenschulmannschaft. Als wir am nächsten Morgen in der Schule erfuhren, dass Benjamin verschwunden war, konnten wir Kinder es gar nicht fassen. Ein Mensch verschwindet doch nicht einfach so. Und dass Benjamin weggelaufen war, war völlig unmöglich. Dafür gab es null Grund«, fuhr Gottwald fort. Er nahm einen Schluck aus seinem Bierglas.

»Das deckt sich mit unseren bisherigen Erkenntnissen. Wissen Sie etwas von Konflikten, in die Benjamin damals vielleicht verwickelt war. Gab es Probleme mit Mitschülern oder mit Lehrern?«, ergriff Georg Schwingshackl wieder die Initiative.

»Überhaupt nicht. Wie ich schon sagte, Benjamin war ein ganz Lieber. Er und unser Freund Peter Scherm saßen auf der letzten Bank in der Fensterreihe, Moritz Kempf und ich davor. Wir vier haben viel gemeinsam unternommen«, sagte Gottwald.

»Was ist aus diesem anderen Freund, Moritz Kempf, geworden? Können Sie uns sagen, wo wir ihn finden?«, fragte Hannes Frauenknecht.

»Mit dem Moritz können Sie nicht mehr sprechen. Sie finden ihn auf dem Bayreuther Stadtfriedhof im Familiengrab der Kempfs. Tragische Geschichte! Moritz hat sich ein paar Wochen nach dem Abitur das Leben genommen. Kurz bevor er sein Studium in Erlangen aufnehmen wollte, fanden ihn seine Eltern tot im Badezimmer auf. Er saß in der Badewanne, darin auch ein Föhn. Keiner konnte sich erklären, was ihn zu dieser Verzweiflungstat getrieben hatte. Seine Eltern haben wohl nicht verkraftet, dass in seinem Abschiedsbrief, der eigentlich nur ein Zettel war, lediglich stand: ›Verzeiht mir. Ich kann nicht mehr.‹ Wenige Jahre nach Moritz‘ Tod sind sie bei einem Verkehrsunfall, dessen genauere Umstände nie geklärt werden konnte, ums Leben gekommen. Auf freier Strecke war ihr Auto gegen einen Baum geprallt, was beide nicht überlebten. Moritz war sehr sensibel, äußerst musikalisch und immer auf Harmonie bedacht. Unter uns Freunden kann ich mich an keinen ernsthaften Streit erinnern«, zeigte sich Gottwald immer noch mitgenommen. Seine emotionale Erregung schien sich in einem trockenen Mund auszuwirken, jedenfalls leerte er sein Glas in einem Zug und bestellte sich ein weiteres alkoholfreies Weizenbier.

»Das tut uns sehr leid«, sagte Schwingshackl mit ehrlichem Mitgefühl. Benjamins Tod musste mit Personen aus der Schule in Verbindung stehen, anders war das Schicksal von Moritz Kempf und seinen anderen Freunden kaum zu erklären.

Um die Anspannung ein wenig zu lockern, versuchte Georg Schwingshackl etwas zu den persönlichen Verhältnissen Gottwalds herauszufinden.

»Und Ihnen, Herr Gottwald, wie ist es Ihnen seit Benjamins Verschwinden ergangen?«

»Tja, wir waren bis zur zehnten Klasse noch drei Freunde: Peter Scherm, Moritz Kempf und ich. Naja, ich habe mich leidlich durch die

Schule gekämpft. Auch ich stamme aus einfachen Verhältnissen, und mit solchen Schülern gingen der Stahlhelm und viele seiner Lehrer nicht sehr zimperlich um.«

Inzwischen war Gottwalds neues Bier gebracht worden, und er schlürfte erst den Schaum weg, bevor er einen Schluck nahm.

»Nach dem Abitur musste ich zur Bundeswehr, nach dem Grundwehrdienst habe ich in München Maschinenbau studiert und als Diplomingenieur abgeschlossen. Inzwischen bin ich bei Brose in Bamberg in der Entwicklungsabteilung gelandet. Der Job macht mir Spaß, und mein Arbeitgeber unterstützt mich bei meinen sportlichen Aktivitäten. Ich laufe gerne Marathon«, erzählte Gottwald.

»Haben Sie Familie?«, wollte Hannes wissen.

Die Kommissare spürten, dass sie einen wunden Punkt bei Wolfgang Gottwald berührt hatten. Gottwald zögerte etwas, ehe er sagte:

»Ich lebe allein. Eine dauerhafte Beziehung oder gar Ehe mit Kindern hat sich nicht ergeben. Ich habe es zweimal versucht, habe es aber jedes Mal vermasselt. Inzwischen habe ich mich mit meiner Situation arrangiert und komme ganz gut zurecht. Und mit einundvierzig muss ja noch nicht aller Tage Abend sein, ne?«, schien er sich selbst noch Hoffnung zu machen.

»Ich bin auch noch ledig, Herr Gottwald«, bemerkte Hannes Frauenknecht, um Gottwald mit dieser Gemeinsamkeit vielleicht ein bisschen Trost zu spenden.

»Sie erwähnten mehrmals diesen Peter Scherm, den Banknachbarn von Benjamin Schröder. Wissen Sie, was aus ihm geworden ist? Wir haben nicht den leisesten Hinweis auf seinen Verbleib«, fragte Hannes nach.

»Peter hatte große Probleme mit dem damaligen Schulleiter, Hermann Stahlmann, genannt der Stahlhelm. Etliche Lehrer, die bei Hermann Stahlmann gut angeschrieben sein wollten, triezten Peter bei jeder Gelegenheit, und er verließ nach der zehnten Klasse die Schule. Kurz darauf ist unser Kontakt abgebrochen. Ich habe mal gehört, er sei

nach Norddeutschland gezogen. Was aus ihm geworden ist, weiß ich leider nicht, was ich sehr schade finde. Wir haben aber demnächst nach längerer Zeit mal wieder ein Klassentreffen. Vielleicht erscheint er ja da, wenn jemand seine aktuelle Adresse kennt und ihn eingeladen hat«, berichtete Gottwald.

»Interessant. Wann soll dieses Treffen sein?«, wollte Georg Schwingshackl wissen. Vielleicht ergab sich dabei ja die Möglichkeit, diesen ominösen Peter Scherm zu finden.

»Augenblick, muss ich kurz nachsehen«, sagte Gottwald und sah im Terminkalender seines Smartphones nach.

»Am übernächsten Samstag, ab 19 Uhr in der Gaststätte ›Röhrensee‹. Das letzte Treffen war vor ungefähr drei Jahren. Erfahrungsgemäß kommen fast alle damaligen Abiturienten. Peter hat zwar kein Abitur mit uns gemacht, aber es werden auch nette Mitschüler eingeladen, die vorher abgegangen sind.«

Schwingshackl notierte sich den Termin in seinem kleinen Notizblock. Gottwald hatte sein Bier fast ausgetrunken und erweckte den Eindruck, gehen zu wollen.

»Kann ich Ihnen sonst noch irgendwie behilflich sein, meine Herren?«, fragte Gottwald. »Ich habe noch einen anderen Termin. Wenn Sie mich nicht mehr brauchen, würde ich jetzt gerne gehen. Sollten Sie noch Fragen haben, Sie wissen ja, wie Sie mich erreichen können.«

»Im Augenblick nicht, Herr Gottwald. Sie haben uns schon sehr geholfen. Wir hätten Sie gerne noch zu einer Brotzeit eingeladen, aber wenn Sie weg müssen, ist das natürlich ok. Vielen Dank erstmal. Wir werden sicherlich nochmal auf Sie zukommen müssen, um ein offizielles Protokoll aufzunehmen. Wir melden uns bei Ihnen«, beendete Schwingshackl das Gespräch.

Wolfgang Gottwald trank sein Bier aus, erhob sich und reichte den Kommissaren die Hand.

»Sehr gerne. Einen schönen Abend noch«, sagte er, zahlte an der Theke seine Getränke und verließ das Lokal.

Hannes und Schorsch setzten sich wieder und schwiegen. Jeder musste das soeben Gehörte erstmal sacken lassen. Eigentlich war ihnen nach der Geschichte mit Moritz Kempf der Appetit fast vergangen, aber ganz besiegen ließ er sich nicht. Außerdem würde Moritz auch nicht wieder lebendig, wenn die Männer jetzt auf eine ordentliche Brotzeit verzichteten. Hannes entschied sich für einen deftigen Wurstsalat mit Musik, Georg Schwingshackl stand der Sinn nach einem Zwetschgen-Baames, einer Spezialiät der Fränkischen Schweiz. Schorsch bestellte sich noch ein alkoholfreies Weizen, Hannes konnte sich ein richtiges Hartmann-Bier gönnen.

* * *

Friedrich-Konrad Kanter hatte pünktlich Feierabend gemacht und war nach Hause geradelt. Als er die Haustüre aufschloss, kam ihm seine Schwester schon entgegen, die spürbar bester Laune, ja fast aufgekratzt zu sein schien.

»Möchtest du bei mir unten mit essen?«, lud sie ihren Bruder ein und drückte ihm einen Kuss auf die Backe. »Ich hab einiges von Weißenstadt zu erzählen.«

Nachdem er Rolf auf später vertröstet hatte, saß Fritz eine Viertelstunde später bei seiner Schwester am Esstisch.

Erika kannte die kulinarischen Vorlieben ihres Bruders genau. Sie hatte die einschlägigen Schmankerl besorgt: Presssack rot und weiß, Geräuchertes, Salami, grobe Leberwurst, Eiersalat, etwas Käse, scharfen Senf, frisches Bauernbrot und reichlich Leupser Bier, das im Hause Kanter nie ausging.

Die Geschwister saßen sich gegenüber, und Friedrich konnte unschwer erkennen, dass Erika unbedingt ihre Erlebnisse vom Wochenende loswerden wollte.

»Jetzt erzähl schon, Schwesterherz, du platzt ja gleich vor lauter Mitteilungsdrang«, sagte Kanter mit vollem Mund. Er hatte eine ge-

waltige Scheibe Brot dick mit Butter bestrichen und sich zum Auftakt zwei ordentliche Scheiben Presssack auf den Teller gelegt. Genüsslich schnitt er ein Stück ab, strich ordentlichSenf drauf und kaute zufrieden. So musste ein Feierabend sein!

Erika hielt sich auffallend mit dem Essen zurück, und endlich begann sie zu erzählen.

»Ich kann dir sagen, das war ein tolles Wochenende. Unser Zimmer war sehr komfortabel, das Essen hervorragend, und das Wellness-Angebot: vom Feinsten! Das kannst du an einem Wochenende gar nicht voll ausschöpfen», schwärmte Erika.

»Du siehst auch bestens erholt aus«, bestätigte Kanter, und das war nicht mal gelogen.

»Ach ja, ich werde kommendes Wochenende gleich wieder hinfahren«, legte Erika nach.

Kanter hatte sich ein schönes Stück Geräuchertes auf den Teller gelegt, streute etwas Pfeffer darüber und wollte sich gerade den ersten Happen abschneiden, als es ihm bei Erikas Worten schlagartig den Appetit verschlug. Das konnte doch nicht mit rechten Dingen zugehen. So kannte er seine Schwester gar nicht, dass die so auf Wellnesszeugs abfuhr. Gut, einmal ein Wochenende mit Hermine, das kam schon mal vor. Aber jetzt gleich wieder? Sein ungutes Bauchgefühl wurde sogleich bestätigt, als Erika fortfuhr.

»Es sind lauter sehr nette Leute da. Und an unserem Tisch saß ein sehr kultivierter und charmanter Herr. Siegfried von Bernburg, Rechtsanwalt aus Hof, vielleicht etwas älter als du. Ein sehr angenehmer Gesellschafter. Er kommt am Wochenende auch wieder ins Siebenquell.« Erika gab sich gar keine Mühe, ihre freudige Erregung zu verbergen.

Friedrich sagte erstmal nichts. Offenbar war ihm seine Mimik etwas entgleist, denn Erika fragte: »Du brauchst einen Schnaps, gell?«

»Kann nicht schaden«, brummte ihr Bruder.

»Entschuldige, wenn ich aweng überrascht bin und vielleicht blöd schaue«, versuchte er sich zu rechtfertigen, »aber damit habe ich nicht gerechnet.«

Erika hatte ein größeres Schnapsglas mit Schlehengeist gefüllt und ihrem Bruder hingestellt. Der bedankte sich und goss den edlen Tropfen in einem Schwall in sich hinein.

»Das tut gut«, stöhnte er, denn ein bisschen brannte der Schnaps schon den Hals hinunter.

Immerhin schien er sich wieder gefangen zu haben, wenngleich ihm die Vorstellung, seine Schwester könnte in verliebte Backfischzeiten zurückfallen, durchaus Unbehagen bereitete. Er spülte den Schnaps mit einem herzhaften Schluck Bier hinunter, griff nach einem neuen Stück Geräuchertem und hörte seiner Schwester zu, die mit zunehmender Erregung die Höhepunkte des Wochenendes schilderte.

Dieser Siegfried von Bernburg habe am Freitagabend an ihrem Tisch gesessen, man sei in der angenehmen Atmosphäre schnell ins Gespräch gekommen und habe so manche Gemeinsamkeit festgestellt. Der Anwalt aus Hof sei auch seit längerem verwitwet, könne es sich leisten, beruflich kürzer zu treten und die schönen Seiten des Lebens zu genießen. Nach dem Essen habe er Hermine und sie an die Bar eingeladen, wo sie noch länger, in angeregte Gespräche vertieft, verweilten. Am späteren Abend hätten sie sich verabschiedet und für den nächsten Tag verabredet. Hermine und sie hätten ihr Wellnessprogramm wie geplant durchgezogen. Zum Abendessen hätten sie dann Siegfried von Bernburg beim Essen wieder getroffen.

»Und Hermine? Ist die sich nicht blöd vorgekommen, so als Anstandswauwau oder fünftes Rad am Wagen?«, fragte Kanter.

»Nein, wir haben uns zu dritt ausgezeichnet unterhalten«, erwiderte Erika. »Und außerdem ist nicht gleich eine überbordende Leidenschaft zwischen uns ausgebrochen. Wir finden uns anscheinend sympathisch. Ob's mehr wird, wird man sehen. Du bist der erste, der es erfahren

wird«, versicherte sie ihrem immer noch skeptisch dreinblickenden Bruder.

Friedrich-Konrad Kanter hatte sich wieder etwas gefangen. Nach einem weiteren Verdauungsschnaps ging es ihm sogar schon wieder richtig gut. Erika schwärmte noch ein bisschen vom Wochenende unabhängig von diesem Herrn von Bernburg, dann ließ Kanter seine Schwester wieder alleine, nicht ohne sich für die hervorragende Bewirtung bedankt zu haben.

In seiner Wohnung im ersten Stock angekommen, griff er nach der Hundeleine, woraufhin Rolf, freudig mit dem Schwanz wedelnd, durch die Haustür voraus hinaus in den Abend lief. Meist genoss Kanter diesen kleinen Spaziergang. Je nach Tageszeit traf er mal ein paar verrückte Jogger, der eine oder andere Spaziergänger begegnete ihm, meist kannte und grüßte man sich. Oft aber, besonders später am Abend, war er mutterseelenallein unterwegs. Das liebte er am meisten, weil er dann seinen Gedanken ungestört nachhängen konnte. Besonders heute war dieses Gehirndurchlüften ausgesprochen wohltuend. Erikas Mitteilung von der Bekanntschaft mit diesem Herrn hatte ihn unwillkürlich mehr getroffen, als er sich eingestehen wollte. Er wusste gar nicht mehr so genau, seit wie vielen Jahren er mit seiner Schwester in geschwisterlicher Symbiose zusammenlebte. Und wie so oft bei lieb gewonnenen Gewohnheiten macht man sich nicht bewusst, wie wertvoll und bereichernd sie sind. Erst wenn eine Störung auftritt, merkt man, dass nichts selbstverständlich und nichts von Dauer ist.

Mit diesen quasi philosophischen Erkenntnissen kehrte Kanter in sein Heim zurück und beschloss den Abend mit den letzten Nachrichten der Tagesschau.

8

Am nächsten Morgen traf Kanter wie immer kurz vor seinen Kollegen im Büro ein. Er hatte sich gerade von Gerdi einen Kaffee bringen lassen, als auch Hannes Frauenknecht und Georg Schwingshackl eintrudelten.

»Na, wie war euer Feierabendausflug nach Würgau? Hat die Brotzeit gemundet?«, wollte Kanter wissen. »Hast du dem Schorsch deinen Unfallort gezeigt, Hannes?«, was dieser durch ein stilles Nicken bestätigte.

Die Kommissare berichteten ihrem Chef von dem gestrigen Treffen mit Wolfgang Gottwald. Besonders tragisch fand Kanter das Schicksal von Moritz Kempf und seinen Eltern. Auch der Vermutung, dass Gottwald ebenfalls zu den Opfern der Stahlmanns gehören könnte, sollte nachgegangen werden.

Kanters Telefon klingelte. Heiner Erdmann wollte wissen, ob er schnell mal zu den Kommissaren hinauf kommen könne, es gebe Neuigkeiten vom LKA. Natürlich wollte Kanter diese Neuigkeiten wissen.

Kurz darauf klopfte es an ihrer Bürotür, und ohne ein ›Herein‹ abzuwarten, betrat der Chef der Spurensicherung den Raum. In der Hand hielt er eine Tasse frisch gebrühten Kaffees, den Gerdi für ihn bereit gehalten hatte.

»Servus zusammen«, rief ein offenbar bestens gelaunter Heiner Erdmann. »Here are the results of the LKA-jury«, äffte er das Bewertungsritual beim Europäischen Song-Contest nach.

»Mach's nicht so spannend, Heiner«, drängte Kanter seinen Kollegen, »wir sind ganz Ohr!«

»Also, ich fasse mich kurz: die Haare aus dem Plastiksack gehören auf keinen Fall zum Opfer. Wenn ihr passendes Vergleichsmaterial herbeischafft, kommen wir der Lösung des Falles ein gewaltiges Stück näher. Den einen oder anderen Verdächtigen gibt's ja, oder?«, zeigte

Heiner Erdmann auch gleich die nächsten nötigen Ermittlungsschritte auf.

»Besten Dank, lieber Heiner, da wären wir ohne dich jetzt nicht drauf gekommen«, frotzelte Kanter zurück. »Zur Plastiktüte gibt's keine weiteren Erkenntnisse?«

»Anscheinend nicht. Ist Allerweltsware, die spurentechnisch nicht weiter ergiebig ist«, erklärte Erdmann.

»Ist das alles?«, wollte Georg Schwingshackl wissen. Ein bisschen enttäuscht war er schon, dass das tolle LKA nicht mehr rausgekriegt hatte. Zu dem Ergebnis wäre Moretti in deutlich kürzerer Zeit auch gekommen.

»Mehr hab ich net«, beschloss Heiner Erdmann seinen Bericht. »Wenn ihr nichts mehr habt, will ich euch nicht weiter von der Arbeit abhalten. Es gibt viel zu tun für euch. Also frisch ans Werk, Burschen!« Mit diesen aufmunternden Worten verließ Heiner Erdmann die Kommissare und gesellte sich auf ein Schwätzchen zu Gerdi Hasenfuß. Die Kollegen liebten seine joviale Art, die ihnen immer wieder vor Augen führte, was sie an ihrem Erdmännchen hatten. Sie winkten ihm mit einem ›Tschüss‹ hinterher, aber da hatte er die Bürotür schon hinter sich geschlossen.

Kanter wusste sofort, was jetzt zu tun war. Er rief Oberstaatsanwalt Schmidtchen an und informierte ihn über die neuen Erkenntnisse. Beide waren sich einig, dass Hans Lauerer und Leonidas Stahlmann als Quellen für die Haare in Frage kamen. Schmidtchen sagte zu, sich um einen entsprechenden Beschluss zu kümmern. Kanter solle schon mal alles für die DNA-Proben vorbereiten.

»Hannes, du rufst bitte gleich im CEG an und bestellst den Stahlmann und den Lauerer für morgen Nachmittag, 14 Uhr, hierher. Dann wollen wir den Herrn mal ein bisschen stärker auf den Zahn fühlen«, wies Kanter seinen jungen Kollegen an. »Wie geht's denn übrigens deinem Arm?«, wollte er noch wissen. Als Vorgesetzter hatte er eine gewisse Fürsorgepflicht für seine Leute.

»Der Arm wird schon. Der Gips ist halt hinderlich beim Duschen, Flaschen aufmachen und anderen alltäglichen Handlungen. Da merkt man erstmal, wie wenig man es schätzt, wenn man zwei funktionierende obere Extremitäten hat. Aber die Jacky hilft mir ja, wenn ich sie brauche«, erzählte er.

»Das freut mich. Vielleicht kannst du es einrichten, dass wir dieses Superweib mal zu Gesicht kriegen? Der Schorsch und ich sind schon aweng neugierig, gell, Schorsch?«, erwiderte Kanter. Georg Schwingshackl nickte zustimmend.

»Das wird sich machen lassen«, versuchte Hannes Frauenknecht die Neugier seiner Kollegen zu befriedigen und griff ostentativ zum Telefon, um unmissverständlich klar zu machen, dass dieses Thema für ihn jetzt erledigt ist und er arbeiten will.

* * *

Dr. Leonidas Stahlmann thronte in seinem Büro und ahnte nicht, dass ihm eine unangenehme Einladung von der Kriminalpolizei bevorstand. Er war dabei, im Internet über Verjährungsfristen zu recherchieren. Für einen Nichtjuristen wie ihn gar keine so leichte Aufgabe. Schließlich musste er sich erstmal klar machen, welche Straftat für ihn überhaupt in Frage kam.

In all den Jahrzehnten hatte er keine auch noch so kleine Einzelheit des Geschehens an diesem schicksalhaften Abend im März 1988 vergessen. Er sah, wie die Sechstklässler sich nach der Spielstunde umzogen. Sie lachten und machten den üblichen Unsinn, den zwölfjährige Buben eben so machen. Sie versteckten einander ihre Schuhe, bewarfen sich mit Kleidungsstücken oder spritzten sich nass. Es gelang ihm aber, ohne laut werden zu müssen, wieder für Ordnung zu sorgen. Er hatte noch etwas Zeit, bis er mit seinem Vater zusammen vereinbarungsgemäß nach Hause fahren sollte, und so beschloss er, dem kleinen Benjamin, der der Torwart der Unterstufenschulmannschaft war,

noch einige Minuten Sondertraining anzubieten. Er wusste natürlich, dass der hübsche Blondschopf das nicht abzulehnen wagen würde. Benjamin und er gingen zurück in die Turnhalle, und er gab einige Schüsse auf das von Benjamin gehütete Tor ab. Als er sicher war, dass alle anderen Schüler gegangen waren, beendete er das Training. Benjamin ging in den Schülerumkleideraum, er selbst in die Lehrerumkleide. Dort zog er sich aus, griff sein Handtuch und ging in die Dusche. Er forderte Benjamin auf, ebenfalls zu duschen, was dieser zunächst ablehnte. Als er ihm aber klarmachte, dass nach dem Sport geduscht werden müsste, folgte er ihm widerwillig in die Dusche. Dort seifte er sich und auch den kleinen Benjamin am ganzen Körper ein. Er erinnerte sich, dass er dabei ein gewisses Wohlbehagen empfand, das sich sehr schnell verflüchtigte, als Benjamin sich wehrte und schreiend aus der Dusche rannte. Noch ehe er hinterher kam, hörte er einen dumpfen Aufschlag in der Umkleide. Kein Laut war mehr zu hören. Er spülte sich schnell notdürftig die Seife vom Körper und eilte hinter Benjamin her. Der Junge war offenbar auf dem nassen Boden der Umkleidekabine ausgerutscht und mit dem Kopf auf die stählerne Halterung der Sitze aufgeschlagen. Jedenfalls lag er nackt und mit einer blutenden Platzwunde am Hinterkopf leblos auf dem Boden. Er war natürlich fürchterlich erschrocken gewesen und hatte sich sofort um den Jungen kümmern wollen, musste aber schnell feststellen, dass für Benjamin jede Hilfe zu spät kommen würde. Der Junge war tot. Vermutlich hatte er sich einen Schädelbruch zugezogen, vielleicht auch das Genick gebrochen.

Leonidas Stahlmann erinnerte sich, dass er im ersten Augenblick starr vor Schreck war, er aber sehr schnell erkannte, dass er jetzt handeln musste. In diesem Augenblick betrat der Hausmeister Hans Lauerer die Umkleidekabine. Er befand sich auf seinem allabendlichen letzten Kontrollgang durch die Schule. Lauerer erkannte sofort die Situation, schließlich stand er, Leonidas, ja immer noch nackt über der ebenfalls unbekleideten Leiche. Er versuchte zwar, dem Hausmeister

die Situation mit wirren Worten zu erklären, doch schien der sich dafür nicht sonderlich zu interessieren. Dafür stellte er lakonisch fest, dass die Leiche wohl verschwinden müsste und wie er, Leonidas, sich das vorstelle. Noch ehe er etwas sagen konnte, stand auch sein Vater im Raum. Der war damals Schulleiter gewesen und hatte dafür gesorgt, dass er einen Teil seiner Referendarausbildung am CEG machen konnte. Auch sein Vater verlor kein unnötiges Wort und erwartete keine überflüssigen Erklärungen. Die Situation war zu eindeutig. Sein Vater war ein Mann schneller Entscheidungen und klarer Anweisungen. Einen toten Schüler in seinem Gymnasium konnte er nicht brauchen. Das hätte negative Schlagzeilen gegeben, und die wollte er unter allen Umständen vermeiden. Er befahl Hans Lauerer, sich um die spurlose Beseitigung der Leiche, der Kleidung und Schulsachen von Benjamin Schröder, die sich noch im Umkleideraum befanden, zu kümmern. Sein Vater war sich sicher, dass Lauerer bedingungslos gehorchen würde. Schließlich wusste er genug von ihm. Lauerer sprach damals wie heute reichlich dem Alkohol zu. Darüber hinaus wusste sein Vater auch schon damals, dass der Hausmeister sich ab und an als Spanner in den Mädchenumkleiden betätigte.

Lauerer sagte sofort zu, sich um die Beseitigung des Toten zu kümmern, sie sollten sich keine Sorgen machen. Er, Leonidas, zog sich dann an und fuhr mit seinem Vater wie verabredet ins elterliche Haus, wo er damals noch wohnte. Lauerer sperrte hinter ihnen die Schule ab. Was der mit der Leiche und Benjamins Sachen machte, wollten weder er noch sein Vater jemals wissen. Über den Vorfall wurde in der Familie nie mehr ein Wort verloren. Sein Vater konnte sich gewiss einen Reim auf die Situation machen, doch sprach er nie darüber.

Lauerer hatte also tatsächlich ein Versteck gefunden, das Jahrzehnte unentdeckt blieb, aber eben doch nicht ganz perfekt war. Jetzt hieß es, das Beste aus der Lage zu machen. Da fiel ihm ein, dass zwar Benjamins Leiche, nicht aber seine Kleidung und Schulsachen gefunden

worden waren. Hatte Lauerer die mit vergraben? Das musste er unbedingt herausbekommen.

Er hatte das Strafgesetzbuch gegoogelt. Obwohl Leonidas Stahlmann das Einseifen des nackten Benjamin Schröder in der Dusche bei seiner eigenen gleichzeitigen unbekleideten Anwesenheit als fürsorgliches Handeln eines verantwortungsbewussten Pädagogen verstand, der seinen Schülern auch Grundlegendes zur Körperpflege beizubringen versuchte, konnte man selbst bei oberflächlicher Lektüre des Paragrafen 176b StGB erkennen, dass der Gesetzgeber das völlig anders sah. Da in diesem Fall als Höchststrafe lebenslange Freiheitsstrafe vorgesehen war, würde die Verjährungsfrist, wenn er alles richtig verstanden hatte, dreißig Jahre betragen, also knapp noch nicht vorbei sein. Wenn er Pech hatte, saß er richtig in der Scheiße. Er musste einen klaren Kopf bewahren.

Das Telefon des Schulleiters klingelte. Am anderen Ende war Kriminalkommissar Hannes Frauenknecht, der Dr. Leonidas Stahlmann freundlich, aber bestimmt, für morgen, 14 Uhr, zum Zwecke einer Befragung ins Kommissariat vorlud. Wenn er dies in Begleitung eines Anwalts tun wolle, stehe ihm das frei. Bei unentschuldigtem Nichterscheinen werde er vorgeführt. Dann legte Frauenknecht auf. Fast wortgleich verlief das Gespräch mit Hausmeister Lauerer, den er auf seinem Diensthandy erreichte.

Keine Minute später stand Lauerer in Stahlmanns Büro und berichtete von der Vorladung.

»Ich habe auch eine Einladung für morgen Nachmittag, Lauerer. Sie müssen sich aber keine Sorgen machen, wir haben ja besprochen, was wir sagen. Daran hat sich nichts geändert. Sie werden sehen, es wird alles gut ausgehen. Ich würde ihnen raten, heute nicht allzu viel zu saufen, damit Sie morgen bei Verstand sind«, drohte Stahlmann unterschwellig seinem Hausmeister. Die Frage nach dem Verbleib von Benjamins Sachen stellte er doch noch zurück. Dafür würde noch Zeit

sein. Und Lauerer war schon aufgeregt genug, da musste man ihm nicht noch mit anderen Problemen kommen.

Lauerer nickte und verschwand wortlos aus dem Schulleiterbüro. In ihm arbeitete es. Er hatte nicht die leiseste Vorstellung, was die Polizei noch von ihm wollte. Er hatte doch schon alles gesagt. Heute genauso wie damals. Gab es neue Erkenntnisse, von denen er nichts wusste? Hatte er damals etwas übersehen?

Er erinnerte sich, wie er die Leiche in einen der Müllsäcke gepackt hatte, die die Putzfrauen bei ihrer Arbeit verwendeten. Dann säuberte er den Umkleideraum und die Dusche sehr gründlich. Da der kleine Benjamin sofort tot war, gab es nur wenige Blutspuren wegzuwaschen. Einmal klingelte es an seiner Wohnungstür, aber er öffnete nicht. Dann hatte er bis etwa ein Uhr nachts gewartet. Es war kurz nach Neumond, und die Nacht war entsprechend dunkel. Zwar standen auf dem Ellrodtweg, der am Schulgelände vorbeiführte, Lampen, aber um diese Zeit war nicht damit zu rechnen, dass irgendjemand diesen einsamen Weg entlanglief. Hinter der Schule wurde gerade der Hartplatz neu gemacht. Das Fundament war so weit fertig, dass am nächsten Tag der Belag aufgebracht werden sollte. Aus einschlägigen Mafia-Filmen kannte er die Methode, Leichen in Baustellen zu entsorgen. Er fand die Idee perfekt. Es war eine Scheißarbeit, die Leiche im fertigen Fundament zu vergraben und danach alles so aussehen zu lassen, als ob nichts geschehen wäre, aber es gelang. Die Kleidung und die Schultasche des Jungen versteckte er einstweilen in einem Spind in seinem Arbeitskeller. Um deren Entsorgung würde er sich später kümmern.

Was also konnte die Polizei noch von ihm wollen? Trotz einiger Beruhigungsschnäpse schlief Lauerer in dieser Nacht sehr, sehr unruhig.

* * *

Diesem Termin hatte Kanter mit sehr gemischten Gefühlen entgegengesehen. Er saß am Mittwochmorgen im Wartezimmer von Dr. Karla Paulus. Karla stand mit beiden Beinen im Leben und machte sich von ihren Patienten keine Illusionen. Sie riet zwar oft zu einem reduzierten Alkoholgenuss, verbot aber ohne wirkliche Not keinem Patienten sein Feierabendbier. Auch bei ihren Ernährungsratschlägen vergaß sie nicht, dass ihre Patienten in einer Genussregion wohnten, wo Schäuferle und Klöße unbedingt zu einem gelungenen Sonntag gehörten. Kanter hatte es sich zur Gewohnheit gemacht, im Lauf des Jahres alle möglichen Fachärzte aufzusuchen, um sich diversen Vorsorgeuntersuchungen zu unterziehen. Mit Karla, der Allgemeinärztin, begann die Tour, im weiteren Verlauf ließ er seine Augen checken, vom Kardiologen sein Herz-Kreislaufsystem prüfen, beim Hautarzt krebsverdächtige Flecken untersuchen und den Urologen die männerspezifischen Problemzonen begutachten. Und immer, wenn er den Befund bekam, dass für sein Alter so weit alles in Ordnung sei, war er die nächsten Wochen einigermaßen beruhigt. Wegen seiner hypochondrischen Panikattacken hatte er sich vor vielen Jahren einmal in fachärztliche Behandlung begeben. Die Anfälle wurden daraufhin zwar seltener, ganz verschonten sie ihn aber nie.

Karla holte ihn persönlich aus dem Wartezimmer ab. Er war an diesem Tag ihr erster Patient.

»Guten Morgen, Fritz. Schön, dich mal wieder zu sehen. Ist denn schon wieder ein Jahr rum? Wie die Zeit vergeht«, begrüßte die Enddreißigerin ihren Patienten. »Ich hoffe, es geht dir gut«, fügte sie noch an.

»Grüß dich, Karla. Ob es mir gut geht, wirst du mir gleich sagen, hoffe ich. Schau mal in mich rein und sag mir, ob ich die Woche überlebe«, scherzte er etwas krampfhaft.

Kanter sollte den Oberkörper frei machen und sich auf die Liege neben dem Ultraschallgerät legen. Routiniert fuhr Karla mit dem Schallkopf über seine Leber, schaute sich die Nieren an und fahndete

nach Gefäßerweiterungen an der Bauchaorta. Auch die Halsschlagadern prüfte sie auf schädliche Ablagerungen. Die Kommentare, mit denen sie die jeweilige Untersuchung begleitete, klangen für Kanter keineswegs besorgniserregend. Die Blutdruckmessung schien ebenfalls zu ihrer Zufriedenheit auszufallen.

»Also, lieber Fritz, soweit ich das hier sehe, steht einem Überleben dieser Woche nichts im Wege. Die Nieren tun ihre Arbeit einwandfrei, das werde ich dir nachher auch noch bei der Besprechung der Blutwerte bestätigen können. Deine Gefäße sind tipptopp. Die Leber schaut halt aus wie die von einem durchschnittlichen oberfränkischen Genussmenschen, der gutem Essen und Trinken herzlich zugetan ist. Summa summarum: Biologisch bist du jünger als dein Lebensalter aussagt. Glückwunsch!«, teilte sie ihm strahlend mit. Sie freute sich immer, wenn sie für ihre Patienten gute Nachrichten hatte.

In ihrem Behandlungszimmer holte sie die Ergebnisse von Kanters Blutuntersuchung auf den Computerbildschirm und hatte für ihn auch schon einen Ausdruck machen lassen, so dass er mitlesen konnte. Wirklich bedrohlich war keiner der Werte. Cholesterin war zwar grenzwertig, aber keineswegs besorgniserregend, ebenso die relevanten Blutzuckerwerte. Es gab also von den Werten her keinen Anlass, seinen Lebenswandel grundlegend zu ändern, was ihm schon mehr als genug war. Seine anfallsartig auftretenden Beschwerden, von denen er ihr berichtet hatte, seien wohl psychosomatischer Natur und mit großer Wahrscheinlichkeit auf beruflichen Stress zurückzuführen.

»Du kannst ganz zufrieden sein mit den Ergebnissen. Damit kannst du mit großer Wahrscheinlichkeit das Pensionsalter erreichen«, scherzte sie. Auch wegen ihres trockenen Humors schätzte Kanter seine Ärztin über alles. Allerdings riet sie ihm, wenn er es einrichten könne, etwas stressreduzierter zu leben.

»Das ist gut zu wissen. Danach kannst du mich dann sozialverträglich in die Urne schütten, ne?«, konterte er. Kanter hätte sich noch länger mit Karla unterhalten können, aber das Wartezimmer hatte sich ge-

füllt, und er wollte den Betrieb nicht unnötig aufhalten. Sie verabschiedeten sich herzlich voneinander, und Kanter machte sich beschwingt auf den Weg ins Kommissariat.

Dort war es mit stressreduziertem Lebenswandel ganz schnell vorbei. Schorsch hatte ihm die aktuelle Ausgabe des Bayreuther Echos auf den Schreibtisch gebreitet. Dem berüchtigten investigativen Journalismus, den das Blatt pflegte, war es nicht entgangen, dass die Polizei in dem Fall leider nicht recht voranzukommen schien. Daran schlossen sich Spekulationen über die Qualität der Polizeiarbeit an, die an Unverschämtheit nicht zu übertreffen waren. Wirklich Relevantes hatte das Echo aber nicht zu bieten. Kanter wollte schon lospoltern, als er sich der vor wenigen Minuten gehörten Ermahnung seiner Ärztin erinnerte und sich zur Ruhe zwang. Er war selbst überrascht, wie gut ihm das gelang. Tatsächlich war Kanter kein Choleriker, und außer seinen Angstattacken brachte ihn so schnell nichts aus der Fassung, wenn man vom augenblicklichen Lebenswandel seiner Schwester absah. Zum Glück gab es ja noch den weiterhin grassierenden Krankenhauskeim, der die Aufmerksamkeit der Presse und der Öffentlichkeit stark in Anspruch nahm. Leider aber auch Dr. Fred Moretti.

Kanter rief ihn an, und nach längerem Warten hatte er ihn in der Leitung.

»Wer stört?«, grummelte Moretti in den Hörer, obwohl er natürlich wusste, wer ihn sprechen wollte.

»Ich bin's, der Fritz. Servus, Fred. Ich weiß, du hast genug Arbeit, aber ich brauche deine Hilfe. Du hast ja bestimmt auch die Ergebnisse des LKA bezüglich der Haare in der Plastiktüte bekommen. Heute Nachmittag habe ich Leonidas Stahlmann und den Hausmeister einbestellt. Schmidtchen hat mir den Beschluss besorgt, mit dem wir von den beiden DNA-Proben nehmen können. Kannst du so um zwei bei uns sein und von den beiden Speichelproben nehmen?«, fragte Kanter den Rechtsmediziner.

»Ich würde euch liebend gerne mal wieder besuchen und bei der Arbeit zuschauen, aber heute kann ich wirklich nicht. Hier oben ist die Hölle los wegen dem Scheißkeim. Die Patienten sterben wie die Fliegen, wenn ich das mal so drastisch sagen darf«, bedauerte Moretti. »Aber ich schicke dir einen jungen Kollegen, der das machen kann.«

»Die Ergebnisse brauch ich aber schnellstmöglich, Keim hin oder her. Deine Leichen sind schon tot, unser mutmaßlicher Täter lebt noch und harrt der Überführung«, drängte Kanter.

Moretti versprach seinem Freund, das Unmögliche möglich zu machen, wie es eben so seine Art sei, und verabschiedete sich ohne überflüssiges Pathos.

Friedrich-Konrad Kanter hatte mit seinen Kollegen verabredet, dass er und Georg Schwingshackl die Vernehmungen von Leonidas Stahlmann und Hans Lauerer führen wollten. Hannes sollte weiter nach früheren Klassenkameraden von Benjamin Schröder, besonders diesem Peter Scherm, suchen.

»Tu mir noch einen persönlichen Gefallen, Hannes«, sagte Kanter. »Wenn du schon am Recherchieren bist, könntest du für mich bitte mal schauen, was du zu einem gewissen Siegfried von Bernburg, angeblich Rechtsanwalt in Hof, finden kannst.«

»Hat der was mit unserem Fall zu tun?«, fragte Frauenknecht nach.

»Nein, Hannes, es ist was Persönliches. Und, ja, es ist nicht ganz den Vorschriften entsprechend. Tu's einfach mir zuliebe«, bat Kanter seinen computerkompetenten Kollegen, der verständnislos nickte, aber nicht weiter nachzufragen wagte.

Kurz vor vierzehn Uhr erschien ein junger, stark überarbeitet wirkender junger Mann im Kommissariat und stellte sich als Dr. Kluge und Abgesandter Morettis vor. Er solle hier Speichelproben nehmen.

Sehr pünktlich erschienen auch Dr. Leonidas Stahlmann und Hans Lauerer im Kommissariat. Gerdi meldete sie bei den Kommissaren an. Kanter bat Gerdi, die beiden auf die Vernehmungsräume eins und zwei

zu verteilen und sie dort warten zu lassen. Gerdi verschwand und führte die beiden Männer den Flur hinunter zu den Vernehmungszimmern.

Kanter, Schwingshackl und Dr. Kluge betraten das erste Vernehmungszimmer, in dem Leonidas Stahlmann an einem einfachen Holztisch saß. Kanter und belehrte ihn vorschriftsgemäß darüber, dass er hier als Zeuge vernommen werde und ein Schweigerecht habe, wenn er sich selbst belasten würde. Wenn er aber etwas aussage, dann müsse das der Wahrheit entsprechen. Falschaussagen würden von Gesetzes wegen schwer bestraft werden. Die Frage, ob er die Belehrung verstanden habe, bejahte Stahlmann. Ebenso erklärte er sich prinzipiell bereit auszusagen.

Kanter wies ihn darauf hin, dass ihm der Beistand eines Anwalts zustünde, worauf Leonidas Stahlmann aber verzichtete.

Dann zeigte der Kommissar dem Schulleiter den richterlichen Beschluss zur Entnahme einer Speichelprobe. Schulterzuckend nahm Stahlmann jun. dies zur Kenntnis, und Dr. Kluge begann seine Arbeit. Mit einem Wattebausch entnahm er eine Speichelprobe und steckte sie in ein dafür vorgesehenes Röhrchen. Dann beschriftete er das darauf befindliche Etikett, um Verwechslungen auszuschließen.

Die Männer gingen in den Nachbarraum, wo Hans Lauerer saß. Die Prozedur wiederholte sich wortgleich. Auch Lauerer gab widerstandslos seine Speichelprobe ab und verzichtete auf anwaltlichen Beistand. Wozu sollte der auch gut sein. Ihm konnte niemand etwas.

Dr. Kluge verabschiedete sich und sagte eine rasche Untersuchung zu.

Kanter und Schwingshackl kehrten zu Leonidas Stahlmann zurück und setzten sich ihm gegenüber an den einfachen Holztisch, auf dem sich nur ein Notizblock und ein Kugelschreiber befanden. Der Raum war fensterlos und völlig schmucklos. An der Decke gab eine Neonleuchte ihr kaltes Licht ab und hinter Stahlmann hing eine Uhr an der Wand. Sonst gab es in dem Raum nichts, was den Befragten ablenken könnte.

»Herr Dr. Stahlmann, Sie wissen, warum Sie hier sind. Wir haben in der Plastiktüte, in der die sterblichen Überreste Benjamin Schröders waren, Haare gefunden, die nicht vom kleinen Benjamin stammen. Es liegt also nahe, dass wir die Personen überprüfen, die zuletzt mit ihm zu tun hatten«, begann Kanter die Befragung. Leonidas Stahlmann saß äußerlich ruhig und ohne erkennbare Erregung auf seinem Stuhl und blickte abwechselnd zum einen und zum anderen. Selbst als Kanter zweimal deutlich hörbar seine Gelenke knacken ließ, schien das Stahlmann nicht zu beeindrucken.

»Bitte schildern Sie uns doch noch einmal die Ereignisse des fraglichen Nachmittags«, forderte Kanter den Schulleiter auf.

Leonidas Stahlmann beugte sich leicht nach vorn und legte seine Arme auf den Tisch. Dann erzählte er ruhig, was im März 1988 geschehen war. Kanter kam es so vor, als ob er das mit fast den gleichen Worten tat wie vor ein paar Tagen in der Schule. Auch sprach er wieder von einem ›belanglosen‹ Gespräch mit Lauerer. Kanter konnte auf Anhieb nicht erkennen, dass Stahlmanns Aussage irgendwelche Widersprüche oder Änderungen enthielt.

»Wie würden Sie denn die aktuelle Stimmung an Ihrer Schule beschreiben. Gibt es Konflikte, die über das Normale hinausgehen?«, fragte Schwingshackl.

»Ich bemühe mich immer um ein positives Arbeitsklima, muss aber natürlich darauf achten, dass alles reibungslos funktioniert. Da muss man schon mal die nötige Disziplin bei den Schülern, aber auch bei manchen Kollegen einfordern. Das ist für die Betroffenen nicht immer angenehm. Aber ich muss auf den herausragend guten Ruf meines Gymnasiums achten. Die Eltern, die mir ihre Kinder anvertrauen, haben einen Anspruch darauf, dass die Kinder bestmöglich und störungsfrei gefördert werden«, referierte Stahlmann nicht ohne Stolz. Den Kommissaren fiel auf, dass Dr. Stahlmann immer von ›seiner‹ Schule sprach. Er schien alles seinem guten Ruf und dem der Schule unterzuordnen.

»Man hört, Sie würden nicht allen Schülern bzw. Lehrern das gleiche Ausmaß an Förderung angedeihen lassen«, bohrte Kanter nach und knackte eine Hand durch.

Stahlmanns Miene verfinsterte sich leicht.

»Wenn man eine ruhmreiche Schule wie meine erfolgreich durch die jetzigen Zeiten führen will, muss man konsequent sein. Das Leben ist kein Wunschkonzert, und von der gegenwärtig propagierten Kuschelpädagogik habe ich noch nie etwas gehalten. Damit bereiten Sie niemanden auf das wirkliche Leben vor«, verteidigte Stahlmann seinen Führungsstil. Kanter wusste schon von den früheren Begegnungen mit Leonidas Stahlmann, dass Selbstkritik keines seiner hervorstechenden Charaktermerkmale war.

»Wie ist Ihr Verhältnis zu Hausmeister Lauerer?«, wollte Georg Schwingshackl wissen. »Es soll da gewisse, sagen wir mal, Besonderheiten geben.«

»Ich weiß zwar nicht, was genau Sie mit Besonderheiten meinen, aber Herr Lauerer ist seit über dreißig Jahren der Hausmeister meiner Schule. Mein Vater hat ihn damals eingestellt. Herr Lauerer hält die Schule in hervorragender Weise in Ordnung, er hat vielfältige handwerkliche Fähigkeiten und kommt mit Schülern und Kollegen bestens zurecht«, zeichnete Stahlmann ein überaus positives Bild von seinem Hausmeister.

»Er soll ein Alkoholproblem haben«, hakte Kanter nach.

»Naja, in seiner Freizeit trinkt Herr Lauerer wahrscheinlich schon mal ein Bier, während der Arbeitszeit würde ich Alkoholkonsum aber keineswegs dulden, das können Sie mir glauben«, versuchte Leonidas Stahlmann seinen Hausmeister in Schutz zu nehmen.

FKK und Schorsch Schwingshackl sahen sich vielsagend an. Der Mann verteidigte seine Schule wirklich mit Zähnen und Klauen. Probleme wurden entweder gelöst oder, wenn das nicht ging, ignoriert und verdrängt.

»Es hat Gerüchte gegeben, dass Sie sich Jungen gegenüber, sagen wir mal vorsichtig, unangemessen verhalten haben sollen«, sagte Kanter ruhig und beobachtete sein Gegenüber genau.

Stahlmann bemühte sich spürbar, seine aufkommende Wut zu bändigen. Er kniff die Augen leicht zusammen.

»Sie sagen es selbst, Herr Kommissar, Gerüchte. Erfolgreiche Menschen wie ich haben immer Neider, die versuchen, gute Arbeit und Erfolge schlecht zu machen und einen zu diskreditieren. Wenn Sie darauf eingehen, haben Sie schon verloren. Keines dieser Gerüchte ist jemals konkretisiert worden. Ich werde mich hüten, mich irgendwem aus der Schule, seien es Schüler oder Kolleginnen oder Kollegen, auch nur ansatzweise ungebührlich zu nähern«, presste er hervor.

Für den Augenblick reichte es den Kommissaren. Von dem Schulleiter waren gegenwärtig keine weiteren sachdienlichen Informationen zu erwarten.

»Herr Dr. Stahlmann, für heute ist unser Gespräch beendet. Sie halten sich aber bitte weiterhin zu unserer Verfügung. Wir fertigen ein Protokoll und legen es Ihnen dann zur Unterschrift vor. Für heute können Sie gehen. Auf Wiedersehen«, sagte Kanter.

Kanter und Schwingshackl betraten den anderen Vernehmungsraum, in dem Lauerer auf sie gewartet hatte. Der Raum unterschied sich in nichts von dem ersten Vernehmungszimmer. Die Einrichtung beschränkte sich hier wie da auf das Notwendigste.

Auch der Hausmeister schien äußerlich ruhig zu sein. Seinen grauen Arbeitskittel hatte er in der Schule gelassen und trug jetzt eine schwarze Lederjacke, die er geöffnet hatte, um seinem ansehnlichen Bierbauch genügend Platz zu bieten.

»Herr Lauerer, Sie wissen, warum Sie hier sind?«, begann diesmal Georg Schwingshackl die Befragung.

»Sie werden wohl ein Protokoll meiner Aussage machen wollen«, vermutete Lauerer.

»Das auch. Aber wir haben in der Plastiktüte, in der sich Benjamin Schröders sterbliche Überreste befanden, Haare gefunden, die nicht von dem Jungen stammen. Und da Sie einer der Letzten waren, der Benjamin Schröder lebend gesehen hat, liegt es nahe herauszufinden, wem die Haare gehörten«, informierte Schwingshackl sein Gegenüber.

Damit hatte Lauerer nicht gerechnet. Die Kommissare bemerkten sofort, dass der Mann erschrak, wenngleich er das zu verbergen versuchte. Aber Lauerer war lange nicht so abgebrüht und beherrscht wie sein Schulleiter.

»Herr Lauerer, bitte erzählen Sie uns doch nochmal, was damals vorgefallen ist«, forderte Schwingshackl den Hausmeister auf.

Dieser schien sich zu konzentrieren, räusperte sich und berichtete ebenfalls mit fast identischen Worten, was er schon beim ersten Gespräch in der Schule ausgesagt hatte. Auch er versäumte es nicht, wieder das schöne Wort ›belanglos‹ zu verwenden, woraufhin sich die Kommissare vielsagend ansahen. In seiner Aussage waren ebenfalls keine auffälligen Abweichungen zu früher festzustellen.

»Herr Lauerer, wie würden Sie denn Ihr Verhältnis zu Dr. Stahlmann beschreiben«, wollte Schwingshackl wissen. Kanter ließ seine Gelenke knacken und beobachtete den Hausmeister, der das Geräusch wieder regungslos hinnahm.

»Herr Dr. Stahlmann führt seine Schule mit harter Hand, das weiß jeder. Ich mache meine Arbeit offenbar zu seiner Zufriedenheit, schließlich bin ich seit fast vierzig Jahren an der Schule. Über meine Arbeit hinaus habe ich keinen Kontakt zu ihm«, berichtete Lauerer.

»Wir haben gehört, er würde Ihr Alkoholproblem decken, und da fragen wir uns natürlich, warum er das tut«, versuchte Kanter den Hausmeister aus der Reserve zu locken.

»Wenn jemand behauptet, ich hätte ein Alkoholproblem, dann lügt er«, rief Lauerer aufgebracht. »Ich trinke nach Feierabend schon mal ein, zwei Bierchen und einen Verdauungsschnaps, aber wer macht das

nicht. Wenn das schon ein Alkoholproblem sein soll, dann habe ich wirklich eines«, rechtfertigte er sich.

»Wir haben auch gehört, dass Herr Dr. Stahlmann sich Jungs gegenüber unangemessen verhalten haben soll. Wissen Sie davon etwas?«, fragte Kanter.

Auf Lauerers Stirn traten Schweißperlen, obwohl es in dem Raum nicht allzu warm war.

Er räusperte sich wieder, ehe er antwortete. »Von den Gerüchten habe ich natürlich gehört. Es ist aber nie auch nur das Geringste rausgekommen. Da wollte wohl irgendjemand dem Schulleiter ans Bein pinkeln in der Hoffnung, dass schon irgendwas hängen bleiben wird.«

Die Kommissare erkannten, dass im Augenblick wohl nichts Relevantes mehr aus Lauerer herauszuholen war. Sie mussten einfach das Ergebnis von Morettis DNA-Analyse abwarten. Sie verabschiedeten Lauerer mit demselben Hinweis auf das Protokoll.

* * *

Wolfgang Gottwald war gerade von der Arbeit in seiner Wohnung in Würgau angekommen, als sein Handy klingelte. Die im Display angezeigte Nummer kannte er nicht, drückte aber trotzdem auf das grüne Telefon und nahm das Gespräch an.

»Servus, Wolfgang. Du bist doch der Wolfgang Gottwald, der mit Benjamin Schröder und mir vor dreißig Jahren am CEG war, oder? Ich bin der Peter Scherm«, stellte sich der Anrufer vor.

Wolfgang Gottwald war überrascht und wusste zuerst nicht, was er sagen sollte. Dann freute er sich aber, von seinem alten Schulfreund zu hören.

»Grüß dich, Peter! Das ist aber eine Überraschung! Dass du dich nach all den Jahren meldest! Wie hast du mich denn gefunden?«, sagte Gottwald.

»Naja, ein bisschen im Internet rumgesurft, dann findet man heutzutage fast jeden. Ich freu mich auch, Wolfgang, dass ich dich gefunden habe«, fuhr er fort. »Du wunderst dich bestimmt, dass ich mich ausgerechnet jetzt melde. Ich nehme an, du hast gehört, dass sie den Benjamin, beziehungsweise was von ihm übrig ist, gefunden haben?«, sagte Peter Scherm.

Wolfgang Gottwald erzählte seinem alten Schulfreund von seinem Gespräch mit den Kommissaren, und Peter deutete an, dass er mit Benjamins Eltern Kontakt hat.

»Wolfgang, ich würde mich gerne ausführlicher mit dir über die Geschichte unterhalten und dich überhaupt nach all den Jahren wieder mal sehen. Können wir uns demnächst mal treffen?«, fragte Peter Scherm.

»Freilich, jederzeit«, erwiderte Gottwald, »wann? Wo?«

»Ich bin am Freitag sowieso in Bamberg. Auf dem Rückweg kann ich über Würgau fahren, und wir treffen uns beim Hartmann auf ein Bier. So um fünf? Passt dir das?« schlug Scherm vor.

Wolfgang Gottwald hatte am Freitag noch nichts vor und stimmte Scherms Vorschlag zu. »Servus dann, und bis Freitag«, beendete er das Gespräch.

* * *

Dr. Leonidas Stahlmann rief nach seiner Rückkehr aus dem Kommissariat den Hausmeister in sein Büro. Der Fund der Haare hatte beide überrascht, und sie mussten unbedingt ihr weiteres Verhalten besprechen. Stahlmann war sich sicher, dass die Haare mit größter Wahrscheinlichkeit nicht von ihm stammen konnten, er hatte die Plastiktüte ja nicht einmal berührt. Bei Lauerer sah das schon anders aus.

»Herr Lauerer, wenn die Haare von Ihnen sind, haben Sie ein ernstes Problem«, begann Stahlmann das Gespräch. Er saß aufrecht und dominant hinter seinem Schreibtisch und musterte den Hausmeister mit

zusammengekniffenen Augen. Er hatte etwas Raubvogelartiges an sich.

Wider Erwarten blieb Lauerer erstaunlich ruhig und lehnte sich provozierend in dem Besuchersessel vor Stahlmanns Schreibtisch zurück. Seine verschränkten Arme ruhten auf seinem Bauch.

»Herr Dr. Stahlmann, wir haben schon mal darüber gesprochen. Selbst wenn die Haare von mir stammen sollten! Was würde das schon bedeuten? Wenn die Polizei mir beweist, dass ich Benjamin Schröder vergraben habe, ist das zwar ärgerlich, aber kein Problem. Das Vergraben einer Leiche, wenn es überhaupt strafbar ist, ist bestimmt längst verjährt«, sagte Lauerer ohne sichtbare Gemütsregung.

»Und wenn ich weiterhin die Wahrheit für mich behalten soll, kostet Sie das nach wie vor fünfundzwanzigtausend Euro, zahlbar in einer Woche. Mein Angebot, im Zahlungsfall sofort meine Stelle hier aufzugeben, gilt natürlich immer noch«, gab Lauerer sich großzügig. »Sollten Sie nicht zahlen, erzähle ich der Polizei, was damals vorgefallen ist«, wiederholte er seine Drohung. »Und sollten Sie irgendwelche Tricks versuchen – ich habe alles fein säuberlich aufgeschrieben und an einem sicheren Ort verwahrt. Wenn mir etwas zustößt, wird dieses Schreiben sofort an die Polizei gehen«, unterstrich er die Ernsthaftigkeit seiner Forderung und erkannte, dass diese Ankündigung bei seinem Gegenüber Wirkung zu zeigen schien.

»Lauerer, Sie meinen es mit Ihrer Erpressung also ernst. Gut, im Augenblick sitzen Sie am längeren Hebel, aber Sie spielen trotzdem ein ziemlich riskantes Spiel. Sollte die Polizei irgendwie auf mich als Verursacher des Todes von Benjamin Schröder kommen, werde ich denen den Unfall schildern und bin damit aus dem Schneider«, erwiderte Leonidas Stahlmann.

»Ihre Karriere und der Ruf der Schule wären aber trotzdem endgültig ruiniert, Herr Doktor, und das ist das Letzte, was Sie wollen, hab ich recht?« Lauerer hatte den Schulleiter und seine Motive in all den Jahren durchschaut und kannte seine wunden Punkte.

»Verschwinden Sie jetzt, Lauerer«, fuhr Stahlmann den Hausmeister an. »Wir machen es, wie besprochen. Sie bekommen Ihr Geld, keine Sorge.«

Dieser erbärmliche Wicht wagt es, mich zu erpressen. Der wird mich kennenlernen!, dachte Stahlmann. Er hatte natürlich nicht im Geringsten vor, Lauerers Forderung zu erfüllen.

* * *

Cornelius Wittmann hatte bis sechzehn Uhr dreißig Nachmittagsunterricht gehabt und stand kurz danach vor dem Büro des Schulleiters. Dr. Leonidas Stahlmann hatte ihn zu sich gebeten, um ihm seine dienstliche Beurteilung zu eröffnen. Diesen Augenblick fürchteten alle Lehrer, denn von diesem Dokument hing der weitere Verlauf der Karriere ab. Fiel die Beurteilung schlechter als erhofft aus, dauerte es vier Jahre bis zur nächsten. Vier verlorene Jahre. Leonidas Stahlmann war sich der Bedeutung einer dienstlichen Beurteilung sehr wohl bewusst. In den vielen Jahren als Schulleiter hatte er Karrieren gefördert, wenn Lehrerinnen und Lehrer mit ihm an einem Strang zogen. Kritischen Kollegen oder gar Verrätern hatte er das restliche Berufsleben gründlich versaut. Manche suchten ihr Heil in Versetzungsgesuchen, um an der neuen Schule feststellen zu müssen, dass Stahlmanns Netzwerk sehr weit gesponnen war. Eine Klage gegen eine vermeintlich ungerechte Beurteilung war von vornherein aussichtslos, weil Dr. Leonidas Stahlmann niemals ein sachlicher Fehler nachgewiesen werden würde. So stand Wittmann mit gemischten Gefühlen vor dem Büro und wartete darauf, hereingerufen zu werden.

Cornelius Wittmann war fünfzig, nicht allzu groß und mit einem leichten Bauchansatz. Sein dunkles Haar wurde am Hinterkopf schon etwas lichter. Er trug eine Brille, deren Gestell mit seiner Haarfarbe harmonierte. An dem dunklen Cordjackett fanden sich ebenso Kreidespuren wie an der Hose. Wittmann war insgesamt ein durchaus gemüt-

licher, angenehmer Zeitgenosse, der seine Freizeit mit viel Lektüre, Theaterbesuchen und Reisen verbrachte. Für eine Frau blieb da keine Zeit. Der Oberstudienrat unterrichtete Deutsch, Geschichte und Geografie. Dies tat er mit recht ordentlichem Erfolg, der sich regelmäßig in den Ergebnissen seiner Abiturienten dokumentierte. Wittmann war bei Kollegen und Schülern gleichermaßen beliebt, weil er nicht nur an sich dachte, sondern hilfsbereit auch andere unterstützte. Er war sogar von den Schülern zum Vertrauenslehrer gewählt worden. Wenn er in seinem Leben noch etwas werden wollte, nämlich Studiendirektor, dann brauchte er unbedingt eine überdurchschnittlich gute Beurteilung. Dann könnte er sich auf die demnächst frei werdende Stelle als Fachbetreuer Deutsch bewerben. Und er hatte sich in den vergangenen Jahren wirklich reingehängt. Er hatte die Redaktion des Jahresberichts der Schule übernommen, mit seinen Schülern Wettbewerbe gewonnen, was den Ruf der Schule mehrte. Dieses Engagement konnte dem Schulleiter nicht entgangen sein. Die Unterrichtsbesuche, die Leonidas Stahlmann im Rahmen der Beurteilung absolviert hatte, waren in seinen Augen auch prima gelaufen. Ein ›BG‹ für ›besonders geeignet‹ müsste es schon werden, das war die zweithöchste mögliche Bewertung.

Dr. Leonidas Stahlmann liebte es, seine Macht auch dadurch zu demonstrieren, indem er Leute vor seinem Büro warten ließ. Endlich öffnete er die Tür und bat Cornelius Wittmann zu sich herein. Er platzierte ihn wie alle Besucher auf der dafür vorgesehenen Sitzgelegenheit.

»Grüß Gott, Herr Kollege Wittmann. Wie geht's?«, eröffnete Leonidas Stahlmann das Gespräch mit ausgesuchter Freundlichkeit. »Ich hoffe, Sie hatten einen erfolgreichen Tag bei der Arbeit mit unseren Kindern.« Stahlmann hatte den Umschlag mit Wittmanns Beurteilung deutlich sichtbar vor sich auf den Schreibtisch gelegt. Er war erfahren genug, um zu wissen, dass dieser Moment für fast jeden Kollegen extremen Stress bedeutete. So fühlten sich auch die Schüler bei der Eröff-

nung ihrer Abiturergebnisse. Und wie so ein armes Schülerlein fühlte sich auch Cornelius Wittmann. Er spürte, wie seine Hände feucht und sein Mund trocken wurde. Komm endlich zur Sache, dachte er. Es macht ihm wieder Spaß, seine Macht auszukosten, dem alten Sadisten.

»Es tut mir leid, dass ich Ihnen Ihre Beurteilung erst heute eröffnen kann, aber Sie haben ja mitbekommen, was in den letzten Tagen bei uns los war nach dem Leichenfund. Was spricht man eigentlich im Kollegium darüber?«, wollte Leonidas Stahlmann wissen.

Cornelius Wittmann glaubte, nicht richtig verstanden zu haben. Wollte er ihn jetzt tatsächlich aushorchen? Dieser Mann war wirklich ein einzigartiger Gemütsathlet.

»Die Kollegen sind natürlich alle sehr betroffen, wobei die meisten, wie ich auch, ja damals noch gar nicht an der Schule waren.« Wittmann blieb absichtlich vage und hütete sich davor, von dem Geraune um Stahlmanns Affinität zu kleinen Jungs und eine mögliche Verwicklung in die damaligen Ereignisse zu erzählen. »Alle sind bemüht, den guten Ruf unserer Schule zu bewahren«, glaubte er hinzufügen zu müssen.

»Das freut mich zu hören«, flötete Stahlmann. »Aber kommen wir zum eigentlichen Zweck unseres Beisammenseins, Ihre Beurteilung. Bitte lesen Sie sie in aller Ruhe durch und geben Sie sie mir unterschrieben zurück. Ein Exemplar ist für Sie bestimmt.« Mit diesen Worten reichte er Cornelius Wittmann das vierseitige Formblatt. Die äußere Form der Beurteilung hatte sich seit der letzten stark verändert, so dass er sich erst einen Überblick verschaffen musste. Es dauerte eine ganze Weile, bis der das Kleingedruckte in den einzelnen Feldern entziffert hatte. Was er aber sofort bemerkte, war, dass auffallend oft die Buchstaben ›VE‹ für ›Leistung, die den Anforderungen voll entspricht‹ groß gedruckt zu erkennen waren. Das war eine glatte Vier auf der siebenteiligen Beurteilungsskala. Das kriegte jeder Nullachtfünfzehn-Lehrer, der seinen Job irgendwie machte und nicht negativ auffiel. Das war aber nicht er, Cornelius Wittmann. Er war kein durchschnittlicher

Lehrer. Mit dieser Beurteilung aber war seine Karriere beendet, eine Beförderung ausgeschlossen.

Leonidas Stahlmann beobachtete die Reaktion seines Lehrers sehr aufmerksam und bemerkte mit einigem Vergnügen, wie in Cornelius Wittmann Wut und Enttäuschung aufstiegen. Damit hatte er gerechnet, aber einen Mann wie Cornelius Wittmann konnte man wirklich nicht fördern. Der kooperierte, ja kollaborierte mit Schülern, die sich vertrauensvoll mit ihren Problemen an ihn wandten, statt damit zu ihrem Schulleiter zu gehen. Auch zu vielen Eltern hatte dieser Wittmann einen zu guten Draht. Wer weiß, was da hinter seinem Rücken alles getuschelt wurde. Aber jetzt hatte dieser Wittmann die Quittung bekommen. Soll er sich doch versetzen lassen! In dem Alter nimmt den keine Schule mehr! Dr. Leonidas Stahlmann war sehr mit sich zufrieden.

In dem sonst eher ruhigen Cornelius Wittmann kroch eine unbändige Wut hoch, die er noch mühsam beherrschen konnte. Im Gesicht seines Gegenübers sah er unverhohlene Freude über seine Reaktion. Wenn er jetzt ein Messer oder einen Knüppel gehabt hätte, er wäre auf Leonidas Stahlmann losgegangen.

»Sind Sie mit Ihrer Beurteilung etwa nicht einverstanden, Herr Kollege Wittmann?«, fragte Stahlmann aufreizend scheinheilig. »Ich habe sie nach bestem Wissen und Gewissen angefertigt. Aber besser als VE sind Sie halt nicht, wenngleich Sie das wahrscheinlich anders sehen mögen«, setzte er noch einen drauf. Er genoss die Situation, und das Gefühl der Überlegenheit kompensierte die Wut, die er vorhin auf Lauerer empfunden hatte.

»Sie sind ein selbstgefälliges Arschloch, Herr Doktor Stahlmann, das muss ich Ihnen schon mal sagen« entfuhr es Wittmann, wobei er das Wort ›Herr‹ besonders betonte. »Ich weiß genau, warum Sie mich schlecht beurteilen. Und ich weiß auch, dass meine Chancen, gegen die Beurteilung vorzugehen, gleich null sind«, presste Wittmann aufs äußerste erregt hervor. »Und glauben Sie mir, früher oder später werden

Sie dafür büßen«, fügte er noch hinzu. »Wir sind noch lange nicht fertig miteinander«.

»Sie drohen mir?«, erwiderte Stahlmann fast belustigt. »Halten Sie das für klug?«

Cornelius Wittmann warf seinem Chef noch einen vernichtenden Blick zu, packte seine Beurteilung ein und verließ das Büro des Schulleiters, nicht ohne die Türe mit einem lauten Knall hinter sich zu schließen. Frau Bauer, die immer noch nicht Dienstschluss gemacht hatte, erschrak, als sie den wütenden Cornelius Wittmann aus dem Chefbüro eilen sah. Bevor sie etwas zu ihm sagen konnte, hatte er das Sekretariat auch schon grußlos verlassen.

9

Hannes Frauenknecht war an diesem Morgen auffallend wortkarg. Nicht, dass er sonst besonders viel sprach, das liegt dem Oberfranken sowieso nicht, nein, er schwieg ganz und machte einen niedergeschlagenen Eindruck.

»Hey, Hannes, was ist los mit dir. Die Nacht wieder durchmachen müssen?«, versuchte Georg Schwingshackl seinen jungen Kollegen aufzumuntern.

»Wenn es nur das wäre! Nein, ich habe gestern eine komische Beobachtung gemacht. Ich glaube, ich weiß jetzt, warum die Jacky so heiß ist«, sagte er mit einem bedauernden Unterton.

»Sex, drugs and rock'n'roll, was? «, versuchte Kanter witzig zu sein. »Das half mir in deinem Alter auch, selbst wenn du dir das nicht vorstellen kannst«, fuhr er fort.

»Fritz, ich *will* mir das gar nicht vorstellen«, sagte Hannes mit fast angewiderter Miene. »Aber das mit den Drugs könnte hinkommen. Ich war gestern zum Abendessen bei ihr, und da habe ich zufällig, wirklich ganz zufällig im Bad Reste eines weißen Pulvers gefunden.«

»War bestimmt Waschpulver«, scherzte Kanter, wusste aber im selben Augenblick, dass Hannes jetzt nicht zum Scherzen zumute war.

»Das würde mich freuen«, sagte Hannes und rang sichtbar nach Fassung. »Ich fürchte aber, es ist doch was anderes. Sagt mir, was ich machen soll. Ich habe die Reste zusammengekratzt und mitgenommen. Soll ich sie Moretti zum Analysieren geben? Ist das ein Vertrauensbruch gegenüber Jacky? Was ich auch mache, ich fühl mich scheiße«, rief er und hieb mit seinem Gipsarm auf die Schreibtischplatte.

»Das ist wirklich eine beschissene Sache«, bestätigte Schorsch.

»Ich schlage vor, du überstürzt jetzt erstmal nichts. Gib mir das Pülverchen. Ich treffe morgen Abend den Moretti und bespreche die Sache mit ihm. Er kann ja mal informell, quasi als Freundschaftsdienst, das Zeug untersuchen. Ist es harmlos, ist nichts passiert. Ist es was an-

deres, können wir immer noch schauen, was wir machen. Also beruhige dich erstmal, Hannes, wir finden eine Lösung«, schlug Kanter vor. Hannes Frauenknecht überlegte kurz und fand Kanters Vorschlag durchaus vernünftig. Auch Georg Schwingshackl nickte zustimmend.

»So machen wir's, FKK. Wenn ich euch nicht hätte«, sagte er spürbar erleichtert und reichte seinem Vorgesetzten ein kleines Plastiktütchen mit wenig weißer Substanz darin. Kanter steckte das Ding in seine Jackentasche und würde morgen Abend bei den Eskimos eine Gelegenheit finden, mit Moretti ein vertrauliches Gespräch zu führen.

In diesem Moment klopfte es. Gerdi steckte ihren Kopf herein und meldete, dass bei ihr ein Herr Merkel vom CEG steht, er sei herbestellt worden.

»Das stimmt«, sagte Kanter, »bring ihn bitte, Gerdi, und frag ihn, ob er einen Kaffee will.«

Der stellvertretende Schulleiter des CEG, Studiendirektor Michael Merkel, hatte es einrichten können, am Freitagvormittag auf dem Kommissariat zu erscheinen, worum Hannes Frauenknecht ihn telefonisch gebeten hatte. Gerdis Angebot einer Tasse Kaffee nahm er dankend an. Michael Merkel war etwa so alt wie Kanter, über eins achtzig groß und durchaus sportlich. Anzeichen von Übergewicht waren jedenfalls nicht zu erkennen.

Kanter begrüßte Michael Merkel freundlich und bot ihm einen Platz an. Dann verschaffte er sich einen ersten Eindruck. Michael Merkel schien keineswegs aufgeregt zu sein. Er setzte sich auf den angebotenen Stuhl, schlug entspannt die Beine übereinander und harrte der Dinge, die da kommen sollten. Gerdi hatte ihm inzwischen eine Tasse ihres köstlichen Kaffeegebräus hingestellt, schwarz, wie er es gewünscht hatte.

»Herr Merkel, ich danke Ihnen zunächst, dass Sie sich die Zeit genommen haben, um sich mit uns zu unterhalten. Wir hätten Sie auch in der Schule befragen können, aber da wäre ich wahrscheinlich Ihrem

Schulleiter begegnet, und das wäre in diesem Zusammenhang unpassend gewesen«, begann Kanter die Unterhaltung.

»Wie geht es Ihnen im Augenblick an der Schule?«, wollte Kanter wissen.

»Ich mache meine Arbeit wie immer, Herr Kommissar. Mit Leonidas Stahlmann zusammenzuarbeiten, ist nicht unbedingt vergnügungssteuerpflichtig, aber wir haben uns arrangiert. Ich mische mich, wenn möglich, nicht in seine Angelegenheiten, und er lässt mich meine machen. Wir haben unsere Aufgaben von Anfang an klar verteilt. Er leitet die Schule, vertritt sie nach außen, kümmert sich um böse Buben und ebensolche Eltern. Ich bin für das ganze operative Geschäft zuständig, also Unterrichtsverteilung, Stundenplan, Vertretungen, Raumeinteilung und alles sonst Nötige, damit der Laden reibungslos läuft. Unterricht muss ich daher nur noch wenig geben, habe also nicht mehr so viel Kontakt zu Schülern. Zudem unterrichte ich ausschließlich in der Oberstufe«, erklärte Michael Merkel den Kommissaren seine Arbeit.

»Ich kann mir vorstellen, dass Sie da ganz schön viel um die Ohren haben«, sagte Schwingshackl anerkennend. Das Klischee des faulen Halbtagslehrers erfüllte dieser Mann jedenfalls nicht.

»Ja, aber es hat mich niemand gezwungen, den Job zu übernehmen. Ich wollte es so, kann mich deshalb auch nicht beklagen. Die Konflikte, die sich zwangsläufig mit Kollegen ergeben, muss man aushalten. Bis jetzt habe ich das immer noch hingekriegt«, erwiderte Merkel.

»Aber so ganz reibungslos kann die Zusammenarbeit mit einem Alphatier wie Leonidas Stahlmann doch bestimmt nicht ablaufen«, zweifelte Kanter. »Wie kommen Sie im Konfliktfall mit ihm aus?«, wollte er wissen.

Michael Merkel nahm einen Schluck von seinem Kaffee, setzt sich wieder bequem hin und verschränkte die Arme vor der Brust.

»Ich will ganz offen zu Ihnen sein, meine Herren. Ich gehe doch davon aus, dass wir hier vertraulich miteinander sprechen, oder?«, ver-

sicherte sich Merkel. Die Kommissare machten eine zustimmende Handbewegung, woraufhin Merkel fortfuhr.

»Ich vermeide unnötigen Kontakt mit ihm. Wenn es sich gar nicht vermeiden lässt, bemühe ich mich um äußerste Sachlichkeit. Sollten unsere Auffassungen von einem Problem sich gar nicht in Übereinstimmung bringen lassen, entscheidet er, dafür ist er der Chef. Es ist mir aber auch schon manchmal gelungen, ihn zum Beispiel von unangemessen harten Strafen für Schüler abzubringen oder einen Kollegen in Schutz zu nehmen. Außerdem ist er auf mich angewiesen. Die Arbeiten, die ich mache, kann er nicht, obwohl er dem wahrscheinlich vehement widersprechen würde. Er kann nicht organisieren und ist auch nicht sonderlich fleißig, obwohl er von früh bis spät in seinem Büro sitzt. Das dient aber weitgehend nur Kontrollzwecken. Aber wie schon gesagt, ein Traumjob ist das nicht, und ich habe Frau und fünf Kinder zu ernähren«, schloss Merkel.

Auf die Frage nach dem Klima im Lehrerkollegium erfuhren die Kommissare, dass nur wenige wirklich gerne in die Schule gingen. Viele, vor allem jüngere Kollegen würden so schnell wie möglich versuchen, an eine andere Schule versetzt zu werden. Habe man es sich mit Leonidas Stahlmann erst einmal verscherzt, was sehr schnell passieren konnte, dann sei es mit dem schönen Lehrerleben vorbei. Der Mann wisse, wie er seine Lehrer wirkungsvoll triezen könne. Andererseits gebe es natürlich auch eine Reihe von Kollegen, die sich mit dem Schulleiter arrangiert hätten, oftmals bis zur Selbstverleugnung, um ein einigermaßen ruhiges Leben an der Schule zu haben.

»Im Augenblick hat Stahlmann, soweit ich das mitbekommen habe, den Kollegen Wittmann im Visier. Ich habe gehört, er hat ihm eine vernichtende dienstliche Beurteilung gegeben. Jedenfalls hat sich Cornelius Wittmann heute Morgen krank gemeldet«, berichtete Merkel.

Kanter und seine Kollegen hörten aufmerksam zu. FKK fand seine persönlichen Eindrücke von Leonidas Stahlmann und dem Klima an der Schule bestätigt.

»Welche Rolle spielt Hausmeister Lauerer in diesem Geflecht?«, wollte Kanter wissen. »Wir haben Gerüchte gehört, er habe da gewisse Probleme. Von Ihrem Chef gibt es übrigens auch bestimmte Gerüchte.«

»Meine ganz persönliche Meinung? Stahlmann und Lauerer haben sich gesucht und gefunden. Irgendetwas scheint sie zu verbinden, aber keiner weiß etwas Genaues. Lauerer macht seine Arbeit, da kann man ihm nichts vorwerfen. Im Lauf des späteren Nachmittags, wenn es auf den Feierabend zugeht, kann es schon mal sein, dass man eine Alkoholfahne riechen kann. Der Schulleiter ignoriert das, so oft er kann. Fragen Sie mich nicht, warum. Und was die Gerüchte bezüglich Leonidas Stahlmann betrifft, da kann ich Ihnen natürlich nichts Konkretes sagen. Keines der Gerüchte hat sich jemals bestätigt, also gilt, wie das in Ihren Kreisen wohl heißt, die Unschuldsvermutung. Solange niemand offen gegen Stahlmann auftritt, wird nichts passieren«, sagte Merkel mit einem leicht resignierten Unterton.

Die Kommissare hatten genug gehört. Merkel hatte alles bestätigt, was sie schon vorher von den Zuständen am CEG mitbekommen hatten. Friedrich-Konrad Kanter bedankte sich bei Michael Merkel und versicherte ihm nochmals, dass sie das Gespräch völlig vertraulich behandeln würden.

Die Kommissare ließen die Aussage des stellvertretenden Schulleiters auf sich wirken und sagten erstmal nichts. Kanter verschränkte die Hände hinter dem Kopf und lehnte sich in seinem Bürostuhl so weit zurück, bis die Lehne anschlug.

»Merkel hat völlig recht. Solange keiner etwas Konkretes gegen Stahlmann vorbringt, können wir ihm nichts«, brach Kanter das Schweigen. »Aber wie heißt es so schön im Psalm 118: ›Die Rechte des Herrn ist erhöht; die Rechte des Herrn behält den Sieg‹.« Kanter liebte es, Bibelzitate zur Motivation seiner Kollegen einzusetzen. Der Erfolg dieser Vorgehensweise hielt sich aber meist in überschaubaren Grenzen.

Die Kommissare erwarteten Gerhard Lauterbach und Karl Dorfner, die sie ebenfalls in ihr Büro eingeladen hatten. Die beiden waren schon 1988 am CEG, als Benjamin Schröder verschwand. Es dauerte auch nicht lange, bis Gerdi Hasenfuß die Ankunft der beiden meldete und sie zu den Kommissaren führte.

Georg Schwingshackl stellte die Sitzgelegenheiten zurecht und bat die Männer, Platz zu nehmen. Kanter begrüßte sie und dankte ihnen für ihr Kommen. Außerdem wies er darauf hin, dass es sich um ein rein informatives Gespräch handeln würde.

Obwohl Gerhard Lauterbach und Karl Dorfner mit vierundsechzig Jahren gleich alt waren, konnten sie unterschiedlicher nicht sein. Lauterbach war ein Lehrer, wie man ihn sich aus der Feuerzangenbowle vorstellen mochte. Er unterrichtete Deutsch und Latein und machte einen etwas vergeistigten Eindruck. Die harte Realität des Lebens schien ihn nicht zu erreichen. Er schwebte in höheren Sphären. Auf Kleidung legte er wie auf alle Äußerlichkeiten offenbar keinen gesteigerten Wert. Sein abgewetztes Jackett und seine ungebügelte und zerknitterte Hose unterstrichen diesen Eindruck. Er war zwar verheiratet und hatte eine erwachsene Tochter, aber niemand konnte sich wirklich vorstellen, wie er diese zustande gebracht hatte. Kanter hatte ihn selbst noch als jungen Lehrer genossen. Soweit er sich erinnerte, war Lauterbach schon damals sehr auf Kultur bedacht und bemühte sich, seinen Schülern eine wahrhaft höhere Bildung angedeihen zu lassen.

Karl Dorfner war Mathematik- und Physiklehrer, hatte also auch im Unterricht einen greifbaren Bezug zur Realität. Im Gegensatz zu seinem Kollegen achtete er auf ein gepflegtes Äußeres. Er trug einen grauen Anzug und Krawatte, was heutzutage kaum ein Lehrer mehr tut. Er war groß, schlank und eine Respekt einflößende Persönlichkeit. Auch ihn hatte Kanter als Lehrer gehabt und erinnerte sich, dass Karl Dorfner es hervorragend verstand, seinen Schülern selbst komplexe Aufgabenstellungen so zu erklären, dass auch die schwächeren sie verstanden. Bei ihren Schülern waren beide früher durchaus beliebt und

geachtet. Karl Dorfner war verheiratet und hatte drei erwachsene Kinder. Kanter hatte nicht den Eindruck, dass sie sich an ihn als Schüler erinnerten. Dabei wollte er es fürs Erste auch wieder belassen.

»Herr Lauterbach, Herr Dorfner, Sie waren im Jahr 1988 bereits am CEG. Woran können Sie sich noch im Zusammenhang mit dem Verschwinden des kleinen Benjamin Schröder erinnern? Das muss damals ziemlich viel Staub an der Schule aufgewirbelt haben«, begann Kanter das Gespräch.

Die Männer sahen sich kurz an, um sich zu verständigen, wer als Erster antworten sollte. Wie nicht anders zu erwarten, war das Karl Dorfner.

»Ja, ich war damals ebenso wie der Kollege Lauterbach als junger Lehrer an der Schule. Wir unterrichteten auch beide in Benjamins Klasse, kannten ihn also durchaus persönlich. Wenn ich mich recht entsinne, war er ein eher ruhiger, aber sehr freundlicher und aufgeschlossener Schüler aus einfachen Verhältnissen. Er saß mit seinen Freunden in den letzten beiden Bänken der Fensterreihe. Die Vier waren eine tolle Truppe, einer war für den anderen da«, erzählte Dorfner. Gerhard Lauterbach bestätigte jede Aussage mit einem heftigen Nicken.

»Mir ist das Schicksal des kleinen Benjamin unglaublich nahe gegangen. Ich habe den Buben sehr gemocht. Er war ungeheuer fantasievoll und aufgeschlossen für alle Arten von Büchern«, schwärmte er. »Ich wünsche mir nichts sehnlicher, als dass jetzt, wo man seine sterblichen Überreste gefunden hat, sein Schicksal endlich aufgeklärt wird«, ergänzte er noch.

Die Kommissare waren berührt von den Emotionen des alten Lehrers, der von Benjamin Schröders Verschwinden immer noch ehrlich betroffen war.

Kanter wollte auch von ihnen wissen, wie sie das Klima an der Schule einschätzten und welches Verhältnis sie zu ihrem Schulleiter hätten.

Wieder begann Karl Dorfner. Er spüre zwar gewisse Spannungen im Kollegium, aber niemand würde sich trauen, aus der Deckung zu kommen. Mit Dr. Leonidas Stahlmann legte man sich besser nicht an, wenn man sich sein Leben an der Schule nicht verderben wollte. Er selbst habe sich frühzeitig mit Stahlmann arrangiert und sich auf seinen Unterricht konzentriert. Als Oberstudienrat habe er zwar an der Schule keine Karriere gemacht, konnte aber ungestört seinen Unterricht halten. Das Gerede mancher Kollegen und die Gerüchte hätten ihn nie sonderlich interessiert. Er wolle einigermaßen gesund in Pension gehen, was er im nächsten Jahr auch zu tun gedenke.

Friedrich-Konrad Kanter spürte wenig Respekt für diesen offenbar abgebrühten Opportunisten. Aber durfte er sich ein Urteil anmaßen? Wie würde er sich unter einem Chef wie Leonidas Stahlmann verhalten? Kanter beschloss, sein moralisches Urteil erstmal hintan zu stellen.

»Tja, Herr Kommissar, was soll ich sagen. Leonidas Stahlmann und mich verbindet nicht viel, obwohl wir die gleichen Fächer unterrichten. Wobei unser Schulleiter ja seit vielen Jahren gar nicht mehr unterrichtet. Zum Glück für unsere Schüler, möchte ich hinzufügen. Ihm fehlt jegliche Herzensbildung, ja, ich möchte ihn fast als eine Seelenruine bezeichnen.« Lauterbach erschrak über seine eigene Offenheit.

»Sie verstehen meine ungeschönte Darstellung bitte nicht falsch, und ich nehme an, dass das, was ich hier sage, unter uns bleibt«, sagte er. »Ich stehe kurz vor der Pensionierung und habe nichts mehr zu befürchten oder zu verlieren. Wenn ich etwas wüsste, würde ich es jetzt sagen. Aber ich habe mich in all den Jahren von Leonidas Stahlmann ferngehalten, so gut es ging. Dass ich keinen Ärger mit ihm hatte, lag wahrscheinlich daran, dass ich nicht nach Aufmerksamkeit gegiert habe, sondern froh war, wenn ich mich ungestört um meine Schüler kümmern konnte. Sie mögen mich für einen Feigling halten, und damit haben Sie wahrscheinlich auch recht, aber ich habe eine Verantwortung gegenüber meiner Familie und auch mir selbst. ›Es gibt Fälle, in

denen vernünftig sein feig sein heißt‹, wie Marie von Ebner-Eschenbach einmal sagte. Und auch ich sehne mich wie Kollege Dorfner danach, in absehbarer Zeit in den Ruhestand zu gehen«, sagte Lauterbach mit leiser Stimme. Irgendwie schien er erleichtert zu sein, dass er einmal darüber sprechen konnte.

»Was halten Sie von Ihrem Hausmeister, Hans Lauerer?«, wollte Kanter wissen.

»Ich hatte so gut wie nie etwas mit ihm zu tun. Er ist ein ungebildeter, grober Klotz und mir zutiefst zuwider. Merkwürdigerweise scheint er mit unserem Schulleiter all die Jahre ganz gut ausgekommen zu sein«, entfuhr es Lauterbach. Die Anwesenden spürten die abgrundtiefe Verachtung, die er diesem Menschen gegenüber empfand. Er hatte sich, was sonst nicht seine Art war, fast in Rage geredet und lehnte sich erschöpft auf seinem Stuhl zurück.

Die Kommissare hatten von Dorfner und Lauterbach zwar nichts Neues erfahren, doch bekamen sie eine immer deutlicher werdende Vorstellung von den Zuständen am CEG. Dr. Leonidas Stahlmann und Lauerer mussten weit mehr über das Verschwinden Benjamin Schröders wissen, als sie bisher preisgegeben hatten.

»Meine Herren, wir haben im Augenblick keine weiteren Fragen mehr. Sollte Ihnen noch etwas einfallen, wenden Sie sich jederzeit an uns. Vielen Dank, dass Sie sich die Zeit genommen haben«, verabschiedete Kanter seine beiden alten Lehrer.

Als sie gegangen waren, fragte er Frauenknecht, ob der etwas zu diesem ominösen Peter Scherm herausbekommen habe.

»Leider nicht viel, Chef. Der Mann ist ein Phantom. Was ich weiß, ist, dass seine Eltern vor einigen Jahren gestorben sind. Seine Mutter war zuletzt in einem Pflegeheim gemeldet. Ich werde da mal nachfragen. Und übrigens, zu deinem Hofer Rechtsanwalt ist es auch nicht einfach, was zu finden. Aber auch da bleibe ich dran«, versprach er.

Kanter war enttäuscht, dass Frauenknecht nichts zum neuen Bekannten seiner Schwester herausfinden konnte, ließ sich das aber nicht anmerken.

»Ich danke dir, Hannes, du wirst schon noch was finden«, ermunterte er seinen jungen Kollegen. »Und mach dir wegen deiner Jacky erstmal keine Gedanken. Es wird bestimmt alles gut werden«, tröstete er ihn.

»Und jetzt machen wir Feierabend, Männer. Der Cornelius Wittmann hat sich krank gemeldet und kommt bestimmt nicht mehr. Erholt euch gut«, verabschiedete Kanter seine Kollegen ins Wochenende. Seine eigene Vorfreude hielt sich ob der erneuten Abwesenheit seiner Schwester in engen Grenzen.

* * *

Peter Scherm hatte seinen dienstlichen Termin in Bamberg pünktlich beenden können und freute sich auf das Wiedersehen mit Wolfgang Gottwald in Würgau. Als er das Wirtshaus betrat, sah er sich im noch spärlich besetzten Gastraum um, ob er seinen alten Schulkameraden erkennen würde. Da winkte auch schon ein Mann von einem ruhig in der Ecke gelegenen Tisch. Die beiden Schulfreunde begrüßten sich herzlich, drückten sich die Hände und umarmten sich. Besonders Wolfgang Gottwald schien sich über das Wiedersehen sehr zu freuen. Sie setzten sich gegenüber, bestellten sich ein Bier und suchten sich aus der Speisekarte ihr Abendessen heraus. Als die Kellnerin mit ihrer Bestellung in Richtung Theke und Küche davon gegangen war, sahen sie sich erstmal schweigend an. In ihren Augen spiegelte sich die Freude über das Wiedersehen.

»Mensch, Wolfgang, ich bin so froh, dich gesund und munter wiederzusehen«, begann Peter Scherm das Gespräch. »Wie lange ist das her, dass wir uns zuletzt gesehen haben?«, fragte er.

Wolfgang Gottwald überlegte kurz. »Muss wohl über dreißig Jahre her sein, mein Lieber. Du hast uns ja nach der zehnten Klasse ziemlich überstürzt verlassen und warst dann verschwunden. Wir haben uns wirklich Sorgen gemacht«, antwortete Gottwald.

Peter Scherm erzählte seinem alten Schulfreund ausführlich, wie es ihm ergangen war. Auch seinen Namenswechsel erklärte er ihm und bat ihn, niemandem, vor allem nicht der Polizei, davon zu erzählen. Gottwald hörte aufmerksam zu, nickte manchmal oder schüttelte erschrocken den Kopf. Inzwischen war ihr Bier gebracht worden, und sie tranken sich zu.

Dann war es an Wolfgang Gottwald, seinen weiteren Lebensweg zu erzählen. Peter Scherm hörte ebenso ausführlich zu und vermied es, seinen Freund zu unterbrechen.

»Du hast es also auch nicht leicht gehabt. Aber immerhin hast du einen Job, der dir Spaß macht, und ein Hobby, das dich ausfüllt«, bemerkte Scherm. »Ich hätte mir für mein Leben schon ein bisschen mehr vorstellen können, aber der alte Stahlmann hat mir die Schule zur Hölle gemacht. Und hat seinen Sohn immer gedeckt. Der hat immer an uns Jungs beim Duschen rumgegrapscht! Freilich hätte ich einfach die Schule wechseln können, aber weder ich noch andere Jungen haben sich getraut, irgendjemandem davon zu erzählen. Wir hatten Angst und haben uns unglaublich geschämt. Bis heute hat sich noch keiner geoutet als Opfer vom jungen Stahlhelm. Warum wohl? Wie hätte ich denn einen Schulwechsel begründen sollen? Nach der Zehnten hatte ich die Schnauze so voll von allem Schulischen, dass ich einfach aufgehört habe.« In Peter Scherms Stimme schwangen ein spätes Bedauern und viel Trauer für diese Entscheidung mit. »Aber ändern lässt sich jetzt nichts mehr. Ich habe mich mit meinem Leben arrangiert und bin mit meiner Familie recht glücklich«, fügte er hinzu und wurde wieder etwas ruhiger.

Wolfgang Gottwald erinnerte sich gut an die Schikanen, denen Peter Scherm ausgesetzt war. Niemand konnte sich damals einen Reim

darauf machen, warum ausgerechnet Peter ein Opfer von Stahlmanns Willkür wurde. Er war aber nicht das einzige. Und niemand konnte ihm und den anderen helfen. Es war ein Wunder, dass er bis zur zehnten Klasse durchgehalten hatte. Und auch in Wolfgang Gottwald wurden schlimme Erinnerungen wach, die er fürs Erste aber noch für sich behielt.

Peter Scherm wechselte das Thema. »Die Geschichte mit Benjamin hast du ja sicher mitbekommen«, begann er.

»Natürlich! Die Polizei hat mich auch schon befragt, was ich von damals noch weiß. Ich habe ihnen halt von unserer kleinen Freundesclique erzählt. Das Schicksal von Moritz war ihnen völlig neu«, berichtete Gottwald.

Peter Scherm fuhr zusammen. »Wie, Schicksal von Moritz. Was ist mit ihm?«, fragte er besorgt.

»Du weißt es auch nicht? Ach, kannst du ja nicht, du warst ja weg«, sagte er und erzählte Peter Scherm von Moritz‘ tragischem Ende.

»Diese Schweine! Man müsste den Stahlmanns eine gründliche Abreibung verpassen! Allein für Moritz gehören die schon massakriert! Und der Lauerer hängt da todsicher auch mit drin!«, rief Scherm und geriet wieder in Rage.

Warum hatten die Schröders ihm nichts von Moritz‘ Selbstmord erzählt? Wussten Sie auch nichts? Jedenfalls würde er gleich heute Abend noch mit Richard telefonieren.

Gottwald sah sich um, ob andere Gäste etwas von ihrem Gespräch mitbekommen konnten. Zum Glück saß niemand sonst in der Nähe.

Inzwischen war auch ihr Essen gekommen, und die Männer sprachen wenig, sie hingen vielmehr ihren Gedanken nach. So richtig schmecken wollte es keinem von beiden. Als die Kellnerin abgeräumt und noch zwei alkoholfreie Weizen gebracht hatte, fand Peter Scherm als Erster wieder Worte.

»Mit dem Lauerer fangen wir an! Ich bin morgen Nachmittag mit ihm zusammen. Der schaut mit ein paar Kumpels vom Musiksaal im

CEG aus immer die Heimspiele der Spielvereinigung im Stadion. Von dort hat man einen prima Blick, es kostet keinen Eintritt, und man kann in Ruhe saufen. Ich war ein paar Mal dort, aber die meisten Typen mag ich nicht so. Manchmal sind aber sogar Lehrer da«, erklärte Scherm.

»Ich werde Mittel und Wege finden, dass ich der Drecksau Lauerer eine Lektion erteile, die er nicht vergessen wird«, verkündete er. »Machst du mit?«, wollte er von Wolfgang Gottwald wissen.

Für den kam dieses Angebot etwas überraschend, außerdem hatte er am Samstag schon was vor. Er war mit Trainingskameraden zum Laufen verabredet.

»Morgen kann ich leider nicht. Vielleicht ergibt sich ja noch eine andere Gelegenheit. Ich würde dem Lauerer und dem Stahlmann auch liebend gerne eins auswischen«, sagte Gottwald. »Nächste Woche Samstag haben wir unser Klassentreffen im ›Röhrensee‹. Da sind die doch bisher immer alle zusammengekommen, der Lauerer und die Stahlmanns. Wir sollten uns für die was überlegen. Oder was meinst du?«, fragte er.

»Ich werde mir dazu etwas einfallen lassen«, kündigte Peter Scherm an. »Vielleicht will auch der Richard mitmachen, du weißt schon, der Vater vom Benjamin. Bei denen war ich neulich mal gewesen. Sind ganz liebe Menschen, die immer noch unter Benjamins Schicksal leiden«, erzählte er.

»Ich rufe dich nächste Woche an, Wolfgang. Ist das ok?«, bot er an.

»So machen wir's. Ruf mich einfach an. Es war schön, dich wieder zu sehen, Peter«, schloss Gottwald. Sie bezahlten ihre Zeche und verabschiedeten sich vor dem Lokal herzlich.

* * *

Als Kanter die Haustüre aufschloss, stand Erika schon im Flur und war abfahrbereit. Sie hatte eine Tasche und einen kleinen Koffer gepackt und war dabei, die Sachen in ihrem Polo zu verstauen.

»Fährst du schon?« Etwas Geistreicheres fiel ihm gerade leider nicht ein. Hermine fuhr diesmal nicht mit, Erika war also allein und schutzlos. Aber immerhin war sie über fünfzig und nicht ganz unerfahren im Umgang mit Männern, versuchte er sich einzureden.

»Ja, und nicht traurig sein. Sonntagabend bin ich wieder da. Wenn der Mann böse zu mir ist, rufe ich dich sofort an«, versuchte Erika ihren Bruder zu beruhigen. »Ich habe dir für morgen was gekocht. Ist im Kühlschrank«, instruierte sie ihn noch. Sie drückte dem wortkargen Kanter einen Abschiedskuss auf die Backe, stieg in ihr Auto und fuhr davon.

Kanter ging nach oben in seine Wohnung, und kaum hatte er die Tür geöffnet, stand Rolf unternehmungslustig vor ihm und machte unmissverständlich klar, was er jetzt erwartete. Kanter war zwar nicht wirklich in Stimmung, aber vielleicht tat ein kleiner Abendspaziergang ja ganz gut, und er kam auf andere Gedanken. Er legte sich die Hundeleine um und machte sich auf den Weg.

Obwohl er versuchte abzuschalten, ließ ihn der Fall nicht los. Leonidas Stahlmann und Hans Lauerer mussten dick in der Sache drinstecken, so viel stand fest. Was den Polizisten fehlte, war ein Punkt, um den Hebel ansetzen zu können. Was war nur aus seiner alten Schule geworden!!

* * *

Hannes Frauenknecht lief ziemlich bedröppelt durch seine Zweizimmerjunggesellenwohnung. Unter dem Gips juckte sein linker Arm so, dass er ihn sich am liebsten ausgerissen hätte. Er suchte etwas Langes, um dem Juckreiz unter dem Gips zu Leibe zu rücken. Eine Stricknadel wäre ideal gewesen, gehörte aber nicht zur Ausstattung seiner Wohnung. Nach längerem Suchen fand er ganz unten in einer Schublade ein Lineal, das sich weit genug unter den Gips schieben ließ und für einigermaßen Linderung sorgte. Der Arm war aber sein geringeres

Problem. Viel mehr zu schaffen machte ihm der Gedanke, seine Jacky könnte Drogen nehmen. Hatte er richtig gehandelt, als er Kanter in die Sache einweihte? Aber er vertraute seinem väterlichen Kollegen und dessen Fähigkeit, mit schwierigen Situationen umzugehen.

Zu allem Überfluss war er heute Abend bei Jacky eingeladen, die eine kleine Party für ein paar Freunde, wie sie gesagt hatte, geben wollte und ihn ihren Freunden vorstellen wollte. Einerseits war er natürlich neugierig, mit welchen Leuten die Inhaberin eines Tattoo-Studios Umgang hatte, andererseits hatte er sich ihr gegenüber ja nicht als Polizist zu erkennen gegeben. Sollten heute Abend Drogen ins Spiel kommen, wäre er quasi undercover unterwegs, ungewollt zwar, aber immerhin. Wie er sich da verhalten sollte, war ihm noch völlig unklar. Er hatte sich auf dem Heimweg vom Metzger ein Leberkäsbrötchen mitgenommen, welches er jetzt essen wollte. Dazu gönnte er sich eine Flasche Becher-Bier. Das Öffnen von Bierflaschen trotz Gipsarmbehinderung gelang ihm schon sehr gut. Dazu blätterte er eher lustlos in seiner Motorradzeitschrift.

Eine gute Stunde später stand er vor Jackys Wohnungstür. Sie wohnte vier Stockwerke unter und drei Eingänge neben ihm ebenfalls im Ypsilon-Haus. Er hatte kaum geklingelt, als sie auch schon die Tür öffnete und ihn mit einem Kuss begrüßte. Als Beitrag zur Party hatte er eine Flasche Wodka mitgebracht. Alkohol blieb hoffentlich die einzige Droge heute Abend. Jacky sah einfach hinreißend aus. Eine durchsichtige schwarze ärmellose Bluse ließ ihren schwarzen BH deutlich durchscheinen. Der knappe Minirock aus schwarzem Leder gepaart mit den über die Knie reichenden schwarzen Stiefeln gab ihrem Aussehen eine gewisse Verruchtheit. Der rechte Arm war bedeckt mit allerlei farbigen Tattoos. Geheimnisvolle mythische Stammeszeichen fanden sich neben bunten Ornamenten. Ein Gesamtkunstwerk! In grobem Kontrast dazu stand der gänzlich tattoofreie linke Arm. Ob das Absicht war oder ob dieser Arm nur noch der Tätowierung harrte, wusste er nicht. Natürlich gefiel ihm der Anblick, tief in seinem Inneren war er

sich aber sicher, dass er Jacky so seinen Kollegen nicht vorstellen konnte.

Jackys Wohnung war größer als seine. Drei Zimmer statt seiner zwei. Sie nahm ihm die Wodkaflasche ab und führte ihn ins Wohnzimmer. Dort saßen bereits zwei Pärchen in ihrem Alter auf der geräumigen Couch. Hannes kannte niemanden, und so stellte Jacky ihn vor als Hannes, von Beruf Security. Hannes gab jedem höflich die Hand und erfuhr dabei, dass er es mit Mandy und ihrem Freund Buzz, was immer das bedeuten sollte, sowie mit Caro und ihrem Freund Erkan, augenscheinlich ein Türke, zu tun hatte. Die vier hatten unübersehbar eine ähnlich große Affinität zu Tätowierungen und Piercings wie ihre Gastgeberin. Hannes kam sich schon ziemlich nackt vor, so ganz ohne sichtbare Körperbemalung oder -perforierung. Mandy und Caro, so stellte sich heraus, arbeiteten im selben Friseursalon, Buzz war in der Musikszene, was immer das bedeuten sollte, und Erkan arbeitete in einem Telefonladen. Im Laufe des Abends stellte sich heraus, dass er wohl weitreichende Verbindungen hatte und es fast nichts gab, was er nicht besorgen konnte. Hannes fühlte sich zunehmend unwohl und musste sich sehr anstrengen, dies zu verbergen.

Jacky hatte ein großes Blech Pizza gebacken, welche von allen genussvoll verspeist wurde. Hannes merkte schnell, dass es in diesem Kreis unüblich war, mit exquisiten Speisen und Getränken zu protzen. Bier gab es aus der Flasche, und schärfere Sachen jeglicher Art standen reichlich zu Verfügung. Die Gesprächsthemen entstammten nicht unbedingt seinen Interessenfeldern, so dass er sich ziemlich fehl am Platz vorkam. Er kannte weder die einschlägigen Serien auf RTL2 noch die jüngsten Entwicklungen in diversen Castingshows.

Jacky spürte natürlich schnell, dass er sich nicht wohl fühlte, und rückte auf dem Zweiersofa, auf dem sie saßen, ostentativ näher an ihn heran und legte ihren Arm und seinen Hals.

»Habt ihr diesen Gipsarm schon bewundert?«, fragte Jacky unvermittelt in die Runde. »Folge eines schlimmen Motorradunfalls, den

mein Hannes nur mit viel Glück überlebt hat«, übertrieb sie das wahre Geschehen. »Hannes, erzähl doch mal von deiner BMW«, forderte sie ihn auf.

Hannes war das ziemlich peinlich, schließlich war es ein lausiger Ölfleck, der zum Sturz geführt hatte, und da er ziemlich langsam gefahren war, konnte von einem lebensgefährlichen Unfall nicht die Rede sein. Also brummelte er etwas kaum Verständliches von ›Missgeschick‹ und ›Glück gehabt‹. Seine Zuhörer schienen auch nicht wirklich an der Geschichte interessiert zu sein. Vielmehr erwiesen sich nicht nur die Männer, sondern auch die Mädels als überraschend trinkfest. Die Stimmung stieg, der Geräuschpegel ebenfalls. Auch die plumpesten Jokes von Buzz und Erkan ernteten schrilles Gelächter von den Mädels.

Jacky fand, sie musste etwas gegen Hannes‘ trübe Stimmung unternehmen. Sie verschwand kurz im Nebenzimmer und kam mit einem Röhrchen voller kleiner Pillen zurück.

»Jemand Lust auf einen Pusher?«, rief sie in die Runde. Bevor wir uns jetzt ins Bayreuther Nachtleben stürzen, sollten wir unser Durchhaltevermögen steigern.« Mit diesen Worten gab sie das Röhrchen herum, und die Gäste bedienten sich, ohne weiter wissen zu wollen, was das für ein Zeug wäre. Offenbar kannten Mandy und die anderen den Stoff.

Das war genau der Augenblick, vor dem ihm gegraut hatte. Er hatte nicht die geringste Lust, von den ominösen Pillen zu nehmen.

»Ich nehm nix«, sagte er zu Jacky. »Ich hab in meinem Job genug mit Junkies zu tun, dass ich keine Lust habe, selbst was einzuwerfen. Außerdem nehme ich wegen dem Arm Medikamente, die da nicht gut dazu passen. Sorry«, begründete er seine Ablehnung.

»Ach komm, Hannes, sei kein Spielverderber. Ein kleines Pillchen wird dich nicht umbringen oder abhängig machen. Aber die Nacht ist noch jung, und wer weiß, wie lange wir durchhalten müssen«, versuchte sie ihn zu überreden. »Du erinnerst dich doch an unsere ersten Näch-

te, mein Lieber. Hab ich da nicht toll durchgehalten?«, flüsterte sie ihm verführerisch ins Ohr.

Wie Schuppen fiel es ihm von den Augen. Jackys scheinbar unersättliches sexuelles Verlangen hatte synthetische Ursachen! Da hätte ich auch schon eher drauf kommen können, dachte er. Und ich Depp hab geglaubt, das ist ein Teufelsweib.

Er musste hier raus, und zwar zügig. Die Anwesenheit dieser Menschen bereitete ihm körperliches Unbehagen bis zur Übelkeit.

»Leute, seid mir nicht böse, aber mir geht's nicht besonders. Die Medikamente und der Alkohol passen wohl nicht so toll zusammen! Ich leg mich besser bei mir daheim hin. Mit mir hättet ihr heute Nacht eh nicht viel Spaß«, sagte er und erhob sich langsam aus der Couch. Die zwei Pärchen waren inzwischen in einer derartigen Hochstimmung, dass sie Hannes' Absage gar nicht richtig wahrnahmen. Mehr als ein halbherziges »Ooch, schaade«, brachten sie nicht heraus.

»Du kannst mich doch nicht allein mit denen ins Nachtleben schicken, Hannes. Wer passt dann auf mich auf?«, versuchte Jacky ihn umzustimmen. »Ich hatte mich so auf den Abend gefreut!« Jacky war sichtlich angesäuert und enttäuscht.

»Du schaffst das schon, Schatz. Die Männer«, dabei deutete er mit dem Kopf auf Buzz und Erkan, »werden ein Auge auf dich haben. Außerdem bist du doch alt genug, um auf dich selber aufzupassen, oder?«, fügte er hinzu. Er packte seine Zigarettenschachtel ein, griff nach seiner Jacke und winkte den Pärchen zum Abschied kurz zu. Sie winkten fröhlich zurück und schienen auch aufbrechen zu wollen.

»Jacky, ich ruf uns mal ein Taxi, ok?«, sagte Buzz mit einem schon deutlichen Zungenschlag und griff nach seinem Smartphone.

Jacky nickte zustimmend und begleitete Hannes zur Wohnungstür.

»Das finde ich jetzt ziemlich scheiße«, raunte sie ihm zu. »Du kannst dich doch nicht einfach so vom Acker machen. Wie steh ich denn jetzt da«, zischte sie wütend.

So kannte Hannes Jacky natürlich noch nicht, es war in ihrer kurzen Beziehung der erste Konflikt. Er konnte ihre Reaktion sogar verstehen, sie hatte sich wohl ehrlich auf den Abend gefreut.

»Mir geht's wirklich schlecht«, beharrte Hannes. »Ich leg mich daheim gleich hin. Morgen ist bestimmt alles wieder gut. Ich wünsche dir noch einen lustigen Abend. Ich melde mich morgen«, verabschiedete er sich.

»Das kannst du dir sparen, du Arsch!«, schrie Jacky Hannes wütend hinterher und warf ihre Wohnungstür geräuschvoll ins Schloss. In den Nachbarwohnungen war der Lärm bestimmt gut zu hören.

Zurück in seiner Wohnung war Hannes froh und erleichtert, dieser Gesellschaft entkommen zu sein. Er würde Jacky morgen anrufen und ihr kurzes, aber heftiges Verhältnis beenden. Den heißen Nächten würde er bestimmt noch eine Weile nachtrauern, aber auch andere Mütter hatten scharfe Töchter, tröstete er sich.

Zur Beruhigung brauchte er jetzt noch dringend ein Becher-Bier, welches er beim freitäglichen Spätkrimi im Fernsehen in aller Ruhe zu genießen gedachte. Es dauerte nicht lange, und er schlief vor dem Fernseher selig ein.

10

Pünktlich um drei viertel zwei am Samstagnachmittag fanden sich mehrere Männer in einem exklusiven Logenplatz ein. Vom Musiksaal des CEG im zweiten Stock des Fachtrakts aus hatte man einen hervorragenden Blick auf das Spielfeld des Bayreuther Fußballstadions, das nach einem früheren Oberbürgermeister benannt war. Hans Lauerer ließ bei Spielen der Spielvereinigung Bayreuth oft einige seiner Kumpels, aber auch Lehrer des CEG in das Schulgebäude, um das Spiel zu sehen, was viele Vorteile hatte. Man sparte sich das Eintrittsgeld, war vor gewaltbereiten gegnerischen Fans sicher und vor Wind und Wetter geschützt. Lauerer erwartete, dass jeder etwas mitbrachte, sei es ein Kasten Bier oder eine Flasche Hochprozentiges, als kleine Gegenleistung für das Privileg des exklusiven Logenplatzes. Der Alkohol wurde dann während des Spiels seiner Bestimmung zugeführt und meist restlos getrunken.

Der Gegner der ›Altstädter‹, wie der Verein bei den Bayreuthern genannt wurde, verhieß ein spannendes Spiel, war es doch die zweite Mannschaft des Nürnberger ›Club‹, welche an der Tabellenspitze der Regionalliga mitspielten. Die Altstädter selbst dümpelten entgegen ihren eigenen Ansprüchen im unteren Mittelfeld der Tabelle herum.

Pünktlich zum Anpfiff um zwei fielen die ersten Kronenkorken von den Bierflaschen, und ein Begrüßungsschnaps war auch getrunken.

Meist waren es dieselben Männer, die sich hier trafen, und nur gelegentlich kam ein neuer oder nur unregelmäßig zuschauender Gast dazu. Einer von diesen war an diesem Tag Peter Scherm, den die anderen aber schon von früher kannten. Ansonsten waren da: Harry Sebald, 60, ein alter und trinkfester Kumpel von Hans Lauerer, Markus Riedel, 40, Lehrer für Mathematik und Sport am CEG, Bernd Kaminski, 35, ein ehemaliger Schüler des CEG, den Hans Lauerer noch aus der Schulzeit kannte, und schließlich Uwe Jürgens, 55, der in dem Haus

neben dem CEG wohnte und Hans Lauerer schon lange kannte. Auch ihn ließen fünf oder sechs Biere nicht aus den Schuhen kippen.

Hans Lauerer genoss diese Nachmittage, war er doch der Bestimmer, wer rein durfte und wer nicht. Dieses bescheidene Gefühl von Macht bereitete ihm immer beste Laune.

Das Spiel war durchaus spannend, doch gaben die Altstädter den Zuschauern keinen Anlass, auch nur ein Tor zu bejubeln oder im Musiksaal gebührend zu begießen. Nach dem Abpfiff zogen die Nürnberger Fans ihre Fahnen schwenkend und siegestrunken Gesänge grölend den Ellrodtweg entlang am CEG vorbei zum Bahnhof. Mit schwarzgelben Altstädter Fan-Utensilien begegnete man ihnen jetzt besser nicht.

Nach dem Spiel tranken die Männer ihre Bierflaschen leer, und nach und nach waren sie gegangen. Nur Peter Scherm war noch da. Er hatte es eingerichtet, dass er allein bei Hans Lauerer verblieb. Der Hausmeister hatte nichts weiter vor und war sogar ein bisschen froh, dass er nicht allein war.

»Hast du Lust, Peter? Gehen wir noch auf ein Bier in mein Büro. Ist ja gleich um die Ecke. Wenn du magst, zeig ich dir meine neuesten Errungenschaften«, lud er Peter Scherm ein.

Das hatte Scherm beabsichtigt, und sein Plan schien komplikationsloser aufzugehen, als gedacht. Lauerer ging also immer noch seinem abartigen Hobby nach und schaute sich nackte Frauen auf dem Computer an. Scherm hatte nicht die geringste Lust, sich Lauerers Schweinereien anzutun.

»Aber gerne, Hans«, erwiderte er trotzdem. »Bin schon gespannt, was du wieder Schönes eingefangen hast«, heuchelte er Interesse. Er wusste von einem früheren Anlass ganz gut, was ihn erwartete.

Sie gingen die paar Meter zu dem Hausmeisterkabuff im Fachtrakt. Lauerer schloss auf und knipste in dem fensterlosen Raum das Licht an. Peter Scherm war schon ein paar Jahre nicht mehr hier gewesen, und Hans Lauerer schien sich zu freuen, den ehemaligen Schüler wie-

der einmal zu sehen. Dass Peter Scherm der Schulfreund von Benjamin Schröder gewesen war, hatte er offenbar vergessen oder verdrängt. Er wusste nur noch, dass Scherm ehemaliger CEGler war. Er bot ihm einen Stuhl an, holte aus dem Bierkasten im Eck zwei Flaschen und setzte sich hinter seinen Schreibtisch. Aus der Schreibtischschublade griff er einen Flaschenöffner und entfernte mit einem Zischen die Kronenkorken. Eine Flasche schob er Scherm hin und trank ihm zu. Hans Lauerer hatte während des Spiels schon ordentlich gezecht und war schon spürbar angetrunken.

»Auf dein Wohl, Peter«, sagte er mit schwerer Zunge. »Wenn du mal was sehen willst, dann komm mal rum zu mir«, lud er Scherm ein. Er hatte seinen Laptop auf dem Schreibtisch aufgeklappt und eingeschaltet. Peter Scherm trat hinter Lauerer und schaute ihm über die Schulter. Lauerers Bierflasche stand rechts neben dem Computer. Das Hochfahren des Rechners nahm mehr Zeit in Anspruch, als Lauerer erwartet hatte. Er starrte konzentriert auf den Bildschirm und hämmerte ungeduldig auf der Tastatur herum. Hinter Lauerers Rücken hatte Scherm ein kleines Fläschchen mit einer klaren Flüssigkeit aus seiner Jackentasche geholt, geöffnet und, vom in seinen Laptop vertieften Lauerer unbemerkt, ein paar Tropfen in dessen Bierflasche geschüttet. Dann verschloss er das Fläschchen wieder und steckte es ein. Lauerers Laptop war inzwischen hochgefahren. Peter Scherm ergriff seine Bierflasche und prostete Lauerer zu.

»Auf dein Wohl, Hans«. Unsicher griff dieser zu seiner Flasche und trank Peter Scherm zu. Beide nahmen einen tiefen Schluck und stellten die Flaschen wieder auf den Tisch.

»Ihr habt ein ziemliches Gewerch wegen der Leiche im Hartplatz«, zeigte Scherm scheinbar Mitgefühl. »Hast du den Benjamin damals nicht als Letzter gesehen?«, fuhr er fort.

Lauerer sah ihn mit glasigen Augen an und nahm noch einen kräftigen Schluck.

»Jawoll, als Letzter. Ich habe ihn höchstpersönlich, höchstpersönlich verbuddelt. War eine Scheißarbeit«, lallte er, der Besinnungslosigkeit nahe.

Noch bevor Lauerer seinem Gast seine jüngsten Errungenschaften zeigen konnte, klingelte sein Handy.

»Hallo? – Ja. – Kommen Sie nur rauf.« Mit sehr schwerer Zunge hatte Lauerer dieses kurze Gespräch geführt.

»Peter, hau – jetzt – ab. Es kommt – Besuch«, artikulierte Lauerer nur noch sehr mühsam.

Das war zwar in Scherms Plan nicht vorgesehen, aber er hatte keine Wahl. Ohne Abschied trat Peter den Rückzug an und schaute, bevor er auf den Flur hinaustrat, vorsichtig nach rechts und links. Am anderen Ende des Ganges sah er noch Dr. Leonidas Stahlmann um die Ecke biegen. Peter Scherm benutzte das Treppenhaus neben dem Hausmeisterbüro, um schnell und ungesehen das Schulhaus zu verlassen. Er war sich sicher, dass Hans Lauerer seinen Besuch nicht mehr empfangen werden könnte.

Auf dem Heimweg überlegte er angestrengt, was diese Oberdrecksau Dr. Leonidas Stahlmann an einem Samstagnachmittag um diese Zeit so dringend mit seinem Hausmeister zu besprechen haben könnte.

* * *

Hannes Frauenknecht hatte sich von der merkwürdigen Party bei Jacky erholt und zu Mittag seine Lieblingstiefkühlpizza gegessen. Am Nachmittag überlegte er, ob er Jacky anrufen sollte. Den gestrigen Abend hatte er wieder und wieder durchdacht, hatte hin und her überlegt, ob und wie es mit seiner Beziehung zu Jacky weitergehen sollte. Einerseits war sie unbestreitbar eine Frau mit einer tollen Figur und einer enormen erotischen Ausstrahlung. Wenn man mit ihr alleine war, konnte sie durchaus witzig sein. Andererseits pflegte sie offenbar einen Umgang, mit dem er als Polizeibeamter höchstens dienstlich zu tun

hatte. Wenn er in diesem Milieu bliebe, wären ständig Loyalitätskonflikte zu erwarten. Als Basis für eine stabile Beziehung taugte das nicht. Und wenn er ganz ehrlich war: so toll Jacky im Bett sein mochte – wobei er sie ja nur unter Drogeneinfluss kannte – als Mutter seiner Kinder konnte er sie sich beim besten Willen nicht vorstellen.

Ihm fiel auf, dass er das erste Mal in seinem Leben ernsthaft über seine Zukunft nachdachte. An Frau, Kinder, Familie hatte er bisher keinen Gedanken verschwendet, sondern sein Leben in vollen Zügen genossen. Die Frauen kamen und gingen, Hauptsache er hatte seinen Spaß. Und jetzt das! Sollte er etwa doch schon erwachsen werden? Und wollte er das überhaupt?

Auch von der ziemlich durchgeknallten Idee, sich seine BMW auf die Brust tätowieren zu lassen, hatte er sich wieder verabschiedet. Er hielt das für nicht vereinbar mit seinem Beruf.

Er wollte sich mit einem Anruf vergewissern, ob Jacky zu Hause war, bevor er zu ihr ging.

»Hallo, Jacky, Hannes hier«, meldete er sich. Ihr Telefon hatte ziemlich lange geläutet, ehe sie dranging.

»Hallo«, antwortete sie müde. Obwohl es schon Nachmittag war, schien sie gerade erst aufgestanden zu sein.

»Störe ich?«, fragte Hannes.

»Nein. Was willst du?«, sagte sie und war offenbar wenig erfreut über Hannes‘ Anruf.

»Naja, wegen gestern. Bist du sauer auf mich?«, wollte er wissen.

»Ich war stocksauer, aber jetzt ist es vorbei. Wir haben die Nacht durchgemacht, geile Leute kennengelernt und viel Spaß gehabt«, erzählte sie.

»Künstlichen Spaß mit viel Pillen«, konnte er sich nicht verkneifen.

»Ja und? Wer bist du, dass du mir vorschreibst, was ich zu tun und zu lassen habe? Bist du ein Bulle?«, fragte sie wütend.

»Wenn ich ehrlich bin – ja. Auch deshalb bin ich gestern gegangen, weil ich sonst hätte einschreiten müssen«, beichtete er.

Am anderen Ende der Leitung herrschte ein überraschtes und entsetztes Schweigen. Er hörte Jacky nur erregt atmen.

»Du – du – du …«, ihr fiel kein ausreichend schlimmes Schimpfwort ein, das ihre Abscheu auch nur einigermaßen angemessen zum Ausdruck gebracht hätte.

»Ich kann dich gut verstehen«, versuchte er das Gespräch zu versachlichen. »Ich hätte von Anfang an mit offenen Karten spielen müssen. Es tut mir leid.«

Jacky fand immer noch keine Worte.

»Ich werde niemandem von deinen Drogenvorräten erzählen, du solltest aber vorsichtiger sein oder besser ganz aufhören mit dem Zeug«, riet er ihr. »Unsere Beziehung hat noch gar nicht richtig angefangen, da ist sie schon wieder zu Ende. Aber ich kann nicht mit einer Frau zusammen sein, wo ich nie sicher bin, ob die Gefühle, die du mir zeigst, echt sind oder drogenbedingt.« Es fiel ihm nicht leicht, so ehrlich zu sein. Aus früheren Beziehungen hatte er sich immer eher feige sang- und klanglos verabschiedet. Auch das war neu für ihn. Hatte er erwartet, dass Jacky in Tränen ausbrach und ihn bitten würde, doch bei ihm zu bleiben? Seinem Ego hätte das gut getan, aber die Situation hätte es verschlimmert.

Umso überraschter war er, als sie ihm knapp mitteilte, dass sie derselben Meinung sei und sie beide wohl nicht füreinander geschaffen seien. Bevor er noch ein paar Floskeln wie ›aber lass uns Freunde bleiben‹ oder ›wenn du was brauchst, melde dich einfach‹ loswerden konnte, hatte sie schon grußlos aufgelegt.

»Uff«, entfuhr es ihm erleichtert, aber eine kleine Verunsicherung blieb. Hatte Jacky es ihm wirklich so leicht gemacht oder heulte sie jetzt nicht doch ihr Kissen voll vor Sehnsucht nach ihm? Der Macho in ihm hatte noch nicht ganz aufgegeben.

* * *

Friedrich-Konrad Kanter hatte mittags das von seiner Schwester vorbereitete Gulasch mit Semmelknödeln mit großem Genuss gegessen. Kochen konnte sie, das musste er ihr lassen. Und jetzt drohte vielleicht ein Ende des bequemen Lebens, weil irgend so ein ›Von‹ sie betörte. Er wollte den Gedanken nicht zu Ende denken, schämte sich aber im selben Moment für seinen Egoismus. Er hatte kein Recht, über das Leben seiner Schwester zu bestimmen. Dennoch hoffte er, dass sich alles in Wohlgefallen auflösen und so bleiben würde, wie es war.

Er spülte sein Geschirr ab und hatte das Bedürfnis, Rolf an die frische Luft zu bringen. Der schaute zwar ganz verwundert ob er ungewohnten Zeit fürs Gassigehen, wedelte aber sofort unternehmungslustig mit dem Schwanz.

Kanter ging einfach drauf los und fand sich zwanzig Minuten später vor dem Reihenhaus der Schwingshackls in der Böcklinstraße wieder. Warum er ausgerechnet hierher gegangen war, wusste er nicht. Aber wenn er schon mal da war, klingelte er. Vielleicht war Georg ja zu Hause und zu einem Schwätzchen aufgelegt. Karin Schwingshackl öffnete die Tür und war überrascht, dass Kanter vor ihr stand. Karin würde in wenigen Tagen ihren fünfzigsten Geburtstag feiern, doch sah sie jünger aus. Sie trug Jeans und ein Sweatshirt und war offenbar gerade mit Hausarbeiten beschäftigt, worauf das Staubtuch hinwies, das sie in der Hand hielt.

»Ja grüß dich, Fritz! Das ist aber eine freudige Überraschung«, begrüßte sie den unerwarteten Gast. Sie freute sich wirklich, Kanter wieder zu sehen. Ihre letzte Begegnung lag schon einige Zeit zurück.

»Grüß dich, Karin. Ich hoffe, ich störe nicht. Ich war spazieren und hab mir gedacht, ich schau mal bei euch vorbei. Ist der Schorsch da?«, fragte er.

»Das tut mir jetzt sehr leid, Fritz, der ist schon heute früh zum Angeln gefahren. Aber komm doch rein. Magst du einen Kaffee?«, lud sie ihn ein.

»Schade, aber macht nix. Nein, danke, Karin, sehr lieb, aber ich marschiere dann einfach wieder heim. Grüß den Schorsch von mir«, verabschiedete er sich.

Er ging wieder die Jakobstraße hinauf Richtung Saas. Die Hundeleine baumelte ihm um den Hals, und er glaubte manchmal ein verwundertes Kopfschütteln bei richtigen Hundebesitzern zu bemerken, wenn er grüßend an ihnen vorbeiging. Manche hielten versteckt Ausschau nach dem dazugehörenden Hund.

Seine Schwester ging ihm nicht aus dem Sinn. Darüber hatte er mit Schorsch und Karin reden wollen. Merkwürdig war, dass Hannes nichts über diesen Siegfried von Bernburg herausgefunden hatte. Wenn der tatsächlich Anwalt in Hof war, musste er doch mit einem Klick im Internet zu finden sein. Kanter war jedenfalls sehr gespannt auf die morgige Rückkehr seiner Schwester und ihre Erzählungen.

Als er sich seinem Haus näherte, war ihm von weitem, als ob in der Einfahrt etwas Gelbes stehen würde. Am Haus angekommen, erkannte er Erikas quietschgelben Polo. Sie musste gerade angekommen sein, die Heckklappe stand noch offen. Auf den Stufen zur Haustür begegneten sie sich. Kanter konnte seine Überraschung nicht verbergen.

»Hallo, Erika. Du schon hier? Ist was passiert?«, fragte er besorgt.

»Erzähl ich dir gleich, Fritz«, erwiderte sie mit einem merkwürdigen Gesichtsausdruck, der nichts Gutes verhieß. »Ich bringe nur noch die Tasche rein und fahr das Auto in die Garage.«

»Gib mir die Tasche«, sagte Kanter und nahm sie seiner Schwester aus der Hand. »Ich warte drinnen auf dich.« Erika fuhr ihr Auto in die Garage und blieb noch einen Augenblick hinter dem Steuer sitzen. Dann stieg sie mit einem tiefen Seufzer aus und ging ins Haus.

»Wenn ich gewusst hätte, dass du heute schon wieder kommst, hätte ich was zum Kaffee besorgt«, sagte Kanter. »Soll ich uns trotzdem einen Kaffee machen?«, fragte er seine Schwester, die ihre Jacke auszog und auf die Garderobe hängte.

»Das wäre schön«, antwortete sie, und ihr Bruder begann, die altmodische Maschine mit Filter, gemahlenem Kaffee und Wasser zu bestücken.

Erika hatte in der Zwischenzeit zwei Tassen auf den Küchentisch gestellt. Solange der Kaffee durchlief, ging Kanter nach oben in seine Wohnung, zog seine Jacke und seine Schuhe aus und kehrte zu seiner Schwester zurück. Er war sehr gespannt zu erfahren, warum sie ihr Wellnesswochenende, auf das sie sich so gefreut hatte, so abrupt beendet hatte.

Kanter saß seiner Schwester am Küchentisch gegenüber und konnte unschwer erkennen, dass sie ziemlich erregt war. Etwas wollte aus ihr raus.

»Du glaubst nicht, Fritz, was mir passiert ist«, begann sie. Kanter richtete sich leicht auf.

»Erzähl!«, forderte er seine Schwester auf. Er war wirklich sehr neugierig.

»Am Freitagabend war alles noch bestens. Siegfried war ein galanter Begleiter und geistreicher Unterhalter beim Abendessen. Gegen elf trennten wir uns und gingen nach einem angenehmen Abend auf unsere Zimmer«, begann sie. »Heute früh hatte jeder seine Anwendungen, und wir trafen uns zum Mittagessen wieder. Auch dieses verlief noch harmonisch, obwohl ich schon zu merken glaubte, dass Herrn von Bernburg irgendetwas auf der Seele lag«, fuhr sie fort. Kanter nahm einen Schluck aus seiner Kaffeetasse und hörte gespannt zu.

»Nach dem Essen machten wir einen Spaziergang um den See. Wir waren kaum fünf Minuten gelaufen, als von Bernburg herumzudrucksen begann. Es sei ihm äußerst unangenehm, aber er sei kurzfristig und unvorhergesehen in einen ärgerlichen Liquiditätsengpass geraten. Er bräuchte bis Mittwoch fünfundzwanzigtausend Euro, weil er eine Eigentumswohnung gekauft habe und die jetzt anzahlen müsse. Fünfzigtausend habe er selbst flüssig, den Rest habe er erst in zwei Wochen zur Verfügung, weil er irgendwelche Anteile verkaufen wolle. Klang

alles ein bisschen, naja, ich sag mal vorsichtig – seltsam«, erzählte Erika. Auch Kanters Miene hatte sich verfinstert.

»Das stinkt drei Meilen gegen den Wind«, sagte er. »Du hast dich doch hoffentlich nicht drauf eingelassen«, wollte er wissen.

»Natürlich nicht, sonst wäre ich ja nicht da. Aber lass dir weiter erzählen. Du musst dir das vorstellen. Der will einen Haufen Geld von mir und investiert nix. Der hat nicht einmal den leisesten Versuch unternommen, sich mir körperlich irgendwie zu nähern und einen auf große Liebe zu machen. Der hat gedacht, sein zweifellos vorhandener Charme reicht, um mich auszunehmen wie eine Weihnachtsgans.« Kanter konnte Erikas Empörung noch deutlich spüren.

»Als ich ihm sagte, dass ich – erstens – soviel Geld nicht habe, und – zweitens – das, was ich habe, nicht flüssig ist, war es mit dem Charme schlagartig vorbei. Er sagte, es täte ihm leid, dass er mich falsch eingeschätzt hätte, stand auf, verabschiedete sich knapp und verließ das Hotel. Ist doch komisch, findest du nicht?«, sagte sie.

Das fand ihr Bruder auch.

»Hast du ein Foto von dem Herrn?«, wollte er wissen.

»Wir haben letzte Woche Fotos gemacht, als Hermine dabei war. Auf meinem Handy ist bestimmt was«, sagte Erika und holte ihr Smartphone. Und tatsächlich fand sich ein durchaus brauchbares Foto des Herrn. Kanter versprach, das Bild am Montag mit ins Kommissariat zu nehmen und entsprechende Nachforschungen anstellen zu lassen. Siegfried von Bernburg hieß der Mann bestimmt nicht.

»Mir ist ja kein Schaden entstanden«, wandte Erika ein, »aber wer weiß, wen der schon alles ausgenommen hat und noch ausnehmen will.«

Das Gespräch mit ihrem Bruder hatte Erika sehr gut getan, und sie hatte sich wieder beruhigt.

»Du hast völlig richtig reagiert«, lobte Kanter seine Schwester. »Solchen Männern müssen wir das Handwerk legen.«

Der Kaffee war längst kalt geworden, außerdem war es schon Zeit zum Abendessen. Erika lud ihren Bruder ein, mit ihr noch eine Kleinigkeit zu essen, was dieser dankend annahm. Danach machte er sich gestärkt und bester Laune auf den Weg zu seinen Eiskalten Eskimos. Er würde dem wildernden Leichenfledderer und der tranigen Kegelrobbe, also Moretti und Schmidtchen, einiges zu berichten haben. Es versprach, ein wie immer feuchtfröhlicher Abend zu werden.

* * *

Richard und Kerstin Schröder saßen am Samstagabend kurz vor acht in ihrem Wohnzimmer und warteten auf die Tagesschau und die Schlagershow im ersten Programm, als Richards Handy klingelte. Er sah seine Frau verwundert an.

»Wer ruft denn um diese Zeit noch an«, murmelte er und drückte die Taste mit dem grünen Telefon.

»'n Abend Richard, Peter hier«, meldete sich der Anrufer. »Bitte entschuldige die späte Störung, aber ich muss dir dringend was erzählen.«

»Du störst nicht, Peter. Was gibt's denn so Dringendes?«, fragte Richard Schröder gespannt.

Peter Scherm berichtete, wie er am Nachmittag mit Lauerer und einigen anderen vom Musiksaal des CEG aus das Fußballspiel geschaut hatte. Hans Lauerer habe sich gefreut, ihn nach so langer Zeit wieder einmal beim Fußball zu sehen. Als das Spiel vorbei war und die anderen Männer gegangen waren, habe Lauerer ihn noch auf ein Bier in sein Büro eingeladen, weil er ihm seine neuesten Errungenschaften zeigen wollte. Gemeint hat er wohl wieder irgendwelche Pornos oder sonstigen Schweinkram.

»Ich bin ja aber nur hingegangen, weil ich dem Lauerer einen Denkzettel verpassen wollte. Du erinnerst dich, Richard, wir waren uns einig, dass Lauerer bei Benjamins Verschwinden die Finger im Spiel

gehabt haben muss und wir ihm eine Lektion erteilen wollten«, bemerkte Scherm.

»Lauerer war schon ziemlich angesoffen, als wir in seinem Kabuff ankamen. Er konnte kaum mehr den Laptop aufmachen. Daneben stand seine Bierflasche, und da habe ich die Gelegenheit genutzt und ihm eine ordentliche Prise K.-o.-Tropfen reingeschüttet. Der war schon so knülle, der hat nix mitgekriegt«, erzählte Scherm nicht ohne Stolz. »Und das Tollste kommt noch: In seinem Suff hat er mit brühwarm erzählt, dass er damals den Benjamin vergraben hat«, fügte er noch hinzu.

»Also doch!«, entfuhr es Schröder. »Wie wir gedacht haben. Der Lauerer hängt da mit drin.«

»Ich wollte Lauerer zuschauen, wie er das Bewusstsein verliert und völlig hilflos vor mir liegt. Dann wollte ich ihn so demütigen, dass er ein für allemal erledigt wäre. Ich hätte ihn ausgezogen, ihm das Wort ›Drecksau‹ auf seinen fetten Wanst geschrieben, ihn in die Pausenhalle gelegt und fotografiert. Die Fotos hätte ich ins Netz gestellt.« Peter Scherms Stimme klang sehr erregt.

»Leider kam es nicht mehr dazu. Lauerer bekam einen Anruf von unserem Freund Leonidas Stahlmann und schickte mich weg. Da konnte er schon kaum mehr die Augen offen halten. Bevor ich gegangen bin, habe ich vorsichtig auf den Gang geschaut und konnte am anderen Ende Stahlmann um die Ecke biegen sehen. Ich hab mich dann schnell davon gemacht, damit er mich nicht sieht«, schloss Scherm seinen Bericht.

»Danke, dass du dir für den Benjamin so viel Mühe gemacht hast. Dem Lauerer wird auch so noch einige Zeit der Schädel brummen, glaube ich«, sagte Richard Schröder.

»Worauf du einen heben kannst«, erwiderte Scherm. »Wir müssten uns in der Woche mal treffen, um zu besprechen, wie wir dem Stahlmann auch eins auswischen können. Passt's dir am Donnerstagabend?«, fragte er.

»Komm einfach vorbei, ich hab am Donnerstag frei«, gab Richard Schröder zurück.

»Ich werde da sein, Richard. Schönen Abend noch, und grüße Kerstin von mir«, verabschiedete sich Peter Scherm.

11

Die drei Kommissare waren am Montag früh noch nicht richtig im Büro angekommen, als auch schon Kanters Telefon läutete. Am anderen Ende war ein hörbar aufgeregter Dr. Leonidas Stahlmann.

»Sie müssen sofort kommen! Der Hausmeister Lauerer liegt tot im Treppenhaus!«, rief Stahlmann ins Telefon.

»Wir kommen! Und sie fassen nichts an und sorgen dafür, dass niemand in die Nähe des Toten kommt«, befahl Kanter und legte auf.

»Schorsch, du brauchst dich gar nicht hinsetzen. Der nächste Tote im CEG. Das war der Stahlmann. Er hat den Hausmeister tot aufgefunden. Hannes, du machst Innendienst und rufst bitte sofort den Heiner an, der soll sich mit seinen Erdmännchen gleich auf den Weg machen. Und der Moretti auch!«, wies Kanter seinen Kollegen an. »Und rufe mich an in der Not! Psalm 50!«, gab er Hannes noch mit.

Kurze Zeit später empfing Leonidas Stahlmann die Polizisten am Parkplatzeingang der Schule. Die ersten Schüler strömten auch schon ins CEG, und sie sahen, wie Studiendirektor Michael Merkel die Kinder in bestimmte Räume dirigierte und beruhigend auf sie einredete.

Stahlmann war sichtlich aufgeregt und führte die Kommissare in das Treppenhaus, das zum Main hin gelegen war. Dort fanden sie auf dem Absatz zwischen dem ersten und zweiten Stock den toten Hans Lauerer vor. Dem ersten Anschein nach war er über das Treppengeländer im zweiten Stock hinuntergestürzt und hatte sich vermutlich tödliche Verletzungen zugezogen.

Moretti, der inzwischen eingetroffen war, machte sich an eine erste Untersuchung.

»Also, Fritz, wie's aussieht, ist der Mann von da oben«, er deutete zu dem Treppengeländer über ihnen, »hierher heruntergestürzt und hat sich allerlei schlimme Verletzungen zugezogen. Was genau alles kaputt gegangen ist, kann ich dir nach der Obduktion sagen, aber mit Si-

cherheit ist auch das Genick gebrochen, was für sich alleine schon gern zum Tod führt. Wenn mich meine Nase nicht ganz trügt, rieche ich noch schwache Spuren von Allohol«, fügte er vielsagend hinzu. »Die Totenstarre geht schon wieder zurück, was bedeutet, dass der Mann sich vor mehr als vierundzwanzig Stunden hier zur ewigen Ruhe begeben hat. Genauere Angaben kriegt ihr, wenn ich ihn fachgerecht aufgeschnitten und alle relevanten Untersuchungen durchgeführt habe«, sagte er noch. Moretti pflegte und liebte seine wortreiche und umständliche Ausdrucksweise. »Seine Hosentaschen waren übrigens leer. Keine Schlüssel, kein Geldbeutel, kein nichts«, ergänzte er noch.

»Sehr merkwürdig, in der Tat. Unfall? Suicid? Mord?«, fragte Kanter.

»Alles möglich«, antwortete Moretti knapp.

»Dann lass ich dich mal ungestört weitermachen, Fred«, sagte Kanter und verabschiedete sich von dem Rechtsmediziner. Er begab sich wieder hinauf zu Georg Schwingshackl und Stahlmann in den zweiten Stock.

»Wie haben Sie den Toten gefunden, Herr Dr. Stahlmann?«, wollte Kanter wissen.

Leonidas Stahlmann berichtete, dass er wie jeden Tag kurz vor sieben in seine Schule gegangen sei. Er habe es schon immer für seine Pflicht als Schulleiter gehalten, morgens der Erste im Hause zu sein. Überrascht habe er feststellen müssen, dass die Eingangstüren zur Schule noch verschlossen waren, was gänzlich ungewöhnlich war, weil Hausmeister Lauerer alle Türen kurz nach drei viertel sieben aufsperrte. Also habe er die Tür selbst aufgeschlossen, sei in sein Büro gegangen und habe Lauerer auf dessen Diensthandy angerufen. Dort habe sich nur die Mailbox gemeldet. Dies habe seine Verwunderung verstärkt, weil Lauerer noch nie zu spät gekommen sei. Er habe sich zu Lauerers Wohnung begeben, die zur Mainseite hin gelegen ist. Sein Klingeln dort sei ebenfalls unbeantwortet geblieben.

»Dann ging ich in Lauerers Bürokabuff im zweiten Stock des Fachtrakts und wollte dort nachsehen. Auf dem Weg dorthin habe ich ihn hier gefunden. Dass für Lauerer jede Hilfe zu spät kam, habe ich gleich erkannt. Er war schon ganz kalt und steif. Und dann der starre Blick!«, berichtete Stahlmann sichtlich aufgewühlt.

Kanter und Schwingshackl hörten aufmerksam zu. Die Aufregung des Schulleiters legte sich nur langsam. Inzwischen hatte auch Heiner Erdmann mit seiner Truppe die Arbeit aufgenommen. Kanter und Schwingshackl ließen sich von Leonidas Stahlmann das Büro des Hausmeisters zeigen. Aufsperren konnte es der Schulleiter mit seinem Generalschlüssel nicht, weil Lauerer ein Schloss eingebaut hatte, zu dem offenbar nur er einen Schlüssel hatte. Stahlmann schien darüber nicht sehr verwundert zu sein. Also mussten Heiner Erdmanns Leute aufmachen.

»Wann waren Sie zuletzt hier drin?«, wollte Georg Schwingshackl vom Schulleiter wissen, als sie das ‚Büro' betreten hatten. Den Männern bot sich ein Bild der Unordnung. Bierflaschen, zum Teil noch mit Inhalt, Papiere, Kartons, diverse Abfälle, alles ziemlich durcheinander. Es roch nach kaltem Rauch und abgestandenem Bier. Auf dem Schreibtisch ein zusammengeklappter Laptop, daneben ein Schlüsselbund und zwei Bierflaschen.

Kanter stutzte. Irgendetwas störte ihn. Im Augenblick kam er aber nicht darauf und er wendete sich wieder dem Schulleiter zu.

»Wann zuletzt hier?« Leonidas Stahlmann schien angestrengt zu überlegen. »Das ist ewig her. In diesen Raum konnte außer Lauerer niemand. Das war sein Heiligtum. Sie haben das ja am ausgetauschten Schloss selbst gesehen. Und was hätte ich auch hier gesollt?«, fragte der Schulleiter.

Michael Merkel, der stellvertretende Schulleiter, schien inzwischen Routine darin zu haben, die Schule bei Leichenfunden in einen geordneten Zustand zu versetzen. Jedenfalls war nirgends etwas von Aufregung oder gar Panik zu spüren. Den Unterricht aus dem Fachtrakt hatte

er zügig auf andere Räume verteilt. Hier am Ort des Geschehens waren sie den Spurensicherern jetzt nur im Weg. Deshalb gingen sie ans andere Ende des Ganges und ließen sich von Leonidas Stahlmann das erste Klassenzimmer aufsperren. Es war offenbar ein Kunstsaal, zumindest deuteten die herumstehenden Plastiken und die Gemälde an der Wand darauf hin.

»Einer unserer zwei Kunstsäle«, erläuterte Stahlmann mit sichtlichem Stolz.

Die Polizisten und der Schulleiter setzten sich auf die Schülerstühle, die ein bisschen zu niedrig für die erwachsenen Männer waren. In Kanter kamen Erinnerungen an seinen eigenen Unterricht in diesem Raum auf, obwohl er nie ein großer Künstler gewesen war.

»Unser Rechtsmediziner vermutet nach seinem ersten Eindruck sehr stark, dass Herr Lauerer seit etwa Samstagnachmittag tot ist. Wissen Sie, was er um diese Zeit in seinem sogenannten Büro gewollt haben könnte?«, begann Kanter die Befragung. »Das ist doch bestimmt nicht seine übliche Dienstzeit, oder?«, ergänzte er.

»Wahrscheinlich hat er mit seinen Kumpels wieder ein Fußballspiel im Stadion angeschaut«, sagte Stahlmann. »Ich war am Samstagnachmittag auch mal kurz in der Schule, weil ich noch etwas zu erledigen hatte. Da habe ich fremde Autos auf unserem Parkplatz gesehen«, berichtete er.

Auf Kanters Nachfrage, was es mit dem Fußballschauen auf sich hätte, erzählte der Schulleiter von Lauerers Gewohnheit und der Gesellschaft, die er sich dazu einlud.

»Kennen Sie die Leute, die da mit ihm schauten?«, wollte Kanter wissen.

»Nicht alle, und es sind auch nicht immer dieselben da«, erwiderte Stahlmann. »Ich weiß aber, dass manchmal sogar Kollegen sich dieses Privilegs erfreuen, zum Beispiel der Kollege Riedel.«

Georg Schwingshackl notierte sich den Namen. Sie würden ihn sich gleich vornehmen, wenn sie mit Leonidas Stahlmann hier fertig waren.

»Wann haben Sie die Schule verlassen, Herr Dr. Stahlmann?«, fragte Kanter und knackte seine linke Hand durch. Stahlmann zuckte leicht zusammen. Wie er dieses Geräusch hasste! Es entstand eine kleine Pause, in der Leonidas Stahlmann nachzudenken schien, um welche Uhrzeit er die Schule verlassen hatte.

»Das muss so gegen drei viertel vier oder vier gewesen sein. Auf die Uhr habe ich nicht geschaut, warum auch«, sagte er und bemühte sich, möglichst glaubwürdig zu wirken. Georg Schwingshackl notierte sorgfältig mit.

»Hat Sie jemand gesehen, wie Sie gegangen sind?«, hakte Kanter nach.

»Ich habe niemanden bemerkt«, sagte Stahlmann. »Aber die Autos von Lauerers Gästen standen noch da, das Spiel war also noch nicht zu Ende.«

»Wo sind Sie von der Schule aus hingefahren?«, setzte Kanter die Befragung fort.

Stahlmann sagte, er sei auf direktem Weg nach Hause gefahren. Seine Frau könne ihnen bestimmt genauer sagen, wann er eingetroffen wäre. Dann sei er in sein Arbeitszimmer gegangen, um in Ruhe ein Buch zu lesen.

»Und Sie bleiben dabei, dass Sie Lauerer an diesem Nachmittag oder Abend nicht gesehen oder gesprochen haben«, beharrte Kanter und knackte sich durch die andere Hand.

Stahlmann nickte nur und gab zu erkennen, dass er das Gespräch jetzt für beendet betrachtete, indem er Anstalten machte, sich zu erheben.

»Moment, Herr Dr. Stahlmann, nicht so eilig. Eine Frage haben wir noch«, beendete Kanter den Rückzug des Schulleiters abrupt. Der sank wieder auf seinen Stuhl zurück. »Sie wussten also von Lauerers Gesellschaft in Ihrem Musiksaal? Haben Sie ihm das erlaubt?«, sagte Kanter in einem etwas schärferen Ton.

»Nicht direkt. Ich habe es geduldet, will ich mal sagen. Am Samstagnachmittag stören die da niemanden, kaputt machen sie auch nichts. Und wenn, hätte Lauerer es sowieso reparieren müssen. Also warum sollte ich meinem Hausmeister seinen Spaß verderben?«, fragte Stahlmann.

Wirklich ein großzügiger Chef, dachte Kanter, der um das Wohlbefinden seiner Untergebenen sehr besorgt ist. So kennen wir Dr. Leonidas Stahlmann gar nicht. Er hütete sich wohl, seine Gedanken laut werden zu lassen.

»Das ist sehr freundlich von Ihnen, Herr Dr. Stahlmann, so einen Chef würden wir uns auch wünschen, gell Schorsch?«, scherzte Kanter. Er vermied es gerade noch, sich vor gespielter Fröhlichkeit auf die Schenkel zu klopfen.

Leonidas Stahlmann verstand die triefende Ironie sehr wohl und blickte leicht indigniert drein, was Kanter aber völlig ignorierte.

Inzwischen war es in der Schule doch lauter geworden. Die große Pause hatte begonnen, und jetzt drängten sich viele Schüler hinter den Absperrbändern vor dem Fachtrakt. Mehrere Lehrer versuchten zunächst vergeblich, dem Andrang Herr zu werden. Erst Michael Merkel gelang es, die Schüler wieder zu zerstreuen, indem er ihnen unmissverständlich klar machte, dass es nichts mehr zu sehen gäbe. Der Mann hatte die Kinder wirklich im Griff. Seine imposante Gestalt verlieh zusätzlich allem Nachdruck, was er anordnete.

Friedrich-Konrad Kanter und Georg Schwingshackl entließen Leonidas Stahlmann in sein Büro nicht ohne den ausdrücklichen Hinweis, sich zur Verfügung zu halten und gegenüber den Medien absolute Zurückhaltung zu üben. Außerdem solle er den Herrn Riedel unverzüglich hierher schicken.

Mit leicht hängenden Schultern verließ Stahlmann den Raum und ging in das Büro seines Stellvertreters. Er beauftragte Michael Merkel, sofort nach dem Kollegen zu suchen und ihn zu ihm zu schicken, egal,

ob der jetzt gleich Unterricht hätte oder nicht. Gegebenenfalls musste er halt für Vertretung sorgen.

Zum Glück befand sich Markus Riedel noch im Lehrerzimmer und hatte in der folgenden Stunde keinen Unterricht. Auf sein Klopfen an der Tür des Direktors ertönte ein lautes »Herein!« Riedel folgte der Aufforderung ohne zu zögern.

»Guten Morgen, Herr Riedel«, empfing der Schulleiter den Lehrer. »Sie haben mitbekommen, was in unserer Schule schon wieder los ist?«, wollte er wissen. »Waren Sie am Samstagnachmittag beim Lauerer zum Fußballschauen?«

Markus Riedel war vierzig Jahre alt und unterrichtete Mathematik und Sport männlich. Dies sah man ihm auch an, denn sein muskulöser, durchtrainierter Körper zeichnete sich unter dem T-Shirt ab, das er trug. Er war in Sportkleidung erschienen, weil er vor der Pause und auch nach seiner Freistunde Sportunterricht hatte. Sein kurz geschnittenes braunes Haar war über der Stirn schon etwas gelichtet.

»Jawohl, Herr Dr. Stahlmann«, antwortete Riedel.

»Was ›jawohl‹? Jawohl, Sie haben etwas mitbekommen oder jawohl, Sie waren bei Lauerer«, setzte Stahlmann nach.

»Beide Male jawohl«, erwiderte der Sportlehrer kurz angebunden.

»Haben Sie etwas mitbekommen? Hat es Streit gegeben oder so was?«, wollte Stahlmann wissen. »Oben im Kunstsaal wartet die Kriminalpolizei auf Sie. Überlegen Sie sich gut, was Sie sagen werden«, warnte Leonidas Stahlmann seinen Lehrer unverhohlen.

»Es gab keinen Streit, und ich werde bei der Polizei wahrheitsgemäß aussagen, Herr Direktor, da müssen Sie sich keine Sorgen machen«, versuchte Riedel seinen Schulleiter zu beruhigen. »Wenn das von Ihrer Seite alles war, gehe mal zu den Polizisten.« Leonidas Stahlmann nickte und entließ Markus Riedel wortlos.

Kanter nutzte die Wartezeit, um Oberstaatsanwalt Schmidtchen anzurufen, der von Hannes natürlich gleich am Morgen über den neuerli-

chen Leichenfund in Kenntnis gesetzt worden war. Jetzt teilte der Kommissar dem Oberstaatsanwalt die letzten Erkenntnisse ihrer Ermittlungen mit und bat ihn, einen Durchsuchungsbeschluss für Lauerers Wohnung und seine Räume in der Schule zu besorgen. Das sogenannte Büro des Hausmeisters habe die Spurensicherung zwar schon unter die Lupe genommen, aber da müsste unbedingt noch genauer nachgeschaut werden. Und auch im Keller solle es noch eine Art Werkstatt geben, die sie sich ansehen müssten.

Schmidtchen sagte seinem Freund zu, die erforderlichen Dokumente umgehend zu besorgen. Sie sollten einfach weitermachen.

Die Tür zum Kunstsaal war offen, und die beiden Kommissare standen am Fenster und blickten auf das Stadion. Man hatte wirklich einen prächtigen Blick auf das Spielfeld. Riedel räusperte sich und zeigte so seine Anwesenheit an. Kanter und Schwingshackl drehten sich um, stellten sich vor und begrüßten den Lehrer.

»Herr Riedel«, begann Kanter, nachdem sie sich alle gesetzt hatten, »vielen Dank, dass Sie Zeit für uns haben. Herr Dr. Stahlmann hat uns mitgeteilt, dass Sie manchmal vom Musiksaal aus Fußballspiele anschauen. Stimmt das?«, fragte er. Georg Schwingshackl hatte seinen Notizblock geöffnet und schrieb die wesentlichen Informationen mit.

»Das stimmt. Wenn ein interessantes Spiel ansteht, gehe ich da schon mal hin«, erzählte er.

»Waren Sie am vergangenen Samstag auch da?«, wollte Kanter wissen. »Sie haben inzwischen bestimmt mitbekommen, dass Herr Lauerer heute morgen tot aufgefunden wurde.«

»Das hat sich sehr schnell herumgesprochen, ja«, bestätigte Riedel. »Das Spiel am Samstag habe ich mit den anderen geschaut, das stimmt«, sagte er ganz offen.

»Erzählen Sie doch mal, was geht da ab, und vor allem müssen wir wissen, welche Personen noch anwesend waren«, forderte Kanter ihn zum Sprechen auf.

»Also, das Publikum ist bunt gemischt, im Wesentlichen ist es aber immer derselbe Kreis, der sich da trifft. Am letzten Samstag waren da – lassen Sie mich überlegen, damit ich niemanden vergesse«, sagte er und überlegte.

»Die meisten kenne ich nicht näher, aber ok. Da war ein gewisser Harry Sebald, dürfte so um die sechzig sein. Anscheinend ein alter und sehr trinkfester Kumpel von Hans Lauerer. Dann Bernd Kaminski, ein ehemaliger Schüler des CEG, den Lauerer noch aus dessen Schulzeit kennt, und schließlich ein Uwe Jürgens, so um die Mitte fünfzig, wohnt in dem Haus gegenüber dem Verwaltungstrakt des CEG. Den kannte Hans Lauerer wohl auch schon sehr lange«, zählte Riedel auf. »Und ein Neuer war da, den ich noch nie hier gesehen habe, den Lauerer aber offenbar von früher kannte. Jedenfalls taten die beiden sehr vertraut. Lauerer stellte ihn als Peter Scherm vor.«

Kanter und Schwingshackl zuckten unmerklich zusammen, als sie diesen Namen hörten, ließen Markus Riedel aber erstmal weiterreden. Kanter knackte einige Male mit den Fingern, um Riedels Reaktion zu testen. Der schien es aber gar nicht wahrgenommen zu haben.

»Wir schauen zusammen Fußballspiele an, wobei außer mir und Kaminski alle ziemlich dem Alkohol zusprechen, wenn ich das mal so vorsichtig ausdrücken darf. Im Lauf des Spiels geht schon mal ein Kasten Bier oder mehr drauf, und Schnaps ist auch immer zur Hand. Da ist am Ende eines Spiels beste Stimmung«, berichtete er.

»Und wie war es an diesem Samstag? Gab es Streit?«, fragte Kanter.

»Es war eigentlich wie immer. Lauerer und seine Kumpels haben ordentlich gezecht, ich begnügte mich mit einem Bier pro Halbzeit. Ich musste ja noch mit dem Auto nach Hause fahren. Streit gab es keinen. Gibt es eigentlich nie, das finde ich so angenehm an dem Kreis. Nach dem Schlusspfiff haben alle noch ihr Bier ausgetrunken, kurz das Spiel analysiert, was einigen wegen ihrer Alkoholisierung schon ziemlich schwer fiel, und die Schule verlassen. Am Rande habe ich mitbekom-

men, dass Lauerer diesen Peter Scherm fragte, ob er noch einen Augenblick mit in sein Büro kommen wollte, er wolle ihm etwas zeigen«, fuhr Riedel in seinem Bericht fort.

»Wenn ich Sie richtig verstehe, war also dieser Peter Scherm mit Lauerer allein, nachdem Sie gegangen waren«, versicherte sich Kanter. »In welchem Zustand waren die beiden?«, fragte er noch nach.

»Ja, außer Scherm und Lauerer war wohl niemand mehr in der Schule. Obwohl, wenn ich es recht bedenke, als ich mit meinem Auto den Schulparkplatz verließ, stand auch noch der Wagen des Direktors da«, sagte Riedel.

Wieder sahen sich die beiden Kommissare vielsagend an. Stahlmann hatte sie also belogen! Schorsch notierte eifrig mit.

»Sind Sie sicher, dass es das Auto von Dr. Stahlmann war?«, fragte Kanter sicherheitshalber noch einmal nach.

»Aber ja, ich kenne doch das Auto meines Chefs. Mercedes B-Klasse, Kennzeichen BT-LS 1. Typisch, dieses Kennzeichen, wenn Sie mich fragen«, fügte Riedel abschätzig hinzu. Seine Sympathie für Leonidas Stahlmann schien sich in engen Grenzen zu halten.

»Der Bernd, ich meine Herr Kaminski, hat mit mir zusammen die Schule verlassen. Er hatte auch nur ein oder zwei Bier getrunken. Sein Auto stand ebenfalls auf dem Parkplatz. Er müsste meine Beobachtung bestätigen können«, sagte Riedel.

Georg Schwingshackl notierte auch das sorgfältig. Leonidas Stahlmann würde sich bei der nächsten Befragung warm anziehen müssen.

»In welchem Zustand befand sich Lauerer, als er sich mit diesem Mann zurückzog?«, wollte Kanter wissen.

»Naja, er war schon ziemlich angetrunken. Er schwankte leicht, und seine Aussprache war entsprechend undeutlich. Schwere Zunge halt«, beschrieb Riedel den Hausmeister. »Aber es ist ein offenes Geheimnis am CEG, dass Lauerer eine ganze Menge verträgt, wenn Sie verstehen, was ich meine«, bemerkte Riedel verschwörerisch.

Natürlich verstanden die Kommissare. Sie hatten in den letzten Tagen viel über die Zustände an diesem altehrwürdigen Gymnasium gelernt.

»Kennen, nein, kannten Sie Lauerer näher?«, wollte Kanter wissen.

»Er war zwar unser Hausmeister, und in dieser Funktion hatte ich gelegentlich natürlich mit ihm zu tun. Aber privat haben wir uns außer beim Fußball nicht gesehen«, sagte Riedel. »Ich weiß nur, dass er allein in der Hausmeisterwohnung gelebt hat. Was er sonst in seiner Freizeit gemacht hat, weiß ich nicht.«

»Wann haben Sie die Schule verlassen?« Die Antwort auf diese wichtige Frage war für Kanter und Schwingshackl ganz entscheidend.

»Also, das Spiel begann um vierzehn Uhr.« Riedel schien im Kopf die beiden Halbzeiten und die Pause dazwischen zu addieren. »So gegen drei viertel vier war das Spiel aus. Vielleicht ein paar Minuten später, wegen der Nachspielzeit. Bis wir ausgetrunken und uns verabschiedet hatten, wird es wohl viertel fünf gewesen sein. Ich erinnere mich: Ich habe mein Autoradio angemacht und ›Heute im Stadion‹ gehört. Sie kennen diese Kultsendung auf Bayern eins bestimmt. Rundfunkübertragung der Fußballbundesliga! Habe ich schon als Kind immer gehört. Als ich losfuhr, war auf den Plätzen gerade Halbzeit. Die Spiele beginnen um fünfzehn Uhr dreißig, das heißt Halbzeit ist gegen sechzehn Uhr fünfzehn. Das kommt hin«, beendete Riedel seinen Bericht.

Sowohl Kanter als auch Schwingshackl interessierten sich für Fußball, so dass ihnen diese Kultsendung geläufig war. Für Riedels Zeitangabe war sie daher bestens geeignet.

Brennend interessiert waren die Kommissare, ob Markus Riedel Näheres über diesen Peter Scherm wusste. Auf Kanters Frage musste er allerdings passen. Dieser Scherm sei in der Gruppe an den Fenstern des Musiksaals gesessen, Kaminski und er in der Nähe. Dass über diesen Scherm irgendwas Persönliches gesprochen wurde, habe er nicht mitbekommen. Er selbst habe diesen Mann zum ersten Mal gesehen.

Allerdings, wenn er es recht bedenke, sei ihm eine gewisse Ähnlichkeit mit jemandem aufgefallen. Er komme im Augenblick aber nicht drauf, mit wem.

In Kanter keimte die Hoffnung auf, diesem Phantom Peter Scherm näherzukommen.

»Das ist sehr schade«, bedauerte Kanter. »Sobald Ihnen einfällt, wem dieser Peter Scherm Ihrer Meinung nach ähnelt, sagen Sie uns bitte sofort Bescheid. Hier ist meine Karte, unter diesen Telefonnummern erreichen Sie mich Tag und Nacht«, sagte Kanter nachdrücklich.

»Wir werden bestimmt noch Fragen an Sie haben, also halten Sie sich bitte zu unserer Verfügung. Für heute danken wir Ihnen ganz herzlich. Sie haben uns sehr geholfen.« Die Kommissare gaben Riedel die Hand und entließen ihn.

»Da haben wir doch sehr viel Interessantes erfahren, oder was meinst du, Schorsch«, wandte Kanter sich an seinen Kollegen.

Die Kommissare gingen zurück in den zweiten Stock, wo Heiner Erdmann noch mit ein paar seiner Männer bei der Arbeit war.

»Na, Heiner, wie läuft's? Habt ihr schon was Interessantes für uns?« wandte Kanter sich an den Chef der Kriminaltechnik, der in seinem weißen Ganzkörperschutzanzug kaum wiederzuerkennen war.

»Servus, FKK«, begrüßte Erdmann den Kommissar. »Spuren gibt's hier zum Säue füttern. Reichlich Fingerabdrücke, Flüssigkeiten, Abfall. Aber du siehst ja selbst. Krankhaft ordentlich war euer Hausmeister nicht. Wird eine Weile dauern, bis wir hier durch sind«, sagte er. »Aber das hier«, er reichte ihnen ein Notizheftchen, »wird euch sehr interessieren. Das ist anscheinend Lauerers Adressbuch. Und dieser dicke Schlüsselbund gehörte ihm sicher auch. Den Schlüsselbund bitte nur mit Handschuhen benutzen! Wir müssen noch die Fingerabdrücke checken.« Erdmann überreichte ihnen den Schlüsselbund, an dem sich tatsächlich sehr viele unterschiedlich große Schlüssel befanden. Etliche waren mit Schildchen versehen, um zu kennzeichnen, zu welchen

Räumen oder Schränken sie gehörten. Kanter und Schwingshackl hofften, dass auch die Wohnungsschlüssel dabei waren.

»Danke, Heiner«, sagte Kanter, gab den Schlüsselbund vorsichtig an Schwingshackl weiter und blätterte durch das Heftchen. Schon auf den ersten Blick erkannte er, dass Lauerer hier Adressen und Telefonnummern von seinen Kumpels, Bekannten und wem auch immer notiert hatte. Das würde ihnen die Arbeit sehr erleichtern, mussten sie doch nicht erst selbst mühsam ermitteln, wo die Fußballfans zu finden waren. Gleich wenn sie zurück im Kommissariat waren, würde Hannes sich daran machen müssen, die Herrschaften vorzuladen. Leider fand er aber nichts zu diesem Peter Scherm in dem Heftchen.

»Wenn ihr hier fertig seid, kommt ihr bitte runter in die Wohnung des Toten. Schmidtchen besorgt die Anordnung. Schorsch und ich gehen schon mal vor und schauen uns vorsichtig um. Ich bin sehr neugierig, wie der Herr Hausmeister so gewohnt hat«, sagte Kanter, klopfte Heiner Erdmann anerkennend auf die Schulter. Schorsch Schwingshackl verabschiedete sich, indem er sich mit dem Zeigefinger an die Schläfe tippte wie ein angedeuteter militärischer Gruß. »Habe die Ehre, Heiner.«

Auf dem Weg zu Lauerers Wohnung rief Schwingshackl bei Hannes im Büro an, informierte ihn kurz über die ersten Ermittlungsergebnisse und gab ihm die Namen und Telefonnummern der Fußballzuschauer vom Samstag durch. Er solle sie anrufen und schnellstmöglich ins Kommissariat vorladen.

Inzwischen waren die Kommissare an Lauerers Dienstwohnung angekommen. Der kleine Bungalow war direkt an die Schule angebaut und lag zum Ellrodtweg hin. Von dort konnte man ohne den Umweg über die Schule direkt in die Wohnung gelangen. Schwingshackl hatte sich ebenso wie Kanter die weißen Einwegschutzhandschuhe übergezogen und wühlte sich durch den Schlüsselbund. Er probierte verschiedene, potenziell passende Schlüssel aus. Es waren etliche Versuche nötig, ehe er tatsächlich den richtigen Schlüssel gefunden hatte. Er

schloss auf, und die Kommissare betraten den dunklen Flur. Schon hier roch es nach kaltem Rauch. Kanter fand einen Lichtschalter und knipste das Licht an. Von dem Flur gingen etliche Türen ab. Vorsichtig verschafften sich Kanter und Schwingshackl einen Überblick, indem sie nach und nach die Türen öffneten und einen Blick in die Räume warfen. Hinter der ersten Tür auf der linken Seite befand sich das Badezimmer, das einen unaufgeräumten Eindruck machte. Handtücher und diverse Wäschestücke lagen durcheinander auf dem Boden und in der Badewanne.

Danach gelangten sie in Lauerers Schlafzimmer. Ein Kleiderschrank, eine Kommode, ein Doppelbett und daneben zwei Nachtkästchen stellten die Möblierung dar. Nur eines der Betten war benutzt, auf dem anderen lag nur eine Decke, aber kein Bettzeug. Das Bett war schmuddelig und ungemacht. Auch hier lagen Kleidungsstücke herum.

Ihr Rundgang führte sie in einen kleineren Raum, der früher wohl als Kinderzimmer diente, in dem Lauerer sich aber anscheinend eine Art Arbeitszimmer eingerichtet hatte. Auf einem einfachen Schreibtisch stand ein Computerbildschirm, darunter erkannten sie den Computer, daneben auf einem Hocker einen Drucker. Ein übervoller Aschenbecher verbreitete einen unangenehmen Geruch. Neben der Tür stand ein halb voller Kasten Bier. Auf einer Kommode befand sich ein kleiner Fernseher mit Flachbildschirm. An den Wänden hingen Fotos von spärlich bekleideten Frauen und Mädchen. Kanter und Schwingshackl warfen sich fragende Blicke zu. Hier würde es für die Erdmännchen viel zu tun geben.

»Der Lauerer muss schon ein eigenartiger Typ gewesen sein«, bemerkte Schwingshackl, als sie den Raum verließen und das Wohnzimmer betraten. Auch hier hatte schon lange niemand mehr aufgeräumt. Auf dem abgewetzten Ledersofa verteilten sich ein paar Kissen, auf den beiden Ledersesseln lagen alte Zeitschriften mit nackten Frauen. Auf dem massiven Wohnzimmertisch aus den siebziger Jahren, dessen Platte aus bunten Kacheln bestand, fanden sie einen weiteren

vollen Aschenbecher, eine fast leere Schnapsflasche, billiger Obstler, wie sie bei näherem Hinsehen feststellten, und eine offene Chipstüte. Unter dem Tisch mehrere leere Bierflaschen. Der ebenfalls massive Wohnzimmerschrank beherbergte ein Set mit wenig geschmackvollen Weingläsern und Cognacschwenkern. Irgendwelche Bilder mit Familie fehlten. Lauerer schien hier eine erbärmlich einsame Existenz geführt zu haben. Hinweise auf die Anwesenheit von Frauen in letzter Zeit gab es überhaupt keine. Auf einer Anrichte hatte Lauerer einen riesigen Flachbildfernseher platziert. Vom Wohnzimmer aus konnte man durch eine Terrassentür ins Freie gelangen. Auf der Terrasse standen ein alter runder Gartentisch und ein ehemals weißer Gartenstuhl, beides aus Plastik.

Beim Blick in die Küche schraken die Kommissare erst einmal zurück. Dreckiges Geschirr stapelte sich in und um die Spüle, auf der Herdplatte machten sich eine ungespülte Pfanne und zwei Töpfe mit eingetrockneten Essensresten breit. Es roch nach verdorbenen Lebensmitteln und altem Fett. Wie man sich hier ein Essen zubereiten und auch noch zu sich nehmen konnte, war den Männern völlig unverständlich. So geekelt hatten sie sich schon lange nicht mehr. Fast hatten sie ein wenig Mitleid mit Lauerer. Es würde sicherlich eine ganze Weile dauern, bis Heiner Erdmann mit Ergebnissen von hier aufwarten konnte.

Kanter und Schwingshackl mussten raus hier, sie hielten diesen Gestank und dieses Chaos nicht länger aus. Sie wollten gerade die Wohnung verlassen, als Heiner Erdmann mit drei seiner Leute vor ihnen stand.

»Ihr kommt wie gerufen«, empfing Georg Schwingshackl seine Kollegen. »Da drin gibt's viel Drecksarbeit für euch. Die passende Kleidung habt ihr ja schon an«, spielte er auf die weiße Dienstkleidung der Spurensicherer an.

»Wir sind sehr neugierig, was ihr alles finden werdet«, ergänzte Kanter. »Frohes Schaffen noch«, rief er den Erdmännchen zu, gab

ihnen den Schlüsselbund und machte sich mit Schorsch auf den Rückweg ins Büro.

Die Kommissare hatten gar nicht bemerkt, wie die Zeit vergangen war. Mittag war längst vorbei, und ihr Ekelgefühl aus Lauerers Wohnung war einem deutlichen Hungergefühl gewichen.

»Metzger?«, fragte Kanter seinen Kollegen Schwingshackl, der den Dienstgolf steuerte.

»Bin schon auf dem Weg dahin«, erwiderte Schorsch.

Es ist doch immer wieder schön, dass man sich ohne Worte versteht, dachte Kanter und freute sich auf eine kräftige Brotzeit.

Zurück im Büro gab es viele Informationen auszutauschen. Hannes war natürlich nicht untätig gewesen und hatte die Fußballtruppe aus dem Musiksaal durchtelefoniert und für heute Nachmittag und morgen früh vorgeladen. Mit vollem Mund erzählte Georg Schwingshackl seinem jungen Kollegen die wesentlichen Erkenntnisse des heutigen Vormittags.

Die Kommissare waren sich einig, dass sie sich vorrangig mit Stahlmanns offensichtlicher Falschaussage beschäftigen mussten. Sobald dieser Bernd Kaminski die Aussage von Riedel bestätigte, würden sie Stahlmann abholen lassen und hier einer intensiven Befragung unterziehen.

»Wann kommt denn dieser Bernd Kaminski?«, wollte Kanter von Hannes wissen.

»Der kommt morgen um zehn. Der hat noch einen Auswärtstermin, wie er sagte«, teilte ihm Hannes mit.

Gerade war der letzte Bissen des dritten Leberkäsbrötchens in Kanters Mund verschwunden, als das Telefon klingelte. Kanter blickte auf das Display und sah, dass Moretti anrief.

»Leichenfledderer, servus. Was verschafft mir die Ehre?«, begrüßte Kanter seinen Freund Moretti.

»Servus, FKK. Ich hab nicht viel Zeit, weil der Lauerer aufgeschnitten auf meinem Tisch liegt. Aber ich habe gerade eine Informati-

on erhalten, die ich euch nicht vorenthalten will.« Moretti legte eine Kunstpause ein, um Kanters Spannung zu steigern. Als dieser nicht reagierte, fuhr er fort: »Wir haben doch diese drei Haare im Plastiksack bei Benjamins Skelett gefunden, du erinnerst dich sicher noch.« Morettis Art, mit Informationen umzugehen, war manchmal anstrengend, aber auch deshalb liebte Kanter seinen Freund.

»Ich leide nicht an präseniler Demenz, Fred, also rück raus mit dem, was du hast«, ermunterte Kanter den Pathologen.

»Nun gut. Langer Rede kurzer Sinn: Die Haare stammen von – na? Rat mal!«, trieb Moretti das Spiel auf die Spitze. Kanter atmete hörbar tief durch, um seine Ungeduld zu demonstrieren.

»Tataaa! Hans Lauerer!«, rief Moretti triumphierend ins Telefon. Kanter hatte seinen Apparat auf laut gestellt, so dass Schwingshackl und Frauenknecht mithören konnten. Alle drei waren positiv überrascht. Das bedeutete, dass Lauerer tief in die Sache verwickelt war. Blöd nur, dass er jetzt tot war und auf ewig die Aussage verweigerte.

»Saubere Arbeit, Fred«, lobte Kanter. »Und jetzt husch husch zurück zu dem toten Lauerer, damit der nicht friert auf deinem Blechtisch«, flachste Kanter gut gelaunt.

»Sobald ich neue Informationen habe, hört ihr als erste von mir«, verabschiedete sich der Pathologe.

Hannes teilte seinen Kollegen mit, dass in einer knappen halben Stunde der Harry Sebald und der Uwe Jürgens hier eintreffen müssten.

Die drei Kommissare nutzten die Zeit für eine kleine Verschnaufpause, die Gerdi mit ihrem wunderbaren Kaffee veredelte.

»Ihr werdet nicht glauben, was am Samstag bei mir passiert ist«, begann Kanter von Erikas Erlebnis zu berichten. Schorsch und Hannes zeigten sich ehrlich betroffen, aber auch froh, dass Erika so überlegt gehandelt hatte und glimpflich davon gekommen war. Kanter war entschlossen, den Herrn von Bernburg den Kollegen vom Betrugsdezernat aufs Auge zu drücken. Die würden ihm schon das Handwerk legen. Erika wäre bestimmt nicht sein erstes Opfer gewesen. Sie wussten al-

lerdings auch, dass viele Opfer aus falscher Scham keine Anzeige erstatteten und eine Überführung eines Täters schwierig war. Kanter würde die Sache im Auge behalten.

Hannes Frauenknecht schien mit sich zu kämpfen, ob er sein Wochenenderlebnis erzählen sollte. Kanter blieb das nicht verborgen.

»Hannes, was ist los. Du hast doch was auf dem Herzen. ›O komm, Du Geist der Wahrheit, und kehre bei uns ein‹, wie es im Kirchenlied heißt«, versuchte Kanter seinen jungen Kollegen zum Reden zu bewegen. »Uns kannst du alles sagen, wir sind doch deine Familie«, fügte er hinzu. Das war nicht gelogen. Kanter fühlte sich schon ein bisschen für Hannes verantwortlich, dessen Familie weiter weg wohnte.

»Es ist aus«, brummelte er in seinen Dreitagebart. Er schämte sich ein wenig wegen des schnellen Endes seiner anfangs so heißen Beziehung.

»Wie bitte? Ich habe nicht verstanden«, fragte Kanter nach.

»Es ist aus«, wiederholte Hannes etwas lauter. »Die Jacky ist Geschichte.«

Kanter und Schwingshackl sahen ihren jungen Kollegen verständnislos und überrascht an.

»Wie Geschichte«, wollte Schorsch wissen. »Hast du im entscheidenden Augenblick versagt, und sie hat dich in die Wüste geschickt«, versuchte er einen Scherz.

Hannes hatte die Sache mit Jacky zwar inzwischen einigermaßen verdaut, aber zum Scherzen war ihm trotzdem noch nicht. Er erzählte seinen Kollegen, was am Freitagabend vorgefallen war. Dabei beschönigte er nichts. Und wie er so erzählte, spürte er, dass es ihm unglaublich gut tat, mit jemandem darüber zu sprechen.

Kanter und Schwingshackl äußerten übereinstimmend großes Verständnis und Respekt für Hannes‘ Verhalten. Besonders in Georg Schwingshackls hintersten Gehirnwindungen regte sich wieder eine Idee. Vielleicht war seine Kathi ja doch noch von ihrem aberwitzigen Afrikatrip abzubringen.

»Muss ich sie und ihre Bekannten jetzt eigentlich anzeigen?«, fragte Hannes unsicher.

»Wenn man es ganz genau nähme, wohl schon«, meinte Kanter. »Aber da sie, wie du sagst, nur kleinste Mengen selbst konsumieren, behalten wir die Sache für uns, was meint ihr?«, fragte er in die Runde. Hannes nickte erleichtert, und Schwingshackls Schweigen konnte als Zustimmung interpretiert werden.

Gerdi steckte ihren Kopf durch die Tür und meldete, dass draußen ein Herr Sebald steht. Er sei vorgeladen worden.

»Herein mit ihm!«, rief Kanter und bat Gerdi, dem Mann ein Glas Wasser hinzustellen. Die Kommissare begaben sich hinter ihre Schreibtische. Gerdi brachte einen älteren Mann ins Zimmer, der sich als Harry Sebald vorstellte. Kanter wies ihm den Stuhl vor seinem Schreibtisch an, stellte seine Kollegen vor und belehrte ihn über seine Rechte und Pflichten als Zeuge. Sebalds augenscheinliche Nervosität ließ darauf schließen, dass er über keinerlei Erfahrung mit der Polizei verfügte.

»Herr Sebald, vielen Dank, dass sie es so schnell einrichten konnten. Bitte machen Sie erst ein paar Angaben zu Ihrer Person«, versuchte Kanter das Gespräch zu versachlichen und Sebald zu beruhigen. Dieser atmete einmal tief durch, ehe er begann.

»Also, mein Name ist Harry Sebald, ich bin sechzig Jahre alt und Frührentner. Ich habe vierzig Jahre auf dem Bau gearbeitet, und jetzt sind die Knochen halt im Eimer. Ich bin geschieden und habe zwei erwachsene Kinder. Ich wohne in der Friedrich-Ebert-Straße. Und vorbestraft bin ich auch nicht«, beeilte er sich hinzuzufügen.

Tatsächlich sah Sebald viel älter aus. Ob das von der anstrengenden Arbeit oder vom Alkohol kam, ließ sich nicht entscheiden. Denn dass dieser Mann auch ein Alkoholproblem hatte, konnten die erfahrenen Polizisten ihm ansehen. Die Haut lag schlaff und faltig auf seinem Gesicht. Unter den Augen hatte er dicke Tränensäcke. Der strubbelige

Schnurrbart war über der Oberlippe vom Rauchen gelb gefärbt. Auch sein rechter Zeige- und Mittelfinger waren gelb vom Nikotin. Er trug eine schwarze, schon etwas abgewetzte Lederjacke über einem karierten Holzfällerhemd. Seine Jeans waren offensichtlich nicht brandneu. Wie das bei Alkoholikern oft zu beobachten ist, war er ziemlich dünn, ja fast ausgemergelt. Von einem Bierbauch Lauererschen Ausmaßes nicht die geringste Spur. Kanter ahnte, dass eine Zigarette und ein Kräuterschnaps bei seinem Gegenüber jetzt viel zur Beruhigung beigetragen hätten. Damit konnte er aber natürlich nicht dienen, und so versuchte er durch einen ruhigen Tonfall, Harry Sebalds Nervosität zu mildern. In seinem langen Berufsleben hatte er genügend Erfahrungen mit allen möglichen Gemütszuständen seiner Gesprächspartner sammeln können.

»Herr Sebald, Sie haben bestimmt schon erfahren, was Ihrem Freund Hans Lauerer zugestoßen ist. Wir wollen uns hier in aller Ruhe über den Samstagnachmittag im CEG unterhalten. Erzählen Sie doch mal, wie der abgelaufen ist«, begann Kanter das Gespräch.

»Jaja, schlimm das mit dem Hans. So was spricht sich ja immer schnell herum. Also, am Samstag war wieder ein Heimspiel der Altstadt. Hochinteressantes Spiel gegen die Clubreserve. Leider am Schluss knapp verloren«, schweifte Sebald ab. Kanter ließ ihn trotzdem gewähren.

»So ungefähr um drei viertel zwei bin ich gekommen. Wir schauen ja schon seit vielen Jahren gemeinsam von dort oben. Meistens immer dieselben Leute. Es ist immer genügend Bier da und auch schärfere Sachen. So ein Spiel ist ja aufregend, und da braucht man was zum Nervenberuhigen«, versuchte Sebald den Alkoholkonsum zu rechtfertigen. Er nahm einen kräftigen Schluck aus dem Wasserglas.

»Als das Spiel aus war, haben wir noch ein bisschen gefachsimpelt und unser Bier ausgetrunken. Dann sind wir gegangen. Wird so vier oder kurz nach vier gewesen sein«, berichtete Sebald.

»War an diesem Samstag etwas anders als sonst? Waren Leute da, die sonst nicht da sind?«, wollte Kanter wissen. Georg Schwingshackl notierte wieder die wesentlichen Aussagen des Zeugen mit.

»Eigentlich nicht. Nur der Peter Scherm war seit längerem mal wieder da«, berichtete Harry Sebald.

»Wissen Sie Genaueres über diesen Peter Scherm?«, fragte Kanter nach.

»Nein, nur dass er wohl ein ehemaliger Schüler ist, den der Hans noch von früher kannte. Der Scherm saß aber aweng weg von uns an einem anderen Fenster«, fügte Sebald hinzu.

»Gab es irgendwie Streit an diesem Nachmittag?«, fragte Kanter auch diesen Zeugen.

»Nein. Wir kennen uns alle schon lange und haben uns eigentlich noch nie richtig gestritten. Außer vielleicht mal über einen Schiedsrichter oder so«, erzählte Sebald.

»Sie sagen, Sie kannten Lauerer schon lange. Können Sie uns etwas über sein Privatleben sagen?« Die Kommissare hofften, endlich etwas mehr über den privaten Lauerer zu erfahren, obwohl sie sich nicht vorstellen konnten, dass der Hausmeister in seiner verdreckten Wohnung irgendwelchen Besuch empfangen hatte.

»Wir haben uns nur beim Fußball getroffen, aber das schon viele Jahre. Als seine Frau noch da war, hat er uns wohl ihretwegen nie mit in seine Wohnung genommen. Seit Frau und Tochter ihn verlassen hatten, hat er sich noch mehr zurückgezogen. Aber den Fußballnachmittag hat er immer genossen«, sagte Sebald.

»Wissen Sie, warum er von seiner Familie verlassen wurde?«, wollte Kanter wissen.

»Wahrscheinlich wegen dem Saufen. Man munkelte auch, der Hans würde dann gewalttätig, aber Genaueres weiß ich nicht. In unserem Kreis war er aber immer friedlich«, berichtete der Zeuge.

»Wie viel wird denn während so eines Spiels getrunken?« Das interessierte Kanter wirklich.

»Naja, die, die nicht mit dem Auto da sind, schauen nicht drauf, ob sie ein Bier mehr oder weniger trinken. Der Hans hat immer mindestens einen Kasten Bier hingestellt. Die anderen haben immer mal eine Flasche Schnaps mitgebracht. Ich zum Beispiel am Samstag einen Himbeergeist. War beim Lidl im Angebot«, beeilte sich Sebald mit hörbarem Stolz hinzuzufügen.

»Wie war denn der Herr Lauerer nach dem Spiel beieinander, soweit Sie sich erinnern können«, fuhr Kanter in der Befragung fort.

»Tja, der Hans war gut drauf, wenn ich mal so sagen darf. Über den Daumen gepeilt hatte er so sieben oder acht Seidla Bier getrunken, Schnäpse hab ich nicht gezählt. Also er lag nicht unterm Tisch oder so, war aber merklich gut beieinander.«

»Haben Sie etwas mitbekommen, ob er noch mit jemandem beisammen war, als Sie gingen?«, wollte Kanter wissen.

»Ich hab da nicht drauf geachtet, ich hatte mit mir selbst genug zu tun. Wenn ich ehrlich bin, war ich auch nicht mehr ganz nüchtern«, gestand Sebald.

»Wie viel war's denn bei Ihnen?«, fragte Schwingshackl nach.

»Gezählt hab ich's nicht. Aber mit dem Hans konnte ich immer gut mithalten«, antwortete Harry Sebald ehrlich.

»Ist Ihnen, als Sie nach dem Spiel gegangen sind, außer Ihrer Truppe noch jemand im Schulhaus begegnet?«, fragte Kanter.

»Nicht dass ich wüsste«, antwortete der Mann und schüttelte heftig den Kopf. »Ich bin dann heim und hab mich erstmal aufs Ohr gehauen. So ein Fußballspiel ist anstrengend«, bemerkte Sebald.

Besonders wenn man so viel dazu säuft, dachte Kanter.

»Kollegen, habt ihr noch Fragen an den Herrn Sebald?«, wandte sich Kanter an Hannes und Schorsch. Beide schüttelten mit dem Kopf, und so bedankte Kanter sich bei Harry Sebald und entließ ihn.

»Gesund sieht anders aus«, konnte sich Georg Schwingshackl die Bemerkung nicht verkneifen.

Wirklich Neues hatte die Befragung nicht ergeben, weder zur Identität dieses Peter Scherm noch zum Aufenthalt von Leonidas Stahlmann.

Als Gerdi den Nächsten aus der Musiksaaltruppe hereinlotste, sanken Kanters Hoffnungen, wichtige neue Erkenntnisse zu erhalten. Der Mann sah ähnlich fertig aus wie Sebald. Gerdi brachte auch ihm ein Glas Wasser. Diese Flüssigkeit benutzte der normalerweise höchstens zum Zähneputzen, aber bestimmt nicht zum Durstlöschen. Kanter bot auch ihm den Stuhl an seinem Schreibtisch an. Dann durfte diesmal Hannes Frauenknecht die offizielle Zeugenbelehrung durchführen. Dieser Zeuge war nicht ganz so nervös wie Sebald, aber tiefenentspannt war auch er nicht.

»Herr Jürgens, auch Ihnen vielen Dank, dass Sie es schnell einrichten konnten, zu uns zu kommen. Sie haben bestimmt schon gehört, was Ihrem Freund Hans Lauerer zugestoßen ist«, eröffnete Kanter das Gespräch. »Bitte sagen Sie uns etwas zu Ihrer Person und wie der Samstagnachmittag aus Ihrer Sicht abgelaufen ist.«

Uwe Jürgens war ein kleines Männchen, von jahrzehntelangem Nikotin- und Alkoholmissbrauch ähnlich gezeichnet wie Sebald. Er hatte eine Halbglatze und trug eine Brille. Rasiert hatte er sich bestimmt einige Tage nicht mehr. Er trug eine Jeansjacke und dazu passende Hosen.

»Mein Name ist Uwe Jürgens. Ich bin 55 Jahre alt und seit einigen Jahren leider arbeitslos. Hartz vier, Sie wissen, was das heißt. Dabei lässt es meine schlechte Gesundheit nicht mehr zu, dass ich arbeite. Früher war ich Maler und Anstreicher, was ja ein körperlich anstrengender Job ist«, erzählte Jürgens. Seine etwas piepsige Stimme konnte einem schnell auf die Nerven gehen. Er nahm einen Schluck Wasser und fuhr fort.

»Meine Frau und ich haben unsere Wohnung im ersten Stock von dem Haus gleich neben dem CEG. Ich kann auf den Parkplatz und den

Mittelbau schauen. Tolle Aussicht übrigens.« So viel Sarkasmus hätte Kanter ihm gar nicht zugetraut.

»Unser Sohn ist aus dem Haus und wohnt jetzt in Nürnberg. Den Hans kenne ich schon lange. Wir haben uns als Nachbarn kennengelernt, und so kam ich auch zum Fußballschauen«, erzählte er.

»Wie war das an diesem Samstag?«, fragte Kanter.

»Eigentlich wie immer. So um drei viertel zwei sind alle im Musiksaal eingetrudelt und haben sich auf ihre Plätze gesetzt. Man hat sein erstes Bierchen aufgemacht und über das bevorstehende Spiel geredet«, sagte er. »Als das Spiel aus war, haben wir noch kurz über die knappe Niederlage gejammert, unser Bier ausgetrunken und sind gegangen«, beendete er seinen Bericht.

»Wann war das ungefähr?«, bohrte Kanter nach.

»Ich hab nicht auf die Uhr geschaut, aber so kurz nach vier vielleicht. Ich hab's ja nicht weit heim, und da hab ich den Radio angemacht, weil da immer die Bundesliga übertragen wird. Und da war bald Halbzeit. Ich bin aber gleich eingeschlafen. War halt ein anstrengendes Spiel«, rechtfertigte auch er sich.

Das kam den Kommissaren irgendwie bekannt vor.

»Können Sie uns ungefähr sagen, wie viel Sie getrunken haben?«, fragte Georg Schwingshackl.

Jürgens berichtete nahezu das Gleiche wie Sebald. Auch er war nach sechs oder sieben Bier und einer unklaren Anzahl von Schnäpsen alles andere als nüchtern. Wenn man bedenkt, dass Jürgens Körperbau eher schwächlich war, musste der ordentlich einen in der Krone gehabt haben.

»Würden Sie sagen, Sie waren betrunken?«, fragte Kanter.

»Naja, das Gehen war schon schwierig, aber ich hab's ja nicht weit«, gestand Jürgens.

»Gab es an diesem Nachmittag irgendwelchen Streit?«

»Nein, wir streiten uns eigentlich nie, obwohl stramm gesoffen wird«, piepste er.

»Kannten Sie Lauerer auch privat?«, wollte Kanter wissen.

»Nein. Ich glaube, der Hans wollte das nicht. Schon gar nicht, nachdem seine Frau und seine Tochter ausgezogen waren und er alleine lebte. In seiner Wohnung war ich nie. Ich war mit ihm nur beim Fußball zusammen.«

Dieser Lauerer schien tatsächlich eine erbärmliche Existenz geführt zu haben, und Kanter hätte fast Mitleid mit ihm gehabt, wenn da nicht die Sache mit Benjamin Schröder gewesen wäre.

Kanter hatte auch hier keinerlei Hoffnung, dass dieses Männchen etwas davon mitbekommen haben konnte, was Lauerer nach Spielende gemacht und ob er sich noch mit jemandem getroffen hatte. Trotzdem musste er ihn natürlich danach fragen.

»Erinnern Sie sich, ob Lauerer am Schluss noch mit jemandem in sein Büro gehen wollte? Das ist doch gleich beim Musiksaal um die Ecke«, sagte der Kommissar.

Jürgens nahm noch einen Schluck und dachte angestrengt nach. Dann schüttelte er bedauernd den Kopf und sagte: »Das tut mir wirklich leid, Herr Kommissar, aber da hab ich nichts mitbekommen. Der Harry und ich waren mit uns beschäftigt und haben uns gegenseitig die Treppe hinuntergeholfen, soweit ich mich entsinne«, piepste er.

»War an diesem Samstag irgendwas anders als sonst? Waren Leute da, die sonst nicht da sind?«, wollte Kanter auch von Jürgens wissen.

Auch in diesem Punkt ähnelte Jürgens‘ Aussage der von Sebald. Dieser Peter Scherm sei nach längerer Zeit einmal wieder aufgetaucht und von Lauerer freudig begrüßt worden. Er selbst kenne diesen Peter nicht näher. Ob Lauerer mit jemandem nach Ende des Spiels zusammenblieb, habe er aus den bekannten Gründen ebenso wenig mitbekommen wie die mögliche Anwesenheit weiterer Personen im Schulhaus.

Die Kommissare erkannten, dass auch diese Aussage wenig ergiebig war. Sie waren mittlerweile sehr gespannt, welche Alkoholkonzentration Moretti bei Hans Lauerer feststellen würde.

Kanter entließ Jürgens, der sichtlich erleichtert das Kommissariat verließ. Die Kommissare würden wetten, dass der Mann jetzt erstmal einen Beruhigungsschnaps brauchte.

Der Chef der Spurensicherung, Heiner Erdmann, ließ einige seiner Leute weiter Lauerers Wohnung und Büro durchsuchen. Er begab sich mit seinem Kollegen Simon Auer in Lauerers Werkstatt im Keller des Carolus-Erasmus-Gymnasiums. Der Schlüssel für den Raum befand sich an Lauerers gewaltigem Schlüsselbund. An den Wänden des fensterlosen Raums waren Regale angebracht, auf denen allerlei Farbdosen, Sprays, Kanister, Flaschen und Kannen ohne erkennbare Ordnung durcheinander standen. Schraubenschlüssel, diverse Zangen und Schraubenzieher hafteten an einer Metallplatte, die an der Wand befestigt war. Eine geräumige Werkbank und eine auf einem Ständer montierte Bohrmaschine standen an einer Wand. In mehreren Spinden verwahrte der Hausmeister eine Schleifmaschine, weitere Spezialwerkzeuge und Messgeräte. Auf dem Boden lagen Hobelspäne und andere Arbeitsspuren. Zwischen einer Wand und einem Spind fand Erdmann einen größeren blauen Plastiksack, der dem stark ähnelte, in dem die sterblichen Überreste des kleinen Benjamin gefunden wurden.

Heiner Erdmann zog den Sack hervor und sah hinein. Auf den ersten Blick war der Inhalt nicht eindeutig zu identifizieren. Er entleerte den Sack auf die Werkbank und glaubte, seinen Augen nicht zu trauen. Vor ihm lagen Kleidungsstücke eines Kindes, eine Sporttasche samt Inhalt und ein Schulranzen. Er öffnete den Ranzen und erkannte einige Schulbücher und etliche farbig eingebundene Hefte. Er nahm eines der Hefte heraus. Auf dem Namensschild stand in sauberer Kinderschrift ›Benjamin Schröder – Klasse 6a‹. Sofort erkannte Heiner Erdmann die Brisanz seines Fundes. Stück für Stück kamen sie den Geschehnissen von 1988 näher, und die elitäre Fassade des CEG begann langsam, aber sicher zu bröckeln.

»Fritz, du glaubst nicht, was ich in Lauerers Keller gefunden habe«, sprach Heiner Erdmann freudig erregt in sein Handy. »Die Schulsachen von Benjamin Schröder!«, offenbarte er dem Kommissar. »Der Lauerer hat die damals versteckt und im Lauf der Jahre dann wohl vergessen«, vermutete Erdmann.

»Saubere Arbeit, Heiner«, lobte Kanter seinen Kollegen. »Leider kann uns der Lauerer dazu nichts mehr sagen, aber für den Herrn Dr. Stahlmann wird's langsam eng.«

»Das war noch nicht alles, Fritz«, fuhr Heiner Erdmann fort. »Wir nehmen erstmal den Laptop aus dem Büro und den Computer aus der Wohnung mit. Ich hab mal versucht, den Laptop hochzufahren. Es scheint, als habe da jemand dran rumgemacht. Es wird spannend, was der Hausmeister da drauf hat. Meine Spezialisten werden es bald herausfinden, das verspreche ich dir. Wenn wir wieder im Präsidium sind, melde ich mich bei dir«, verabschiedete er sich von Kanter.

Als er seinen Kollegen von Erdmanns Fund berichtete, konnten die Kommissare ihr Glück kaum fassen. Endlich hatten sie konkrete Hinweise und Indizien, dass Hans Lauerer etwas mit dem Verschwinden von Benjamin Schröder zu tun gehabt haben musste. Auch der Tod des Hausmeisters erschien mit den Erkenntnissen dieses Nachmittags in einem völlig neuen Licht.

Sie machten nicht an jedem Tag so zufrieden Feierabend.

* * *

Dr. Leonidas Stahlmann hatte sich nach dem Gespräch mit den Kommissaren in sein Büro zurückgezogen und das operative Geschäft seinem Stellvertreter überlassen. Er musste nachdenken und ließ den Samstagnachmittag noch einmal vor seinem geistigen Auge Revue passieren. Einen Fehler konnte er nicht erkennen, was zu seiner weiteren Beruhigung beitrug.

Als er in Lauerers Büro ankam, lag dieser völlig betrunken auf seinem Schreibtisch. Alles Schütteln und Tätscheln half nichts, Lauerer war offenbar bewusstlos. Wie beabsichtigt mit ihm zu reden, war also nicht möglich. Aber warum sollte er nicht die Gunst des Augenblicks nutzen und sich eines lästig gewordenen Mitwissers entledigen? Kurz entschlossen packte er Lauerer unter den Armen und zog ihn hinter dem Schreibtisch hervor. Erst jetzt merkte er, wie schwer sein Hausmeister war. Dann schleifte er ihn aus dem Büro auf den Flur. Gleich neben dem Büro war das Treppenhaus. Er lehnte Lauerer auf das Geländer, so dass sein Kopf in die Tiefe schaute. Dann packte er Lauerers Beine und stürzte den Mann über das Geländer. Lauerers massiger Körper fiel gut fünf Meter in die Tiefe und schlug dumpf mit dem Rücken und dem Kopf nach unten auf den Treppenstufen auf. Stahlmann war, als habe Lauerer noch einen Laut von sich gegeben, aber als er unten bei ihm ankam, konnte er an dem unnatürlich verdrehten Kopf erkennen, dass Lauerers Genick gebrochen und er somit tot war. Er hatte den Schlüsselbund aus der Hosentasche des Toten genommen, was er im Nachhinein ziemlich gruselig fand, und ging zurück in Lauerers Büro. Trotz sorgfältiger Suche hatte er keine Hinweise darauf gefunden, dass Lauerer hier so etwas wie ein schriftliches Geständnis versteckt hatte. Auch von den zehntausend Euro keine Spur. Lauerers Laptop war eingeschaltet. Außer jeder Menge Schweinkram aus den Umkleidekabinen der Schülerinnen konnte er auf die Schnelle auch hier nichts Verdächtiges finden. Vorsichtshalber formatierte er aber die Festplatte und hoffte, damit sei alles gelöscht.

An dem voluminösen Schlüsselbund war auch der Wohnungsschlüssel des Hausmeisters. Er war erschüttert gewesen, in welch ekelhaftem Zustand sich die Räume darboten. Dass Lauerer eine solch gestörte Persönlichkeit war, hätte er nicht gedacht. Weil er sich so ekelte, durchsuchte er Schränke und Schubladen nur oberflächlich nach verdächtigen Kuverts, fand aber nichts.

Schließlich stattete er auch der Werkstatt im Keller einen Besuch ab, wurde jedoch auch in den Spinden dort nicht fündig. Seine Hoffnung wuchs, dass Lauerer mit seiner Drohung, er habe alles aufgeschrieben, nur geblufft hatte. Für eine so überlegte Vorgehensweise fehlten Lauerer eigentlich auch die intellektuellen Ressourcen, dachte er. Aber auch das Geld blieb verschwunden. Bevor er am Samstag die Schule verließ, hatte er Lauerers Schlüsselbund wieder zurück in dessen Kabuff gebracht und die Türe hinter sich zugeschlagen.

Leonidas Stahlmann musste genau überlegen, wie er sich jetzt zu verhalten hatte. Fehler konnte er sich keinen leisten. Spätestens morgen würden die Kommissare wieder bei ihm auf der Matte stehen. Er würde heute ausnahmsweise früher nach Hause fahren, was Frau Bauer mit Verwunderung zur Kenntnis nahm.

12

Als Friedrich-Konrad Kanter am nächsten Morgen die Zeitung aus dem Briefkasten holte, sah er schon auf dem Titelblatt, dass der neuerliche Leichenfund im CEG es geschafft hatte, das Wüten des Krankenhauskeims im Klinikum an Aufmerksamkeit zu übertreffen. Die Pressestelle der Polizei hatte nur das Nötigste an die Medien herausgegeben, so dass wieder viele spekulative Fragen den Artikel publikumswirksam aufmotzten. Kanter regte sich schon gar nicht darüber auf.

Im Büro bekam Hannes Frauenknecht von Kanter den Auftrag, die privaten Verhältnisse von Hans Lauerer zu durchleuchten. Ex-Frau und Tochter mussten benachrichtigt werden.

Zur vereinbarten Zeit brachte Gerdi Hasenfuß Bernd Kaminski ins Büro der Kommissare. Nach dem üblichen Prozedere vor Zeugeneinvernahmen kam Kanter zur Sache und ließ Kaminski den Ablauf des Samstagnachmittags wiedergeben. Bernd Kaminskis Aussage deckte sich völlig mit der von Markus Riedel, wodurch feststand, dass Leonidas Stahlmann gelogen hatte. Kanter bedankte sich auch bei Kaminski und entließ ihn.

Schwingshackls Telefon klingelte. Gerdi teilte ihm mit, dass eine Nachbarin des CEG bei ihr in der Leitung ist, die den Kommissaren etwas mitteilen möchte.

»Stell sie durch«, sagte Schwingshackl und hielt mit einer Hand die Sprechmuschel zu, um Kanter zuzuflüstern, wer da anruft. Außerdem stellte er den Apparat auf laut.

»Spreche ich mit der Kriminalpolizei? Hier spricht Erna Kolb. Ich möchte eine Aussage machen«, vernahmen die Kommissare die aufgeregte Stimme einer älteren Frau.

»Guten Morgen, Frau Kolb. Hier spricht Kriminalhauptkommissar Georg Schwingshackl von der Kriminalpolizei. Was möchten Sie uns denn sagen?«, fragte er.

»Ich hab vorhin in der Zeitung gelesen, dass der Herr Lauerer am Samstag in der Schule umgekommen ist. Ich wohne in dem Haus neben dem CEG, und mein Balkon geht auf den Lehrerparkplatz. Auf dem Balkon bin ich oft oder ich schaue aus meinem Wohnzimmerfenster. Jedenfalls habe ich am Samstagnachmittag mehrere verdächtige Gestalten auf dem Parkplatz gesehen«, stieß sie hervor.

»Beruhigen Sie sich, Frau Kolb, und erzählen Sie alles der Reihe nach«, versuchte Schwingshackl der Frau die Aufregung zu nehmen. »Warum glauben Sie, dass es sich um verdächtige Gestalten gehandelt hat?«, wollte er wissen.

»In der Zeitung steht, dass er am Samstagnachmittag umgekommen ist. Und am Samstagnachmittag hab ich mehrere Männer aus der Schule kommen sehen. Die sind dann mit ihren Autos weggefahren«, berichtete sie.

Auf Nachfrage Schwingshackls beschrieb die Zeugin die mutmaßlichen Verdächtigen so, dass es sich um Riedel und Kaminski gehandelt haben musste.

»Die Männer, die Sie beschreiben, sind uns schon bekannt, Frau Kolb. Erinnern Sie sich, wann diese Männer weggefahren sind?«, fragte Schwingshackl.

»Das muss so kurz nach vier gewesen sein. Mein Mann und ich haben im ersten Programm einen Uta-Danella-Film geschaut, und der war um vier aus. Danach habe ich das Fenster zum Lüften aufgemacht und die Männer gesehen«, sagte sie.

»Haben Sie noch andere Autos auf dem Parkplatz gesehen oder andere Personen?« Die Kommissare hofften, dass die Frau auch Stahlmann gesehen hatte.

»Das Auto vom Dr. Stahlmann stand noch da. Auch noch, als ich ungefähr eine Viertelstunde später das Fenster wieder zugemacht habe«, erinnerte sie sich. »Und als ich vor dem Abendessen die Tischdecke rausgeschüttelt habe, war er immer noch da. So ein Schuldirektor

hat auch keinen Feierabend«, bedauerte sie Stahlmann. »Das war kurz vor sechs. Wir essen immer um sechs«, betonte sie.

Die Kommissare wunderten sich, dass die ältere Frau Stahlmanns Auto kannte, aber neugierige Nachbarinnen wissen viel. Doch damit bestätigte sich noch einmal, dass Stahlmann gelogen hatte.

Schwingshackl bedankte sich bei der Zeugin und legte auf. Kanter hatte gute Lust, Dr. Stahlmann vorführen zu lassen, aber Schwingshackl wandte ein, es wäre besser, erst auf die Ergebnisse der Obduktion und der Erdmännchen zu warten. Kanter sah ein, dass sein Kollege recht hatte. Und Stahlmann würde ihnen nicht weglaufen. Der wiegte sich in Sicherheit.

Hannes Frauenknecht hatte inzwischen bei verschiedenen Dienststellen der Stadt nach Informationen zu Hans Lauerer gesucht. Das Personalamt hatte sich zwar erst geziert, war dann aber doch mit Einzelheiten herausgerückt, ebenso das Standesamt. Es war noch nicht viel, was sie jetzt wussten, aber immerhin. Hans Lauerer war gelernter Schlosser und trat neunzehnhundertachtzig als Offiziant, wie der Hausmeister im Amtsdeutsch hieß, in den Dienst der Stadt Bayreuth. Er war damals verheiratet und hatte eine Tochter. Die Ehe wurde neunzehnhundertfünfundneunzig geschieden. Die Tochter meldete sich zweitausendfünf nach Augsburg ab. Die Exfrau von Lauerer ist nach Schweinfurt gezogen. Das Personalamt sagte, dass in Lauerers Akte nichts Negatives vermerkt ist. Kein Hinweis auf ein Alkoholproblem oder ähnliches.

Mehr hatte Hannes in der Kürze der Zeit nicht herausfinden können. Kanter wunderte sich, dass in der Schule zwar fast jeder von Lauerers Sauferei wusste, aber nichts bis zum Dienstherrn durchgedrungen war. Stahlmann hatte seinen Laden diesbezüglich wirklich gut im Griff.

»Gute Arbeit, Hannes«, lobte Kanter. »Jetzt musst du nur noch den Aufenthaltsort der Exfrau und der Tochter herausfinden«, ergänzte er.

»Bin ich doch schon dabei«, erwiderte Hannes und vertiefte sich wieder in seinen Computer.

Kanter hatte das starke Bedürfnis nach frischer Luft. Außerdem knurrte ihm der Magen. Schließlich war es Mittagessenszeit.

»Freunde, ich fahre mal zum Leonidas nach Hause und spreche mit seiner Frau. Die ist um diese Zeit bestimmt alleine, weil der erfolgreiche Gatte ja in der Schule weilt«, verabschiedete sich Kanter. Schorsch und Hannes nickten zustimmend und machten sich auf den Weg in die Kantine.

Kanter schwang sich auf sein Fahrrad, fuhr zum Metzger Brauner und kaufte sich ein Leberkäsbrötchen. Im Röhrensee setzte er sich auf eine Bank und aß es in aller Ruhe. Im Röhrenseepark bemerkte er erst, wie weit der Frühling schon fortgeschritten war. Die Wiese war übersät von gelb-weißen Narzissen, die Vögel machten einen nahezu infernalischen Lärm, und die Sonne wärmte schon recht ordentlich. Er schob sein Fahrrad am See entlang durch den Park, vorbei am Spielplatz, wo um diese Zeit nur wenige Eltern mit ihren Kindern unterwegs waren, hinunter zum südlichen Ende des Sees. Unter der Brücke des Fahrradwegs zur Universität stieg er wieder auf sein Rad, um zu Stahlmanns Haus in der Rotkreuzstraße hinaufzufahren. Zu seiner großen Ernüchterung musste er feststellen, dass er den steilen Anstieg in die Rotkreuzstraße ohne Anlauf nicht mehr auf dem Rad schaffte. Also stieg er schnaufend und desillusioniert ab und schob bis zu Stahlmanns Haus. Es war ein geräumiges, gepflegtes Einfamilienhaus aus den siebziger Jahren. Die alten Stahlmanns wohnten drei Häuser weiter.

Auf sein Klingeln hin öffnete eine zierliche Frau, deren Alter schwer zu schätzen war. Ihre dunklen Haare durchzogen breite graue Strähnen. Ihr ungeschminktes Gesicht strahlte eine unendliche Traurigkeit aus. Kanter fiel sofort die Ähnlichkeit mit der armen Frau von Stahlmann sen. auf. Auch diese Frau schien einen langen Leidensweg hinter sich zu haben.

»Grüß Gott, Frau Stahlmann. Ich bin Kriminalhauptkommissar Kanter«, sagte er und zeigte ihr seinen Dienstausweis. »Entschuldigen Sie die Störung, aber kann ich Sie einen Augenblick sprechen?«, fragte er.

»Kein Problem, Herr Kommissar, kommen Sie doch herein«, sagte sie mit leiser Stimme und machte eine einladende Handbewegung.

Renate Stahlmann führte Kanter in das geräumige Wohnzimmer, welches unerwartet geschmackvoll eingerichtet war. Hier herrschte nicht die spießige Muffigkeit ihrer Schwiegereltern. Geschmackvolle Stilmöbel und Kopien von berühmten Gemälden verbreiteten eine durchaus kultivierte Atmosphäre. Kanter war kein Malereiexperte, aber er erkannte Bilder von Caspar David Friedrich, deren düstere Ausstrahlung ganz gut zu Stahlmann passte, aber auch farbenfrohe von Franz Marc und Vincent van Gogh. Mehrere wohlgefüllte Bücherregale unterstrichen den Eindruck eines bildungsbürgerlichen Haushalts. Durch ein großes Fenster schaute man auf einen sehr gepflegten Garten, das konnte man schon zu dieser Jahreszeit erkennen. Renate Stahlmann bemerkte Kanters bewundernden Blick nach draußen.

»Der Garten ist mein Hobby und Ausgleich. Da kann ich abschalten. Darf ich Ihnen einen Kaffee oder Tee anbieten, Herr Kommissar«, kehrte Renate Stahlmann zu ihrem Besucher zurück. Eine Tasse Kaffee nahm Kanter dankend an. Sie hatte sich offenbar gerade selbst einen Kaffee gekocht, jedenfalls dauerte es kaum eine Minute, und sie stellte Kanter eine Tasse duftenden Kaffees hin. Milch und Zucker lehnte er dankend ab.

»Schön haben Sie es hier«, begann Kanter, was er durchaus ehrlich meinte. Sie war sichtlich dankbar für das Kompliment. Kanter konnte sich gut vorstellen, dass Renate Stahlmann einmal eine sehr attraktive Frau gewesen war.

»Sie wissen ja bestimmt, was in der Schule Ihres Mannes passiert ist«, kam Kanter zur Sache. »Erst der Fund der sterblichen Überreste eines Schülers und jetzt der tote Hausmeister. Uns gegenüber gibt sich

Ihr Mann durchaus gefasst. Mich würde aber interessieren, wie er zu Hause ist«, fuhr er fort.

Renate Stahlmann sah den Kommissar lange mit fast ausdruckslosen Augen an.

»Wissen Sie, Herr Kommissar, wir sprechen schon lange nicht mehr über Angelegenheiten meines Mannes. Genauer gesagt, er spricht nicht mehr mit mir darüber«, sagte sie noch leiser als zuvor. Kanter musste sich vorbeugen, um sie verstehen zu können.

»Das tut mir sehr leid«, sagte Kanter mit ehrlichem Mitgefühl.

»Zum Glück habe ich meine Söhne. Die stehen zu mir, auch wenn sie leider nicht mehr hier wohnen«, fügte sie hinzu.

»Erzählen sie von ihnen«, forderte Kanter sie auf. Er spürte, dass es auch dieser gequälten Seele gut tat, mit jemandem reden zu können. Die Parallelen zu Renate Stahlmanns Schwiegermutter wurden immer augenfälliger.

»Mein Mann hält sich für einen großen Pädagogen. Der exzellente Ruf seines CEG scheint ihm ja Recht zu geben. Als Vater war er eine einzige Katastrophe. Er heißt nicht umsonst Leonidas. So spartanisch dieser Name ist, so spartanisch hat er auch versucht, seine Söhne zu erziehen«, sprudelte es aus ihr heraus, als ob sie schon lange auf eine Gelegenheit gewartet hätte, ihr Herz auszuschütten. Kanter hütete sich, sie zu unterbrechen.

»Er forderte größte Disziplin, und bei den kleinsten Verfehlungen hagelte es drakonische Strafen. Eine Minute zu spät zum Abendessen zum Beispiel – und die Jungs mussten ohne Abendessen ins Bett. Nur als Beispiel. Körperlich gezüchtigt, also geschlagen hat er seine Söhne nie. Seine Methoden waren viel subtiler. Hat er wohl von seinem Vater gelernt.« Diesen Eindruck hatte zunehmend auch Kanter.

»Sie haben in ihrer Kindheit und Jugend einiges erleiden müssen. Ich habe immer versucht, das Schlimmste zu verhindern und Schuld und Strafe auf mich zu nehmen, aber es ist mir nicht immer gelungen.

Ja, auch mich behandelt er ziemlich archaisch. Sein Frauenbild ist, gelinde gesagt, sehr antiquiert«, fuhr sie fort.

»Sie fragen sich bestimmt, warum ich nach all den Qualen noch hier ausharre. Die Frage stelle ich mir jeden Tag hundert Mal, Herr Kommissar. Aber ich bin von ihm abhängig, so traurig das ist. Bei einer Trennung stünde ich vor dem Nichts, abgesehen davon, dass ein Dr. Leonidas Stahlmann es nicht einfach so hinnehmen würde, dass seine Frau sich von ihm trennt. Das ist in seinem Weltbild nicht vorgesehen.« Sie ging zum Wohnzimmerschrank und holte aus einem hinteren Winkel eine Flasche Cognac und goss sich ein großes Glas ein.

»Auch einen?«, fragte sie. Kanter lehnte freundlich, aber bestimmt unter Hinweis auf seine Dienstvorschriften ab.

»Nicht dass Sie einen falschen Eindruck von mir bekommen, Herr Kommissar. Normalerweise trinke ich nicht. Leonidas weiß auch nichts von der Flasche. Aber manchmal brauche ich das«, erklärte sie. »Zur Beruhigung.« Sie machte auf Kanter auch nicht den Eindruck einer Alkoholikerin.

»Irgendwann habe ich resigniert. Und seit meine Söhne ausgezogen sind, lässt mich mein Mann in Ruhe. Wir haben getrennte Schlafzimmer. Wenn er zu Hause ist, bleibt er in der Regel in seinem Arbeitszimmer. Nur die Mahlzeiten nehmen wir meist gemeinsam ein, schweigend. Ansonsten lebt jeder sein Leben. Früher habe ich das alles hier oft nur mit Medikamenten ausgehalten«, gab sie zu.

»Sie wollten mir Ihre Söhne beschreiben«, erinnerte sie Kanter.

»Richtig, entschuldigen Sie. Justus, der ältere, hat Medizin studiert und arbeitet als Assistenzarzt im Klinikum Bayreuth. Er ist siebenundzwanzig und hatte noch nie eine Freundin. Mein jüngerer Sohn, Jakob, ist mit seinem Studium fast fertig. Energietechnik. Ich kann mir darunter nichts vorstellen, aber er macht seine Sache sehr gut. Auch er hatte noch nie eine Beziehung zu einem Mädchen. Die beiden teilen sich eine Wohnung in der Preuschwitzer Straße. Und glauben Sie mir, Herr Kommissar, das gibt mir sehr zu denken. Nein, nein, die Buben sind

auch nicht schwul, weil es auch Beziehungen zu Jungs nicht gab. Ihr Vater hat sie, fürchte ich, beziehungsunfähig gemacht. Nur zueinander und zu ihrer Mutter pflegen sie ein sehr inniges Verhältnis, wofür ich sehr dankbar bin.« Renate Stahlmanns Züge hellten sich etwas auf.

Kanter gewann das erschütternde Bild einer zerstörten Familie, und Schuld an allem war zweifellos Leonidas Stahlmann. Er wollte die Frau nicht länger mit ihrem gescheiterten Leben konfrontieren und stellte die heute für ihn entscheidende Frage.

»Frau Stahlmann, Ihr Mann war am vergangenen Samstagnachmittag in seiner Schule. Erinnern Sie sich, wann er nach Hause gekommen ist?«

Renate Stahlmann überlegte kurz.

»Ich habe ihn gegen fünfzehn Uhr wegfahren sehen. Von meinem Zimmer aus kann ich auf unsere Garageneinfahrt schauen. Zum Abendessen war er wieder da. Wir essen üblicherweise um halb sieben. So gegen sechs habe ihn kommen hören. Ich kriege aber nicht immer mit, wann er kommt oder geht, weil ich oft in meinem Zimmer bin und lese oder schlafe«, sagte sie bedauernd. Kanter empfand großes Mitgefühl mit dieser Frau.

Er erhob sich aus dem Sessel und reichte Renate Stahlmann die Hand.

»Liebe Frau Stahlmann, ich danke Ihnen für Ihre Offenheit. Wenn ich Ihnen irgendwie helfen kann, rufen Sie mich an. Jederzeit. Hier ist meine Karte. Sollte ich noch Fragen haben, darf ich mich melden?«, fragte er vorsichtig.

»Ich habe zu danken, Herr Kommissar, es hat mir gut getan, einmal mit jemandem zu reden.« Sie geleitete ihn zur Haustür und drückte ihm zum Abschied nochmals die Hand. Ihr Händedruck war fest, ganz anders als der Ihres Mannes.

Kanter radelte, innerlich ziemlich aufgewühlt, zurück ins Kommissariat. Dieser Leonidas Stahlmann war wirklich der gefühlloseste Mensch, dem er je begegnet war.

* * *

Im Büro berichtete Georg Schwingshackl, dass Moretti angerufen hatte. Die Untersuchungen am Skelett des kleinen Benjamin Schröder seien abgeschlossen und die sterblichen Überreste könnten zur Bestattung freigegeben werden.

Kanter bat Gerdi, ihn mit den Schröders zu verbinden. Kurze Zeit später hatte er Kerstin Schröder am Telefon.

»Grüß Gott, Frau Schröder. Wie geht es Ihnen?«, begann Kanter das Gespräch.

»Grüß Gott, Herr Kommissar. Danke, uns geht es soweit ganz gut. Sie haben Neuigkeiten für uns?«, fragte sie.

»Ganz recht, Frau Schröder. Ich hatte gerade einen Anruf von unserem Pathologen. Er ist mit den Untersuchungen an Benjamins sterblichen Überresten fertig. Sie können Ihren Sohn also bestatten lassen«, sagte er. Am anderen Ende der Leitung hörte er Kerstin Schröder heftiger atmen.

»Das ist gut. Dann finden wir endlich Ruhe«, sagte sie gefasst.

»Das ist noch nicht alles, Frau Schröder«, fuhr Kanter fort. »Wir haben bei der Durchsuchung von Lauerers Räumen im CEG Benjamins Sachen gefunden. Seine Kleidung, seine Schultasche und seine Sportsachen.« Kanter machte eine Pause und wartete auf Kerstin Schröders Reaktion. Auch sie schwieg einen Augenblick.

»Das bedeutet aber doch, dass der Hausmeister mit dem Tod unseres Sohnes zu tun hat, oder?«, begann sie wieder.

»So sieht es aus. Aber nachdem der Mann leider tot ist, müssen wir noch viel ermitteln, um herauszufinden, was 1988 wirklich passiert ist«, vertröstete der Kommissar Benjamins Mutter. »Die Sachen sind Beweisstücke. Wir können sie Ihnen erst nach Abschluss des Verfahrens zurückgeben«, bedauerte Kanter.

»Das werden wir auch noch aushalten«, gab Kerstin Schröder zurück. »Sie lassen uns wissen, wie wir an die Überreste unseres Sohnes kommen?«, fragte sie abschließend.

»Natürlich, Sie bekommen Bescheid. Bis bald, und bitte grüßen Sie Ihren Mann«, beendete Kanter das Gespräch. Kanter konnte sich gut vorstellen, was es für die Schröders nach fast dreißig Jahren bedeuten musste, ihren Sohn ordentlich beerdigen zu können und endlich einen Ort zum Trauern zu haben. Er beschloss, zur Beerdigung zu gehen.

Es klopfte kurz und eher pro Forma an ihrer Bürotür, welche ohne weitere Aufforderung durch die Kommissare aufging. Heiner Erdmann kam flotten Schrittes und offenbar gut gelaunt herein.

»Ich hoffe, ich störe euren Büroschlaf nicht allzu sehr«, frotzelte er, »aber ich habe eine frohe Botschaft für euch.« Erdmann war eine unverwüstliche Frohnatur. Dabei kam er in seiner Tätigkeit als Spurensicherer nur selten mit Lustigem in Berührung.

»Servus, Heiner. Dich wenn wir nicht hätten, täten wir sogar unseren Feierabend verpennen«, gab ihm Kanter kontra. »Ich hoffe für dich, du hast wirklich gute Neuigkeiten.«

Heiner Erdmann setzte sich an Kanters Schreibtisch und öffnete die Aktentasche, die er mitgebracht hatte, und entnahm ihr einige Papiere.

»Unser vorläufiger Bericht«, begann er. »Ich fasse das Wesentliche kurz für euch zusammen.«

Erdmann begann mit Lauerers Büro. Auf dem Schreibtisch waren zwei offene und noch nicht ausgetrunkene Bierflaschen gestanden. Dort nahmen sie Fingerabdrücke und gaben die Flaschen an Moretti weiter, damit der den Inhalt analysieren konnte. Eine Flasche gehörte eindeutig Lauerer, was die Fingerabdrücke bewiesen. Auf der anderen Flasche befanden sich Fingerabdrücke von zwei verschiedenen Personen, die in keiner Datei zu finden waren, polizeilich also noch nicht in Erscheinung getreten zu sein schienen. Die Fingerabdrücke einer dieser Personen fanden sich auch an der Schreibtischschublade.

Lauerers Schlüsselbund lag auf dem Schreibtisch. Auf dem Wohnungsschlüssel, aber auch anderen gab es Fingerspuren, die ließen sich aufgrund der Struktur der Schlüssel aber noch nicht näher bestimmen.

»Stop, Heiner«, unterbrach Kanter. »Der Schlüsselbund lag auf dem Schreibtisch! Das ist mir damals schon merkwürdig vorgekommen.« Die Kommissare sahen Kanter fragend an.

»Na, überlegt doch mal. Der Lauerer war doch wohl auf dem Weg in seine Wohnung, bevor er ins Nirwana stürzte. Was braucht er da? – Richtig! Seinen Schlüssel«, erklärte Kanter.

»Aber vielleicht war er zu besoffen und hat ihn einfach vergessen«, wandte Schwingshackl ein.

»Möglich, aber wenig wahrscheinlich. Der Lauerer konnte was vertragen. Für einen Hausmeister ist der Schlüsselbund das Wichtigste überhaupt. Den hat er immer am Mann«, beharrte Kanter.

»Wenn wir also davon ausgehen, dass er die Schlüssel dabei hatte, muss ihm die jemand abgenommen und nicht wieder zurückgebracht haben, warum auch immer«, dachte Kanter laut. »Und freiwillig wird der Lauerer die Schlüssel nicht rausgerückt haben. Ergibt für mich folgendes mögliche Szenario: Stahlmann besucht Lauerer – aus welchem Grund auch immer – in dessen Büro, nachdem alle Fußballfans weg waren. Lauerer ist so besoffen, dass er praktisch wehrlos ist. Stahlmann schleppt ihn die paar Meter zur Treppe und schmeißt ihn runter. Dann holt er sich die Schlüssel aus Lauerers Hosentasche und macht sich an die Arbeit. Er sucht etwas. Die Frage ist: Was?«, legte Kanter seine Gedanken dar.

»So kann es gewesen sein, weil wir Fingerabdrücke dieser einen Person auch in Lauerers Wohnung an ein paar Schubladen und Türgriffen und in der Werkstatt im Keller gefunden haben. Hier hat jemand wohl etwas gesucht«, konstatierte Heiner Erdmann.

»Das sehen wir genauso, Heiner. Fällt euch jemand ein, der ein solches Interesse haben könnte«, fragte Kanter eher rhetorisch in die Runde. Jedem hier war klar, dass nur einer in Frage käme.

Leonidas Stahlmann war in Benjamin Schröders Verschwinden genauso verwickelt wie Lauerer, das wurde immer klarer, und jetzt bot sich ihm unerwartet eine Chance, den lästigen Mitwisser loszuwerden.

Kanter sah auf seinen Notizblock, auf der er die Telefonnummer des Schulleiters des CEG vermerkt hatte, und wählte.

»Guten Tag, Herr Dr. Stahlmann«, meldete sich Kanter. »Ich mache es kurz. Sie finden sich morgen früh Punkt acht hier auf dem Kommissariat ein«, ordnete Kanter ziemlich barsch an.

»Um acht muss ich in meiner Schule sein«, versuchte Stahlmann einzuwenden.

»Ich kann Sie auch von uniformierten Polizisten vor aller Augen abholen lassen, wenn Ihnen das lieber ist. Ich glaube, wir haben uns verstanden«, schloss Kanter.

»Ich werde natürlich kommen«, gab Stahlmann ziemlich kleinlaut bei und legte auf.

»So, Burschen, jetzt beginnt mir die Sache langsam Spaß zu machen. Den Stahlmann nehmen wir morgen mal richtig ran«, freute sich Kanter.

»Ich bin noch nicht fertig«, meldete sich Heiner Erdmann wieder und holte aus seiner Tasche Lauerers Laptop hervor. »Dieser Laptop stand auf Lauerers Schreibtisch. Meine Spezialisten sagen, jemand hat die Festplatte formatiert. Früher war das der Tod aller Daten. Heute können wir vieles wieder herstellen. Schaut mal«, holte Erdmann seine Kollegen vor dem Rechner zusammen.

Er klickte auf eine Datei, und die Männer sahen Videoaufnahmen, die anscheinend im Umkleideraum einer Sporthalle aufgenommen wurden. Junge Mädchen, mehr oder weniger bekleidet, schauten in einen Spiegel. Eine andere Datei zeigte einen anderen Raum. Einzelne Frauen zogen sich um und sahen ebenfalls in einen Spiegel. Auch dieser Raum schien ein Umkleideraum zu sein.

»Ich verwette meine Pension, wenn das nicht die Mädchenumkleideräume im CEG sind«, sagte Erdmann. »Ich fahre gleich dorthin und

gehe dem auf den Grund. Offenbar hat Lauerer hinter den Spiegeln Kameras installiert. Wir werden sie finden, glaub mir, Fritz«, versicherte der Spurensicherer seinem Freund.

»Ich komm mit ins CEG. Wenn das stimmt, war der Lauerer ja noch kaputter, als wir dachten«, sagte Kanter.

»Den PC aus der Wohnung untersuchen meine Leute noch. Sobald ich was Neues habe, hört ihr von mir«, sagte Erdmann.

»Heiner, ich muss schon sagen, deine Erdmännchen haben sich wieder mal selber übertroffen«, lobte Kanter. »Mit euch zu arbeiten, macht doch immer wieder Freude.«

»Eine Bitte hab ich noch, Heiner«, sagte Kanter. »Besorgt euch von Frau Stahlmann die Kleidung, die ihr Mann am Samstagnachmittag getragen hat. Wenn der Leonidas dem Lauerer ins Jenseits geholfen hat, müssten sich Spuren an seiner Kleidung finden, meinst du nicht?«, fragte der Kommissar.

»Mache ich, Fritz. Bis gleich«, verabschiedete sich Erdmann.

Georg Schwingshackl hatte Hannes eine Stricknadel von seiner Frau mitgebracht, damit er das Jucken unter dem Gips leichter bekämpfen konnte. Hannes stocherte gerade hingebungsvoll an seinem Arm herum, als die Bürotür erneut aufging, ohne dass vorher geklopft worden war. Oberstaatsanwalt Schmidtchen begrüßte die Kommissare und setzte sich an Kanters Schreibtisch.

»Servus, Fritz! Meine Herren!«, begrüßte er seine Ermittler. »Ich war gerade dienstlich im Präsidium unterwegs, und da hab mir gedacht, schaust du mal beim FKK und seinen Leuten vorbei, ob die auch was arbeiten«, scherzte auch er. »Habt ihr was Neues?«, wollte er wissen.

»Gerade wollte ich dich anrufen, Albert«, antwortete Kanter. »Die KTU hat jede Menge interessante Sachen herausgefunden, die den Stahlmann und den Lauerer immer verdächtiger machen, am Tod Benjamin Schröders zumindest beteiligt gewesen zu sein«, berichtete Kanter und erzählte dem Oberstaatsanwalt in Kurzform von Heiner Erd-

manns Erkenntnissen. »Morgen kommt der Stahlmann hierher, den versorgen wir dann erkennungstechnisch und quetschen ihn aweng aus. Mal sehen, wie standhaft unser spartanischer Feldherr im wirklichen Leben ist«, sagte Kanter. »Du könntest uns eine Anordnung besorgen, dass wir Stahlmanns Konten überprüfen können. Man weiß ja nie. Vielleicht gibt's ja interessante Bewegungen«, bat er den Oberstaatsanwalt.

»Ich versuch's mal, obwohl die Faktenlage noch relativ dünn ist. Unser Hauptzeuge ist ja leider verstorben«, versprach Schmidtchen. »Es war sehr informativ bei euch«, sagte er und stand auf. »Fritz, du hältst mich auf dem Laufenden, gell?«, schloss er und reichte seinem Freund zum Abschied die Hand.

Als Kanter und Erdmann das CEG bei der Turnhalle betraten und in den Umkleideraum der Mädchen wollten, war dieser verschlossen. Sie gingen ins Sekretariat und erkundigten sich bei Frau Bauer, wer ihnen aufschließen könne. Die Sekretärin informierte die Kommissare, dass die Stadt schon eine Vertretung für Lauerer geschickt habe. Da Lauerers Schlüsselbund aber noch bei der Polizei sei, müsse sich der Herr Dörfler, so heißt der Vertretungshausmeister, erst durch Lauerers Wust an Zweitschlüsseln kämpfen. »Aber ich rufe ihn gleich an, dass er zu Ihnen an die Turnhalle kommt«, sagte sie zu.

Und tatsächlich, keine fünf Minuten später erschien Herr Dörfler und begrüßte die Kommissare.

»Ich arbeite im Moment unter sehr erschwerten Bedingungen, wie Sie sich vorstellen können. Sowohl das Hausmeisterbüro im zweiten Stock als auch die Werkstatt im Keller sind ja noch versiegelt. Lediglich die nötigsten Zweitschlüssel konnte ich mitnehmen«, beklagte er sich und wühlte in der mitgebrachten Schuhschachtel, in der er die Schlüssel provisorisch aufbewahrte.

»Wir werden die Räume so schnell als möglich freigeben«, sicherte Kanter ihm zu, »aber ein paar Tage werden Sie sich noch so behelfen müssen.«

Nach einigem erfolglosen Probieren fand Dörfler den passenden Schlüssel für den Umkleideraum der Mädchen und schloss auf. Um diese Zeit war anscheinend kein Unterricht mehr, denn es hingen keinerlei Kleidungsstücke herum. Dörfler fand auch den Schlüssel zum Lehrerumkleideraum. Auch hier war zum Glück niemand.

Kanter und Erdmann ließen sich die Schlüssel aushändigen und schickten Dörfler wieder an seine normale Arbeit. Die Schlüssel würden sie erstmal auch behalten müssen. Dörfler zuckte resigniert die Schultern und schrieb ihnen noch seine Handynummer auf, damit sie ihn bei Bedarf schnell erreichen konnten.

Die Kommissare schauten sich um. Im Schülerinnenumkleideraum und in der Dusche gab es jeweils einen Wandspiegel. Beide ließen sich relativ leicht aus ihren Halterungen nehmen. Als er sah, was sich dahinter befand, pfiff Kanter leise durch die Zähne.

»Da schau her!«, entfuhr es ihm, und auch Heiner Erdmann war von dem Anblick überrascht, der sich ihm bot. Hinter jedem Spiegel hatte Lauerer eine kleine Nische in die Wand geschlagen, in der sich eine Minikamera befand. Erdmann hatte Lauerers Laptop, den sie in seinem Büro gefunden hatten, mitgebracht. Er öffnete den Deckel und startete den Computer. Nach kurzer Zeit war das Gerät einsatzbereit. Erdmann klickte routiniert und zielsicher auf ein Icon auf dem Bildschirm. Wenige Augenblicke später sahen die Kommissare sich selbst auf dem Bildschirm. Die Kameras starteten offenbar bei Bewegung und waren über WLAN und Internet mit Lauerers Laptop verbunden. Der Hausmeister hatte die normalen Spiegel durch Einwegspiegel ersetzt, so genannte Spion- oder venetianische Spiegel, die von einer Seite durchsichtig waren. Die Kommissare stellten fest, dass Lauerer einen enormen technischen und finanziellen Aufwand betrieben hatte, um die Mädchen und Frauen heimlich beim Duschen und Umziehen

beobachten zu können. Wenig überrascht waren Kanter und Erdmann, dass auch der Umkleideraum der Lehrerinnen genauso präpariert war.

Weder Kanter noch Heiner Erdmann waren in ihrem Leben jemals Zeugen davon, was sich in Frauenumkleidekabinen von Sporthallen oder Schwimmbädern abspielte. Jetzt sahen sie es. Und sie waren überrascht, welche Körperteile Frauen mit welchen Mitteln traktieren. Auf Lauerers Aufnahmen pinselten, puderten, sprühten und sprayten Frauen, sie rasierten sich Haare ab, wo die Männer gar keine vermutet hätten, kämmten Haare, reinigten Zahnzwischenräume und drückten Pickel aus. Dass sie dabei mehr oder weniger bekleidet waren, schien für Lauerer der Kick gewesen zu sein. Kanter und Erdmann fanden es weder erotisch noch aufregend. Auf die Aufnahmen aus dem Umkleideraum der Schülerinnen warfen sie nur einen kurzen Blick. Auch hier halb nackte Kinder, Teenager und junge Frauen beim Ausziehen vor und beim Anziehen nach dem Sport. Viel rumalbern und rumschubsen. Fürs Erste hatten sie genug gesehen.

Der Vollständigkeit halber überprüften sie auch die Umkleideräume der Jungs. Dort konnten sie keinerlei Manipulationen finden, was sie auch nicht weiter verwunderte. Anders als sein Chef stand Lauerer auf das weibliche Geschlecht.

Kanter und Erdmann schlossen die Räume und versiegelten sie. Der Leiter der Spurensicherung würde zwei seiner Spezialisten schicken, die die Installationen nach Spuren untersuchen und dann sicherstellen sollten.

Kanter rief den Hausmeistervertreter an und unterrichtete ihn von der Schließung der Umkleideräume. Er solle in der Schulleitung Bescheid sagen und dafür sorgen, dass in den nächsten Tagen niemand die Umkleideräume betrat. Die Schlüssel würden sie ebenfalls mitnehmen. Auf die Tatsache, dass damit kein Mädchensport mehr möglich war, konnten sie jetzt leider keine Rücksicht nehmen. Michael Merkel würde dieses Problem routiniert lösen.

Hier waren sie für den Augenblick fertig. Kanter nahm sein Diensthandy aus der Tasche und rief Moretti an. Er wollte wissen, ob es schon Ergebnisse gebe und ob er bei ihm im Institut vorbeikommen könne.

»Das passt gut, dass du anrufst, Fritz«, sagte der Pathologe. »Gerade bin ich mit ein paar wichtigen Untersuchungen fertig und habe erste Ergebnisse. Ich freu mich, wenn du kommst«, verabschiedete Moretti sich.

Auf dem Weg zum Klinikum gingen die Kommissare die gerade gewonnenen Erkenntnisse nach einmal durch.

»Was ist in einem Leben schiefgelaufen, dass einer so wird wie der Lauerer«, fragte sich Kanter. »Da hat einer jeden Tag mit Kindern zu tun, und die haben nicht die leiseste Ahnung, was mit ihnen geschieht, zumindest, wenn es Mädchen sind«, stellte er fest.

»Ist das schon krankhaft? Kann man das behandeln?«, überlegte Heiner Erdmann. »Normal ist es jedenfalls nicht. Wie mögen sich die Lehrerinnen fühlen, wenn sie von uns erfahren, dass der Hausmeister sie in intimsten Situationen beobachtet hat?«

In ein paar Tagen würde das alles an die Öffentlichkeit gekommen sein. Dann würde es in den sogenannten sozialen Medien garantiert wieder viele Menschen geben, die Lauerers Tod als gerechte Strafe bejubeln werden, erwartete Kanter.

Heiner Erdmann ließ Kanter am Hintereingang des Klinikums aussteigen und fuhr zurück ins Präsidium in der Ludwig-Thoma-Straße.

* * *

Kurz vor Feierabend war es Hannes Frauenknecht gelungen, Lauerers Exfrau ans Telefon zu bekommen. Sie lebte seit längerem in Schweinfurt und war wieder verheiratet. Über den vermutlich gewaltsamen Tod ihres Ex-Mannes war sie nicht allzu betroffen. Nicht, dass sie so etwas erwartet hätte, aber es passte irgendwie zu ihm. Sie erzähl-

te offen, wie ihr Leben mit Lauerer war. Am Anfang ihrer Ehe sei er ein durchaus liebevoller Ehemann und Vater gewesen. Aber dann habe die Sauferei begonnen. Als sie merkte, dass ihre Tochter massiv unter dem Vater zu leiden begann, habe sie die Reißleine gezogen. Sie habe es um ihrer Tochter willen lange mit ihm ausgehalten, aber als er dann auch noch gewalttätig wurde, wenn er getrunken hatte, habe sie ihre Sachen gepackt und ihn verlassen. Ihre Tochter habe sie natürlich mitgenommen. Schließlich sei die Ehe geschieden worden. Auf Unterhaltszahlungen habe sie verzichtet, weil sie mit ihm nichts mehr zu tun haben wollte. Sie hatte damals einen guten Job in einer großen Bayreuther Brauerei, von dem sie für sich und ihre Tochter sorgen konnte. Dafür habe er auf das Sorgerecht und das Umgangsrecht mit ihrer Tochter Eva verzichtet.

»Und wie ist es Ihnen und Ihrer Tochter weiter ergangen?«, fragte Frauenknecht.

»Eva ist regelrecht aufgeblüht. Sie hat ein prima Abitur gemacht, Jura studiert und arbeitet heute an der juristischen Fakultät der Uni Augsburg«, erfuhr er.

»Und Sie?«, wollte er wissen.

»Nach einigen Jahren habe ich einen liebenswürdigen Mann kennen und lieben gelernt. Wir haben dann auch geheiratet, und er hat eine gute Stelle in Schweinfurt angenommen. Irgendwie war ich froh, aus Bayreuth wegzukommen«, bekannte sie.

»Haben Sie etwas mitbekommen von – sagen wir – unnormalen Neigungen Ihres Mannes?«, fragte Frauenknecht.

»Was meinen Sie mit ›unnormalen‹ Neigungen?«

»Naja, wir haben bei ihm Material gefunden, das belegt, dass Ihr Exmann junge Mädchen und Frauen mit Kameras in den Umkleideräumen der Schule heimlich beobachtet hat. Kurz: Er war ein Spanner«, erzählte Frauenknecht schonungslos.

Es entstand eine kurze Pause. Lauerers Exfrau schien diese Neuigkeit erst verarbeiten zu müssen.

»Davon habe ich nie etwas gemerkt. Ich habe auch nie irgendwelche Magazine mit nackten Frauen oder so was bei ihm gesehen. Was aber nichts heißen muss, denn er hätte sie ja in seinem Hausmeisterbüro verwahren können«, sagte sie.

»Dann hat er wahrscheinlich erst später damit angefangen«, vermutete Frauenknecht. »Sollen wir Sie vom Termin der Beisetzung Ihres Mannes informieren?«, fragte Frauenknecht.

»Nein, sparen Sie sich die Mühe. Das Kapitel Lauerer ist für mich lange abgeschlossen. Es tut mir leid, dass er ein so gewalttätiges Ende gefunden hat, aber zur Beerdigung werde ich nicht kommen«, stellte sie unmissverständlich fest.

»Das kann ich verstehen, Frau Gerber. Sollten wir noch Fragen haben, melden wir uns. Und vielen Dank für Ihre Offenheit«, sagte Hannes Frauenknecht und beendete das Gespräch.

Das Persönlichkeitsbild von Hans Lauerer wurde vollständiger. Wenn er schon einmal dabei war, versuchte Hannes Frauenknecht vor Feierabend auch noch Lauerers Tochter Eva in Augsburg zu erreichen. Er hatte ihre Dienstnummer problemlos über die Homepage der Uni gefunden.

Nach nur zweimaligem Läuten nahm Eva Lauerer ab. Hannes Frauenknecht stellte sich vor und nannte den Grund seines Anrufs.

»Mein Vater ist also tot? Die Treppe hinuntergestürzt?«, wiederholte Eva Lauerer Frauenknechts Informationen. »Passt irgendwie zu ihm«, bemerkte sie.

»Wie meinen Sie das, Frau Lauerer?«, wollte der Kommissar wissen.

»Naja, wahrscheinlich war er wieder besoffen, und dann hat's ihn halt runtergehauen. So was musste ja irgendwann mal passieren«, vermutete sie.

»Wir haben Anhaltspunkte, dass beim tödlichen Sturz Ihres Vaters jemand nachgeholfen hat«, informierte er sie.

»Wissen Sie schon, wer?«, fragte sie nach.

»Noch nicht endgültig, aber der Kreis der Verdächtigen ist überschaubar«, informierte sie Frauenknecht. »Wir halten Sie natürlich auf dem Laufenden. Es wird sich sowieso kaum vermeiden lassen, dass Sie demnächst nach Bayreuth kommen. Wir haben zwar noch kein Testament Ihres Vaters gefunden, was bei der Unordnung in seiner Wohnung noch dauern kann. Es würde uns aber nicht wundern, wenn es gar keines gäbe. Dann sind Sie als seine Tochter die Erbin und hätten einiges zu erledigen. Bitte versuchen Sie, nächste Woche nach Bayreuth zu kommen und mit uns zu sprechen«, bat Frauenknecht die junge Frau.

»Da werden Sie wohl leider recht haben, Herr Kommissar«, erwiderte sie. Wir haben an der Uni zur Zeit viel mit der Korrektur von Klausuren und der Vorbereitung der Seminare für das Sommersemester zu tun, aber was sein muss, muss halt sein. Ich rufe Sie an, wenn ich komme«, sagte sie abschließend.

Hannes war mit den Ergebnissen seines Tagwerks durchaus zufrieden. Karin Schwingshackls Stricknadel erhöhte seine Lebensqualität ganz ernorm.

»Schorsch, deine Frau hat mich ja überraschend auch zu ihrer Geburtstagsparty am Samstag eingeladen. Was könnte ich ihr denn mitbringen?«, wandte er sich hilfesuchend an seinen Kollegen. »Mit Frauen in dem Alter habe ich keinerlei Erfahrungen«, bedauerte er.

»Da fragst du genau den Richtigen«, erwiderte Georg Schwingshackl. »Ich hab selber noch nicht die leiseste Ahnung. Wenn ich sie frage, was sie sich wünscht, sagt sie ›Nichts. Ich hab schon alles‹, was mir nicht wirklich weiterhilft. Schmuck trägt sie keinen, Parfüm ist heikel, Klamotten erst recht. Kochbuch könnte eventuell missverstanden werden. Ich werde heute Abend mal die Kathi beiseite nehmen und intensiv befragen. Der fällt immer was ein«, gab er sich zuversichtlich.

»Wie's ausschaut, kommt der FKK heute nimmer ins Büro«, vermutete Georg Schwingshackl richtig. »Dann gehen wir jetzt auch«, sagte er, schloss seinen Schreibtisch ab, fuhr den Rechner herunter und machte sich ebenso wie Hannes Frauenknecht auf den Heimweg.

* * *

Dr. Fred Moretti hatte seinen Freund Friedrich-Konrad Kanter herzlich in seinen heiligen Hallen begrüßt. Obwohl Kanter natürlich schon öfters hier unten war, fühlte er sich im Angesicht des allgegenwärtigen Todes immer unwohl. Er würde sich an die Gerüche von Desinfektionsmitteln einerseits und unterschiedlichsten menschlichen Ausscheidungen andererseits nie gewöhnen können. Moretti wusste das und brachte Kanter in sein Büro, in dem es angenehm nach frisch gebrühtem Kaffee roch. Kanter nahm Morettis Kaffeeangebot dankbar an, und die Männer setzten sich an Morettis Schreibtisch. Nach dem ersten Schluck des wirklich köstlichen Kaffees erzählte Kanter kurz von den Funden des Nachmittags im CEG und Lauerers offensichtlichen Vorlieben.

Moretti schüttelte angewidert mit dem Kopf.

»Lauerer ist ein gutes Stichwort, Fritz«, begann er. »Wir haben erste interessante Ergebnisse. Obwohl meine Leute und ich immer noch mit dem Krankenhauskeim mehr als genug um die Ohren haben«, beeilte er sich hinzuzufügen. »Du musst uns dafür aber nicht extra loben«, feixte er hinterher.

Kanter deutete eine tiefe Verbeugung als Ausdruck seines Dankes an und forderte Moretti mit einer Handbewegung zum Weitersprechen auf.

»Also, mein erster Eindruck am Auffindeort der Leiche trog mich nicht. Der Mann war voll wie zehn Burschenschafter nach der Abschlusskneipe. Ich habe zurückgerechnet und bin auf 2,6 Promille Blutalkohol gekommen. Das klingt einerseits nach viel, für einen so an Alkohol gewöhnten Menschen wie Lauerer heißt das aber noch nichts. Mit der Menge kann er durchaus noch einigermaßen gehen und sich sprachlich verständigen. Also deswegen fällt der nicht übers Geländer. Wenn nicht, und jetzt kommt's, Fritz, wenn da nicht noch was anderes

wäre. Ich habe bei ihm eine ziemliche Menge GHB nachweisen können. GHB, du weißt schon, Gamma-Hydroxybuttersäure, vulgo K.-o.-Tropfen. Und die haben wir dann auch in seiner noch nicht ausgetrunkenen Bierflasche gefunden. Einer seiner letzten Besucher hat ihm das Zeug ins Bier geschüttet. Um das zu bemerken, war er dann wohl doch schon zu besoffen«, sagte Moretti mit zufriedener Miene.

»Mit dem Zeug intus war der Lauerer mit Sicherheit völlig betäubt. Ein Täter hätte ihn an die Treppe wenn schon nicht tragen, so doch schleppen und übers Geländer in die Tiefe wuchten können«, zeichnete der Rechtsmediziner ein mögliches Szenario. »Todeszeitpunkt wie vermutet Samstagnachmittag, so zwischen sechzehn und zwanzig Uhr«, ergänzte Moretti noch.

Kanter erschien das durchaus plausibel. Dann kamen mit großer Wahrscheinlichkeit nur dieser mysteriöse Peter Scherm und Leonidas Stahlmann in Frage. Aber war Stahlmann jemand, der sich Liquid Ecstacy aus dubiosen Quellen besorgte, um seinen Hausmeister um die Ecke zu bringen? Für Kanter war das zumindest zweifelhaft. Sie mussten diesen Peter Scherm finden. Gleich morgen würde er diesen Lehrer Riedel noch mal befragen, dem dieser Scherm irgendwie bekannt vorgekommen war.

»Saubere Arbeit, mein Lieber«, lobte Kanter seinen Freund.

»Danke, verrenk dich nicht, ich tue nur meine Pflicht, wie es so schön heißt«, gab er zurück. »Aber das ist noch nicht alles. Der Sturz über das Geländer hinunter auf die Treppenstufen hat in Lauerer schlimme Schäden angerichtet. Am schlimmsten und deshalb sofort tödlich war der Genickbruch. Gelitten hat er also definitiv nicht. Potenziell ebenfalls tödlich wäre auch der Schädelbruch gewesen. Dazu kamen noch vier gebrochene Rippen und massive innere Blutungen, auch verursacht durch den Aufprall. Wenn man zynisch sein wollte, könnte man aber auch sagen, der Mann hat mit seinem Tod großes Glück gehabt«, bemerkte Moretti und wiegte den Kopf hin und her. Auf Kanters fragenden Blick hin fuhr er fort. »Der Herr Lauerer hatte

noch eine Lebenserwartung von sechs, vielleicht zwölf Monaten. Und es wäre ihm ein qualvolles Ende bevorgestanden. Hepatozelluläres Karzinom, also Leberkrebs, im fortgeschrittenen Stadium, wohl als Folge des langjährigen exzessiven Alkoholabusus, der zu einer ausgeprägten Leberzirrhose geführt hat«, erfuhr Kanter von seinem Freund. »Metastasen in der Lunge und in den Nieren haben wir auch gefunden. Ein Wunder, dass der Mann noch nichts gemerkt hat«, staunte Moretti. »Willst du die Leber mal sehen?«, fragte er Kanter, wohl wissend, dass das das Letzte wäre, was dieser Hypochonder sehen wollte. Wie nicht anders zu erwarten, verzichtete der Kommissar dankend auf den Anschauungsunterricht.

»Wenn du nicht noch weitere Neuigkeiten hast, würde ich vorschlagen, wir gönnen uns ein wohlverdientes Feierabendseidla, Fred. Was meinst du?«, schlug Kanter vor.

»Letzte Neuigkeit: Du kannst dem Hannes ausrichten, das Pülverchen, das er von seiner Freundin mitgebracht hat, war astreines Koks. Was er mit dieser Information anfängt, überlasse ich ihm«, ergänzte er. »Es gäbe zwar noch jede Menge zu tun, aber das ist immer so, ob ich da bin oder nicht. Nach dreizehn Stunden hier unten reicht es wirklich. Ich bin dabei, Fritz. Weiglathal?«, fragte er.

»Natürlich, Fred. Aber du müsstest fahren, ich hab kein Auto dabei«, bedauerte Kanter, war aber insgeheim froh darüber, weil er dann ein Bier mehr trinken konnte.

Moretti machte das nichts aus, er wollte hinterher sowieso noch einmal in seinem Jagdrevier nach dem Rechten sehen. Er entledigte sich seines weißen Arztkittels und hängte ihn in einen Schrank, aus dem er dafür einen braunen Lodenjanker nahm und anzog.

Kaum eine halbe Stunde später saßen die Freunde in Weiglathal an ihrem Stammplatz.

»Ich lad dich ein, Fred«, sagte Kanter zu seinem Freund. Moretti war keiner, der sich bei so was zweimal bitten ließ, und leistete keine geheuchelte Gegenwehr, sondern freute sich darüber.

»So gemütlich sind wir zwei schon lange nicht mehr beisammen gesessen. Auf dein Wohl, mein Lieber«, sagte Moretti, erhob sein Glas und stieß mit Kanter an.

Die Männer genossen das Bier, die Bratwürste und die seligen Erinnerungen an gemeinsame Erlebnisse in ihrer Würzburger Studentenzeit.

»War schön, mal wieder über die alten Zeiten zu plaudern. Am Samstag im Iglu kommt man viel zu selten dazu«, freute sich Kanter, und Moretti nickte zustimmend.

Sie merkten kaum, wie die Zeit verging. Nach zwei Stunden blickte Moretti auf die Uhr und mahnte zum Aufbruch, weil er noch in den Wald wollte. Kanter bezahlte die Zeche und ließ sich beschwingt von Moretti zu Hause absetzen.

»Man sieht sich, Fred«, verabschiedete Kanter sich, und Moretti winkte ihm zum Abschied freundschaftlich zu.

Kanter sperrte seine Haustür auf und sah, dass bei Erika noch Licht brannte. Also rief er ihr einen kurzen Gruß zu und wünschte ihr einen schönen Abend. Er wusste, dass sein Gute-Nacht-Bier noch warten musste, weil Rolf zu seinem Recht kommen wollte. Er schnappte sich gut gelaunt die Hundeleine und ging zurück an die frische Luft. Mit dem heutigen Tag war er sehr zufrieden, was beileibe nicht jeden Tag der Fall war. Zwar hatte er viel Leid gesehen und in menschliche Abgründe geblickt, aber ihre Ermittlungen waren doch auf einem guten Weg. Fast freute er sich auf die Begegnung mit Leonidas Stahlmann morgen früh.

Zu seinem Schlummertrunk schaute er sich noch die Tagesthemen an und stellte fest, dass die Welt auch heute wieder keinen Deut besser geworden war. Dennoch begab er sich zufrieden zu Bett und fiel sofort in einen tiefen Schlaf.

Um drei Uhr morgens erwachte er schweißnass und mit heftig stolperndem Herzen, und sofort setzte sich wieder die Panik in seinem

Kopf fest. Obwohl er diese Situation nicht zum ersten Mal erlebte, fürchtete er wieder um sein Leben. Sollte er Erika wecken? Sollte er den Notarzt rufen? Er atmete schwer und schleppte sich ins Badezimmer, wo er sein Gesicht mit einem nassen Waschlappen kühlte. Beim Blick in den Spiegel erschrak er über das fahle, faltige Gesicht, das ihm daraus entgegenblickte.

»Du schaust scheiße aus, Fritz«, sagte er zu seinem Spiegelbild. Sollte er eine Allergie gegen Weiglathaler Bier entwickelt haben? Die letzte Attacke hatte ihn ja auch nach einem Besuch dort heimgesucht. Das wäre sein persönlicher Super-GAU, wenn er diesen köstlichen Stoff nicht mehr vertragen würde.

Langsam gelang es ihm, wieder einen klareren Gedanken zu fassen. Er sagte sich, dass es in der Vergangenheit immer gut ausgegangen war, und in ein paar Stunden würde alles wieder vorbei sein.

Vorsichtig ging er zurück ins Bett und horchte noch einige Zeit auf sein stolperndes Herz. Irgendwann fiel er aber wieder in einen traumlosen Schlaf, den um halb sieben in der Früh sein Wecker gnadenlos beendete.

13

Kanter erwachte erstaunlich erholt. Im Schlaf hatte sein Herz wieder in den richtigen Rhythmus gefunden, was ihn sehr beruhigte. Bei einer Tasse Kaffee blätterte er das Bayreuther Echo durch, wo weiter wilde Spekulationen über die Zustände am Carolus-Erasmus-Gymnasium wucherten. Mit besonderem Interesse betrachtete er immer die Todesanzeigen. Erstens informierten sie ihn, wenn ein Bekannter das Zeitliche gesegnet hatte, und zweitens schaute er, ob wieder Leute in seinem Alter von dieser Welt gerufen wurden. Dann hoffte er, dass ihm dieses Schicksal erspart bleiben möge, wenngleich er fest glaubte, dass der Todeszeitpunkt jedes Menschen Schicksal war, und wir diesen zum Glück nicht kannten.

Er musste ins Kommissariat laufen, weil er sein Fahrrad gestern dort stehen gelassen hatte. Die zehn Minuten Fußmarsch machten ihn endgültig wach, und er nutzte die Zeit, um sich mental auf die Befragung von Dr. Leonidas Stahlmann vorzubereiten.

Kanter war wie meistens der Erste im Büro. Er hängte seine Jacke an den Kleiderhaken und informierte Gerdi Hasenfuß, dass um acht Dr. Stahlmann hier erscheint. Sie solle ihn gleich ins Vernehmungszimmer setzen. Ja, und eine Tasse Kaffee würde er gerne mitnehmen.

Inzwischen waren auch Schwingshackl und Frauenknecht eingetroffen und hatten ihre Arbeitsplätze eingenommen. Hannes fuhrwerkte wieder mit der Stricknadel unter seinem Gips herum. Es musste scheußlich jucken, aber aus den Lauten, die er dabei von sich gab, konnten sie schließen, dass die Stricknadel ihm Linderung verschaffte.

»Ich war gestern beim Moretti. Der hatte sehr interessante Ergebnisse«, begann Kanter seinen Bericht. Als er seine Kollegen mit allen Informationen versorgt hatte, waren sie sich alle einig, dass Dr. Stahlmann sehr verdächtig war. Sie waren sehr gespannt, wie er sich in der

Befragung verhalten würde. Schließlich hatten sie einige belastende Indizien gegen ihn in der Hand.

»Ach ja, Hannes, ich soll dir vom Moretti noch ausrichten, dass das Pulver, das du bei der Jacky mitgenommen hast, astreines Koks war«, setzte er seinen jungen Kollegen ins Bild.

Hannes schien so etwas erwartet zu haben. Seit dem abrupten Ende ihrer Beziehung hatte er Jacqueline Grewe nicht mehr gesehen. Sie hatte auch nicht versucht, wieder Kontakt zu ihm aufzunehmen, was sein Selbstverständnis als unwiderstehlichem Mann doch erschütterte. Letztendlich war er aber froh, dass es aus war. Nicht auszudenken, in welche Situationen er hätte kommen können.

»Soll ich dienstlich was gegen Jacky unternehmen?«, fragte er unsicher seine erfahrenen Kollegen. Sie hörten am Unterton, dass ihm das sehr unangenehm wäre.

»Lass mal sein, Hannes«, begann Kanter. »Was du dem Moretti gegeben hast, war ja nur eine ganz kleine Menge zum Eigenbedarf. Da hängen wir uns nicht rein. Und bei der Party wurde ja auch nicht gedealt oder so«, beruhigte er ihn. »Und außerdem ist Rauschgift nicht unsere Baustelle«, ergänzte er.

Frauenknecht war erleichtert, dass sein Chef die Sache so pragmatisch sah.

Bis zum Eintreffen Stahlmanns war noch etwas Zeit, die Kanter dazu nützte, Oberstaatsanwalt Dr. Albert Schmidtchen von den gestrigen Erkenntnissen zu unterrichten. Auch Schmidtchen war mit Morettis Arbeit sehr zufrieden und innerlich ziemlich stolz darauf, solche Freunde zu haben.

»Wir nehmen uns jetzt gleich den Herrn Dr. Stahlmann vor, Albert. Wir sind sehr gespannt, wie er sich herauswinden will«, sagte Kanter. »Wenn wir mit ihm fertig sind, melde ich mich gleich bei dir«, versicherte er Schmidtchen.

Kaum hatte er aufgelegt, meldete Gerdi Hasenfuß, dass Herr Dr. Stahlmann samt Rechtsbeistand im Vernehmungsraum wartete.

»Wen hat er denn als Anwalt dabei?«, wollte Kanter wissen. »Dr. Ludwig Eisenhardt«, sagte sie. »Der passt zum Stahlmann, was?«, spottete sie. »Das passt wie Arsch auf Eimer«, bestätigte Georg Schwingshackl lächelnd. Eisenhardt war der führende Bayreuther Strafverteidiger, aufgrund seines ungepflegten Äußeren aber sowohl bei den Ermittlern als auch bei Gericht wenig beliebt. Fachlich hatte er einiges drauf, menschliche Defizite waren aber nicht zu übersehen. Das würden die Kommissare sehr bald am eigenen Leib merken.

Schwingshackl und Kanter machten sich auf den Weg zum Vernehmungsraum.

Die Kommissare begrüßten Dr. Stahlmann und seinen Anwalt ohne Händeschütteln und setzten sich den beiden gegenüber. Dr. Eisenhardt trug den einzigen Anzug, den er scheinbar besaß. Jedenfalls konnte sich in Justizkreisen niemand erinnern, den Anwalt jemals in einem anderen gesehen zu haben. Der Anzug war offenbar lange Zeit weder gereinigt noch gebügelt worden. Auf dem Kragen hatten sich zahlreiche Haarschuppen niedergelassen und konnten dort ein ungestörtes Dasein führen. Auch Hemd und Krawatte von Dr. Eisenhardt unterstrichen die Erkenntnis, dass der Mann auf sein Äußeres überhaupt nichts gab. Seine langen fettigen Haare trugen das Ihre zu der wenig vorteilhaften Erscheinung bei. Mit ›schmuddelig‹ wäre seine äußere Erscheinung deutlich zu positiv beschrieben. Aber er war eine Koryphäe auf seinem Gebiet, da nahmen seine Mandanten das unangenehme Erscheinungsbild in Kauf.

Kanter belehrte Leonidas Stahlmann erneut, dass er zunächst als Zeuge, je nach Verlauf aber auch als möglicher Beschuldigter befragt werde und, wie ihm sein Anwalt bestimmt schon gesagt hat, in diesem Fall die Aussage verweigern könne, wenn er sich selbst belasten würde.

»Was werfen Sie meinem Mandanten vor, Herr Kommissar?«, ging der Anwalt in die Offensive.

Kanter ignorierte die Frage und wandte sich direkt an Leonidas Stahlmann.

»Herr Dr. Stahlmann, es wird gleich ein Kollege von der KTU kommen und ihre Fingerabdrücke nehmen. Wir haben in Lauerers Büro, im Keller und in seiner Wohnung diverse Spuren gefunden, die wir noch nicht zuordnen können. Es ist also auch in Ihrem Interesse, uns Ihre Fingerabdrücke zu geben, damit wir Sie als Verursacher der Spuren ausschließen können«, erklärte Kanter.

Stahlmann warf seinem Anwalt einen fragenden Blick zu, den dieser mit einem leisen Kopfnicken beantwortete. Stahlmann konnte sich der erkennungsdienstlichen Bearbeitung nicht entziehen.

Wie auf Stichwort klopfte es an der Tür, und einer von Erdmanns Mitarbeitern erschien. Routiniert nahm er Stahlmanns Fingerabdrücke und war keine zehn Minuten später wieder draußen.

»Ergebnisse in etwa einer halben Stunde«, bemerkte er noch zu Kanter.

»Herr Dr. Stahlmann, wir haben uns ja am Montag, nachdem Sie den toten Hausmeister gefunden hatten, schon darüber unterhalten, was Sie am Samstagnachmittag in der Schule gemacht haben«, begann Kanter wieder. »Könnten Sie uns bitte Ihren Samstagnachmittag nochmals kurz schildern«, forderte Kanter den Schulleiter mit ausgesuchter Höflichkeit auf, nicht ohne die Finger seiner rechten Hand einmal ordentlich knacken zu lassen. Dr. Eisenhardt zuckte erschrocken zusammen. Offenbar kannte er dieses Geräusch nicht und fand es ziemlich abstoßend. Auch Stahlmanns Miene war ein gewisses Unwohlsein beim Zuhören anzusehen.

»Wie ich schon sagte«, fing Stahlmann an, und die Kommissare spürten die hohe Konzentration, die er in seine Aussage legte, »ich war am Samstagnachmittag kurz in der Schule, weil ich noch ein paar Unterlagen holen musste, die ich zu Hause durcharbeiten wollte. Das wird so gegen halb vier gewesen sein. Die Schule habe ich kurz darauf wieder verlassen, so gegen kurz vor vier vielleicht. Ich habe nicht auf die

Uhr gesehen«, sagte der Schulleiter aus. Seine Körpersprache zeugte von seiner großen Anspannung. Er saß aufrecht auf seinem Stuhl und hatte die Hände in seinem Schoß gefaltet. Längeren Blickkontakt mit den Kommissaren vermied er möglichst.

»Da standen noch die Autos von Lauerers Fußballkumpels auf dem Parkplatz«, ergänzte er. Er schien sich ein ganz klein wenig zu entspannen, war er doch ziemlich sicher, seine Aussage deckte sich mit der vom Montag. »Kurz nach vier müsste ich dann daheim gewesen sein, was meine Frau bestätigen könnte«, fügte er noch hinzu.

»Sehen Sie, Herr Dr. Stahlmann, und damit haben wir ein Problem«, erwiderte Kanter in einem immer noch sehr freundlichen Tonfall. »Wir haben Zeugenaussagen, nach denen Sie um kurz nach vier noch in der Schule waren, und wir haben Zeugenaussagen, dass Sie die Schule sogar erst gegen achtzehn Uhr verlassen haben«, sagte Kanter und beobachtete Stahlmanns Mienenspiel ganz genau. Auch Georg Schwingshackl sah ihm offen ins Gesicht. Die Kommissare konnten unschwer erkennen, dass es in Stahlmann arbeitete. Er dachte nach, was eine gefühlte Ewigkeit dauerte. Kanter ließ ihm Zeit.

»Herr Dr. Stahlmann, Sie müssen nicht antworten«, mischte sich der Anwalt ein. Stahlmann presste seine Hände so stark aufeinander, dass die Knöchel weiß hervortraten. Kanter knackte, um Stahlmanns Nachdenken zu beschleunigen.

»Das kann nicht sein«, behauptete er, »die Zeugen müssen sich täuschen.« Er versuchte es zunächst mit plumpem Leugnen. Kanter und Schwingshackl waren fast ein wenig enttäuscht von Stahlmanns mangelnder geistiger Wendigkeit. »Fragen Sie doch meine Frau, die wird Ihnen bestätigen können, wann ich nach Hause gekommen bin«, versuchte er seine Aussage zu untermauern.

»Das haben wir bereits getan, Herr Dr. Stahlmann«, sagte Kanter in einem leicht schärferen Ton. »Nach Aussage Ihrer Frau, an deren Wahrheitsgehalt zu zweifeln wir nicht den geringsten Anlass haben,

sind Sie erst gegen achtzehn Uhr nach Hause gekommen«, ließ Kanter die Katze aus dem Sack.

Stahlmann zuckte zusammen. »Sie haben meine Frau schon befragt? Das hat sie mir gar nicht erzählt«, sagte er erschrocken.

»Sie sprechen halt zu wenig mit Ihrer Frau, das hat sie uns gegenüber auch beklagt.« Diesen kleinen Seitenhieb konnte sich Kanter nicht verkneifen.

»Meine Frau kümmert sich normalerweise nicht um mein Kommen und Gehen«, erklärte er. »Sie muss sich täuschen«, bemühte er sich, Kanter zu überzeugen. Er hatte sich leicht nach vorn gebeugt, um seiner Aussage etwas mehr Nachdruck zu verleihen. Längeren Blickkontakt hielt er aber immer noch nicht aus.

»Ihre Frau ist nicht die einzige Zeugin, die Sie erst gegen sechs Uhr wegfahren sah«, schob Kanter nach. »Eine Nachbarin, die keinen Grund hat, etwas Falsches auszusagen, hat Sie um diese Zeit wegfahren sehen«, beharrte Kanter.

»Ich empfehle Ihnen dringend, jetzt doch lieber zu schweigen«, meldete sich der Anwalt wieder, und Stahlmann befolgte den Rat. »Ich sage jetzt nichts mehr dazu«, sagte er fast trotzig. Das überraschte die beiden Kommissare nicht im Geringsten.

»Ich wiederhole meine Frage von vorhin, Herr Kommissar. Was werfen Sie meinem Mandanten vor?«, fragte Eisenhardt in scharfem Ton.

»Das will ich Ihnen gerne sagen. Beim tödlichen Treppensturz des Hausmeisters Lauerer hat jemand nachgeholfen. Der Tote war zwar betrunken, aber nicht so, dass das den Sturz erklären würde. Aber jemand hatte ihn mit Gamma-Hydroxybuttersäure – Sie wissen sicher, was das ist, – wehr- und besinnungslos gemacht und ihn dann über das Treppengeländer in den schnellen Tod gestürzt«, fasste Kanter die Ergebnisse der Obduktion zusammen.

Stahlmann beugte sich zu Dr. Eisenhardt und flüsterte ihm etwas ins Ohr. Offenbar erkundigte er sich, was es mit dieser Substanz auf sich habe, denn sie hörten Eisenhardt »K.-o.-Tropfen« flüstern.

»Herr Dr. Eisenhardt, auch Sie werden zugeben müssen, dass ein gewisser Verdacht der Beteiligung Ihres Mandanten am Ableben von Herrn Lauerer nicht wegzudiskutieren ist«, legte Kanter nach. »Schließlich befand sich Ihr Mandant als vermutlich Letzter in Tatortnähe.«

»Sie sagen völlig zu Recht ›vermutlich‹, Herr Kommissar. Einen hieb- und stichfesten Beweis für diese Behauptung haben Sie aber wohl nicht. Mein Mandant weiß nicht einmal, was GHB ist, geschweige denn, woher er es bekommen kann und wie es angewendet wird«, wandte der Anwalt ein.

Kanter musste ihm im Stillen leider zustimmen, hoffte aber, dass die Erdmännchen sehr bald mit den Ergebnissen des Abgleichs der Fingerabdrücke rüberkommen würden.

»Und ein Motiv kann ich auch beim besten Willen nicht erkennen«, fügte der Anwalt noch hinzu.

»Sind Sie mit den Hintergründen der Beziehung Ihres Mandanten zu seinem Hausmeister vertraut?«, mischte sich Georg Schwingshackl in die Befragung ein. »Dann kann Ihnen ein mögliches Motiv nicht entgangen sein, Herr Rechtsanwalt.«

Dr. Eisenhardt stellte sich begriffsstutzig und zuckte fragend mit den Schultern.

»Schauen Sie, wir wissen inzwischen, dass Lauerer zumindest für die Beseitigung des kleinen Benjamin Schröder gesorgt hat. An seinem Tod war er aber wohl nicht beteiligt. Und da kommt Ihr Mandant ins Spiel, der als Letzter mit Benjamin Schröder zusammen war. Nach den Enthüllungen der vergangenen Tage musste Stahlmann fürchten, Lauerer könnte auspacken. Und – voilà – schon haben wir ein Motiv«, schloss Schwingshackl triumphierend.

»Sie unterstellen also, mein Mandant hätte auch mit dem Tod des Schülers zu tun?«, vergewisserte sich Eisenhardt.

»Quod esset demonstrandum«, bestätigte Kanter. »Wir werden es beweisen müssen, und wir werden es beweisen, Herr Dr. Eisenhardt, verlassen Sie sich drauf. Wir sind mit unseren Ermittlungen noch lange nicht fertig.« Kanters Stimme wurde bestimmter. Wenn Heiner Erdmann nicht bald Ergebnisse beibrachte, würde er Stahlmann für heute entlassen müssen. Bei genauerem Nachdenken war das vielleicht gar nicht so schlecht, dann hätte er noch etwas Zeit, Fehler zu machen.

»Haben Sie dazu noch etwas zu sagen, Herr Dr. Stahlmann?«, fragte Kanter und erwartete keine positive Antwort.

»Mein Mandant wird dazu nichts mehr sagen. Und wenn Sie keine unwiderlegbaren Beweise haben, werden wir jetzt gehen.« Der Anwalt forderte Stahlmann mit einer Kopfbewegung zum Gehen auf.

»Wir sehen uns sehr bald wieder, verlassen Sie sich drauf«, gab Kanter den beiden noch mit auf den Weg.

»Habe die Ehre, die Herren Kommissare«, verabschiedete sich der Anwalt. Jetzt war einer der Momente gekommen, in denen Kanter bedauerte, dass dieser Raum kein Fenster hatte. Es müsste jetzt eigentlich dringend gelüftet werden.

* * *

Draußen hatte Stahlmann sich von seinem Anwalt verabschiedet und überlegte, ob er noch in seine Schule zurückkehren sollte. Viel dringender wollte er eigentlich mit jemandem reden, der ihn verstand und ihm vielleicht sogar beistehen konnte. Die einzige Person, die dafür in Frage kam, war sein Vater, Hermann Stahlmann.

Leonidas klingelte an der Haustür seiner Eltern. Seine Mutter öffnete und war sehr überrascht, Ihren Sohn um diese Tageszeit vor ihrem Haus anzutreffen.

»Ich muss dringend mit Vater sprechen«, sagte er und trat grußlos an seiner Mutter vorbei in den Flur. Seine Mutter deutete nur in den ersten Stock hinauf und ging zurück an ihre Arbeit. Das Verhältnis zu ihrem einzigen Sohn war seit vielen Jahren umso reservierter geworden, je ähnlicher ihr Sohn seinem Vater wurde.

Auf sein Klopfen hin rief der alte Stahlmann »herein«, und Leonidas betrat das Arbeitszimmer seines Vaters. Als Bub und als junger Lehrer stand ihm dieser Raum immer offen. Wann immer er Rat oder Hilfe brauchte, hier fand er sie. Obwohl das Zimmer unter dem Dach schräge Wände hatte, war es doch sehr geräumig und großzügig. An der Stirnwand befand sich ein Bücherregal mit etlichen wertvollen Ausgaben lateinischer und griechischer Literatur. Schon früh hatte Leonidas‘ Vater seinen Sohn damit vertraut gemacht. Der wuchtige Schreibtisch aus dunkelbraun gebeiztem Pinienholz dominierte den Raum. Ein großes Ledersofa und zwei ebensolche Sessel waren um ein Tischchen gruppiert. Hier hätte der alte Stahlmann Gäste empfangen können, wenn denn welche gekommen wären. Außer seinem Sohn und einmal in der Woche der Putzfrau verirrte sich niemand mehr zu ihm. Das störte ihn aber nicht, denn gesellig war er in seinem Leben noch nie gewesen. Umgang mit Menschen, die in keiner Hinsicht an sein geistiges Niveau heranreichten, war ihm zuwider. Er war sich selbst genug und ruhte fest in sich.

Einen Fernseher oder ein Radio suchte man vergeblich. Hermann Stahlmann las zum Frühstück das Bayreuther Echo, das genügte ihm als Kontakt zur Außenwelt. Für den Rest des Tages hatte er seine Bücher.

Auch Stahlmann senior war überrascht, dass sein Sohn ihn um diese Zeit sprechen wollte.

»Grüß dich, Leonidas. Müsstest du nicht in unserer Schule sein?«, fragte er. »Du siehst mitgenommen aus. Geht’s dir nicht gut?« Hermann Stahlmann machte sich nicht wirklich Sorgen um das Wohlerge-

hen seiner Mitmenschen, auch nicht das seines Sohnes, aber er war neugierig, den Grund für diesen ungewöhnlichen Besuch zu erfahren.

Von dem neuerlichen Toten im CEG hatte er in der Zeitung gelesen, und von seiner Informationsquelle, die er immer noch in der Schule hatte, weitere Informationen erhalten. Wenn ihm der Rest der Welt auch ziemlich egal war, die Geschehnisse an seiner alten Schule interessierten ihn schon noch.

»Guten Tag, Vater«, begann Leonidas. »Ich komme gerade aus dem Polizeikommissariat. Du weißt sicher, was am Wochenende in unserer Schule passiert ist. Dummerweise war ich am Samstagnachmittag auch in der Schule, und jetzt glaubt die Polizei, ich hätte mit Lauerers Tod etwas zu tun«, berichtete er seinem Vater.

»Und? Hast du?«, wollte der Alte wissen.

Leonidas zögerte. Sollte er seinem Vater alles erzählen, wirklich alles? Aber Hermann Stahlmann war der einzige Mensch, der ihn und seine Nöte verstand, der ihn trotz seiner Schwächen immer gefördert und unterstützt hatte. Wenn jemand ihn verstand, dann dieser alte Mann.

»Ich habe dir immer vertraut, Vater«, sagte er. »Du weißt mehr von mir als jeder Mensch auf der Welt.« Leonidas machte wieder eine Pause. Er wusste, dass auf dem Flur vor dem Arbeitszimmer immer ein Kasten mit Mineralwasser stand. Er holte sich eine Flasche, goss sich ein Glas ein und trank es in einem Zug halb aus.

»Seit dem Auffinden von Benjamin Schröder hat sich Lauerer verändert. Er war zwar nicht der Hellste, aber es reichte doch zu der Erkenntnis, dass die Lage für mich bedrohlich werden könnte. Sollte seine eigene Beteiligung an der Sache ruchbar werden, so sei sie verjährt, sagte er. Ihm könne nichts mehr passieren. Bei mir sähe das anders aus, womit er nicht Unrecht haben könnte.« Leonidas nahm wieder einen Schluck Wasser. Der alte Stahlmann saß zurückgelehnt in seinem Sessel und hörte schweigend zu.

»Kurz nach dem Leichenfund kam er zu mir und forderte fünfundzwanzigtausend Euro für sein weiteres Schweigen. Ich habe ihn empört aus dem Büro geworfen und war sehr wütend über seine Unverschämtheit. Er lächelte nur, so als ob er wüsste, dass ich keine Wahl hätte. Zwei Tage später kam er wieder und erneuerte seine Forderung. Ich sagte ihm erstmal zehntausend zu, um ihn zu beschwichtigen. Er bestand aber auf der ganzen Summe.« Leonidas Stahlmann war sichtlich mitgenommen. Sein Vater saß immer noch regungslos da und hörte zu.

»Am Freitag habe ich die Summe bei der Beamtenbank besorgt und in bar mitgenommen. Die haben ziemlich merkwürdig geschaut, als sie mir das viele Geld hingezählt haben. Zum Glück haben sie sich die Frage nach dem Grund für die ungewöhnliche Barauszahlung verkniffen«, fuhr Leonidas fort.

»Freitagnachmittag, als fast alle Kollegen und die Sekretärinnen schon weg waren, kam er, und ich übergab ihm die ersten zehntausend. Ich hoffte, ihn damit befriedigen zu können, doch er beharrte kaltblütig auf der vollen Summe. Ich versprach ihm, den Rest am Samstagnachmittag zu bringen. Das sei sehr praktisch, da könne er nach dem Fußballspiel ja bei mir im Büro vorbeikommen, schlug er vor.« Leonidas‘ Mund fühlte sich wieder trocken an, und er goss sich Wasser nach. Der Alte hörte mit stoischer Ruhe zu.

»Lauerer hatte wieder seine Fußballkumpels da, offenbar fand im Stadion ein Spiel statt. Ich konnte vom Gang vor meinem Büro beobachten, wie die Männer gingen. Einige wankten ziemlich angetrunken nach Hause, zwei fuhren mit ihren Autos weg, auch unser Kollege Riedel. Als ich glaubte, dass alle weg waren, rief ich Lauerer an. Er war in seinem Kabuff beim Musiksaal um die Ecke, du weißt schon. Ich sagte ihm, ich käme jetzt hinauf und brächte das Geld. Lauerer klang schon ziemlich betrunken, aber er sagte, er warte auf mich. Als ich im zweiten Stock vom Treppenhaus in den Gang eingebogen bin, war mir, als ob aus Lauerers Büro jemand kam und schnell um die Ecke ins hintere Treppenhaus ging«, berichtete Leonidas mit zuneh-

mender Erregung. Er presste seine Hände zusammen, so dass die Knöchel weiß hervortraten.

»Als ich bei Lauerers Büro ankam, stand die Türe offen, und Lauerer lag bewusstlos mit dem Oberkörper auf seinem Schreibtisch. Links und rechts neben ihm standen halb leere Bierflaschen. Offenbar hatte er hier bis vor kurzem noch mit jemandem getrunken. Ich hatte mich also doch nicht getäuscht, als ich eine Person verschwinden sah. Aber warum war er bewusstlos? Ich hatte vor drei Minuten noch mit ihm telefoniert!«, erzählte Leonidas. Er holte sein Taschentuch aus der Hosentasche und tupfte sich den Schweiß von der Stirn.

»Die Polizei hat mir vorhin vorgeworfen, Lauerer mit solchen K.-o.-Tropfen betäubt zu haben. Das habe ich natürlich nicht. Woher sollte ich das Zeug auch haben. Das muss der letzte Saufkumpan vom Lauerer gewesen sein, den ich noch gesehen habe«, vermutete er.

»Jetzt ging alles ganz schnell. Ich erkannte, dass das meine große Chance war, Lauerer für immer loszuwerden, ohne selbst in Verdacht zu geraten. Ich vergewisserte mich, dass tatsächlich niemand mehr auf dem Gang oder im Treppenhaus war, griff Lauerer unter die Arme und schleppte ihn zum Treppengeländer. Der war ganz schön schwer, wie du dir vorstellen kannst, Vater«, bemerkte er. »Ich lehnte ihn erstmal über die Brüstung. Lauerer merkte davon nichts. Sein Körper war völlig schlaff, und er atmete nur schwach. Dann habe ich ihn an den Füßen gepackt und über das Geländer ins Treppenhaus fallen lassen. Ein dumpfer Aufprall, ein leises Aufstöhnen, dann war es vorbei. Ich schaute über das Geländer und sah Lauerer unten auf den Stufen auf dem Rücken liegen. Ich rannte zu ihm und sah, dass er tot war. Sein Kopf war so merkwürdig verdreht. Bestimmt hatte er sich das Genick gebrochen. Ich prüfte, ob er noch atmete, aber da war kein Lebenszeichen mehr.« Leonidas Stahlmann wischte sich wieder über die Stirn und atmete tief durch.

»Ohne zu überlegen, fingerte ich Lauerers dicken Schlüsselbund aus seiner Hosentasche. Wie ferngesteuert ging ich in sein Büro zu-

rück. Auf dem Schreibtisch stand sein Laptop. Er war eingeschaltet, und auf dem Bildschirm waren irgendwelche Bilder von halb nackten Mädchen aus unserer Umkleidekabine in der Turnhalle zu sehen. Wenn die Polizei das sehen würde, gäbe das ein katastrophales Bild für unsere Schule ab, fuhr es mir durch den Kopf. Also formatierte ich die Festplatte, so dass die Daten gelöscht waren. Dann suchte ich in dem Büro, ob er mein Geld dort versteckt hatte. Ich fand aber nichts. Dann ging ich in seine Werkstatt im Keller und suchte da nach dem Geld, auch vergebens.« Leonidas schluckte.

»Schließlich ging ich in seine Wohnung. Der Schlüssel war ja an dem Bund dran. Fast wäre ich rückwärts wieder rausgegangen«, sagte er auch in der Erinnerung noch angeekelt. »Du kannst dir nicht vorstellen, in welch verwahrlostem Zustand Lauerers Wohnung ist. Ich musste mich sehr zusammennehmen, dass ich nicht kotzen musste. Gründlich wollte ich in der Sauerei nicht nach dem Geld oder dem schriftlichen Geständnis suchen und habe nur oberflächlich in ein paar Schubladen und Schränke geschaut. Gefunden habe ich nichts.« Leonidas Stahlmann atmete tief durch. Irgendwie schien er erleichtert zu sein, das Erlebte mit jemandem teilen zu können.

Für besondere Gelegenheiten, die bei Hermann Stahlmann sehr selten waren, verwahrte er eine Flasche sehr guten Cognacs in seinem Schreibtisch.

»Ich glaube, wir brauchen jetzt einen Schluck«, sagte er, holte zwei Gläser aus dem Schrank und goss ein wenig in jedes Glas. Leonidas trank normalerweise kaum Alkohol, aber jetzt griff er dankbar zu. Mit einem angenehmen Brennen rann der Cognac seinen Hals hinunter. Leonidas Stahlmann beruhigte sich ein wenig.

»Schließlich habe ich den Schlüsselbund in Lauerers Büro zurückgelegt und bin nach Hause gefahren. Da war es ungefähr sechs Uhr«, setzte er seinen Bericht fort.

Auch der alte Stahlmann hatte an seinem Glas genippt und wiegte besorgt den Kopf hin und her.

»Was hat dir die Polizei vorgeworfen?«, wollte er wissen.

»Ich habe bei einer ersten Befragung blöderweise behauptet, ich hätte die Schule schon um vier verlassen. Leider haben sich Zeugen gefunden, die gesehen haben, wie ich so gegen sechs weggefahren bin. Einer dieser Zeugen ist übrigens deine Schwiegertochter. Die Polizei hat sie ohne mein Wissen bei uns zu Hause befragt, und sie hat natürlich die Wahrheit gesagt. Ich hatte sie leider nicht informiert, was sie hätte sagen sollen. Ich konnte aber nicht wissen, dass die Polizei so schnell bei uns auftaucht«, versuchte er seinen Fehler kleinzureden.

»Sie haben meine Fingerabdrücke genommen, und es ist nur noch eine Frage der Zeit, bis sie feststellen, dass ich in Lauerers Räumen war. In der Hektik am Samstag habe ich natürlich nicht auf so was geachtet«, bedauerte er.

»Ich habe mit Dr. Eisenhardt zwar den besten verfügbaren Anwalt angeheuert, aber ich fürchte, es könnte eng werden. Was würdest du an meiner Stelle machen, Vater?«, fragte Leonidas mit zunehmender Verzweiflung. Er schüttete den restlichen Cognac in sich hinein und sah seinen Vater erwartungsvoll an.

Hermann Stahlmann schien angestrengt nachzudenken.

»Per aspera ad astra, mein Junge. Durch alle Unbilden des Lebens zum Erfolg. Du hast am Samstag viele Fehler gemacht und nicht nachgedacht. Das kann man leider nicht mehr ändern. Also müssen wir schauen, wie du da einigermaßen ordentlich wieder rauskommst«, beschwor er seinen Sohn.

»Es darf nicht der geringste Schatten auf unsere Schule oder unsere Familie fallen, da sind wir uns sicher einig«, wandte er sich sehr ernst an seinen Sohn. Leonidas nickte stumm.

»Du leugnest jegliche Beteiligung, solange es geht. Sollten irgendwelche Beweise auftauchen, die nicht mehr wegzudiskutieren sind, wirst du tun, was dein Namenspatron auch getan hat. Du wirst bis zum bitteren Ende kämpfen, und ich meine das genau so, wie ich es sage. Ich habe dich nicht umsonst Leonidas genannt. Der Name ist eine Ver-

pflichtung.« Hermann Stahlmann sah seinen Sohn mit kalten Augen eindringlich an. Leonidas schwieg. Was sein Vater ihm da gerade gesagt hatte, wollte noch nicht in seinem Kopf ankommen.

»Ich habe all die Jahre deine antike Einstellung zur Knabenliebe gedeckt. Bei den alten Griechen war die Päderastie eine bei ehrbaren Bürgern selbstverständliche Art des Umgangs mit Knaben. Das Verhältnis, das in den höheren gesellschaftlichen Kreisen durchaus erwünscht war, hatte neben der sexuellen immer auch eine erzieherische Komponente. Du fandest das gut und hast sogar deine Doktorarbeit zu diesem Thema geschrieben. Leider hast du nicht berücksichtigt, dass sich die Einstellung der Gesellschaft zur Beziehung zwischen Lehrer und Schüler von der Antike bis heute stark gewandelt hat. Spätestens seit dem Scheitern der sogenannten Reformpädagogik in der Odenwaldschule hättest du aufhören sollen, mit Schülern zu duschen oder was du da sonst mit den Jungen getrieben hast. In den Augen unserer Gesellschaft bist du ein verabscheuungswürdiger Kinderschänder, wenngleich ich weiß, dass deine Motive ehrenwert waren«, dozierte der alte Stahlmann. »Es ist sowieso ein Wunder, dass all die Jahre keiner deiner Knaben geplaudert hat«, setzte er hinzu.

Leonidas Stahlmann war in seinem Sessel zusammengesunken. Die scheinbar unwiderstehliche Stärke, die er gegenüber seinen Kollegen immer ausstrahlte, war völlig verschwunden. Langsam dämmerte es ihm, was ihm sein Vater da gerade als Perspektive aufgezeigt hatte.

»Ich hatte niemals Sex mit den Jungen. Wir waren uns nach dem Sport unter der Dusche nur sehr nahe, indem wir uns gegenseitig am ganzen Körper gereinigt haben«, versuchte Leonidas Stahlmann sich zu rechtfertigen. »Keinem Jungen ist das Geringste geschehen.«

»Dann ist es ja gut. Ich habe als Schulleiter die gelegentlich aufkommenden Gerüchte über dein Verhältnis zu einzelnen Schülern zum Glück immer entkräften können, und dir als meinem Nachfolger ist das auch gelungen. Aber du weißt ja: Der Krug geht so lange zum Brunnen bis er bricht«, betonte der alte Stahlmann.

»Ich muss wieder in die Schule«, sagte Leonidas unvermittelt, stand auf und verließ seinen Vater. Von seiner Mutter verabschiedete er sich nicht. Er musste hier raus.

14

Kanter und Georg Schwingshackl gingen in ihr Büro zurück. Kanter wunderte sich, dass die Erdmännchen mit dem Abgleich von Stahlmanns Fingerabdrücken so lange brauchten. Bei einer entsprechenden Übereinstimmung wäre Leonidas Stahlmann in ernste Bedrängnis geraten. Aber die Spurensicherer werden ihre Gründe haben, tröstete er sich.

»Gibt es eigentlich was Neues zu Siegfried von Bernburg?«, fragte er Hannes. Er hätte seiner Schwester gerne eine gute Neuigkeit mitgebracht.

»Sorry, Fritz«, entschuldigte sich Frauenknecht, »aber mit den dauernden Leichenfunden in deiner altehrwürdigen Schule kommen wir zu keiner vernünftigen Arbeit mehr«, stichelte der ehemalige Oberrealschüler gegen seinen Chef. »Aber ich bleibe dran«, versprach er.

Kanter drohte seinem frechen jungen Kollegen scherzhaft mit erhobenem Zeigefinger, er solle sich hier keine unangemessenen Freiheiten herausnehmen.

»Hannes, du wolltest wissen, was ein passendes Geburtstagsgeschenk für meine Karin wäre«, mischte sich Georg Schwingshackl ein.

Kanter stutzte. Es fiel ihm brühwarm ein, dass auch er keine Idee für ein Geschenk hatte. Vor lauter Arbeit hatte er die Einladung für Samstagabend völlig vergessen.

»Jawohl, Schorsch. Hast du was rausbekommen?«, erkundigte sich Frauenknecht. Kanter spitzte die Ohren.

»Also, ich habe die Kathi zu Rate gezogen. Die sagte zwar auch, dass ihre Mutter wunschlos glücklich sei, aber sie meinte, einmal gehört zu haben, dass sie gerne mal ein Wellnesswochenende machen würde. So von wegen Seele baumeln lassen, ihr versteht schon«, gab Schwingshackl bekannt.

Kanter blühte auf. Da war er doch quasi Fachmann. Seine Schwester war begeistert aus Weißenstadt zurückgekommen.

»Männer, das ist es. Für einen allein ist so ein Geschenk zu viel. Aber wenn wir uns zusammentun, haben wir ein tolles Geschenk und jeder ist beteiligt. Die Erika war kürzlich zweimal in dem neuen Wellnesshotel in Weißenstadt und kam immer, naja, fast immer begeistert zurück«, schränkte Kanter ein. Aber die Wahrscheinlichkeit, dass auch Karin auf einen Betrüger treffen würde, war eher gering.

Man konnte die Steinhaufen, die Hannes und Georg vom Herzen fielen, durch das ganze Präsidium hören.

»Super, das machen wir«, stimmten sie sofort begeistert zu.

»Vielleicht geht meine Erika ja mit, zu zweit macht das noch mehr Spaß«, ergänzte Kanter.

Die Stimmung im Kommissariat war schlagartig auf dem Höhepunkt. Die Männer hatten das Gefühl, die beste Idee seit der Erfindung des Rades gehabt zu haben. Darauf müsste eigentlich dringend angestoßen werden, aber sie waren ja noch im Dienst.

Hannes Frauenknecht erklärte sich spontan bereit, ein passendes Arrangement im Internet zu buchen. Damit waren Kanter und Schwingshackl natürlich auch sofort einverstanden. Es schien ja doch noch ein ganz guter Tag zu werden.

In diese Hochstimmung hinein platzte Heiner Erdmann, der diesmal ohne anzuklopfen in das Büro stürmte. Er spürte die gute Stimmung im Raum.

»Lasst euch in euerer prächtigen Laune nicht stören«, fing er an. »Ich habe gute neue Mär«, verkündete er und blickte in erwartungsvolle Gesichter.

»Wir haben schon gedacht, ihr seid im Urlaub«, frotzelte Kanter. »Ein paar Fingerabdrücke abzugleichen, kann doch keine abendfüllende Veranstaltung sein.«

Heiner Erdmann setzte sich an Kanters Schreibtisch und kramte aus der mitgebrachten Aktentasche eine Mappe hervor, die er triumphierend in die Höhe hielt. Seine Truppe war natürlich nicht im Urlaub

gewesen, ganz im Gegenteil, sie hatten ihrem sowieso schon übervollen Zeitkonto etliche Überstunden hinzugefügt. Die gründliche Durchsuchung des Lauererschen Saustalls war sehr aufwendig gewesen. Aber die Mühe hatte sich gelohnt.

»So, Kollegen, herhören. Wir haben alle Räume des Hausmeisters sehr gründlich durchsucht. Ich beginne mit dem Büro im zweiten Stock. Da waren ja unter anderem diese zwei Bierflaschen gestanden. In der einen hat unser genialer Moretti GHB festgestellt, auf der anderen befanden sich unterschiedliche Fingerabdrücke. Einige Abdrücke können wir noch keiner speziellen Person zuordnen. Ich tippe mal auf diesen Peter Scherm, den ihr Versager nicht finden könnt«, ärgerte er seine Kollegen scherzhaft.

»Die anderen Fingerabdrücke stammen von – na? Wer traut sich zu raten?« Es bereitete ihm sichtlich Freude, die Kommissare auf die Folter zu spannen. Die schwiegen aber und signalisierten Heiner Erdmann, schnell mit der Antwort herauszurücken.

»Also gut, weil ihr mich so schön bittet: die Fingerabdrücke stammen von – Dr. Leonidas Stahlmann.« Heiner Erdmann legte eine kleine Pause ein, um die Nachricht wirken zu lassen.

Wirklich überrascht waren sie nicht, aber Heiner Erdmann war ja noch nicht fertig.

»Der feine Herr Schulleiter hat noch ganz woanders hingelangt. Seine Finger finden sich am Treppengeländer im zweiten Stock, wo der Mann bestimmt nicht so oft hinkommt, um sie als normale Spuren zu bezeichnen«, fuhr Erdmann fort.

»In Lauerers Kellerwerkstatt finden sich Abdrücke auf der Türklinke und an ein paar Schubladen«, berichtete er weiter. »Der Hammer kommt aber in seiner Wohnung, wenn man die Müllhalde als solche bezeichnen will. Unser Freund Leonidas war auch da drin. Der muss so aufgeregt gewesen sein, dass er keinerlei Anstalten machte, Spuren zu vermeiden. Seine Abdrücke sind an diversen Schubladen und Schranktüren. Tiefer in die Schmutzhaufen wollte er aber anscheinend nicht

eindringen, im Gegensatz zu meinen Männern«, sagte er und fragte, ob es hier keinen Kaffee mehr gäbe.

Hannes sorgte bei Gerdi sofort für Abhilfe. Heiner Erdmann hatte sich seinen Kaffee mehr als verdient.

»Das deutet doch alles darauf hin, dass der Stahlmann was gesucht hat. Was kann der bei seinem Hausmeister finden wollen?«, fragte Kanter ratlos.

»Tja, gute Frage«, erwiderte Erdmann. »Aber meine Männer haben noch etwas gefunden. In Lauerers Schlafzimmer fanden sie ziemlich weit hinten im Kleiderschrank, einem Ort, dessen Untersuchung größte Überwindung verlangte, sauber in eine Plastiktüte eingewickelt – na?« Heiner Erdmann steigerte die Spannung erneut bis ins Unerträgliche und blickte fröhlich in die Runde.

»Einen Erstdruck der Lutherbibel«, scherzte Kanter.

»Fast richtig, mein Lieber. In der Tüte fanden sich fein säuberlich gebündelt zehntausend Euro cash.« Heiner Erdmann genoss das überraschte Staunen in den Gesichtern seiner Kollegen.

»Puh«, entfuhr es Schwingshackl, »das ist ja interessant. Es handelt sich dabei sicher nicht um Lauerers Sparstrumpf, oder?«, fragte er in die Runde.

»Hannes, du solltest doch Stahlmanns Konten prüfen. Ist da was aufgefallen?«, wandte er sich an seinen jungen Kollegen.

»Stahlmann hat Konten bei der Sparkasse und bei der Beamtenbank. Auf dem Sparkassenkonto ist nichts Verdächtiges zu erkennen. Die Beamtenbank ziert sich noch und will erst morgen damit rausrücken«, berichtete er.

»Soweit kommt's noch!«, polterte Kanter. »Heißt die Bank ›Beamtenbank‹, weil sie für Beamte da ist oder weil da Beamte arbeiten«, rätselte er. »Denen machen wir Beine!«

Und wirklich, keine halbe Stunde später waren die Auszüge da. Ein Anruf bei Oberstaatsanwalt Schmidtchen hatte genügt, um die Arbeitsgeschwindigkeit der Bänker deutlich zu erhöhen.

Kanter traute seinen Augen kaum. Stahlmann hatte von diesem Konto vor einer Woche fünfundzwanzigtausend Euro in bar abgehoben. Es gab immer mehr Fragen, auf die die Kommissare dringend Antworten von Dr. Stahlmann brauchten.

»Bis wann könnt ihr denn was zu der Kleidung vom Stahlmann sagen?«, fragte Kanter. Wenn die Erdmännchen auch da noch Belastendes finden würden, hätten sie den Dr. Stahlmann endgültig bei den Eiern. Da käme er nicht mehr raus.

»Gib uns noch bis morgen Vormittag Zeit. Dann haben wir belastbare Ergebnisse«, versprach Erdmann.

»Gut, darauf kommt es jetzt auch nicht mehr an. Am Montag holen wir uns den Stahlmann«, freute sich Kanter.

Heiner Erdmann trank seinen Kaffee aus und verließ das Büro, begleitet von den herzlichsten Dankesbezeugungen der drei Kommissare.

Die Polizisten waren sich sicher, dass die bei Lauerer gefundenen zehntausend Euro von Stahlmanns Barabhebung stammten. Welchen Grund hatte Stahlmann, seinem Hausmeister eine solche Summe zu geben? Warum hob er fünfundzwanzigtausend ab, zahlte aber nur zehn? Sollte Lauerer seinen Chef erpresst haben? Womit? Hing alles mit dem Schicksal von Benjamin Schröder zusammen? Kanter wurde klar, dass es noch viele offene Fragen gab, die der Beantwortung harrten.

* * *

Richard und Kerstin Schröder waren gerade mit dem Abendessen fertig und wollten sich vor den Fernseher setzen, als es klingelte. Sie sahen sich fragend an, als Richard sich erinnerte, dass Peter Scherm heute vorbeikommen wollte.

»Das wird der Peter sein. Der wollte was mit mir besprechen«, sagte er zu seiner Frau und ging an die Wohnungstür.

»‘n Abend, Richard. Ich hoffe, ich störe nicht.«

»Nein, nein, Peter, du störst nicht. Komm rein«, sagte Richard Schröder und lotste seinen Gast ins Wohnzimmer. Kerstin Schröder begrüßte Peter kurz, aber herzlich, und zog sich in die Küche zurück. Sie spürte, dass die beiden etwas alleine besprechen wollten.

Die Männer setzten sich auf die Couch, und Richard besorgte zwei Flaschen Bier. Sie prosteten sich wortlos zu und tranken.

»Ich habe dir ja schon von meinem gescheiterten Plan erzählt, Lauerer eins auszuwischen«, begann Peter Scherm. Richard nickte.

»Wirklich schade. Aber jetzt ist der Drecksack tot, und das ist noch besser«, sagte Benjamins Vater verbittert.

»Ja, der Lauerer ist Geschichte. Jetzt müssen wir uns um Stahlmann kümmern. Dass der seine dreckigen Hände im Spiel hat, ist mehr als offensichtlich. Ich fürchte nur, es gelingt ihm wieder, sich rauszuwinden. Der braucht dringend eine gründliche Abreibung, die er so schnell nicht vergisst, oder was meinst du, Richard?«, fragte Peter.

»Die braucht er wirklich, Peter«, erwiderte Richard, schien aber unsicher zu sein, wie das gehen sollte. »Hast du einen Plan?«, erkundigte er sich deshalb.

»Habe ich. Hör zu und dann sag mir, was du davon hältst«, begann Scherm.

Er erzählte seinem Gastgeber, dass am Samstagabend ein Treffen seiner ehemaligen Klasse in der Gaststätte Röhrensee stattfindet, zu dem er immer noch eingeladen wird, obwohl er mit denen gar nicht Abitur gemacht habe. Zu diesen Treffen werde auch der Schulleiter eingeladen, der bis jetzt auch immer gekommen sei. Sie könnten davon ausgehen, dass das auch diesmal der Fall sein werde.

Richard Schröder hörte schweigend und aufmerksam zu, hatte aber noch keine Vorstellung davon, was Peter Scherm vorhatte.

»Stahlmann bleibt aber nie bis zum Schluss. Der trinkt zwei Schoppen Frankenwein, und spätestens um zehn läuft er durch den Park nach Hause. Ich bin auch bei dem Treffen und werde ihn genau beobachten. Sobald er Anzeichen macht zu gehen, verschwinde ich schnell und lau-

fe unter die Brücke, wo du auf mich wartest. Dort legen wir uns in einem Gebüsch auf die Lauer, und sobald er bei uns vorbeikommt, schnappen wir ihn, sagen ihm ein paar nette Worte und schmeißen ihn in den See. Wenn er schwimmen kann, ok, wenn nicht, auch ok. Außerdem ist der Röhrensee höchstens eins fünfzig tief. Was hältst du davon, Richard?«, erklärte Scherm seinen Plan.

»Klingt machbar«, bemerkte Richard Schröder. Da er selbst keine andere, geschweige denn bessere Idee hatte, stimmte er Peter Scherms Plan zu.

»Sollte bei dem Klassentreffen in der Gaststätte etwas Unvorhergesehenes passieren, schicke ich dir eine Whatsapp. Ansonsten bist du ab drei viertel zehn auf dem Posten und wartest auf mich«, instruierte Scherm seinen Freund. »Und zieh dich möglichst dunkel an«, setzte er noch hinzu. Die Männer stießen mit ihren Bierflaschen an und tranken aus. Dann machte sich Scherm auf den Heimweg.

* * *

Als die Kommissare am nächsten Morgen im Büro eintrafen, ahnten sie nicht, welch unerwartete neue Erkenntnisse dieser Morgen für sie bereithielt.

Sie waren gerade dabei, den Tag zu besprechen, als Gerdi Hasenfuß hereinkam. Auf einem Tablett trug sie drei Pötte frischen Kaffees und stellte jedem Kommissar seinen auf den Schreibtisch, wofür jeder sich artig bedankte.

»Du bist einfach die Größte«, sagte Hannes Frauenknecht, »so wie von dir werden wir nirgends umsorgt«, schmeichelte er.

»War das ein Heiratsantrag?«, fragte sie scherzhaft. »Ich wusste gar nicht, dass du auf reife Frauen stehst.«

»Du bist doch kaum fünfzehn Jahre älter als ich, das macht mir nichts aus«, scherzte er wenig charmant zurück.

»Jetzt hast du verloren, Hannes. Man konfrontiert eine Dame nicht mit ihrem Alter. Du musst noch viel lernen«, mischte sich Schorsch Schwingshackl ein.

»Genug gescherzt jetzt, aber danke für die ›Dame‹, Schorsch«, unterbrach Gerdi das freundschaftliche Schäkern. Ich habe hier noch einen Brief für euch. Wurde unten abgegeben. Von wem, weiß keiner so recht.« Mit diesen Worten legte sie einen weißen Briefumschlag auf Kanters Schreibtisch und ging zurück in ihr Zimmer. Es war ihr immer wieder eine Freude, mit diesen Polizisten zusammenarbeiten zu dürfen. Hier machte der Job noch Spaß.

Kanter nahm den Umschlag mit spitzen Fingern ganz am Rand und drehte ihn so, dass er lesen konnte, was auf dem Kuvert stand: ›An die Mordkommission‹. Absender war keiner vermerkt. Ebenso wenig fand sich eine Briefmarke. Der Brief musste also von jemandem abgegeben worden sein. Kanter griff nach dem Brieföffner und schlitzte das Kuvert vorsichtig auf. Um keine Spuren zu verwischen, zog er den Inhalt mit einer Pinzette heraus und legte ihn auf den Tisch. Schwingshackl hatte sich inzwischen Schutzhandschuhe übergestreift und war an Kanters Schreibtisch getreten. Er nahm das Blatt und las:

›Hiermit zeige ich Dr. Leonidas Stahlmann wegen Kindesmissbrauchs an. Er hat mich im Jahr 2001 mehrmals nach dem Sport unsittlich berührt, als ich allein mit ihm in der Dusche war. Ich war damals in der sechsten Klasse. Ich musste ihn auch anfassen und am ganzen Körper einseifen. Er sagte, wenn ich jemals etwas davon erzählen würde, würde ich das bereuen. Außerdem würde mir sowieso niemand glauben. Und er sagte, dass er das nur tut, weil er mich mag. Ich habe mich sehr geekelt, aber mich nie getraut, jemandem etwas zu sagen. Auch meinen Eltern nicht. Meinen Namen möchte ich nicht nennen, ich schäme mich immer noch zu Tode. Irgendwann hat er damit aufgehört. Wahrscheinlich musste dann ein anderer Junge mit ihm duschen. Bitte legen Sie diesem Schwein das Handwerk!‹

»Hannes, geh bitte gleich runter zu den Kollegen am Eingang und frage, ob sie was zum Überbringer des Briefes sagen können«, forderte Kanter Hannes auf. Der machte sich sofort auf den Weg.

»Was hältst du davon, Schorsch?«, wollte Kanter wissen.

Schwingshackl zuckte unentschlossen die Schultern.

»Leider anonym halt, aber ich würde sagen, schon irgendwie glaubwürdig. Da hat jemand von den schrecklichen Ereignissen am CEG in der Zeitung gelesen, und jetzt bricht es aus ihm raus. Schließlich hält sich das Bayreuther Echo mit Spekulationen über den Hausmeister, den Schulleiter und ihre vermeintlichen Vorlieben kaum zurück«, stellte er fest.

»Wobei Lauerer, soweit wir wissen, kein Kinderschänder war«, ergänzte Kanter. »Der hatte ja bekanntlich andere Präferenzen.«

»Ich treffe mich nachher sowieso mit Oberstaatsanwalt Schmidtchen, da werde ich ihn von dieser neuen Entwicklung in Kenntnis setzen. Soll er entscheiden, wie wir das Schreiben behandeln sollen. Zuerst müssen die Erdmännchen nach Spuren suchen. Schorsch, ruf den Heiner gleich an, der soll jemanden raufschicken und das Ding abholen«, bat er Schwingshackl.

Der Tag fing ja gut an. Wenn bekannt wurde, dass ein anonymes Schreiben Leonidas Stahlmann des Missbrauchs beschuldigte, würde das mit großer Sicherheit in den sogenannten sozialen Medien einen gewaltigen Sturm der Entrüstung auslösen. Mit weiteren Anschuldigungen musste dann gerechnet werden. Kanter stellte sich auf einen turbulenten Freitag ein.

Kanters Telefon klingelte. Als der Kommissar sich meldete, war am anderen Ende Markus Riedel, der Sportlehrer vom CEG, der mit Lauerer am Samstag das Fußballspiel verfolgt hatte.

»Hier Markus Riedel, Herr Kommissar, Sie erinnern sich an mich?«, fragte Riedel vorsichtshalber.

»Aber natürlich, wir haben Sie zum Samstagnachmittag im CEG befragt«, bestätigte Kanter.

»Genau. Und ich habe gesagt, dass mir der Peter Scherm irgendwie bekannt vorkommt. Jetzt bin ich drauf gekommen. Er hat wirklich große Ähnlichkeit mit dem Vater eines Schülers von mir, Sebastian Maler. Der Vater war mal in meiner Sprechstunde. Ich habe mir aus dem Notenbogen des Jungen die Daten der Eltern herausgeschrieben. Ich weiß zwar nicht, ob ich damit gegen irgendwelche Datenschutzrichtlinien verstoße, aber den Schulleiter wollte ich lieber nicht fragen. Soll ich Ihnen die Daten durchgeben?«, wollte er wissen.

Kanter glaubte seinen Ohren nicht zu trauen. Endlich tat sich was bei diesem Phantom Peter Scherm.

»Aber natürlich, Herr Riedel. Dass Sie Dr. Stahlmann nicht damit behelligt haben, ist völlig in Ordnung. Ich übernehme die Verantwortung«, versicherte er dem Lehrer. Der machte aber nicht den Eindruck, dass er sich bezüglich des Datenschutzes viele Sorgen machte.

»Haben Sie was zum Schreiben, Herr Kommissar? Also, der Vater heißt Klaus Maler«, gab Riedel durch. Kanter notierte sich auch Adresse und Telefonnummer der Familie.

»Vielen Dank, Herr Riedel, sie haben uns hoffentlich sehr geholfen«, sagte Kanter. »Wie ist denn die Stimmung so in der Schule?«, wollte er noch wissen.

»Unser Chef ist abgetaucht, das heißt, der lässt sich im Lehrerzimmer nicht blicken und empfängt auch niemanden. Anscheinend hat ihn Lauerers Tod sehr mitgenommen. Bei den Kollegen herrscht einerseits Verunsicherung, andererseits Aufregung. Und natürlich geistern die wildesten Gerüchte durchs Lehrerzimmer. Auch an den Schülern gehen die Ereignisse nicht völlig spurlos vorüber. Vor allem die Kleineren sind unruhiger als sonst. Am meisten rumort es bei den Eltern. In der Haut von Kollegen Merkel möchte ich jetzt nicht stecken. Der kriegt alles ab«, berichtete Riedel.

Kanter bedankte sich noch einmal bei dem Lehrer und hängte auf. Er konnte sich ein gewisses Gefühl der Genugtuung darüber nicht verkneifen, dass es Stahlmann schlecht ging. Und es war sicherlich nicht

der Tod Lauerers, der ihn so mitnahm, sondern seine Verstrickung darin. Vermutlich ahnte er, dass die Polizei ihm auf die Spur kommen würde.

Der Kommissar war erleichtert, dass sich auf der Suche nach Peter Scherm wenigstens ein Ansatz zeigte. Noch war aber nicht sicher, ob dieser Klaus Maler etwas mit Peter Scherm zu tun hatte.

Inzwischen war Hannes Frauenknecht vom Empfang zurück und berichtete, der Brief sei von einem jungen Mann, vielleicht Ende zwanzig, abgegeben worden. Der Mann habe eine Brille und einen Fahrradhelm getragen. Etwas Besonderes sei den Kollegen nicht weiter aufgefallen.

Heiner Erdmann rief an und vermeldete, dass auf die Schnelle keinerlei relevante Spuren auf dem Kuvert oder dem Briefpapier zu finden seien. Beides sei Massenware ohne besondere Kennzeichen. Außerdem habe die Analyse der Kleidung von Stahlmann und Lauerer ergeben, dass sich an Stahlmanns Jacke und Hose Fasern von Lauerers Hemd und Hose und umgekehrt nachweisen ließen. So, wie die Spurenlage war, musste Stahlmann Lauerer tatsächlich unter den Armen gefasst und auf seine Oberschenkel abgestützt weggeschleppt haben.

»Ach ja, und bevor ich es vergesse. Ihr könnt die Umkleidekabinen am CEG und die Wohnung, das Büro und die Werkstatt vom Lauerer freigeben. Wir sind fertig damit«, fügte Erdmann noch hinzu.

FKK und seine Kollegen stellten hoch erfreut fest, dass die Ermittlungen enorm an Dynamik zulegten. Vielleicht hatte die ziemlich reißerische, wenngleich faktenarme Berichterstattung des Bayreuther Echos dazu beigetragen, dass diese anonyme Anzeige eingegangen war. Es konnte ja durchaus sein, dass das nur der Anfang gewesen war. Sie ahnten nicht, welche Lawine tatsächlich auf sie zurollen sollte.

Die Schlinge um Leonidas Stahlmanns Hals zog sich enger. Am Montag würde Kanter ihn vorführen lassen und mit den neuen Erkenntnissen und der Anzeige konfrontieren. Zuvor musste er unbedingt

mit Oberstaatsanwalt Schmidtchen reden. Er kündigte sein Kommen kurz telefonisch an.

»Schorsch, ich muss dringend zu Schmidtchen und die neuesten Entwicklungen besprechen. Und du, Hannes, rufst den Merkel im CEG an und teilst ihm mit, dass die Umkleideräume wieder benützt werden können«, bemerkte Kanter kurz und verließ das Büro.

Oberstaatsanwalt Dr. Albert Schmidtchen erwartete seinen Freund und Corpsbruder bereits. Seine Sekretärin hatte Kaffee gekocht und aus der Bäckerei gegenüber ein paar Gebäckstücke besorgt. Kanter setzte den Oberstaatsanwalt über die letzten Entwicklungen ins Bild. Tatsächlich wollte gut überlegt sein, wie sie mit den Frauen und Mädchen verfahren sollten, die Lauerer gefilmt hatte.

»Lauerer kann ja nicht mehr angeklagt werden, das heißt, es kommt auch zu keinem Prozess, in dem herausgekommen wäre, was der Hausmeister getrieben hat«, dachte Oberstaatsanwalt Schmidtchen laut nach. »Ins Internet hat er seine Aufnahmen offenbar nicht gestellt. Er wollte sie ganz für sich alleine haben. Ich glaube aber, wir müssen den drei betroffenen Lehrerinnen reinen Wein einschenken und ihnen sagen, was ihnen widerfahren ist. Was meinst du, Fritz?«, fragte er.

»Das sehe ich auch so. Dafür haben wir einfühlsame Kolleginnen. Die übernehmen das. Außerdem müssen wir die Opfer erst identifizieren. Aber die Schülerinnen sollten wir besser unbehelligt lassen. Wer weiß, welche psychischen Schäden das bei ihnen anrichten kann. Es reicht, wenn die Medien erfahren, dass Frauen die Opfer von Lauerer waren«, schlug Kanter vor. Der Oberstaatsanwalt wiegte seinen massigen Schädel nachdenklich hin und her und schob sich ein großes Stück Quarktasche in den Mund.

»Wir könnten sagen, dass wir von der formatierten Festplatte von Lauerers Laptop nicht alle Daten wiederherstellen konnten. Dieses Vorgehen ist zwar grenzwertig, aber der Schutz der Kinder ist auch ein hohes Gut, oder?«, argumentierte Schmidtchen. »Du musst aber die

Spurensicherer von unserer Strategie in Kenntnis setzen, nicht dass sich da einer noch verplappert«, fügte er besorgt hinzu.

Schmidtchen stimmte zu, Leonidas Stahlmann am Montag vorführen zu lassen und ihn mit den neuen Erkenntnissen bezüglich der Faserspuren zu konfrontieren. »Sag mir, wenn er da ist. Bei der Vernehmung möchte ich unbedingt dabei sein, auch wenn ich Stahlmanns Anwalt wirklich nicht riechen kann«, bat er Kanter.

»Und was machen wir mit der anonymen Anzeige?«, fragte der Kommissar. »Die Erdmännchen haben keine Spuren an dem Brief gefunden, und vom Überbringer gibt es nur eine vage Beschreibung«, bedauerte er.

Schließlich rückte Kanter noch mit der erfreulichen Neuigkeit heraus, dass sie dem Phantom Peter Scherm vielleicht doch noch auf die Spur kämen. Der Anruf von Markus Riedel habe vielversprechend geklungen. Diesen Klaus Maler würden sie sich auch gleich am Montag vornehmen.

Bevor Kanter sich verabschiedete, bat er Schmidtchen noch, ihn für Samstagabend bei den Eiskalten Eskimos zu entschuldigen. Er sei zu Karin Schwingshackls fünfzigstem Geburtstag eingeladen.

Bei seiner Rückkehr ins Kommissariat war nur noch Hannes im Büro. Schorsch war schon gegangen, weil er noch etliche Besorgungen für Karins Geburtstagsparty morgen erledigen musste. Hannes teilte mit, dass es ihm gelungen sei, ein tolles Sonderangebotswochenende in Weißenstadt für Karin zu buchen. Das würde ihr bestimmt gefallen. Kanter bat ihn, das Gleiche auch für Erika zu besorgen. Er hatte das Bedürfnis, seiner Schwester etwas Gutes tun zu müssen.

15

Am Samstagabend um drei viertel sechs machte sich Friedrich-Konrad Kanter auf den Weg zu den Schwingshackls. Von seinem Haus bis in die Altstadt war es nur ein Katzensprung. Den Weg ging er in einer guten Viertelstunde. Er hatte sich dem Anlass angemessen in Schale geworfen und sich sogar eine Krawatte umgebunden. Früher trug er oft und gerne Krawatten, und er hatte noch eine stattliche Sammlung davon im Schrank, aber im Bayreuther Präsidium trug außer dem Polizeipräsidenten niemand welche. Also hatte er es auch gelassen. Für Karin hatte er natürlich noch einen angemessenen Blumenstrauß und eine Flasche besten Eierlikör besorgt. So ganz mit leeren Händen wollte er nicht kommen.

Punkt sechs traf auch Hannes Frauenknecht in der Böcklinstraße ein. Sie hörten schon von draußen, dass sie nicht die ersten Gäste waren. Schorsch führte sie gleich ins Wohnzimmer, wo sich bereits ungefähr zehn Gäste eingefunden hatten, die er schon von früheren Festen kannte. Karin Schwingshackl kam freudig auf ihn zu, umarmte ihn und küsste ihn auf die Wangen. Kanter gratulierte herzlich zum Geburtstag und überreichte seine Mitbringsel, über die sich Karin sehr freute. Hannes schloss sich gleich an.

Karin Schwingshackl feierte zwar ihren fünfzigsten Geburtstag, doch sah man ihr das Alter nicht an, was Kanter ihr auch sagte und betonte, dass er das ehrlich meinte. Sie stand mit beiden Beinen fest im Leben. Ihre ungekünstelte Herzlichkeit strahlte auf ihre Umgebung aus, so dass man gerne Zeit in ihrer Gesellschaft verbrachte. Auf Make-up oder sonstige Effekthaschereien verzichtete sie völlig. Ihre dunkelbraunen Haare waren praktisch kurz geschnitten und trugen ebenfalls dazu bei, sie jünger aussehen zu lassen. Sie arbeitete als Steuerfachangestellte in einer großen Steuerberatungskanzlei. Seit ihre Tochter Kathi aus dem Gröbsten heraus war, arbeitete sie wieder voll. Was sollte sie den ganzen Tag allein zu Hause, ihr Schorsch kam ja

auch erst abends heim. Körperlich hielt sie sich mit allerlei Gymnastik fit und ging manchmal zum Schwimmen, wenn Schorsch beim Angeln war. Zudem hielt ein großer Freundeskreis sie jung.

Karin nahm Fritz Kanter bei der Hand und führte ihn zu den anderen Gästen, die ihn schon als Kollegen ihres Mannes kannten. Die fünf Ehepaare waren alle etwa im gleichen Alter. Es waren Nachbarn und Freunde, mit denen die Schwingshackls schon ewig verkehrten. Steife Etikette herrschte in Karins Haus nicht, alle duzten sich.

Schorsch hatte sich nicht lumpen lassen. Die Metzgerei Brauner hatte ein üppiges Büffet in die nicht allzu große Reihenhausküche geliefert, wo sich jeder nach Herzenslust an allerlei Deftigem bedienen konnte. Da ließ sich auch niemand zweimal bitten. Bei der Zusammenstellung der Speisen musste Schwingshackl keine besonderen Rücksichten walten lassen. Unter den Gästen gab es weder Vegetarier noch Veganer, und auch Laktose- oder sonstige Intoleranzen und Unverträglichkeiten waren nicht bekannt. Zwei Fässchen Becherbräu-Bier würden das ihre zum Gelingen des Festes beitragen.

Georg Schwingshackl hatte das Wohnzimmer weitgehend ausgeräumt und zwei Biertischgarnituren aufgestellt. Die Gäste rückten zusammen, und die Stimmung war prächtig. Ob es Zufall war, oder ob Schorsch Schwingshackl nachgeholfen hatte, wusste man nicht, jedenfalls saß seine Tochter Kathi neben seinem Kollegen Hannes Frauenknecht. Mit zunehmender Freude bemerkte er, dass die beiden sich anscheinend nicht unsympathisch fanden. Hannes kehrte den Kavalier heraus und versorgte Kathi mit Köstlichkeiten vom Büffet und achtete darauf, dass auch ihr Glas nicht leer wurde. Kathi war ihrer Mutter sehr ähnlich. Sie war bodenständig und zupackend. Irgendwelche Allüren waren ihr fremd. Die beiden unterhielten sich angeregt über Hannes‘ Unfall, seine Arbeit und ihre Arbeit. Auch ihren Plan, ein Jahr nach Tansania zu gehen, deutete sie an, ohne aber tiefer in dieses Thema einzusteigen.

Georg Schwingshackl hatte seiner Frau verboten, das ganze Essen für die Feier selbst vorzubereiten, und sie von den Vorzügen eines Büffets vom Metzger Brauner überzeugt. Sie hatte es sich allerdings nicht nehmen lassen, wenigstens das Dessert zu machen. Und so schwärmten alle Gäste von Karins köstlicher Rhabarber-Erdbeer-Grütze mit Schoko-Sahne und ihrem überragenden Tiramisu.

Die Gesellschaft befand sich in bester Stimmung, als Georg Schwingshackl mit einem Löffelchen an sein Glas schlug und um Ruhe bat. Vor diesem Augenblick hatte ihm schon den ganzen Abend gegraut. Schorsch war noch nie ein großer Redner gewesen. Seine Lieblingsfreizeitbeschäftigung war Angeln. Und Angeln ist von Natur aus eine schweigsame, geräuschlose Angelegenheit. Angler sind keine Schwätzer.

Sofort wurde es ruhig, und alle Augen waren auf Georg Schwingshackl gerichtet. Obwohl sich im Raum nur Nachbarn und gute Freunde befanden, fiel es ihm nicht leicht, mit seiner Rede zu beginnen. Er hatte sich umständlich erhoben und war zu seiner Karin getreten. Die kannte ihren Georg immerhin auch schon fast dreißig Jahre, um genau zu wissen, welche Überwindung ihn das, was jetzt kam, kostete, und sie nahm es als Liebesbeweis.

Georg Schwingshackls Mund war merkwürdig trocken, und so nahm er vorsichtshalber noch einen Schluck Bier.

»Liebe Karin«, begann er, »ich kann es nicht glauben, dass du schon fünfzig Jahre sein sollst. Du schaust aus wie, wie –«, er überlegte, welches Alter wohl angemessen war. »Also du schaust viel jünger aus«, sagte er, was die Gäste mit zustimmendem Brummen quittierten.

»Wir alle und besonders ich wünschen dir, dass du noch viele Jahre so fit und gesund bleibst. Wir brauchen dich nämlich«, fuhr er fort. Der Beifall der Gäste verschaffte ihm eine kleine Pause.

»Ich muss hier deine Vorzüge und Qualitäten nicht groß breittreten. Alle hier kennen sie.« Er beschränkte sich wirklich auf das Nötigste.

»Unser größtes Problem war, was wir dir schenken sollen. Wenn man dich fragt, was du dir wünschst, sagst du immer ›nichts, ich habe schon alles‹, was wenig hilfreich und zielführend ist. Deshalb haben wir die Hilfe eines liebreizenden Engels in Gestalt unserer Tochter Kathi in Anspruch genommen, die uns deine geheimsten Wünsche verraten sollte«, berichtete Schorsch. Seine Frau sah ihn verwundert, aber neugierig an und fragte sich, was jetzt wohl kommen würde. Welche geheimen Wünsche hatte sie ihrer Tochter anvertraut? Sie konnte sich gerade nicht erinnern.

Schorsch nahm noch einen Schluck aus seinem Glas und zog einen Umschlag aus seiner Jackentasche.

»Das, liebe Karin, ist ein Geschenk der gesamten Mordkommission, also sozusagen ein Mordsgeschenk«, kalauerte er etwas holprig. »Der Fritz, der Hannes und ich haben weder Kosten noch Mühen gescheut, äh –«, er merkte, dass er dabei war, sich zu vergaloppieren, »gescheut, um dir etwas Gutes zu tun. In diesem Umschlag ist der Gutschein für ein tolles Wellness-Wochenende in Weißenstadt am See. Da kannst du die Seele mal so richtig baumeln lassen und von Familie und Job abschalten. Und jetzt erheben wir unser Glas und trinken auf dein ganz besonderes Wohl.« Mit diesen Worten überreichte er den Umschlag feierlich seiner Frau, drückte ihr einen dicken Kuss auf den Mund und stieß mit ihr an. Tosender Beifall von den Gästen beendete Georgs Rede.

Karin nahm den Gutschein aus dem Kuvert und las, was da alles auf sie wartete. Sie freute sich ehrlich über das Geschenk, denn Kathi hatte richtig verstanden, dass sie sich so etwas schon mal vorstellen könnte.

»Ich danke euch, ihr Lieben«, sagte sie fast ein wenig gerührt und umarmte die Kommissare der Reihe nach, als letzten nochmal ihren Georg ganz besonders fest. »Ich freue mich wirklich über euer Geschenk. Und danke, Kathi, fürs Petzen«, fügte sie scherzhaft hinzu.

Für Georg begann der Abend jetzt erst richtig. Er hatte seinen Auftritt einigermaßen hinbekommen und sich jetzt ein frisches Fassbier

verdient. Zufrieden prostete er Kanter zu, der ebenfalls in bester Stimmung zu sein schien. Hannes konnte den Zutrunk nicht erwidern, weil er mit Kathi beschäftigt war. Die beiden waren enger aneinandergerückt, und Georg Schwingshackl war es, als ob er in den Augen seiner Tochter dieses gewisse Glitzern erkannt hatte, das nur Verliebte haben. Georg Schwingshackl war selig.

Gegen Mitternacht verabschiedeten sich die Gäste nach und nach und bedankten sich für den gelungenen Abend. Kanter war einer der letzten, die sich auf den Heimweg machten. Der kleine Spaziergang bis zu seinem Haus würde ihm nach all dem Essen und Trinken bestimmt gut tun.

Kathi und Hannes überraschten die Schwingshackls noch mit der Mitteilung, dass sie noch nicht müde wären und auf einen Absacker ins ›San Francisco‹ gehen wollten. Das Frisco war eine Diskothek für die nicht mehr ganz jungen Nachtschwärmer und fußläufig vom Haus der Schwingshackls aus zu erreichen. Karin und Georg waren überrascht, aber schließlich war ihre Tochter ja erwachsen und Hannes ein ansehnlicher junger Mann.

Eine Dreiviertelstunde später lag Kanter in seinem Bett und war mit sich und der Welt zufrieden.

* * *

Etwa tausend Meter Luftlinie von Karin Schwingshackls fröhlicher Geburtstagsfeier entfernt trafen sich ab zwanzig Uhr ungefähr vierzig Abiturienten und Abiturientinnen des Jahrgangs 1995 in der Gaststätte Röhrensee. Der See war umsäumt von einem Park mit Kinderspielplatz und im hinteren Bereich einem kleinen Zoo. Im Sommer kamen die Bayreuther zum Kahnfahren, im Winter, wenn es ordentlich gefroren hatte, zum Schlittschuhlaufen.

Die Organisatoren hatten die beiden Nebenzimmer für ihr Treffen bestellt. Pünktlich strömten die ehemaligen CEGler herbei, und überall konnte man herzliche Wiedersehensfreude spüren.

»Gut siehst du aus!« – »Du bist aber alt geworden!« – »Schön, dich wohlauf zu sehen, alter Freund!« – »Wie geht's dir?« Überall schwirrten Begrüßungen durch den Raum, Umarmungen, Schulterklopfen, Bussi-Bussis.

Die Ehemaligen waren inzwischen alle um die vierzig und hatten ihren Platz im Leben gefunden. Zu erzählen gab es reichlich. Berufliche Aufstiege, familiäre Veränderungen, sportliche Erfolge galt es zu berichten. Und da einige der früheren Schüler in Bayreuth geblieben waren, waren die jüngsten Ereignisse an ihrer alten Schule jedem bekannt und wurden ausgiebig diskutiert. Manch einer flüsterte hinter vorgehaltener Hand, dass man dem Hausmeister und dem Dr. Stahlmann schon immer nicht ganz getraut hatte.

Unter den wenigen Lehrern, die sich diesmal eingefunden hatten, war auch Cornelius Wittmann, den die Ehemaligen als guten und beliebten Lehrer in Erinnerung hatten. Er saß mit zwei weiteren Kollegen bei einer Gruppe von Frauen und Männern, und man tauschte die persönlichen Entwicklungen der letzten Jahre aus.

Plötzlich wurde das fröhliche Stimmengewirr gedämpfter, bis es schließlich ganz vertummte. Dr. Leonidas Stahlmann hatte den Raum betreten. Sein altes Selbstbewusstsein war anscheinend zurückgekehrt.

»Meine Damen und Herren, Sie müssen wegen mir keine Schweigeminute einlegen«, versuchte er, die Situation mit einem Scherz zu entspannen. »Ich kann mir denken, dass die jüngsten Ereignisse an unserer altehrwürdigen Schule auch Sie betroffen machen, aber ich kann Ihnen versichern, dass die Polizei alles Menschenmögliche unternimmt, um die Fälle Benjamin Schröder und Hans Lauerer aufzuklären. Die Polizei kann dabei auf meine vollste Unterstützung zählen«, verkündete er. »So traurig das alles ist, es wird nicht besser dadurch, dass Sie sich Ihre gute Laune verderben lassen. Freuen Sie sich also

über Ihr Wiedersehen und verbringen Sie einen fröhlichen Abend mit Ihren alten Kameradinnen und Kameraden! Ich soll Sie auch von meinem Vater grüßen, der heute Abend leider nicht kommen kann.«

Leonidas Stahlmann sah sich um, begrüßte den einen oder anderen persönlich mit Handschlag und setzte sich an den Tisch, an dem seine Lehrer saßen. Es dauerte nicht lange, und die Gaststätte war wieder erfüllt von aufgeregtem Stimmengewirr und lautem Lachen.

Cornelius Wittmann mochte mit seinem Schulleiter nicht am Tisch sitzen und gesellte sich zu früheren Schülern. Die anderen Kollegen verzogen sich nach und nach auch. Wenn sie gewusst hätten, dass Dr. Stahlmann kommt, wären sie zu Hause geblieben.

Auch Peter Scherm hatte viele frühere Schulkameraden wieder getroffen. Es gab viel zu erzählen, das letzte Treffen lag etliche Jahre zurück. Zu Scherms großer Freude war Wolfgang Gottwald doch noch gekommen. Er schien ihm blasser zu sein als bei ihrer letzten Begegnung, aber vielleicht lag es auch nur an der Beleuchtung. Peter Scherm hatte seinen Tisch so gewählt, dass er Stahlmann im Auge behalten konnte, ohne dass dieser ihn sehen konnte. Wie erwartet, trank Stahlmann zwei Schoppen Wein. Das zweite Glas war etwa noch viertel voll, als Scherm sich bei Wolfgang Gottwald kurz entschuldigte, er müsse mal.

Er griff sich seine schwarze Jacke von der Garderobe und ging ins Freie. Vor der Tür standen die Raucher ins Gespräch vertieft. Er rief ihnen zu, er wolle sich nur etwas die Beine vertreten, er sei gleich wieder da. Eine Minute später traf er bei Richard Schröder ein, der wie verabredet, unter der Brücke auf Scherm wartete.

»Servus, Richard», sagte er leise. »Es läuft, wie erhofft. In ein paar Minuten taucht der Stahlmann hier auf, und dann kann er was erleben.« Für eine Zigarette würde die Zeit aber noch reichen, und Richard gab Scherm eine von seinen Ernte 23. Die Männer drückten sich in den Schatten eines Busches und warteten.

Es dauerte nicht lange, da hörten sie Schritte auf dem unbefestigten Weg. In der spärlichen Beleuchtung des Parks erkannten sie Leonidas Stahlmann, der sich auf dem Heimweg befand. Er war aber nicht allein!

»Verdammt, Richard, wen hat der Stahlmann da dabei?«, fragte Scherm. Sie konnten nichts anderes tun, als abzuwarten und zu beobachten. Stahlmann und sein Begleiter unterhielten sich laut, fast schien es, als hätten sie eine Auseinandersetzung. Die beiden waren jetzt am südlichen Zipfel des Röhrensees angekommen, wo der Aubach in See fließt. Noch fünfzehn Meter, und sie würden an Peter Scherm und Richard Schröder vorbeikommen. Plötzlich sackte Stahlmann wie vom Blitz getroffen in sich zusammen. Scherm war es, als ob er ein Zischen vernommen hätte wie von einem Elektroschocker. Bewegungslos verfolgten die beiden das Geschehen, das sich vor ihren Augen abspielte.

Der Mann beugte sich über den regungslos am Boden liegenden Stahlmann und schien ihm etwas in die Manteltasche zu stecken. Dann packte er ihn mit beiden Armen unter den Achseln, schleppte ihn zu dem Geländer, das den Weg von dem ungefähr zwei Meter tiefer gelegenen See trennte. Die Szene wurde von der Laterne, die auf der kleinen Plattform stand, gespenstisch beleuchtet. Gebannt sahen sie zu, wie der Mann den schlaffen Oberkörper von Leonidas Stahlmann über das Geländer lehnte, dann die Beine packte, hochhob und der Körper in den See stürzte. Ein lautes Platschen war zu hören. Die Raucher vor der Gaststätte hörten das Geräusch und vermuteten, dass einer der kapitalen Karpfen, die im See lebten, gesprungen sei. Dann vergaßen sie das Geräusch wieder.

Der geheimnisvolle Mann, der den Kragen seiner Jacke hochgeschlagen und eine Kappe ins Gesicht gezogen hatte, so dass sie ihn nicht erkennen konnten, sah sich um und ging ruhigen Schrittes zurück in Richtung der Gaststätte und war kurz darauf aus ihrem Sichtfeld verschwunden. Peter Scherm und Richard Schröder wagten sich vor-

sichtig aus ihrer Deckung und gingen die wenigen Schritte zu der Stelle, wo Leonidas Stahlmann in den See geworfen wurde. Sie sahen Stahlmann leblos in Richtung der kleinen Insel treiben.

Peter Scherm konnte seine Wut nur mühsam zügeln und bat Richard um eine Zigarette. Er zog ihn wieder hinter die Brücke zurück, damit sie nicht gesehen werden konnten.

»Das kann doch nicht wahr sein! So eine Scheiße!«, fluchte Scherm. »Da ist mir schon wieder einer zuvorgekommen«, schimpfte er leise und zog heftig an seiner Zigarette.

»Wir sollten besser verschwinden«, warf Richard berechtigterweise ein. Es gab für sie hier nichts mehr zu tun.

»Du fährst nach Hause, Richard«, befahl er seinem Begleiter, »und ich gehe zurück zu unserer Party.« Richard Schröder gehorchte.

Peter Scherm kehrte zur Gaststätte zurück, die Raucher am Eingang kümmerten sich nicht weiter um ihn. Er hängte seine Jacke über die Garderobe und setzte sich wieder zu Wolfgang Gottwald.

»Hat aweng länger gedauert, aber ich habe so viele Leute getroffen, die ich schon ewig nicht mehr gesehen habe«, erklärte Scherm seine längere Abwesenheit.

»Ist schon gut«, erwiderte Gottwald, »ich habe mich auch gut unterhalten.«

Peter Scherm spürte, dass seinem Freund die jüngsten Entwicklungen an der Schule schwer zu schaffen machten.

»Was denkst du zum Tod vom Lauerer?«, fragte Scherm. »Das ist doch mehr als merkwürdig, dass der gerade jetzt die Treppe runterfliegt, oder meinst du nicht?«

Gottwald nickte bedächtig. »Sehr merkwürdig«, wiederholte er leise.

»Ich glaube nicht, dass es damit schon zu Ende ist. Du wirst sehen, das ist erst die Spitze des Eisbergs.« Er konnte nicht wissen, dass seine Prophezeiung sehr bald eintreffen würde.

Es war weit nach Mitternacht, als sich die letzten CEGler beschwingt und heiter auf den Heimweg machten oder zur nächsten Kneipe in der Stadt weiterzogen. Scherm und Gottwald waren da schon lange wieder zu Hause.

16

Am Sonntagmorgen um kurz nach acht Uhr läutete Friedrich-Konrad Kanters Telefon. Verwundert und noch ein wenig unausgeschlafen ob des guten Becherbräu Bieres gestern Abend kroch er aus dem Bett zum Telefon und hob ab.

»Entschuldige, wenn ich deinen Schönheitsschlaf störe«, vernahm Kanter am anderen Ende die vertraute Stimme von Georg Schwingshackl, »aber du musst gleich in den Röhrensee kommen. Wenn du die kleine Straße zwischen Pottensteiner Straße und den Quellhöfen runterfährst, unter der Brücke, da warten wir auf dich. Ein Spaziergänger hat eine Leiche gefunden«, berichtete Schwingshackl kurz.

»Ich bin in zwanzig Minuten da«, knurrte Kanter und legte auf.

Als Kanter am südlichen Ende des Röhrensees ankam, sah er schon ein größeres Aufgebot an uniformierten Polizisten, die den Fundort der Leiche weiträumig mit Markierungsbändern absperrten. Auch ein Feuerwehrauto stand da. Kanter bahnte sich den Weg zum See, wo Georg Schwingshackl ihn schon erwartete.

»Der Mann dort drüben«, er deutete auf einen älteren Mann, »hat seinen Hund ausgeführt und dabei auf dem See etwas treiben sehen, was aussah wie ein menschlicher Körper. Er hat eins eins null angerufen, und die Kollegen waren auch gleich da. Zur Bergung der mutmaßlichen Leiche riefen sie die Feuerwehr zu Hilfe, die, wie du siehst, den Toten schon geborgen hat. Dort drüben unter der Plane liegt er. Dich haut's um, wenn du siehst, wer das ist«, bereitete er seinen Chef vor.

Kanter begleitete Schwingshackl zu dem leblos auf dem Boden liegenden Körper. Schwingshackl hob die Plane so weit an, dass Kanter das Gesicht erkennen konnte.

»Das glaub ich jetzt nicht«, rief er überrascht. »Leonidas Stahlmann!!« Kanter schaute nochmal genauer hin, aber es bestand kein Zweifel. Vor ihnen auf der Erde lag der Schulleiter des CEG. Tot.

»Habt ihr den Moretti schon verständigt?«, fragte er Schwingshackl. Der bestätigte, dass er den Rechtsmediziner gleich nach Kanter angerufen hatte. Sein Eintreffen verzögerte sich aber noch, der Herr Pathologe weilte auf der Jagd.

»Wo sonst«, grummelte Kanter. »Als ob er tagsüber nicht schon genug mit Leichen zu tun hätte, nein, nach Feierabend schießt er sich auch noch welche«, erregte sich Kanter über das Hobby seines Freundes.

»Eigentlich schießt er keine Leichen«, wagte Schwingshackl anzumerken, »sondern Wildschweine, die aber hinterher zweifelsohne tot sind.«

»Schmidtchen? Habt ihr den Oberstaatsanwalt verständigt? Und die Erdmännchen?«, bohrte Kanter nach.

»Alle, Chef«, bestätigte Schwingshackl. »Die müssten auf dem Weg sein.«

»Wenigstens etwas«, brummte Kanter. Irgendwie hatte er schlechte Laune. Konnte man nicht einmal am heiligen Sonntag seine Ruhe haben?

Schwingshackl machte Kanter mit den ersten Erkenntnissen vertraut. Die Feuerwehr hatte Stahlmann aus dem Wasser gezogen. Dem ersten Augenschein nach gab es keine äußeren Verletzungen. Warum er ins Wasser fiel, würde Moretti herausfinden müssen. Geldbeutel, Ausweis, Schlüssel, nichts fehlte. Ein Raubdelikt schied also aus. In einer Manteltasche hatte Schwingshackl einen Papierzettel gefunden, auf dem mit einem Computer die Wörter ›Menschenschinder‹ und ›Kinderschänder‹ geschrieben waren. Damit sollten sich Erdmanns Männer befassen.

»Ach ja, brauchen wir den Hannes auch hier?«, fragte Schwingshackl.

»Lass den mal ausschlafen. Mit seinem Gipsarm ist der uns keine Hilfe«, erwiderte Kanter. »Außerdem! Wer weiß, wie lange der heute Nacht noch mit deiner Tochter unterwegs war«, erinnerte Kanter sei-

nen Freund augenzwinkernd an die Entwicklungen des gestrigen Abends.

Kanter bat Schwingshackl, den Mann mit dem Hund noch einmal zu befragen und seine Personalien aufzuschreiben. Dann könne er ihn heimschicken.

Schwingshackl war kaum weg, als Heiner Erdmann mit seiner Truppe eintraf. Sechs Mann insgesamt. Für Sonntagfrüh keine schlechte Leistung. Die Spurensicherer schlüpften gewandt in ihre Kunststoffanzüge und machten sich an die Arbeit. Kanter erzählte Erdmann derweil, was er bisher wusste und gab ihm den Zettel. Auch der war ob der Identität des Toten mehr als verwundert. Ein Zufall konnte das alles nicht sein, da waren sich die Männer einig.

Kurz darauf trafen auch Moretti und Schmidtchen fast gleichzeitig ein. Der Rechtsmediziner war tatsächlich direkt vom Hochsitz hierher gefahren. In seiner Jägerkluft passte er nicht so recht in die Szenerie.

Er nahm die Plane von dem Toten und begann mit einer ersten Untersuchung. Er drehte und wendete die Leiche, um nach äußeren Verletzungen zu fahnden, konnte aber zunächst nichts erkennen. Die Kommissare und der Oberstaatsanwalt standen dabei und sahen ihm schweigend bei der Arbeit zu.

»Ich weiß, was ihr hören wollt«, meldete er sich nach kurzer Zeit zu Wort. »Äußere Verletzungen kann ich hier erstmal nicht erkennen, auch sonst keine offensichtlichen Zeichen von Gewalteinwirkung. Könnte also sein, dass er ertrunken ist. Fragt mich nicht, warum er in den See gefallen oder gegangen ist. Dazu muss ich ihn aufschneiden«, vertröstete er die Ermittler. »Und natürlich wüsstet ihr gerne den Todeszeitpunkt«, vermutete Moretti zu Recht.

»Lass hören, du Jennerwein für Arme«, forderte Kanter seinen Freund auf.

»Ohne dass ich jetzt genauere Erkenntnisse über die Wasser- oder die Außentemperatur habe, vermute ich aber nach dem augenscheinlichen Zustand des früheren Schulleiters, dass er gegen Mitternacht, plus

minus zwei Stunden, den Weg in die Unterwelt angetreten hat. Hoffentlich hatte er seinen Obolus für Charon dabei, damit er auch zuverlässig über den Styx transportiert wird.« Auch Moretti ließ sich seine humanistische Bildung gerne raushängen. Kanter war die Geschichte aber natürlich geläufig.

»Erkläre ich dir später«, flüsterte er dem verständnislos dreinblickenden Georg Schwingshackl zu. »Ist jetzt nicht so wichtig.«

Hinter dem Absperrband beobachtete Kanter eine Rangelei zwischen einem Polizisten und einem Mann mit Kamera. Offenbar hatte das Bayreuther Echo schon von dem Leichenfund erfahren und seinen berüchtigten Chefreporter entsandt. Kanter bat Georg Schwingshackl, dem uniformierten Kollegen zu Hilfe zu kommen und den Journalisten auf die Pressestelle zu verweisen. Solche Aufgaben erledigte Schorsch besonders gerne. Wenig später hatte sich die Situation beruhigt, wenngleich der Reporter lautstark protestierte, dass man die Presse so nicht behandeln könne.

Oberstaatsanwalt Schmidtchen war zu Kanter an die Leiche getreten und machte ein sehr nachdenkliches Gesicht. Es konnte kein Zufall sein, dass innerhalb einer Woche alle Verdächtigen im Zusammenhang mit dem Fall Benjamin Schröder sich in die ewigen Jagdgründe davonmachten.

»Fritz, es gibt Arbeit. Die Geschichte nimmt ungeahnte Dimensionen an«, begann Schmidtchen. »Ein Serienkiller ist es sicher nicht, wenn wir davon ausgehen, dass der Stahlmann den Lauerer auf dem Gewissen hat. Stellt sich die Frage, was der Leonidas mitten in der Nacht im Röhrenseepark zu suchen hatte. Hast du eine Idee?«, fragte er den Kommissar.

»Ein Zeuge hat uns gesagt, dass gestern Abend in der Gaststätte drüben ein Treffen von Ehemaligen des CEG stattgefunden hat. Das wäre eine Erklärung«, berichtete Kanter. »Wir gehen gleich rüber. Hoffentlich ist da um die Zeit schon jemand.«

»Sorgt ihr bitte dafür, dass der Herr Oberstudiendirektor im ewigen Ruhestand umgehend in mein Institut gebracht wird«, bat Moretti, der inzwischen seine Untersuchungen beendet hatte, die Polizisten. »Ich ziehe mich daheim nur schnell um, dann mache ich mich gleich an die Arbeit«, versprach er.

»Aber bevor wir in die Gaststätte gehen, Schorsch, müssen wir rauf in die Rotkreuzstraße und die Witwe Stahlmann von ihrem neuen Familienstand informieren«, sagte Kanter. Sie stiegen in Kanters Wagen und fuhren die kurze Strecke hinauf zu Stahlmanns Haus.

Es war inzwischen fast zehn Uhr, und die Kommissare konnten davon ausgehen, dass Renate Stahlmann schon auf war. Kanter hielt sie sowieso nicht für eine Langschläferin. Er stellte den Wagen vor dem Haus ab. Auf Georgs Klingeln öffnete Renate Stahlmann die Haustür. Kanter hatte den Eindruck, dass sie nicht sehr überrascht war, am Sonntagmorgen die Polizei im Haus zu haben.

»Ist was mit meinem Mann?«, fragte sie gleich.

»Dürfen wir rein kommen?«, fragte Kanter zurück.

»Natürlich! Entschuldigen Sie.« Sie bat die Kommissare herein und führte sie ins Wohnzimmer, wo sie ihnen einen Platz anbot.

»Bitte setzen Sie sich auch, Frau Stahlmann«, bat Kanter.

Renate Stahlmann gehorchte und setzte sich in einen der Sessel.

»Ich habe den Eindruck, Sie sind von unserem Besuch nicht allzu überrascht«, begann Kanter wieder.

»Der Eindruck trügt nicht, Herr Kommissar«, antwortete sie mit leiser Stimme. »Mein Mann ist gestern Nacht offenbar nicht nach Hause gekommen. Das habe ich aber erst heute Morgen bemerkt. Er kam nicht zum Frühstück, das wir am Sonntag immer um acht Uhr haben. Als ich in seinem Zimmer nachgesehen habe, fand ich das Zimmer leer und das Bett unberührt. Ich hatte Ihnen schon gesagt, dass wir getrennte Schlafzimmer haben und ich oft nicht mitbekomme, wann er kommt und geht«, erinnerte sie Kanter an ihre frühere Aussage. »Ich wäre sehr überrascht, wenn er die Nacht bei einer anderen Frau verbracht hätte.

Frauen zählen, wie ich inzwischen weiß, nicht zu seinen bevorzugten Sexualpartnern.« Renate Stahlmann machte einen wirklich gefassten Eindruck.

»Es tut uns leid, Ihnen mitteilen zu müssen, dass wir Ihren Mann heute Morgen tot im Röhrensee aufgefunden haben«, teilte ihr Kanter mit und war sich sicher, dass die Frau wegen dieser Nachricht nicht zusammenbrechen würde. »Wissen Sie, wo Ihr Mann gestern Abend war?«, fragte er.

»Er war bei einem Ehemaligentreffen drüben in der Gaststätte Röhrensee. Üblicherweise kommt er von solchen Veranstaltungen nie später als elf Uhr nach Hause. Wobei, wie ich schon sagte, ich meist in meinem Zimmer bin und nicht bemerke, wann er kommt oder geht. Er hat schon vor vielen Jahren aufgehört, sich bei mir zu verabschieden, wenn er das Haus verlässt.« Sonderlich traurig schien sie darüber aber nicht zu sein.

Diese Information deckte sich mit dem, was die Kommissare vermutet hatten. Hier gab es für Sie eigentlich nichts mehr zu tun, doch bot Kanter ihr trotzdem seine Hilfe an.

»Können wir noch etwas für Sie tun, Frau Stahlmann«, fragte er deshalb. »Sollen wir jemanden benachrichtigen?«

»Das ist sehr nett von Ihnen, Herr Kommissar, aber ich komme zurecht. Ich werde meine Söhne benachrichtigen, und die werden sich um mich kümmern. Gehen Sie auch gleich zu Leonidas‘ Vater und überbringen die Nachricht?«

Das war eine gute Idee. So weit hatten sie noch gar nicht gedacht, dass ja auch der Vater benachrichtigt werden musste.

»Wir gehen gleich rüber, Frau Stahlmann, und überbringen die Nachricht Ihren Schwiegereltern. Wenn Sie uns trotzdem noch brauchen, Sie wissen ja, wie Sie uns erreichen können.« Kanter hatte das unbestimmte Gefühl, dass Renate Stahlmann erleichtert war. Nach allem, was sie ihm erzählt hatte, konnte er sie verstehen.

Kanter und Schwingshackl ließen ihren Wagen stehen und gingen die paar Schritte zu den alten Stahlmanns zu Fuß. Auch hier öffnete auf ihr Klingeln hin Frau Stahlmann. Im Gegensatz zu ihrer Schwiegertochter schien sie vom Besuch der Kommissare überrascht zu sein.

»Guten Morgen, Frau Stahlmann«, begrüßte Kanter die Frau. »Dürfen wir kurz hereinkommen?«

Barbara Stahlmann bat die Polizisten mit einer Handbewegung herein und geleitete sie ins Wohnzimmer.

»Was führt Sie um diese Zeit zu uns, Herr Kommissar?«, fragte sie.

»Ist Ihr Mann zu Hause?«, wollte Kanter wissen. Barbara Stahlmann nickte.

»Bitte holen Sie ihn her. Wir müssen Ihnen eine Mitteilung machen«, bat er sie.

Kurze Zeit später saßen die beiden alten Stahlmanns auf der Couch ihres Wohnzimmers. So nahe waren die Eheleute bestimmt schon seit vielen Jahren nicht mehr beisammengesessen, dachte Kanter.

»Wir müssen Ihnen leider die traurige Nachricht überbringen, dass wir Ihren Sohn heute früh tot im Röhrensee aufgefunden haben. Die Todesursache ist noch ungeklärt«, teilte Kanter den beiden in möglichst sachlichem Tonfall mit. Barbara Stahlmann zuckte leicht zusammen, Hermann Stahlmann blieb äußerlich ruhig.

»Hat er es also doch getan«, murmelte er, aber Kanter hatte es gehört.

»Wie meinen Sie das, Herr Stahlmann? Er hat was getan?«, bohrte er nach.

Hermann Stahlmann berichtete den Kommissaren von seinem letzten Gespräch mit seinem Sohn und der Alternative, die er ihm aufgezeigt hatte für den Fall, dass der gute Ruf der Familie oder der Schule bedroht seien.

»Verstehe ich Sie richtig? Ihr Sohn hat Ihnen den Missbrauch der Schüler und den Mord an Lauerer gestanden, und jetzt glauben Sie,

dass Ihr Sohn deswegen Selbstmord begangen hat?«, vergewisserte sich Kanter.

Hermann Stahlmann zuckte resigniert die Schultern. »Was sonst?«

Barbara Stahlmann erbleichte bei dem, was ihr Mann erzählte.

Kanter hegte starke Zweifel an Stahlmanns Theorie. Bisher hatten sie Leonidas Stahlmann noch gar nicht als Tatverdächtigen vernommen. Es gab für ihn keinen Grund, sich umzubringen. Außerdem war ins Wasser gehen, um sich das Leben zu nehmen, nicht die Methode der Wahl unter erwachsenen Männern. Noch dazu, wenn der See kaum ein Meter fünfzig tief war.

Ein solcher Suizidversuch wäre also ziemlich unsinnig. Hermann Stahlmann schien jedoch bei seiner Meinung bleiben zu wollen, wohl weil er sich die möglichen Alternativen nicht vorstellen wollte.

»Vielleicht hat er ja vorher was genommen«, versuchte er verzweifelt, Argumente für seine Meinung zu finden. Dennoch musste auch ihm die Haltlosigkeit seiner These bewusst sein.

»Ihre Schwiegertochter erzählte uns, Ihr Sohn sei gestern bei einem Treffen ehemaliger Schüler gewesen«, fuhr Kanter fort. »Gehen Sie nicht mehr zu solchen Treffen? Es war der Jahrgang 1995. Dem haben Sie als Schulleiter die Abiturzeugnisse überreicht, oder?«, beharrte er.

»Ich habe natürlich eine Einladung zu dem Treffen erhalten, und ich bin immer gerne zu solchen Abenden gegangen, aber mir ging es gestern nicht so gut. Daher habe ich Leonidas gebeten, mich bei den Ehemaligen zu entschuldigen«, sagte der alte Stahlmann.

»Wenn ich ehrlich sein soll, habe ich ihm ernsthaft abgeraten, nach all den Ereignissen der letzten Tage in unserer Schule und den Gerüchten, die sich darum ranken, zu dem Treffen zu gehen. Umso mehr, als es sich um den Jahrgang des kleinen Benjamin Schröder handelte. Aber er wollte nicht auf mich hören und sich dort unbedingt zeigen. Leonidas eben. Wie sein Namenspatron. Was an dem Abend wirklich vorgefallen ist, weiß ich natürlich nicht. Aber es wäre doch möglich, dass er sich in die Enge gedrängt fühlte und in einer Art Kurzschluss-

handlung seinem Leben ein Ende setzte«, beharrte Hermann Stahlmann mit zunehmender Hilflosigkeit auf seiner Ansicht. Sollte sein Sohn es nicht selbst getan haben, wäre die Schande für ihn und die Familie unerträglich. Alles würde ans Licht kommen, sein Lebenswerk zerstört sein.

Kanter überzeugte das alles nicht.

Barbara Stahlmann hatte die ganze Zeit über geschwiegen. Wie ihre Schwiegertochter, machte auch sie nicht den Eindruck, unter der Last der Nachricht vom Tod ihres einzigen Sohnes zusammenzubrechen. Nur dass er Kinder missbraucht und einen Menschen getötet haben sollte, widerte sie an.

Für die Kommissare gab es hier nichts mehr zu tun. Sie hatten ihre traurige Aufgabe erfüllt und eine Todesnachricht überbracht. Das hatten sie schon oft tun müssen. Heute aber wurde es ihnen so leicht gemacht wie selten. Und sie hatten als Zugabe ein Geständnis, wenn es auch von einem Toten war. Sie hatten die Bestätigung, dass Leonidas Stahlmann es mit Schülern trieb und dass er Lauerer ins Jenseits befördert hatte.

Kanter und Schwingshackl fuhren den kurzen Weg zur Gaststätte. Um diese Zeit war der Parkplatz sonst noch ziemlich leer. Es hatten sich aber schon etliche Gaffer eingefunden, die von dem Leichenfund irgendwie erfahren hatten. Kanter stellte den Wagen direkt am Eingang auf dem Privatparkplatz der Gaststättenpächter ab.

Die Gaststätte hatte bereits geöffnet, so dass die Kommissare ohne Umstände in den Gastraum gelangten. Hinter der Theke stand ein Mann, dem sie ihre Dienstausweise zeigten und ihn fragten, ob er der Wirt sei.

»Jawohl, ich bin der Pächter hier. Mein Name ist Winfried Brückner. Was führt Sie zu mir?«, fragte er. Der Wirt war groß und kräftig und trug eine saubere weiße Schürze. Anscheinend war er auch der Koch.

»Sie haben bestimmt schon mitbekommen, was sich da hinten am See ereignet hat. Wir haben einen Leichenfund, der mit großer Wahrscheinlichkeit mit der Veranstaltung zu tun hat, die gestern Abend hier stattgefunden hat«, begann Kanter den Wirt zu unterrichten.

»Können Sie mir sagen, wer die Veranstaltung mit Ihnen abgesprochen hat, wer der Organisator war?«, wollte Kanter wissen. Georg Schwingshackl zog seinen Notizblock heraus und machte sich schreibfertig.

»Moment, da muss ich im Kalender nachsehen«, erwiderte Brückner und blätterte einen Tag zurück.

»Hier, die Visitenkarte des Mannes, mit dem ich alles besprochen habe«, sagte er und reichte Kanter die Karte.

»Simon Naumann, Diplomingenieur«, las er vor und gab die Karte an Schwingshackl weiter, der sie einsteckte.

»Erzählen Sie bitte mal, wie die Feier abgelaufen ist. Gab es Streit oder sonst irgendwelche Besonderheiten«, forderte Kanter den Wirt auf.

Brückner berichtete, dass die Ehemaligen des CEG ab acht Uhr die beiden Nebenzimmer gebucht hatten und etwa vierzig bis fünfzig Personen kommen sollten. Einige waren schon eine Stunde früher da und wollten in Ruhe zu Abend essen. Bis halb neun waren wohl alle da und die Stimmung bestens. Es wurde gegessen, getrunken, gelacht, wie das bei einem Klassentreffen halt so ist. Es ging völlig friedlich zu, nicht das leiseste Anzeichen einer Auseinandersetzung. Drei oder vier Lehrer waren auch da, darunter der Schulleiter, Dr. Leonidas Stahlmann. Den kenne er persönlich, weil der nicht weit weg drüben in der Birken wohnt und bis vor ein paar Jahren immer mal mit seiner Familie am Sonntagmittag zum Essen gekommen war. Bis gegen halb oder drei viertel eins waren alle Gäste gegangen.

»Haben Sie bemerkt, wann Dr. Stahlmann das Fest verlassen hat?«, fragte Kanter.

»Da müssen Sie meinen Kellner, Herrn Dietel, fragen. Der fängt in –«, er schaute auf die Uhr über dem Tresen, »einer halben Stunde seine Schicht an«, teilte er den Kommissaren mit. »Vielleicht erinnert er sich, wann Dr. Stahlmann bezahlt hat. Aber warum wollen Sie das wissen? Ist etwa Dr. Stahlmann der Tote, den Sie gefunden haben?«, fragte Brückner mit spürbarer Erschütterung.

»Daran besteht leider kein Zweifel. Deshalb ist jede Information für uns wichtig, auch die kleinste und scheinbar unwichtigste«, teilte Kanter dem Wirt sehr eindringlich mit. »Könnten Sie Ihren Kellner anrufen und bitten, gleich zu kommen. Wir müssen unbedingt mit ihm sprechen«, bat Kanter.

Der Wirt nahm sein Handy, und wenige Augenblicke später hatte er Sigi Dietel dazu gebracht, sich umgehend hierher zu begeben, es sei etwas Schreckliches passiert und die Polizei warte auf ihn.

Zum Glück wohnte Dietel nur drei Straßen weiter und war fünf Minuten später im Lokal. Die Kommissare bestellten einen Kaffee und gingen mit ihm ins Nebenzimmer, wo sie ungestört reden konnten.

»Herr Dietel, gestern Abend haben Sie in diesen Räumen beim Klassentreffen des CEG bedient, richtig?«, begann Kanter. Der Mann nickte. Er war groß, schlank und etwa sechzig Jahre alt. Er arbeitete schon über dreißig Jahre im Röhrensee und war so etwas wie eine Institution. Ihm machte so schnell niemand etwas vor.

»Ist Ihnen im Verlauf des Abends etwas aufgefallen? Gab es Streit oder sonst irgendwelche Auseinandersetzungen?«, forschte Kanter nach.

»Nichts, Herr Kommissar. Wir haben öfter Ehemaligentreffen vom CEG hier, und die sind immer friedlich. Kultivierte Leute eben«, stellte er fest. »Auch gestern kam es zu keinerlei besonderen Vorkommnissen«, berichtete er.

»Kennen Sie Dr. Stahlmann?«, fragte Kanter.

»Den kenne ich. Der war früher mit seiner Familie gelegentlich sonntags zum Mittagessen hier. Gestern war er auch da. An dem Tisch

hat er gesessen«, sagte er und deutete auf einen Tisch in der Mitte des Nebenzimmers. »Ich glaube, er saß bei zwei oder drei anderen Lehrern, die auch eingeladen waren. Die haben sich dann aber weggesetzt zu ihren früheren Schülern«, berichtete er weiter.

»Erinnern Sie sich, wann Stahlmann gegangen ist? Das ist sehr wichtig für uns«, sagte Kanter.

Der Kellner dachte kurz nach.

»Auf die Minute genau kann ich es nicht sagen. Es wird so gegen zehn Uhr gewesen sein, kurz davor oder danach. Auch die anderen Lehrer haben bezahlt und sind gegangen«, erinnerte er sich. »Dr. Stahlmann zeichnet sich nicht durch übermäßige Großzügigkeit beim Trinkgeld aus«, fügt er hinzu.

»War er angetrunken? Was hat er konsumiert?«, hakte Kanter nach.

»Bestimmt nicht, Dr. Stahlmann neigt nicht zu alkoholischen Exzessen. Er hatte zwei Schoppen Frankenwein und zeigte keine Anzeichen von Trunkenheit«, erzählte Dietel. Die Stimmung an Stahlmanns Tisch schien nicht allzu gut zu sein, und er hatte den Eindruck, die Lehrer fühlten sich in Anwesenheit des Schulleiters nicht allzu wohl. Jedenfalls begaben sie sich bald zu verschiedenen anderen Tischen, um sich mit ihren ehemaligen Schülern zu unterhalten. Er saß aber nie allein, weil sich immer mal wieder ein Schüler zu ihm setzte und sich mit ihm unterhielt.

Was so ein altgedienter Kellner nicht alles wahrnimmt, dachte Kanter bei sich. Die Zeitangabe passte zu Morettis erster Spekulation über Stahlmanns Todeszeitpunkt.

Der Kellner hatte ihnen sehr weitergeholfen, mehr konnte er aber im Augenblick nicht für sie tun. Kanter bedankte sich bei ihm für sein Kommen und die Informationen und entließ ihn.

»Wollen wir diesen Naumann heute noch befragen?«, wandte sich Schwingshackl an seinen Chef.

»Eigentlich würde ich ihn schon gerne befragen, solange seine Erinnerungen noch frisch sind. Gib mir mal seine Karte«, bat er Georg. Der holte sie aus seiner Jackentasche und reichte sie Kanter.

FKK fischte sein Handy aus der Tasche und wählte die angegebene Mobilnummer. Nach dreimaligem Läuten meldete sich Simon Naumann.

»Entschuldigen Sie die Störung am Sonntagmittag«, begann Kanter. »Hier spricht Kriminalhauptkommissar Friedrich-Konrad Kanter von der Bayreuther Mordkommission«, stellte er sich vor. Am anderen Ende der Leitung herrschte erwartungsvolles Schweigen.

»Wir sind hier in der Gaststätte Röhrensee. Sie haben das gestrige Klassentreffen organisiert, sagte uns der Wirt. Stimmt das?«, wollte Kanter wissen.

»Das stimmt. Aber was ist denn passiert, dass die Mordkommission sich für unser Fest interessiert?«, fragte er verunsichert.

»Das möchte ich ungern am Telefon besprechen, Herr Naumann«, sagte Kanter. »Ihrer Visitenkarte entnehme ich, dass Sie in Meyernberg wohnen. Würde es Ihnen etwas ausmachen, wenn wir jetzt gleich bei Ihnen vorbeikommen und Ihnen ein paar Fragen stellen?«, fragte er.

»Natürlich nicht. Kommen Sie nur.«

Kanter bezahlte die Kaffees, und die Männer gingen nach draußen. Sie schauten um die Ecke über das Bootshaus, wo die Ruderkähne untergebracht waren, hinweg und konnten am Ende des Sees Männer in weißen Anzügen arbeiten sehen.

Schwingshackls Auto stand noch unter der Brücke des Fahrradwegs. Er lief die kurze Strecke dorthin, um sein Auto zu holen und zu Naumann zu fahren. Kanter fuhr mit seinem Wagen voraus.

Simon Naumann wohnte mit seiner Familie in einem schmucken Einfamilienhaus in der Virchowstraße. Das war am sehr ruhigen Rand von Meyernberg, einer guten Wohngegend von Bayreuth. Beim Warten auf Georg Schwingshackl überlegte Kanter, wie man in so relativ

jungen Jahren schon ein solch großes Haus mit reichlich Grundstück drum herum haben kann.

Kanter rief seine Schwester an, dass er später zum Mittagessen käme. Georg Schwingshackl hatte auf dem Weg zu seinem Auto das Gleiche getan, denn auch Karin hatte gekocht.

Als Schorsch eingetroffen war, gingen die Kommissare den Gartenweg hinauf zum Haus. Naumann hatte sie offenbar schon gesehen, denn er erwartete sie unter der Haustüre. Kanter und Schwingshackl zeigten ihre Ausweise und stellten sich vor. Simon Naumann bat die beiden herein und führte sie in ein großes, lichtdurchflutetes Wohnzimmer. Als sie sich gesetzt hatten, fragte er, ob er ihnen etwas zu trinken anbieten könne, was die Kommissare dankend ablehnten.

»Schön haben Sie's hier«, begann Kanter.

»Danke, Herr Kommissar. Das Haus habe ich von meinen Eltern geerbt, die leider schon recht früh verstorben sind«, erzählte Naumann. Simon Naumann war etwas über vierzig, knapp eins neunzig groß, schlank und sportlich durchtrainiert.

»Das tut mir leid, Herr Naumann«, bedauerte Kanter. »Auf Ihrer Visitenkarte steht ›Diplomingenieur‹. Darf ich fragen, wo Sie arbeiten?«, blieb Kanter noch im Bereich des Small Talks.

»Ich bin Textilingenieur und arbeite bei ›medi‹ in der Produktentwicklung«, erzählte er. »Sollten Sie Kompressionsstrümpfe tragen, ist die Wahrscheinlichkeit groß, dass die von uns entwickelt wurden«, fügte er nicht ohne Stolz hinzu. Kanter musste ein solches Produkt vor vielen Jahren einmal nach einer Krampfaderoperation tragen.

Von Naumanns Familie war nichts zu hören oder zu sehen. Dass er Kinder hatte, davon zeugten die Spielzeuge auf dem Rasen vor dem Wohnzimmer.

»Herr Naumann, Sie wundern sich natürlich, was am Sonntagmittag die Mordkommission von Ihnen will. Sie haben das gestrige Klassentreffen im Röhrensee organisiert, richtig?«, kam Kanter zur Sache. Schwingshackl war wie immer schreibbereit.

»Das stimmt. Wir hatten zwar kein rundes Abiturjubiläum, aber wir treffen uns auch so immer mal zwischendurch. Wir waren 1995 ungefähr sechzig Abiturienten. Zwei Drittel kommen meistens zu unseren Treffen«, erzählte er.

»Grund unseres Hierseins ist, dass heute Morgen eine männliche Leiche aus dem Röhrensee gefischt wurde. Wir haben die begründete Vermutung, dass der Tote mit Ihrem Treffen in Verbindung steht«, blieb Kanter immer noch vage. Naumann hörte mit zunehmender Spannung zu.

»Der Tote ist Dr. Leonidas Stahlmann, der Schulleiter des CEG«, rückte der Kommissar heraus.

Simon Naumann war sichtlich überrascht. Er hatte den Schulleiter auf dem Fest gesehen. Der hatte sich auch kurz bei ihm für die Einladung bedankt und seinen Vater entschuldigt, der unpässlich war. Den Rest des Abends hatte er ihn aber nicht mehr gesprochen. Erst als Stahlmann ging und sich von ihm als Organisator verabschiedete.

»Das ist ja schrecklich, Herr Kommissar. Wissen Sie schon Näheres?«, wollte Naumann wissen.

»Wir stehen noch ganz am Anfang. Ich hoffe, Sie können uns ein gutes Stück weiterhelfen. Gab es auf dem Fest irgendwelchen Streit oder Auseinandersetzungen?«, fragte Kanter.

Naumann musste nicht nachdenken. »Überhaupt nicht, Herr Kommissar. Wir waren alle sehr fröhlich, haben uns über das Wiedersehen gefreut und friedlich gefeiert. Unser letztes Treffen war vor drei Jahren. Ich bin als einer der Letzten so gegen halb oder drei viertel eins gegangen. Mit zwei anderen Kameraden, die den gleichen Heimweg hatten, habe ich ein Taxi genommen. Ein bisschen was trinkt man ja doch«, fügte er entschuldigend hinzu. »Aber so richtig betrunken war keiner. Manche sind dann noch in die Stadt und haben dort in irgendeiner Kneipe weitergefeiert.«

»Sie wohnen ja in Bayreuth und haben sicherlich von den jüngsten Ereignissen an Ihrer alten Schule in der Zeitung gelesen. Können Sie

sich einen Reim darauf machen, dass innerhalb kürzester Zeit der Hausmeister und der Schulleiter sterben. Wobei ich hinzufügen muss, dass die Todesursache von Dr. Stahlmann noch nicht feststeht«, ergänzte Kanter.

Naumann war natürlich informiert und sehr betroffen, weil seine beiden Söhne das CEG besuchten. Er erinnerte sich, dass es schon während seiner Schulzeit immer mal wieder Gerüchte gegeben hatte, was das Verhalten des Schulleiters Schülern gegenüber betraf. Aber konkret sei es nie geworden.

Das hatten die Kommissare schon des Öfteren gehört.

»Ist Ihnen gestern Abend an Dr. Stahlmann irgendetwas aufgefallen? Hatte er mit jemandem Streit?«, fragte Kanter.

»Es war wie immer«, antwortete Naumann. »Sobald Stahlmann den Raum betrat, verstummten die Gespräche. Er richtete ein paar Worte an uns, in denen er auch kurz auf Lauerers Tod einging, dann setzte er sich zu seinen Kollegen an den Tisch, und wir feierten weiter. Den Stahlmann konnte schon damals kaum jemand leiden, aber wie laden ihn aus Höflichkeitsgründen ein, er ist immerhin der Schulleiter«, erklärte Naumann.

»Bei welchen Lehrern saß er denn?«

»Lassen Sie mich überlegen. Es war ja ein ziemlicher Trubel. Also die Frau Bär war da, eine sehr nette, elegante Frau«, fing Naumann an aufzuzählen. Kanter erinnerte sich an sie. Vor wenigen Tagen hatte er sie befragt.

»Dann die Herren Lauterbach und Vogel von den älteren Lehrern. Von den jüngeren war nur der Herr Wittmann da«, beendete er seine Aufzählung.

»Haben sich die ehemaligen Schüler, die da waren, vorher bei Ihnen angemeldet?«, wollte Kanter wissen.

»Natürlich, ich muss der Wirtschaft ja eine ungefähre Teilnehmerzahl melden, damit die sich vorbereiten können. Die drei oder vier, die

erfahrungsgemäß spontan und unangemeldet kommen, machen da nichts aus«, erklärte er.

»Könnten Sie uns diese Liste zur Verfügung stellen? Das würde uns sehr helfen«, fragte Kanter.

Naumann bat die Kommissare um einen Augenblick Geduld und verließ das Wohnzimmer. Wenige Minuten später kam er mit einem Ausdruck der angemeldeten Teilnehmer zurück und reichte sie Kanter.

»Vielen Dank, Herr Naumann. Noch eine letzte Frage. Waren bei dem Treffen Mitschüler, die vielleicht länger nicht mehr da waren oder die noch nie da waren?«, wollte Kanter zum Abschluss wissen.

»Herr Kommissar, 1995 war noch die alte Kollegstufe, das heißt, es gab in den letzten zwei Schuljahren keine Klassen mehr, sondern wir waren in den verschiedensten Grund- und Leistungskursen. Vorher waren wir drei Klassen. Ich kenne zwar ziemlich viele aus meinem Jahrgang, aber nicht alle. Mir ist aber niemand aufgefallen, den ich schon länger vermisst hätte«, erzählte er.

»Hast du noch Fragen an Herrn Naumann?«, wandte Kanter sich an seinen Kollegen. Schwingshackl schüttelte den Kopf und packte seinen Notizblock ein.

»Dann danken wir Ihnen für Ihre Zeit, Herr Naumann«, verabschiedete sich Kanter. »Sollten wir noch Fragen haben, wissen wir ja, wo wir Sie finden. Sollte Ihnen noch etwas einfallen – hier ist meine Karte. Rufen Sie einfach an.«

Naumann begleitete die Kommissare freundlich hinaus.

Draußen waren Kanter und Schwingshackl übereinstimmend der Meinung, dass ihr Sonntag jetzt genug versaut war und er nichts Neues mehr für ihre Fälle bringen würde. Sie beschlossen heimzufahren und das Beste aus dem verbliebenen Wochenende zu machen. Sie freuten sich auf einen guten Sonntagsbraten mit Klößen, der daheim auf sie wartete und den sie sich redlich verdient hatten. Keiner von beiden ahnte, dass morgen der schlimmste Tag ihres Berufslebens werden würde.

17

Kanter saß nach einer erholsamen Nacht gut gelaunt bei seinem kargen Frühstück. Auch die wieder sehr reißerische Berichterstattung des Bayreuther Echos vom Leichenfund Stahlmanns regte ihn nicht mehr auf. ›SCHULLEITER TOT AUFGEFUNDEN – WAS IST LOS IM CEG? – POLIZEI RATLOS‹ lautete heute die Schlagzeile. In dem folgenden Bericht schilderte der Chefreporter den Leichenfund und spekulierte über die Hintergründe, freilich ohne jegliches Faktenwissen. Alternative Fakten eben.

Ein Blick aus dem Fenster hatte Friedrich-Konrad Kanter gezeigt, dass mit Regen zu rechnen war. Er fuhr deshalb mit dem Auto ins Kommissariat, wo er um kurz vor halb acht wieder der Erste war. Allerdings dauerte es nicht lange, bis auch Georg Schwingshackl und Hannes Frauenknecht erschienen und sie vollständig waren. Kanter hatte sich schon zurechtgelegt, wer welche Arbeiten erledigen sollte. Zuerst aber musste Hannes Frauenknecht auf den Stand der Dinge gebracht werden.

»Na, Hannes, hattest du ein schönes Wochenende?«, fragte Kanter scheinheilig. »Gestern war bei uns die Hölle los, aber Schorsch und ich waren der Meinung, wir sollten dich nach dem anstrengenden Samstag nicht stören.«

»Das war sehr rücksichtsvoll von euch, danke sehr«, gab Hannes im gleichen Tonfall zurück.

Georg Schwingshackl hatte die neueste Entwicklung im Liebesleben seiner Tochter am Sonntag schon beim verspäteten Mittagessen mitgeteilt bekommen. Nach der Disco wollte Hannes nicht den Weg zu seiner Wohnung im Ypsilon-Haus zurücklaufen, und so nahm Kathi ihn wieder mit zurück zu den Schwingshackls, wo sie ihm ein Lager auf der Wohnzimmercouch bereitete. Trotz des getrennten Schlafens hat es aber offenbar zwischen den beiden gefunkt. Hannes blieb auch

zum Mittagessen. Kathi fuhr ihn dann nach Hause. »Ihr seid verliebt. Sehe ich das richtig, Hannes?«, vergewisserte sich Kanter.

»Das siehst du wohl richtig, Fritz. Die Kathi und ich sind uns nicht unsympathisch und könnten uns eine Beziehung gut vorstellen. Wir sind aber erst am Anfang, und gut Ding will Weile haben. Mit schnellen Beziehungen bin ich in der Vergangenheit immer auf die Schnauze gefallen. Also hetzt uns nicht«, erklärte Hannes. Georg Schwingshackl war das sehr recht, und er hoffte, dass Kathi das genauso sah. Jetzt war auch Kanter auf dem Laufenden, was den Beziehungsstatus seines jungen Kollegen betraf, und sie konnten endlich mit ihrer Arbeit beginnen.

»Männer, heute wird es mit Sicherheit ziemlich heftig werden. Wir müssen überlegen, wie wir vorgehen«, begann Kanter. Er holte die Gästeliste des Klassentreffens, die Naumann ihnen gegeben hatte, heraus und gab sie Schwingshackl. Der sollte die Liste durchgehen und schauen, ob Bekannte dabei waren. Wenn ja, anrufen und befragen oder herbitten.

In diesem Augenblick schrie Hannes auf.

»Kommt mal her. Das müsst ihr euch anschauen«, rief er aufgeregt. Er hatte auf seinem Rechner routinemäßig die sogenannten sozialen Netzwerke gecheckt und fand sowohl bei Facebook als auch bei Twitter erregte Diskussionen über die Zustände und Vorgänge am CEG. Auf Twitter hatten sich bisher fünf ehemalige Schüler als Missbrauchsopfer geoutet, Tendenz steigend.

»Hannes, du beobachtest weiter, was da passiert und nimmst mit denen, die sich als Opfer bekannt haben, sofort Kontakt auf. Wir müssen dringend mit ihnen reden«, wies Kanter seinen Kollegen an.

»Schorsch, du klärst ab, ob von denen jemand am Samstag bei dem Klassentreffen war. Die hätten dann ja immerhin ein Motiv, den Stahlmann ins Wasser zu schmeißen.«

»Und was machst du?«, fragte Schwingshackl.

»Ich fahre ins CEG und befrage die Lehrer, die bei dem Treffen waren. Ach ja, und schick die Erdmännchen auch in die Schule. Die sollen sich Stahlmanns Büro mal vornehmen«, informierte er seinen Kollegen und machte sich auf den Weg.

Im Sekretariat des CEG herrschte eine heillose Aufregung. Die Telefone der drei Sekretärinnen läuteten ununterbrochen. Besorgte Eltern teilten mit, dass ihre Kinder wegen des Todes des Direktors und überhaupt der ganzen Vorkommnisse verunsichert wären und nicht in die Schule gehen wollten.

Der stellvertretende Schulleiter Michael Merkel war am Rande des Zusammenbruchs. Auch sein Telefon stand nicht still. Überregionale Medien und sogar das Fernsehen wollten Auskünfte und Drehgenehmigungen. Merkel hielt es für das Beste, die Reißleine zu ziehen und den Unterricht für heute zu beenden, beziehungsweise erst gar nicht beginnen zu lassen. Er ging ins Lehrerzimmer, informierte seine Kollegen, dass sie in ihre Klassen gehen und die Kinder nach Hause schicken sollten. Die Schüler dürften natürlich ihre Eltern anrufen. Kinder, die nicht nach Hause könnten, würden selbstverständlich betreut werden. Die weitere Koordination im Lehrerzimmer und bei der Schülerbetreuung übergab er dem Lehrer mit der größten Autorität, Karl Dorfner. Die Lehrer des CEG waren ob des Schicksals ihres Schulleiters genauso fassungslos und verunsichert wie die Schüler, doch konnte Merkel darauf jetzt keine Rücksicht nehmen.

Kanter sah natürlich, dass Michael Merkel größten Stress hatte, aber den hatte er auch. Er teilte ihm kurz mit, dass gleich die Spurensicherung eintreffen würde, um Stahlmanns Büro zu durchsuchen. Außerdem müsse er schnellstens mit den Lehrkräften Bär, Lauterbach, Vogel und Wittmann sprechen.

»Der Kollege Lauterbach ist noch nicht in der Schule, die anderen lasse ich holen, außer sie müssen sich um Schüler kümmern«, sagte Merkel.

Kanter ging in Stahlmanns Büro und sah sich um. Der Schreibtisch war penibel aufgeräumt, ein paar Papiere waren fein säuberlich am Rand gestapelt. Er öffnete die Schreibtischschubladen und fand auch dort alles sehr sauber geordnet. Eine Schublade war verschlossen. Die Erdmännchen würden sie aufbekommen. Auf den ersten Blick fand er nichts, was seine Aufmerksamkeit besonders erregt hätte. Wenn es doch etwas Interessantes gab, würde Heiner Erdmann es finden.

An der offenen Tür wurde zaghaft geklopft, und Frau Bär schaute in das Schulleiterbüro. Kanter bat sie herein und ließ sie setzen.

»Frau Bär, wir wissen, dass Sie am Samstagabend bei dem Klassentreffen in der Gaststätte Röhrensee waren. Dr. Stahlmann war auch da. Ist ihnen etwas Besonderes aufgefallen?«, fragte Kanter.

»Ja, ich war schon da, als Stahlmann eintraf. Ein krasser Auftritt. Als er reinkam, verstummten die Gespräche, so verwundert waren die Gäste ob seines Erscheinens. Er richtete dann ein paar witzig gemeinte Worte an die Leute und setzte sich zu uns an den Lehrertisch. Die ehemaligen Schüler gingen schnell wieder zur Tagesordnung über und beachteten Stahlmann nicht weiter. Uns Kollegen war die Anwesenheit Stahlmanns unangenehm, und wir mischten uns nach und nach unter unsere früheren Schüler, was man auf Klassentreffen aber immer macht. Sonst würde man ja nicht erfahren, was aus ihnen geworden ist. Stahlmann blieb an seinem Tisch sitzen, hatte aber immer wieder Gesellschaft, weil sich einige Gäste zu ihm setzten und sich mit ihm unterhielten«, erzählte sie.

»Haben Sie bemerkt, dass es bei dem Treffen zu Streit oder sonstigen Auseinandersetzungen gekommen ist«, wollte Kanter wissen.

»Nein, nichts dergleichen«, erwiderte Trude Bär, die auch heute wieder eine sehr elegante Erscheinung bot.

»Haben Sie mitbekommen, wann Stahlmann das Fest verlassen hat?«

»Ich war viel bei meinen Schülern«, sagte Bär, »aber als ich gegen halb elf an unseren Tisch gekommen bin, um mein Weinglas zu holen,

war er offenbar schon weg. Jedenfalls war sein Glas abgeräumt worden«, berichtete sie. »Mehr kann ich Ihnen leider nicht sagen, Herr Kommissar«, bedauerte sie.

»Ist Ihnen bei den ehemaligen Schülern jemand aufgefallen, der sich Stahlmann gegenüber irgendwie anders verhalten hat?«, machte Kanter weiter.

»Nein. Es waren ja sehr viele Leute da. Die beiden Nebenzimmer waren gerammelt voll, da ist mir nichts dergleichen aufgefallen.«

Kanter war fürs Erste zufrieden und entließ die Lehrerin mit Dank.

Es dauerte nicht lange, und Karl Vogel stand in der Tür. Der Lehrer war etwa Mitte fünfzig, hatte eine Halbglatze und einen Bauchansatz. Sportlehrer ist der nicht, dachte Kanter unwillkürlich. Zu seiner Zeit war Vogel noch nicht an der Schule gewesen.

»Guten Morgen, Herr Kommissar. Sie möchten mich sprechen? Mein Name ist Karl Vogel, Lehrer für Deutsch und Philosophie«, fing Vogel an. Er sprach für einen Lehrer unerwartet leise.

»Guten Morgen, Herr Vogel. Ja, ich habe ein paar Fragen an Sie zu dem Klassentreffen am Samstagabend im Röhrensee. Sie waren doch da?«, begann Kanter.

»Ich war da«, antwortete Vogel. »Und ich habe viele ehemalige Schüler wiedergesehen«, fügte er hinzu.

»Sie wissen ja inzwischen bestimmt, was Ihrem Schulleiter zugestoßen ist. Dr. Stahlmann war auch Gast bei dem Treffen. Ist Ihnen irgendetwas Besonderes aufgefallen, gab es Streit oder sonstige Meinungsverschiedenheiten«, fragte Kanter.

»Es war alles völlig friedlich. Lediglich beim Eintreffen von Dr. Stahlmann kam es zu einer etwas gespenstischen Szene, als plötzlich alle Gespräche verstummten. Anscheinend hatte keiner mit seinem Erscheinen gerechnet. Die Leute haben sich aber gleich wieder weiter unterhalten und keine Notiz mehr von ihm genommen. Er hat sich an unseren Tisch gesetzt, was mir und ich glaube auch den anderen Kollegen etwas unangenehm war. Frau Bär, Herr Wittmann und Herr Lauterbach

haben sich genauso wie ich im weiteren Verlauf zu unseren Schülern begeben und den Schulleiter allein am Tisch gelassen, wobei er meist nicht alleine war, weil sich irgendwelche Schüler immer mal wieder zu ihm gesetzt haben«, erzählte er.

Das deckt sich mit Bärs Aussage, dachte Kanter. Da scheint wirklich nichts Spektakuläres geschehen zu sein.

»Wissen Sie, wann Stahlmann das Fest verlassen hat?«, wollte Kanter auch von Vogel wissen.

»Gehen sehen habe ich ihn nicht, und er hat sich auch nicht verabschiedet, aber als ich einmal wieder an unserem Tisch vorbeigekommen bin, weil ich was trinken wollte, war er schon weg. Sein Glas und sein Bierfilz waren jedenfalls schon weggeräumt. Das muss so kurz nach zehn gewesen sein«, beendete er seinen Bericht.

Das passte alles zu ihren bisherigen Erkenntnissen. Kanter ahnte, dass von Vogel keine neuen Informationen zu erwarten waren. Also bedankte er sich und beendete das Gespräch.

Trotz des immer noch riesigen Durcheinanders im Schulgebäude konnte es auch Cornelius Wittmann einrichten, der Einladung des Kommissars nachzukommen. Er klopfte zaghaft an der offenen Tür, und Kanter forderte ihn zum Eintreten auf. Nach einer kurzen Begrüßung kam er gleich zur Sache.

»Herr Wittmann, auch Sie haben, vermute ich, inzwischen mitbekommen, was Ihrem Schulleiter widerfahren ist. Sie waren am Samstagabend bei diesem Klassentreffen im Röhrensee. Dr. Stahlmann auch. Ist Ihnen da irgendetwas Besonderes aufgefallen? Streit? Auseinandersetzungen?«, fragte Kanter. Er hatte den Eindruck, als wäre Cornelius Wittmann eine Spur aufgeregter als die Kollegen vor ihm.

»Dr. Stahlmann kam etwas verspätet. Als der den Raum betrat, hörten die Gespräche schlagartig auf. Ich hatte den Eindruck, mit seinem Erscheinen hatte nach allem, was passiert war, keiner gerechnet. Stahlmann sagte ein paar Worte und setzte sich an unseren Tisch. Uns

Kollegen war das nicht sehr angenehm, und wir haben uns nach und nach zu den Schülern gesellt«, berichtete er.

»Warum war Ihnen die Gegenwart Ihres Schulleiters unangenehm?« Kanter konnte sich den Grund zwar vorstellen, wollte es aber genauer wissen.

»Sie haben Dr. Stahlmann inzwischen ja auch genauer kennengelernt, Herr Kommissar«, sagte Wittmann. »Er war als Mensch und als Vorgesetzter für die meisten Kollegen am CEG ein Kotzbrocken. Ich bin nicht der einzige, dem er die Karriere ruiniert hat«, ergänzte er und hätte sich im gleichen Augenblick am liebsten die Zunge abgebissen, weil er den Kommissar unbeabsichtigt neugierig machte, welchen Konflikt er mit Stahlmann gehabt hatte.

»Wie meinen Sie das, Herr Wittmann?«, bohrte Kanter nach.

»Er hat mir eine ungerecht schlechte Beurteilung gegeben, so dass ich mich auf keine Funktionsstelle mehr bewerben kann. Beförderung ade«, rief er deutlich erregt.

»Das tut mir leid, Herr Wittmann. Haben Sie bemerkt, wann Dr. Stahlmann das Fest verlassen hat?«, fragte er auch Wittmann.

»Nein, ich habe den Tisch sehr bald verlassen und mich zu meinen Schülern gesetzt. Ich bin nicht mehr an den Tisch zurückgekommen. Ich weiß also nicht, wann er gegangen ist. Ich bin so bis gegen halb zwölf geblieben«, sagte er.

Kanter beschloss für sich, diese Aussage im Hinterkopf zu behalten und gegebenenfalls genauer nachzufragen. Für jetzt hatte er genug gehört und entließ Cornelius Wittmann. Auf die Aussage von Gerhard Lauterbach konnte er zunächst verzichten. Er war sich sicher, dass der auch nicht signifikant Neues beitragen würde.

Er verabschiedete sich von Michael Merkel und ließ ihn im Chaos dieses ungewöhnlichen Tages zurück.

Im Kommissariat ging es fast genauso hektisch zu wie in der Schule. Auf Facebook und Twitter stieg die Zahl der Opfer viertelstündlich.

Hannes beschloss, die Entwicklung erst einmal zu beobachten und später auf einzelne Einträge einzugehen.

Georg Schwingshackl hatte auf der Liste der Teilnehmer an dem Treffen auch Wolfgang Gottwald entdeckt, nicht aber Peter Scherm. Die Kommissare kamen überein, Gottwald anzurufen und zu dem Abend zu befragen.

Aber prinzipiell standen sie vor den immer gleichen Fragen: Wer hatte ein Motiv? Wer hatte die Gelegenheit? Und wer hatte die Mittel? Ein Motiv hatten prinzipiell alle, die unter Leonidas Stahlmann gelitten hatten, und alle, die von ihm missbraucht worden waren und sich rächen wollten. Obwohl es unwahrscheinlich war, mussten sie Morettis Obduktionsbericht abwarten, um Suizid oder Unfall auszuschließen. Und auch die Ergebnisse der Spurensicherung würden ihnen bestimmt weiterhelfen. Aber die Wahrscheinlichkeit ist nicht immer auf der Seite der Wahrheit, wie schon Kleist wusste.

Schwingshackl schlug vor, sich diesen Klaus Maler einmal vorzunehmen. Wenn sich herausstellen würde, dass er mit Peter Scherm identisch ist, wäre er auf der Liste möglicher Verdächtiger dabei. Als Peter Scherm hat er den Tod seines Freundes Benjamin Schröder vielleicht nie verdaut, und wir wissen von Wolfgang Gottwald, dass er die Schule entnervt vorzeitig verließ, weil der alte Stahlmann, vielleicht aber auch der junge, ihn schlimm behandelt hat.

»Dann ruf mal an und bitte diesen Herrn Maler umgehend zu uns. Mal sehen, was er zu sagen hat«, bat Kanter.

Gerdi Hasenfuß steckte den Kopf zu den Kommissaren herein und sagte, bei ihr wäre wieder ein Mann, der eine wichtige Mitteilung für die Mordkommission habe.

»Bring ihn her, Gerdi. Hören wir uns an, was er hat«, sagte Kanter. Einen Augenblick später stand ein etwa sechzigjähriger, untersetzter Mann in ihrem Büro, der ziemlich kränklich aussah.

»Guten Tag, Herr –?«, begann Kanter, nachdem er ihm einen Platz angeboten hatte.

»Wich, Ernst Wich. Ich bin ein alter Bekannter von Hans Lauerer. Ich habe oft mit ihm von der Schule aus Fußball geschaut«, stellte er sich vor.

»Herr Wich, was können wir für Sie tun?«, fuhr Kanter fort. Georg Schwingshackl und Hannes Frauenknecht hörten aufmerksam zu und waren genauso neugierig wie Kanter, was dieser Mann zu sagen hatte.

»Ja, wo soll ich anfangen«, überlegte Wich. »Also, vor ungefähr zwei oder drei Wochen hat mich der Hans, also der Herr Lauerer, angerufen und gesagt, er bräuchte meine Hilfe. Ob wir uns treffen könnten. Mir kam das komisch vor, weil ich den Hans nie zuvor so geheimnisvoll erlebt hatte«, erzählte der Mann.

»So ungefähr zwei Tage später kam er zu mir und brachte einen verschlossenen, ja richtig fest zugeklebten Umschlag mit.« Bei diesen Worten zog er einen Umschlag aus der Innentasche seiner Jacke. »Diesen hier«, sagte er und gab ihn den Kommissaren. »Lauerer sagte, wenn ihm irgendwann mal was zustoßen sollte, dann sollte ich den Umschlag bei der Polizei abliefern. Ich sollte ihn sehr sorgfältig verwahren, damit niemand anders ihn in die Hände bekommt. Ich musste ihm auch versprechen, dass ich niemandem davon erzählen würde. Mir kam das natürlich schon etwas seltsam vor, aber der Hans wollte mir anscheinend nichts weiter dazu sagen. Aber ich habe gemerkt, dass es ihm sehr wichtig war. Also hab ich es ihm versprochen. Jetzt war ich leider nach einer Operation die letzten zwei Wochen auf Reha in Bad Staffelstein und bin erst am Samstag zurückgekommen. Und wie ich die alten Zeitungen lese, finde ich die Nachricht vom Tod Lauerers. Und da habe ich mich an den Brief erinnert, den ich Ihnen hiermit übergebe, Herr Kommissar«, wandte er sich an Kanter und schob ihm den Umschlag zu.

FKK betrachtete das Kuvert aufmerksam, konnte aber nichts Besonderes entdecken, außer dass es mit Tesafilm sehr sorgfältig verschlossen war. Auf der Vorderseite hatte jemand mit der Hand geschrieben: ›Im Falle meines Todes an die Polizei weiterleiten. Hans

Lauerer‹. Von den zahlreichen Zetteln, die sie in Lauerers Büro gefunden hatten, kannten die Kommissare die Handschrift des Hausmeisters und sahen, dass das auf dem Briefumschlag seine Schrift war.

»Weiter hat Herr Lauerer Ihnen also nichts gesagt, zum Beispiel was in dem Umschlag ist oder so«, hakte Kanter nach.

»Wie ich schon sagte, er hat mich nur gebeten, das Kuvert zu verwahren und im Falle seines Todes bei Ihnen abzugeben«, wiederholte Wich.

»Vielen Dank, Herr Wich, dass Sie gleich zu uns gekommen sind. Sollten wir noch Fragen haben, melden wir uns bei Ihnen. Bitte geben Sie draußen bei unserer Kollegin Hasenfuß Ihre Personalien an«, sagte Kanter, reichte Ernst Wich die Hand und führte ihn zur Tür.

»Das war doch selbstverständlich. Es tut mir halt leid, dass ich erst jetzt komme«, bedauerte Wich.

Kanter kehrte an seinen Schreibtisch zurück und drehte den Umschlag nachdenklich in den Händen. Dann griff er entschlossen nach dem Brieföffner und schlitzte das Kuvert auf. Schwingshackl und Frauenknecht hatten sich hinter ihn gestellt und waren gespannt, was da zum Vorschein kommen würde.

Vorsichtig zog Kanter ein DIN A4-Blatt heraus, das beidseitig handschriftlich beschrieben war. Er breitete das Blatt auf seinem Tisch aus und begann zu lesen:

›Geständnis

Ich, Hans Lauerer, gestehe, im März 1988 die Leiche von Benjamin Schröder auf der Baustelle des Sportplatzes im CEG vergraben zu haben. Ich tat dies auf ausdrückliche Anordnung des damaligen Schulleiters, Oberstudiendirektor Hermann Stahlmann. Benjamin Schröder ist auf der Flucht vor Dr. Leonidas Stahlmann, der mit ihm im Duschraum war, im Umkleideraum gestürzt und hat sich tödliche Verletzungen zugezogen. Hermann Stahlmann befahl mir, die Leiche verschwinden zu lassen. Dr. Leonidas Stahlmann hat in all den Jahren als Lehrer und Schulleiter immer wieder Schüler missbraucht. Sein Vater

und er hatten mich in der Hand, da sie herausgefunden hatten, dass ich Lehrerinnen und Schülerinnen im Umkleideraum beobachte. So stand Schweigen gegen Schweigen. Nur ich weiß, dass ich unheilbar krank bin und nicht mehr lange zu leben habe. Deshalb werde ich von Dr. Stahlmann fünfundzwanzigtausend Euro verlangen für mein weiteres Schweigen. Ich will mir damit in den letzten Monaten meines Lebens eine schöne Zeit machen. Ihm wird nichts anderes übrig bleiben, als das Geld zu zahlen, aber ich traue ihm nicht über den Weg. Wenn Sie das lesen, bin ich jedenfalls tot. Es liegt an der Polizei, die richtigen Schlüsse zu ziehen.

Hans Lauerer, im März 2017‹

»Ja, da schau her«, entfuhr es Hannes Frauenknecht. »Gar nicht so dumm, der Lauerer. Nur hat er nichts mehr davon.«

»Aber uns hilft der Brief schon. Erstens bestätigt er, was wir zwar geahnt haben, aber nur aufwendig hätten beweisen können, zweitens belegt dieses Schreiben zusätzlich die Schweinereien des Herrn Doktor Stahlmann, und drittens rückt es die Rolle des alten Stahlmann in ein neues Licht. Der kann sich auf was gefasst machen, wenn ich ihn morgen hierher bringen lasse«, rief Kanter erregt.

Kanters Telefon klingelte. Oberstaatsanwalt Schmidtchen war am anderen Ende und teilte ihm mit, dass er für heute Nachmittag um 17 Uhr eine Pressekonferenz angesetzt hat, an der Kanter teilnehmen müsse. Vorher müssten sie sich noch über die bisherigen Erkenntnisse abstimmen. Kanter sagte seine Teilnahme zu und hängte auf.

Wieder ging die Tür zum Kommissariat auf, und Gerdi Hasenfuß kam mit einer großen Tüte vom Metzger herein.

»Männer, ihr habt vor lauter Arbeit die Zeit vergessen«, sagte sie. »Es ist lang über Mittag, und ihr müsst ordentlich Hunger haben. Hier, das Übliche«, sagte sie und legte die Tüte auf Hannes‘ Tisch.

»Du bist ein Engel, Gerdi«, rief Hannes Frauenknecht, »ohne dich würden wir hier verhungern.«

»Ist schon gut. Ich muss doch aufpassen, dass ihr mir nicht vom Fleisch fallt«, gab sie zurück und schwebte aus dem Büro.

Die Tüte verströmte den verführerischen Duft von Leberkäslaabla. Die Männer stürzten sich auf die Tüte, und in der nächsten Viertelstunde herrschte Schweigen im Büro. Mit vollem Mund sprachen auch die Kommissare nicht.

Als jeder seine zwei Brötchen verdrückt hatte, kam Heiner Erdmann mit seiner üblichen Mappe herein. Sein Gesichtsausdruck verhieß gute Neuigkeiten.

»Männer, euch geht's hier aber prächtig. Es riecht doch nach Leberkäslaabla, oder«, sagte er. »Bei uns drunten lässt der Service leider sehr zu wünschen übrig«, frotzelte er scherzhaft.

»Komm zur Sache, Heiner«, ermahnte Kanter seinen Kollegen.

»Natürlich, Herr Kriminalhauptkommissar. Also Folgendes: Vor dem Geländer am Südende des Röhrensees, wo der Aubach reinläuft, haben wir eine kurze Schleifspur entdeckt, so als ob eine Person zum See gezogen wurde. Die Spur endet am Geländer. An demselben fanden sich natürlich diverse Fingerabdrücke. Im Lauf des Tages langen da viele Leute hin. Aber wir konnten einige sichern, die obendrauf und daher wohl die letzten waren. In unserer Datei ließen sie sich niemandem zuordnen. Und einen abgerissenen Jackenknopf haben wir sichergestellt«, berichtete der Chef der Spurensicherung.

Kanter und seine Kollegen hörten aufmerksam zu und vermieden es, Heiner Erdmann zu unterbrechen.

»Unter der Brücke stehen ziemlich dichte Büsche. Dort haben wir Zigarettenkippen gefunden. Ernte 23. Raucht heute kaum mehr jemand. Vielleicht könnt ihr damit was anfangen«, fuhr er fort.

Beim Nennen der Zigarettenmarke fuhr Kanter wie elektrisiert zusammen. »Wir kennen jemanden, der das Kraut raucht«, sagte er triumphierend.

»Schorsch, hol sofort den Richard Schröder her. Der soll uns erklären, wie seine Kippen dorthin kommen«, befahl Kanter.

»Langsam, Kollegen«, beschwichtigte Erdmann. »An den Kippen haben wir Speichelspuren von zwei verschiedenen Rauchern gefunden. Da waren also mindestens zwei Raucher gestanden. Und die Kippen waren sehr frisch, wahrscheinlich aus der letzten Nacht«, ergänzte Erdmann seinen Bericht.

»Der Zettel, den ihr in Stahlmanns Manteltasche gefunden habt, gibt noch nicht viel her. Stinknormales Papier und Computerdruck. Da er im Wasser war, sieht's mit Fingerabdrücken oder DNA-Spuren schlecht aus. Bringt mir einen Drucker, und ich sag euch, ob die Wörter damit ausgedruckt wurden«, sagte er.

»Gute Arbeit, Heiner«, lobte Kanter. »Wir bringen dir die DNA der Raucher, versprochen.«

»Wenn ihr weiter nichts mehr für mich habt, mach ich mich wieder ans Werk. Frohes Schaffen noch, Männer«, verabschiedete sich ein gut gelaunter Heiner Erdmann, der mit seiner Arbeit sehr zufrieden war.

Hannes Frauenknecht konnte gar nicht so schnell klicken, wie sich die Neuigkeiten auf Facebook und Twitter ansammelten. Inzwischen hatten sich achtzehn Männer zwischen zweiundzwanzig und dreiundvierzig Jahren als Opfer von Leonidas Stahlmann geoutet. Darunter war auch Wolfgang Gottwald. Zusätzlich äußerten immer mehr Eltern ihre Wut über Leonidas Stahlmann und die Verhältnisse am CEG. In der Haut des stellvertretenden Schulleiters Michael Merkel wollte Kanter jetzt nicht stecken. Wenn erst bekannt würde, was der Hausmeister Lauerer im Mädchenumkleideraum getrieben hatte, könnte man die Schule vermutlich sofort schließen.

Georg Schwingshackl war es nach mehreren Versuchen gelungen, unter der Telefonnummer von Klaus Maler jemanden zu erreichen. Es war Frau Maler, die sagte, ihr Mann sei auf einer Dienstreise und komme erst morgen Abend zurück. Auf Schwingshackls Nachfrage

rückte sie aber seine Handynummer heraus. Nachdem der Kommissar sie gewählt hatte, meldete sich gleich Klaus Maler.

»Guten Tag, Herr Maler. Mein Name ist Kriminalhauptkommissar Georg Schwingshackl von der Bayreuther Mordkommission. Ich spreche mit Klaus Maler, dem Vater von Sebastian Maler, der Schüler am CEG ist?«, versicherte sich Schwingshackl.

»Der bin ich. Aber was möchte die Mordkommission von mir?«, wollte Maler wissen.

Schwingshackl erklärte ihm so kurz wie möglich den Hintergrund und forderte ihn auf, gleich nach seiner Rückkehr ins Kommissariat zu kommen, es gäbe etliche Fragen zu klären.

»Ich bin hier auf einer Fortbildungsveranstaltung in Aschaffenburg. Die dauert bis heute am späten Nachmittag. Mit dem Zug komme ich erst ziemlich spät abends in Bayreuth an. Ich kann also frühestens morgen früh zu Ihnen kommen«, bedauerte Maler.

Schwingshackl blieb keine andere Wahl, als das zu akzeptieren. Er bestellte Maler für Dienstag früh um acht ins Büro. Vielleicht hatte er ja bei Richard Schröder mehr Glück. Tatsächlich hatte Schröder Frühschicht gehabt und war zu Hause. Georg Schwingshackl forderte ihn auf, unverzüglich auf dem Kommissariat zu erscheinen. Es müsste einiges geklärt werden.

Richard Schröder war hörbar verunsichert, versprach aber, sich gleich auf den Weg zu machen.

Dr. Fred Moretti hatte in der Zwischenzeit bei Kanter angerufen und ihn gebeten, ins pathologische Institut zu kommen. Es gäbe Neuigkeiten, mehr könne er am Telefon nicht sagen. Moretti liebte Geheimniskrämerei.

Wenig später stand Kanter mit Moretti neben der Leiche Leonidas Stahlmanns. Der Körper war mit einem grünen Tuch bedeckt, nur Kopf und Schultern lagen frei.

»Wir haben den ganzen Sonntag gearbeitet und auch noch die halbe Nacht, aber es hat sich gelohnt, Fritz«, berichtete Moretti zufrieden.

»Und? Was habt ihr gefunden«, versuchte Kanter das Gespräch zu beschleunigen.

»Gemach, mein Lieber. Vor dir liegen, wie du unschwer erkennen kannst, die sterblichen Überreste von Dr. Leonidas Stahlmann, bis vor kurzem Schulleiter unseres ehrwürdigen Carolus-Erasmus-Gymnasiums. Aufgefunden unter merkwürdigen Umständen und zu einer ungewöhnlichen Zeit in den Fluten des Röhrensees«, dozierte Moretti.

Kanter wusste, dass es keinen Zweck hatte, seinen Freund zu bremsen. Dr. Fred Moretti erzählte zu gern von seiner Tätigkeit und den Umständen, unter welchen er zu seinen Ergebnissen kam.

»Da lag die Vermutung nahe, er könnte ertrunken sein«, fuhr er fort. »Und wirklich fanden wir in seinen Lungen Röhrenseewasser, welches er aspiriert hat und das dann letztendlich zum nassen Tod führte. Erhebt sich allerdings die Frage, die ihr euch bestimmt auch schon gestellt habt: Warum geht ein erwachsener Mann am Samstagabend im Röhrensee baden? Bei einem pubertierenden Teenager hätte man Übermut und Überschätzung der eigenen Kräfte vermuten können. Aber bei einem ausgewachsenen Schulleiter? Eher unwahrscheinlich, oder?«, stellte Moretti fest. Bis dahin konnte Kanter ihm ohne Probleme folgen, hütete sich aber weiterhin, ihn zu unterbrechen.

»Woran denkt man als Nächstes? – Richtig: Alkohol. Hatte er getrunken, aber in geringen Maßen, er war jedenfalls nicht bis zu Besinnungslosigkeit benebelt. Deshalb ist er also auch nicht im See gelandet. Suizid und Unfall kann man getrost ausschließen. Bleibt die Variante, dass ein Dritter dem Herrn Oberstudiendirektor ins durchaus kühle Nass geholfen hat. Und da kommen wir der Wahrheit ein großes Stück näher. Schau mal, Fritz«, sagte Moretti und deutete auf eine Stelle hinter dem rechten Ohr des Toten.

Kanter hatte bisher einigen Abstand von der Leiche gehalten, weil ihm die Gegenwart von Toten auch nach mehr als dreißig Dienstjahren noch körperliches Unbehagen bereitete. Jetzt trat er hinzu und schaute zu der Stelle, auf die Morettis behandschuhter Zeigefinger deutete. Erst konnte er nichts erkennen und beugte sich noch näher zu der Stelle. Dann sah er es: Zwei kleine dunkle Punkte, ungefähr im Abstand von drei oder vier Zentimetern. Kanter pfiff leise durch die Zähne.

»Elektroschocker?«, fragte er, obwohl er die Antwort schon kannte.

»Ganz recht, mein Lieber. Da hat jemand den arglosen Stahlmann bewegungslos gemacht und dann in den See befördert. Gelähmt, wie er vermutlich war, ist er elendiglich ersoffen«, sagte Moretti.

Kanter erinnerte sich an die Schleifspuren, die Heiner Erdmann am Röhrensee gefunden hatte. Die würden zu dem passen, was Moretti vermutete.

»So ein Elektroschocker ist ziemlich riskant, weil man die Wirkung nicht vorhersagen kann«, dozierte Moretti wieder. »Wie du weißt, sind die Dinger prinzipiell nicht verboten, wenn sie ein Prüfsiegel tragen und potenziell nicht gesundheitsgefährdend sind. Die sind aber eher unzuverlässig, wenn ich jemanden mit einiger Gewissheit kampfunfähig machen will. Es gibt allerdings ältere, nicht mehr erlaubte Geräte, die einen erwachsenen Mann schon umhauen können. Der Stahlmann jedenfalls muss sofort gelähmt gewesen sein. Es gibt keinerlei Abwehrverletzungen an ihm. Er konnte sich wohl tatsächlich nicht mehr gegen seinen Angreifer wehren«, fuhr Moretti, sichtlich zufrieden mit sich, fort. »Das nur zehn Grad kalte Wasser dürfte einen zügigen Eintritt des Todes weiter begünstigt haben.«

Kanter gab sich beeindruckt.

»Brav, Fred, sehr brav«, lobte er seinen Freund. »Hast du noch etwas Genaueres zum Todeszeitpunkt?«, wollte er wissen.

»Nach allem, was ich gefunden habe – Einzelheiten erspare ich deinem sensiblen Gemüt – ist er wohl deutlich vor Mitternacht gestorben«, bemerkte Moretti.

Das passte alles zu der Feier in der Gaststätte, erkannte Kanter. Da scheint ihm auf dem Heimweg jemand aufgelauert zu haben. Eine spontane Tat würde damit ausscheiden. Interessant würde sein, was Richard Schröder zu seiner mutmaßlichen Anwesenheit am Tatort zu sagen hatte.

»Ich hoffe, ich konnte dir behilflich sein«, holte Moretti den Kommissar aus seinen Gedanken.

»Wie immer halt, Fred. Ich danke dir. Muss ich sonst noch was wissen? Sonst fahr ich ins Kommissariat zurück, dort ist die Hölle los«, sagte Kanter.

»Passt schon. Das Wesentliche weißt du, wenn's noch was Neues gibt, sage ich sofort Bescheid«, versprach Moretti und entließ seinen Freund.

Bevor er sich auf den Rückweg ins Büro machte, rief Kanter von seinem Handy aus bei Oberstaatsanwalt Schmidtchen an und teilte ihm die jüngsten Erkenntnisse mit, die für die Bewertung der Tat und die weiteren Ermittlungen von einiger Bedeutung waren. Auch bei der anstehenden Pressekonferenz würden sie hilfreich sein.

Im Kommissariat traf Kanter auf dem Gang vor ihrem Büro auf den wartenden Richard Schröder. Er bat ihn noch um einen Augenblick Geduld, sie würden ihn gleich hereinholen. Schröder nickte ergeben.

Als er wieder an seinem Schreibtisch saß, ließ er sich kurz auf den neuesten Stand der Dinge bringen. Hannes meldete, dass das Internet immer noch glühte und sich noch mehr Männer als Opfer bekannt hätten. Kanter wurde immer bewusster, dass dieser Fall das beschauliche Bayreuth in seinen Grundfesten erschüttern würde, und wollte sich die unmittelbaren Folgen erstmal nicht ausmalen. Er bat Hannes, bei der Spurensicherung anzurufen und jemanden herauf zu bitten, der Richard Schröders Fingerabdrücke nehmen sollte. Dann machte er Georg Schwingshackl ein Zeichen, sich in den Vernehmungsraum zu bege-

ben. Kanter selbst ging zu Schröder auf den Gang und brachte ihn persönlich zur Vernehmung.

Richard Schröder machte einen höchst verunsicherten Eindruck. Gut, der Mann war unbescholten und war noch nie in einem Vernehmungsraum gesessen, da hatte Kanter sogar ein gewisses Verständnis für ihn.

»Wie geht es Ihnen, Herr Schröder«, begann er wieder betont ruhig und freundlich. »Haben Sie schon einen Termin für die Beerdigung Ihres Sohnes?«, versuchte Kanter dem Mann etwas von seiner Aufregung zu nehmen.

»Ja, am kommenden Freitag um vierzehn Uhr auf dem Stadtfriedhof«, sagte Richard Schröder. Gerdi hatte für ein Glas Wasser gesorgt, und er nahm einen Schluck zur weiteren Beruhigung.

»Ich will nicht lange um den heißen Brei herumreden, Herr Schröder«, kam Kanter zur Sache. »Was hatten Sie Samstagnacht im Röhrensee zu schaffen?«

Richard Schröder konnte seine Überraschung nicht verbergen. Woher wussten die Kommissare das? Hatten sie Peter Scherm etwa auch schon gefasst, schoss es ihm durch den Kopf.

»Wie kommen Sie darauf, dass ich im Röhrensee war?«, gab er sich unwissend.

»Wollen Sie nicht rauchen, Herr Schröder?«, forderte Kanter den Mann auf.

Dankbar griff Schröder in seine Jackentasche und holte seine Zigaretten heraus. Kanter nahm ihm die Schachtel aus den Händen und hielt sie ihm vors Gesicht.

»Darum!«, schleuderte er Schröder ins Gesicht. »Ernte 23! Davon haben wir Stummel in der Nähe des Tatorts gefunden. Und sagen Sie nicht, die sind nicht von Ihnen! Diese Marke raucht keiner mehr. Und an den Filtern sind jede Menge Speichelspuren. Wir weisen Ihnen mühelos nach, dass Sie dort waren, verlassen Sie sich drauf«, wurde Kanter bestimmter.

Es klopfte, und ein Kollege von der Spurensicherung wollte Schröders Fingerabdrücke nehmen. Die Prozedur verschaffte Richard Schröder etwas Zeit, um seine Gedanken zu ordnen. Was konnte ihm schon passieren? Er hatte nichts Strafbares getan, weil ein anderer schneller war.

»Ergebnisse des Abgleichs dauern voraussichtlich nicht lange«, sagte der Spurensicherer und verschwand wieder.

»Also, Herr Schröder, raus mit der Sprache. Leugnen ist absolut zwecklos«, sagte Kanter energisch.

»Sie haben recht, Herr Kommissar, wir waren da«, begann Schröder.

»Moment, was meinen Sie mit ›wir‹?«, hakte Kanter nach.

»Peter Scherm und ich«, gestand er. »Wir hatten vor, Leonidas Stahlmann eine Lektion zu erteilen, nach allem, was er Peter und mir angetan hatte«, sprudelte es aus Richard Schröder heraus.

»Ich bin sicher, er hat meinen Benjamin auf dem Gewissen, und da wollten wir ihn aweng erschrecken und in den Röhrensee werfen. Umbringen wollten wir ihn auf gar keinen Fall. Er sollte nur eine Abreibung kriegen, das müssen Sie mir glauben, Herr Kommissar«, beteuerte er mit wieder zunehmender Erregung.

»Glauben tu ich in der Kirche, Herr Schröder«, erwiderte Kanter trocken. »Erzählen Sie doch einfach, wie es war«, forderte er ihn auf.

»Der Peter hatte sich alles so gut ausgedacht. Er war auch auf dem Treffen, wo der Stahlmann war, und kannte ungefähr seine Gewohnheiten. Kurz bevor der Stahlmann ging, verließ Peter das Lokal und flitzte zu mir. Ich wartete verabredungsgemäß versteckt unter der Brücke, wo der Stahlmann auf seinem Heimweg vorbei musste.« Schröder atmete tief durch.

»Ein paar Minuten später sahen wir den Stahlmann kommen. Am Weg den Röhrensee entlang stehen ja ein paar Laternen. Aber Stahlmann war nicht allein. Das hat uns böse überrascht, weil mit einem Begleiter hatten wir nicht gerechnet. Wir haben uns wieder im Schat-

ten der Büsche versteckt und beobachtet, was sich weiter tat. Der Mann neben Stahlmann redete heftig auf ihn ein, so als ob er ihn beschimpfte oder als ob sie eine Auseinandersetzung hätten. Verstehen konnten wir nichts. Als die beiden nur noch wenige Meter von uns entfernt waren, hörten wir sowas wie ein kurzes Zischen. Der Stahlmann ist wie vom Blitz getroffen zusammengesackt. Der Mann hat ihm etwas in die Tasche gesteckt, dann hat er ihn zum Röhrensee gezogen und über das Geländer ins Wasser geworfen. Es hat einen ziemlichen Platscher getan, und dann war es still. Der Mann ist dann seelenruhig wieder zurück Richtung Gaststätte gegangen.« Richard Schröder machte eine Pause und nahm noch einen Schluck Wasser.

»Wann war das, Herr Schröder?«, wollte Kanter wissen.

»So zwischen zehn und viertel elf«, antwortete Schröder.

Das passte zu Morettis Erkenntnissen, dachte Kanter.

»Was haben Sie dann gemacht?«, forschte er nach.

»Der Peter war stinksauer, dass ihm schon wieder jemand zuvorgekommen war. Er ist auch zurück ins Lokal, und ich bin heimgefahren.«

Kanter und Schwingshackl stutzten.

»Was heißt, ihm war schon wieder jemand zuvorgekommen?«, wollte Georg Schwingshackl wissen. »Bei welcher Gelegenheit ist ihm das denn schon einmal passiert?«

Richard Schröder schluckte und ärgerte sich, dass er sich verplappert hatte. Er wollte seinen Freund Peter Scherm doch nirgends reinreiten.

»Ich weiß nicht genau, was er gemeint hat, weil ich war bei niemand anderem als beim Stahlmann dabei«, versuchte Schröder sich rauszureden.

»Herr Schröder, verkaufen Sie uns nicht für dumm, das ist unter Ihrem Niveau«, schmeichelte Kanter. »Sie wissen mehr, als Sie sagen. Und wenn bei einem anderen Vorfall dem Herrn Scherm auch jemand zuvorgekommen ist, dann hat er ja wohl genauso wenig etwas Kriminelles begangen wie am Samstag im Röhrensee«, argumentierte er.

Richard Schröder dachte nach und musste einsehen, dass der Kommissar recht hatte.

»Irgendwas mit dem Lauerer, glaube ich. Aber was Genaues weiß ich nicht«, sagte Schröder.

»Was wird jetzt mit mir, Herr Kommissar?«, fragte er besorgt. »Ich habe ja nichts gemacht, oder ist nachts im Röhrensee rauchen verboten?«

»Dass Sie nichts gemacht haben, ist noch nicht erwiesen. Immerhin haben Sie sich mit Peter Scherm zum Begehen einer Straftat, nämlich Körperverletzung verabredet. Außerdem haben Sie dem im Wasser treibenden Stahlmann nicht geholfen. Das ist mindestens unterlassene Hilfeleistung. Die strafrechtliche Bewertung liegt nicht in meiner Hand, das heißt, wahrscheinlich wird sich der Staatsanwalt mit Ihnen unterhalten wollen. Aber seien Sie froh, dass jemand anders den Dr. Stahlmann auf dem Gewissen hat, sonst gingen Sie jetzt in Untersuchungshaft«, belehrte Kanter den Mann. »Sie können also gehen, halten sich aber zu unserer Verfügung. Also nicht verreisen oder so was«, ermahnte er ihn noch. Eigentlich tat Schröder ihm leid, weil er auf so unbeholfene Weise Genugtuung für den Tod seines Sohnes suchte.

Richard Schröder war sichtlich erleichtert und verließ das Kommissariat entspannter als er es betreten hatte.

Bei ihrer Rückkehr ins Büro meldete Hannes Frauenknecht, dass sich inzwischen über vierzig Opfer von Stahlmann gemeldet haben.

Bevor Kanter um kurz nach halb fünf die paar Meter ins Gerichtsgebäude ging, wo Oberstaatsanwalt Dr. Albert Schmidtchen die Pressekonferenz in einem provisorisch dafür hergerichteten Sitzungssaal anberaumt hatte, sagte er den Kollegen, dass er nach der Pressekonferenz nicht mehr ins Büro käme und sie auch demnächst Feierabend machen sollten.

Kanter suchte Schmidtchen in dessen Büro auf und unterrichtete ihn von der Vernehmung von Richard Schröder. Sowohl Schmidtchen als auch Kanter ging jeglicher Hang zur Selbstdarstellung ab, so dass

Pressekonferenzen nicht zu ihren bevorzugten Zeitvertreiben gehörten. Sie waren sich einig, das Ganze so zügig wie möglich über die Bühne zu bringen. Sie vereinbarten, dass Schmidtchen die Medienvertreter begrüßen würde und Kanter dann den Stand der Ermittlungen referieren würde. Nachfragen würden sie beide beantworten.

Als Schmidtchen und Kanter den improvisierten Presseraum betraten, trauten sie ihren Augen nicht. In dem Sitzungssaal drängten sich an die zwanzig Journalisten von regionalen und sogar überregionalen Zeitungen, der Bayerische Rundfunk war mit Hörfunk und Fernsehen vertreten, TV Oberfranken hatte ebenso ein Kamerateam geschickt wie mehrere private Fernsehsender. Unzählige Fotoapparate waren auf sie gerichtet. Die beiden Männer sahen sich kurz erstaunt an und nahmen dann ihre Plätze hinter einem Tisch ein. Vor ihnen war jeweils ein Mikrofon aufgebaut worden.

Mit dem Eintritt von Schmidtchen und Kanter war es schlagartig ruhig geworden. Oberstaatsanwalt Schmidtchen stellte sich und Kanter vor, begrüßte die Medienvertreter und dankte ihnen für ihr Kommen. Dann fasste er kurz die bisherigen Geschehnisse zusammen, ehe er Friedrich-Konrad Kanter das Wort erteilte.

»Sehr geehrte Damen und Herren, der Herr Oberstaatsanwalt hat Ihnen gerade die Ereignisse der letzten Tage dargelegt. Ich werde Sie nun mit dem aktuellen Stand der Ermittlungen vertraut machen«, begann Kanter. Solche Veranstaltungen erledigte er normalerweise routiniert und ohne große Aufregung. Auch heute blieb er zumindest äußerlich ruhig, wenngleich er wusste, dass, immer wenn es um Kindesmissbrauch ging, die Medien sehr empfindlich und hellhörig waren. Er würde seine Worte also mit größtmöglichem Bedacht wählen müssen.

»Ich beginne mit dem Todesfall Hans Lauerer, dem Hausmeister des Carolus-Erasmus-Gymnasiums, der am Samstag vor einer Woche tot in der Schule aufgefunden wurde. Nach unserem jetzigen Kenntnisstand wurde er von Dr. Leonidas Stahlmann die Treppe hinuntergewor-

fen und verstarb an den dadurch verursachten Verletzungen. Dr. Stahlmanns Motiv für diese Tat, so viel wissen wir bereits, war ein Erpressungsversuch durch Lauerer und in Verbindung damit die Furcht, Lauerer könnte die wahren Ereignisse um den kleinen Benjamin Schröder im März 1988 öffentlich machen.« Kanter machte eine kurze Pause und nahm einen Schluck Wasser. Fast pausenlos klickten die Fotokameras.

»Zum Fall Benjamin Schröder sage ich später noch etwas. Zuerst bringe ich Sie auf den Stand der Ermittlungen im Todesfall Dr. Stahlmann. Dr. Stahlmann war am Samstagabend Gast bei einem Treffen ehemaliger Schüler in der Gaststätte Röhrensee. Auf dem Heimweg wurde er Opfer eines Überfalls, in dessen Verlauf er mit einem sogenannten Elektroschocker bewegungsunfähig gemacht und danach in den See geworfen wurde, wo er ertrank. Seine Leiche wurde am Sonntagmorgen von einem Spaziergänger, der seinen Hund ausführte, gefunden.« Wieder machte Kanter eine kleine Pause und sah in die Runde. Die Journalisten hörten sehr aufmerksam zu, manche schrieben eifrig mit oder tippten in ihre Laptops.

»Wer die Person war, die Dr. Stahlmann begleitet und in den See geworfen hat, wissen wir noch nicht, arbeiten aber mit Hochdruck und allen verfügbaren Mitteln daran, sie zu finden. Wir haben eine Zeugenaussage, dass Dr. Stahlmann und diese unbekannte Person unmittelbar vor dem Überfall eine Auseinandersetzung gehabt hätten. Wir wissen inzwischen auch aus mehreren Quellen, dass Dr. Stahlmann sowohl als Lehrer als auch später in seiner Eigenschaft als Schulleiter unangemessenen Umgang mit Schülern hatte.« Bei den Journalisten wurde es unruhig, und die Kameras klickten wieder ihr unerbittliches Stakkato.

»Seit diese Information durchgesickert ist, melden sich bei uns immer mehr ehemalige Opfer von Dr. Stahlmann. Es wird geraume Zeit in Anspruch nehmen, all diese Aussagen aufzunehmen und zu bewerten. Strafrechtlich relevant sind Dr. Stahlmanns mutmaßliche Taten

nicht mehr, da er ja nicht mehr lebt.« Wieder grummelte es unter den Journalisten.

»Der Fall des Verschwindens des kleinen Benjamin Schröder im März 1988 ist ebenfalls aufgeklärt. Wir haben entsprechende schriftliche Geständnisse, dass der Schüler auf der Flucht vor einem Übergriff Dr. Stahlmanns im Umkleideraum des CEG so unglücklich ausgerutscht und gestürzt ist, dass er sich tödliche Verletzungen zugezogen hat. Der Hausmeister Hans Lauerer vergrub die Leiche auf Anordnung des damaligen Schulleiters Hermann Stahlmann in der gleichen Nacht auf der damaligen Baustelle des Sportplatzes.« Kanter signalisierte, dass er seine Ausführungen beendet hatte.

»Wenn Sie noch Fragen haben, stehen wir jetzt dafür zur Verfügung«, verkündete Oberstaatsanwalt Schmidtchen.

Sofort schnellten die Finger der Journalisten in die Höhe, die TV-Kameras surrten und die Fotoapparate klickten hektisch.

»Horst Klausen von der Süddeutschen Zeitung«, stellte sich der erste Frager vor. »Gibt es Verdächtige im Zusammenhang mit Dr. Stahlmanns Tod?«

»Der Kreis der Verdächtigen ist überschaubar, und wir sind sehr zuversichtlich, dass es in den nächsten Tagen zu einer Lösung des Falles kommen wird«, erwiderte Kanter. Immer noch reckten sich zahllose Finger in die Höhe, und Oberstaatsanwalt Schmidtchen deutete auf die nächste Reporterin.

»Claudia da Silva, Bayreuther Echo. Herr Kriminalhauptkommissar, Sie sagten, Dr. Stahlmann habe ›unangemessenen Umgang mit Schülern‹ gehabt. Könnten Sie präzisieren, was wir darunter zu verstehen haben?«

»Ich verstehe, dass Sie das interessiert«, antwortete Kanter, »doch müssen wir um Ihr Verständnis bitten, dass wir dazu keine Details nennen können. Wir haben bis jetzt nur die Information, dass es solchen, wie ich es nenne, ›unangemessenen Umgang mit Schülern‹ gegeben hat. Worin der im Einzelfall bestanden hat, müssen die Befra-

gungen der Opfer ergeben, die sich gerade dutzendweise bei uns melden. Wir können also über die Schwere des Missbrauchs noch keine Aussagen machen.« Kanter spürte den Unmut der Journalisten über diese Information, aber mehr konnte er ihnen beim besten Willen nicht sagen.

»Eine Frage noch, dann beenden wir diese Pressekonferenz«, rief der Oberstaatsanwalt in den Raum. Auch diese Ankündigung wurde mit deutlichem Unmut aufgenommen, aber Schmidtchen war der Meinung, dass sie den Medien alle relevanten Informationen gegeben hatten.

»Severin Altmann, BILD-Zeitung«, stellte sich der letzte Frager vor. Schmidtchen und Kanter staunten nicht schlecht, dass sogar der Deutschen liebste Informationsquelle den Weg nach Bayreuth gefunden hatte. »Herr Kriminalhauptkommissar, Sie sagen, dieser Hausmeister Lauerer habe Dr. Stahlmann erpresst. Warum hat er das nicht schon viel früher getan?« Die Frage war berechtigt, musste Kanter sich eingestehen. Auch jetzt hieß es, auf der Hut zu sein, um keine unnötige Unruhe unter den Frauen und Mädchen, die jemals im Frauenumkleideraum des CEG waren, entstehen zu lassen.

»Auch das ist eine durchaus berechtigte Frage, Herr Altmann. Aus Gründen des Persönlichkeits- und Datenschutzes kann ich Ihnen nur so viel sagen, dass Herr Lauerer wohl ein Alkoholproblem hatte, das die jeweiligen Schulleiter deckten, und dass er sich, sagen wir mal, weiblichen Personen gegenüber nicht angemessen verhalten hat. Mehr kann ich Ihnen zum Schutz der Betroffenen, die in vielen Fällen noch gar nicht wissen, dass sie Opfer sind, nicht sagen. Bitte haben Sie dafür Verständnis«, beendete Kanter seine Aussage. Der BILD-Journalist hätte natürlich liebend gerne etwas Sensationelleres gehört und war sichtlich enttäuscht.

»Meine Damen und Herren, wir danken Ihnen für Ihr Interesse. Zu gegebener Zeit werden wir weitere Informationen veröffentlichen. Ansonsten wenden Sie sich bitte an unsere Pressestelle.« Mit diesen Wor-

ten beendete Oberstaatsanwalt Schmidtchen die Pressekonferenz, und die Journalisten packten ihre Sachen zusammen. Nur langsam verebbte das aufgeregte Stimmengewirr in dem Sitzungssaal.

* * *

Kurz vor der Tagesschau klingelte bei Richard und Kerstin Schröder das Telefon. Sie sahen sich fragend an. Richard hob ab, und am anderen Ende meldete sich Peter Scherm.

»Grüß dich, Richard«, sagte er, »wie war's denn bei der Polizei?«, wollte er wissen.

»Hallo, Peter. Es war gar nicht so schlimm, weil ich ja nichts wirklich Kriminelles gemacht habe, weil der andere Mann uns die Arbeit abgenommen hat. Aber sie wissen alles. Sie wussten sofort, dass ich mit noch jemandem am Tatort war, weil wir Blödmänner unsere Kippen einfach weggeschmissen haben«, erzählte er. »Ich bin aber wirklich froh, dass alles so gelaufen ist. Ich hätte keine Lust, wegen dem Arsch Stahlmann jahrelang ins Gefängnis zu gehen«, fügte er erregt hinzu.

»Hast du ihnen gesagt, dass ich mit dir da war?«, wollte Peter Scherm wissen. Als Richard Schröder bejahte, schwieg Scherm kurz und überlegte.

»Das ist zwar nicht optimal, aber wahrscheinlich nicht so schlimm. Sie wissen ja nicht, wer Peter Scherm ist«, beruhigte er sich. »Weshalb ich auch noch anrufe, Richard. Einer von den Verbrechern lebt noch. Wenigstens den müssen wir kriegen«, stieß Scherm hervor. »Ich habe den alten Stahlmann eine Weile beobachtet und weiß, dass er bei passendem Wetter vor der Tagesschau in den Park geht und einmal um den Röhrensee spaziert. Da müssen wir ihn uns greifen. Er darf uns nicht entkommen«, sagte Scherm erregt.

Es entstand eine kurze Pause, weil Richard Schröder nicht gleich antwortete. Dann hatte er sich gesammelt.

»Ich halte das nervlich nicht mehr durch, Peter. Ich kann da nicht mitmachen«, sagte er. »Und du solltest es auch lassen, du versaust dir wegen so einem Unmenschen bloß dein eigenes Leben und das deiner Familie«, versuchte Schröder seinen Freund von seinem Plan abzubringen.

»Schade, Richard, aber ich kann dich verstehen, wenn du nicht mitmachen willst. Ich werde die Sache aber durchziehen, das bin ich meiner Selbstachtung schuldig. Der alte Stahlmann hat nicht nur seinen perversen Sohn gedeckt, er hat auch mir das Leben zur Hölle gemacht. Ich muss was tun, sonst komme ich nie zur Ruhe«, erklärte er seinem Freund.

»Dann pass aber diesmal besser auf, dass du keine Spuren hinterlässt«, bat Richard ihn. »Übrigens, was ich dir noch sagen wollte: Am kommenden Freitag um vierzehn Uhr ist die Beerdigung vom Benjamin. Stadtfriedhof. Wenn du kommen kannst, würden wir uns sehr freuen«, ergänzte er und legte auf.

18

Hannes Frauenknecht hatte am Dienstagfrüh einen Arzttermin und würde etwas später ins Büro kommen. Sein Gips sollte abgenommen und durch eine Manschette ersetzt werden. Inzwischen konnte er sein tägliches Leben trotz der Einschränkung durch den Gipsarm ganz gut meistern, und auch Auto fahren klappte problemlos, so dass er auf Hilfe weitgehend verzichten konnte. Dennoch genoss er es natürlich, wenn abends Kathrin zu ihm kam und ihm Gesellschaft leistete. Mit ihr konnte er sich über viele Dinge unterhalten, die seinen früheren Partnerinnen fremd waren, zum Beispiel seine Lieblingsfilme. Auch Kathi ging gerne ins Kino. Und je öfter sie zusammen waren, umso mehr spürten beide, dass sie sich sehr mochten. Hannes brauchte nur an sie denken, schon beschleunigte sich sein Herzschlag. Er war schwer verliebt, aber es war ganz anders als bei den anderen Frauen. Er war glücklich.

* * *

Auch Friedrich-Konrad Kanter war früher als sonst aufgestanden. Der Tag würde wieder ereignisreich werden, das wusste er, und da tat ein Morgenspaziergang mit Rolf gut. Auf seiner Runde ließ er den gestrigen Tag vor seinem geistigen Auge noch einmal ablaufen und bereitete sich mental auf den kommenden Arbeitstag vor. Besonders auf Maler war er sehr gespannt.

Kanter und Schwingshackl kamen beinahe gleichzeitig im Kommissariat an. Georg strahlte und schien sehr glücklich zu sein.

»Hey, Schorsch, was ist los mit dir? Du strahlst wie mein frisch geölter Kinderpopo«, sagte Kanter.

»Die Karin und ich sind ja so froh«, brach es aus Schwingshackl heraus. »Der Hannes und die Kathi haben sich anscheinend wirklich

ineinander verknallt. Meine Kathi jedenfalls schwebt auf Wolke sieben«, schwärmte er.

»Wie war denn eure Pressekonferenz gestern«, erkundigte sich Schorsch Schwingshackl.

»So einen Auftrieb hatten wir lange nicht mehr«, berichtete Kanter. »Sogar die BILD-Zeitung war da. Aber der Albert und ich haben das schon hingekriegt, glaub ich«, sagte er. »Hast du eigentlich das heutige Bayreuther Echo schon gesehen, Schorsch?«, fragte er seinen Kollegen.

Schwingshackl schob ihm die Zeitung hinüber, und FKK sah, dass ihr Fall es wieder auf die Titelseite geschafft hatte. Jetzt hatten die Zeitungsschreiber aber wenigstens ein paar Fakten, die sie ihren Lesern genüsslich darboten. Der Skandal war mit Händen greifbar, schließlich war das CEG nicht irgendein Gymnasium. Kanter war sehr neugierig, wie sich der Skandal ausweiten würde. Die Skandaldichte in Bayreuth war sehr überschaubar, umso heftiger ging es zur Sache, wenn es einmal einen gab.

»Dann können wir ja frohen Herzens den Arbeitstag beginnen«, sagte Kanter. »Nachher kommt dieser Klaus Maler, von dem wir glauben, dass er was mit Peter Scherm zu tun hat. Ruf mal beim Heiner Erdmann an, er soll gleich jemanden zur erkennungsdienstlichen Erfassung raufschicken.

»Und schau mal in dem CEG-Jahresbericht von 1988 nach, wann dieser Peter Scherm geboren ist«, forderte er Schwingshackl auf.

Wenige Augenblicke später hatte er das Heft vor sich liegen.

»Hier ist er: Klaus Peter Scherm, geboren am 30. Mai 1976», las Schwingshackl vor. »Der hat also einen doppelten Vornamen. Interessant, findest du nicht, FKK?«, stellte er fest.

Kanter nickte und griff zum Telefon.

»Guten Morgen, Frau Bauer«, meldete sich Kanter. »Hier spricht Kriminalhauptkommissar Kanter, sie erinnern sich?«, fragte er.

»Natürlich, Herr Kommissar, wie könnte ich Sie vergessen«, erwiderte die Sekretärin des CEG, und Kanter war sich unsicher, ob er da eine gewisse Ironie heraushören sollte. »Was kann ich für Sie tun?«

»Ich kann mir vorstellen, dass bei Ihnen immer noch die Hölle los ist, aber ich brauche nur eine kleine Auskunft. Haben Sie in den Schülerunterlagen auch die Geburtsdaten der Eltern erfasst?«, wollte er wissen.

Die Sekretärin bestätigte, dass sie diese Daten habe, und Kanter bat sie nachzusehen, wann Klaus Maler, der Vater des Schülers Sebastian Maler aus einer sechsten Klasse, geboren war.

Kanter hörte, wie der Telefonhörer weggelegt wurde und die Sekretärin auf der Tastatur tippte. Offenbar sah Frau Bauer in ihrem Computer nach. Es dauerte nur wenige Sekunden, und sie nahm den Hörer wieder in die Hand.

»Hören Sie, Herr Kommissar? Also: Der Herr Klaus Peter Maler ist geboren am 30. Mai 1976 in Bayreuth. Hilft Ihnen das?«, fragte sie nach.

»Sehr!«, beeilte sich Kanter, ihr zu bestätigen. »Vielen Dank und gute Nerven, Frau Bauer! Ach, bevor ich es vergesse, nachher werden ein paar Kollegen in die Schule kommen und Dr. Stahlmanns Büro durchsuchen. Bitte lassen Sie bis dahin niemanden hinein«, sagte er und hängte auf.

»Heureka! Schorsch, ich werde Veganer und Abstinenzler, wenn Scherm und Maler nicht ein und dieselbe Person sind«, rief er und freute sich richtig auf das Gespräch, das sie gleich führen würden.

Vorher rief er Oberstaatsanwalt Schmidtchen an und bat ihn, Durchsuchungsbeschlüsse für Stahlmanns Wohnhaus und sein Büro im CEG zu besorgen, was Albert Schmidtchen versprach, zügig zu erledigen.

Es klopfte kurz an der Bürotüre, und Gerdi teilte den Kommissaren mit, ein Herr Maler stehe bei ihr und sagte, er hätte einen Termin bei ihnen.

»Das stimmt, Gerdi. Bitte führe ihn in den Vernehmungsraum, wir kommen gleich«, sagte Kanter. Gerdi nickte und verschwand wieder.

»Also, Schorsch, dann schauen wir mal, was der Herr Maler uns auftischt«, bemerkte Kanter, und machte sich mit Georg Schwingshackl auf den Weg.

Im Vernehmungsraum hatte Maler bereits Platz genommen. Kanter und Schwingshackl setzten sich Klaus Maler gegenüber. Kanter stellte sich und seinen Kollegen vor und belehrte den Mann, dass er zunächst als Zeuge, vielleicht aber auch als Beschuldigter vernommen werde.

Es klopfte, und einer von Heiner Erdmanns Spurensicherern kam herein und nahm Malers Fingerabdrücke. Der ließ die Prozedur klag- und widerstandslos über sich ergehen. Währenddessen konnten Kanter und Schwingshackl ihr Gegenüber genauer mustern. Klaus Maler war Anfang vierzig, die blonden Haare hatte er sehr kurz geschnitten. Er trug modische Jeans und ein Jackett, der oberste Kragenknopf seines makellos weißen Hemdes war geöffnet. Der Mann machte einen insgesamt sehr gepflegten Eindruck.

Das Nehmen der Fingerabdrücke dauerte nicht sehr lange, und der Kollege verabschiedete sich mit dem Versprechen, die Vergleichsergebnisse bald rüberzubringen.

»Herr Maler, Sie wissen, warum Sie hier sind?«, begann Kanter die Befragung.

»Nicht so recht, aber Sie werden es mir gleich sagen«, blieb Maler erstmal in der Defensive.

»Wir haben eine Zeugenaussage, dass Sie an dem Samstag, als Hans Lauerer ums Leben kam, zusammen mit anderen Männern ein Fußballspiel von der Schule aus angeschaut haben«, fuhr Kanter fort.

»Das kann nicht sein, Herr Kommissar. Ich hasse Fußball und schaue mir nie Spiele an«, behauptete Maler.

Kanter knackte aufreizend laut mit seinen Gelenken und beobachtete zufrieden, dass Maler zu den Menschen gehörte, denen das Geräusch sehr unangenehm war.

»Das mag stimmen, Herr Maler«, mischte sich Georg Schwingshackl ein. »Sie waren da auch nicht als Klaus Maler, sondern als der alte Lauererkumpel Peter Scherm.«

Maler war sichtlich überrascht. Er hatte nicht damit gerechnet, dass seine Tarnung so bald auffliegen würde. Trotzdem wollte er nicht so schnell aufgeben und beschloss, seine zwei Identitäten so lange als möglich aufrecht zu erhalten.

»Peter Scherm? Wer soll das sein, Herr Kommissar? Ich kenne niemanden mit diesem Namen«, behauptete Maler mit fester Stimme. Kanter ließ die andere Hand knacken. Maler zuckte leicht zusammen.

»Soso, den kennen Sie nicht«, wiederholte Schwingshackl. »Sie haben gerade Ihre Fingerabdrücke abgegeben, und es wird nicht sehr lange dauern, und dann klingelt dieses Telefon, und die Kollegen teilen uns das Ergebnis des Abgleichs mit Finderabdrücken mit, die wir im CEG gefunden haben«, legte Schwingshackl nach.

Maler schien äußerlich unbeeindruckt.

»Herr Maler, Ihren Personalausweis bitte«, forderte Kanter ihn auf.

Der Mann kramte den Ausweis aus seiner Brieftasche und reichte ihn Kanter. Der sah sich den Ausweis aufreizend aufmerksam an.

»30. Mai 1976. Interessant«, meinte er. »Georg, gib mir doch mal bitte den Jahresbericht«, bat er den neben ihm sitzenden Schwingshackl. Der schob den Jahresbericht von 1988 zu Kanter. Der Kommissar schlug die entsprechende Seite auf und sah Maler an.

»Wir haben hier den Jahresbericht des CEG aus dem Jahr 1988. Das war, Sie werden sich erinnern, das Jahr, in dem Ihr Freund Benjamin Schröder verschwand. In Benjamins Klasse gab es einen gewissen Klaus Peter Scherm, geboren am 30.5.1976, der Benjamins bester Freund war. Und vor uns sitzt ein Mann mit Vornamen Klaus Peter mit

dem identischen Geburtsdatum. Was glauben Sie, welcher Schluss da für uns naheliegt?«, fragte Kanter triumphierend.

Maler schluckte, und seine Selbstsicherheit bröckelte.

»Das muss Zufall sein«, unternahm er einen verzweifelten Erklärungsversuch.

»An Zufälle glauben wir schon lange nicht mehr«, ging Schwingshackl dazwischen. »Nun geben Sie schon zu, dass Peter Scherm und Klaus Maler ein und derselbe ist«, forderte er ihn auf. »Es dauert höchstens noch ein paar Minuten, und der Fingerabdruck entlarvt Sie.«

Noch gab Maler nicht auf.

»Von welchem Fingerabdruck sprechen Sie die ganze Zeit?«, wollte er wissen.

Kanter erzählte ihm von dem Fingerabdruck auf der Bierflasche in Lauerers Büro.

»Was sollte ich dort?«, fragte Maler. »Ich sagte schon, dass ich nicht in der Schule war«, beharrte er.

»Dieser Fingerabdruck ist noch nicht alles, was wir haben. Ich sage Ihnen auf den Kopf zu, dass Sie am Samstagabend beim Treffen der Ehemaligen in der Gaststätte Röhrensee waren und Leonidas Stahlmann aufgelauert haben. Uns liegt eine entsprechende Aussage vor. Bei einer Gegenüberstellung hätten wir sofort Gewissheit. Und Sie hätten Ihre Zigarettenkippen nicht einfach wegschmeißen sollen. Die Speichelspuren da drauf als die Ihrigen zu identifizieren, macht unser Labor mit links«, wurde Kanter deutlicher.

Die Festung Klaus Maler wankte, und Kanter nahm befriedigt wahr, dass der Mann zur Aufgabe bereit war. Um das zu beschleunigen, knackte er nochmal seine linke Hand durch.

Maler senkte seinen Blick und presste seine Hände aneinander. »Sie haben recht, Herr Kommissar«, sagte er leise. »Ich bin Peter Scherm, und ich war im CEG beim Lauerer und ich war im Röhrensee beim Stahlmann. Beiden wollte ich eine Lektion erteilen, aber ich wollte sie nicht umbringen. Aber beide Male ist mir jemand zuvorgekommen«,

gestand er. »Mit dem Tod der beiden habe ich aber nichts zu tun«, beteuerte er.

»Das wird sich noch herausstellen, Herr Maler. Sie haben dem Hausmeister Lauerer K.-o.-Tropfen verabreicht. Das ist immerhin gefährliche Körperverletzung. Dann haben Sie den Dr. Stahlmann einfach so im Wasser treiben lassen. Das ist unterlassene Hilfeleistung und damit auch eine Straftat, für die sich der Staatsanwalt bei Ihnen melden wird. Auch die Verabredung zu einer Straftat wird er dabei bestimmt mit untersuchen. Ein bisschen was kommt da schon zusammen«, bemerkte Kanter. »Warum haben Sie eigentlich einen neuen Namen angenommen?«, fragte Schwingshackl.

Maler schluckte, nahm sich aber zusammen. »Ich habe den Namen meiner Frau angenommen, weil der Name Scherm mich immer wieder an die Vergangenheit erinnerte. Peter Scherm war der Mensch, den die Schule gequält und erniedrigt hat, bis er aufgab. Als Klaus Maler konnte ich neu beginnen. Meine frühere Identität nahm ich kurzzeitig wieder an, um nicht als Täter erkannt zu werden. Ich glaubte, alle Spuren von Peter Scherm seien aus Bayreuth verschwunden, und niemand könnte eine Verbindung zu mir herstellen«, erklärte er. Kanter fand das zwar umständlich, aber nachvollziehbar.

»Woher kommt eigentlich Ihr unwiderstehliches Bedürfnis, Lauerer und Dr. Stahlmann eins auszuwischen?«, wollte er noch wissen.

»Der Stahlmann, beziehungsweise beide Stahlmanns haben mir als Schüler das Leben zur Hölle gemacht, so dass ich nach der zehnten Klasse entnervt von der Schule abgegangen bin. Der junge Stahlmann hat darüber hinaus ganz aktuell meinen Sohn eklatant benachteiligt aus den gleichen Gründen wie mich damals, weil wir halt nicht zu den besseren Kreisen gehören. Und den Lauerer wollte ich demütigen, weil er den Stahlmanns ein willfähriger Helfer war, und weil er den Benjamin vergraben und nie was gesagt hat«, presste Maler hervor. Die Kommissare spürten, dass er sehr erregt war.

»Richard Schröder hat ausgesagt, dass Ihnen im Röhrensee jemand die Arbeit abgenommen hat. Haben Sie diese Person erkannt?«, kam Kanter wieder auf den aktuellen Grund der Befragung zurück.

Maler glaubte, in dem Mann Cornelius Wittmann erkannt zu haben, sowohl von der Gestalt als auch von der Stimme her. Doch sollte er diesen Lehrer ans Messer liefern? Der Wittmann war doch auch nur ein bedauernswertes Opfer.

»Der Mann hatte eine Mütze ins Gesicht gezogen und den Kragen seiner Jacke hochgeschlagen, so dass ich sein Gesicht nicht erkennen konnte. Nachdem er Stahlmann im Röhrensee entsorgt hatte, ging er Richtung Gaststätte Röhrensee, es kann aber auch sein, dass er nur sein Auto auf dem Parkplatz hatte. Ob auf unserem Treffen jemand mit solcher Kleidung war, weiß ich nicht. Die Garderoben waren voll mit Kleidungsstücken«, redete Maler sich heraus.

»Beschreiben Sie wenigstens die Person«, forderte Schwingshackl ihn auf.

»Nicht allzu groß, nicht jung, ich glaube, er trug eine Brille mit dunklem Gestell. Sonderlich sportlich schien er nicht zu sein, eher kompakt«, berichtete Maler. »Er war insgesamt dunkel gekleidet, nichts Auffälliges.« Maler lehnte sich zurück und schien mit seiner Beschreibung zufrieden zu sein.

Das Telefon klingelte, und Schwingshackl nahm ab. Heiner Erdmann teilte mit, dass die Fingerabdrücke auf der Bierflasche in Lauerers Büro eindeutig von Klaus Maler stammten. Bezüglich der Kippen im Röhrensee würden sie bei Bedarf einen DNA-Abgleich machen. Schwingshackl bedankte sich und meinte, das wäre wohl erstmal nicht nötig, Maler sei geständig.

»Das war die Bestätigung der Spurensicherung, dass der Fingerabdruck auf der Bierflasche von Ihnen stammt, Herr Maler«, teilte Schwingshackl mit. »Sie sehen also, weiteres Leugnen hätte gar keinen Sinn gehabt.«

Mit der Auflage, sich zur Verfügung zu halten und nicht zu verreisen, entließen sie Klaus Maler, der trotz der drohenden Ermittlungen einigermaßen erleichtert schien.

Als die Kommissare in ihr Büro zurückkamen, war auch Hannes wieder da und reckte stolz seinen vom Gips befreiten linken Arm in die Höhe. Der Arzt hatte ihm nur noch eine Manschette verpasst, die ihn kaum mehr behinderte.

Er hatte sogleich wieder die sogenannten sozialen Medien auf weitere Einträge von Stahlmann-Opfern durchsucht und war natürlich fündig geworden. Die Zahl stieg schnell gegen einhundert. Eine nachlassende Tendenz war noch nicht zu erkennen. Es würde eine Herkulesaufgabe werden, die alle zu befragen. Da bräuchte es fast eine Soko. Kanter, Schwingshackl und Frauenknecht allein wären viele Monate damit beschäftigt.

Nach den Aussagen von Richard Schröder und Klaus Maler hieß es für die Kommissare, die Person zu finden, die Stahlmann in den See geworfen hatte.

»Wer hat ein Motiv, dem Stahlmann was anzutun?«, überlegte Kanter.

»Da wird es jede Menge geben, aber ich glaube, unser Verdächtigenkreis ist überschaubar. Es muss ja jemand sein, der wusste, wo Stahlmann sich am Samstagabend aufhielt, wo er wohnt, dass sein Nachhauseweg durch den Park geht, wann er nach Hause geht«, ergänzte Schwingshackl. »Ich schwimme nackt durch den Röhrensee, wenn wir den Täter nicht unter den Feiernden in der Gaststätte finden«, versprach er.

Hannes Frauenknecht wollte sich den Nacktschwimmer Schwingshackl nicht vorstellen und stimmte seiner Argumentation zu. Auch für Kanter waren Georgs Schlüsse nachvollziehbar.

»Der Maler hat gesagt, der Mann war nicht jung, nicht sportlich, Brille. Ein ehemaliger Schüler war das eher nicht, obwohl wir wohl

davon ausgehen müssen, dass an diesem Abend auch frühere Opfer von Stahlmann waren, die also auch ein Motiv gehabt hätten«, überlegte Kanter. Seine Kollegen nickten zustimmend.

»Von den Lehrern, die dort waren, müssen wir noch den Herrn Vogel befragen. Und dem Herrn Wittmann statten wir zu Hause einen Besuch ab, damit er uns die Jacke zeigen kann, die er am Samstag getragen hat«, schlug Kanter vor. Immerhin hatten die Erdmännchen einen Knopf gefunden.

Sie ließen Hannes hinter seinem Computer zurück und fuhren ins CEG. Dort trafen sie noch auf Heiner Erdmann und zwei seiner Leute, die gerade mit der Durchsuchung von Stahlmanns Büro fertig waren. Sie baten Frau Bauer, die Lehrer Vogel und Wittmann hierher holen zu lassen. Frau Bauer berichtete, dass Herr Wittmann sich heute krank gemeldet hatte und nicht in der Schule war. Schwingshackl ließ sich Wittmanns Adresse geben. Sie wollten ihn ja sowieso zu Hause aufsuchen. Im Direktorat trafen sie auf die Kollegen von der Spurensicherung, die gerade ihre Sachen zusammenpackten.

»Das trifft sich gut, dass ihr kommt«, begrüßte Erdmann seine Kollegen. Das Büro ist im Wesentlichen unspektakulär, nichts Privates, nur dienstliche Sachen. Den Computer haben wir natürlich noch nicht gecheckt, aber auch da erwarte ich nichts wirklich Belastendes. Insgesamt alles sehr unauffällig! Bis auf diese Schublade, die wir verschlossen vorfanden und geöffnet haben. Darin fanden wir das –«, sagte Erdmann und ließ die Kommissare in eine Plastiktüte schauen.

Kanter entfuhr ein Pfiff der Überraschung.

»Heiner, lass mich raten: fünfzehntausend Euro?«, war sich Kanter sicher und holte wie zur Bestätigung ein Geldbündel aus der Tüte.

»Der Kandidat hat hundert Punkte!«, erwiderte Erdmann. »Mit Sicherheit die zweite Rate für Lauerer, die der Stahlmann sich sparen wollte. Fein säuberlich gebündelt.«

Das sahen Kanter und Schwingshackl genauso.

»Wir fahren gleich noch zum stahlmannschen Haus und schauen uns seine Räume dort an. Bericht heute Nachmittag oder morgen früh«, verabschiedete sich Erdmann.

Die Kommissare gingen zu dem ihnen schon vertrauten Elternsprechzimmer, und es dauerte nicht lange, bis Karl Vogel eintraf. Kanter begrüßte ihn und bat ihn Platz zu nehmen. Der Lehrer entsprach durchaus der Beschreibung, die sie von Klaus Maler hatten. Allerdings trug Vogel keine Brille.

»Herr Vogel, wir haben uns ja schon über das Treffen am Samstag in der Gaststätte Röhrensee unterhalten, bei dem Sie auch anwesend waren. Wir wissen inzwischen, wie Dr. Stahlmann zu Tode gekommen ist, und wir haben eine Beschreibung der Person, die ihn in den See befördert hat«, brachte Kanter den Lehrer auf den Stand der Dinge. Vogel hörte aufmerksam zu und schien völlig ruhig zu sein.

»Wie standen Sie persönlich zu Dr. Stahlmann?«, fragte Kanter.

»Ich habe mich vor ungefähr fünfzehn Jahren von meiner Schule in Memmingen ans CEG versetzen lassen. Meine Eltern, die in Hummeltal wohnten, waren pflegebedürftig geworden, und da wollte ich in Ihrer Nähe sein. Sie sind inzwischen leider verstorben«, erzählte Vogel. »Es hat eine Weile gedauert, bis ich mich hier eingelebt und an den Führungsstil des Schulleiters gewöhnt hatte. Ich bot ihm aber zum Glück keine Angriffsfläche und hatte nie ernstliche Probleme mit ihm. Das lag sicherlich auch daran, dass ich bei aller möglichen Kritik an ihm mich damit nie aus dem Fenster gelehnt habe.«

»Sie hegten also keinen Groll gegen Ihren Schulleiter, der Sie dazu veranlasst hätte, ihm eins auszuwischen?«, forschte Kanter nach.

»Nein, nicht im Geringsten«, erwiderte Vogel, und die Kommissare sahen keinen Anlass, das nicht zu glauben.

»Tragen Sie eine Brille, Herr Vogel?«, wollte Schwingshackl der Vollständigkeit halber noch wissen.

Der Lehrer verneinte und rühmte sich einer noch hervorragenden Sehkraft ohne entsprechende Hilfen. Kanter und Schwingshackl waren

sich einig, dass Vogel eher nicht ihr Mann war. Sie dankten ihm für sein Kommen und entließen ihn. Die beiden waren lange genug im Geschäft, um zu wissen, wann jemand unschuldig war und wann nicht. Getäuscht hatten sie sich bisher noch nie. Allerdings reichte vor Gericht ihr Instinkt als Beweis nicht aus, so dass sie immer auch Handfestes brauchten, um die Richter zu überzeugen.

Auf dem Weg zu Cornelius Wittmann, der in einem Mehrfamilienhaus am Ende der Friedrichstraße wohnte, hielt Schwingshackl bei einer Metzgerei und besorgte eine warme Kleinigkeit als schnelles Mittagessen. Schweigend aßen sie ihre Leberkäsbrötchen im Auto vor Wittmanns Haus. Sie hatten glücklicherweise gleich einen Parkplatz gefunden. Von den Qualitätsprodukten einheimischer Metzger gestärkt, klingelten sie bei Cornelius Wittmann. Kurz darauf hörten sie ihn über die Gegensprechanlage. Die Kommissare meldeten sich, und Wittmann betätigte den Türöffner. Die Wohnung lag im zweiten Stock, ohne Aufzug. Leicht schnaufend standen die Kommissare vor Wittmanns Tür, wo dieser sie erwartete. Einen ernsthaft kranken Eindruck machte er nicht auf sie. Der Lehrer führte sie in ein geräumiges Wohnzimmer, das eigentlich eine umfangreiche Bibliothek war. An einer Wand stand ein Klavier. Das war die Wohnung eines kultivierten, an Kunst, Musik und Literatur interessierten Menschen.

»Herr Wittmann, bitte entschuldigen Sie, dass wir Sie zu Hause aufsuchen, obwohl Sie sich in der Schule krank gemeldet haben«, sagte Kanter, »aber es haben sich noch ein paar dringende Fragen ergeben.«

»Das macht nichts, Herr Kommissar. Mir geht es psychisch nicht gut, und deshalb habe ich mich krank gemeldet. Ich kann zur Zeit keine Schüler und keine Lehrer ertragen. Aber was kann ich für Sie tun?«, fragte er freundlich.

Kanter und Schwingshackl hatten beschlossen, nicht um den heißen Brei herumzureden und Cornelius Wittmann direkt mit ihren Vermutungen zu konfrontieren.

»Herr Wittmann, wir wollen gleich zur Sache kommen. Sie und wir wissen, dass Sie am Samstag bei dem Klassentreffen waren. Sie und wir wissen, dass Sie ein Problem mit Dr. Stahlmann hatten. Wir haben Zeugen, die eine Person, deren Beschreibung auf Sie passt, beobachtet haben, wie sie Dr. Stahlmann in den See gestürzt hat«, zählte Kanter die bisherigen Erkenntnisse auf. »Besitzen Sie einen Elektroschocker?«, fragte Kanter unvermittelt.

Kanter ließ seine Finger knacken, was Wittmann mit einem leicht angewiderten Gesichtsausdruck quittierte. Wittmann antwortete nicht sofort. Er überlegte, und die Kommissare konnten ihm förmlich dabei zusehen.

»Es hat keinen Zweck, uns anzulügen. Bei Bedarf sind wir in einer halben Stunde mit einer Durchsuchungsanordnung wieder hier und stellen Ihre Wohnung auf den Kopf«, erhöhte Kanter den Druck auf Wittmann.

»In der Tat besitze ich ein solches Gerät, Herr Kommissar«, gestand Wittmann. »Ich laufe manchmal nachts vom Theater nach Hause, und es treibt sich doch allerlei zwielichtiges Gesindel in der Stadt herum. Deshalb habe ich beschlossen, mir ein solches Gerät zu beschaffen. Das ist aber legal.«

Cornelius Wittmann holte das Gerät aus seinem Arbeitszimmer, und Schwingshackl teilte ihm mit, dass es beschlagnahmt ist. Er nahm es vorsichtig an sich und steckte es in einen Plastikbeutel, um keine Spuren darauf zu hinterlassen.

»Herr Wittmann, welche Kleidung haben Sie am Samstagabend getragen?«, fuhr Kanter fort.

Erneut verließ der Lehrer sein Wohnzimmer und kam nach kurzer Zeit mit einer Hose, einer Mütze, einer grünen Jacke sowie einem Paar schwarzer Schuhe zurück. Er legte die Sachen wortlos auf den Wohnzimmertisch vor den Kommissaren. Schwingshackl zog noch mehr Plastiktüten hervor und packte die Sachen hinein. Die Jacke besahen sich Kanter und Schwingshackl genauer.

»Herr Wittmann, unsere Spurensicherung hat am Tatort diesen abgerissenen Knopf gefunden«, sagte Kanter und zeigte auf den sich ebenfalls in einem Plastiktütchen befindlichen Knopf. Er breitete die Jacke auf dem Wohnzimmertisch aus, und alle drei Männer sahen sofort, dass ein Knopf fehlte. Kanter hielt sein Fundstück an die Jacke, und es war eindeutig, dass dieser Knopf zu Wittmanns Jacke gehörte. Wittmann sank auf einen Sessel.

»Jetzt erzählen Sie mal in aller Ruhe, was am Samstag passiert ist«, forderte Kanter ihn auf. »Danach wird es Ihnen besser gehen.«

»Ich habe mein Lehrerleben lang versucht, meinen Schülern Ehrlichkeit und Aufrichtigkeit als zentrale Tugenden zu vermitteln. Gewalt habe ich immer abgelehnt und deshalb auch den Wehrdienst verweigert. Glauben Sie mir, ich erkenne mich selbst nicht mehr. Aber wenn ich jemals wieder vor Schülern stehen werde, dann will ich das glaubwürdig und mit Selbstachtung tun«, sagte Wittmann gefasst. »Was am Samstagabend passiert ist, kann ich mir nicht erklären, das war nicht ich. Wir Lehrer hatten uns zu verschiedenen Gruppen von Gästen verteilt, weil niemand dauernd bei Stahlmann sitzen wollte, obwohl, soweit ich weiß, ich der einzige war, der einen ernsthaften Konflikt mit ihm hatte.« Die Kommissare spürten, dass Cornelius Wittmann das Erzählen der Ereignisse jenes Abends ungeheuer aufzuwühlen begann. Dennoch fuhr er fort. »Gegen zehn Uhr sah ich zufällig, dass Stahlmann im Aufbruch begriffen war, und da kam mir der völlig abwegige Gedanke, ihm zu folgen und ihn draußen nochmal auf meine Beurteilung anzusprechen und ihn vielleicht umzustimmen. Im Nachhinein betrachtet natürlich eine völlig absurde Erwartung. So etwas würde Stahlmann nie tun, aber das drang in diesem Moment höchster emotionaler Erregung nicht in meinen Verstand vor. Auf dem Weg den See entlang zur Brücke holte ich ihn ein und sprach ihn an. Dass er sich meine Beurteilung doch noch einmal überlegen solle, meine Arbeit sei von Schülern und Eltern hoch anerkannt und und und. Zunächst verbat er sich die Belästigung auf dem Heimweg. Der Röh-

rensee sei ja wohl nicht der rechte Ort, um dienstliche Belange zu besprechen. Und überhaupt könne ich mit der Beurteilung noch mehr als zufrieden sein, weil ich ein Verräter sei, der mit Schülern und Eltern gegen ihn gemeinsame Sache machen würde und ihm schaden wollte. Stahlmann regte sich wirklich sehr auf und wurde lauter. Diese völlig haltlosen Vorwürfe machten mich so wütend, wie ich in meinem ganzen Leben noch nicht wahr. Ich schrie ihn an, er sei ein Menschenverächter und nicht wert, eine Schule wie das CEG zu leiten. Warum auch immer, plötzlich hatte ich den Elektroschocker in der Hand und hielt ihn Stahlmann hinters Ohr. Ich löste aus, und Stahlmann sackte bewegungsunfähig zusammen. Ich fing ihn auf und legte ihn über das Geländer beim Aubachzufluss. Ob er bewusstlos war, habe ich nicht überprüft. Ich steckte den Schocker zurück in meine Tasche und fühlte den Zettel, den ich geschrieben hatte, um ihn einmal heimlich an die Türe des Direktorats zu heften. Auch so eine völlig irrationale Idee. Auf den Zettel hatte ich ›Menschenschinder‹ und ›Kinderschänder‹ gedruckt gehabt. Den stopfte ich in seine Manteltasche und hievte den Körper über das Geländer. Mit einem lauten Klatschen fiel er ins Wasser. Ich schaute noch kurz über das Geländer und sah Stahlmann immer noch leblos auf dem Wasser treiben. Ich war mir sicher, dass das kalte Wasser ihm schnell wieder seine Lebensgeister wecken würde und er sich ans Ufer retten könnte. Der See dürfte an dieser Stelle kaum mehr als einen Meter tief sein, und das Ufer ist in unmittelbarer Nähe. Mit anschauen wollte ich mir das aber nicht und ging zurück in die Gaststätte, wo ich noch ungefähr eine Stunde geblieben bin.« Wittmann lehnte sich völlig erschöpft zurück, war aber sehr erleichtert, sich eine Last von der Seele geredet zu haben.

Kanter und Schwingshackl hatten aufmerksam zugehört, und der Mann tat ihnen fast ein bisschen leid. Und dass sich der sonst so ruhige, kultivierte und gebildete Mann in einer absoluten psychischen Ausnahmesituation befunden hatte, glaubten sie ihm. Was Wittmann erzählt hatte, deckte sich komplett mit den anderen Aussagen, die sie

hatten. Es war Cornelius Wittmann, der Dr. Stahlmann ins Wasser befördert hatte.

»Wie geht es jetzt mit mir weiter?«, fragte Wittmann ruhig.

»Wir müssen Sie bitten, mit uns zu kommen. Wir werden Sie zu Oberstaatsanwalt Dr. Schmidtchen bringen, der Sie dem Ermittlungsrichter vorführen wird. Der entscheidet dann, ob er einen Haftbefehl gegen Sie erlässt. Ich will dem Richter nicht vorgreifen, aber nach Ihrem Geständnis und wie ich ihn kenne, sehe ich keinen Grund, warum der Richter Untersuchungshaft anordnen sollte«, vermutete Kanter aus Erfahrung. »Oder siehst du das anders, Georg«, wandte er sich an Schwingshackl. Der begnügte sich mit einem Kopfschütteln. »Einen Anwalt sollten Sie sich aber schon besorgen«, ergänzte er noch.

Begleitet von Georg Schwingshackl ging Wittmann in sein Schlafzimmer und zog sich um. In der Zwischenzeit telefonierte Kanter mit Oberstaatsanwalt Schmidtchen und teilte ihm mit, dass sie in Kürze mit dem Täter vom Samstag bei ihm eintreffen würden.

Cornelius Wittmann machte inzwischen wieder einen sehr gefassten Eindruck und harrte ruhig der Dinge, die da auf ihn zukommen sollten.

»Werde ich ins Gefängnis müssen?«, fragte er aber doch.

Kanter hatte zwar Jura studiert, doch wusste er natürlich, dass es ihm kraft seines Amtes nicht zustand, dazu eine Aussage zu machen. Aber Wittmann tat ihm wirklich leid, und in mehr als dreißig Jahren Polizeidienst hatte er reichlich Erfahrung gesammelt, um die meisten seiner Fälle auch juristisch einschätzen zu können.

»Könnte man vielleicht als Totschlag im Affekt sehen. Mit ein bisschen Glück geht's mit Bewährung ab«, versuchte er Wittmann ein wenig Hoffnung zu machen. Er war sich aber fast sicher, dass diese Hoffnung nicht unbegründet war.

Nachdem sie Wittmann bei der Staatsanwaltschaft abgeliefert hatten, fuhren sie ins Kommissariat zurück und reichten im Vorbeigehen Wittmanns Sachen bei der Spurensicherung vorbei. Nach Wittmanns Geständnis war der Spurenabgleich eine reine Formsache. Hannes be-

richtete, dass die Zahl der Opfer, die sich im Internet meldeten, jetzt bei über hundert lag, der Strom aber langsam zu verebben schien. Diese Mitteilung nahmen Kanter und Schwingshackl mit großer Erleichterung zur Kenntnis. Den Kaffee, den Gerdi ihnen brachte, schlürften sie dankbar und gönnten sich eine kleine Pause.

»Na, Hannes, immer noch glücklich verliebt?«, lenkte Kanter vom Tagesgeschäft ab. Die Frage war müßig. Jeder konnte Hannes ansehen, dass er im siebten Himmel schwebte. Und auch Georg Schwingshackl verfolgte die Entwicklung der Beziehung seiner Tochter zu seinem jungen Kollegen mit großem Vergnügen.

Der Nachmittag war arbeitsintensiv und erfolgreich gewesen. An Feierabend war aber noch nicht zu denken. Sie wollten die neuesten Erkenntnisse zum Tod Stahlmanns seiner Witwe und seinen Eltern mitteilen und sich dabei auch gleich in Dr. Stahlmanns häuslichen Räumen umsehen. Je nachdem, was sie vorfanden, würden die Erdmännchen anrücken müssen.

Renate Stahlmann öffnete den Kommissaren die Türe. Sie trug keineswegs Trauerkleidung und schien auch sonst keineswegs gramgebeugt zu sein. Kanter konnte das nach allem, was er über die Familie Stahlmann wusste, sogar nachvollziehen. Sie baten Renate Stahlmann, sie in das Arbeitszimmer ihres verstorbenen Mannes zu bringen. Während Georg Schwingshackl sich dort genauer umsah, nicht ohne vorher der Form genügt zu haben und den Durchsuchungsbeschluss vorzuzeigen, was Renate Stahlmann aber gleichgültig war, informierte Kanter Stahlmanns Witwe von den Erkenntnissen des Nachmittags. Er berichtete zwar, dass sich im Internet frühere Opfer Ihres Mannes gemeldet hätten, verschwieg ihr aber die gewaltige Anzahl.

Zumindest äußerlich schien sie unbeeindruckt von den Einzelheiten, die der Kommissar ihr berichtete. Ihr Mann war tot. Und das war gut so. Alles andere interessierte sie nicht.

Schwingshackl durchsuchte Stahlmanns Schreibtisch. Keine Schublade war verschlossen. Entweder hatte er nichts zu verbergen oder er war sich absolut sicher, dass sich niemand hier herein wagte. Schwingshackl neigte der ersteren Vermutung zu, denn er fand nichts irgendwie Verdächtiges oder Anstößiges. Einen Computer schien Stahlmann nicht besessen zu haben, jedenfalls fand er keinen.

»Hatte Ihr Mann keinen Computer?«, fragte er vorsichtshalber bei Renate Stahlmann nach.

»Wahrscheinlich nicht. Er beschäftigte sich lieber mit Büchern und Bildern. Aber ich war schon längere Zeit nicht mehr hier drin«, sagte sie.

Kanter besah sich die Bücherregale, auf denen etliche Werke der griechischen Antike mit bekanntermaßen homoerotischem Inhalt standen, Platon, Plaistenes, Aischylos zum Beispiel. Und Stahlmann besaß eine Sammlung von Bildbänden mit antiken Darstellungen der Knabenliebe auf Vasen, Mosaiken und Ähnlichem. Ein Hardcore Kinderpornograf war er anscheinend nicht gewesen, was seine Taten aber nicht im Geringsten entschuldbar machte.

»Ach, übrigens, Frau Stahlmann, die Leiche Ihres Mannes ist freigegeben. Sie können sich also um die Bestattung kümmern«, sagte er noch.

Die Kommissare hatten genug gesehen. Renate Stahlmann verzichtete erneut auf die Hilfe, die Kanter ihr anbot.

»Wissen Sie, Herr Kommissar, am schlimmsten ist die Schande, die mein Mann über uns gebracht hat. Der Name Stahlmann ist auf ewig beschmutzt. Und meine Söhne werden ihr Leben lang darunter zu leiden haben«, sagte sie traurig. »Da kann uns niemand helfen.«

Kanter und Schwingshackl verließen das eine stahlmannsche Haus und gingen die paar Schritte zum Haus der alten Stahlmanns. Auch dort wurden sie von Frau Stahlmann in Empfang genommen. Trauerkleidung trug auch sie nicht.

»Guten Tag , Frau Stahlmann. Wir würden Sie und Ihren Mann gerne über unsere neuesten Erkenntnisse zum Tod Ihres Sohnes informieren. Holen Sie Ihren Mann bitte her«, bat Kanter die Frau.

Barbara Stahlmann ging leicht gebeugt auf den Flur und rief ihrem Mann im ersten Stock zu, er solle herunterkommen, die Polizei sei da.

Als sie alle im Wohnzimmer Platz genommen hatten, erzählte Kanter auch den Eltern Stahlmann, was sich an neuen Erkenntnissen bezüglich der Umstände des Todes ihres Sohnes ergeben hatte. In Anwesenheit des alten Stahlmann sahen sie allerdings keine Veranlassung, mit der Zahl der Opfer ähnlich diskret umzugehen wie vorhin bei Renate Stahlmann. Schließlich trug er ein gerüttelt Maß Mitschuld am Leid dieser Menschen. Barbara Stahlmann hielt das nicht aus und verließ weinend den Raum. Hermann Stahlmann schien hingegen unbeeindruckt zu sein.

»Wir werden jedes einzelne Opfer befragen, verlassen Sie sich darauf. Sollten wir auf Fälle stoßen, die noch nicht verjährt sind, sind Sie wegen Beihilfe durch Unterlassen dran, das verspreche ich Ihnen«, drohte Kanter. »Und da schützt Sie auch Ihr hohes Alter nicht.« Die Anwesenheit des alten Stahlmann verschlechterte seine Laune immer ganz enorm, und er musste sich zusammennehmen, nicht zu emotional zu reagieren.

»Wissen Sie, Herr Kommissar«, begann Hermann Stahlmann, »was mein Sohn getan hat, habe ich weder gebilligt noch unterstützt, geschweige denn gefördert. Aber er war mein Sohn und mein Nachfolger. Ich konnte ihn doch nicht ans Messer liefern. Mein Lebenswerk wäre zerstört gewesen, der Name Stahlmann auf ewig entehrt. Und weh getan hat er nie einem Jungen«, rief er erregt. Kanter hätte kotzen können. Der Alte versuchte tatsächlich, sich und seinen Sohn auch noch zu rechtfertigen. Es war nicht zu fassen, wie verblendet dieser alte Mann war. Dass seelisches Leiden noch viel schlimmer als körperliches sein konnte, schien ihm völlig fremd zu sein.

»Aber Sie können sicher sein, Herr Kommissar, dass ich mich meiner Verantwortung stellen werde«, fügte er noch fast trotzig hinzu.

»Sie halten sich bitte zu unserer Verfügung, Herr Stahlmann«, sagte Kanter missmutig. Er musste hier raus. Dieser Mann bereitete ihm heftiges Unwohlsein. Mit einer Kopfbewegung deutete er Schwingshackl an, dass sie gehen wollten.

Draußen vor dem Haus musste Kanter erst ein paar Mal tief durchatmen, bevor sie zurück ins Büro fuhren.

* * *

Renate Stahlmann hatte von ihrem Küchenfenster aus die Kommissare wegfahren sehen und ging zu ihren Schwiegereltern hinüber. Barbara Stahlmann öffnete, und die beiden Frauen gingen schweigend in Barbara Stahlmanns Zimmer.

»Wie geht es dir?«, fragte Barbara ihre Schwiegertochter. Die beiden Frauen hatten sich immer gut verstanden und hielten zusammen, schon wegen der Männer, von denen sie mies behandelt wurden.

»Mir geht es sehr gut. Seit Jahren habe ich das erste Mal ohne Tabletten durchschlafen können und bin erholt aufgewacht«, berichtete Renate Stahlmann. »Und wie geht es dir?«, fragte sie zurück.

Die Frage war eigentlich müßig, sie konnte ihrer Schwiegermutter ansehen, dass sie litt. Dass die Taten ihres Sohnes und das Schweigen ihres Mannes an die Öffentlichkeit kamen, war für sie kaum auszuhalten. Sie fürchtete, diese Schande nicht zu überleben.

»Solange dieses Monster«, sie deutete mit dem Kopf nach oben in den ersten Stock, »hier lebt, wird es mir niemals gut gehen«, sagte sie leise. »Wir müssen Justus und Jakob fragen, was wir tun sollen.«

Daran hatte Renate auch schon gedacht und würde ihre beiden Söhne möglichst bald herbitten.

Sie hörten Hermann Stahlmann die Treppe herunterkommen. Ohne anzuklopfen öffnete er die Tür zum Zimmer seiner Frau und trat zu den

Frauen, die enger zusammenrückten. Der alte Stahlmann sah seine Frau mit kalten Augen an.

»Was hockt ihr hier rum und heult. Mein Sohn ist tot, mein Lebenswerk zerstört«, brüllte er wie von Sinnen und ging auf seine Frau zu. Die machte sich auf der Couch noch kleiner, als sie sowieso schon war. Dafür erhob sich Renate Stahlmann und stellte sich schützend vor ihre Schwiegermutter. Sie fühlte sich so stark und befreit wie seit Jahrzehnten nicht mehr.

»Wenn du noch einen Schritt näher kommst –« »Was dann«, blaffte Stahlmann zurück und beugte sich näher zu seiner Schwiegertochter. In seinem Schmerz und seiner Wut überschätzte er seine körperlichen Kräfte. Immerhin war er ein fast achtzigjähriger Greis, mit dem Renate Stahlmann es wohl aufnehmen konnte.

»Dann werde ich dich ohne Rücksicht auf Verletzungen hier rauswerfen«, drohte sie und sah ihn entschlossen und kalt an. Noch nie hatte sie so viel Abscheu vor diesem Menschen empfunden.

»Du wirst Barbara ab sofort in Ruhe lassen und du wirst so schnell wie möglich hier ausziehen. Such dir einen Heimplatz, wo du das Ende deines erbärmlichen Lebens abwarten kannst. Hier ist kein Platz mehr für dich!« Renate Stahlmann wunderte sich selbst über die Entschlossenheit, mit der sie ihrem Schwiegervater gegenübertrat. Auch Hermann Stahlmann war von dem unerwarteten Widerstand überrascht. Er sah Renate Stahlmann hasserfüllt an, zuckte kurz mit dem Arm, als wolle er zuschlagen, drehte sich dann aber wortlos um und verließ das Zimmer.

Erleichtert setzte Renate sich zu ihrer Schwiegermutter, die die Szene voller Angst und Entsetzen verfolgt hatte, und legte beruhigend den Arm um sie. So hatte Barbara die Frau ihres Sohnes noch nie erlebt.

19

Am Mittwochfrüh rief Oberstaatsanwalt Schmidtchen im Kommissariat an und teilte Kanter mit, dass der Ermittlungsrichter den Vollzug des Haftbefehls für Cornelius Wittmann wie erwartet ausgesetzt hatte und dass er sowohl Klaus Maler als auch Richard Schröder vorgeladen habe. Ansonsten zeigte sich Schmidtchen sehr zufrieden mit dem Fortgang der Ermittlungen. Was ihm Kopfschmerzen bereitete, war die große Anzahl an Opfern, die sich gemeldet hatten. Da würde viel Arbeit auf sie zukommen. Und der Fall würde die Öffentlichkeit gewiss eine ganze Weile beschäftigen, so dass sie mit reichlich Medieninteresse rechnen mussten. Immer noch war Bayreuth auch in den überregionalen Zeitungen und in Rundfunk und Fernsehen ein Thema.

»Und was machen wir mit Lauerers Opfern? Zumindest die erwachsenen Frauen, von denen wir Aufzeichnungen haben, müssen wir doch wohl informieren«, meinte Kanter.

»Überlass das mir, Fritz«, erwiderte Schmidtchen. »Ich muss mir die passende Vorgehensweise noch überlegen. Das eilt nicht so«, beruhigte er seinen Freund. »Sehen wir uns auf der Beerdigung des kleinen Benjamin Schröder am Freitag?«, fragte er.

»Wir werden natürlich alle hingehen. Ich könnte mir vorstellen, dass da jede Menge los sein wird«, antwortete Kanter und verabschiedete sich von Schmidtchen.

Hannes berichtete, dass in den sogenannten sozialen Medien die erste Aufregung offenbar vorüber war. Es hätten sich zwar keine weiteren Opfer gemeldet, doch entluden sich viel Hass und Wut über die Stahlmanns. Er hoffte, die Ehefrauen würden davon nichts mitbekommen, weil sie wahrscheinlich diese Medien nicht nutzten.

»Ach ja, FKK, die Kollegen vom Betrug haben angerufen und mitgeteilt, dass sie deinen Siegfried von Bernburg identifiziert haben. Der Mann ist als Betrüger einschlägig bekannt, und es liegen einige Anzei-

gen gegen ihn vor. Die Kollegen fahnden nach ihm. Ob deine Schwester Anzeige erstatten möchte, wollten sie noch wissen«, berichtete er.

»Ich glaube nicht, es ist ja kein Schaden entstanden«, erwiderte Kanter.

Schwingshackl teilte mit, dass sich für diesen Nachmittag Lauerers Tochter Eva angesagt hatte. Sie wollte die Modalitäten für die Beerdigung ihres Vaters besprechen.

»Das machst du bitte mit ihr aus, Hannes«, teilte Kanter die Arbeit ein. »Schorsch und ich müssen mit den Söhnen von Leonidas Stahlmann reden.«

Kanter hatte Justus und Jakob Stahlmann gestern noch telefonisch benachrichtigt, dass er mit ihnen sprechen müsse, und für Mittwochnachmittag einen Termin in der Wohnung der Brüder vereinbart.

»Und ruf auch im CEG an, dass das Direktorat wieder freigegeben ist und vermutlich morgen die Tochter des Hausmeisters mit dem Ausräumen der Wohnung beginnen wird«, ergänzte er noch.

* * *

Richard Schröder und seine Frau hatten eine liebevolle Traueranzeige für ihren Sohn im Bayreuther Echo drucken lassen und den Zeitpunkt der Beerdigung mitgeteilt, was sie besser nicht getan hätten. Jetzt saßen sie in ihrem Wohnzimmer vor einem großen Stoß mit Beileidsschreiben. Viele Menschen hatten ihnen geschrieben, wie leid Benjamins Schicksal ihnen täte und wie sie mit den Eltern mitfühlten. Ehemalige Mitschüler, aber auch wildfremde Leute, die aus der Zeitung von dem Fall erfahren hatten. Langsam wurde ihnen bewusst, dass auch die Beisetzung zu einem größeren Ereignis werden könnte, was ihnen äußerst unangenehm war. Die Schröders waren mit dem, was auf sie zukam, völlig überfordert und beschlossen, Klaus Maler um Rat zu fragen.

Klaus Maler war telefonisch leider nicht zu erreichen.

* * *

Zum vereinbarten Zeitpunkt standen Friedrich-Konrad Kanter und Georg Schwingshackl vor der Wohnungstür der Gebrüder Stahlmann in der Preuschwitzer Straße. Der Ältere der beiden öffnete die Tür und bat die Kommissare herein. Justus Stahlmann führte sie in das geräumige Wohnzimmer, das sich die Brüder offenbar teilten, wo Jakob Stahlmann bereits wartete. Die Dreizimmerwohnung war gepflegt und aufgeräumt, was bei einem reinen Männerhaushalt nicht selbstverständlich zu erwarten war. Justus Stahlmann fragte, ob er den Kommissaren etwas zu trinken anbieten können, was diese aber dankend ablehnten.

Dass Justus und Jakob Stahlmann Brüder waren, konnte niemand leugnen. Beide waren bestimmt fast eins neunzig groß und sehr schlank. Die Haare hatten sie kurz geschnitten und das Gesicht glatt rasiert. Beide machten einen sehr kultivierten und gepflegten Eindruck.

»Was können wir für Sie tun?«, begann Justus Stahlmann und sah die Kommissare genauso erwartungsvoll an wie sein jüngerer Bruder.

»Schön haben Sie es hier«, erwiderte Kanter, der nicht gleich mit der Türe ins Haus fallen wollte. »Wie lange wohnen Sie schon hier zusammen?«

»Als ich mit meinem Studium in Erlangen fertig war und oben im Klinikum eine Stelle als Assistenzarzt gefunden habe, sind wir zusammengezogen. Das war vor gut einem Jahr erst«, erzählte er. »Jakob wollte auch unbedingt weg von zu Hause, die Spannungen mit unserem Vater hatten ein Maß erreicht, das unerträglich geworden war«, fügte er hinzu. Jakob Stahlmann nickte.

»Es ist uns nicht leicht gefallen, unsere Mutter mit diesem Menschen alleine unter einem Dach zurückzulassen, aber sie hatte darauf bestanden, dass wenigstens wir einigermaßen in Ruhe leben konnten«, berichtete Jakob, der ebenso leise sprach wie sein Bruder. »Aber wenn

sie uns brauchte, waren wir für sie da«, ergänzte er. »Wir haben jeden Tag telefoniert, und manchmal hat sie uns hier besucht.«

»Da sind wir schon beim Thema, das wir mit Ihnen besprechen wollten«, sagte Kanter. »Erzählen Sie uns doch etwas über Ihr Verhältnis zu Ihrem Vater und Großvater«, bat er die Brüder. Die beiden sahen sich an und verständigten sich wortlos, wer antworten sollte.

»Unseren Vater verband ein enges, aber zwiespältiges Verhältnis mit seinem Vater, also unserem Großvater. Hermann Stahlmann war eine äußerst dominante Person, der keinerlei Widerspruch duldete. Was er anordnete, hatte zu geschehen. Alleine die Namensgebung für unseren Vater spricht schon Bände! Wer nennt seinen Sohn schon Leonidas! Dass unser Großvater die Machenschaften unseres Vaters deckte, haben wir erst später erfahren. Wirklich gewundert haben wir uns darüber nicht«, berichtete Justus Stahlmann.

»Auch unseren Lebensweg wollte der alte Stahlmann bestimmen, doch ist ihm das zum Glück nicht gelungen. Unsere Mutter hat sich dem mit aller Kraft widersetzt, was nicht ohne viele Kämpfe, auch mit unserem Vater abging«, fügte Jakob hinzu.

»Wir können es kurz machen, unsere Großmutter, unsere Mutter und wir hatten kaum eine schöne Minute mit den Männern. Die Frauen haben immer versucht, uns ein liebevolles Zuhause zu bieten, und ihnen verdanken wir, dass wir werden können, was wir wollen. Unser Großvater und unser Vater sind schuld daran, dass wir bis jetzt unfähig waren, vertrauensvolle Beziehungen zu anderen Menschen, auch zu Frauen, aufzubauen. Wir wünschen uns nichts sehnlicher, als dass uns das irgendwann einmal gelingen wird«, sagte Justus Stahlmann, und der traurige Unterton in seiner Stimme war nicht zu verkennen. »Der Tod unseres Vaters ist, das mag jetzt herzlos klingen, fast wie eine Erleichterung für uns«, bekannte er, und sein Bruder nickte dazu. Kanter und Schwingshackl konnten die beiden verstehen.

»Haben Sie zu Hause irgend etwas davon mitbekommen, dass Ihr Vater, sagen wir mal, ein besonderes Verhältnis zu Schülern gehabt hatte?«, wollte Schwingshackl wissen.

»Nein, lange nicht. In der Schule wagte es niemand, uns gegenüber derartige Andeutungen zu machen, und zu Hause hielt unsere Mutter alles von uns fern«, antwortete Justus Stahlmann.

»Wie ist Ihr Verhältnis zu Ihrem Großvater?«, fragte Kanter, obwohl er sich die Antwort schon vorstellen konnte.

»Er hat sich – man muss sagen, zum Glück – nie viel um uns gekümmert, weil er Kinder eigentlich nicht mochte. Das ist für einen Schulleiter eine vielleicht paradoxe Diagnose, aber es ist so. Wir wurden in unserer Schulzeit leider oft Zeugen, wie er Schüler, aber auch Lehrer aus nichtigsten Anlässen fertig machte. Er ist ein Misanthrop übelster Sorte«, stellte Justus Stahlmann kühl fest.

Das Bild, das die Kommissare von Stahlmann junior und Stahlmann senior im Zuge ihrer Ermittlungen gewonnen hatten, rundete sich durch die Aussagen der Brüder ab. Der Tod von Leonidas Stahlmann ist kein Verlust für die Menschheit, dachte Kanter, aber das war zynisch. Er schämte sich dessen nicht.

* * *

Im Büro berichtete Hannes Frauenknecht von dem Besuch Eva Lauerers. Sie war sehr gefasst und hatte sich damit abgefunden, allein für die Beerdigung ihres Vaters und die Regelung seines chaotischen Nachlasses verantwortlich zu sein. Sie sagte, sie könnte ihre Mutter verstehen, dass sie damit nichts zu tun haben wollte. Sie würde von hier aus gleich in die Wohnung gehen.

»Ich fürchte, die Frau haut es um, wenn sie die Wohnung ihres Vaters betritt. Ich habe versucht, sie aufgrund euerer Berichte auf das vorzubereiten, was sie in der Wohnung erwartet, aber wahrscheinlich

ist die Realität viel schlimmer. Da hilft voraussichtlich nur noch ein professioneller Entrümpler«, vermutete Hannes.

Sein Telefon klingelte. Eine völlig aufgelöste Eva Lauerer rief an. Sie war in der Wohnung ihres Vaters gewesen, das heißt, sie wollte in die Wohnung, doch schon beim Betreten des Flurs musste sie sich übergeben. Inzwischen hatte auch diverses Ungeziefer Besitz von der Wohnung ergriffen.

Hannes Frauenknecht besaß ein unglaubliches Talent, Frauen zu trösten. Es war Evas Glück, dass sie ihn am Telefon hatte. Er musste zwar alle Register seines Könnens ziehen, aber nach zehn Minuten schien Eva Lauerer wieder in der Lage zu sein, einen klaren Gedanken zu fassen. Hannes hatte ihr tatsächlich geraten, in Absprache mit der Stadtverwaltung, die der Vermieter der Wohnung war, eine Entrümpelungsfirma mit der Beseitigung des ganzen Unrats zu beauftragen. Er suchte ihr aus dem Telefonverzeichnis der Stadtverwaltung, das sie in ihrem Büro hatten, sogar die Nummer der zuständigen Dienststelle heraus. Obwohl Hannes das Telefon nicht auf laut gestellt hatte, erkannten Kanter und Schwingshackl am Tonfall der jungen Frau, dass sie unendlich erleichtert war. Hannes hatte wieder ganze Arbeit geleistet.

»Toll, Hannes, du verstehst dich auf Frauen!«, sagte Schwingshackl voll anerkennender Bewunderung, als das Gespräch beendet war. Er war sich immer sicherer, dass das der Richtige für seine Kathi war. Aber das sagte er natürlich nicht laut.

* * *

Gegen achtzehn Uhr waren Justus und Jakob Stahlmann bei ihrer Mutter eingetroffen. Kurz darauf saß auch Barbara Stahlmann bei ihnen im Wohnzimmer. Sie schwiegen lange, ehe Barbara Stahlmann das Wort ergriff.

»Danke, dass ihr gekommen seid«, begann sie mit zittriger Stimme. Sie war physisch und psychisch in einem bedauernswerten Zustand.

»Nach allem, was jetzt geschehen ist, auch was mit Leonidas geschehen ist, nach allem, was wir an grausigen Nachrichten erfahren haben, bin ich zu der Überzeugung gekommen, dass wir handeln müssen«, sagte sie und richtete sich leicht auf. Die anderen sahen sie überrascht und verwundert an.

»Hermann Stahlmann muss weg«, stieß sie verzweifelt hervor. »Wenn wir noch einen Rest von unserer Familie retten wollen, muss er weg«, wiederholte sie entschlossen. Ihre Schwiegertochter und Enkelsöhne zuckten zusammen. Was redete die alte Frau da?

Als erster fand Justus Stahlmann seine Fassung wieder.

»Wie meinst du das, Oma?«, fragte er.

»So, wie ich es sage«, erwiderte sie kurz. »Wir müssen ihn dazu bringen, dass er seiner nichtswürdigen Existenz selbst ein Ende setzt, oder ich bringe ihn höchstpersönlich um. Keinen Tag länger bleibe ich bei diesem Mann, und selbst wenn er ausziehen würde, was er nie tun wird, es ist schließlich sein Haus, könnte ich es nicht ertragen«, rief sie.

Betroffen von der Entschlossenheit ihrer Großmutter schwiegen die Brüder. Ihre Mutter hingegen schien aufzublühen. Sie verstand ihre Schwiegermutter und würde ihr unter allen Umständen beistehen.

»Wie stellst du dir das vor, Barbara?«, wollte sie wissen.

»Wir werden ihn bei seiner Ehre packen. Wobei der Begriff Ehre im Zusammenhang mit Hermann Stahlmann fehl am Platze sein dürfte. Wir werden ihn vor die Alternative stellen, sich selbst das Leben zu nehmen, oder ich würde es tun. Er ist ein alter, ziemlich schwacher Mann, mit dem wir leicht fertig werden«, legte sie ihre Absicht dar. »Wir gehen hinüber zu uns, ich biete ihm an, meine Schlaftabletten zu nehmen. Wenn er kneift, müsst ihr mir helfen, dann müssen wir sie ihm einflössen«, appellierte sie an ihre Familie.

Renate Stahlmann war sofort einverstanden. Ihre Söhne waren noch unentschlossen.

»Die zweite Variante wäre Mord, Oma, das ist dir schon klar«, erklärte Justus Stahlmann.

»Das müsste man uns erst nachweisen. Alles wird so arrangiert, dass er es selbst getan hat. Die Tabletten werden in einem großen Glas seines Cognacs aufgelöst. Wer will später unterscheiden, ob er das freiwillig oder unter Anwendung von Zwang genommen hat«, gab sie sich überzeugt von ihrem Plan.

»Aber ihr Jungs müsst auch gar nicht mitkommen, Renate und ich werden mit dem alten Mann schon fertig. Aber wenn ihr mitkommt, erhöht das den Druck auf ihn, wenn er sieht, dass wir als Familie auftreten und seine Lage hoffnungslos ist. Als die Polizei heute da war, habe ich mitbekommen, dass er eventuell mit einer Anklage wegen Beihilfe zum Kindesmissbrauch rechnen muss, weil er Leonidas wider besseres Wissen nicht gestoppt hat. Seine Lage ist wirklich äußerst prekär, glaubt mir«, beschwor sie ihre Familie.

Justus und Jakob Stahlmann gaben auf und stimmten zu. Wahrscheinlich hatte ihre Großmutter recht, und es war für sie alle am besten, wenn der Großvater nicht mehr am Leben wäre.

Als sie sich auf den Weg zum Haus der Großeltern machten, wurde es schon langsam dunkel.

* * *

Klaus Maler hatte sein Auto auf einem Parkplatz an der Pottensteiner Straße abgestellt und war hinunter in den Röhrenseepark gegangen. Unterhalb des Spielplatzes setzte er sich auf eine Bank, von der aus er den Eingang in den Park von der Birken her bequem einsehen konnte. Sobald Hermann Stahlmann seine abendliche Runde um den See beginnen würde, bräuchte er nur noch zu warten, bis er an ihm vorbei kam. Er würde ihm folgen und ihn an einer flachen Uferstelle in den

See schubsen. Es würde nur noch wenige Minuten dauern, und Stahlmann senior würde um die Ecke kommen. Klaus Maler steckte sich in aller Ruhe noch eine Zigarette an und genoss die Aussicht auf seine Rache. Danach würde es ihm besser gehen, davon war er überzeugt.

Drei Zigarettenlängen später war es dunkel geworden. Hermann Stahlmann war nicht aufgetaucht, und Klaus Maler wunderte sich, was ihn wohl abgehalten haben könnte. Unverrichteter Dinge machte er sich enttäuscht auf den Heimweg. Er würde morgen wiederkommen müssen.

* * *

Nachdem Kanter zu Hause in der Glockenstraße angelangt war, hatte er das gleiche dringende Bedürfnis nach Bewegung an der frischen Luft wie Rolf, der ihn wie immer fröhlich mit dem Schwanz wedelnd und unternehmungslustig empfangen hatte. Der kleine Spaziergang half Kanter, die Ereignisse des Tages noch einmal durchzugehen und richtig einzuordnen.

Bei seiner Rückkehr kam Erika aus ihrer Wohnung und lud ihn zum Abendessen ein. Dem konnte er natürlich nicht widerstehen, umso weniger, als sein Kühlschrank bis auf einige Flaschen Leupser Bier ziemlich leer war.

Erika wusste, was ihr Bruder gerne aß, und hatte entsprechend eingekauft. Sie hatten sich in den letzten Tagen kaum gesehen und gar nicht gesprochen, weil Fritz viel zu tun hatte.

»Wie geht's mit eurem Fall voran?«, fragte sie. »Die Zeitung ist jeden Tag voll davon, und inzwischen scheint sie auch mit eurer Arbeit zufrieden zu sein«, bemerkte sie.

Kanter hatte den Mund voll und nickte nur.

»Gibt's eigentlich was Neues zu meinem merkwürdigen Verehrer in Weißenstadt?«, kam sie zur Sache. Das war es nämlich, was sie wirklich interessierte.

Kanter schluckte den letzten Bissen hinunter und spülte mit einem großen Schluck Bier nach.

»Jawohl, Schwesterherz, gerade heute Nachmittag haben wir von den Kollegen vom Betrugsdezernat die Nachricht erhalten, sie hätten den Mann als einschlägig bekannt identifiziert und würden nach ihm fahnden. Offenbar hatte er bei anderen Frauen mehr Erfolg als bei dir. Jedenfalls liegen Anzeigen gegen ihn vor. Du wirst wohl keine Anzeige wollen, oder? Dir ist ja kein Schaden entstanden«, vergewisserte er sich.

»Nein, mir ist kein Schaden entstanden, außer dass mein geplantes schönes Wochenende ein abruptes Ende gefunden hat«, erinnerte sie ihren Bruder.

»Gut, dass du mich daran erinnerst, Erika. Ich war doch am Samstag bei der Karin Schwingshackl zum Geburtstag eingeladen. Wir Jungs von der Mordkommission haben ihr ein Wellness-Wochenende in Weißenstadt geschenkt, worüber sie sich sehr gefreut hat«, erzählte er.

»Soso, ihr ›Jungs‹ habt ihr so ein Wochenende geschenkt«, echote sie und betonte das Wort ›Jungs‹ ganz besonders merkwürdig.

»Und da habe ich mir gedacht, es wäre doch schön, wenn die Karin nicht alleine fahren müsste, sondern eine wellnesserfahrene Begleiterin hätte«, sagte Kanter geheimnisvoll. Erika sah ihn gespannt an.

»Also –«, fuhr er fort, holte ein Kuvert aus der Innentasche seiner Jacke und schob es seiner Schwester hin, »also, ich habe mir gedacht, als Ausgleich für das verpfuschte Wochenende mit dem Schwindler und weil du dich immer so rührend um mich kümmerst, darfst du die Karin begleiten, auf meine Kosten«, beendete er seinen Vortrag.

Erika öffnete den Umschlag und fand einen Gutschein für Weißenstadt. Sie freute sich wirklich, weil derartige Gefühlsausbrüche bei ihrem Bruder ihr bisher fremd waren.

»Das ist ja rührend, Fritz, so kenne ich dich ja gar nicht«, erwiderte sie und drückte Fritz an ihr Herz. »Ich freue mich ganz arg, vielen, vie-

len Dank. Und ich werde keine Herrenbekanntschaften machen, versprochen!«, scherzte sie.

20

Die ›Jungs‹ von der Mordkommission hatten kaum an ihren Schreibtischen Platz genommen, als Kanters Telefon klingelte. Er nahm ab und hörte aufmerksam und ungläubig zu. Seine Miene wurde sehr ernst und versprach nichts Gutes.

Er wählte Morettis Nummer.

»Servus, Fred. Bitte pack deinen Koffer und komm sofort in die Rotkreuzstraße. Dort wartet ein Toter auf dich«, teilte Kanter dem Rechtsmediziner mit und legte auf.

Dann rief er Heiner Erdmann an und beorderte ihn ebenfalls in die Birken.

Kanters Kollegen sahen ihn verständnislos an.

»Hannes, du hältst hier die Stellung. Bitte verständige Oberstaatsanwalt Schmidtchen. Schorsch, wir fahren zum alten Stahlmann. Justus Stahlmann hat gemeldet, dass sie Hermann Stahlmann tot aufgefunden haben.

Als die Kommissare vor dem Haus von Hermann Stahlmann ankamen, hatten die uniformierten Kollegen die Straße schon abgesperrt. Kanter wies sie an, keine ›Pressefuzzies‹, wie er sich ausdrückte, durchzulassen.

Im Haus von Stahlmann senior wurden die Kommissare in Hermann Stahlmanns Arbeitszimmer geschickt. Dieser lag leblos auf der Ledercouch, auf dem Tischchen eine Flasche Cognac, ein Schwenker und ein Tablettenröhrchen. Kanter beugte sich zu dem Toten, der wie schlafend dalag. Kanters erster Eindruck war, dass Hermann Stahlmann seinem Leben selbst ein Ende bereitet hatte. Moretti würde es herausfinden.

»Was meinst du, Schorsch«, fragte Kanter seinen Kollegen. »Denkst du, was ich denke?«

»Schaut nach Suizid aus, da hast du recht«, erwiderte Schwingshackl.

Fast gleichzeitig trafen Moretti und die Erdmännchen ein. Der Rechtsmediziner verschaffte sich einen Überblick. Die äußeren Umstände schienen tatsächlich auf Suizid hinzudeuten. Die Spurensicherer hatten ihre Schutzoveralls angezogen und sammelten die Flasche, das Glas und das Medikamentenröhrchen ein. Sobald Moretti fertig wäre, würden sie nach weiteren Spuren suchen.

»Guter Cognac und Alorazepam«, sagte Moretti. »Servus, Fritz. Deine Leichenproduktion läuft ja wie geschmiert. Die vierte in drei Wochen! Respekt!« Morettis Humor funktionierte noch.

»Ich tue, was ich kann«, zahlte Kanter in gleicher Münze zurück. »Was kannst du schon sagen?«, wurde er sachlich.

»Alter Mann, tot auf der Couch, Flasche besten Cognacs auf dem Tisch, daneben ein sehr starkes Antidepressivum«, dozierte Moretti. »Das sieht nach Selbsteinweisung in die Unterwelt aus.«

»Muss er da nicht eine Münze –«, warf Schwingshackl ein.

»Ah, du hast nicht vergessen«, freute sich Kanter. »Also, du alter ORler, spitze die Ohren: Die alten Griechen glaubten, dass ihre Toten in die Unterwelt kamen. Um dorthin zu gelangen, mussten sie den Fluss Styx überqueren. Das konnten sie aber nur mit Hilfe des Fährmanns Charon, einer echt gruseligen Gestalt. Wie alle Dienstleister arbeitete auch Charon nicht für lau, sondern forderte den sogenannten Obolus, seinen Fährlohn. Und den legten die Hinterbliebenen den Toten in Form einer Silbermünze unter die Zunge, bevor sie sie bestatteten«, belehrte er seinen Freund. »Und wenn du mal was wirklich Brutales, also was wirklich abartig Brutales lesen willst, kauf dir die griechischen Götter- und Heldensagen. Dagegen sind alle Stahlmanns dieser Erde wahre Heilige«, schloss Kanter befriedigt.

»Klingt interessant«, erwiderte Schwingshackl. »Mach ich vielleicht sogar.«

»Wenn du mit deiner Nachhilfestunde fertig bist, Fritz, dann kann ich vielleicht hier weitermachen.« Moretti schickte die Kommissare hinaus, damit er in Ruhe seine Arbeit machen konnte. Einen ersten Bericht versprach er schnellstmöglich.

»Wo sind die Angehörigen?«, kam Kanter zum Dienstlichen zurück.

Im Wohnzimmer warteten die Überlebenden der Familie Stahlmann.

»Unser Beileid, Frau Stahlmann«, kondolierte Kanter. Selten kam ihm diese Floskel so fehl am Platz vor wie hier. Keines der Familienmitglieder weinte Hermann Stahlmann auch nur eine klitzekleine Träne nach. »Wer hat Hermann Stahlmann gefunden?«, wollte er dann wissen.

Kein Familienmitglied machte einen wirklich erschütterten Eindruck.

»Ich«, meldete sich Barbara Stahlmann. »Hermann kam nicht wie gewohnt zum Frühstück herunter. Da bin ich hinauf zu ihm. Sein Bett war unberührt, und da bin ich in sein Arbeitszimmer. Und da habe ich ihn gefunden. Ich habe gleich meine Schwiegertochter angerufen, weil ich nicht wusste, was ich sonst machen sollte«, berichtete sie ruhig.

»Renate kam sofort rüber und rief ihre Söhne an, als sie gesehen hatte, was los war. Die waren auch sehr schnell da. Justus als Arzt stellte gleich fest, dass mein Mann tot war«, berichtete sie. »Und Jakob hat dann bei Ihnen angerufen. Meine Schwiegertochter hatte ja noch Ihre Karte.«

»Herr Dr. Stahlmann«, wandte Kanter sich an Justus, »wie haben Sie Ihren Großvater vorgefunden?«

»Ohne Doktor, Herr Kommissar«, korrigierte Justus Stahlmann. »Der ist noch in Arbeit. Wie meine Oma schon sagte, fand ich meinen Großvater so vor wie Sie auch. Ich prüfte natürlich routinemäßig Puls und Atmung, aber mein erster Eindruck bestätigte sich: mein Großvater war tot«, berichtete er.

»Nahm er Medikamente? Unser Gerichtsmediziner sagte, das Medikament, das neben dem Glas lag, sei ein sehr starkes Antidepressivum«, fragte Kanter.

»Das sind meine Tabletten, Herr Kommissar«, sagte Barbara Stahlmann. »Ich leide seit Jahren unter schweren Depressionen und Schlafproblemen und bin inzwischen bei stärkeren Medikamenten angelangt.«

»Wie kommt Ihr Mann, ohne dass Sie es bemerken, an die Tabletten?«, fragte Schwingshackl.

»Ich nehme vor dem Schlafengehen eine, bei Bedarf zwei Tabletten. Meine Tabletten habe ich in meinem Schlafzimmer. Das zweite Röhrchen verwahre ich im Medikamentenschrank in unserem Badezimmer. Ich habe immer ein zweites Röhrchen Tabletten vorrätig. Das muss er sich geholt haben, nachdem ich schlafen gegangen war. Ich habe ihn jedenfalls nicht gehört«, berichtete Barbara Stahlmann. »Das ist aber nicht ungewöhnlich, wie Sie wissen, schlafen wir schon lange getrennt«, ergänzte sie.

»Wann haben Sie Ihren Mann zuletzt gesehen, Frau Stahlmann«, wandte sich Kanter an Barbara Stahlmann.

»Zum Mittagessen. Danach ging jeder wieder seiner Wege. Zu Abend gegessen hat er wohl alleine. Ich war bei meiner Schwiegertochter. Meine Enkel waren auch da. Wir haben uns über unsere Familie unterhalten«, berichtete sie. »Als ich gegen acht Uhr wieder bei mir zu Hause war, hatte mein Mann offenbar schon gegessen und sein Geschirr gespült und weggeräumt. Gesehen oder gar gesprochen habe ich ihn nicht mehr«, sagte sie mit ruhiger Stimme.

»Gefrühstückt haben Sie aber immer noch zusammen, verstehe ich das richtig?«, fragte Kanter nach.

»Das haben wir aus welchem Grund auch immer beibehalten. Ein Mindestmaß an Kommunikation braucht auch eine kaputte Ehe, und ich habe ja auch noch für uns gekocht«, erklärte sie.

»War Ihr Mann beim Mittagessen anders als sonst? War er irgendwie niedergeschlagen oder so? Schließlich hat er seinen einzigen Sohn verloren«, wollte Kanter wissen.

»Leonidas‘ Tod hat ihn schon mitgenommen. Wir haben während des Essens kaum gesprochen. Jeder ist seinen Gedanken nachgehangen. Aber dass er sich das Leben nehmen würde, konnte ich nicht ahnen«, sagte Barbara Stahlmann.

Moretti trat ins Zimmer und meldete, dass die Leiche in sein Institut transportiert würde und er sich sofort an die Arbeit machen würde. Kanter nickte ihm zu, und Moretti verschwand wieder. Auch Heiner Erdmanns Truppe hatte ihre Arbeit beendet. Ergebnisse würden schnellstmöglich geliefert, versicherte auch der Chef der Spurensicherung. Viel zu untersuchen gab es ja nicht. Fingerabdrücke auf Flasche und Glas. Den Inhalt würde Moretti analysieren und mit Hermann Stahlmanns Mageninhalt vergleichen. Überraschungen erwartete dabei niemand.

»Ach ja, Heiner, ehe du dich davon machst. Habt ihr so was wie einen Abschiedsbrief gefunden?«, fragte Schwingshackl noch.

»Nichts dergleichen«, meldete Erdmann und verschwand ebenfalls.

Dass jemand seinem Leben ein Ende setzt, ohne den Hinterbliebenen eine Nachricht zu hinterlassen, kam schon mal vor und zeugte meist von einem zutiefst zerrütteten Verhältnis. Davon konnten die Kommissare in der Familie Stahlmann mit Sicherheit ausgehen. Was hätte der alte Stahlmann auch schreiben sollen? Sich entschuldigen? Nach seiner Sicht der Dinge bedurfte sein Leben keiner Entschuldigung oder Rechtfertigung.

»Frau Stahlmann, wir gehen davon aus, dass die Leiche Ihres Mannes sehr bald zur Beerdigung freigegeben wird«, sagte Kanter noch. Dann hatten sie ihre Arbeit im Hause Stahlmann beendet und machten sich auf den Rückweg ins Büro.

»Das war jetzt die letzte Leiche, Schorsch, da bin ich mir sicher. Oder wüsstest du noch jemanden, der in dem Fall gefährdet ist?«, fragte Kanter.

»Nein, alle denkbaren Drecksäcke haben bekommen, was sie verdient haben«, sagte Schwingshackl und schämte sich kein bisschen seiner unchristlichen Äußerung.

In der Dienststelle erwartete sie Hannes Frauenknecht. Er berichtete, dass sich nur noch zwei weitere Opfer gemeldet hätten. Das Schlimmste müsste jetzt vorbei sein, vermutete er.

Kanter beauftragte Hannes, eine Liste mit den Opfern anzulegen und sich nach und nach mit jedem einzelnen in Verbindung zu setzen. Damit würde er eine Weile beschäftigt sein.

Oberstaatsanwalt Schmidtchen rief an und erkundigte sich nach ersten Ergebnissen. Kanter konnte ihm berichten, dass es sich beim Ableben Hermann Stahlmanns mit größter Wahrscheinlichkeit um Suizid handelte.

»Jetzt sollte es mit den Leichen aber mal gut sein«, sagte Schmidtchen. »Ich weiß vor lauter Arbeit nicht mehr, ob ich Eskimo oder Indianer bin«, scherzte er. Kanter versprach, sich mit allem Nachdruck dafür einzusetzen, dass der Herr Oberstaatsanwalt nicht mehr mit neuen Leichen belästigt wird, und legte auf. Sie würden sich ja morgen bei Benjamins Beerdigung sehen.

* * *

Hannes Frauenknecht war bei Schwingshackls zum Abendessen eingeladen. Kathi hatte das arrangiert. Die beiden hatten in den letzten Tagen noch viele gemeinsame Interessen festgestellt. Hannes hatte vorgeschlagen, sie könnten in den Sommerferien doch eine größere Tour mit dem Motorrad machen, zum Beispiel an die Nordsee. Kathis Eltern fuhren immer ins Gebirge in den Urlaub, sie hatte aber merk-

würdigerweise ein Faible fürs Meer entwickelt. Nicht im Süden, wo sich die Massen an den Stränden drängten, nein, es musste die Nordsee sein. Das wollten sie ihren Eltern mitteilen.

Karin Schwingshackl hatte eine üppige Brotzeit für die hart arbeitenden Männer vorbereitet, aber auch Kathi langte ordentlich zu.

»Ach übrigens, Mama, der Hannes und ich müssen euch was sagen«, kündigte Kathi geheimnisvoll an. In Karins Kopf schwirrten die wildesten Gedanken, was das bedeuten könnte. Eine Hochzeit schien ihr noch etwas verfrüht zu sein. Ehe sie sich weitere Gedanken machen konnte, rückte Kathi damit heraus.

»Der Hannes und ich fahren in den Sommerferien an die Nordsee«, verkündete sie strahlend. »Ich freu mich so«, jubelte sie und drückte ihrem Hannes einen dicken Kuss auf die Backe, was diesen fast etwas verlegen machte.

Schorsch und Karin sahen sich erst verblüfft, dann glücklich an.

»Und Afrika?«, fragte Karin vorsichtig nach.

»Ach, Mama, Afrika reißt nicht aus. Und wenn ich nicht hinkomme, geht die Welt auch nicht unter. Dafür habe ich den besten Mann der Welt gefunden«, strahlte sie.

Jetzt konnte Karin Schwingshackl nicht länger an sich halten. Sie musste ihre Tochter einfach umarmen, und Hannes kam auch nicht ungeschoren davon. Georg Schwingshackl freute sich mehr nach innen, schenkte sich und Hannes aber vorsichtshalber schon mal einen Obstler ein, um dem drohenden Gefühlsüberschwang gewachsen zu sein.

* * *

Am Freitagmorgen rief als Erster Heiner Erdmann an. Er teilte Kanter mit, dass sie auf der Cognacflasche und dem Glas ausschließlich die Fingerabdrücke des Toten gefunden hätten. Anzeichen, dass andere Abdrücke abgewischt oder sonstwie entfernt wurden, gebe es nicht.

Auch deutete nichts in Stahlmanns Zimmer auf eine Fremdeinwirkung hin.

Kurz darauf tauchte Moretti bestens gelaunt im Kommissariat auf und überbrachte höchstpersönlich das Ergebnis seiner Untersuchungen.

»Einen wunderschönen guten Morgen, die Herren Kommissare«, flötete er. »Bevor ich in meine Katakomben fahre, habe ich gedacht, ich bringe euch die frohe Botschaft gleich selbst vorbei. Also, aufgemerkt: Hermann Stahlmann hat sich mit an Sicherheit grenzender Wahrscheinlichkeit selbst vom Leben zum Tode befördert. Er tat dies mittels der Einnahme einer Überdosis von Alorazepam 10mg, einem sehr starken trizyklischen Antidepressivum, das bei Überdosierung und in Verbindung mit Alkohol unter anderem zu Atemstillstand führt. Hermann Stahlmann hat die zwanzig Tabletten, die sich in Barbara Stahlmanns neuem Röhrchen befunden hatten, in reichlich Cognac aufgelöst und getrunken. Spätestens eine halbe Stunde später war alles vorbei. Zeitpunkt gestern Abend zwischen acht und zehn«, berichtete Moretti stolz.

»Fremdeinwirkung kannst du ausschließen?«, fragte Kanter sicherheitshalber nach.

»Kann ich, mein Lieber. Es gibt keinerlei Anzeichen, dass Hermann Stahlmann jemand bei seinem Tun geholfen hat oder ihn gar unfreiwillig in diese Lage gebracht hat. Nicht die kleinste äußere Verletzung, keine Einstichstelle, nichts. Wir können von einem astreinen Suizid ausgehen. Von mir aus könnt ihr die Leiche zur Bestattung freigeben. Und jetzt muss ich weiter, unser Krankenhauskeim schwächelt zwar langsam, macht aber immer noch reichlich Arbeit.« Sprach's und war schon wieder weg.

* * *

Wie verabredet, hatten sich die Kommissare und Dr. Albert Schmidtchen am Freitag um halb zwei vor der Aussegnungshalle des

Bayreuther Stadtfriedhofs getroffen. Sie hatten den Schröders die Hand gedrückt und ihnen gewünscht, dass sie jetzt ihren Frieden finden mögen. Was sich in den nächsten Minuten abspielte, hatten sie nicht erwartet. Der Platz in der Aussegnungshalle reichte bei weitem nicht aus, die Zahl der Menschen zu fassen, die Benjamin Schröder auf seinem letzten Weg begleiten wollten. Bis weit auf den Vorplatz standen ehemalige Mitschüler von Benjamin, Lehrer, aber auch wildfremde Menschen. Die Schröders waren überwältigt. Sie hatten vielleicht mit Klaus Maler, Wolfgang Gottwald und sechs oder sieben anderen früheren Klassenkameraden von Benjamin gerechnet, die sie hinterher auch zum Leichenschmaus eingeladen hätten. Aber was sich hier abspielte, war unfassbar.

Mit ihrem Pfarrer hatten sie schon beim Vorgespräch den Ablauf der Trauerfeier besprochen und ihm von Benjamin erzählt. Und wirklich gelang es dem Pfarrer, nach all den Jahren ein plastisches Bild von einem zwölfjährigen klugen und lebenslustigen Jungen zu zeichnen, den ein grausames Schicksal aus dem Leben gerissen und seine Eltern in tiefste Verzweiflung gestürzt hatte. Kanter fand es gut, dass der Pfarrer die Schuldigen an Benjamins Tod nicht verurteilte, sondern Gottes Liebe ebenso anbefahl wie Benjamin. Hass über den Tod hinaus habe keinen Sinn und würde nur den Lebenden ihr Dasein beschweren.

Der lange Zug der Trauernden begleitete Richard und Kerstin Schröder zum Grab, wo der kleine Sarg in die Erde gesenkt wurde. Alle wollten den Eltern noch einmal die Hand drücken.

Vom CEG hatten Michael Merkel und zwei der früheren Lehrer von Benjamin den Weg zum Friedhof gefunden. Kanter erkundigte sich nach der Trauerfeier und der Beerdigung kurz, wie die Stimmung an seiner alten Schule sei. Merkel berichtete, dass natürlich immer noch viele Eltern und Schüler von früher anriefen und ihre Betroffenheit oder ihre Wut bekundeten. Aber zum Glück war heute letzter Schultag und die Osterferien fingen an. In zwei Wochen, wenn der Unterricht wieder beginnen würde, hoffte er, würde wieder weitgehend

Normalität einziehen, obwohl solche Ereignisse nie wirklich vergessen werden.

Freude und Leid liegen oft ganz dicht beieinander. Friedrich-Konrad Kanter, Georg Schwingshackl und Hannes Frauenknecht hatten einen besonderen Fall gelöst und ihre Arbeit gut gemacht. Sie waren mit sich zufrieden.

»Männer, es ist Freitagnachmittag, die Sonne scheint, der Fall ist gelöst. Causa finita, wie der Lateiner sagt. Das schreit nach einer Belohnung, oder?«, fragte er in die Runde.

Georg Schwingshackl und Hannes Frauenknecht sahen sich vielsagend an und riefen wie aus einem Mund: »Weiglathaaaal!«

* * *

Nachtrag: Die Urnen von Leonidas und Hermann Stahlmann wurden anonym auf einer Wiese im Südfriedhof beigesetzt. Außer dem Totengräber begleitete sie niemand.

Printed in Poland
by Amazon Fulfillment
Poland Sp. z o.o., Wrocław

72388145R00197